四川省社会科学规划后期资助项目（项目批准号：SC16H016）

张起　张天健 著

唐詩解密

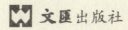
文匯出版社

图书在版编目(CIP)数据

唐诗解密 / 张起,张天健著.—上海：文汇出版
社,2018.8
ISBN 978 - 7 - 5496 - 2600 - 7

Ⅰ.①唐⋯　Ⅱ.①张⋯ ②张⋯　Ⅲ.唐诗—诗歌研
究　Ⅳ.I207.227.42

中国版本图书馆 CIP 数据核字(2018)第 108190 号

唐诗解密

著　　者 / 张　起　张天健

责任编辑 / 徐曙蕾
封面题字 / 马识途
封面装帧 / 王　翔

出版发行 / 文汇出版社
　　　　　　上海市威海路 755 号
　　　　　　(邮政编码 200041)
经　　销 / 全国新华书店
排　　版 / 南京展望文化发展有限公司
印刷装订 / 上海新文印刷厂
版　　次 / 2018 年 8 月第 1 版
印　　次 / 2018 年 8 月第 1 次印刷
开　　本 / 720×1000　1/16
字　　数 / 420 千字
印　　张 / 23
ISBN 978 - 7 - 5496 - 2600 - 7
定　　价 / 68.00 元

唐诗解密

马识途

著名作家、学者马识途先生题签

唐詩疑難詳解

流沙河题

上海社科院文学所古代文学室原主任孙琴安教授题词

讀以書而知才情學識

為何物，必有所心獲

張群女敬賀

目录

1

序 一

  2018 年元月 12 日书稿杀青，正考虑如何写一则自序，今早在美国的同学就发来两则消息：李劼的《唐诗宋词解》以及他的文化随笔《南有施蛰存，北有钱钟书》。巧合了，他也做唐诗？我回复："当年他住底楼，我住三楼。当年他做现当代，现在做唐诗？"同学复我："李劼古典文学基础相当好。虽批评文字凶巴巴的，但人却相当有大悲大爱心。"做文学研究的都是菩萨心肠，他一贯文字犀利，分析问题鞭辟入里，多发人之所未发。从雅典到稷下，已知他打通了多方关节，就看以什么形式呈现。我估计他这部专著就是文化类心得，只是借唐诗宋词发抒。一个人只要做起唐诗来，就已开悟，我回复同学："他或会走施蛰存先生的道路。唐诗是罂粟。"越对比西方，越觉得我们传统文化的珍贵，如像对唐诗的赏玩。一个人只有超越认知，进入把玩阶段，方是至境，若初学古玩者与精于古玩者之别吧。

  在《唐诗宋词解》中，一如他华丽的文笔高屋建瓴，要"重新发现唐宋，清扫千年雾霾"。李劼说："拿掉《红楼梦》，中国文化的一双眼睛就没有了；拿掉唐诗宋词，中国文化的一张美丽面孔就没有了；拿掉先秦诸子，中国文化就不成立了。今天，剥落什么，就会重生什么。"这就是文化自信！同学说"抵达极致玩家水准"，我深以为然。

  不过，我以为唐诗宋词并不在一个层面，唐与宋其实已断裂，它们归属不一样，不宜打通。将唐宋连起来是有问题的。隋唐可以这么说，唐宋就有问题了。李劼有种天纵之才的悟性，也有才子气的傲骨，他华丽的风格建筑于他的精思，所以配得上这份骄傲。自然，研究唐诗，要有顿悟，才能出新见，层出不穷的新见让人乐此不疲。

  现在学术界有许多审美赏析式的书籍，但多是陈见，我并不以为然。

  说半天，在说别人，算是起兴吧。活了半辈子，也借此总结一下自己所业。我接触唐诗有家庭因素。大约在三岁，我父亲用黄色宣纸抄了数十首唐诗作为我与弟弟的发蒙读物，那时在"文革"时期，县新华书店是绝无此类选本销售的，父亲就用毛笔正楷抄于纸上，装订成册供我们两兄弟吟诵。迄今难忘，杜甫的

《江畔独步寻花》"黄四娘家花满蹊,千朵万朵压枝低。留连戏蝶时时舞,自在娇莺恰恰啼",这是我口齿不清时对春天的印象。我家在县城的街上,有一位地主黄曹氏,稍懂人事后,我联想到就不舒服,为啥是黄四娘家的花才美呢?家后面是崇庆县二小,母亲在学校教书,它过去是川西平原上鼎鼎大名的武庙,青墙青柱及青色琉璃瓦,与川西平原上最为崇丽的崇州文庙相邻,与它的红墙红柱及金色琉璃瓦,交相辉映,互为补充。武庙前踏跺垂带石上盘龙,十分精美考究,我在这里嬉玩摔断了胳膊。我的童年就结束了。印象最深刻我在这所学校繁复的后花园找到了杜甫给我的春天,在无忧无虑的吟诵中不知不觉春天就过去了。这所由武庙改建的学校,是晚清效法日本,选择寺庙等公产办学而来,直到我考上大学,在八十年代末才被拆除改建为一幢现代教学大楼。我的小学、中学皆在寺庙中完成的。父亲也在邻县一所寺庙中度过了他的青年教师生涯,他教学的大邑青霞中学有川西平原上最大的罗汉松群,每棵树要三人多合抱,这生长缓慢的罗汉松,总令我想到寺庙的古老,唐人一定在它的荫蔽下吟诵,杜甫来过吗?这里可是他吟诵的西山区域。

待到我大学毕业,分配到都江堰市的一所学校工作,父亲已是一所高校的教师。当年的都江堰属于偏远地区,我从繁华的大上海来到落后地区,颇有远贬荒陬之感,于青春寂寞中吟诵打发时光。当时父亲正在进行他的唐诗研究工作,我就为他抄写《唐诗答客难》部分书稿,有时也父子探讨。其时我的兴趣并不在唐诗。华东师大一直是现当代文学的研究重镇,以鲁迅为中心的三四十年代现代文学的积淀建国后几集中于华师大与复旦,人才济济。我也想做这方面工作,受华师大夏雨诗社影响也写些新诗,但都没有走下去,半途而废了。在都江堰虚掷时光,颇有柳宗元陷于永州之野的心境,岁月蹉跎,就做一个"渔父"吧,"千山鸟飞绝,万径人踪灭。孤舟蓑笠翁,独钓寒江雪"。父亲书架摆满与唐诗相关的一切资料,"寂寂寥寥扬子居,年年岁岁一床书",是父亲人生的真实写照,他五十年代在风华正茂的学生时代就被错划右派,下放西昌彝族黄连乡,其辛苦堪比黄连,其心境大约与唐代流放岭南的那些逐臣有异代同心之感,自此不太与人交往,卢照邻那种被排斥在长安繁华之外"一床书"的寂寞,使父亲学会了自我调适,在唐诗的世界悠游诗海。

一次我在父亲书架上发现一册发黄的旧籍,翻看后发现是祖父留给父亲的礼物。祖父三十年代是民生公司襄理,完成宜昌国民政府物资大转移后,离开了民生公司。以后在家乡崇州开办裕民水电厂,后水电厂被地方豪强霸占。四十年代末,祖父陷入人生最困窘的时期。壮志成虚,此时祖父阅读唐诗,并在重庆旧书摊购买了一本《唐代诗学》研究。这可以说成了张家研治唐诗的家传的开始。这册残破的《唐代诗学》陪伴祖父度过许多时光。它是民国一位川籍文人写的、褐黄色嘉乐纸印制，极为粗糙。五十年代祖父将它赠与父亲，并影响父亲走上了研究唐诗的专业之途。书前扉页祖父特意题笺：

天健：
　　这是我八九年前买来消遣时阅读的书，可以看得唐诗的大概。你可以反复阅读，并探讨其中趣旨。熟读，体会就会加深。你并可向成都对诗学有研究的老师请教。

挽澜于渝，五六年十二月廿一日

　　父亲恪守父训，以唐诗为业，相守一生。五十年代末父亲考入成都四川师范学院中文系，学生时代即拜乡人古典文学专家王文才为师，深受文才师惜爱，后来父亲在成都大学中文系执教席退休。总其一生，已是国内知名的唐诗研究领域专家，曾经唐代文学学会会长、首席唐诗专家傅璇琮先生推荐他的论文发表，复旦大学王运熙教授为他的唐诗专著撰序。祖父对父亲学术的殷殷之情及父亲的不敢懈怠，让我想起杜甫的诗《宗武生日》："诗是吾家事，人传世上情。"杜甫出身"守官奉儒"家庭，他对家族传统的重视、自豪与发扬，他所推尚的"文采风流今尚存"，深刻影响了历代士人。祖父百折不回的意志品质，他对唐诗研究给父亲的指示已成为家庭遗训，我以"孟襄阳"诗句概之，就是"家世重儒风"。

　　缘此，我也做起唐诗来。受祖父、父亲影响，我的生命开始在唐诗领域接力起航。我的学术生涯中，得到父亲的许多研究方法和心得，懂得了问学之道、为学之理、治学之法。白居易《吾雏》诗云："敢求得汝力，但未忘父情。"我的一切成绩都来自家庭长期潜移默化的熏陶和影响，我在唐诗领域取得的一点进步，是对家风的奉持。

　　概之我这半世，在古典文学方面对我深有影响的授业师，计有邓乔彬、高建中、马兴荣、齐森华、方智范、方正耀、邸瑞平、周圣伟诸先生，是他们贯通了从先秦到晚清我的古典文学知识积累、建构。他们都是我心目中座座雪亮的师碑。未授课的师尊有施蛰存、程俊英、万云骏诸师，皆我愧仰的高山大岳。其中对我尤有影响的是施蛰存著述《唐诗百话》的方法思路。父亲的好友，上海社科院文学所古代文学室主任孙琴安老师，他也出自华东师大，是万云骏老师门下，对我颇有帮助，记得某年我在四川省的一个唐诗项目结题，须专家签署鉴定，孙老师于百忙中不仅签署，还手书一函鼓励。父亲同窗四川大学张志烈教授，执掌杜甫学会会长，不仅接纳我入会，还常常长辈亲切提点。这些都是我学术进步的重要助推动力。

　　本书书名为《唐诗解密》，从煌煌诗典中蒐集出有学术价值的难题七十余则，抉奥阐幽，层层解密。历史的基本判断是出发的前提：

从时间长河看,古代社会大致可分两段:中唐以前的古代贵族社会,中唐以后的平民社会。分水岭是科举取士的兴盛及安史之乱。这以后,贵族社会及其附着的古老价值观、贵族尊奉的道德观逐渐远去,取而代之以平民社会,牛李党争及黄巢之乱以平民战胜贵族而告结,中国社会从此走向宋元明清的平民世界,再无翻覆。在不可逆转的断裂下,杜甫经历了最深刻的切入肌骨的锥心之痛,这一历史巨变也造就了中国历史上唯一的诗人。那么其次就是这场巨变末端的李商隐,此二人当得起最后的末代贵族诗人美誉。

从地域空间变化审视,华夏民族历史是一部自我防御的抵抗史,威胁来自北方蒙古高原游牧部族,自先秦就饱受欺凌,历史上华夏民族设定了多条防线,先是阴山,再是长城,当长城也不能抵御汹汹来犯时,就是黄河,当胡马强渡黄河,防无可防,汉武帝又强势崛起"却匈奴七百余里,胡人不敢南下而牧马"。再后五胡乱华,长江又挺身而出成了最后的防线,江南成了民族偏安的庇护所。明白这些,你就能理解边塞诗,理解高岑;你理解衣冠南渡,就能理解死守睢阳捍庇东南的张巡诗歌。

再择取历史的某些阶段看,民族历史实际上又是内部不断的分合史,汉末分裂,至隋唐方统一,一统的江山让分裂中过来的唐人贵族充盈着向上的精气神,整个初盛唐社会呈现的是昂奋的激情,这里须说明一下贵族是西周以来长期积淀形成的良族,他们差不多是传统价值观、道德观的载体,在他们影响下社会守序,尊崇传统,风醇俗厚。理解这些,方可认知初盛唐诗的责任感,认知四杰、张若虚、陈子昂,如李劼说的"初唐气壮如牛的言志"。

在历史给的立场上,对每一专题以问答形式,层层递进,严谨解密,殚精竭虑不能解者,推进一层,留待后人。所解密的问题,诸如李季兰身世结局的考证,韩愈服食硫黄致死是否千古奇冤,李白《扶风豪士歌》所赠对象确指问题等。

"气冲星象表,词感帝王尊",这是杜甫献三大礼赋,受玄宗垂重召试文章写下的诗句,大气磅礴。今天在党中央实现中华民族伟大复兴"中国梦"感召下,我歌之颂之,舞之蹈之,不负伟大时代,"圣代修文德,明庭举旧章",尽绵薄之力做一点有益于社会文化传播的贡献。人生半世,我深刻领悟到,这是一百七十余年来,中华民族最伟大的复兴时代。圣代与英才交并,中华文化最精要之处在此,生生不息在此,杜甫之最伟大者在此。想起一个命题,知识分子何为?做千年诗圣杜甫那样的士人。

稿完如释重负,尚期广大读者不吝赐教,以俟再版重光。

张　起

2018 年元月 13 日于成都大学嘤鸣湖畔

序 二

　　余英年跌扑，始治唐诗，忽忽数十年。今国运鸿昌，而人生有涯，名山事业，赖有传承。幸张起续业，亦治唐诗，家学有源，家风有继。《唐诗解密》蓄势有年，国内诸多名家认可，马识途老作家深爱唐诗文化传播，亲为嘱意，以近百岁之身签题书名，刚劲古朴，字如其人，是为后学寄托孤心，当深察铭记。

张天健

2018 年元月 24 日于都江堰听雨楼

第一辑

初唐：唐音新试

关于卢照邻的名作《长安古意》

问：请谈谈卢照邻的名作《长安古意》。

答：初唐诗人被誉为四杰之一的卢照邻，字升之，幽州范阳（今河北涿州）人，陇州刺史卢光乘之弟。范阳卢氏是北方顶级士族，他十余岁时，从曹宪、王义方授苍雅及经史，博学善属文。初授邓王府典签，王有书十二车，卢照邻披览，略能记忆，王颇为爱重，向人说："此即寡人相如也。"后拜益州新都尉，因染风疾去官，漫游蜀中，居于扶风秦岭太白山中，得方士玄明膏饵之，逢父丧，号呕，丹吐出，从此病更甚，客于洛阳东龙门山，布衣藜羹，友人时时供给他衣药。病更深重，足挛，一手又废，便徙居洛阳嵩山之阳洛州阳翟县。后之郑州南新郑具茨山下，在山南颍水河边买园数十亩，疏颍水环宅舍，又预为墓，又作《五悲》以自明，病既久，不堪其苦，曾与亲友执别，就自投颍水而死。卢照邻最终终于新郑县。他是一位不堪病痛折磨的悲剧诗人。他的代表作是《长安古意》：

> 长安大道连狭斜，青牛白马七香车。
> 玉辇纵横过主第，金鞭络绎向侯家。
> 龙衔宝盖承朝日，凤吐流苏带晚霞。
> 百尺游丝争绕树，一群娇鸟共啼花。
> 游蜂戏蝶千门侧，碧树银台万种色。
> 复道交窗作合欢，双阙连甍垂凤翼。
> 梁家画阁中天起，汉帝金茎云外直。
> 楼前相望不相知，陌上相逢讵相识？
> 借问吹箫向紫烟，曾经学舞度芳年。
> 得成比目何辞死，愿作鸳鸯不羡仙。
> 比目鸳鸯真可羡，双去双来看不见？
> 生憎帐额绣孤鸾，好取门帘帖双燕。
> 双燕双飞绕画梁，罗帷翠被郁金香。

片片行云着蝉翼，纤纤初月上鸦黄。

鸦黄粉白车中出，含娇含态情非一。

妖童宝马铁连钱，娼妇盘龙金屈膝。

御史府中乌夜啼，廷尉门前雀欲栖。

隐隐朱城临玉道，遥遥翠幰没金堤。

挟弹飞鹰杜陵北，探丸借客渭桥西。

俱邀侠客芙蓉剑，共宿娼家桃李蹊。

娼家日暮紫罗裙，清歌一转口氛氲。

北堂夜夜人如月，南陌朝朝骑似云。

南陌北堂连北里，五剧三条控三市。

弱柳青槐拂地垂，佳气红尘暗天起。

汉代金吾千骑来，翡翠屠苏鹦鹉杯。

罗襦宝带为君解，燕歌赵舞为君开。

别有豪华称将相，转日回天不相让。

意气由来排灌夫，专权判不容萧相。

专权意气本豪雄，青虬紫燕坐春风。

自言歌舞长千载，自谓骄奢凌五公。

节物风光不相待，桑田碧海须臾改。

昔时金阶白玉堂，即今惟见青松在。

寂寂寥寥扬子居，年年岁岁一床书。

独有南山桂花发，飞来飞去袭人裾。

问：这首诗将长安写得如此华美，非常吸引人，简直是一张城市名片。但为什么诗题不像骆宾王同样写城市的叫《帝京篇》，王勃的叫《临高台》？他诗题的"古意"是什么意思？

答：你读诗善于发现，这是一般人容易忽略或根本不去想象的问题。这分明写长安的繁华，可以叫"长安歌"或"长安篇"等等，却要加个"古意"。这古意二字，一般注家是这样注的："古意，六朝诗旧题，略同于效古、拟古、托古"（增订注释《全唐诗》）。古意一词很难解释，其意义随着不同的时代、不同的作者而变化。它的本意与拟古、仿古相同，但后来随着不同人的使用产生了多种意义，如"怀古""古道德"等，那么这一篇的意义是什么呢？我想先谈谈诗再解答疑问。

汉魏六朝以来，就有许多以长安洛阳名都为背景，描写城市繁华的文学作品。初唐社会的繁荣，长安的美丽，许多诗人在它面前惊叹不已，认为是当代的奇观，是大唐帝国强盛的生动证明。都城诗的出现，在七世纪后半叶，骆宾王有充满典故的《帝京篇》，王勃有直写壮丽的《临高台》，卢照邻则有最杰出的《长安古意》。卢照邻这首长诗划分两个部分，从起句"长安大道连狭斜"到"自谓骄奢凌五公"。这部分用密集的意象铺写了长安的壮丽豪华，王侯邸宅的细部，千门万户的盛景，楼前相望陌上相逢的人山人海，真是写足了长安的繁华，接着他转写形形色色人物的登场，社交层面活动的展开，红尘世界的寻求伴侣，王侯公卿的来往聚会，娼家歌舞的迷人，豪华将相的颐指气使，构成一幅喧闹、忙乱、交往、宴会、纵欲的大唐长安热烈的都市生活图。闻一多这样评说《长安古意》：诗的开头"放开了粗豪而圆润的嗓子"，"这生龙活虎般腾踔的节奏，首先已够教人们如大梦初醒而心花怒放了……诚然这不是一场美丽的热闹，但是这颠狂中有战栗，堕落中有灵性。""如今这是什么气魄！对于时人那虚弱的感情，这真是有起死回生的力量"（《唐诗杂论》）。

　　初唐诗人热烈倾情赞颂帝京长安，我认为有深厚的历史情结。汉民族生息的中原长期受到北方外族觊觎，一部汉民族史就是反复抵抗外族入侵的历史，阴山是第一道防线，当阻挡不住来势汹汹的匈奴时，于是修筑长城，长城成了第二道防线，当长城也失效时，黄河就成了第三道防线，当胡马渡过黄河时，汉武帝挺出，这是汉民族少有的强悍时代，降服西域，击破匈奴，封狼居胥，使匈奴王庭远迁漠北，彻底解决了中原的威胁。这是汉民族的光荣岁月，大汉也成了汉人的精神归属。而强汉的心脏是长安，它寄托了后世多少志士的复兴梦。之后五胡乱华，长江成了汉民族最后的防线，江左担起了汉民族的避难地，经历南北朝分裂之痛，当隋唐再次结束分裂时，诗人内心的历史情结被激活，汉民族骄傲的光荣与梦想复活，于是在初唐，长安就成了诗人寄托情感的抒写对象。从唐太宗《帝京篇》到骆宾王《帝京篇》、王勃《临高台》，它们内部灌注了汉民族光荣与梦想的历史情结的骄傲，这是南北统一以后对大唐帝都的由衷赞颂的自豪。虽然卢照邻《长安古意》似乎还有宫体诗的影子，但诗的内部也有承平时代帝都汉人的繁华极乐的艳美与个人冷寂生活的对照，又岂是卑弱的南朝宫体相较的？

　　问：在这首都市诗巨篇中，写到娼家，写到恋情，写到纵欲，难道不是六朝宫体诗的遗风吗？

　　答：从历史的承继看，卢照邻好像脱不了干系，其实，早有评说就正："卢照邻与南朝宫体诗人是大不相同的，他的创作内容充实、感情健康，这是根本性的区别，同时他的诗中之所以带有宫体的遗迹，不是由于有意的学习，而是由于不自觉受了传统力量的影响"（《中国文学发展史》）。我们随意作一个比较，如梁简文帝《乌栖曲》诗句："相看气息望君怜，谁能含羞不自前。"闻一多指出它是"病态的无耻"，"虚弱的感情"。而卢照邻的名篇则有不同，"在窒息的阴霾里，四面是细弱的虫吟,虚空而疲倦,忽然一声霹雳,接着的是狂风暴雨！虫吟不见了,这便是卢照邻《长安古意》的出现,这首诗在当时的成功不是偶然的"(《宫体诗的自赎》)。

这首诗的第二部分从"节物风光不相待"到"飞来飞去袭人裾",仅八句诗,非常奇特。全诗六十四句写繁华,八句诗写寂寞,以不对称的方式打破平衡,避免呆板,特显生动。我们知道,淫亵卑弱的宫体诗来自南朝,一味地堆砌陈词常典,使富于灵性的艺术创造变成了镶金嵌玉,铺锦列绣如同工艺制作。在卢照邻还没有完全摆脱宫体余绪而创新的《长宫古意》,闻一多说:"他是宫体诗中一个破天荒的大转变。一手挽住衰老了的颓废,教给他如何回到健全的欲望,一手又指给他欲望的幻灭。这诗中善与恶都是积极的,所以二者似相反而相成。"这就是他针对前后分六十四句之后的后部分八句的组合,说"卢照邻似要以更有力的宫体诗救宫体诗,他所争的是有力没有力,不是宫体不宫体"(《唐诗杂论》)。

问: 据学者们见解,《长安古意》不能以宫体诗看待,那么它的价值取向如何?

答: 沈德潜《唐诗别裁》云:"长安大道,豪贵骄奢,狭邪艳冶,无所不有。自婴宠而侠客,而金吾,而权臣,皆向娼家游宿,自谓可永保富贵矣,然转瞬沧桑,徒存墟墓。"这是汉大赋通行的"劝百讽一"的警示。闻一多也说:"似有'劝百讽一'之嫌,对了,讽刺,宫体诗讲讽刺,多么生疏的一个消息,我几乎要问《长安古意》,究竟能否算宫体诗"(《唐诗杂论》)。

问: 卢照邻此诗果真合汉大赋"劝百讽一"的题旨吗?

答: 关于题旨,我要回到前面留的一个疑问来谈,他为何不以时行的如唐太宗、骆宾王写都市的"帝京篇"命题,或以"长安篇"命名,却要特别加一个"古意",这个"古"指的什么时代。诗中信息已分明点示,那就是"寂寂寥寥扬子居"中的扬雄,扬雄乃西汉末人,他的《甘泉》《羽猎》《长杨》《河东》四赋,是讽汉成帝广宫室、溺游猎而作,旨在规劝节俭。

劝百讽一,是扬雄《法言》对汉大赋主要特征的概括,即用极大的篇幅和过量的辞藻铺叙统治者的奢侈享乐生活,仅仅在结尾稍微露出一点讽喻之意。结果丝毫也引不起注意和警惕,致其欲讽反谀,适得其反,助长了奢侈的心理。他曾批评司马相如《大人赋》欲以讽谏,而帝反有飘飘凌云之志。他本人是反对的,王勃《上吏部裴侍郎启》说:"劝百讽一,扬雄所耻。"

因此我并不以为《长安古意》便与"劝百讽一"汉赋题旨相同。扬雄另有《蜀都赋》与《逐贫赋》，是现存最早以都邑为题材的作品，后者自述家贫之状，安贫之志，卢照邻《长安古意》之旨在于此。长安古意之"古"，其用意或可与此深相谋合。在《长安古意》诗的后部分他引进了短暂无常的明确主题，前六十四句内容丰富，场面宏丽，画面美艳，细节生动，那是长安，对比后八句，沉实思维。前面的酣畅淋漓，繁华热闹，后面的清心寡欲，不慕荣华，"年年岁岁一床书"。"节物风光不相待"斗转繁华，如冷水劈头而下，将一切纸醉金迷扫荡，连语言也洗尽藻饰而令人清醒，令人深思。这种莫测高深的替换对象，是以隐士出身的扬雄。他的沉默与城市的喧闹相对，他的孤独与密集的群聚相对，他的一床书与人们的声色物欲相对，"年年岁岁"给人以持久、不变的感觉，与都市中权力张扬的短暂相对，令人惊醒。在这里，短暂无常的诗旨是温和的，不是正式的批评反讽，在沉默中表现了对长安世界的否定。其实他的"古意"早在西蜀时的《赠益府群官》中就能找到形迹，"单栖剑门上，独舞岷山足。昂藏多古貌，哀怨有新曲。……不息恶木枝，不饮盗泉水。……智者不我邀，愚夫余不顾。所以成独立，耿耿岁云暮"。这样"长安古意"就可解读为：长安繁华中的一个独立不群的寂寞隐者。

回到卢照邻自身来看，范阳卢氏本北方冠族，刘备的师傅卢植、《水浒传》中卢俊义皆是"范阳卢"。河北卢高是著姓，也同支系，都是姜太公后裔，卢姓始祖是高傒。凭着卢照邻的出身，长安繁华富足的生活里本该有诗人参与的影子，而病痛的折磨、生命的痛苦，使他过早远离红尘的欢乐，才有后八句的感叹。至此我们已知道诗的主旨并非"劝百讽一"，而是融入了一个贵族因身体病痛不能参与的无限遗憾。这个时代是结束南北分裂的尽情欢乐的时代，帝都具有复兴的象征意义，而诗人被排斥在长安繁华之外寂寂寥寥，进而发出生命易逝、繁华须臾的哲理警示。

卢照邻的行为处世，早已深受魏晋名士的影响，他对皇都的态度是"寂寂寥寥扬子居，年年岁岁一床书"，以扬雄自况，这，才是因风疾去官，阅尽繁华后，贵族落寞的真实心态；在此卢照邻借"古意"发出自己的声音，厌世的隐者声音，这，或许是他以后自投颍水的伏笔。

问：从诗题"古意"到诗旨，我有了一些理解，卢照邻又何以能写出这样的作品？

答：卢照邻之所以能写出这样杰出之作，正由于他怀抱着沦落失意的心情，困居长安，在热切心情与冷眼旁观交进中去观察现实，因而他对这使人羡慕、使人愉快，令人惊叹、令人悲哀的复杂生活才有较深刻的理解。他偏取扬雄，是诗人引以自况，扬雄在长安时，仕宦不得意，闭门草"太玄"，"一床书"的寂寞，是文士的冷寂生涯。又有人从病理角度研究卢照邻，他三十九岁染风疾，从外因看是酒色相并狎邪之游和旅途的劳顿，从好友骆宾王《艳情代郭氏答卢照邻》诗中，看出卢照邻离蜀赴洛阳后，两年无音信，是知他另有狎游新宠，故诗中有"君住三川守玉人，此时离别那堪道"，诗中充满期盼与悲伤。从内因看是不知养生又药不对症而使病情转剧，病痛从生理到心理，导致文体、抒情主题的变化，使诗作境界从狭小天地到境界大开，具有了一定的哲学意味。病从许多方面影响了他，一是离开了许多朋友，二是他的远志难展，三是夺去了他眷恋的环境，逼他走入隐者的生存行列。他本来对现实生活充盈着热烈的心态，不是像后八句的极端，他肯定比目、鸳鸯、燕子至死不渝的爱情，但是他认定本质生活的变化无常，与扬雄高尚的孤独不同，便从诗演绎至死不渝的爱情与热烈短暂的春天生活，以及狎妓事件，与隐士和政治风云变幻相对照，这种分裂性的联系，不但寄予了他的人生感慨，也使诗具有了理性的哲学风采。直到他自投颍水前，还作《释疾文三歌》，其中一首是："岁去忧来兮东流水，地久天长兮人共死。明镜羞窥兮向十年，骏马停驱兮几千里，麟兮凤兮，自古吞恨无已。"这是他骏马停驱无可奈何的悲歌！

回到问题，"长安古意"是包含汉赋都邑题材与宫体华美风气取舍的产物，是诗人兼容并包而成的属于大唐的新风，它告别了宫体的纤艳孱弱，它并不讥讽大唐帝都属于汉人的繁华盛景，初生的大唐需要这样的纸醉金迷，但它却又在其中蕴含个人之感，这样真实的诗人现状的抒写，使它超过了大唐一切歌咏帝都的诗篇。

问：对于卢照邻及《长安古意》的诗题之疑我已有一定的了解，但这首诗何以感染力如此强呢？

答：七言古诗初唐出现这样的长篇巨制，确为仅见，从都市诗比照，唐太宗的《帝京篇》、骆宾王的《帝京篇》、王勃的《临高台》均难以等列，略举如下：

唐太宗《帝京篇》是五言律诗形成共十首，举一首：

> 秦川雄帝宅，函谷壮皇居。
> 绮殿千寻起，离宫百雉馀。
> 连甍遥接汉，飞观迥凌虚。
> 云日隐层阙，风烟出绮疏。

骆宾王的《帝京篇》是五七杂言体，略举如下：

> 山河千里国，城阙九重门。
> 不睹皇居壮，安知天子尊？

皇居帝里崤函谷，鹑野龙山侯甸服。

王勃的《临高台》是乐府旧题，杂言诗，略举如下：

> 临高台，高台迢递绝浮埃。
> 瑶轩绮构何崔嵬，鸾歌凤吹清且哀。
> 俯瞰长安道，萋萋御沟草。
> 斜对甘泉路，苍苍茂陵树。

以上诗句虽然都一定程度叙写了长安的壮丽，但与《长安古意》比照，都相形见绌。卢照邻的《长安古意》，艺术上采用了赋法入诗，铺张扬厉，使用不好，则显刻板之弊。他不是平均用力到底，有大场面的铺开，有细节的点染，诗中用许多缠绵往复的旋律，如："得成比目何辞死，愿作鸳鸯不羡仙，比目鸳鸯真可羡"，回环照应；如："好取门帘帖双燕。双燕双飞绕画梁""纤纤初月上鸦黄。鸦黄粉白车中出"，顶针法的运用；如"北堂夜夜人如月，南陌朝朝骑似云。南陌北堂连北里""意气由来排灌夫，专权判不容萧相。专权意气本豪雄"，连珠的滚动等。时尚元素的加入，使诗新颖而生面大开，这就一变陈隋"音响时乖，节奏未谐"之病，明人胡应麟极度赞赏此诗"一变而精华浏亮，抑扬起伏，悉谐宫商；开合转换，咸中肯綮""七言长体，极于此矣"（《诗薮·内编卷三》）。《长安古意》运用语言更有突破，都城的豪华，多用色彩缤纷的丽词，如"白马、青牛、玉辇、金鞭、朝日、晚霞、碧树、银台、金茎"等，为长安的金碧辉煌作了具体描述。虽然词采华艳难免责为六朝宫体余绪，但它是服从内容需要却成为新变之声，它圆润而不卑弱，压倒那"四壁细弱的虫吟"。诗中的骈体语言很多，因为节奏韵律转换调配，并不呆板，这是诗前部分赋体入诗铺陈的语言运用，后部分诗的语言又徙转清词，那是繁华寂寞对比的需要，所以，这就使全诗脱去铅华浮艳之弊，而使之成为初唐诗歌的杰作。

问：所谈细致入微，《长安古意》诗题之疑，诗的旨归，诗的魅力我都有了深刻印象。

骆宾王结局的疑案

问：骆宾王的结局是疑案吗？

答：是有多种说法。诗人骆宾王为婺州义乌（今浙江义乌）人。七岁能诗，目为神童。他的《咏鹅》："鹅、鹅、鹅，曲项向天歌。白毛浮绿水，红掌拨清波。"千古传诵，尤为孩子喜爱，视为发蒙之作。作为诗人的骆宾王，他的《帝京》《畴昔》等长篇，尤为举世称道，作家苏雪林教授说他以五七言错综铺排如汉赋、《两京》《三都》，而风流冶艳，活泼生动，不似汉赋板重，果属创体（《唐诗概论》）。郑振铎对他这类歌行长篇等，说"都可显出他的纵横任意，不可羁束的才情来"，又说《畴昔》"无疑是这时代中最伟大的一篇巨作，……这样以五七言杂组成文的东西，诚是空前之作。当时的人，尝以他的《帝京篇》为绝唱……"（《插图本中国文学史》）。骆宾王在初唐还算出身名族，故两《唐书》皆有传，父官青州博昌（今山东博兴县）县令，在初唐重贵族别良贱的时风下，有过一段落魄无行，好与博徒游的贵家子弟的浪荡生活。但他一生书剑飘零，初为道王府属，转奉礼郎，东台详正学士。后从军蜀中，历任武功、长安主簿。高宗仪凤四年（679），擢任侍御史，为一生最高官职。不久下狱，遇赦得释。后回江南任临海（今属浙江）县丞，怏怏失志，弃官浪迹江南。这短短数年，他的人生观发生了很大变化。光宅元年（684），宾王在扬州遇"唐皇旧臣"徐敬业，其时敬业起兵讨武则天，武氏大肆斥逐李唐旧臣，敬业以唐开国勋臣徐勣之孙，联络朝臣，举兵以恢复大唐为号召，应者云集。敬业军中书檄，皆出宾王之手。他曾为徐敬业草写《讨武氏檄》。檄文历数武则天的阴谋祸心，劣迹秽行，以"请看今日之域中，竟是谁家之天下"收结，写得慷慨淋漓，感染力极强。传说武则天读至"一抔之土未干，六尺之孤何托"，慨叹道："宰相安得失此人！"她打听檄文作者是谁，左右答说是骆宾王。她十分惋惜地说："宰相之过也，人有如是才，而使之流落不偶乎？"敬业兵败，骆宾王下落不明，纷纭传说，成了一桩疑案。其结局有三说。

一说，骆宾王被杀。《旧唐书·文苑上·骆宾王传》载："敬业败，（宾王）伏诛。"《资治通鉴·卷二〇三》载："乙丑，敬业至海陵界，阻风，其将王那相斩敬业、敬猷及骆宾王首来降。"《新唐书·李勣传》载:"敬业与敬猷、宾王率轻骑通江都……其将王那相斩之,凡二十首,传东都,皆灭其家。"另外,尚有与骆宾王为世交的宋之问写过一篇《祭杜学士审言文》,文中说:"国求至宝,家献灵珠。反复有王杨卢骆,续之以子跃云衢。王也才参卿于西陕,杨也终远宰于东吴,卢则哀其栖山而卧疾,骆(宾王)则不能保族而全躯。"依上列诸种资料看,都证明敬业兵败后宾王被杀,后两条资料还说宾王不但身遭杀戮,而且累及全家与族人被诛。

二说,骆宾王投水自尽。唐人张鷟《朝野佥载》云:"明堂主簿骆宾王《帝京篇》曰:'倏忽抟风生羽翼,须臾失浪委泥沙。'后与徐敬业兴兵扬州,大败,投江水而死,此其谶也。"这里,投江是否真的,投江是否死了,成了问题。后人便又说宾王逃遁后,捕之不获,主事者只好以"投水报闻"(《骆临海集笺注》附录)。

三说,骆宾王逃隐,或曰出家为僧。《新唐书·文艺上·骆宾王传》载:"敬业败,宾王亡命,不知所之。"此说与同书《李勣传》所述互相矛盾。徐敬业兵败约二十年后,唐中宗曾命郄云卿搜辑骆宾王遗文,郄云卿于《骆宾王文集序》中云:"文明(684)中,与嗣业于广陵共谋起义,兵事既不捷,因致逃遁。"可能是《新唐书·骆宾王传》所祖。宋人尤袤《全唐诗话·卷一》也延续了宾王不死的说法:"宾王后与徐敬业兴兵扬州,大败逃死。"说骆宾王兵败后出家的为唐人孟棨,他在《本事诗·微异》曾记一事:诗人宋之问一次在杭州灵隐寺玩月赋诗,他先吟两句"鹫岭郁岩峣,龙宫锁寂寥",一时无佳句可续。沉吟间,来一老僧,问其由,宋之问以实相告。老僧听后即说:"何不云'楼观沧海日,门对浙江潮'?"并接连吟了十句诗,完了篇,句句精警。宋之问闻之惊喜,叹服不已。次日专程拜访,谁料未见此人。问别人告诉说,老僧就是骆宾王。当徐敬业兵败之后,徐、骆两人逃遁,官军追捕不及,但因惧失捕要犯朝廷加罪,便杀戮两个面貌大体与徐敬业、骆宾王相似者的头,用匣盛装,报送京师,竟也蒙混过去。以后即使官军知晓了徐、骆两人的下落,也因怕犯欺君大罪,含糊过去而不敢捕杀。据说骆宾王就是来此寺中落发为僧。还有一种说法是敬业后人传的,说骆宾王一直隐匿于今江苏南通一带。先逃后死,此据为明人朱国祯的《涌幢小品》所记载:明正德年间,江苏南通城东发现了骆宾王的墓,墓中人衣冠如新。这墓后来迁往南通狼山,遗迹至今尚存。至清代雍正年间有一个叫李于涛的人,他在《和邵干诗引》中自称是李勣的三十七世孙,谈及他们的家谱中记载说,"三十五世祖德慕公讳敬业者,起义扬州,讨武氏,不克。一时眷属逃窜几尽。三十四世祖尚庵公讳绚者,偕幕府骆宾王,匿邗之白水荡。久之,宾王客死崇川。"又说,上述事迹"载之《家乘》最详",这就是说敬业兵败之后,骆宾王与敬业之子同匿于邗(今扬州邗江区)之白水荡,以后骆宾王客死崇川(今江苏南通)。唐朝初年的邗州即扬州,骆宾王起事于扬州,事败藏于扬州,最后终老南通,皆在江北。清崇川邵干曾证实崇川城东黄泥村有

11

骆宾王墓。骆宾王墓即是敬业之子所修建(见清人陈熙晋《骆临海集笺注·附录》)。这后几种说法,虽不尽相同,然都以宾王未死于扬州兵败,实将《新唐书》中"宾王亡命,不知所之"具体化。

据袁枚《随园诗话》卷十三载:"闽人刘南庐,名芳,貌若枯僧,以布衣云游;所到必栖深山古刹,受群僧供养。问何不还乡,笑而不答。晚年卒于通州之狼山。群僧为葬于骆右丞墓侧。"刘南庐有《南通州五山志》,其中就记有骆宾王墓。乾隆十三年(1748)刘南庐经锲而不舍的寻访,终于在黄泥口找到了流传已久的骆宾王墓,并掘地见"唐骆"二字残石,经通州太守同意,将骆宾王墓移葬狼山。

问:这样说来,都有道理了,争论是肯定的,依谁的可靠呢?

答:你说得对。毕竟骆宾王行为是乱臣贼子,事件较为敏感,朝廷忌讳,致各种记载纷纭不一。上述三种说法都有道理,但引起争论的是第一和第三两种,一种主死,一种主生,生死存亡各执所据,纷争不休。第二种类同谶语,也别无旁证资料据争,不很令人置信。

力主骆宾王兵败被杀的持论者认为,除《新唐书·骆宾王传》说骆宾王兵败后"不知所之"外,其余均说骆宾王兵败被杀。正史昭然。但最有力的证据是宋之问《祭杜学士审言文》中的那句话。骆宾王与宋之问的父亲是同僚,又骆宾王诗集中还有三首赠宋之问的诗《在江南赠宋五之问》《在兖州饯宋五之问》《送宋五之问》,关系非比寻常,所以宋之问文中说骆宾王"不能保族而全躯"是很有说服力的。非常有趣的是,持此论者还批评孟棨《本事诗》所载之宋之问在杭州灵隐寺遇骆宾王月夜联吟之事为虚妄之说。因为如上所云,既然宋之问与骆宾王关系熟识如此,安能两人相逢时,竟有对面不识不疑之理?

可是,力主骆宾王败后逃死世间的持论者认为,孟棨《本事诗》所载固有阙漏,但其中关于用假首级报送京师的说法,也并非言自无稽。王那相为了邀功请赏,或逃避罪责,作出以假乱真的事情,可谓情理中的事。因而,宋之问《祭杜学士审言文》中所谓力证的"不能保族而全躯"的一句话,焉知不是他在看了假骆宾王的首级之后才写下的呢?又假设说,宋之问即使在当时已看出首级是假的,为朋友计,也要言其真,不会说其假。以理推之,当时骆宾王家族遭害,或者有之;自身伏诛,可能非实。这样,以宋之问《祭杜学士审言文》中的一句话作为骆宾王被杀的力证同样也是不力的。再说,郗云卿是奉诏搜辑骆宾王遗文的官员,他对骆宾王的结局下落必是作过一番周密的调查,他何以在《骆宾王文集序》中要否定骆宾王被杀的说法,却说骆宾王"因致逃遁"呢?此必非无因,那是慎之又慎载入史册的大事。可见郗云卿对王那相报送京师的两颗首级是否真的属于徐敬业和骆宾王,是持怀疑或者不相信态度的。还有据清人陈熙晋考证,除所传灵隐为宋之问续诗外,骆集中的《夕次旧吴》《过故宋》《咏怀》三首诗,都是亡命后的作品。诗充满黍离之悲,故国之怀,如"西北云逾滞,东南气转微""惟当过周客,独愧吴台空"等,显然非一般的发怀古之幽情,而是当兵败之后,骆宾王旧地重游时心灵隐秘的感慨,也是他亡命后还活着的证明。

最后回到郗云卿奉诏整理《骆宾王文集》十卷。一个有趣的事,居然有两个版本,一个是早期的,一个是晚期的修订版,两个版本最大的区别就在于序的不同。据南宋陈振孙《直斋书录解题》:"其首卷有鲁国郗云卿序,言宾王光宅中广陵乱伏诛,莫有收拾其文者,后有敕搜访;云卿撰焉。又有蜀本,卷数亦同,而次序先后皆异。序文视前本加详,而云广陵起义不捷,因致遁逃,文集散失,中宗朝诏令搜访。"也就是说,第一版《骆宾王集》序里说骆宾王"伏诛",而到了蜀本修订版,郗云卿的描述变成了"广陵起义不捷,因致遁逃"。这前后矛盾的改动,说明骆宾王谋逆事件太敏感,作为与骆宾王前后同时代的官员,又是逢皇帝旨意做事,如此修改,或可说明朝廷对骆宾王乱党的评价发生了一些变化,毕竟他参与的是反对武氏篡唐的事件,似有正义性。但生死结局之谜更加扑朔迷离。

中宗李显神龙初(705)复国,即拨乱反正遣人搜集骆宾王遗文,表明李唐王室有对骆宾王行为平反之意,而郗云卿奉旨初编《骆集》序中沿袭旧评,认为是伏诛。这就违背了唐中宗的本意。所以我推测,郗云卿后来作修订时就改作逃死,且颇有意味地用词"广陵起义",显然是经过中宗审核认定的。其中的隐微之旨值得我们深思,去还原历史实情。或许骆宾王在唐王室的心中就是烈士,只是不便言告天下,才致千年雾障。

问:如此说来,在未有新的、确凿的材料发现之前,这一件疑案还得相持争论下去。

答:是的,正是这样。

陈子昂死于何因

问：陈子昂的死，疑窦如何？

答：陈子昂字伯玉，梓州射洪（今属四川遂宁）人。生于唐高宗龙朔元年（661），卒于武则天长安二年（702）。其父元敬曾仕文林郎，《新唐书》说他是"富家子"。他一生很短促，只活到四十二岁便去世了。

陈子昂的死因有二说。一是大历六年（771），剑南东川节度使兼梓州刺史鲜于叔明为陈子昂建旌德碑，请赵儋代撰碑文说："及军罢，以父年老，表乞归侍。至数月，文林卒。公至性纯孝，遂庐墓侧。杖而后起，柴毁灭性，天下之人莫不伤叹。年四十有三，葬于射洪独坐山。"碑文显然不同意他死于非命，但支持此说者寥若晨星，为文史学家所不足取。另一说是杜甫亲自到过陈子昂故居，后在其诗《送梓州李使君之任》中说："遇害陈公殒，于今蜀道怜。君到射洪县，为我一潸然"（《杜工部集·卷十三》），道出陈子昂是遇害。遇谁之害？至今纷纭聚讼，莫衷一是。

其实，陈子昂遇害，在他的好友卢藏用著《陈氏别传》中即已点明："子昂性至孝，哀号柴毁，气息不逮。属本县令段简贪暴残忍，闻其家有财，乃附会文法将欲害之。子昂荒惧，使家人纳钱二十万，而简意未已，数輿曳就吏。子昂素赢疾，又哀毁，杖不能起。外迫苛政，自度气力恐不能全，因命著自筮，卦成，仰而号曰：'天命不佑，吾其死矣！'于是遂绝。年四十二"（转引《陈子昂传注》）。这段话并不排除第一种说法"其父卒，过度悲伤"的因素，但更重要是指出遇害于段简勒索所逼，自尽于"輿曳就吏"之时。而《旧唐书·陈子昂传》则沿袭《别传》之说，稍异处改"数輿曳就吏"为"简乃因事收系狱中，忧愤而卒"。另外，《新唐书·陈子昂传》更在旧书基础上断定说："果死狱中。"这便合理导出：陈子昂死于段简逼害，并死于狱中的结论。但是——

结论决非定论。陈子昂宦海浮沉，圣历元年（698）五月十四日《上蜀川安危事三条》时，恢复了"通直部行右拾遗"的身份，此后数月，便解官归侍，"天子优之，听带官取给而归"，证明是得到武则天礼待，爵禄还故里。如此看来，段简一区区县令，竟敢如此狂妄逼害朝廷命官？所以，南宋人叶适曾质疑："子昂名重朝廷，简何人？犹二十万缗为少而杀之，虽梁冀之恶不过。恐所载而未真也"(《习学记言序目·卷四十一·唐书四》)。其实，对此问题唐人沈亚之早已作过探讨，并指出："乔(知之)死于谗，陈死于枉，皆由武三思嫉怒于一时之情，致力克害。一则夺其妓妾以加憾，一则疑其摈排为累，阴令桑梓之宰拉辱之，皆死于非命。"(见《沈下贤文集·卷八》之《上九江郑使君书》)明确道出陈子昂之死同武三思的关系。明人胡震亨认为此说极是。他说："尝怪陈射洪以拾遗归里，何至为县令所杀。后读沈亚之《上郑使君书》，始悟有大力人主使在，故至此"(《唐音癸签·卷二十五》)。当代学者们也探索，陈子昂曾被逆党陷狱，参谋帷幕，又被贬为军曹，持身正直明矣，也许早被武三思嫉恨，前时坐逆党下狱，未尝不是武三思的构陷，而此时才有机会假手段简杀人罢了。据此看来，武三思与段简上下勾结，加害陈子昂于狱中，情理自然，因之，近年来国内多从此说。

问：疑窦也许可算解了？

答：其实，疑云未散，"大力人"武三思的活动都是在幕后，露面逼害的段简，其人如何？据《新唐书·来俊臣传》云："则简直一无气骨人。"关于段简，"贪暴残忍"乃其本性，怎样才能将子昂的家财贪纳于己，最好的办法是要抓住陈子昂的把柄以"附会文法"，然后以此进行要挟才使目的达到。岑仲勉于《陈子昂及其文集之事迹》进而质疑说："以武后、周(兴)、来(俊臣)之淫威，子昂未之惧，何独畏夫县令段简？……余由此推想：谓子昂家居时，如非有反抗武氏之计划，即必有诛讨武氏之文字，《别传》所谓'附会文法'，匣剑帷灯饶有深意。唯如是，斯简之敢于数舆曳就吏，子昂之何以惧，何以贿，均可释然。及不堪其逼，遂一死谢之。"(《辅仁学志·一、二期》)推想亦合理据，但归咎武后失于无凭。彭庆生在《陈子昂诗注》书中却不以为然，他说："岑氏所疑极是，唯推想子昂有反抗武氏之计划或文字，却未免凿空。依当日情势，倘子昂有此种计划或文字，段简必然上奏，断无权擅自处理，而《别传》亦不得言其'附会文法'。"谁料葛晓音 1983 年又为岑仲勉的推想作了资证，他说："陈子昂集中《我府君有周居士文林郎陈公墓志文》可能是他招祸的直接原因"，碑文中的"青龙癸未，唐历云微"，"大运不齐，圣贤阒象"，"言外之意显然是说武后不应天命，并非圣君"，"犯了武后的大忌"，"段简抓住了这个把柄，以碑文附会律法。按大唐律法'十恶'条中第'六曰大不恭'，其中'指斥乘舆'，'无人臣之礼'都是死罪。不要说一个小小的拾遗，就是宰相也在劫难逃。"(《学术月刊》1983 年二期)葛文为《别传》所云"附会文法"作了辅证。又有王辉斌先生对"附会文法"指的什么，他考《别传》全文，以为是陈子昂"尝恨国史芜杂，乃自汉孝武之后以迄于唐为《后史记》，纲纪粗立，笔削未终"数语。有唐一代，是查禁私人修纂国史的，由国家专置史馆供史官修撰，并由品位很高者任总监。《旧唐书·卷四十三·职官二》"史馆"对此有记载："武德因旧隋制，贞观三年十二月，……（由）宰相监修国史，……贞观以后，多以宰相监修国史，遂成故事也。"《新唐书》也有"以宰相莅修撰"的记载。以此推知，唐代不允许私人修史乃承隋制。既然控制很严，而陈子昂又犯禁自撰《后史记》于家中，他又未曾征得武则天的同意，这就成了段简"附会文法"之据，成了好把柄，段简并非一定欲置子昂于死地，他以此要贪纳其财，故将子昂"数舆曳就吏"。此为"附会文法"又作了辅证。当然，即依葛文所论，亦非疑窦冰释，如：陈子昂的招祸与武三思有无关系？是"果死狱中"，还是死于"数舆曳就吏"之时？是"为县令所杀"，还是"不堪其逼，遂一死谢之"等，至今尚未论定。

问：陈子昂死因疑窦虽未论定，他的冤死后来昭雪了吗？

答：陈子昂死后约四十年，段简即为章仇兼琼所杀，子昂之枉死，也就得到冤雪。此事出晚唐范摅《云溪友议》，后王谠《唐语林》也有是说。而《四库总目提要》则认为"陈子昂为射洪县令段简所杀在武后时，章仇兼琼判梓州事在天宝后，时代迥不相及。……乃言章仇大夫兼琼为陈子昂雪狱……殊不可解"。余嘉锡不同意《提要》看法，但他经过对《旧唐书·玄宗纪》《吐蕃传》《资治通鉴》《宝刻丛编》《郎官石柱题名考》等比照考察后，证实《云溪友议》所云属实。云："子昂以是岁十月葬父，始被捕入狱，则其死当已在岁末，或次岁久视元年之春，下距开元二十七年章仇兼琼为节度使时，不及四十年。段简虽老，亦不过七八十岁，未必不尚在人间。兼琼苟欲为子昂昭雪，自不妨捕简杀之，何谓迥不相及乎？陆龟蒙《甫里集·卷九》《读陈拾遗集》绝句云：'蓬颗何时与恨平，蜀江衣带蜀山轻。寻闻骑士枭黄祖，自是无人祭祢衡。'此以黄祖比段简。据其所言，简之头已为人所枭矣。证之以《云溪友议》，枭简者必章仇兼琼之骑士也。"

问：看来子昂之死古今皆为遇害，还在范摅那里得到了昭雪。

答：我倒不在乎这些说法，我们还得回到文本，细读文本，有时真理并不在多数人手里，我是赞成赵儋《陈公旌德碑》观点的，子昂不是死于非命。理由如下：鲜于叔明比别人更可能获知真相，开元二十一年（733）他擢明经即为剑南判官，代宗时义官遂州都督并御史，再升东川节度使兼梓州刺史。在陈子昂故乡他比外人更接近真相，委托赵儋碑文一定经他审定。他对射洪的史事当比长安官员知道更多。

再看卢藏用《陈氏别传》，卢藏用与子昂是好友，他的记录也最近事实。既为好友，当十分关心已归故山的子昂，但深知其体虚羸弱，子昂亡故后，写成《别传》，并未只字提到段简害命。

他可能风闻过陈子昂与县令段简素来不睦，又有经济纠纷，甚至"附会文法"上过公堂，但未能亲睹，子昂死时，卢氏在长安正授左拾遗。故言于子昂身故后，为后人误解。但纠纷与死亡无关，《别传》里还是清清楚楚的。

又或子昂家人曾赴长安报丧，听说了二人的积怨矛盾，这些他人转述令他愤慨，记入文中，有失客观。如"属本县令段简贪暴残忍，闻其家有财，乃附会文法将欲害之。子昂荒惧，使家人纳钱二十万，而简意未已，数舆曳就吏"。何以作此判断，定罪段简？明显受他人言辞所激，为个人情绪左右，主观泄愤之语。不可忽略的信息是，子昂归故山"遂于射洪西山构茅宇数十间，种树采药以为养"，这是他与段简的经济矛盾的开始吗？颇令人怀疑。

细读文本，陈子昂之死就是自身问题，体弱多病又遇父亡，悲伤过度，操劳成疾，柴毁灭性，不久过世。而段简与子昂经济纠纷则成了后人罪责之由。子昂蜀中名族，因父老自请解官尽孝，但仍是领取朝俸未解职的谏官，随时可能征召，而段简也是武后时期大兴科举出身的县令，素质谅必不会很低，在严格良贱版籍，保护贵族的初盛唐，是无论如何也想不出他加害的理由，也是断然不敢加害的。《旧唐书》说子昂"褊躁无威仪"，可能是他一生都不会处理人事关系，"褊躁"导致他与段简矛盾又"褊躁"曾诉于卢藏用，被卢藏用《别传》引用，那么段简何辜？所以东川节度使鲜于叔明树立旌德碑说"杖而后起，柴毁灭性"，自然死亡。卢藏用也没说死于非命，而是非常隐晦地"为死者讳"暗示自绝，不细读还真难以发现。只是文中在此处添了蛇足，穿插了一段子昂与段简过节矛盾。这就别有用心地坐实了段简。我以为若当真段简害死朝廷命官，何不见朝廷处罚，只见卢藏用主观谴责，若是朝廷诛戮，卢氏必记录于案。可见段简无责。

卢藏用《别传》影响广泛，假象与误读甚至影响到杜甫，他在《送梓州李使君之任》中说："遇害陈公殒，于今蜀道怜。"至《新唐书》假象的流播更是不堪。卢藏用的"蛇足"也直接影响了后人对段简的评价，诬为酷吏，远离真相。屏蔽的真相或许已打开，你以为呢？

问：新开眼界，你使千百年来似乎不成问题的"问题"有了新的趣味。

关于神龙之变与"端州驿题壁"

问：端州驿题壁是怎么一回事？

答：这是历史政变对诗人影响的事件。事发神龙元年(705)二月，十八位朝官，其中有著名诗人阎朝隐、杜审言、沈佺期、宋之问、王无竞、崔融等，皆被流放"岭南恶地"。这一年，武周朝的武后已届82岁，病暮晚年，张柬之等一批拥李反武周的人，以清除"君侧之奸"为名，发动政变，诛灭了武周宠幸的权臣张昌宗、张易之，于是中宗复位，即位后，虽大赦天下，但张易之党不在此列，凡与张氏兄弟有关系的均受株连。阎、杜、沈、宋、王等即被目为张党而遭流放惩处。

问：请具体谈谈他们的情况。

答：宋之问在当时是有名的应制诗人，他工书善文，习性喜结党奥援，曾前附张易之，复归武三思，景龙中，先谄事太平公主，后又谐结安乐公主，睿宗时即因其凤行狯险盈恶，诏流钦州，后以赦改桂州。晚年玄宗赐死徙所，临死前表现慌悸迟决。他并无显赫门第家世，父亲宋令文起自乡间，高宗时做到左骁卫郎将和东台详正学士。或许其出身，使他不同于其他著姓贵族，为人品格操守不高，行事投机，是一个可鄙可悲的诗人。

阎朝隐以性行滑稽、属辞奇诡被武后赏识，《新唐书》说他"曲中悦媚"，《旧唐书》说他"佞谄如此"。

沈佺期在《新唐书》传中载他"考功受赂"，是有污迹的诗人，他又曾依附张党，被认为罪加一等，乃遭流放岭南的处置。他有诗作《被弹》《枉杀》《移禁司刑》，述说他遭冤始末，以盼昭雪。

杜审言在《大唐新语·卷五孝行》载他"恃才謇傲"。《新唐书·卷二〇一·杜审言传》载他狂言"吾文章当得屈、宋作衙官，吾笔当得王羲之北面"。《唐诗纪事》亦载他与同僚难处。后来，武后召授他著作佐郎，他曾赋《欢喜诗》蹈舞拜谢，与其相左者称他"轻浮无节"。他在武周朝内，与张氏弟兄嚚游，受到赏识。

王无竞出身琅琊临沂王氏,远祖刘宋太尉王弘之,本为著姓贵族,在《旧唐书》中称其事本因朝会得罪权幸,出为苏州司马,远离京城,复因昔日与宋之问颇有往来,张易之败,便与宋之问一同因坐交张党,因此再贬岭外。

看得出来,他们都是中宗复位,恢复李唐王室,中宗拨乱反正,肃清则天朝臣的牺牲品。两唐书评价自然极差,实际并非如此不堪,他们是政斗的祭献,他们的可悲结局没有选择。

问:他们都是同贬端州而有端州题壁吗?

答:不是。《旧唐书·卷一九○·王无竞传》称:"倾心媚附"的文臣被放岭南恶地各州参事:阎朝隐贬至崖州(广东琼山县东南);杜审言贬发峰州(广西安南太原府,今越南偏北西一带);沈佺期放逐驩州(广西又安府西南,今越南,较峰州更南);宋之问贬谪泷州(今广州西,广东省西边);王无竞斥逐广州(一曰岭表)。流放地依远近是沈佺期(驩州),杜审言(峰州),阎朝隐(崖州),宋之问(泷州),王无竞(广州)。但他们均要经行端州这交通驿地,他们先后出离宫廷,远涉山川,见闻感受,于沿途都有诗作述怀纪行,沈、宋二人才情富赡,题写吟唱颇具代表性,端州驿题壁诗组尤具吸引力。

问:诗人们何以在端州驿触发题壁?

答:端州即广东的高要,是岭南蕉布的集散地,四达交通,为商旅及迁客逐臣必经之地。朝廷对逐臣迁客都要"历艰难而思咎"以惩处,《全唐诗·卷三五四》有序中言:"张曲江为相,建言放臣不与善地,多徙五溪不毛之乡。"岭南万里遐荒,地域在五岭南侧,今之江西、湖南、广西、广东一带,最远还达越南,其地高温燥湿,沼泽多瘴疫频,被视为恶地,比这批逐臣早一年多,武周长安三年(703)与高戬同时流放的张说诗云:"南海风潮壮,西江瘴疠多"(《端州别高六戬》)。逐臣迁客行经这些地方,体验深切,宋之问诗云:"五岭恓惶客,三湘憔悴颜"(《晚泊湘江》)。沈佺期诗云:"火云蒸毒雾,阳雨濯阴霓""疟瘴因兹苦,穷愁益复迷"(《赦到不得归题江上石》)。

宋之问到达端州驿亭时,其他四逐臣已经先到,原以为坐事同罪,在岭南还可相见,但道路多歧,而且赦书严厉速达,便分别就道,去国离乡,惆怅难消,经行此地,杜五、沈三、阎五、王二便寄情于笔墨留题,宋之问看到题壁,焦躁怨艾也慨然成咏。但宋之问所见四人的端州驿题壁诗,今仅存阎朝隐二首,并且诗题已残缺,其余三人诗已亡佚,阎诗也是著名学者王重民据敦煌遗书残诗卷斯555号卷本所录,且有缺字。

□□二首

岭南流水岭南流，岭北游人望岭头。
感念乡园不可□，肝肠一断一回愁。

千重江水万重山，毒瘴□氛道路间。
回首俯眉但下泪，不知何处是乡关。

问：两首题壁诗也不是什么佳作吧？

答：是的。阎朝隐作为诗人名望也不高，但宋之问见四人题壁诗后，他也作了二首《至端州驿见杜五审言、沈三佺期、阎五朝隐、王二无竞题壁慨然成咏》：

一

逐臣北地承严谴，谓到南中每相见。
岂意南中歧路多，千山万水分乡县。

二

云摇雨散各翻飞，海阔天长音信稀。
处处山川同瘴疠，自怜能得几人归。

看来，这两首"慨然"成咏之作要好一些，我们另外再看看这批迁谪之臣唱酬的诗作，沈佺期有《遥同杜员外审言过岭》：

天长地阔岭头分，去国离家见白云。
洛浦风光何所似，崇山瘴疠不堪闻。
南浮涨海人何处？北望衡阳雁几群。
两地江山万馀里，何时重谒圣明君。

杜审言存诗四十三首，过岭之作或已佚失，他有《渡湘江》三首，其一：

迟日园林悲昔游，今春花鸟作边愁。
独怜京国人南窜，不似湘江水北流。

在这次端州驿题壁引发的迁宦谪臣的贬谪诗中，最具代表性的我以为应属沈佺期的诗作。他的经行路线是取道湖湘，过郴州，越骑田，之岭南，后出鬼门关

向南,乘海船,至驩州。他有《初达驩州》:

> 流子一十八,命予偏不偶。
> 配远天遂穷,到迟日最后。
> 水行儋耳国,陆行雕题薮。
> 魂魄游鬼门,骸骨遗鲸口。
> 夜则忍饥卧,朝则抱病走。
> 搔首向南荒,拭泪看北斗。
> 何年赦书来?重饮洛阳酒。

沈佺期流放纪行感吟之作较多,谭优学在《沈佺期行年考》中说唐诗人经行跋涉最远者,安西北庭则岑参,交趾日南则佺期,均曾描绘绝域风光,开拓唐诗领域。他放逐到最远的驩州,有身入鬼门关的恐惧,有病饿南荒的愁苦,他有《枉系二首》"臣子竭忠孝,君亲惑谗欺""我无毫发瑕,苦心怀冰雪"的满怀冤屈。

问:端州驿题壁可见政治对诗人的强烈影响。

答:对。这是一批宫廷诗人,这次岭南的放逐由神龙之变引发,他们经历了武后政权的激赏与政权崩溃的激变,虽受牵连但并不在意新旧主的交替,他们因倾附旧政权而遭贬逐,贬谪诗却不见对旧主的断然媚附,反而在行旅题咏中一再强调自己的冤屈无辜,而对新政权一再希望恩赦,"何年赦书来,重饮洛阳酒"。他们题赠酬诗,互达心声,诗中笼罩沉重的悲凉感叹,抒发对生命的忧恐和命运的无奈,他们在政治生态场中形成弱势群体,以期用诗的呼声上达明主,恩赦得归。

问:他们之后的情况如何?

答:这批逐臣的结局,就像他们诗歌中所期望的那样,都得到了改变。这反映了皇权对官员又打又捧的驾驭术。他们是悲哀的,无法支配个人命运,在每一次政治事件中升沉起伏,被玩弄于股掌间。另一面他们已熟悉了这种政治游戏,游刃其中,不幸贬逐后,就会期待帝王记起自己,下一次晋升尽快到来,只要保住命,就会有机会。他们中,除王无竞死于任所外,宋之问是擅离职所,由密告、自赎而复职。据《旧唐书·卷一九〇·宋之问传》:"宋之问先是擅离配所,托身友人张仲之家,仲之与驸马都尉王同皎等谋杀武三思,迫中宗废后,之问令兄子发其事以自赎,及同皎等获罪,起之问为鸿胪主簿。其后又先后出入奔走于太平公主、安乐公主之间。"阎朝隐于景龙初遇赦还,累迁著作郎。杜审言入为国子监主簿。崔融召授国子司业，沈佺期初任台州录事，后拜起居郎。他们的心情以沈佺期那首《再入道场纪事应制》最具代表性，句中"自喜恩深陪侍从，两朝长在圣人前"，这可见宫廷诗人游走宫廷的圆滑。他们深自警惕，在不同境遇中谨慎行事发言，把握着两全苟安状态，获赦后他们恩怨抛开，在道德自持与生存意识中无可无不可的态度，所以，历史对宫廷诗人都并不予以较高评价。

问：他们文学变化的价值意义如何？

答：比如沈、宋在宫廷中诗作，多为奉和应制，诗多浮华粉饰，含芬吐芳，清警秀丽。贬谪处境的逆转，繁华寂寞，于是心境沉凝，洗净铅华，下笔情致宛转，一种清婉郁切之情。情由境转，感慨渐深。从端州驿题壁及他们的贬谪诗看，内容由伤景而伤情，呈现写实精神，改变了他们原追求的华丽典雅诗风和歌功颂德的诗旨。从京城远涉边地，从繁华跌入蛮荒的生命历程刻骨铭心，他们再难起动虚假的诗人情感，诗坦露了诚挚，笔流出了真情，于是在今昔上下的时空演变中痛心陈述，流泪惊呼："忆昨京华子，伤今边地囚"（沈佺期《从驩州廨宅移住山间水亭赠苏使君》）。而且，面对未来的不可捉摸，对生命的彷徨，如宋之问诗："处处山川同瘴疠，自怜能得几人归。"他们没有或无法正面批评历史政变，而对自己遭遇又不甘沉默，于是，对家园的思念与自身痛楚正是真切的人性流露，他们创作内容的改变完全受时代和环境影响，他们作为宫廷诗人，由原来的体物写物，到贬谪的感物咏志抒情，由静态旁观到主观介入，正是诗人创作的价值所在。他们回返宫廷，又继续颂圣歌功，这一类的题材便未能继续。

问：端州驿题壁的意义，真切地明白了环境对创作的影响。

答：是的。

关于宋之问"掠诗"杀害刘希夷秘闻

问：刘希夷是怎么被宋之问杀死的呢？

答：请别先下这样的结论。事情应先从刘希夷的一首诗《代悲白头翁》说起。诗如下：

> 洛阳城东桃李花，飞来飞去落谁家？
> 洛阳女儿惜颜色，行逢落花长叹息。
> 今年花落颜色改，明年花开复谁在？
> 已见松柏摧为薪，更闻桑田变成海。
> 古人无复洛城东，今人还对落花风。
> 年年岁岁花相似，岁岁年年人不同。
> 寄言全盛红颜子，应怜半死白头翁。
> 此翁白头真可怜，伊昔红颜美少年。
> 公子王孙芳树下，清歌妙舞落花前。
> 光禄池台开锦绣，将军楼阁画神仙。
> 一朝卧病无人识，三春行乐在谁边？
> 宛转蛾眉能几时？须臾鹤发乱如丝。
> 但看古来歌舞地，惟有黄昏鸟雀悲。

刘希夷，字庭芝，汝州人，生于唐高宗永徽二年（651），约卒于仪凤三年（678），年不满三十岁。各书均不著生卒年，《唐才子传》说他上元二年进士，时年二十五，这就推算出他的生年。他美姿容，好谈笑，善弹琵琶，饮酒至数斗不醉，落魄不拘常检。他这篇《白头翁》咏写成，诗中有句"今年花落颜色改，明年花开复谁在？"后来又自悔说："我此诗似谶，与石崇'白首同所归'何异也，便更作一句曰：'年年岁岁花相似，岁岁年年人不同！'既而又叹曰：'此句复似向谶矣，然死生有命，岂复由此。'便两存之。"他舅舅宋之问特爱这联，知他还未传示于人，向他要,希夷答应了但并不给予他,宋之问怒其诳己,便使奴以土袋压杀他。时人都很同情。唐人韦绚所录《刘宾客嘉话录·卷一》、宋人王谠《唐语林·卷五》、宋人阮阅《诗话总龟·卷二十九》、元人辛文房《唐才子传·卷一》和徐松《登科记考·卷二》都有文字记载,宋之问欲夺其甥刘希夷"年年岁岁花相似,岁岁年年人不同"句,不予,"以土囊压杀之"之事。综览以上记述,可以归纳三点内容:宋之问为刘希夷之舅父;宋之问、刘希夷同列上元二年进士,刘希夷时年二十五岁;刘希夷被宋之问用狠毒的手段杀害。

对于前两点暂不顾及,至于第三点宋之问害死刘希夷事,最早见于唐人刘肃《大唐新语·卷八·文章第十七》。他说到刘希夷"诗成未周,为奸所杀。或云宋之问窒之"。可见刘希夷是否为宋之问害死,这里并未肯定,只是"或云宋之问窒之"的一种传闻。到《刘宾客嘉话录》则直言刘希夷被宋之问杀害。孟棨《本事诗》更说刘希夷写了《白头翁》后,"来春之初下世",却未言明死因。到《旧唐书·卷一九〇·文苑中·乔知之传》附有刘希夷小传云:"时又有汝州人刘希夷,善为从军闺情之诗,词调哀苦,为时所重。志行不修,为奸人所杀。"也还未连累及宋之问。《唐才子传》则承接《刘宾客嘉话录》,并作了重要补充,即是刘希夷为宋之问所害,"时未及三十"。

刘希夷被杀,据上所载源于《白头翁》中"年年岁岁花相似,岁岁年年人不同"。宋之问想据为己作,希夷不与,之问竟伺机用土袋压死了他。

问:啊!真的为这两句诗就这般残忍杀人吗?

答:关于此事后人有惜刘为枉死的,有不以为然而为宋之问鸣不平的,也有直斥为妄说的,千载纷纭,成了一桩疑案。但也说明了一个问题,当时唐诗人中可能存在着相互模仿、剽窃、抄袭,甚至强占的现象。

自然,这首诗的成就是极高的。诗首起便以花落起兴容颜之易衰,进而用柴薪、沧海比人事之数变,感慨已生。诗的后半用"寄言"那些"红颜子",切不可依恃红颜而怨白发,红颜白发,这不是不可逾越的,它是为规律制约,今日之白头老翁,即昔时的红颜少年,那么,今日之红颜少女,他时也难免鹤发如丝。引开再看,古之歌舞繁盛,鸟雀之外更余何物?全诗理穷智表,文超情外。尤其中间那两句精警的名句,语言精粹,音韵优美。用"年年岁岁""岁岁年年"的颠倒重复,排沓回荡,浓化了时光流逝的无情事实和听天由命的无奈情绪,"花相似""人不同"的形象对比,突出了花卉盛衰有时而人生青春难再的庄严意识。它集中地表现了诗人感伤人生易老,壮志未遂的情怀。如果仔细体会,这两句诗还深一层地揭示了自然界永存,人生短暂的无限与有限的哲理,充分体现了初唐诗人思考人生与宇宙关系的时代特征。此时又刚经历"贞观之治"的荣景,颇有盛世危言的警示。闻一多在《唐诗杂论·宫体诗自赎》一文中,指出诗人已悟到"庄严的宇宙意识"。清人赵翼《瓯北诗话》谈到"年年岁岁"两句时说:"此等句,人人意中所有,却未有人道出;一经说出,便人人知其意之所欲出,而易于流播。"它是诗情和哲理的完美结合。

问: 听你一谈,这么精美的诗句,难怪宋之问要掠美了。

答: 真的相信宋之问掠美而杀刘希夷吗?我对这个问题要谈谈我的看法。关于这首诗中的白头翁的遭遇,通过这两个名句已超拔出为"人""花"的对比,也就是说,它的艺术张力已不仅是指代老翁,而是具有了更深广的包容,它的泛指意义包括所有不能掌握自己命运的可怜人,当然也包括了诗人自己。也许,这才产生了不少的附会传说。如《大唐新语》《本事诗》都谈到诗人自己觉得这两句诗有一种不祥的预兆,即所谓"诗谶",一年后,诗人果然被害。对这种荒诞的附会也许你认为还未说到实质问题。就前面谈到杀害之事,要说宋之问因求诗句不遂而杀其甥刘希夷,无论如何,只是一种传闻,虚妄不足据。反过来倒是说明这一诗句在初唐诗中太著盛名,写出了人们心中的人生梦幻之感,尤其是由隋入唐的人们更是感慨遥深,所以这两诗句是有历史感的诗句,又因刘希夷英年早夭,诗句生死之感更为强烈。为求诗人死因之谜,兼以宋之问的社会恶名,所以附着了这一故事。其实据《旧唐书》本传云:"之问弱冠知名,尤善五言诗,当时无能出其右者。"这就是说,宋之问二十岁时即以善为五言诗知名于世,且"当时无能出其右者",这样知名度已高的诗人,竟会"恳乞"外甥之诗句,不知出于何种要求,这是令人百思不得其解。又宋之问与刘希夷同于上元二年登进士第,但宋之问直到武皇天授元年,才与杨炯"分直于洛城西",此时距登第已十五年,此前宋之问未获一官半职,何况宋之问并非权贵之裔,他凭什么权势,公然"以土袋压杀"已登第的外甥呢?又仗什么人庇护而未受到当时的法律处置呢?对此事,宋以来就不断有人辩驳,如宋人魏泰在《临汉隐居诗话》、清人沈德潜在《唐诗别裁》中,都不把宋之问杀刘希夷以为然。

问: 你既然否定了宋之问杀甥之事,那么请你谈谈,人们为何要把杀刘希夷之事强加在宋之问头上呢?

答: 我认为明人胡应麟谈此中原因较为切实。他说宋之问乃由"人品污下而恶归焉"(《诗薮·外编卷二》)。虽然还缺乏有力的论证,但以初唐贵族守持的传统道德标准来衡量,宋之问媚附权贵,品格卑下,这是人所共知,人神共愤的,于是人们才把这恶名声加到他头上,这也并不悖于常理。当然,我是倾向此说的,但不等于定论,关于宋之问掠美杀外甥刘希夷之疑,看来在人们的头脑中还会存疑下去。

王湾《次北固山下》一诗二出之疑

问：王湾《次北固山下》《江南意》是怎样重出的？

答：王湾此诗，为历代选家所重视，所必选，然而确乎又一诗两题。究竟此诗应当是怎样的庐山真面，是值得研究的。

江 南 意

南国多新意，东行伺早天。
潮平两岸失，风正一帆悬。
海日生残夜，江春入旧年。
从来观气象，惟向此中偏。

次北固山下作

客路青山外，行舟绿水前。
潮平两岸阔，风正一帆悬。
海日生残夜，江春入旧年。
乡书何处达，归雁洛城边。

王湾此诗最早出现是在天宝年间，国子生芮挺章编写了一部当代人的诗集，名《国秀集》，在选录的218首诗中，有王湾这首题名《次北固山下作》。但谁料过了十年，丹阳进士殷璠也编选了一部题名为《河岳英灵集》的当代诗选，在234首开元、天宝年间的选诗中，王湾的诗题为《江南意》。这就奇了，同代的人选同代的诗，竟如此悬殊，故流传下来，有人用芮本，有人用殷本，从现在选本看，一般都选芮本题为《次北固山下作》。

此诗最负盛名是中二联，其中只差异一字，颔联芮本作"两岸阔"，殷本作"两岸失"。据清人沈德潜《唐诗别裁》云："两岸失，言潮平而不见两岸也。别本作两岸阔，少味。"其实，这一看法并不妥当，两岸失者，则潮水泛滥，不见涯际，一般应是夏日洪水潮，与题为《江南意》之春水初生时节描写不合。若依《次北固山下作》，在山之下，岸则不能失矣。潮与岸平，感觉上会两岸开阔，若两岸失，则令人想到泛滥成灾了。故从"平"字推想，是诗人推敲后选定的"阔"字。

特别要提到的是诗的颈联"海日生残夜，江春入旧年"，王湾的诗句，得力于此联，直到晚唐郑谷《卷末偶题三首·其一》还说"何如海日生残夜，一句能令万古传"。计有功《唐诗纪事·卷十五》云："诗人以来，无闻此句。"谭友夏《唐诗归》评此联"不朽"。海日生残夜，意为海上已升涌一轮红日，而陆上还是残夜；江春入旧年，江上已有春意，而旧年还未过完。这是说江南春早。两句极显锻炼之功。怎么锻炼？如两个动词"生""入"炼选得极不平常，特别是"入"字，把诗锻成倒叙句法，不说腊月里已有春意（或许这一年立春在腊月），而说春意进入了旧年。当时选诗的殷璠就说此二句"诗人以来，少有此句"。当时的宰相张说十分倾赏，居于相府，亲手书题于政事堂，常教习文的人看了，令为楷式。如此名重的诗，在当时是不会容许窜改和含糊的。

据今人施蛰存《唐诗百话》云："芮挺章的《国秀集》先出，他得到的是题为《次北固山下作》的文本，殷璠的《河岳英灵集》迟出，他得到的是《江南意》文本。但我以为芮挺章得到的是改定本，殷璠所得却是初稿本。因此，我以为'潮平两岸失'是初稿，而'两岸阔'是作者自己的改定本。"

问：有许多文字相异，真的两诗都是王湾自己写的吗？

答：除了未见唐人的其他异议以证明非出自王湾的手外，施蛰存之说颇有道理，他认为，两个文本不但题目不同，连首尾二联也完全不同，因此可以断定不是被别人改了诗题，很可能是原作者一诗二用。这就是说，诗人初稿或许题作"江南意"，写北人乍到江南所见景色，首联就点出文题：南方有很多新的意思，趁天刚明就开船东下。以下是写景物，在北人眼里看来，早春中江潮、风帆、海日都充满新意。诗题中"意"，正是这种讲法，即我们见到新景新物会说"有意思"，"有意味"。"次北固山下"，其意是停船在北固山下夜宿，补充完意思是待天明一早开船，这样，如把《江南意》中二联用于此题，首尾二联就必须另改，所以，才有相差如此之大的改动，改为"客路青山外，行舟绿水前"，以切合题目。

施蛰存之所见，乃由顾小谢《唐律消夏录》影响，顾小谢选用了《江南意》之本，却有评解云："第三、四句潮平岸失，风正帆悬，寻常之景。第五、六句因海天空阔，见日出恁早，故曰生残夜，江树青葱，觉春来亦恁早，故曰入旧年。句法虽佳，意亦浅近，妙在是北人初到江南，处处从生眼看出新意，所以中间两联，便成奇景妙语。后人将此题改作《次北固山下》，起结全换，是何见解，可叹可叹。"这个评解说明了诗与题目的密切关系。在用《次北固山下》为题，中二联便显不出妙处,用《江南意》为题,首句便点明"南国多新意",而中二联也突出了。但顾小谢以为是后人改题,对此施蛰存以为是不可能的。后人窜改古人诗,从来没有这样大幅度的改。何况它见于同时代人所编的书,相距十多年,要改也只能是同时人所改,决不是后人所改。所以估计是王湾自己的改本。

我想为施蛰存看法补充的是,王湾此诗如此名重,若为好事者所改,势必引起訾议,这就是说,除王湾自己外,就没有谁能改易的,而诗的名重一时,也有可能推动王湾精益求精的锤炼,这一诗二出之疑,推想为王湾的初本和改本,但这也仅止于推想而已。若有新的材料发现,或可为此诗重出新证。

又,唐诗能够得以保留下来,尤其是一些诗人的单篇诗章,主要是当时盛行行卷之风习。举子将自己的得意之作装裱成卷轴投献达官贵人,以期科举中第。而优秀的诗歌又会被人高悬明堂传示于人,芮挺章、殷璠所选编诗集,估计多得于此途径。行卷之风的兴起正是科举重诗赋文词的开元时期,推测王湾的诗可能是行卷流播开来的,他可能先后向不同的人行卷,故出现了两个不同的版本。这或是一种可能的历史真相。

最后说一下,王湾是洛阳人,他生活的年代正是武后时期,新都洛阳的帝都气象给予了他开阔混融的襟抱,初唐诗中那种时空哲理意识、新旧交替的惊喜都在此诗中得到延续,所以胡应麟特别赞说诗的颈联"盛唐句如'海日生残夜,江春入旧年',中唐句如'风兼残雪起,河带断冰流',晚唐句如'鸡声茅店月,人迹板桥霜',皆形容景物,妙绝千古,而盛、中、晚界限斩然。故知文章关气运,非人力"(《诗薮》)。

关于"鹳雀楼"与
《登鹳雀楼》诗作者之疑

问: 久闻山西鹳雀楼之名,在唐代这是一座名楼吗?

答: 鹳雀楼与湖北武昌长江之滨的黄鹤楼,湖南岳阳洞庭湖畔的岳阳楼,江西南昌赣江之滨的滕王阁,并称我国古代四大名楼。

据唐人李瀚的《河中鹳雀楼集序》记载:"筑为层楼,遐标碧空,倒影洪流,二百余载,独立乎中洲。以其佳气在下,代为胜概。四方隽秀有登临者,悠然远心,如悬龙门,如望昆仑。"自唐时该楼备受文人诗客的向往。楼的台基坚固,重檐翘角,凌空欲飞,楼高三层四檐,平面呈方形,前瞻中条,下瞰黄河,西望秦川,气势雄伟。它东靠蒲州(永济)古城,面向滚滚黄河。

问: 确是名楼,楼是何时兴建的呢?

答: 楼始建于北周时期,约在公元557—571年,北周大冢宰(总管)宇文护建造,时北周与齐连年征战,河南以洛阳西为界,河北以平阳西南为界,形成拉锯之势,互相袭扰,蒲州成为北周河外必须固守之军事重镇,要依靠蒲州,东取平阳,西取晋阳,蒲州是屯兵伐齐的前哨,宇文护便在蒲州城外筑起层楼,以作观察军情,它是一座戍楼,一座古代边防的瞭望楼。

问: 为何以鹳雀为名?

答: 鹳雀,又叫冠雀,像鹤,但顶不丹,也像鹭鸟。颜色灰白,嘴长而直,色黑,翼白略黑,腿长而赤,尾短,羽尾色黑。此鸟生活于江湖池沼边,常以鱼介为食,建巢于高树,也喜栖高楼。相信当时黄河岸滩有许多鹳雀,并常常栖息于楼上,这就是鹳雀为名的由来。

问: 关于"鹳雀楼"很清楚了,《登鹳雀楼》诗作者分明是王之涣,怎么也有疑团呢?

答：有的。且看原诗：

> 白日依山尽，黄河入海流。
> 欲穷千里目，更上一层楼。

鹳雀楼位于山西蒲州（永济）府城西南，坐落在黄河岸边的高阜上，前面是气势磅礴的中条山脉。此诗千古传颂，脍炙人口。对于诗作者为谁的疑窦，却鲜为人知。一般都认定为王之涣。

是的，长时期来各种唐诗选本，都把此诗的所有权归于王之涣的名下，其所本最早见于宋太宗时李昉、扈蒙、徐铉、宋白等奉诏编纂的《文苑英华》第三一二卷。因此书的工程浩大，又为圣命所遣，具有相当的严肃性和权威性，问世即为时所重。自然，《文苑英华》即令如此，内中也不乏舛误。南宋彭叔夏、清人劳格都曾撰书为之勘误，但对于《登鹳雀楼》诗为王之涣所作，并没有提出怀疑。

又见的还有北宋阮阅所编《诗话总龟·卷十五》："河中（府）鹳雀楼，唐人（题诗）极多，唯王之涣、李益、畅（诸）诗最佳。王云：'白日依山尽……'"

又有南宋人计有功著《唐诗纪事·卷二十六》"王之涣"条有《登鹳雀楼》诗。

可是，《文苑英华》问世一百年后，北宋沈括撰《梦溪笔谈·卷十五》载："河中府鹳雀楼，三层，前瞻中条，下瞰大河，唐人留诗者甚多，唯李益、王文奂、畅诸三篇能状其景。……王文奂诗曰：'白日依山尽……'"王文奂为谁？沈括未记其事，已无从考证。但那时彭乘《墨客挥犀》、李颀《古今诗话》所录，也与《梦溪笔谈》相同。《古今诗话》，有的版本作"王文奥"（郭绍虞《宋诗话辑佚》），"奥"疑为"奂"之误。可证那时鹳雀楼确有王文奂题诗之事。而司马光在《司马温公诗话》中论证说："唐之中叶，文章特盛，其姓名湮没，不传于世者甚众，如河中府鹳雀楼有王文美、畅诸二诗……""美"疑为"奂"形似之误。依司马光所见，在鹳雀楼题诗的确有王文奂其人，但因文名不振而被淹没，其诗也就窜记于王之涣的名下，后人也将错就错。这样说来，《登鹳雀楼》的作者，确实不是王之涣，而是王文奂。

问：那又该是王文奂了。应当改过来才是。

答：别急。问题并非就此了结，如若一查早期的唐诗选本之一《国秀集》，便又另有异说。《国秀集》为太学生芮挺章编选于天宝三载（744），选录自唐玄宗开元年间至天宝三载三十余年的佳诗218首，都是芮挺章同时的诗人之作。奇怪是此书卷下选有王之涣诗三首，两首《凉州词》，一首《宴词》，却无《登鹳雀楼》之作。而《登鹳雀楼》诗却改变了主人，变为处士朱斌所作，甚至题也变成了《登楼》。按常理而论，芮挺章选诗仅二百多首，数量不算多，是谨慎不易出错的，此其一；又所选诗为同时之人，选集作者必是熟悉，一般也不会糊涂出错至此，此其二；同时王之涣又非无名之人，芮挺章更不会移花接木，此其三。特别引人思索的是，晚唐、宋初，《国秀集》曾湮沦浸藏，不为世人所知。北宋元祐三年(1088)，龙溪曾彦和曾有跋云："《国秀集》三卷，唐人诗总二百二十篇，天宝三载，国子生芮挺章撰。……此集《唐书·艺文志》，洎本朝《崇文总目》皆阙而不录，殆三馆所无。浚仪刘景文，顷岁得之鬻古书者，元祐戊辰孟秋，从景文借本录之，因识于后。"显然，《国秀集》得以传世，乃曾彦和之功。令人遗憾的是，《国秀集》复睹天光之际，《文苑英华》已经面世百年左右。可以肯定，那时的李昉等人奉敕编《文苑英华》，是未尝见到《国秀集》一书，而《登鹳雀楼》不录朱斌之名也是极自然的。

后来南宋洪迈编进御本《万首唐人绝句》，为唐人绝句之总汇，虽编次乱，阙漏多，但经后来明代万历丙午(1606)年间的赵宦光、黄习远整理增补，已成绝句总集好选本。此书第二卷，选有王之涣《送别》一首，选朱斌一首即《登楼》。所以，该诗为朱斌所作，是确有道理的。

范成大《吴郡志》卷二二"人物"引中唐人张著《翰林盛事》记载："天后尝吟诗曰'白日依山尽，黄河入海流。欲穷千里目，更上一层楼'，问是谁作。李峤对曰：'御史朱佐日诗也。'赐彩百疋，转侍御史。"朱佐日，吴郡人，佐日可能是朱斌的字。但如是同一人，《国秀集》收为"处士朱斌"，朱佐日在武后时已官"御史"，显然不对。而王之涣武后时期才十六岁，不足以写出此诗。武后吟赏的诗到底是谁的，看来还须进一步考证。

问：这就麻烦了，该如何判定呢？

答：现在看来，争夺《登鹳雀楼》诗作者权的是三人：王之涣、王文奂、朱斌。这是一桩难断的公案。清代康熙年间，彭定求等人修纂成九百巨卷的《全唐诗》，其中第二〇三卷，录有朱斌《登楼》，但注云"一作王之涣诗"。第二五三卷又录有王之涣《登鹳雀楼》，但又注云"一作朱斌诗"。这种煞费苦心的做法，自然表明他们的审慎，实质却是道出他们对这桩公案的尴尬。

在此我要补充一点我的看法，还是要还原到历史现实中去，科举取士的诗赋转向，促使了行卷风气的兴起，诚如司马光所言"唐之中叶，文章特盛，其姓名湮没，不传于世者甚众"，行卷者众多而错名的可能性是有的，此其一；行卷诗本身流传中也会被后人张冠李戴，此其二；最重要一点行卷者不一定及第，那么处士朱斌行卷就极有可能，但朱斌终究是处士，文名不彰，不入史传，故被人误作王之涣诗，此其三。所以溯其源，最初的《国秀集》才是此诗的本来面目，作者就是朱斌。《国秀集》我的判断就是搜集最有盛名的行卷诗而成的，并且芮挺章十分了解朱斌，知他并未及第，才特意在前添加"处士"二字。而将王之涣冠名此诗，皆为宋人所为。所以还是要尊重芮挺章的《国秀集》。

问：前面谈到还有写《鹳雀楼》的诗如何？
答：宋代沈括从众多咏鹳雀楼的诗中，录了三篇最佳作品，另两篇为畅当、李益所作。

畅当：

> 迥临飞鸟上，高出世尘间。
> 天势围平野，河流入断山。

李益：

> 鹳雀楼西百尺樯，汀洲云树共茫茫。
> 汉家箫鼓空流水，魏国山河半夕阳。
> 事去千年犹恨速，愁来一日即为长。
> 风烟并起思乡望，远目非春亦自伤。

畅当的诗明显气势与王之涣相去甚远，李益是同友人登鹳雀楼，吊古伤时，重在感慨良深，但情调低沉，不似王之涣昂扬奋发。当然，在唐代相继还有耿湋、马戴、司马札、张乔、吴融等诗人写过鹳雀楼，因为不如王之涣那首而少有所闻了。

问：鹳雀楼的今昔状况。
答：鹳雀楼故址原在蒲州城边，为北朝宇文将军所建之军事哨所，因黄河边鹳鸟常聚哨所门楼，故名鹳雀。而七百多年前金元争夺蒲州城那场战火，鹳雀楼焚毁殆尽，沦为一堆瓦砾。后来蒲城历经黄河改道，陵替变迁，故城仅遗存古城垣，高约一二米，城基均被黄土厚淤，令人想象黄河冲积厉害。今日已重修鹳雀楼，虽非原址，但楼已然气度宏伟，高阁凌空，黑瓦朱檐，古朴恢宏，楼体外观仍三层四檐，建筑面积 32 206 平方米，重达 57 000 吨，总高 73.9 米，堪称目前仿唐建筑之最，已成为永济（蒲州）一道新的景观。

问：诗中"白日依山尽，黄河入海流"的方位，有注家认为"山"指中条山，"黄河"流向自西向东而流。对吗？
答：这是由于地形不明造成的误解。鹳雀楼的东北是蒲州城，东南是长约一百六十公里的中条山，奔腾的黄河则从楼的西侧滚滚而过，流向是由北向南，直到风陵渡才折向东。隔河相望,西面是八百里秦川,西南是连绵不断的秦岭横亘在天地之间。因此,落日是无法坠入东南的中条山中的,而且此处黄河也不是向东,而是向南流去。白日所依之"山"并不是中条山,而是秦岭东段的华山。华山位于蒲州西南,北临渭河平原,是一个东西走向的断层山脉,主峰太华峰高达1 997米,距蒲州直线距离仅30多公里,诗人站在鹳雀楼上向西远眺,正好可见一轮夕阳傍着西南方的华山缓缓下沉。何以落日向西南而不是向西落去呢?这是冬天的太阳,位于北回归线以南,故向西偏南落去,这与诗中提及的"白日"同样都带有很明显的季节特征。从整个画面构图来看,诗人登高远望,向西看见了一轮白日正缓缓依山而坠;俯视楼下,滚滚黄河正经过这里向南奔腾而去,远眺近俯,由西转向南四面眺望,既符合登高赏景的实际,又使画面显得开阔。如果此山是中条,就与落日方位不合,而与黄河流向一致皆为东南。游人登楼专向南方远望,诗中专写一方之景,也与常理不合。施蛰存《唐诗百话》说这首诗是登近海的楼台,不适于鹳雀楼,也是错误推测。

问:"楼以诗显,诗因楼传",天下第一名楼,果不虚传。

答:是的,这里还特别要知道王之涣登鹳雀楼诗的艺术特色。

诗歌是否需要发议论,答案是肯定的,但唐人在诗创作中始终把握艺术创作语言的特征,亦即诗的抒情性这一点,始终不让议论说理抛头露面,在诗中占上风。即使在绝句中需要或者不得不发议论时,也往往变换手法,使人感觉不到是在发议论,有些绝句甚至表面上看是议论,而实际并非如此。如王之涣这首《登鹳雀楼》,前二句写景,用十个字按"高、低、远、近"概括尽西南秦岭、东南中条山不同方向傍晚所看到的雄浑壮阔的景致,可谓表现得力扛千钧。后二句人们习惯以为是诗人在发议论,告诉人们一个普遍真理,站得高才看得远。但为考察鹳雀楼实际情况,再推诗人的初衷,就会得出不同结论,据沈括《梦溪笔谈》"河中府鹳雀楼三层,前瞻中条,下瞰大河",由此可知首二句是诗人登上第一层时所见壮丽景色,正由于景色的吸引力不可抗拒,才使诗人产生再登一层楼的想法。因此,从诗人创作时心理活动看,后二句并非为了要发议论,讲道理,而是为了记叙下一个登楼动作,表现手法是记叙而不是议论,只是客观上起着议论的作用,是寓议论于记叙之中。

刘熙载云:"正面不写,写反面;本面不写,写对面、旁面,须如睹影知竿乃妙。"(《艺概》)古人把这种诗艺称为反面敷粉。唐人作诗,宁可写一首诗让人读一千遍而不厌,也不要写一千首诗别人不想读一遍。

问:是的,这是经典唐诗的魅力。

王之涣《凉州词》地域之疑

问：王之涣《凉州词》凉州的地理位置有争议吗？

答：唐代的边塞诗在诗中使用了不少边塞地名，这些地名的称谓，包括作者当时的和历史的，中国的和外国的，汉族的和其他民族的。所以，许多地名的出现，常常有方位、距离与实际不相符合或不相一致的情况，引起了许多争议。这里就你所问的《凉州词》来谈谈。

原诗是：

> 黄河远上白云间，一片孤城万仞山。
> 羌笛何须怨杨柳，春风不度玉门关。

清人吴乔在《围炉诗话·卷三》曾以校正诗中文字提出异议，后来吴骞在《拜经楼诗话·卷四》又对吴乔之异议提出异议：

> 王之涣《凉州词》"黄河远上白云间"，计敏夫《唐诗纪事》作"黄沙直上白云间"。此别本偶异耳。而吴修龄（乔）据以为证，谓作"黄河远上"者为误，云："黄河去凉州千里，何得为景？且河岂可言'直上白云'耶？"然黄河自昔云与天通，如太白"黄河之水天上来"，尉迟匡"明月飞出海，黄河流上天"，则"远上白云"亦何不可？正以其去凉州甚远，征人欲渡不得，故曰"远上白云间"，愈见其造语之妙。若作"黄沙直上白云间"，真小儿语矣。

二吴相对的异议降而至今，都有各自的赞同者。如叶景葵《卷庵书跋》中的《万首唐人绝句》篇；王汝弼《对王之涣的〈凉州词〉的再商榷》（《光明日报》1962年7月1日）；稗山《"黄沙直上"与"黄河远上"》（《文汇报》1962年8月30日）等是赞同吴乔之说。卜冬《王之涣的〈凉州词〉》（《文学研究》1958年第一号）；林庚《略说凉州》（《光明日报》1961年11月19日）则是支持吴骞之说。问题就涉及"凉州"的地理位置的确属。较全面有代表性的争议是林庚和王廷弼。

问：有意思，请谈一谈林、王的不同观点。

答：好的。先说林庚的观点。林庚说《凉州词》之凉州并非专指凉州城。州所在地汉时设陇城，今甘肃省秦安县西北；三国以后移治所武威，今甘肃省武威县。所以凉州是泛指汉、唐时代陇右、河西的凉州辖地。其中一些区域本黄河流经之地，故诗中出现黄河不足为异。"一片孤城"乃指某座位于黄河边而现在可能已经不复存在的城堡。玉门关则是诗人初入凉州境内，触景生情而想到整个凉州，所以提到的，仍是一个历史的泛指概念。诗题为凉州，而诗中出现黄河、一片孤城、玉门关等，并不是矛盾不可理解的。

王廷弼持相反意见，他认为唐人对凉州的基本概念，只能是今日之河西走廊一带；而乐章上的凉州，则与西凉内涵概念一致，即今之甘肃敦煌、酒泉一带，而不在武威，所以吴乔才提出"黄河去凉州千里，何得为景"，提得正确。"一片孤城"，系指玉门关而言，乃位于敦煌之西，仍在凉州（西凉）境内，不可能是黄河边上一座不知名或可能已经不复存在的城堡，因而诗中才会把凉州与玉门关同时写到。至于黄河与玉门关，乃相距千里，何得将它作为一个场景中的事物来写呢？这是很难理解，也是说不通的。故诗篇之起句"黄河远上"必为"黄沙远上"之误无疑。

林、王之论都企图通过沿革地理的考证来解决诗题地理位置之疑，辨诗中地理之误；同时，他们就具体问题说时，意见又相反，而具体问题的原则方面说却又一致，都认为诗中存在地名距离过远的不合理。所以，王廷弼才在肯定"孤城"就是玉门关的前提下，反对黄河出现在诗中。林庚是肯定黄河可在诗中出现的前提下，另立异说，指"孤城"为黄河边上一座不知名或已湮没不复存在的城堡，并从历史上最广泛的区辖来解释凉州的地域。

问：两种相反说法反而把人弄糊涂了，疑云未散。

答：是的。程千帆在《论唐人边塞诗中地名的方位、距离及其类似问题》论著中有鉴于此，他认为，王廷弼为了要证明"黄河"之当作"黄沙"，竟斥唐人芮挺章《国秀集》所载本诗"黄河远上白云间"句为"本身就说不过去"，又根据元人辛文房《唐才子传》引此诗作"黄沙"，而辛《传》多本之薛用弱《集异记》，遂从而推证《集异记》古本亦当作"黄沙"。从校勘学的角度说来，这些理由都很不充分，未免主观武断。至于他还说，"黄河"之必为"黄沙"，"有无数的版本可为外证"，则更是无稽之谈了。程千帆不同意王廷弼之论，于文中写道：

诗中黄河的河字并非误文,孤城即指玉门关。至于凉州具体指什么地方,系州治所在抑系全部辖区,或仅西凉一带? 如系州治,是陇城抑或武威? 那就很难说。因为从音乐史上说,凉州词曲调虽然来自西凉,(《通典·卷一四六》:"自周、隋以来,管弦杂曲将数百曲,多用西凉乐。"又《乐府诗集·卷七十九引〈乐苑〉》:"凉州,宫调曲,开元中西凉都监郭知运进")今传曲辞却每每是泛咏边塞的。不论怎样,这首诗中的地名,彼此的距离的确是非常辽远的,而当时祖国西北边塞荒寒之景,征戍战士怀乡之情,却正是由于这种壮阔无垠的艺术部署,才充分地被揭示出来。还应当指出,唐代以黄河与玉门关合写在一首诗中的,并非只有王之涣一人。在他之前,刘希夷在其《从军行》中就既有"将军玉门出",又有"军门压黄河"之句,不过这首诗写得不好,不大为人注意而已。这是可以助林先生张目的。而林先生最后举王褒《渡河北》诗,"常山临代郡,亭障绕黄河"来说明诗人对于地理位置的对写,事实上已经是解决本诗问题的方法了。

程千帆是主泛写说的,而且他还引申以作为古诗研究中曾引起争论的类似问题的解决。但是,我认为,就《凉州词》中关于"凉州"地理与"黄河"关系,仍是一个纷争不断的疑案,有待更多资料的发掘参证。若当初王之涣不用"凉州曲"作题,此诗本没有任何争议。

补充一点,《集异记》是中唐人留下的资料,传奇集子,所记事多采自民间,"黄沙远上白云间"与《国秀集》"黄河直上白云间"文字差异,当反映社会普遍流行"黄沙"句的实情。两书相距不远,约七八十年,到底是依流行程度还是依时间先后抑或地理关系确定诗歌原貌,就目前难以定论。"黄沙"与"黄河","远上"与"直上",谁先谁后,芮挺章所采与薛用弱所得,到底谁是真传均不可知。这其中还涉及隋唐人的发音问题,因为要入乐,要考虑"黄沙""黄河"哪种发音音韵和谐不拗口。因素复杂,看来还真难定论诗歌原貌了。

关于"羌笛何须怨杨柳"之疑

问：王之涣《凉州词》"羌笛何须怨杨柳"有疑吗？

答：此诗名传千古，据薛用弱《集异记》谈到，诗人王昌龄、高适、王之涣齐名，共偕旗亭饮酒，正好有歌妓在侍候别人唱歌劝酒，三人便暗中相赌，听她们唱什么人的诗最多而定优劣。果然有歌妓唱高适的，王昌龄的，于是王之涣指出一个"最少而绝佳"的歌妓赌说，如果这姑娘唱的不是我的诗，我就永远不作诗了。后来，轮到这个歌女唱，果然唱的是《凉州词》，接着，她又再唱两支歌，也都是王之涣的诗。王之涣因此大胜获第一，这就是留在文学史上传为佳话的"旗亭画壁"的故事，而故事又使此诗更名播遐迩。但诗中的"羌笛何须怨杨柳，春风不度玉门关"疑窦也产生了。

一说是，杨柳，乃《折杨柳》曲，有人以为非，其实，《乐府解题》说《折杨柳》是汉横吹曲二十八解中遗留下来的十曲之一，是军中马上之乐，魏晋时曲辞亡失。歌辞本身表明它是一支用笛子来吹奏的歌曲，太康末，洛阳有《折杨柳》歌，多言兵事劳苦。自梁以来，用《折杨柳》这个乐府旧题写诗的不少，如梁乐府有《胡吹歌》："上马不捉鞭，反拗杨柳枝。下马吹横笛，愁杀行客儿。"萧纲《折杨柳·其一》："杨柳乱成丝，攀折上春时。叶密鸟飞碍，风轻花落迟。城高短箫发，林空画角悲。曲中无别意，并是为相思。"唐时写《折杨柳》诗的也有很多诗人，怀念征人之作尤多，如杨炯《折杨柳》："边地遥无极，征人去不还。秋容凋翠羽，别泪损红颜。望断流星驿，心驰明月关。蘪砧何处在？杨柳自堪攀。"孟郊《折杨柳·其二》："楼上春风过，风前杨柳歌。枝疏缘别苦，曲怨为年多。花惊燕地雪，叶映楚池波。谁堪别离此，征戍在交河。"卢照邻《折杨柳》诗有"攀折聊将寄，军中音信稀"。余延寿《折杨柳》诗有"莫吹胡塞曲，愁杀陇头人"。证明"杨柳曲"乃伤怨之高品，《凉州词》是边塞之名作，诗将"征人之怨"与"杨柳伤怨之曲"作了和谐的融合。

另一说以为，《凉州词》末二句，羌笛和折杨柳曲无关，杨柳就是杨柳，应该还它本来面目。又说："春风不度玉门关"之"不"字，应作"未"字解。从而强调此诗本无怨情而有乐观精神。此说实难令人置信,"不""未"二字表否定但并不通用假借,强为替代,则谬失千里。

所以,第二说诗意"乐观精神",我是很难同意的。但第二说确乎又有实在的根据,唐时玉门关外并无杨柳,所以王之涣才作诗云:"羌笛何须怨杨柳,春风不度玉门关。"这使得后世清代林则徐谪戍新疆进行屯田建设时,大力推种杨柳,在荒漠中建成"垂柳家家树,回流处处科"(施补华诗《伊拉里克河水利林文忠公遣戍时所开》),改善了西域的自然面貌。如与林则徐一同贬谪伊犁的爱国英雄、两广总督邓廷桢《回疆凯歌》诗云:

> 羽林壮士唱刀环,齐裹貂褕振旅还。
> 千骑桃花万行柳,春风吹过玉门关。

再后,左宗棠收复新疆时,想到王之涣《凉州词》这后二句,便命令各地官员在天山南路道侧广植杨柳,达数十万株,当时盛称"左公柳"。而左宗棠幕僚下的墨客骚人、将军都曾作诗志颂。如陕甘总督杨昌浚《恭颂左公西行甘棠》诗云:

> 上相筹边未肯还,湖湘子弟遍天山。
> 新栽杨柳三千里,引得春风度玉关。

问: 如此看来,他们都不以为"杨柳"是《折杨柳曲》,而是实指杨柳树了。

答: 我以为,明人杨慎《升庵诗话》之说值得重视。他说:"言恩泽不及于边塞,所谓君门远于万里也。"这是领会了诗中"怨"之精神,深相契合,符合初盛唐边塞实情之解。戍边苦,盼朝廷的抚恤更苦,这理解就与唐代《折杨柳曲》多写征怨的主题相契了。因为诗是创作,不能等同于求实考证。要还它的本来面目,这才是本来面目。王之涣是封建时代之士,杨慎与之颇有异代同心的历史叠合,王之涣不会以今天的乐观主义精神来创作的。

回到"折杨柳",它是唐人的风习。杨巨源《折杨柳》作了情景展示,"水边杨柳曲尘丝,立马烦君折一枝。惟有春风最相惜,殷勤更向手中吹。"诗把唐人折柳、横吹、赠别的风俗尽皆汇于一炉,前人评为"此就题翻意法"。折柳是汉民族一种古老的送别风习,始于汉至唐而盛,并流传至今,它是哀切缠绵的,非关欢乐,在今四川川西地区丧葬仪式中仍有保留,出殡时亲人要手执柳枝行于送葬队伍中,表达对亡灵的送别。

关于唐代诗歌的"曲江宴游"

问：唐代许多诗人都写到"曲江"，为什么？愿闻其详。

答：曲江位于唐代长安城南，风景游赏之地。秦汉以来，长安的曲江便已是皇室权贵的清游之处，汉武帝时凿而广之，便为曲江池做了开拓，颇具规模，隋文帝时诏改曲江为芙蓉园，环境布局更作了新规划。唐时又复名曲江，仍属于帝王游宴之所。唐代因经济繁荣使长安城高度发展，至玄宗已盛况空前，游宴活动渐由贵族化转向平民化，曲江成了不拘贵贱都可到此游赏之地，文人墨客喜欢到此饮酒赋诗游乐。

问：不过一块池园景观，有什么特色吗？

答：我具体谈谈。曲江在长安城东南最高处，四望宽坦，据唐人康骈《剧谈录》以及宋人程大昌《雍录》记载，曲江处东西二丘之峡谷中，南北狭长，池周回六里余，唐玄宗时已拓展为池周七里，占地卅顷。曲江有支流二，一北流经敦化、立政二坊，再至升道坊的龙华尼寺旁；一西流经青龙、通善、晋昌三坊而至慈恩寺前，曲江池水清澈，遥观可望终南山色，近看终南山倒影，映入池中。这是曲江的形态。再说它的内容面貌，韦述《两京新记》说唐玄宗于开元廿年筑夹城，为迎接帝王游幸设置，曲江内花木众多，杏花、芙蓉、牡丹、菊等最盛，芙蓉园的芙蓉，红杏园的杏花，慈恩寺的牡丹最有名，隋诏改的芙蓉园复名曲江后，已转为皇室御园的代称。曲江的景点以杏园、大慈恩寺、紫云楼、芙蓉园、乐游园所围绕池周组合而成。其中的大慈恩寺竹树幽幽，寺中高峨的大雁塔为进士题名之处，乐游园高朗宽坦，三月上巳、九月重阳，游人便于登高。

问：对曲江的面貌有了印象，常人又是怎么游赏？

答：曲江游赏有具体的内容，由于有名称项目的不同，游人身份便有大体的差异。约略有三：一、皇亲国戚及百官曲江宴；二、进士曲江会宴；三、士民曲江游赏。第一，皇家贵戚百官宴。唐以前，这里已是帝王游幸之所，至玄宗开元时大力整治曲江，筑了夹城，更利出游，每每带扈从很多，场面蔚为壮观。这百官曲江宴，皇帝便于上巳、重阳等节日（不是常制）亲临设宴款待臣僚百官，君臣会集，饮酒赋诗，其乐融融，唐诗人诗作以及白居易《谢恩赐曲江宴会状》文等多有反映，至于宴集所用茶果酒脯，伎乐之类，概由皇室供给。第二，进士曲江会宴，举行时间在关试后，故又名"关宴"，宴后同年的都云飞雨散，各奔东西，故关宴又称"离宴"。这个会宴本源于落第举子简率宴席，后来被登科进士所仿效，祝功庆贺。这在五代人王定保《唐摭言》有记载。内容程序，一般由状元委派录事总揽，录事之下，有主宴、主酒、主乐、探花、主茶司职，曲江会宴之时，据《唐摭言·卷三》云："曲江之宴，行市罗列，长安几于半空，公卿家率以其日拣选东床。车马填塞，莫可殚述。"可谓热闹非凡，除了期集宴会，尚有杏园初宴，又名"探花宴"，据《云麓漫钞·卷七》引《秦中岁时记》云："杏园初宴，谓之探花宴。便差定先辈（指登第进士）二人少俊者为两街探花使。若他人折得花卉先开牡丹、芍药来者，即各有罚。"之后第三名称为探花，由此命名。杏园宴后，进士皆群聚慈恩寺大雁塔下，题名留念。晚唐诗人章碣，累举不第，乾符末年（879）始登进士，他有《曲江》诗描述盛况："日照香尘逐马蹄，风吹浪溅几回堤。无穷罗绮填花径，大半笙歌占麦畦。落絮却笼他树白，娇莺更学别禽啼。只缘频燕蓬洲客，引得游人去似迷。"诗人以蓬洲客喻新科进士。为睹蓬洲客，深深吸引游人。这一现象可映照出武则天以来唐科举之盛，开放的社会给了大量平民士子一步登天改变人生的梦幻机会。第三，百姓曲江游赏，自中宗神龙年间始普及，及至玄宗扩曲江池后，游赏风俗达于顶峰，更趋大众化了，游赏四时活动，以春夏最盛。节庆有中和、上巳等。白居易有《曲江》诗描写游赏风光："细草岸西东，酒旗摇水风。楼台在烟杪，鸥鹭下沙中。翠幄晴相接，芳洲夜暂空。何人赏秋景，兴与此时同。"翠幄是郊游时所设翠色帐幔，帐幔之多互相连接，可以想见其情状。这样的规模，这样的盛况，这样的影响，所以，曲江宴的活动情况，在许多笔记如《云仙散录》《国史补》以及许多诗人的诗作都有记述。曲江宴游还有许多活动，如《云仙散录·卷二》引《曲江春宴录》注："曲江贵家游赏，则剪百花装成狮子，系小连环，以蜀锦流苏牵之，互相送遗，送时唱歌云云。"唱的什么歌？《全唐诗·曲江游人歌》："春光且莫去，留与醉人看。"这是歌词，唱出游人都流连光景，不忍言归。

问：诗人们写曲江的诗作如何？

答：一般游乐的人心情都好，特别及进士第的诗人，如徐夤于乾宁元年（894）二月登进士第，他写了一首《曲江宴日呈诸同年》：

鹓鹭惊与凤凰同，忽向中兴遇至公。

金榜连名升碧落，紫花封敕出琼宫。

天知惜日迟迟暮，春为催花旋旋红。

好是慈恩题了望，白云飞尽塔连空。

诸同年指与他一齐同榜的苏俭、韦庄等人，以自身喻鷦鹩小鸟而成凤凰，那久盼的惊喜不言自明，太阳晚归，春催花发，题诗了望，活脱脱一副好心情。他以后又写了《赠垂光同年》诗中有句"须知红杏园中客，终作金銮殿里臣"，入仕的心情溢于言表。这时的社会，贵族已让位于平民了，所以说科举改变社会极大，影响于后，使得唐宋成了截然不同的社会，断裂就在中晚唐。

问：我见一些曲江诗的心情不尽如此。

答：是的，心态处境各自不同，上举的是及第的心情，但最多还是落第的和来感受气氛的文士诗客。晚唐诗人秦韬玉，他写的《曲江》：

金榜真仙开乐席，银鞍公子醉花尘。

明年二月重来看，好共东风作主人。

这是来游并感受气氛的文士，而且受到了鼓舞，以期明年"好共东风作主人"。另外，大历、贞元年间诗人雍裕之，数举不第，飘零四方，他的《曲江池上》：

殷勤春在曲江头，全藉群仙占胜游。

何必三山待鸾鹤，年年此地是瀛洲。

这又是一种心态，屡举不第，并不悲观，新科进士的"群仙"，对他始终有吸引力，"何必三山待鸾鹤"，传达他不甘退却的求仕心情。不是曲江春宴，而是上巳节来游的文士，也心仪金榜题名，如诗人赵璜的《曲江上巳》："长堤十里转香车，两岸烟花锦不如。欲问神仙在何处，紫云楼阁向空虚。"当然，饱受挫折郁郁不得志的文士，又是另一种心态，别样心情，李山甫的《曲江二首》其一："南山低对紫云楼，翠影红阴瑞气浮。……独向江边最惆怅，满衣尘土避王侯。"那种落第的卑羞，未尝没有些许愤懑，《全唐诗》小传说李山甫在咸通年间屡举不第，郁郁不得志，常狂歌痛饮，拔剑斫地。这是一个有些极端性格的文士。

问：曲江宴活动的诗，似乎难有名作吧。

答：一般说是这样，但名诗人则有不同，如杜甫、白居易、李商隐等也不乏佳作，如杜甫《曲江二首》："一片花飞减却春，风飘万点正愁人。且看欲尽花经眼，莫厌伤多酒入唇""穿花蛱蝶深深见，点水蜻蜓款款飞"等名篇名句不少。中唐诗人孟郊有一首名作《登科后》：

昔日龌龊不足夸，今朝放荡思无涯。
春风得意马蹄疾，一日看尽长安花。

孟郊的"登第"，那种春风得意，曲江杏园看花，是高兴，还是什么别的，心情复杂，我另有专题谈论，这里不再言述。李商隐是这样写的《曲池》：

日下繁香不自持，月中流艳与谁期。
迎忧急鼓疏钟断，分隔休灯灭烛时。
张盖欲判江滟滟，回头更望柳丝丝。
从来此地黄昏散，未信河梁是别离。

诗写曲江宴游乐后黄昏将别而不忍别之情，鼓声急，凡八百下而坊门闭，钟声疏，催人离别，所以"迎忧"，末句"河梁"用李陵别苏武诗"携手上河梁，游人欲何之"，言别离之痛较苏李还重。这比表面浮光掠影写曲江游赏为佳。

问：曲江宴游作为一种游乐活动，无非鼓励浮华，纵乐，有何意义？
答：不能这样看待，它的积极意义不可低估，我们试从几个层面来谈谈。一、政治层面：曲江本为皇家的专有园林，从皇室专有过渡到平民共享，这是历史的进步，也是帝王人本思想开放的措施，更是社会转向平民的转型，而其中许多的宴集活动，它一直是唐人尤其是长安士民的精神寄托，国家政治局势的动荡，曲江的兴衰也随之起伏，安史、黄巢之乱后，情况十分显著，所以曲江宴游可以观照当时社会的兴衰。二、文学层面：唐代的诗赋取士，已开了唐诗繁荣的先河，曲江宴游文士诗客的云集交往，雁塔题名的活动等，为诗歌内容提供了丰富的素材，许多优秀诗篇，不一定出自于金榜题名的春风得意，往往发自于伤时、伤事、伤景的抒情之作，曲江往往成了诗的触发点，曲江开放的四时游赏中，留下了更多诗人的足迹。白居易《曲江感秋》并序云："元和二年、三年、四年，予每岁有《曲江感秋》诗，凡三篇，编在第七集卷。是时予为左拾遗、翰林学士。无何，贬江州司马、忠州刺史。前年迁主客郎中、知制诰。未周岁，授中书舍人。今游曲江，又值秋日，风物不改，人事屡变。况予中否后遇，昔壮今衰，慨然感怀，复有此作。噫！人生多故，不知明年秋又何许也？时二年七月十日云耳。"而他的诗通过曲江来抒发了个人政治跌宕之情，友朋交往往往借曲江的媒介示现心河。至于如杜甫名作《哀江头》是作于安史乱后的至德二载（757），诗云："少陵野老吞声哭，春日潜行曲江曲……"那千门锁闭，林园荒疏，则是因家国动乱而抒沉痛爱国之情。三、信息层面：曲江游赏给文士诗客交往提供了一个平台，不单是观景冶游，像雁塔题名，从信息看，这是很好的传媒方式，文士诗客交往的聚散，诗的酬赠，优秀诗篇便如信息传播而走遍天涯。以上三端考察，曲江宴游意义不小。

问：是的，颇有启发。

盛唐：盛世金声

杜甫死因解秘

问：伟大诗人杜甫的死因有多说吗？

答：正是。有三种：一是"啖牛肉白酒而死"，一是"溺死"，一是"病死"。

据新旧两唐书之说，一致认为是"啖牛肉白酒而死"。《旧唐书·杜甫传》云："永泰二年（当作大历五年，即 770 年）啖牛肉白酒，一夕而卒于耒阳，时年五十九。"《新唐书》本传的记载："大历中，出瞿塘，下江陵，溯沅湘以登衡山，因客耒阳，游岳祠。大水遽至，涉旬不得食，县令具舟迎之，乃得还。令尝馈牛炙白酒，大醉，一夕卒。年五十九。"为两唐书提供依据的是唐人郑处诲《明皇杂录补遗》，据云："杜甫客耒阳，游岳祠，大水遂至，涉旬不得食，县令具舟迎之，令尝馈牛炙白酒，后漂寓湘潭间，羁旅憔悴于衡州耒阳县，颇为令长所厌。甫投诗于宰，宰遂致牛炙白酒以遗甫，甫饮过多，一夕而卒。"这是"牛肉白酒卒"较早之所本。以为杜甫是穷饿中暴食过多而卒。又韩愈诗《题杜工部坟》也载此说，但对牛酒饫死说却表怀疑，以为乃聂令搪塞天子搜求而编造之说，其实杜甫与屈原、李白一样是淹死的。韩愈此诗正集无之，见于刘斧摭遗小说，所以被否定乃"后之好事俗儒，托而为之"。此诗确也不像韩愈之笔。故不得据此以为牛酒饫死说中唐已有之。又戎昱诗《耒阳溪夜行》，题下自注："为伤杜甫作"，此诗已为萧涤非考证乃张九龄之作，"自注"为后人伪托。故也不足为凭。至晚唐，崔珏《道林寺》谓杜饥寒厄死于耒阳："白日不照耒阳县，皇天厄死饥寒躯。"裴说《经杜工部坟》诗一首："皇天高莫问，白酒恨难平。怏怏寒江上，谁人知此情。"（《文苑英华·卷三四二》）孟宾于有诗《耒阳杜工部祠堂》云："一夜耒江雨，……白酒至今闻。"（钱注本引自《耒阳祠志》）郑谷《送田光》："耒阳江口春山绿，恸哭应寻杜甫坟。"罗隐《经耒阳杜工部墓》："旅魂自是才相累，闲骨何妨冢更高。"曹松《哭陈陶处士》："白日埋杜甫，皇天无耒阳。"齐己《次耒阳作》："因经杜公墓，惆怅学文章。"这样多的诗人，无不谓杜甫卒、葬于耒阳。这就说明，耒阳杜墓不论真假，确为文林公认，所以凭吊、题咏者，自中唐后就很多，这也许为坚定新旧唐书作者撰文的看法，竟不排除误采小说家之言写入杜甫传了。郭沫若据牛肉白酒饫死说在《李白与杜甫》

一书中更求科学阐释，说杜甫确实死于牛肉白酒，但并非暴食过多"胀死"，而是中毒。他说：杜甫阻水耒阳是暑天，聂令送来牛肉白酒，杜甫一次未吃完，剩下的冷藏不好便腐坏了。腐肉有毒，尤其腐后二十四至二十八小时毒性最烈，能使人神经麻痹，心脏恶化而致死。再加上杜甫年老多病，抗毒能力衰损，又有白酒加速毒素在血液中循环，所以吃腐牛肉白酒中毒而死是极可能的。

另一种"溺死"说，源于唐人李观《杜诗补遗》，云："甫往耒阳，聂令不礼。一日，过江上洲中，醉宿酒家。是夕江水暴涨，为惊湍漂没，其尸不知落于何处。洎玄宗还南内，思子美，诏天下求之，聂令乃积空土于江上曰：'子美为牛肉白酒胀饮而死，葬于此矣！'"对此说历代反对的人很多。如仇兆鳌引此，按语云："此歌雪牛酒饮死之冤，而反加以水淹身溺之惨，子美何不幸罹此奇祸！且考泰陵升遐，以及少陵逝世，其间相去十载，《补传》颠倒先后，是全不见杜诗年次者……此必后人伪托耳。"反对者认为玄宗分明死于宝应元年（762），又怎能在大历五年（770）思念子美呢？但从"溺死"说的《耒阳县志》也说杜甫"初避乱入蜀，往依严武。武卒，蜀乱，复移夔州。大历三年下峡，至荆南，游衡山，将远郴州，依舅氏摄十二郎，侨居耒阳。值江水暴涨，涉旬不得食，聂令具舟迎之，馈以牛炙白酒。一夕大醉，宿江上酒家，为水漂溺。遗靴洲上，聂令徙置为坟墓焉"。县志本于新旧《唐书》，却又说杜甫溺死江中，县令还以拾得的靴子作坟。总的看来，此说辩驳反对的人很多，较难成立。

再一种"病死"说，是论证得最多的，仿佛是问题的热点。说他病死于湘江舟中。大历五年（770）四月，湖南兵马使臧玠夜间放火作乱，杀湖南观察使兼潭州刺史崔瓘。在潭州贫病交加的杜甫仓皇携家眷出走，溯郴水往依在郴州任上的舅氏崔伟。不料舟至耒阳方田驿时，突遇洪水大涨，不能行舟，泊于方田。杜甫五六天得不到吃食，县令聂氏闻讯，立即差人送去丰盛食物，并致书相邀。甫作诗感谢，诗题云："聂耒阳以仆阻水，书致酒肉，疗饥荒江，诗得代怀，兴尽本韵，至县呈聂令。"后因水势不退，诗不能致聂令，只好转下衡州去了。待水退后，聂令派人到江上寻杜甫，不见踪影，认为杜甫已葬身鱼腹，遂建衣冠墓于耒阳县北，纪念诗人。后来因有《明皇杂录》《杜传补遗》、新旧《唐书》的记载出现，所以产生啖牛肉白酒，溺水漂没等死因说。其实杜甫回衡州，不久沿江而下，过洞庭湖有《过洞庭湖》诗云："破浪南风正，回樯畏日斜。湖光与天远，直欲泛仙槎。"诗中"南风正""回樯"，确切证明杜甫是从上游而下。杜甫一秋一冬居止蜷曲舱内，为风痹病所苦，日日加剧，卧病舟中，而幼女又不幸夭亡，更给他以致命的摧毁，他写的长诗《风疾舟中伏枕书怀三十六韵奉呈湖南亲友》，沉疴难起之状，可以想见。之后，再没有听到他诗歌的声音，他与世长辞了。自然，如果要说杜甫在耒阳就殁于牛肉白酒或溺水漂没，那么这些杜诗所述的事实就无法解释了。更有杜甫死后,家人无力归葬,寝置岳阳。四十三年后,其孙杜嗣业始从岳阳启灵柩归偃师,出荆州时,还请元稹为其祖作墓志铭,铭文有"扁舟下荆楚间,竟以寓卒,旅殡岳阳,享年五十有九"。(元稹《唐故检校工部员外郎杜君墓系铭》)也可证杜甫病死于湘江舟中,与耒阳无关。

问: 听你讲后,已知这"三说"之疑,释疑主要倾向于"病死"说吧?

答: "病死"说虽可信,但死的病因无法确说。1990年,杜甫死因之疑忽如云散天开,天津劝业场卫生院主治医生仇化国、杨一工二人,据现存的杜甫一千四百余首诗中,发现竟有一百四十多处记载着杜甫的病状。这一发现受到媒体普遍关注,今摘杜甫诗句如下:

> 飘零仍百里,消渴已三年。(《秋日夔府咏怀》)
> 长卿消渴再,公干沉绵屡。(《送高司直寻封阆州》)
> 肺枯渴太甚,漂泊公孙城。(《同元使君舂陵行》)
> 消渴今如此,提携愧老夫。(《别苏徯》)

这些诗句证明,杜甫长期受着"长卿病"的煎熬。他说:"长卿多病久,子夏索属贫。""我多长卿病,日久思朝廷。""我虽消渴甚,敢忘帝力勤。"长卿是西汉司马相如之字,《汉书》记载司马相如患有消渴病,《史记·卷一一七司马相如传》说:"相如口吃而善著书,常有消渴疾。"而"消渴病"是糖尿病的古称。杜甫诗中还写下许多这种病对他折磨的诗句,如:"闭目逾十旬,大江不止渴"严重口渴症状;"病身虚俊味,何幸饫儿童"食欲不振症状;"临餐吐更食,常恐违抚孤"恶心呕吐症状;"病渴身何去,春生力更无"严重疲惫症状;"消中日伏枕,卧久尘及屦"卧床不起症状。

糖尿病之说虽较深层揭示了死因之疑,我认为,它只证明杜甫病躯衰颓的理由,当然,衰颓还有他的风痹之疾、肺病,从成都流寓,他就"抱疾屡迁移"(《偶题》)。他自述遭遇:"绝域三冬暮,浮生一病身"(《奉送十七舅下邵桂》),他"儿扶犹杖策,卧病一秋强"(《别常征君》)。患的是肺病,诗云:"衰年病肺惟高枕,绝塞愁时早闭门"(《返照》),春时更"春复加肺气,此病盖有因"(《寄薛三郎中璩》)。体质衰萎"肺萎属久战,骨出热中肠"(《又上后园山脚》)是忧患长久的战乱,以至形销骨立。他叹息自己是"肺气久衰翁"(《秋峡》),但仍系念国家,欲施救助"明光起草人所羡,肺病几时朝日边"(《十二月一日三首·其一》)。"新亭举目风景切,茂陵著书消渴长"(《十二月一日三首·其二》),这是以司马相如为喻,自伤生病滞蜀。据《史记·司马相如传》:"相如既病免,家居茂陵。"诗以茂陵代指相如。

或许说，它们都只是死的远因，聂县令送牛肉白酒，因阻水滞留荒江的饥渴，过量食饮则可能是诱发病患的近因，不排除远近的综合思考，或许是杜甫大历五年秋冬蜷伏舟中的真实身体状况，这或是他真正的死因之疑。

问：你用"或许"的审慎语气，不等于已经释疑，应该说，三种说法仍非定论，死因仍有待续说吗？

答：是的，可以这样认为。

问：杜甫的卒葬既"旅殡岳阳"，何以传闻平江有墓？

答：杜甫墓在湖南有两地，一是耒阳杜甫墓，一是平江杜甫墓。平江墓位于距县城三十里的大桥乡小田村，墓侧有一泸水注入汨罗江。大历五年(770)夏杜甫至耒阳，是年冬"卒于潭、岳之间"。这半年诗作，及《风疾舟中》所写气候特征、地理环境俱是汨罗江流域。另元稹撰《墓系铭》说"旅殡岳阳"，这与平江小田村无异，"山南曰阳"，古时岳阳是指天岳山之南，汨罗江流域，现在的岳阳是由汨罗江流域的岳阳演变而来，今日的岳阳市和岳阳县唐时称巴陵，其地在天岳山之北而非之南，因此不可称岳阳，平江唐时叫昌江，在天岳山南，汨罗江上游，正是古称岳阳所在，故"旅殡岳阳"，就是旅殡平江。

问：何以证明平江杜墓的可靠性？

答：唐墓风貌多为长方形券拱砖室，砖是素面青砖，平砌，墓室有龛，墓室封门下砌水沟，墓底铺砖成人字形等。平江杜墓无不具备。平江杜子祠还有唐时流传的莲花瓣柱础。其次，《隆庆岳阳府志》《杜氏族谱》《平江县志》等，均称杜甫卒葬平江小田。尤有的证，平江杜氏后裔家藏有唐至德二载(757)任杜甫左拾遗敕(敕在辛亥革命前后遗失)。藏敕者只能是杜甫嫡系裔孙。据清人李元度《杜墓考》云："今小田有杜家洞，公裔犹存，其家藏至德二载授公左拾遗敕及宋绍兴二十二年(1153)授杜邦杰为承节郎敕。明参政陈恺、佥事张景贤并为之跋，钱氏谦益亦谓今岳州平江县民杜富家犹藏拾遗敕。"杜富，明代弘治时人，他为了证实乃杜甫后裔，曾向平江县令亮出过藏敕，明嘉靖二十一年(1542)，湖南省参政陈恺，亲自借看诰敕，并写了《跋杜氏诰敕》的跋文，以后诰敕传承于杜端生家中，杜端生于1918年去世后，诰敕就不复存在。杜氏在平江，至今已繁衍为盛族。

问：这已很具说服力了，其余的墓呢？

答：耒阳墓传为聂令积土荒江以应玄宗思念，这是"溺死"说衍生，已不足论。况杜甫大历五年夏又并未卒于耒阳,何来耒阳墓? 看来,大历五年(770)冬杜甫死于潭、岳一带后,他的次子宗武急迫地将父亲遗体运回河南家乡,他划一叶孤舟,从湘江水道穿洞庭尽力北运,因江广河深,势难归返,且内心忧伤,旅途劳顿,患了重病,无法返巩,便回棹汨罗江投靠亲友来到平江。元稹《墓系铭》云:"宗武病不克葬,殁","命其子嗣业,嗣业以家贫无以给葬",便是明证。

另外,迁葬偃师的杜甫墓,有人将平江与偃师作一始一终关系,即始,卒葬平江;终,归迁偃师。认为此据元稹《墓系铭》,四十三年后,由杜嗣业"卒先人之志,迁子美之枢"。这虽是杜甫归宿的最早文献,但偃师的杜墓却未能出以有力的证据,且偃师墓不具唐墓风貌,所以,还是回头看平江《杜氏族谱》,明天启三年《福建汀州杜氏家谱归序》记有杜氏源流。《谱》云:"杜子美公,出自襄阳,官拜左拾遗员外郎之职,晚游湖南,卒于潭岳之间,旅殡岳阳。所生二子,长宗文公早逝,次子宗武公病难归葬,嘱其子嗣业,归葬偃师,又因干戈扰攘,未果,爰葬平江,卜居是邑(卜葬平邑南乡小田天井湖),以祭守其墓。"再有嘉庆《平江县志》载:"归祔固宗武意中事,而大历间干戈扰攘,殡不果出,流寓而遂家焉。"可见迁葬是杜宗武的心愿,宗武死后,其子嗣业仍想了父心愿,并到荆州请元稹写了《墓系铭》,但未启枢,"途次于荆",荆、偃无水路可通,依其环境状况,归迁偃师的困难或许是难以克服。

问: 谈得详尽,杜甫之死可谓已经解秘。

答: 最后再补充一点,当年杜甫阻水耒阳,何以阻水? 杜甫是逆江溯流,从衡阳赶赴郴州,是向南而行,江流向北,遇夏天洪水暴涨,不能进,故言"阻水"。耒阳在衡阳与郴州中间,今属衡阳管制,最终杜甫未到郴州。杜甫去郴州的原因,自有郴州的客观条件,当时郴州是湘粤古道上最繁盛的交通枢纽,交通集散地自然也文化发达,极盛时,船只过千,骡马上万,四方商客云集,船到郴州再经骡马古道分散南粤各地。耒阳就是诗人一生行走到达的最南端。郴州山多,道路逼塞,当地有谚语:"船到郴州止,马到郴州死,人到郴州打摆子",就因为多山难行。这就解了杜甫在耒阳为何不改道南行而返舟衡阳之谜了。秦观《踏莎行·郴州旅舍》"郴江幸自绕郴山,为谁流下潇湘去",郴江、郴州资兴的东江均向北流向耒水,最后汇合到湘江,所以杜甫回舟返棹离开耒阳的行程就分明了,也不存在客死耒阳之说。

李白死因异闻

问：李白的死因近年争论得如何？

答：李白的死因虽有多种说法，但能成立并为世所重归结起来不外两种。一说是卒于"腐胁疾"；另一说是死于"揽月落水"。

李白是受永王璘之累，流放夜郎。中途遇赦东还，漂泊于武昌、浔阳、宣城等长江沿岸城市。宝应元年(762)，他贫病交困，到安徽当涂(今安徽马鞍山市)，投靠在那儿作县令的族叔李阳冰，是年十一月，他走完了辉耀的生命历程，享年六十二岁。

主李白病卒之说，起于李阳冰为李白诗结集写的《草堂集序》，以后的碑碣著述多从此说。例如范传正写的《墓铭》，说"至今尚疑其醉在千日，宁审乎寿终百年"。李白好酒，晚年到了无酒不能生的地步，李白亦好服丹，所以因酒因药而致疾致命的可能极大。但人们都忽视了丹药的毒副作用，晚唐诗人皮日休作《李翰林诗》《七爱诗》之一说"竟遭腐胁疾，醉魄归八极"。这就明确无误地说李白因醉致疾，飘飘然而升入天堂的。郭沫若考证更为确切，他从精于医道的角度分析，李白六十一岁游金陵，往来于宣城、历阳(今安徽和县)二郡间。李光弼东镇临淮(今江苏泗洪县)，李白曾决意从军，可是行至金陵发病，不得已折道而返。此为"腐胁疾"之初期，并推测可能就是脓胸症。郭氏又说，李白六十二岁在当涂养病，脓胸症已慢性化，向胸壁穿孔，成为"腐胁疾"。十一月卒于当涂。

关于李白之死，唐人刘全白于贞元六年(790)撰写的《唐故翰林学士李君碣记》称："有子名伯禽，偶游至此，遂以疾终。"结合皮日休"竟遭腐胁疾，醉魄归八极"对照，皮诗如果上句同于刘全白碑碣，那么下句的"醉魄归八极"，"疾"与"归"二字能连在一起吗？我看不能。那么，醉酒而死，则又生一端，《旧唐书》说李白"竟以饮酒过度"，这就否定了腐胁疾是直接的死因。晚唐会昌四年(844)诗人项斯作诗云："夜郎归未老，醉死此江边。"(《经李白墓》)这便与皮日休诗后句"醉魄归八极"相同，而且项斯明确点明醉死于江边。

主李白为水中揽月溺死说的，是五代人王定保著《唐摭言》所语，他说："李白着宫锦袍,游采石江中,傲然自得,旁若无人,因醉入水中捉月而死。"后来宋人洪迈所著《容斋五笔》也有相似的记载,但是在前面却有引人注意的"世俗言"三字。其意义在于道出它是民间流传的一种基于美好的想象而产生的。因为李白被称为谪仙人,杜甫《饮中八仙歌》也说李白"天子呼来不上船,自称臣是酒中仙"。这些都可能为李白的死而产生的流传蒙上浪漫气息的外衣,但这种民间流传的出现,又并非产生在王定保和洪迈的记述之时,而是在李白去世不久就已流传开了。至元代,王伯成编《李太白流夜郎》杂剧,其中有李白入水中,为龙王所迎去之说。对李白的死因,更染上了一层奇丽的色彩。

关于溺死之说,除王定保所言"因醉入水中捉月而死"外,其实,更早的贾岛《牛渚》诗中有句:"不见燃犀人,空忆骑鲸客"(引自《太平府志》),即已暗示李白溺死于水中。宋初诗人宣城梅尧臣《采石月下赠功甫》云:"采石月下闻谪仙,夜披宫锦坐钓船。醉中爱月江底悬,以手弄月身翻然。"把李白采石矶(牛渚)醉中弄月翻船说得更为形象。洪迈《容斋随笔》云:"世俗多言李太白在当涂采石,因醉泛舟于江,见月影俯而取之,遂溺死。故其地有捉月台。"这"世俗多言"至少证明宋时对李白死因的普遍看法。这与病死之说大相径庭,代有聚讼,明末诗人杜濬《太白楼歌》诗云:"开元太白更清狂,酷爱采石恣徜徉。醉中放诞无不有,捉月岂必全荒唐。"(《当涂县志稿》引自杜濬《变雅堂集》)

饶有趣味的是见于正史新旧两唐书,对于李白的死,却只是简单地含糊提过,没有明确断定他的死因为"腐胁疾"或"醉入水中捉月而死"。这不仅止于审慎态度,反可看出其时已疑难未决。《旧唐书》上说他是饮酒过度醉死于宣城的,这可以证明唐诗人项斯《经李白墓》中"醉死此江边"的传说倒有一定的真实性。所以清人王琦对此议论说:"岂古不吊溺,故史氏为白讳耶?抑小说多妄而诗人好奇,姑假以发新意耶?"这分明说"病卒"和"溺死"两者都有可能。

再读一读他的《临路歌》:"大鹏飞兮振八裔,中天摧兮力不济。"这是一种无奈,这是一种力不从心的挣扎,那么,他大病之中,江船之上,醉见月影,俯身取之,翻然落水而溺死江中就是有可能发生的。

李白集酒、月、狂于一身,傲视权贵,至晚年蓄愁愤于心,他的不堪"白发三千丈,缘愁似个长",无奈何,长日呼酒买醉,结果"举杯消愁愁更愁"。心更愁愤,酒更喝多,大量的酒精已毒害、损坏他的身体,他仍继续以酒消愁,直至病入膏肓而无法挽救。酒精之余,他还信奉神仙学而长期炼丹服药,丹药的毒性不可忽视,晋人服散,虚火燥热,披发散衣,终至毒性发作,皮肤溃烂,正是腐胁疾症状的表现。古代帝王十有五六迷信丹药,为延寿求仙,死于服丹位数不少,浪费公帑,招致物议沸腾。而在民间,炼丹祈寿者,更是络绎不绝,二者心理结构相同,都有着同源文化背景,魏晋以来民间求之更无约束,由此而推论他的死因,族叔李阳冰的记述是颇具权威性的。

所以,文学史家刘大杰对此说极表赞同,断然说:"(李白)六十二岁,以腐胁疾死于当涂……说他入水捉月而死,那是不可信的。"

问：我也以为,传说不太可信吧。

答：真的不可信吗?有人却认为笔记野史之言,并非是荒唐的无稽之谈,李白一生寄情于山川、草木,热爱自然,他写爱月的诗太多太多,似乎早已成了灵魂寄托的归宿。他写爱酒的诗也太多太多,似乎已是他在黑暗现实中找到的一片光明净土。他举杯望天庭明月,低头见黑暗尘寰,贫病交加,无力挽狂澜于既倒,美好的向往都破灭了。一个济世骋怀、傲岸不羁的人是不堪忍受的,他几乎要发狂了。他的《笑歌行》和《悲歌行》里,很鲜明地写出了他狂痴的心态。一个心态如此狂痴的人,"醉而落水捉月"未尝不是他死因的正确缘由。

研究李白的著名专家安旗对李白的死,有深刻的理解和精细的摹拟描绘,她写道:"夜,已深了;人,已醉了;歌,已终了;泪,已尽了;李白的生命也到了最后一刻了。此时,夜月中天,水波不兴,月亮映在江中,好像一轮白玉盘,一阵微风过处,又散作万点银光。多么美丽!多么光明!多么诱人!'我追求了一生的光明,原来在这里!'醉倚在船舷上的李白,伸出了他的双手,向着一片银色的光辉扑去……只听得船夫一声惊呼,诗人已没入万顷波涛。船夫恍惚看见,刚才还邀他喝过三杯的李先生,跨在一条鲸鱼背上随波逐流去了,去远了,永远地去了。"不怕富有神奇色彩,她是宁愿相信这"天上谪仙人"是捉月入水而跨鲸羽化。安旗是诗人出身的学者,她的浪漫演绎又给李白之死多了一个主动赴死的自杀之说。

问：你真相信这种传奇说法?

答：我总结人们关于李白之死种种说法,理性地说,我认为药、酒是残害他身体的罪魁;至于其他善良的美丽的传说,从情感上我不拒绝,因为我们都热爱伟大的浪漫主义的大诗人,李白之死透出的是一种文化色彩,包含的是汉民族的情感寄托。不久前我与作家李洱会面,他说李白是世界的,杜甫是中国的,韩愈是唐代的。我信!这是一个需要重建的坐标体系,甚至需要更宏观的审视,李白身上体现的是超越时空的自由价值;杜甫身上烛照的是汉民族永恒的儒家精神,他的诗歌也是最纯粹的汉诗;韩愈虽"文起八代之衰",但他身上的实用主义应时性,摆脱不了的时代痕迹,他只属于他的唐朝。

关于李白《将进酒》敦煌本原创之秘

问： *李白的名篇《将进酒》也是一首疑诗吗？*

答： 是的，文本的字差异很大。我先推今本，据《全唐诗》的文字，诗题《将进酒》：

> 君不见黄河之水天上来，奔流到海不复回！君不见高堂明镜悲白发，朝如青丝暮成雪！人生得意须尽欢，莫使金樽空对月，天生我材必有用，千金散尽还复来。烹羊宰牛且为乐，会须一饮三百杯。岑夫子，丹丘生，将进酒，君莫停。与君歌一曲，请君为我侧耳听。钟鼓馔玉不足贵，但愿长醉不愿醒。古来圣贤皆寂寞，惟有饮者留其名。陈王昔时宴平乐，斗酒十千恣欢谑。主人何为言少钱？径须沽酒对君酌。五花马，千金裘，呼儿将出换美酒，与尔同销万古愁。

20世纪80年代，台湾黄永武先生介绍敦煌的唐诗，是民国初年出土的敦煌卷子底本文字，在敦煌唐人诗选抄本伯希和氏二五七六号中，所有的李白诗作四十三篇，其中有《惜罇空》：

> 君不见黄河之水天上来，奔流到海不复回。君不见床头明镜悲白发，朝如青丝暮成雪。人生得意须尽欢，莫使金罇空对月。天生吾徒有俊才，千金散尽还复来。烹羊宰牛且为乐，会须一饮三百杯。岑夫子，丹丘生，与君歌一曲，请君为我倾。钟鼓玉帛岂足贵，但愿长醉不用醒。古来圣贤皆死尽，惟有饮者留其名。陈王昔时宴平乐，斗酒十千恣欢谑。主人何为言少钱，径须沽酒对君酌。五花马，千金裘，呼儿将出换美酒，与尔同销万古愁。

按今本与敦煌底本比照，这首不足二百字的诗，包括诗题，相异的文字竟有十八个之多，还不包括字量的不等，敦煌底本一百六十八字，今本一百七十六字，

55

多了八字。

问：差异如此之大，令人无所适从。

答：今本文字，因宋本有《李太白文集》，参照嘉靖本及《四部备要》的王琦注《李太白文集》文字而成。那么，异文的是非如何，敦煌残卷发自秘窟，早于宋本，是否就以此据认是李白诗的原璞？我想，这不能武断，先从文字的鉴赏品评入手。宋本今本"高堂明镜悲白发"，敦煌底本作"床头明镜悲白发"。镜悬高堂，要照有难度，而镜在床头，早晚相照才顿有朝如青丝，暮为白雪，上下用意相连，合理。宋本今本"天生我才必有用"，敦煌底本作"天生吾徒有俊才"，而宋本异文有作"天生我才必有开"、"天生我身必有财"、"天生吾徒有俊才"等。从敦煌本看，今本诗的语气在"必"字上传的很自负，接下有"千金散尽还复来"的本领。须知这句诗是转韵，而诗的末字"才"，须与下句末字"来"押韵，敦煌本"才""来"押韵，如果按今本"必有用"则不押，与古诗的规则不合。又今本宋本"钟鼓馔玉不足贵"，敦煌本为"钟鼓玉帛岂足贵"，玉帛是王侯将相间的礼物，是地位的显赫，诗要表白显赫的地位岂足贵，文脉合理。而馔玉是佳肴，而且他们正用，又怎能说馔玉佳肴不贵呢？殊反常理。又宋本今本"古来圣贤皆寂寞"，敦煌本和宋本异文作"古来圣贤皆死尽"相同，是什么原因变了后面二字呢？显然"死尽"二字粗疏俗直，是谁因嫌恶而改，不得而知。

问：你的看法是说敦煌本是李白诗的原貌了？

答：我仍不这样肯定，我还继续补充下去。台湾黄永武先生认为，李白在转韵古诗中，常寓有一个鲜为人知的秘密，那就是转换韵脚时，下一段的第一末句，即须先押新转入的韵脚，以迎接将来的新韵，这在今人叫"逗韵"，但是在今本上，失去了这种音律的技巧，我们应知晓李白诗歌中寓藏的音响秘密。再说诗题，敦煌底本的诗题为《惜罇空》，宋本今本的题是《将进酒》，考《文苑英华》卷一九五引此诗题下有"一作惜空酒"五字，可见宋初时诗题还与敦煌本近似。而"将进酒"是乐府旧题，汉鼓吹铙歌十八曲之一。那就有可能纳编乐府诗集时才改了题名。

问：题名"将进酒"三字也出现在诗中的。

答：对，敦煌本并无三字，但今本于"丹丘生"下才增的"将进酒，杯莫停"六字，宋本则为"进酒君莫停"五字和一作"将进酒，杯莫停"六字。看来，今本宋本都与诗题作了呼应，改动明显。从敦煌本诗题到宋本今本诗题的变易，并由此而引起文字增加的线索是清楚的。

问：似已无可争议敦煌底本是李白诗的原貌了。

答：问题并不如此，我从唐人选唐诗中，看到李白诗的又一个版本，是殷璠《河岳英灵集》，选李白诗十三首，其中就有《将进酒》，录如下：

> 君不见黄河之水天上来，奔流到海不复回。君不见高堂明镜悲白发，朝如青丝暮成雪。人生得意须尽欢，莫使金樽空对月。天生我才必有用，千金散尽还复来，烹羊宰牛且为乐，会须一饮三百杯，岑夫子，丹丘生，与君歌一曲，请都为我倾（一作听）。钟鼎玉帛不足悦（不，一作贵）。但愿长醉不用醒（用，一作愿）。古来圣贤皆寂寞，惟有饮者留其名。陈王昔日宴平乐，斗酒十千恣欢谑。主人何为言少钱，且须沽酒对君酌。五花马，千金裘，呼儿将出换美酒，与尔同销万古愁。

这个版本与宋本今本近似，文字小有出入，没有"将进酒，杯莫停"六字。可见，今本或是将唐人集本，宋本明本等排比参照，至清康熙彭定求等编纂《全唐诗》时所定。这里要强调，此诗入选唐殷璠《河岳英灵集》中，是当代人选当代诗，他在序中云所选起讫为"起甲寅（654）终癸巳（753）"，都是高宗、睿宗、武后至玄宗从永徽至开、天时期诗作。

问：敦煌残卷的底本的意义何在？

答：敦煌本也是唐人抄本，它使我们不得不承认李白此诗可能的原貌，那么此诗从题目到文字的改易究何人所为呢？是殷璠吗？是李白自己吗？都有可能，但至少应知，诗题《惜罇空》改为《将进酒》，是署定为乐府时变的，没有材料证明李白与殷璠的交往，而随意更易当代人之作的可能性较小，这就是说，诗人自己的改动可能性大。但，历史长河的演进，内容文字的增易，都不排除后人做了手脚，不然，何以有许多文字的分歧？所以，这首名作之疑云，仍然未散。

李白《赠汪伦》中的"汪伦"是什么人

问：李白《赠汪伦》诗中的汪伦是农民吗？

答：此诗写作时间学界几系于天宝十四载（755），李白五十五岁时，我们还是先看看原诗是怎样写的。

> 李白乘舟将欲行，忽闻岸上踏歌声。
>
> 桃花潭水深千尺，不及汪伦送我情。

把汪伦说成是农民的，其源盖出于宋人杨齐贤的《李太白文集》注。注云："白游泾县桃花潭，村人汪伦酿美酒以待白。"因为说汪伦是个"村人"，后来许多选本都沿用此说，汪伦就被说成是农民了。如李长之《中国文学史略稿》在《赠汪伦》后特别加注："汪伦是一个农民。"

袁枚《随园诗话》对李白与汪伦的交往还有一点记载。汪伦曾有信约李白到他家去作客，信中写道："先生好游乎？此地有十里桃花；先生好饮乎？此地有万家酒店。"李白到了汪伦家后，汪伦解释说，十里桃花，是那十里外的桃花潭；万家酒店，是指桃花潭西那开酒店的人姓万。李白听后，大笑不已。这证明汪伦不是一个普通寻常的人。

如果我们再把视角收缩，可以见到《李太白在安徽》（安徽人民出版社1980年版）一书的记载："汪伦，泾县桃花潭人，隐逸之士，爱交游，与当时许多诗人交往。过去有人说汪伦是农民，不确。"又说："踏歌，江南民间集体唱歌的一种形式，大家手拉着手，唱着歌，脚有节拍地踏在地上（犹如打拍子）。可见送别李白的不是汪伦一人，还有许多农民。"在这本书里，说汪伦是个"隐逸之士"。

根据上述各种记载参证，汪伦不是农民，而是唐代的一个隐逸文人。

问：关于《赠汪伦》的"踏歌"，请具体谈谈是怎样一种歌？

答：清人王琦《李太白全集》对"踏歌"作了说明："按《通鉴·唐纪》：阎知微

为虏踏歌。胡三省注：踏歌者，连手而歌，踏地以为节也。"此后注本大多从是说。人民文学出版社《李白诗选》解为"民间的一种唱歌艺术，两脚踏着拍子唱歌"；该社《唐诗选》说为"唱歌时以脚踏地为节拍"；北京出版社《唐诗选注》说为"两脚踏着拍子唱歌"。诸说疑窦之处在于：1. 删了胡三省注中之"连手而歌"；2. 将踏地为节的情况具体为"两脚"。这样，"踏歌"实则为"唱歌"而已，只唱时伴以脚踏地为节。解释是不准确的。

"踏歌"民俗出现较早，晋人葛洪《西京杂记》记汉代宫女十月十五踏歌盛况，众宫女"相与连臂踏地为节，歌《赤凤凰来》"。至唐时，踏歌习俗相沿。《朝野佥载》记云："睿宗先天二年正月十五、十六夜，于京师安福门外作灯轮，高二十丈……（宫女）于灯轮下踏歌三日夜。"《旧唐书·睿宗纪》也载："上元日，夜，上皇御安福门观灯，出内人联袂踏歌。"不止宫女，士大夫也有参加的。《辇下岁时记》云："上御安福门观灯，令朝士能文者为踏歌。"以上引述可证，踏歌不是单纯以脚击地击节为歌，踏歌时，人或"相与联臂"，或"连袂"而唱，手脚并用，是一种正规的歌舞表演。储光羲《蔷薇篇》："连袂蹋歌从此去，风吹香去逐人归。"不只京城，此一规模盛大的群众性歌舞表演，在州郡也常开展。刘禹锡有《踏歌词》：

> 春江月出大堤平，堤上女郎连袂行。
> 唱尽新词欢不见，红霞映树鹧鸪鸣。
>
> 新词宛转递相传，振袖倾鬟风露前。
> 月落乌啼云雨散，游童陌上拾花钿。
>
> 桃溪柳陌好经过，灯下妆成月下歌。
> 为是襄王故宫地，至今犹有细腰多。
>
> 日暮江头闻竹枝，南人行乐北人悲。
> 自从雪里唱新曲，直到三春花尽时。

从诗中可概括出：1. 踏歌时人数多，有女郎，有少年，歌舞时"连袂"；2. 踏歌的时间多在月夜，时间也较长，时节从初春至三春花尽；3. 歌舞时尽量唱"新曲"，多唱"竹枝词"，唱时"宛转递相传"，即有领唱、接唱、对唱、和唱、合唱之意。刘禹锡诗中的"连袂"，与胡三省注及《西京杂记》的"连手""连臂"相一致，确证它是歌舞表演。而且有些类同于具有戏曲因素的"踏谣娘"。崔令钦《教坊记》对近似歌舞剧表演的"踏谣娘"有详细记述。任二北《唐戏弄》云：

唐人有用"踏谣娘"三字代歌舞女者,如《太真外传》叙杨国忠得红霓屏风,上绘美人生动:"俄有纤腰伎,近十余辈,曰楚章华,踏谣娘也,乃连臂而歌。"

唐代又有用"踏歌娘"称歌舞女的,如罗虬《比红儿》诗:"楼上娇歌裛夜霜,近来休数踏歌娘。"所以,上引《太真外传》记"踏谣娘"演出时"连臂而歌",竟与"踏歌"之"连手"一样,而罗虬又称"踏谣娘"为"踏歌娘",这自然令人联想到"踏歌"与"踏谣娘"在演出形式上一些相通之处。这就除了歌舞之外,还结合有剧的成分。如《岳阳风土记》说:"荆湖民俗,岁时会集或祷词,多击鼓,令男女踏歌,谓之'歌场'。"

其实,在唐以前,踏歌就有记述。如宋人陈旸《乐书》称:"踏歌,队舞曲也。"唐段成式《酉阳杂俎·前集五》记僧对尼曰:"'可为押衙踏某曲也。'因徐进对舞。"舞的情状是"曳绪回雪,迅赴摩趺,伎又绝伦"。

以上所见,可以证明"踏歌"非止于以脚踏地击节为歌;又证明是由许多人牵手参与表演且步且歌的队舞歌或含一些剧的成分。

由此推知,李白辞别汪伦,汪伦组织"踏歌"相送,其隆重热烈之程度,足以使诗人感动而用千尺桃花水比喻成诗,感激汪伦之盛情。

关于汪伦,有必要再谈一谈。宋人杨齐贤《李太白文集》注云:"白游泾县桃花潭,村人汪伦常酿美酒以待白,伦之裔孙至今宝其诗。"按李白有《过汪氏别业二首》,《宁国府志》载北宋胡瑗《石壁诗序》,称此诗题为《题泾川汪伦别业二章》其一有云:

> 游山谁可游,子明与浮丘。
> 叠岭碍河汉,连峰横斗牛。
> 汪生面北阜,池馆清且幽。
> 我来感意气,捣岛列珍羞。
> 扫石待归月,开池涨寒流。
> 酒酣益爽气,为乐不知秋。

其二有云:

> 畴昔未识君,知君好贤才。
> 随山起馆宇,凿石营池台。
> 星火五月中,景风从南来。

数枝石榴发，一丈荷花开。

恨不当此时，相过醉金罍。

我行值木落，月苦清猿哀。

永夜达五更，吴歈送琼杯。

酒酣欲起舞，四座歌相催。

日出远海明，轩车且裴回。

更游龙潭去，枕石拂莓苔。

则汪伦为豪杰之士，非村人也。汪伦有池馆清幽的别墅，饮食可列珍羞。李白又用陵阳子明与浮丘公等仙人誉其为人，可想见其性情襟抱。李白自天宝三载(744)离京，满怀抑闷漫游，长期滞留江南环太湖地区。这里是江南核心区域，学界认为诗人于天宝十四载(755)暮春，自宣城南下，沿青弋江至泾县(今安徽东南部宣城西)，游了泾侯、琴侯、陵阳侯。夏天到了苏州、扬州。秋季又回泾县游桃花潭并作《赠汪伦》。据《一统志》云："桃花潭在宁国府泾县西南一百里，深不可测。"李白此时，远离朝政，徜徉山水，诗酒狂放。如果汪伦为恶俗之徒，李白决不会称誉如此，那"酒酣盖爽气，为乐不知秋"，汪伦的意气豪放与李白深相契合。

问：如此看来，汪伦不是一般的农民。

答：据此推知，汪伦决非普通"村人"，而是一位有产业的乡村士人。唐时，尤其盛唐，民间已有专司演出的优伶组织，那么，富有而豪爽的汪伦，他的家中或者蓄养有专司演出的歌舞伶人，或则家乡有业余演出的优伶组织，经常表演"踏歌"歌舞，这也是符合情理的。若再拓宽眼光考查，周贻白《中国戏曲论丛》谈到，明代江西出现的弋阳腔，乃北方之"踏谣娘"传到南方逐渐演变而成。弋阳腔盛行后曾超过昆腔，与弋阳腔大约同时流行于世的还有海盐、余姚、青阳诸腔，可见当时海盐、余姚、青阳戏曲发达。而发达是渐进的，上溯元、宋、唐想必也较其余地区发达。青阳与泾县毗邻，山水相依，则唐时此一带城乡的歌舞戏曲均极活跃。所以，从地理环境和文化传统推知，汪伦家乡有专司演出的歌舞伶人，或汪伦家蓄有家乐，并经常表演"踏歌"，也是合乎情理不足为奇之事。

因此，当闻名于世的诗人李白光临桃花潭，当地民众定会感到欣喜荣幸，豪爽热情而又慕才的乡绅汪伦亲自于别墅中接待诗人，情趣相投，优礼相加，当诗人要离去时，汪伦组织隆重的"踏歌"仪礼相送，当然会使诗人感慨万端，目睹此景，联想宦途颓废，加倍珍惜这可贵的"人情"，"桃花潭水深千尺，不及汪伦送我情"。自然不仅止于汪伦一人，这是真情的迸发，也是诗人赐金还山回归民间后植于人民对"人情"的厚爱。对比诗人遭遇唐玄宗辞退的情况，此诗隐微的讽意明显,颇有风人之旨,如此来看诗的创作时间或可大幅提前,可能作于赐金放还后的一两年内,而不是学界认为的天宝十四载(755)秋天。考李白行迹,天宝四载(745)秋冬他与杜甫齐鲁分手后,极大可能于天宝五载(746)秋受汪伦邀请游桃花潭散心,感于汪伦及乡人盛情,对比朝廷的无情而有是作,这也更合李白当时当刻的心境。如此则千古以来解诗都是浮泛鄙薄之解,唯此解才合诗人诗心,才能感应诗人内心千古隐痛,破译此诗的密码或在此。你以为然否?

关于汪伦其人以及踏歌、诗旨等管见,也就只能谈得如此了。

关于王维《送元二使安西》
"阳关三叠"之秘

问：王维的《送元二使安西》是唐代很流行的歌吗？

答：是的。唐代有许多旧的和新制的乐曲都需要歌词，虽有专为配乐而写的诗歌，但数量有限，因而乐工便大量将诗坛的优秀诗歌移入乐曲中配唱。白居易有《读李杜诗集因题卷后》云："文场供秀句，乐府待新词"，真实地反映了这一社会供求状况。王维的《送元二使安西》名诗，唐教坊采之，开元年间已入乐府，谱为饯别之歌，遂传名为《渭城曲》或《阳关曲》：

> 渭城朝雨浥轻尘，客舍青青柳色新。
> 劝君更尽一杯酒，西出阳关无故人。

此歌入乐流走，几乎成为唐人送别时必唱之歌。白居易曾多次赞誉："高调管色吹银字，慢拽歌词唱《渭城》"（《南园试小乐》），"相逢且莫推辞醉，听唱《阳关》第四声"（《对酒五首》之四），"最忆《阳关》唱，真珠一串歌"（《晚春欲携酒寻沈四著作先以六韵寄之》），并在末首诗下注云："沈有讴者，善唱'西出阳关无故人'词"，证明当时还有以专唱此曲而饮誉于时者。诗人刘禹锡有"旧人唯有何戡在，更与殷勤唱《渭城》"（《与歌者何戡》），张祜有"不堪昨夜先垂泪，西去《阳关》第一声"（《听歌二首》之二），李商隐有"红绽樱桃含白雪，断肠声里唱《阳关》"（《赠歌伎二首》其一）和"唱尽《阳关》无限叠，半杯松叶冻颇黎"（《饮席戏赠同舍》），以及崔仲容的"渭城朝雨休重唱，满眼《阳关》客未归"（《赠歌姬》），又知此歌已不限于送别时演唱，已是经常流行之歌。

问：此歌又名《渭城曲》，以"阳关三叠"传唱，"阳关三叠"怎么个叠法？异说甚多吗？

答："阳关三叠"又名《阳关曲》，琴曲，大约宋代，曲谱便已失传了。目前所见古曲《阳关三叠》是由一首琴歌改编而成,最早载于明弘治四年(1491)刊印的《浙音释字琴谱》。各派琴谱均以王维之《送元二使安西》诗为主要歌辞,并引申诗意,增添诗句,抒写离情别绪,因全曲分三段,原诗反复三次,故称"三叠"。这是宋代苏轼对旧传"阳关三叠"的看法,但他在所著《仇池笔记·卷上》已有改变。他说:

> 旧传"阳关三叠",歌者每句再叠而已,若通一首言之,又是四叠,皆非是。或每句三唱,以应三叠,则丛然无复节奏。余在密州,文勋长官以事至密,自云得古本《阳关》,每句皆再唱,而第一句不叠,乃知古本三叠如此。乐天诗云:"'相逢且莫推辞醉,听唱《阳关》第四声'。注云:第四声'劝君更尽一杯酒'。以此验之,若一句再叠,则此句为第五声,今为第四,则一句不叠审矣。"

所以,苏轼在《和孔密州五绝·其一》诗有云:"阳关三叠君须秘,除却胶西(指密州)不解歌。"东坡告诉我们三种叠法:1. 将王诗四句都各唱两遍(每句再叠);2. 四句都各唱三遍(每句三唱);3. 首句唱一遍,后三句各唱两遍(每句皆再唱,而第一句不叠)。对第一种叠法,尽管时人那样唱,因有四叠之嫌,故他否定了。第二种叠法,是时人的一种臆测,有"丛然无复节奏"的明显缺点,他也否定了。只有第三种古本《阳关》叠法,他作了肯定。

元代《阳春白雪集》有大石调《阳关三叠》词,与苏轼所见符合,就是根据苏轼之说而作成的。曲词如下:

> 渭城朝雨,一霎浥轻尘。更洒遍客舍青青,弄柔凝,千缕柳色新。更洒
> 　　　　a　　　　　　　　　　　　　　　　b
> 遍客舍青青,千缕柳色新。休烦恼,劝君更尽一杯酒:人生会少,自古功名
> 　b
> 富贵有定分,莫遣容仪瘦损。休烦恼,劝君更尽一杯酒,只恐怕西出阳关,旧
> 　　　　　　　　　　　　c
> 游如梦,眼前无故人。只恐怕西出阳关,眼前无故人。
> 　　　　　　　　d

这样,如符合 abcd 代表王维诗之一、二、三、四句,按其所示,三叠之格局与古本《阳关》正相契合。从曲词分析看,乐工们在采制诗篇入乐时,是用摊破、裁截、衬词、衬字、重叠的方法,将七言绝句的整齐式变为长短句的不整齐式,曼声舒缓演唱的。

当然,苏轼称古本不叠王维诗第一句,只叠第二句,显然是在证明第三句"劝

君更尽一杯酒"，切合白居易之"相逢且莫推辞醉"，并经重叠后为"第四声"而已。

今人徐仁甫《古诗别解》不同意苏轼之见。他说："余按汉魏六朝乐府：如《对酒当歌》《北上太行山》《秋胡行》《蒲生我池中》等，《古今图书集成》于每解前二句，每字下都作'ㄣ'，表示重叠；《乐府诗集》则直录作重句。如《北上太行山》，晋乐所奏，录作'北上太行山，艰哉何巍巍；太行山艰哉何巍巍'（疑脱"北上"二字）。又如曹操《塘上行》共五解，每解皆重第一句，稽康《秋胡行》七首，每首皆重首二句，可见乐府中前二句若叠，无不重第一句者。"他认为苏轼所见之"第四声"，"其重叠既无意义，又与乐府重叠的传统习惯不合。所谓古本，不足为凭！"

徐仁甫否定苏轼所谓古本《阳关》之说后，他提出的看法是：

> 然则何以解白乐天"听唱阳关第四声"为指"劝君更尽一杯酒"呢？余谓"阳关第四声"即是"阳关三叠"句，正指已经重叠之"劝君更尽一杯酒"而言。盖重叠为和声，和声比先唱之声更高。燕太子丹使荆轲刺秦王，祖饯于易水之上。高渐离击筑，荆轲歌，宋如意和之。陶渊明咏荆轲诗云："渐离击悲筑，宋意唱高声"是也。此高声是和声，可想而知唐人歌《阳关曲》，至王维诗第三句，先唱"劝君更尽一杯酒"者，只一人，其声比较低；和唱"劝君更尽一杯酒"者，是众人，其声照例比原先唱之声更高。今四川所谓弋阳腔，即高腔，其尾段的帮腔，旧名接腔。帮腔都高出原唱者的本音八度。可见"阳关第四声"，即指和声帮腔而言。东坡认为指先唱之句，非也。

苏轼所见与徐仁甫之说有异亦有同。同者，都以为"阳关三叠"叠在第三句"劝君更尽一杯酒"，以应白居易之"相逢且莫推辞醉，听唱《阳关》第四声"；不同者，苏轼以第二句叠后，第三句先唱之声为"第四声"，徐仁甫以第二句不叠，第三句叠后之声为"第四声"。

我以为苏轼之说影响虽大，徐仁甫之见更有道理。他的和声帮腔看法，受到川剧高腔的启示，不无理由。据我所知，唱高声帮腔和是事实，而《渭城曲》声高亦有据，据笔记家言，《渭城曲》最初传播到旗亭去奏唱时，因为曲调最高，致使倚歌者之笛，为之吹裂。

问：这样说来，"阳关三叠"叠法，苏轼看法不足信，徐仁甫之见可算释疑矣？
答：当然不能这么说。就目前研究看，异说歧见尚无充足根据时，以并存为好。

徐仁甫谈及末句：

至于末句"西出阳关无故人",或有先唱,众人和之;川剧先唱有时丢出末句不唱,让众人也紧接前面一并和唱下去。总之,此句也有和,自不待言。然非阳关三叠问题所在。南宋魏庆之《诗人玉屑》谓至阳关句反复歌之;郭茂倩《乐府诗集》又以乐天所举为王诗末句,皆非。

他还否定了魏庆之、郭茂倩之说,魏、郭之见虽比苏、徐之见更欠充分,然而亦为"阳关三叠"疑窦之一说。

问:我见过一些明清"阳关三叠"唱法的材料,与唐人的叠法已是大相径庭,随意而叠。而且还发展出了各种器乐曲谱,完全是明清时人的借名制作。

答:是的。由于明清《阳关三叠》已不被广泛传唱,偶有演唱也是随心所欲按各自方式编唱。明人田艺蘅《依依传》曾记载扬州歌女柳依依唱的《阳关三叠》:

依依,姓柳氏,字倚玉,扬州二十四桥人也。……鸳盏分飞,骊歌互答。柳子为我歌《阳关》第一叠焉:"渭城朝雨浥轻尘,客舍青青柳色新。劝君更尽一杯酒,西出阳关无故人。"田子慨,举白,去住牵神。少选,和风东吹,麝带解香而渐歌,片云北迈,鸾箫惊韵而不流,柳子再歌入破第二叠:"朝雨浥轻尘,青青柳色新。更尽一杯酒,阳关无故人。"田子凄其以伤,恍惚若失,停杯脉脉,凝盼惺惺。叹江水以何情,怜仆夫之无色。柳子卒为我歌入破第三叠焉:"浥轻尘,柳色新。一杯酒,无故人。"辞既促而易竭,响复咽而愈哀。

这种唱法已与前述苏轼、徐仁甫所追索的古法"三叠"不同。它纯粹就是明人创制的唱法,每叠变化以减字处理,第一叠七字,第二叠五字,第三叠三字,三唱以为"三叠"。其艺术效果田艺蘅在文中说:"句引魂摇,泣随声迸。讶喉珠之难贯,痛肌玉之顿销。怨入落花,望迷芳草。古人堕泪之感,断肠之图,良有以也!"

到后来,《阳关三叠》已由唐宋有声有曲的乐歌变为明清的器乐演奏曲。如琴曲、笛曲、琵琶曲。但明清曲谱中《阳关三叠》几乎都附有歌词。其歌辞结构,变化无方,短的只有一段,或三段、四段,长的有七叠,八叠或九叠、十叠,最长达十三叠。这与唐代"阳关三叠"比,就叫离谱出格了。它们都属借用唐人"阳关三叠"之名而已,有名无实。

问:看来"阳关三叠"之异说,仍是迄无定论。相比而言,徐仁甫从川剧高腔入手理解唐人的"三叠"唱法还算是高论。

答:正是。

关于岑参《献封大夫破播仙凯歌》之疑

问：岑参是唐代杰出的诗人，尤其是边塞诗的杰出代表，他那组《献封大夫破播仙凯歌》的诗，文史学家都很有兴趣，此诗还有些疑团在争论吗？

答：是的，这组诗共六首，记叙唐时发生在丝绸之路上的一场战争，由于史籍对这场战争阙载，这组诗便成了补史事之不足的珍贵资料。先还是看原诗《献封大夫破播仙凯歌六首》的记载：

> 汉将承恩西破戎，捷书先奏未央官。
> 天子预开麟阁待，祇今谁数贰师功。
>
> 官军西出过楼兰，营幕傍临月窟寒。
> 蒲海晓霜凝马尾，葱山夜雪扑旌竿。
>
> 鸣笳叠鼓拥回军，破国平蕃昔未闻。
> 丈夫鹊印摇边月，大将龙旗掣海云。
>
> 月落辕门鼓角鸣，千群面缚出蕃城。
> 洗兵鱼海云迎阵，秣马龙堆月照营。
>
> 蕃军遥见汉家营，满谷连山遍哭声。
> 万箭千刀一夜杀，平明流血浸空城。
>
> 暮雨旌旗湿未干，胡烟白草日光寒。
> 昨夜将军连晓战，蕃军只见马空鞍。

岑参有五次戎幕经历，首先应明确"破播仙"是哪一次的戎幕生活。据闻一多《岑嘉州系年考证》，天宝八载(749)安西四镇节度使高仙芝表岑参为右威卫录事参军，充节度使府掌书记，遂赴安西(安西大都护府设在龟兹，今新疆库车)，天宝十载回长安。此为第一次从幕。至天宝十三载(754)，安西四镇节度使、北庭都护封常清表岑参为大理评事，摄监察御史，充安西北庭节度判官，遂赴北庭(北庭都护府设在庭州，今新疆吉木萨尔县)，至德元载(756)领伊西北庭支度副使，同年东归勤王。是为第二次入戎幕。宝应元年(762)，岑参以太子中允，殿中侍御史充关西节度判官，关西节度治华州(今陕西渭南市华州区)；同年，天下兵马元帅雍王适会师陕州(河南三门峡市陕州区)，讨史朝义，以岑参为掌书记。是为岑参第三、四次入戎幕。大历元年(766)，杜鸿渐为山南西道剑南东西川副元帅、剑南西川节度使，平蜀崔旰之乱，以岑参为职方郎中兼殿中侍御史，列置幕府同入蜀，直至次年杜使职罢，杜幕解散，是为岑参第五次入戎幕。

此诗岑参作于天宝十三至十四载，何以知之？因"破播仙"之役发生于岑参第二度赴西域作封常清幕僚时的见闻。唐史载封常清"权知北庭都护，持节充伊西节度使"是在天宝十三载三月后，至次年离西域前，此时间就是岑参投参其幕并作"破播仙"诗。否则他不会尊称封常清为大夫并献上此诗的。于此亦证"破播仙"诗，乃封常清在安禄山乱前夕奉命西征的一次重大胜利，诗人的描写可谓战争的实录。

整体看六首组诗结构别具匠心，运用倒叙手法，前三首写封常清衔命出师，不负君命奏捷而归，后三首追叙重大战果，喋血厮杀，艰苦卓绝的战斗场面。如此生动、形象描写，决不可能是诗人的臆想。这是没有人怀疑的，可是由于史书阙载，存疑的问题倒出现在封常清"破播仙"在西域是对谁之战？

问：对，我正想弄清这一纷争，坐实对谁之战，这是考诗的需要，也是论史的需要吧。

答：是的。就一般倾向看，认为"破播仙"是反击"回纥寇边"的胜利。例如，柴剑虹先生引影宋本《乐府诗集·卷二十》于"破播仙"题下的小序："岑参《送封大夫出师西征》序曰：'天宝中，匈奴回纥寇边，逾花门，略金山，烟尘相连，侵轶海滨。天子于是授铖常清出师征之。及破播仙，奏捷献凯，参乃作凯歌'云。按《唐书·封常清传》曰：'天宝末，达奚背叛，自黑山北向，西趣碎叶。其后封常清破贼有功。天宝六载，又从高仙芝破小勃律。'不言播仙，疑史之阙文也。"于是，他推论说："这就说明《凯歌》所写与《走马川行》《轮台歌》所述乃同一抵御回纥寇边的战役，……这样，我们以这个序为线索，将这几首诗连贯起来分析，便可大致搞清这次战役的情况了：天宝十三载秋天('匈奴草黄马正肥''轮台九月风夜吼')，回纥大军从蒙古高原剑河流域的牙帐出发('剑河风急云片阔')，分两路入侵。

南路向南越过居延海附近的花门山口（今峡口山），向西直逼伊州、西州和蒲昌海；北路向西南翻越阿尔泰山（金山）威胁博克山（阴山）以北、以西的北庭地域。南边龟兹吃紧，故《轮台歌》云：'羽书昨夜过渠黎'；北边庭州受胁，故《走马川行》云：'金山西见烟尘区'。封常清的瀚海大军驻在轮台以东的北庭金满城，要出师抗击，必然西过轮台，故诗云：'上将拥旄西出征'、'汉家大将西出师'。但看来当时北路回纥军未敢贸然动作，或许因慑于唐军主力出动而退却，或许只是在北边佯攻，而重点放在南路，因而封常清又从走马川（玛纳斯河）流域回军南下，率师'洗兵鱼海'（博斯腾湖）'秣马龙堆'（白河堆沙碛）'西出过楼兰'，攻破回纥侵占的据点播仙镇（今且末附近）凯旋而还。这也是为什么《走马川行》《轮台歌》只提出西征，《凯歌》则写破播仙战斗的原因。"

问：这些诗都是同一战役吗？

答：《走马川行》《轮台歌》等姑且勿论其是否与破播仙同一战役，但查史事，则疑窦丛生。首先，安禄山乱前夕，是否发生过回纥大举寇边？考回纥历史与大唐关系，回答是否定的。

回纥肇始于漠北铁勒一支，先是游牧附属突厥政权，七世纪初，不堪突厥压榨，回纥与仆固、同罗、拔野古等联合推翻了突厥。贞观初（627），回纥首领菩萨勇战，扩大势力，其子吐迷度在位时，曾被唐封为怀化大将军，瀚海都督，至天宝三载（744），回纥和葛逻禄、拔悉蜜联军共灭东突厥，头领骨力裴罗被唐封为怀仁可汗，汗国地域"东极室韦，西至金山，南控大漠。尽得古匈奴地"（《唐书·回鹘传》）。骨力裴罗（744—747为汗）时，回纥势力已达金山和大漠，按岑参写"破播仙"的天宝十三四载间，正当回纥的第二任可汗磨延啜在位，号葛勒可汗（747—759），汗国中心仍在鄂尔浑河一带，据回纥《磨延啜碑》《铁尔浑碑》和唐史有关的记载，均未见有"回纥寇边"，当然更无占领过今日天山南之且末（唐播仙镇）的反映，相反，葛勒可汗时期的回纥与唐特别友善，例之一如《册府元龟·卷九七五》载安禄山乱前天宝十三载四月，回纥使者曾与宁远国、本国使者都曾"入朝"帝都，唐廷隆重接待，"各赐锦袍、金带，放还蕃"。例之二，是年十一月安禄山乱，首先派兵援唐正是回纥葛勒可汗。若乱前确实发动过一次入侵，而且南下占领了播仙（且末），那怎么能叫寇边呢？实则是由北而南天山南北广阔地域已侵并占领，再想，如此规模的战役，回纥碑文与唐朝史籍岂能毫无涉及？

从唐朝自身看，其时在西域有重兵，也证明回纥不可能于寇边中一时由北而南占领播仙。唐自太宗以来，西部边陲辽阔地区设安西、北庭两大都护府。于西域遍设"军、城、镇、守捉"许多军事要点，当时"安西四镇"龟兹（库车）、疏勒（喀什）、毗沙（和田）、碎叶（托克玛克）重兵强大，强悍的大食军也不敢乘势越过葱岭以东，而重心尚在鄂尔浑河一带的回纥，若由北而南占领播仙，须攻破道道重点防线，要一次寇边竟深入到达且末，确实很难置信。

安西四镇重兵，安禄山乱时东调长安，这时西陲空虚，吐蕃乘机占领河陇，断了中原与西域交通。但留守安西、北庭部分军兵仍固守三十多年。可见，在重兵东调、西陲空虚情况下，回纥未发生"寇边"占领天山南北，又何以会在安禄山乱前夕，还有强兵镇守之时入侵寇边？由此看来，"回纥寇边且已占领播仙"之说，不足为信。

问：此诗疑难破播仙不是"回纥寇边"，那么此役是对谁的战争呢？

答：以上论证可归为，安禄山乱前不可能发生回纥占领播仙，当然，也没有发生过"回纥寇边"。但"破播仙"的激战结合其时西陲总的形势，以及播仙据地的位置考查，此诗写的是封常清与吐蕃的激战。

何以知之？安禄山之乱前后，唐与回纥关系较为友善，却与吐蕃关系敌对而紧张。

回顾七世纪下半叶后，吐蕃渐称雄于青藏高原，且常与唐廷冲突，一度联合大食取唐之四镇。吐蕃一直是唐西域的隐患，常从青藏高原向北攻入唐土，进攻取东、西、中三路，东路从青海东进占河、陇地区；西路越喀喇昆仑葱岭（帕米尔高原）一带；中路穿阿尔金山入南疆。所以，东路争夺据点是甘州、凉州、河州、鄯州等；西路争夺据点是大、小勃律（吉尔吉特一带）；而中路争夺据点，其中就有播仙镇。高宗、则天朝，吐蕃就曾穿阿尔金山经播仙占领"安西四镇"。唐与吐蕃曾多次于播仙交战。例如高仙芝于天宝间为安西四镇节度使时，就曾激战播仙。

岑参二次入戎幕于安禄山之乱前夕，时吐蕃赞普赤松德赞（755—797）在位，与唐廷关系紧张，曾夺取人口、头匹、辖土，唐人震惊，斗争激化。史载天宝十二载"陇右节度使哥舒翰击吐蕃，拔洪济、大漠门等城，悉收九曲部落（青海境内）"。可见吐蕃东路遇阻失败。天宝六载、九载，高仙芝曾远征小勃律和朅师（葱岭小国），扫除了吐蕃的葱岭一带势力。东西受挫，因此，由中路投重兵力攻，激战便势所难免，这符合彼时形势的发展。正是为力阻吐蕃入侵，显然，封常清的激战播仙，必是吐蕃而非回纥。

问：现在我们看看"破播仙"反映的战况："万箭千刀一夜杀，平明流血浸空城。""昨夜将军连晓战，蕃军只见马空鞍。"如此惨酷战争，然何阙于史载？百思不解。

答：战争虽惨酷，但于当时实是唐、吐蕃间一次小冲突，也就是说，它不属于决定斗争双方力量对比变化，也不直接影响唐西陲的大局。当时唐、吐蕃斗争的重心还是在东部青海,因而阙载完全可能。如果真是回纥南下占领了播仙,那是关及全疆的战争,历史阙载则是不大可能的。

另外,若从播仙镇的重要位置以及与吐蕃的关系看,也可证明封常清此战是对付吐蕃。

许多典籍都证明播仙即古且末国,西汉且末即为西域三十六国之一。且末地区,西通于阗,东接婼羌,长期是丝绸之路南通的要地,农业灌溉好,一直是中外商贾云集与东西商品汇集之地,近代考古工作者,在且末多有地下遗物发现,如近代人谢彬《新疆游记》叙其在且末城南偏西十五里考古城废墟,"城基周广约二十里,城垣数段,岿然犹存,房舍基址,区划如新,每经大风,土人辄往此地寻拾古物,铜章,间有获窖镪者……"且末不仅是经济上要地,战略上也是军事重镇。它东接玉门、阳关,西接于阗,尤其从它南下,穿阿尔金山由金山口进入柴达木盆地,再经青海直达内地。当时许多僧侣、旅行家都经此入南疆。可见,且末是丝绸之路南道的经济、军事要地,又是青海高原与南疆交通交结点,北面鄯善和南面吐谷浑都只想占领它,隋时且末设镇,唐贞观初征吐谷浑,李靖从青海至且末,后来吐谷浑吞灭了且末,更须以且末为跳板进入南疆,因而且末是唐廷和吐蕃必争之地。高宗上元三年(676)实行汉化改且末郡为"播仙镇",属陇右道沙州。改播仙镇,驻防重兵,断吐蕃北上攻四镇,从吐蕃看,确乎常袭播仙,以此断唐丝绸路南道。"安史乱"前,吐蕃北上的西路、东路皆失利,也就必然重兵拼夺播仙。广德元年(763),吐蕃攻陷河、陇,即占领了播仙镇,《全唐文·卷四六》载其时唐室与西域"道路梗绝,往来不通"。岑参诗《破播仙》可看出,封常清此次征事意为保护丝绸南道,防止南面北上的吐蕃,诗中的"蒲海晓霜""葱山夜雪""秣马龙堆"都反映丝路南道的地域特色。蒲海(蒲昌海,即罗布泊)、葱山(葱岭,即帕米尔高原)、龙堆(白龙堆,因系白色碱地,蜿蜒如龙形,碱块呈鳞片状)。今之新疆罗布泊以东地,诗中未有一处为天山北地名,但安禄山之乱前的回纥最多活动至天山以北,无法到天山以南,这正说明,诗中多次咏到的"蕃军",必是指吐蕃军兵,当然,此诗也就是指的是封常清对吐蕃之战。

而且,此战役时间,闻一多推测出西征在九月,"破播仙必在本年冬"(《岑嘉州系年考证》)。从诗中"蒲海晓霜""暮雨旌旗"天气还不是大寒。1973年吐鲁番阿斯塔娜古墓葬出土天宝十三载古州驿馆马料账(编号:73TAM,506415—七三)载:"(十二月)十九日,帖柳谷马贰拾拐匹送旌节到……""十二月一日,迎封大夫"(按:据此账载,封常清此次在西州驿馆住至十二月十九日)。

从战地奏凯回西州是十二月一日,至十九日,得到天子所赐旌节从北庭送到西州,所以封常清在馆驿住约二十天。无不与《破播仙凯歌》切合。

谈得够详细了,此疑谅已释。

问：已释。地域的名字复杂生疏，头脑的印象是清楚的。

答：最后我还要在题外作点补充。岑参第一次戎幕经历是天宝八载高仙芝幕，十载(751)还京，还京之由是高仙芝指挥的怛罗斯之战失败解职。从岑参参高仙芝幕的时间看，他经历了此战。天宝九载(750)，高仙芝以石国"番礼有亏"征讨，石国王降后，高仙芝背约将他献俘杀害，引起中亚各国的不满。石国王子逃入中亚河中地区，引中亚各国欲攻四镇。高仙芝在天宝十载(751)秋，率领葛逻禄及拔汗那军队三万余人深入七百余里，与十万阿拔斯王朝的军队战于怛罗斯。对峙五天后，葛逻禄人临阵背叛，"士卒死亡略尽，所余才数千人"。唐军对大食国的惨败，也是最重大的失败，力量倒悬，从此失去了对中亚与西域的主导和控制，同时使得粟特族的安禄山史思明起了贰心叛念。四年后发动的安史之乱，不可不咎于天宝十载八月怛罗斯之败埋下的伏笔。安史之乱对唐朝是致命的，甚至改变了中国整个封建王朝的历史走向，令人痛惋。唐军失去对西域的控制后，出现了一段民族大融合的历史：从河西走廊到河湟皆为吐蕃占据，而到了晚唐，曾经雄视漠北的突厥系回纥被黠嘎斯所灭，部分进入天山征服南路吐蕃及诸国，与之前居住于此的伊朗系民族融合，定居于此。回纥语成了通用语，之前存在的数种方言绝迹，这样天山南路的民族和语言都被回纥所统一了。中晚唐后此地的原住汉民也渐渐融入了回纥部族。

杜甫《赠卫八处士》"卫八处士"之疑

问：杜甫名诗《赠卫八处士》"卫八处士"是谁？

答：请先看他的原诗。

> 人生不相见，动如参与商。
> 今夕复何夕，共此灯烛光。
> 少壮能几时？鬓发各已苍！
> 访旧半为鬼，惊呼热中肠。
> 焉知二十载，重上君子堂。
> 昔别君未婚，儿女忽成行。
> 怡然敬父执，问我来何方。
> 问答未及已，驱儿罗酒浆。
> 夜雨剪春韭，新炊间黄粱。
> 主称会面难，一举累十觞。
> 十觞亦不醉，感子故意长。
> 明日隔山岳，世事两茫茫。

此诗写情亲切真挚，写事如在眼前。儒家文化是血缘文化、人情文化，杜甫是消失的传统的捍卫者，理想社会的守持者，前人评述："全诗无句不关人情之至。"故能异代若同时扣动一切人的心扉。诗从感慨相见的艰难起叙说重逢的欢悦，惊呼旧交的故世，喜见世侄的成长，伤怀明日的离别担念，前途未卜的惆怅，真情起伏动荡，诗意顿挫抑扬，都令人由衷地想知道卫八处士是何许人也。

关于卫八处士，按唐《拾遗记》："公与李白、高适、卫宾相友善，时宾年最少，号'小友'。"但钱谦益笺杜诗，"略例"中提出怀疑说："有本无其名而伪撰以实之者，如卫八处士之为卫宾。"与之呼应的还有朱鹤龄也说"师氏引《唐史拾遗》作卫宾，乃伪书杜撰，今削之"。在宋人注本中提到的"师氏"是两人，一个是眉州彭山人师尹即师民瞻,一个是眉州眉山人师古。朱鹤龄指的不是郭知达编九家注杜之一的师民瞻,因郭本无卫宾之说,应该指师古。师古《杜诗详说》引证的《唐史拾遗》皆被明清以后学者视为其杜撰"伪书"。

仇兆鳌注杜,在钱、朱之后,他也不同意卫宾之说。他转引另一个黄鹤注本的说法:卫八或是唐代居蒲州的隐逸卫大经的族子。黄鹤还推断诗是杜甫乾元二年(759)春任华州司功参军时至蒲州卫家时作。清人施鸿保著《读杜诗说》又反对仇注说:"今按,谓卫八即大经,或未可知;若谓大经隐逸,其族子亦隐逸,故称处士,未免附会。"他反对仇注的转引之说,实即反对黄鹤之说。但施鸿保说黄鹤附会,却未分析黄鹤之所以说卫八是大经族子,是因按卫大经年代,杜甫不可能与之相识。据《旧唐书·隐逸传》,卫大经武后时被征不赴,开元初去世,而杜甫此时才三四岁。

以后注家都不信黄鹤之说,但对卫八也无新的考证。《唐史拾遗》是否"伪书",今日也难稽考。清人王琦是确信的。他注《李太白全集》卷三十六附录外记就辑引此条:"杜甫与李白、高适、卫宾相友善,时宾年最少,号'小友'。"

假如卫八即卫宾,据杜甫本诗考求,证实无疑是"小友"。诗中叙杜和卫分别"二十载",又有"昔别君未婚,儿女忽成行"之句,而旧注定此诗作于乾元二年(759)春,诗中"二十载"不一定就是整二十年,按约数推算杜甫和卫八分别之时,约开元末、天宝初之际,又按古人婚嫁习惯,卫八必是不超过二十岁,所以才"未婚"。杜甫此时已三十岁左右,李白、高适年龄又比杜甫为长。据查李白诗集未有涉及卫八之诗,但高适诗中有二首:《酬卫八雪中见寄》《同卫八题陆少府书斋》,前首诗云:"季冬忆淇上,落日归山樊。旧宅带流水,平田临古村。雪中望来信,醉里开衡门。果得希代宝,缄之那可论。"诗道出高适某年季冬回到"淇上"(他在淇上置有房宅),其时收到卫八寄赠诗篇,珍之为"希代宝",道出他长冬寂寞获友人诗的高兴心情。高适居淇上当在天宝八载(749)举有道科中第,释褐出任封丘尉前。

淇上是游适之地,文人喜于此买置别墅和交游应酬。诗人王维、岑参、李嘉佑等都曾游淇上留诗。从高适两首诗看出陆少府似乎也居淇上,卫八也曾游该地。周勋初著《高适年谱》从高适《淇上酬薛三据》诗推断高适寓居淇上是开元二十九年(741),并推断高适酬卫八诗也属这一年。开元二十九年乃开元之末,与上述算杜甫与卫八分别在开元天宝初相符合。所以周勋初认为高适诗杜甫诗中的卫八即为一人。这样反转来参看《唐史拾遗》记卫八即宾,也未可知。这就可以说明,钱谦益、朱鹤龄怀疑、反对旧注的说法,是主观片面的,这一查证反倒使卫八即卫宾之说更站牢了一步。

由此,我们可以作一概括了。高适开元二十四年(736)秋天在淇上置业,有

《淇上别业》。隋唐这里是卫州辖地。高适在淇上从置别业起到天宝八载(749)释褐封丘尉前隐居于此。高适旧家宋州，淇上仅是隐居别业。淇，屡见于《诗经》，是商后期四代帝王陪都，周最大诸侯国卫国首都，卫姓出于淇上姬姓，其姓氏就发源于此，一支迁移到河东郡，发展为望族，故卫氏郡望河东，隋唐河东郡治在蒲州。故杜诗黄鹤注本说卫八或为唐代居蒲州的隐逸卫大经的族子，是没有问题的。卫八就是蒲州人。高适淇上别业，乃卫八始祖故地，"朝临淇水岸，还望卫人邑"(《酬陆少府》)，卫八有诗寄赠，也曾游祖居之地，说明二人早已相识，时间可能在开元末年。差不多同一时间，卫八还与杜甫在洛阳相交，两人都未有功名，又都是名门望族，不存在高攀问题，二人是对等相契，所以诗人评价他们关系是"人生不相见，动如参与商"，平等尊重溢于言表。当时两家都居住洛阳，杜甫约28岁左右，卫八不足20岁。后来天宝三载(744)夏李杜相识洛阳，卫八在侧，秋游梁宋，遇淇上高适，估计卫八扈游，这样四个没有功名禄位的人结下了友谊。旧注此诗作于乾元二年(759)春是对的，他于乾元元年(758)六月出为华州司功参军，他是个"不敢忘本，不敢违仁"的人，"且喜河南定"(《河南归陆浑庄忆弟》)，局势稍定，年底他到洛阳偃师陆浑庄探亲，卫八在洛，于春天专程探访了卫家。天宝三载(744)至乾元二年(759)相距十六年，故诗中说"焉知二十载，重上君子堂"亦是相合的。

所以我认为《唐史拾遗》是否杜撰，已不可考之，也不知师古得自何种渠道。这不可考倒是给我们留了一条道，若我上面的推论没问题，则天宝三载(744)秋游梁宋是有卫八参与的。若《唐史拾遗》"杜甫与李白、高适、卫宾相友善，时宾年最少，号'小友'"不能断定其伪，则卫八必是卫宾。

当然这是有前提的，《唐史拾遗》必真。所以虽如此，并不能说疑云已经散尽。

问：还想问问对这首名诗的鉴赏。

答：时间意识，离合悲欢，在中华文明历史上久远地感悟、敲击人心。日本学者松浦友久说："中国古典文学，尤其是诗歌，其感情的核心，正是通过对时间的推移，作出敏感的反应而产生出来的。"(《李白——诗歌及其内在心象》)此诗杜甫写他二十年后忽然与故人重逢，心情激动、喜悦，"人生不相见，动如参与商。今夕复何夕，共此灯烛光。"二十年，时间是流逝的，是一去不复返的，对今日重逢珍爱和欢喜特别浓烈，在诗人与故人就在"一举累十觞""十觞亦不醉"的欢乐场景，忽然笔锋陡转，引出对于明天的忧虑，"明日隔山岳，世事两茫茫"，看来杜甫即使在快乐重逢的时刻，他仍没有忘记接着别离的忧伤。他意识到眼下的快乐是难以久持的，随着今夕过后将会消失，于是重逢快乐蒙上了别离忧伤，由于预感明日的阴影,今日的快乐孕着苦涩,但也正是预感到明日的阴影,所以今日的快乐更显得珍贵。中国诗人以对时间本质的深刻体验,感悟人生,撞击心灵,同时成了诗歌抒情的源。我这里以我个人创作《当阳访友》绝句八首辑录四首谈谈:

一

舒卷白云过楚天,秋风吹面忆金兰。
心驰长坂英雄地,铁马今来当凯旋。

二

荏苒光明逝水潺,浮云化雨事如烟。
东西河水轮流转,聚散当阳十月天。

三

君留鄂楚我还川,病榻依依别枕前。
五十轮回浑似梦,从今相聚复何年。

四

泪湿青衫秋雨寒,车声人去托重山。
心期后约来生愿,又续金兰未了缘。

诗有小注:"1997年唐代李白学术会宜昌结散后我去古城当阳访友,适友人病术后住军区医院,总角初交,金兰相契,几五十年重逢,聚欢悲散,诗以志之。"对于时间意识的敏感是中国诗歌感情的核心,而且带着浓重的悲情色彩,这是我对杜甫《赠卫八处士》诗的体悟和审美取向。我录此以作互证。

李白《金陵酒肆留别》之疑

问： 李白诗《金陵酒肆留别》首句"风吹柳花满店香"疑解很多吗？

答： 正是，历来聚讼纷纭，李白在金陵（南京）留别的有两批朋友，一批是老朋友，他有《留别金陵诸公》，另一批是年轻朋友，就是这首《金陵酒肆留别》，因为诗中有句"金陵子弟来相送"可证。先读原诗：

> 风吹柳花满店香，吴姬压酒唤客尝。
> 金陵子弟来相送，欲行不行各尽觞。
> 请君试问东流水，别意与之谁短长。

这是他"欲寻庐峰顶"而别金陵新老朋友的。这首诗至今聚讼纷纭就是首句"风吹柳花满店香"。人们疑问，柳花能香吗？明人杨慎说："李太白诗'风吹柳花满店香'。温庭筠《咏柳》诗'香随静婉歌尘起，影伴娇娆舞袖垂'。传奇诗'莫唱踏春阳，令人离肠结。郎行久不归，柳自飘香雪'。其实柳花亦有微香，诗人之言非诬也。"（《升庵诗话》）徐文靖云："太白诗'风吹柳花满店香'，解者谓柳花不可言香。按《唐书·南蛮传》'诃陵国以柳花、椰子为酒，饮之辄醉'。太白句亦以酒言，如《七命》'豫北竹叶'。竹叶亦酒名也。"（《管城硕记》）持不同意见如刘埙《隐居通议·卷十》云："临川叶宋英有《赠行诗》'柳香何处春风店？酒醒月明闻杜鹃。'来自'风吹柳花满店香'，特未知柳果有香否？"有影响的《唐诗鉴赏辞典》云："风吹柳花满店香时，店中简直就是柳花的世界。柳花本来无所谓香，这里何以用一个香字呢？一则'心清闻妙香'，任何草木都有它微妙的香味；二则这个'香'字代表了春之气息，同时又暗暗勾出下文的酒香。这里的'店'初看不知何店，凭仗下句始明了是指酒店。实在也唯有酒店中的柳花才会香，不然即使最雅致的古玩书肆，在情景的协调上，恐怕也还当不起'风吹柳花满店香'七个字。"这样的鉴赏实在含混，究竟什么香也没有说清。

问：柳花即柳絮，以我的体验，很难相信柳絮会有香或微香的。

答：柳絮飘香，这难以使人信服。按杨慎说，柳花有微香，微香与满店香大相径庭，所以有人以为，与其说是柳香，不如说是酒香，是送李白一行人，诱他们进店是酒的香味。更有人为化解矛盾作解释，把柳花不解释为柳絮，分拆为柳树与春花，即风吹柳树时春花的浓香飘满店堂，柳与花相联一起，在李白诗中偏义是花。柳花能拆，陆游诗有"柳暗花明又一村"，不是柳与花的相拆吗？因此，解者以为是春花的浓香香满店，柳不过点明季节。

问：这完全能令人信服吗？

答：这只是备一种说法。今人徐仁甫《古诗别解》则另有说法："昔人皆疑柳花无香，太白何以言风吹柳花香，假使柳花亦有微香，太白何以言风吹柳花满店香？言满店香则非微香矣。此诗总成问题，索解人不得。观《李太白集》一本'满'字作'酒'，盖疑柳花无香，故作'风吹柳花酒店香耳'。然下句言'压酒'，上句不得先出'酒'字，可知一本之非。盖此读读法颇为特殊，'风吹柳花'当略顿，本言其时之风景，'满店香'者，因吴姬压酒而闻之也。两句应当连贯见意。而'风吹柳花'并不连'满店香'，则柳花自不存在香不香的问题。凡言柳花香与疑柳花不香的，皆误。"徐仁甫对柳花香与不香的争辩以为是多事，都错，从诗的音节停顿上判断为"酒香"，不无道理。

问：那就解决了疑义，是吗？

答：不，我还有我的解读。我注意诗的次句"吴姬压酒唤客尝"，这个"压"字重要，赵彦卫《云麓漫钞》云："李太白诗'吴姬压酒唤客尝'，说者以为工在'压'字上，殊不知乃吴人方言耳，至今酒家有旋压酒子相待之语。"香源是酒，酒非压而不香，《增订注释〈全唐诗〉》注云："压酒：新酒初熟，压糟取汁。"此可证"满店香"亦因压酒而散发浓香所致。客人来了，吴姬压酒取汁，取酒动作到酒香溢出，令客人感觉满店生香，整个过程给人印象特别深刻。所以，从第二句反观第一句，满店香为酒香无疑。而"风吹柳花"，则为洋溢一种季节感，是江南的风情。读李白这首诗不能孤立解读第一句，它的诗意应由下句来补说。这是景与物相融的两句诗，如果我们换一种读法，便可索解。即：

吴姬压酒满店香，风吹柳花唤客尝。

一言物，酒香；一言景，柳花。这是柳絮轻扬的春天，一位吴侬女子在店中压酒，酒溢浓香，她热情呼唤行人喝酒。唐代许多诗人，许多名句还用颠倒错综法，并不妨碍我们理解,是诗人艺术表现的自由取舍。李白这首诗七言六句,不拘格律,以极大的自由度抒写而成,我们不必以理致过于拘泥。你说是吗?

问:听你的解疑,我也深有同感了。

答:还有补充,江南酒肆不仅有酒还有卖唱女的歌声,由吴姬歌唱,李白特意点明一个"姬"字,这可不是一般女子,旧时称以歌舞为业的女子。如杜牧《见刘秀才与池州妓别》"楚管能吹柳花怨,吴姬争唱竹枝歌"。歌曲既有《柳花怨》又有《竹枝歌》。那么李白金陵酒家留别朋友,店中吴姬不仅压酒,还在唱歌,唱的歌曲"柳花怨",从诗歌来看,"风吹柳花",是离别的歌,柳花本无香气,而离情别意经吴姬婉转歌喉唱得欢娱,故而满店生香。诗人在此使用了"通感",将听觉转化为嗅觉,故言"香",不是柳花香,是歌声香,以应景店中酒香。如此首句"风吹柳花满店香"是吴姬给客人唱歌,次句"吴姬压酒唤客尝"是吴姬压酒买与客人的过程。此解你以为如何?

李白《蜀道难》诗解疑

问：李白《蜀道难》内容主旨的探索，据说，也真是如《蜀道难》一样难吗？

答：比喻得很恰当。李白的杂言诗名作《蜀道难》问世以来便称誉诗林，但此诗的寓意主旨，自唐至今，众说纷纭，迄无定论。

李白写《蜀道难》的主旨，历代文献记述不一，但不外四种解释：一说乃忧虑房琯、杜甫，恐被严武杀害；二说为谏阻明皇幸蜀中；三说为讽刺剑南节度使章仇兼琼；四说为沿用乐府旧题，写蜀地山川之险要，非咏一人一事，别无寓意。据岑仲勉考证，《蜀道难》被选入殷璠《河岳英灵集》，而《河岳英灵集》的成书最迟不会晚于天宝十二载（753）。由此推知，李白写《蜀道难》当在此前，而一、二两说，便与史实相违，难以成立。第三种说法，经与史料仔细检察，一般也认为证据不足。而赞成第四说者则不乏其人，以为较符合实际，但也不乏"疑窦"。所以，对李白因何要写《蜀道难》，其内容仍莫衷一是。研究者很多，归纳如下。

一种认为，《蜀道难》是李白在长安为送友人王炎入蜀而作。从全诗的内容看，李白是以从秦地入蜀土的路途中所经历的情景为线索来展开描写的。破头几句是总写，强烈咏叹，是蜀道艰险的总体验。结尾呼应开头，劝友人"锦城虽云乐，不如早还家"，表达了对朋友的深切关心和真挚感情。诗的主体则铺陈刻画万状艰险。通过奇异的想象和夸饰的语言，竭力渲染了去蜀沿途的险阻和环境的危恶，希望王炎早日返回长安，不要滞留蜀地。

又一种认为，此诗主要"表现李白感慨世途艰险、仕途坎坷"的悲愤心情。他采用乐府旧题，为的袒露自己命运塞薄、怀才不遇的厄境，与他的《行路难》属同一主题。倡此说有郁贤皓《李白两入长安及有关交游考辨》（《南京师院学报》1978 年 4 期），认为开元十八年（731）李白初入长安见贺知章，作《蜀道难》寓功业难成之意。安旗《蜀道难〉新探》指出此诗作于开元十八年至十九年之间，为首次入长安困顿蹭蹬失意之作，是经历一番幻灭之后谱出的血泪交织的乐章，因而诗是对唐王朝阴暗面的揭发批判。从李白惯用之艺术手法，《蜀道难》用比兴，以蜀道艰险寄仕途坎坷、现实黑暗的愤郁。她又撰《蜀道难〉求是》《〈蜀道难〉新笺》《我读〈蜀道难〉》等继续申张此说。李白爱游历山川，其中不乏艰难险阻，这为此诗的创作提供了一定的条件。更由于诗人在人生旅途中，饱尝世态炎凉和人情冷暖，因此，他借景抒情，"表面上写蜀道艰险，实际上抒人生感慨"。诗先写蜀道之难，并穿插历史传说，然后从各侧面渲染蜀道难的悲凉气氛，结尾则重写造成蜀道难的人为因素，如"磨牙吮血""杀人如麻""猛虎""长蛇"等。这就把主题的消息透露无遗。

再一种认为，《蜀道难》的内容，意在讽刺当时的社会现实，是对时弊的无情揭露和辛辣讽刺。这又分两种看法。一是力主规谏明皇的旧说，但因与史实明显不符，并不为人重视。二是说此诗"表现了诗人对唐帝国命运的关心"的新见解。因为诗除写蜀山川险峻外，还写到蜀地的地方势力可以任意凭险割据一方为非作歹，诗凝聚着李白对当时社会现实的观察体验，和为唐王朝的前途担忧的心情。联系李白在长安的生活遭遇及后来被迫离开长安的事实看，他惊叹蜀道之难，本是在惊叹当时极其黑暗的封建社会中世道的艰难，而通过极言山川的险恶，意在讽谕朝政的腐败和奸臣专权下做一个正直人的艰难。诗中描写的一片愁云惨雾和恐怖的景象，"恰恰是危机四伏的唐王朝黑暗社会现实的缩影"。

还有一种认为诗有多重寓言。袁宗一《略论〈蜀道难〉之有无寄托》(《宁夏大学学报》1985 年)说诗作于天宝三载(744)春，李白"济苍生，安社稷"的仕宦之途失败后，借友人入蜀之机，描写入蜀途中的险阻，抒发理想的幻灭的痛苦，怀才不遇的悲哀，备受屈辱的愤懑，以及社会阴暗引起的种种感情等。

最后，几年前我一位朋友从潜意识心理学，提出《蜀道难》是李白思归怀蜀的潜意识表达。聊谈中，他说李白失意，遭遇赐金放还后无颜衣锦还乡光宗耀祖，于是自我开脱，自找台阶下，以蜀道难，为自己不能还乡找理由。"潜意识"虽牵强，但它关乎古人的功名心理，也可找到证据，《蜀道难》有功名难求之意，阴铿诗云"蜀道难如此，功名讵可要"，功名难求是古题之一。姚合《送李馀及第归蜀》，称赞李馀"春来登高科，升天得梯阶……人生此为荣，得如君者稀"，并与李白被朝廷放还对比，"李白《蜀道难》，羞为无成归。子今称意行，所历安觉危"。他说姚合这一观点，无疑正接触到《蜀道难》的核心。可见唐人也确有认为此诗是李白羞愧难归的自我开解。但心理学分析，隐秘意识解析，均类似猜度揣测，这种方法我是不赞同的。

但我以为上面所有说法要成立，都要排除李白天宝以《蜀道难》谒见贺知章故事为非，顾及《河岳英灵集》成书时间在天宝十二载(753)。也即是说天宝十二载前的任何时间他都可能作《蜀》诗，时间的不确定，诗人当时的人生遭际就不确，这就是判明内容主旨的为难之处。

问：哦，歧说如此之多，蜀道仍是难通的了。

答：《蜀道难》内容之疑，仍然是云雾笼罩。但我想，从诗本身出发，李白《蜀道难》的疑解，应弄清它写于何地何时，弄清这个问题，诗的许多疑难解释或有帮助。与《蜀道难》诗相参证，还有《送友人入蜀》和《剑阁赋》，在《送友人入蜀》有句："芳树笼秦栈，春流绕蜀城。"既先云"秦"，可见他送的友人在"秦"（长安、咸阳)，后云"蜀"，自然友人去地在"蜀"（四川)。而《剑阁赋》题下原注"送友人王炎入蜀"。《赋》云："咸阳之南，直望五千里，见云峰之崔嵬。前有剑阁横断，倚青天而中开。……送佳人兮此去，复何时兮归来？"李白于咸阳写此赋，明白指出剑阁在咸阳之南。所以"此去"的方向必是"蜀地"，"归来"则是咸阳长安。由此相连，许多人认为《蜀道难》诗也必写于长安。

《蜀道难》云："尔来四万八千岁，不与秦塞通人烟。西当太白有鸟道，可以横绝峨眉巅……问君西游何时还？畏途巉岩不可攀。……其险也若此，嗟尔远道之人胡为乎来哉？剑阁峥嵘而崔嵬。一夫当关，万夫莫开。所守或匪亲，化为狼与豺。……锦城虽云乐，不如早还家。蜀道之难，难于上青天，侧身西望长咨嗟。"《蜀》诗反复强调："问君西游何时还？侧身西望长咨嗟。"与《剑》赋强调"咸阳之南"并不相同。值得深思。

《剑》赋"去"为蜀地，"归"为咸阳长安，如若《蜀》诗也作于长安咸阳，那"其险也若此，嗟尔远道之人胡为乎来哉？"则应将"来"改作"去"字，成为"其险也若此，嗟尔远道之人胡为乎去哉？"方为合理，难道诗人李白自错了方位？这令人深思，《蜀》诗究竟写于何地？从诗中"嗟尔远道之人胡为乎来哉？剑阁峥嵘而崔嵬，一夫当关，万夫莫开。所守或匪亲，化为狼与豺。朝避猛虎，夕避长蛇，磨牙吮血，杀人如麻。"显然是来人经过秦关险塞避过毒蛇猛虎，已自秦入蜀，那反问语气之后，更强调"剑阁峥嵘"更险。那"其险也若此"，那"此"也明白指示来人经历秦栈。

由此观之，《蜀》诗不应写于长安咸阳，而应写于剑阁，我们试以剑阁为立足点看，诗中"西当太白有鸟道"，与上句"不与秦塞通人烟"相连，"太白山"位于"秦塞"之西，据慎蒙《名山诸胜一览记》，太白山，在凤翔府郿县东南四十里，钟西方金宿之秀。关中诸山，莫高于此。其山巅高寒，不生草木，常有积雪不消，盛夏视之犹烂然，故以太白名。"问君西游何时还"，西游乃"锦城"。这"远来的人"（君)从秦地出发，经"太白山"，盘盘"青泥岭"。《元和郡县志》："青泥岭，在兴州长举县西北五十三里，上多云雨，行者屡逢泥淖。"然后来到剑阁，他的目的地是"锦城"，"锦城虽云乐，不如早还家"。诗人"问君"之地正是在剑阁，锦城在剑阁西南。所以"侧身西望长咨嗟"是诗人立足剑阁向"锦城"西望，但又加以"侧身"，因"锦城"在剑阁西南而非正西，如系正西，则不必"侧身"，转身即可。

问：有证据说明李白游过剑阁吗？

答：据宋计有功《唐诗纪事》引东蜀杨天惠《彰明逸事》云：

> 元符二年春正月，天惠补令于此，窃从学士大夫求问逸事。闻唐李太白本邑人，微时募县小吏，入令卧内，尝驱牛经堂下，令妻怒，将加诘责。太白亟以诗谢云："素面倚栏钩，娇声出外头。若非是织女，何必问牵牛？"令惊异，不问，稍亲，招引侍研席。令一日赋《山火》诗，思轧不属，太白从旁缀其下句。令诗云："野火烧山后，人归火不归。"太白继云："焰随红日远，烟逐暮云飞。"令惭止。顷之，从令观涨，有女子溺死江上，令复苦吟，太白辄应声继之。令诗云："二八谁家女，漂来倚岸芦。鸟窥眉上翠，鱼弄口傍朱。"太白继云："绿鬓随波散，红颜逐浪无。因何逢伍相？应是想秋胡。"令滋不悦，太白恐，弃去，隐居戴天大匡山。往来旁郡，依潼江赵征君蕤。蕤亦节士，任侠有气，善为纵横学，著书号《长短经》。太白从学岁余，去游成都。

按宋元符二年(1099)，杨天惠为彰明令，距李白时代不很远，逸事虽有润事增华，但较切合李白聪慧青少年豪爽的特征。又安旗、薛天纬《李白年谱》云开元六年(718)戊午，李白"往来旁郡，游江油、剑阁等地。游江油，于《赠江油尉》一诗见之；游剑阁，于后作《剑阁赋》一文见之。江油属龙州，在彰明县北约百五十里，龙州、剑阁皆为绵阳旁郡"。这可以证明李白开元六年游剑阁的事实，而《蜀》诗中的描写，那"一夫当关，万夫莫开"的雄关景象，莫不与其地切合，已然判别《蜀道难》写作于剑阁。写作时间为玄宗开元六年，李白正当青春年少。那么，许多疑难包括《蜀道难》诗旨的种种评判都可作一合理解释。

问：听你解释颇感合理，我还疑惑李白所写秦蜀地貌，险阻如此可怕吗？

答：看一下韦绚的《刘宾客嘉话录》就知道其不易了：

> 陆畅尝谒韦皋，作《蜀道易》一首，句曰："蜀道易，易于履平地。"皋大喜，赠罗八百匹。皋薨，朝廷欲绳其既往之事，复开先所进兵器，其上皆刻"之秦"二字。不相与者欲窨成罪名。畅上疏理之，云："臣在蜀日，见造所进兵器'之秦'者，匠之名也。"由是得释。《蜀道难》，李白罪严武作也，畅感韦之遇，遂反其词焉。

这个故事通过《蜀道易》与《蜀道难》的反差已说明了一切问题，因其难而比其易。当然"罪严武而作"之说是不成立的。

应承认，《蜀道难》李白充分运用了夸张、比拟，但实际状况确也非比寻常，我1993年曾从秦地入川，经行秦岭、佛坪、南天门，丛山万壑，如行绝地，便写有七律《过秦岭》诗：

杂酒衣尘醉眼看，狰狞饿壑老苍颜。
红燃野火枫林艳，翠响酸风诡雨寒。
匹马蚕丛资控驭，重关鸟道壮盘桓。
南阊裂谷崩云散，依旧旅愁上鬓斑。

我从蜀地入秦，更有数度经历，铁龙（火车）飞马（汽车），踏破《蜀道难》，也曾写下《蜀道不难》诗以志：

蜀国古老号蚕丛，关山百二杂奇峰，五丁开路留神话，剑阁萦纡天下雄。
李白题诗处，人人愁绝说无路。大壑冰崖阴剑山，浓云古木要通蜀道难。
秦栈六月冻云软，阳关雪拥铁龙寒。剑门失却当关戍，呜嘟车声吼破关。
往昔巴渝走西安，秦岭云横路八千。枫林红叶青苔路，鸡声茅店月三圆。
而今西秦到东川，三朝旦暮即回还。铁龙飞马关山度，鬼斧神巉美画卷。
诗仙魂应返，当歌蜀道宽！

关于"龙城飞将"之疑

问： 王昌龄著名七绝《出塞》中的"龙城飞将"，有多种说法？

答： 是的。这是唐诗各注家不同引起的疑窦。《出塞》原诗是：

秦时明月汉时关，万里长征人未还。

但使龙城飞将在，不教胡马度阴山。

历来注"龙城飞将"的"龙城"，都作汉时匈奴大会祭天之处，引《史记·匈奴列传》："五月，大会龙城。祭其先，天地，鬼神。"并又据司马贞《史记索隐》引崔浩曰："西方胡皆事龙神，故名大会处曰龙城。"龙城为匈奴于夏季祭先祖、天地的地方，后来泛指塞外边远之地。隋末唐初李义府《和边城秋气早》："霜结龙城吹，水照龟林月。"虞世南《从军行二首·其一》："涂山烽候惊，弭节度龙城。"看来，证据并无纰漏，"龙城"，就是匈奴的首要地区。

但问题来了，"龙城"既为匈奴祭祀圣地，那王昌龄"龙城飞将"指谁？他何不用"汉家将军"？

著名学者马茂元的《唐诗选》注，更用卫青的故事，坐实"龙城飞将"就是卫青。他引以为据云："卫青为车骑将军，征伐匈奴，曾至龙城。"可是他又说："飞将，李广为北平太守时，匈奴人称他为汉之飞将军。这里的龙城飞将，是把两个典故合成一个名词，指扬威边疆，保卫国家、民族的名将。"这就令人糊涂了。按马注，"龙城飞将"是兼有卫青和李广了。更有，凡用典能把"龙城"指代一个人，把"飞将"又另指一人吗？还有，把匈奴的首要地区作飞将的头衔合适吗？这岂不串出更多的疑。

问： 那么还是依大会祭天处的解释正确了？

答： 也不是。要知道唐代柳州也称龙城。顾祖禹《读史方舆纪要·广西四·柳州府》："贞观八年，改曰柳州。天宝初，曰龙城郡。乾元初，复曰柳州。"韩愈《赠别元十八协律·其六》："寄书龙城守,君骥何时秣?"柳宗元《柳州寄京中亲故》："劳君远问龙城地,正北三千到锦州。"这里龙城是岭南柳州,与王昌龄"龙城"显然无涉。

其实清代学者阎若璩对"龙城"的考证中已解疑窦。他的《潜邱札记》根据《王荆公百家诗选》的定字,说"龙城"应是"卢城"。接着说:李广为右北平太守,匈奴因之不敢入塞。右北平到了唐时改为北平郡,又名平州,治卢龙县。《唐书》有"卢龙府","卢龙军"。杜佑《通典》:"卢龙塞在县西北二百里,其土色黑(卢,黑的意思),山如龙形,故名。"这就很清楚,原所谓"龙城飞将",只是指李广一人而言,和卫青无涉。"龙城",并非匈奴首要地区,仅指卢龙县而已。这就没有必要牵涉到大会龙城祭天之说。在唐人诗中,卢汝弼《和李秀才边庭四时怨·其二》有"卢龙塞外草初肥"之句,"卢龙"就是"龙城",更可取为旁证。但你或许要问,既如此,诗人何不写成"但使卢城飞将在"呢?

问:你说得对,我正是这样想的。

答:当然可以写成"但使卢城飞将在",甚至写成"但使卢龙飞将在",也未尝不可。而且"卢龙"入诗早已有先例,南北朝王褒《从军行·其二》"康居因汉使,卢龙称魏臣"。但是,诗人毕竟是诗人,不是考据家搞考据,我想,王昌龄用"龙城"这一地名时,他诗情迸发的这朵火花,只觉得用于诗中很美,很有气势。他用了,并未想到后人牵涉到卫青,牵涉那么远。

其实王昌龄的时代,"卢龙""龙城"在唐诗中交并使用,就看使用者的心境、气质与习惯。他的《塞下曲》其二"昔日龙城战,咸言意气高",《江上闻笛》"何当边草白,旌节龙城阴",都是使用"龙城"。所以"龙城飞将"就不必写成"卢城飞将"或"卢龙飞将"。初唐四杰及其他诗人也习用"龙城",如卢照邻《战城南》"笳喧雁门北,阵翼龙城南";骆宾王《秋晨同淄川毛司马秋九咏·秋云》"盖阴连凤阙,阵影翼龙城";杨炯《从军行》"牙璋辞凤阙,铁骑绕龙城";杜审言《赠苏味道》"雁塞何时入,龙城几度围"。

当然也有不用"龙城"用"卢龙"的,如陈子昂《送著作佐郎崔融等从梁王东征》"莫卖卢龙塞,归邀麟阁名";高适《塞上》"东出卢龙塞,浩然客思孤";钱起《奉送户部李郎中充晋国副节度出塞》"汗马将行矣,卢龙已肃然";刘长卿《月下听砧》"声声捣秋月,肠断卢龙戍";戎昱《塞下曲》其六"自有卢龙塞,烟尘飞至今。"

问:那么王昌龄诗中所指卢龙在哪里呢?
答:卢龙,是当时汉人防御的前线。春秋以来,主要受到的袭扰来自正北方向蒙古高原的游牧民族,卢龙即在阴山下的平原上,在今河北东北部迁西县境内,燕山南麓,长城脚下,西距北京150公里,东距秦皇岛130公里,北距承德130公里,南距唐山70公里。汉属幽州辽西郡,隋开皇十八年(598)改卢龙县,属北平郡。唐仍为卢龙县,属河北道平州。李世民《于北平作》"翠野驻戎轩,卢龙转征旆"。县内的喜峰口,是燕山山脉一关口,武帝时李广曾在此任职右北平太守,匈奴畏服,称飞将军,数年不敢来犯。唐诗中"瀚海""龙城"是两个重要的战场意象,屈同仙《燕歌行》"瀚海龙城皆习战",所以唐人心目中卢龙是建功立业的沙场,张籍《杂曲歌辞·妾薄命》有"君爱龙城征战功,妾愿青楼歌乐同"。

问:我明白了,"龙城"即是"卢龙"。

答:不,别忙下结论。这里还真有一直接称"龙城"的地区,它在卢龙城偏东北的辽西,但地点在关外。南北朝以来昭武九姓经商范围非常广,中原各地商埠均留下他们的足迹。在北方他们最远的聚落在营州(辽西朝阳)。十六国时鲜卑建立前燕,在此设立国都称"龙城",但此龙城不是王昌龄诗中的"龙城"。安禄山任平卢节度使在此,治所营州(龙城),领卢龙军。唐时中亚粟特地区讲波斯语的商人来此经商,安禄山、史思明即这些昭武九姓胡人的混血后裔。安禄山、史思明均通晓多民族语言,最初出身"龙城"昭武九姓胡人市场"牙侩"(中介经纪人)。"卢龙"与"龙城"西汉均属辽西郡、右北平郡。唐末契丹攻击渤海国,"龙城"数万九姓胡渡鸭绿江避难高丽。从此朝鲜半岛有了安、石、康、何等姓氏。

问:唐人为何喜欢采用汉将、汉家天子入诗呢?

答:这确实是的。隋唐以前是一个长期分裂的时代,民族精神失落。在唐人意识中,英雄的时代就是强大统一的汉朝。精神上对汉朝的认同,因此喜欢连称"汉唐",边塞诗也多用汉代将军的典故。汉代是我国历史上一个伟大的朝代,奠定了"汉"的称号,树立了中华民族前所未有的尊严。李贺《感讽》"皇汉十二帝,唯帝称睿哲"。在汉代,中华民族第一次有了强烈的国家意识,有了强烈的祖国认同感与责任感。正因为如此,为国效力,报效祖国,成了当时人们愿意为之赴汤蹈火的生命价值取向。《后汉书·耿恭传》中记载了东汉军队一次惊心动魄跨越数千里,冒雪翻越天山北道拯救孤军的行动,当范羌到达疏勒时,城中耿恭守军仅余二十六人。东归时,敌兵追赶骚扰,汉军且战且行,一路死伤,三月到达玉门关,耿恭的兵士仅剩十三人。这些勇敢而有气节的故事,令人壮怀激烈,热血沸腾,深深注入唐人血脉中,使他们感悟出汉代特有的忠勇赴死的大无畏精神。这也正是初盛唐马背上的唐人具有的精神。张籍《杂曲歌辞·妾薄命》"汉家天子平四夷,护羌都尉裹尸归"。所以唐诗中出现"龙城飞将"这一现象不足为奇,每一座边城都有一位忠肝义胆的英雄名字,你以为呢?

问:你把文史与地理结合讲解,也就清楚了。龙城有四处,匈奴大会祭天处,柳州龙城郡,北平郡卢龙县,营州龙城。王昌龄诗中"龙城"即卢龙城。"飞将"也不是马茂元解释的卫青与李广的结合体,就是镇守右北平的太守飞将军李广。

关于杜甫《白帝》诗中
"戎马"与"归马"的解释

问： 杜甫《白帝》诗中"戎马"与"归马"的解释没有定识，是吗？
答： 是的。先看原诗：

> 白帝城中云出门，白帝城下雨翻盆。
> 高江急峡雷霆斗，翠木苍藤日月昏。
> 戎马不如归马逸，千家今有百家存。
> 哀哀寡妇诛求尽，恸哭秋原何处村。

代宗大历元年（766）秋杜甫流落夔州，经历战乱、流浪、失职，再无依凭，此诗是在夔州感慨乱世之作。诗题"白帝"实有讽意，刺乱臣贼子。诗中"白帝城"出现于西汉末年。王莽篡位，公孙述据蜀，屯兵积粮，野心膨胀，渐有帝王之想，故在此筑城，居高临下。冬季城中一井常冒白气，宛如白龙出井，汉代谶纬之学、符命瑞应思想流行，公孙述自认登基征兆，于建武元年（25）自号白帝。建武十二年（36）刘秀入川，公孙述战死，毁白帝城。公孙述称帝十二年，由于非正统而系僭称，所以儒家正统的杜甫对这类乱臣贼子深恶痛绝，这是诗题的隐意。

诗前四句实写急雨中白帝城的阴森景色，虽为眼前之景，但却是历史风云的形象概括。远，直指公孙述据蜀，僭越称帝；近，借喻安史之乱造成的全面动乱。故言"高江急峡雷霆斗，翠木苍藤日月昏"。后四句由疾风骤雨，回到现实，进一步展写战乱后萧条的乡村衰景。生逢乱世，杜甫就像春秋的孔子，哀唱"哀哀寡妇诛求尽，恸哭秋原何处村"。

此诗在构思上深得《诗经》启发，前为雨景，相当于起兴，但即便起兴里面也包含历史批判；后为惨象，相当于记实，批判时事，诗之本旨所在。前后四句，旨趣相得益彰，情随景而生。日本学者广濑淡窗《淡窗诗话》曾说"少陵律句，前后半截每不相关，若以两绝句相续而成篇，但极觉其高雅。……白帝城中云出门一诗,前半叙暴雨,后半写乱世之感,总不相关"。但广濑淡窗又说实际是相关的,"古法也",不深入了解杜甫是看不懂的。杜诗起兴于白帝城雨景,暗示的就是乱臣贼子为祸天下。这一点他深得孔子春秋笔法,后人故称诗史,就是拿他与孔子并肩,几点相同:处乱世同,讽乱臣贼子同,期尧舜太平盛世理想同,为尊者讳同,微言大义同,忠勇正直性格同,贵族身份同,反犯上作乱维护社会秩序同,春秋笔法同。杜甫是纯粹的儒者,兼以悲天悯人的情怀,所以他是唐代的孔子,诗史是春秋嫡传。

问:各本是如何解释"戎马"与"归马"的呢?

答:先说"戎马"的义项:

1. 指兵马,《左传·昭公三年》"戎马不驾,卿无军行",东汉崔骃《安封侯诗》"戎马鸣兮金鼓震,壮士激兮忘身命"。此处杜甫批判战争,感情色彩强烈,不是中性词"兵马"。

2. 指军事。陈琳《为袁绍檄豫州》"州郡各整戎马,罗落境界"。军事,是很客观的词,没有正义非正义之别,也与杜诗本意不合。

3. 比喻战乱。北齐颜之推《颜氏家训·风操》"汝曹生于戎马之间,视听之所不晓,故聊记录,以传示子孙"。杜甫《愁》"十年戎马暗南国,异域宾客老孤城",诗中"戎马"即是诗人经历的战乱。相近的解释有王嗣奭把"戎马"解为作乱者。《杜臆》:"然实兴起'戎马'以写乱象,非与下不相关也。'戎马'正指作乱者,云'不如归马逸'笑其劳而无益也。兵乱则供给烦,诛求急,寡妇且哭,况其他?"作乱者"戎马"与和平者"归马"对比,诗人在嘲笑作乱的劳而无益。

郭知达《九家集注杜诗·卷三十》:"民死于役,故多寡妇;暴赋横敛,故多诛求。此言军旅之际,民不聊生也如此。赵(彦材)云:老子天下有道,则戎马生于郊。"此处解释就是将"戎马"视为参战的马,而无论正义与否,战争都会造成百姓不幸。

仇兆鳌《杜诗详注》:"此章为夔州民困而作也。……戎马之后,百家仅存。户口销于兵赋,故寡妇遍哭于秋村。此为崔旰之乱而发欤?"崔旰之乱发生于永泰元年(765),四月,郭英义继严武任剑南节度使兼成都尹;十月,严武旧部崔旰起兵攻郭英义,郭逃到简阳,被韩澄杀害。此后,效忠郭的一批武将又联合起来讨伐崔旰,蜀中大乱。杜甫在严武幕为僚臣直到严武去世去职离开成都,应该认识了解崔旰。但叛乱发生在川西,与夔州无关,此诗是为蜀中民困而作欤?为规劝批判崔旰之乱而发欤?当然与蜀乱关联评释的思路之外,还有诗人对社会长期动乱的痛惜。

今人萧涤非《杜甫研究》,将"戎马"解为"作战的马"。"归马"释为"从事生产的马"。《尚书·武成篇》:'归马于华山之阳'"。"逸"注为"安逸,见得马亦厌战"。

徐放《杜甫诗今译》《唐诗今译》，将"戎马不如归马逸，千家今有百家存"译为："作战的铁马不如耕田种地的马清闲和安逸，可是战争总不停息。这里原有千户人家，而如今却只有百家尚存！"

《唐诗鉴赏辞典》黄宝华鉴赏："荒原上闲遛着的'归马'和横遭洗劫后的村庄。这里的'逸'字值得注意。眼前之马逸则逸矣，看来是无主之马。虽然不必拉车耕地了，其命运难道不可悲吗？十室九空的荒村，那更是怵目惊心了。"

王士菁《杜诗今注》："戎马，战马。归马，自战场放还，从事耕作的马。逸，安逸。这是对于战乱的厌恶和安居乐业的期望。"

李学清《"戎马不如归马逸"解》则提出"戎马"代指战争，"归马"指战争结束。

问：莫衷一是，那么，诸种解释哪种更接近杜诗的原意呢？

答：（一）萧涤非、王士菁等的解释，都没有离开马的原意，"戎马"当然是作战马，"归马"自然是解甲归田的耕了。以马为中心词，加上修饰限定语来解释"戎马""归马"没错，问题是解释简单化了，仅是字面解释，离杜诗本意较远。

（二）李学清解释较切。"戎马"，《现代汉语词典》："军马，借指从军、作战。"《辞海》："借指战争、军事。"引申义是战争、军事。李学清认为当用引申义。黄肃秋选、虞行辑注《杜甫诗选》"万国尚戎马"，"戎马"注为"借喻战争"可参证。联系安史之乱的现实，以及当时蜀中的大小叛乱，"戎马"作战争解似更恰当。诗人晚年诗歌高屋建瓴，均是对社会对人生有了深刻洞察后的总结，作战争讲比作战马讲好。

但我不苟同以上各家解法，杜诗讲求前后统一，既然诗题"白帝"，批评乱臣贼子当贯穿始终，"戎马"在借喻战争之外还有没有其他含义呢？我认为有。诗人既已点到白帝动乱，"戎马"之解也当联系解释。"戎马"乃取左思《蜀都赋》"公孙跃马而称帝"之意。这就比解释为战争更明确了，战争是有定语的，"戎马"指乱臣贼子发动的战争，而非一般战争。这样诗题与诗句才逻辑统一。

问：哦，我理解了，你的解释才合杜甫本意。那么"归马"呢？

答：李学清认为"归马"是"归马放牛"的省用。放回战时军用的牛、马，比喻息兵。

归马放牛，《汉语大词典》："谓战争止息，不再用兵。语出《尚书·武成》：'乃偃武修文，归马于华山之阳，放牛于桃林之野。'孔颖达疏：'此是战时牛马，放牧之，示天下不复乘用。'宋曾慥《高斋漫录》：'周王伐商，一戎衣而天下大定。归马放牛，偃武修文，是识'武'字者也。'元辛文房《唐才子传·刘驾》：'时国家复河湟，故地有归马放牛之象。'亦省作'归马'。清顾炎武《复迟明府书》：'渭水春耕，但见哀鸿之羽，桃林夜雪，未逢归马之时。'"

归马放牛，《汉语成语考释词典》："表示战争结束，天下太平，不再用兵。"除引《尚书·武成》外，又引《礼记·乐记》："马散之华山之阳，而弗复乘，牛散之桃林之野，而弗复服。"《吕氏春秋·慎大览》："乃税马于华山，税牛于桃林。""税：解；释。"

萧涤非、王士菁等解释为从事生产耕作的马，也通，但没有解出杜甫盼望战争结束的迫切心情。也许他们受意识形态影响，解释时往劳动方向靠，杜甫对劳动的归马的赞美，"逸"，马亦是厌战而追求安居乐业的。

相比而言，李学清解释为战争结束，较切近杜甫罢兵息战之意，但仍不准确。

问：看来解释分歧还是存在的，你的看法呢？

答：确实，萧涤非、王士菁解释耕作之马，联系诗歌背景不够。李学清解释为杜甫暗用"归马放牛"典故，期盼干戈止息。在"戎马""归马"的对举中，战争与和平的对比具有了极强的艺术震撼力。李学清解释似要高明一筹。

但我仍不苟同他们的解释，夔州时的杜诗更有全局观，他常常将历史与现实比照统一。"戎马"既指公孙跃马作乱，则一句之内的"归马"也当对应解释，"归马"当解作平乱后班师还朝。杜甫给我们提供的是一幅王师得胜还朝的图景。这才切自西周以来形成的期盼正义之师胜利归来的汉民族心理。"逸"自然解作人们欢庆的场景而不是"安逸""闲逸"。

问：真是新解，"归马"是班师还朝的王师，你的解释才切题"白帝"。请谈谈诗的主题。

答：《白帝》寓乱臣贼子动乱史其中，以两幅画面展示了大唐社会动乱的现实。前四句写白帝城上乌云出没，白帝城下大雨滂沱，长江万水奔腾，在峡谷中急撞，峡壁古木苍藤盘错，日月昏暗。这一写法在《同诸公登慈恩寺塔》中出现过，也是景象壮阔。眼前白帝城这一恶劣环境，投影的是战乱进行时。后四句写战争后果，战后的惨景。十室九空，荒村野地，寡妇哀哭，她所有的一切都被征求尽了。但即便如此，诗人并未悲观，他相信正义总会到来，有"戎马"之乱，就必有王师"归马"还朝之时，这是诗歌的亮点。《白帝》秉承了杜诗晚年的风格，大气恢宏，又忧国忧民。他"穷年忧黎元，叹息肠内热"的悲天悯人的思想情感在此诗中延续。诗批评了乱臣贼子犯上作乱给百姓造成的苦难。宋人黄彻《碧溪诗话·卷一》评说这类反战杜诗："'慎勿吞青海，无劳问越裳。大君先息战，归马华山阳'，又有'安得壮士挽天河，净洗甲兵长不用'，'安得务农息战斗，普天无吏横索钱'，'愿戒兵犹火，恩加四海深'，'不眠忧战伐，无力正乾坤'，其愁叹忧戚，盖以人主生灵为念。"

如果按照萧涤非、王士菁"战马""耕马"的解释,则诗的主题大大削弱了。李学清的解释也未切白帝之题。

补充一点,不真正了解杜甫,尤其是他贵族士人的精神世界,解读杜诗还真是隔靴搔痒。杜甫追求的是贵族古老的普遍价值,并不是具体的个人利益。与唐代许多士人的追求有根本不同。中唐以来许多士人放弃了对普遍价值的持守,追求个人的名利。无论任何时代,士子的整体责任都是对普遍价值的追求与坚守。杜甫之于这些士人,对古老贵族价值的捍卫,对自我的要求,两者兼顾。所以他高于有唐一代所有士人,他的诗高于一切唐人的诗。这是核心,解读杜诗的钥匙。不高屋建瓴,读杜就流于浮泛。

问:请谈谈当时蜀中的动乱情况。

答: 杜甫在夔州时,当地并无战事,此诗仇兆鳌定为"遥慨蜀乱之作"也是可以的。仇注云:"戎马之后,百家仅存。户口销于兵赋,故寡妇遍哭于秋村。此为崔旰之乱而发欤?"

安史之乱(755)至大历元年(766)秋,蜀地亦长期陷于战乱。安史之乱就有七年,期间"玄宗幸蜀"(756 年 7 月抵成都至 757 年 12 月返长安);至德二载(757)西川蜀兵两次兵变,其中贾秀为首的兵变,有五千官兵参与;杜甫乾元三年(759)底抵成都,上元二年(761)东川节度兵马使段子璋反,自封梁王,西川节度使崔光远讨伐,克绵州,擒斩段子璋;宝应元年(762)剑南西川兵马使徐知道叛乱,自称剑南节度使,很快被新任西川节度使高适平定。永泰元年(765)剑南西山都知兵马使崔旰率兵攻占成都,杀害节度使郭英义,接着山南西道节度使张献诚、邛州牙将柏茂琳、泸州牙将杨子琳、剑州牙将李昌巙,各率兵攻打崔旰。大历元年(766)代宗遣宰相杜鸿渐入川镇抚,他安抚各方,委以要职,让崔旰任西川节度使。以上史事堪称"白帝跃马作乱",所以以上各解中,王嗣奭把"戎马"解为作乱者是对的。

杜甫永泰元年(765)五月去蜀,经嘉州、戎州、渝州,沿江东下忠州、云安,永泰二年(766)三月由云安移夔州,四月到夔州,大历三年(768)正月出峡。在夔州住了近两年时间,夔州没有战乱,对比战乱频生的蜀地,这里确是避乱的好去处,但杜甫仍然以班师还朝的"归马"期盼平乱,所以他用了"逸"来形容王师凯旋的欢愉。把"归马"解为凯旋、得胜回朝才合杜意。

问:我已清楚了,确实你的讲解,更符合杜诗原意,"戎马"作乱,"归马"平乱,一个"逸"字表达了诗人对平叛王师凯旋的喜悦。

答: 正是。

张巡《守睢阳作》"饮血更登陴"之疑

问：请谈谈张巡的《守睢阳作》。

答：张巡是盛唐一代英雄名臣，其抗击安史叛军的事迹传扬千古，堪称汉民族的守护神，以生命践行尽忠报国的楷范。《全唐诗》仅存诗两首，一首是《闻笛》，另一首《守睢阳作》：

> 接战春来苦，孤城日渐危。
> 合围侔月晕，分守若鱼丽。
> 屡厌黄尘起，时将白羽挥。
> 裹疮犹出阵，饮血更登陴。
> 忠信应难敌，坚贞谅不移。
> 无人报天子，心计欲何施。

问：两首诗分别浸染着汉民族抗击外来侵略与平息内乱的英勇传统色彩，请谈谈张巡。

答：张巡事迹两《唐书》和《资治通鉴》均有详传，堪为汉民族存亡之际的尽节忠臣。张巡（709—757）玄宗开元末进士，由太子通事舍人出清河令，调真源令。安史乱起，张巡在雍丘起兵抗贼，转战宁陵，后与许远苦守睢阳（河南商丘市睢阳区）孤城，历经大小四百战，重创叛军，弹尽粮绝，至德二载（757）十月城破被俘，城中遗民仅剩四百人。虽身陷贼中仍眦裂血流，齿牙皆碎，唾贼壮烈殉国，终年四十九。战场上授主客郎中、兼河南节度副使，拜御史中丞，战后追赠扬州大都督。翰林学士李翰有《张巡传》（已佚）并《进张中丞传表》上肃宗述其英烈。元和二年（807）韩愈《张中丞传后叙》继李翰之后，为英雄谱写了一曲慷慨悲壮的颂歌。

张巡许远死守睢阳，城陷三日张镐大军抵达。可以说，睢阳作为屏障保障了唐东南的安全，为平乱、保护江淮黎庶立下殊勋。据《新唐书·张巡传》，为表彰英雄，"立庙睢阳，岁时致祭"，大中时又绘张巡画像于凌烟阁。

问：诗句"饮血更登陴"的"饮血"如何解释，有疑，请谈谈。

答：你之所疑，源自中国社科院文学研究所选编的《唐诗选》，注释"饮血更登陴"，将"饮血"注解为"饮泣"。

陈贻焮主编的《增订注释全唐诗》亦注："饮血，犹饮泣，血泪入口也。"

注解的依据出自初唐"文选学士"李善的《文选注》。他在对李陵《答苏武书》"战士为陵饮血"作注时，注为"血即泪也"。

问："饮血"注为"饮泣"，令人难以理解。

答：是的。先看李善《文选注》卷四一李陵《答苏武书》："匈奴既败，举国兴师，更练精兵，强逾十万，单于临阵，亲自合围。客主之形，既不相如；步马之势，又甚悬绝。疲兵再战，一以当千，然犹扶乘创痛，决命争首。死伤积野，余不满百，而皆扶病，不任干戈。然陵振臂一呼，创病皆起，举刃指虏，胡马奔走。兵尽矢穷，人无尺铁，犹复徒首奋呼，争为先登。当此时也，天地为陵震怒，战士为陵饮血。"李善《注》："血即泪也。《燕丹子》曰：'太子晞嘘饮泪。'"因此，《唐诗选》等的注来自于此。

问：问题是饮血就是饮泪吗？请谈谈李善注的理由。

答：先说饮泪，出自班婕妤《捣素赋》"怀百忧之盈抱，空千里兮饮泪"。唐人张鷟《朝野佥载》卷二"碧玉读诗，饮泪不食三日，投井而死"。鲁迅《坟·科学史教篇》"武人抚剑而视太空，政家饮泪而悲来日"。可见，都是用于人生悲伤时刻。所以后人解释饮泪，犹饮泣。

再看饮泣，出自《文选》司马迁《报任少卿书》"然陵一呼劳军，士无不起，躬自流涕，沫血饮泣，更张空弮，冒白刃，北向争死敌者"。文中"沫血饮泣"，"躬自流涕"都是一连贯的过程，泪水混合着杀敌喷溅脸上的血而吞下哭声。"沫血饮泣"，形容士兵面庞的状况，就是和着血与泪吞声而哭。

再说饮血，《文选》李陵《答苏武书》"当此时也，天地为陵震怒，战士为陵饮血"。很显然，李善作注时，将与李陵抗敌相关的两篇文章作了互注。将司马迁《报任安书》中战士"沫血饮泣"与李陵《答苏武书》中"饮血"的状况等同起来对读，因言"血即泪也"。

这样"饮血—饮泣—饮泪"就形成了同构。

我是反对的，这是一种离开了具体语境的机械思维结果。"饮血"在具体语境中是战士的英勇面庞的写照，"饮泪"则是具体语境下女子悲忧的面部表情。更不能简单机械地判断"血即泪也"。

《唐诗选》以"饮泣"，吞声而哭来注解"饮血"，与具体语境中守军们登城抗击叛军的英勇行为显然不合,有损英雄形象。

问:谢谢,我已清楚了。

答:还没有讲完。张巡《守睢阳作》"饮血更登陴"中,"饮血"实际有祭祀、盟誓之意,相当于血祭、血誓。据刘兴均教授《"三礼"名物词研究》,在"三礼"祭祀仪式的众多形式中,"血"是重要祭品,归属于"祭牲"下的"皮血"类。

"饮血"最初没有祭祀之意。如《礼记·礼运》:"昔者先王,未有宫室,冬则居营窟,夏则居橧巢;未有火化,食草木之实,鸟兽之肉,饮其血,茹其毛;未有麻丝,衣其羽皮。"

到了西周"血"具有了祭祀意义,且成为重要祭品。《周礼·春官·大宗伯》:"大宗伯之职,掌建邦之天神、人鬼、地示之礼,以佐王建保邦国。以吉礼事邦国之鬼、神、示。以禋祀祀昊天上帝,以实柴祀日、月、星、辰,以槱燎祀司中、司命、飌师、雨师,以血祭祭社稷、五祀、五岳……"其中血祭是用来祭祀社稷、五祀和五岳的。

在《礼记·礼运》中有"血祭"的先后顺序:"作其祝号,玄酒以祭,荐其血、毛,腥其俎,孰其肴。"在祭神鬼时,先将牲的血、毛献进,再将生肉载于俎进献,再将半生不熟的肉献上。如此子孙精神与祖先灵魂才能在冥冥之中相会。

《礼记·礼器》又介绍了"血祭"的对象:"君子曰:'礼之近人情者,非其至者也。郊血,大飨腥,三献爓,一献孰。'"祭祀至高无上的天要用牲血作祭物,合祭列祖列宗用生肉,祭祀社稷用半生不熟的肉,祭祀小的神鬼用熟肉。可见牲血是最高贵的祭物。三献之礼,据《旧唐书·礼仪志》,唐代仍然奉行。

《礼记·礼器》规定"血祭"的程序:"纳牲诏于庭,血、毛诏于室,羹定诏于堂。"太庙祭礼,牵牲入庙时,先在庭中告祭于神;进献生血时,又在室中告祭于神;进献熟肉时,又在堂上告祭于神。

《礼记·郊特牲》介绍"血祭"的分类:"郊血,大飨腥,三献爓,一献熟。至敬不飨味而贵气臭也。"南郊之祀要用牛犊,以其血作供品;祭列祖列宗而用生肉;祭社稷乃用半生不熟的肉;祭群小祀却用熟肉。这说明神灵愈高贵,愈不以接近活人口味的供品为贵,而是以能散发气味的供品为贵。这恰恰是生血、生肉才有的气味。

《礼记·郊特牲》解释了采用"血祭"的原因:"有虞氏之祭也,尚用气;血、腥、爓祭,用气也。"虞舜祭祀,贵尚腥气。所以祭祀时,先用鲜血,再用生肉,最后用半生不熟的肉,就是取用这些祭品散发的腥气来敬神的。马端临《文献通考·卷九十六·宗庙考六》:"尚,谓贵,而祭祀之时先荐用气物也。血,谓祭初以血诏神于室。腥,谓朝践荐腥肉于堂。爓,谓沉肉于汤,次腥亦荐于堂。以血、腥、爓三者而祭,是用气也。以其并未熟,故云用气也。"

《礼记·郊特牲》区分了"血祭"的用途:"尸,陈也。毛、血,告幽全之物也。告幽全之物者,贵纯之道也。血祭,盛气也。祭肺、肝、心,贵气主也。"孔颖达疏曰:"血是告幽之物,毛是告全之物。告幽者,言牲体肉里美善。告全者,言牲体外色完具。所以备此告幽全之物者,贵其牲之纯善之道也。"尸是神主,祭祀进献毛、血,是向神表示所用牺牲完整无缺,也表示子孙很重视牺牲的选择,只有内外都挑不出毛病的才敢进献。用牲血祭神,还有一层意思,血是生气最盛之物。以肺、肝、心作祭物,也是看重它们是滋生生气的器官。

综上认知,我们知道,在西周祭祀中,血是最重要的祭祀元素。张巡作为盛唐进士,非常尊重传统仪轨,熟悉古制,其诗歌中的"饮血",没有《唐诗选》注为"饮泪"的意思,也没有《增订注释全唐诗》"饮泣,血泪入口也"之意。

这一点必须辨明。进一步而言,后世"血"不仅是祭祀祭品,也衍生为盟誓所用之物。如,歃血,即是古代盟誓的一种形式。古人盟会时,杀牲祭天以示庄严,再微饮牲血,或含于口中,或涂于口旁,以示对天发誓信守誓言。歃,即饮、微吸。故"饮血"即有血誓、血盟之意。诗中"饮血"是张巡与将士面临即将的大战的祭天、祭社稷、祭江山的仪式,也是张巡与战士的血誓。因此"裹疮犹出阵,饮血更登陴",联系上下文看,包扎伤口准备出战,登上城墙高处祭祀,誓言打败叛军的一系列行为。

问:学者钟振振也对"饮血更登陴"中"饮血"一词作过梳解。

答:是的。钟振振先生曾梳理归纳先秦至唐代的文献资料,得出"饮血"有以下几项义项:一、古代盟誓的一种形式。二、饮禽兽之血以为滋补或美食。三、原始人类或古代某些少数民族的饮食方式。四、比喻极度仇视的行为。五、因战争断水而饮牲畜之血解渴。

那么哪种义项更合张巡诗"饮血"的意思呢?

钟振振对此作了比较分析,五项义项,二三两种与张巡诗无关,可排除。其余三项皆可通。如用第一义项作解,可指张巡与将士饮血盟誓,誓与敌军血战到底。用第四义项作解,可指张巡及其部众对敌军怀有强烈的愤恨。用第五义项作解,可指张巡的部众身处绝境,被围城,不得不以畜血解渴。

但还不够,钟振振又拿李陵书"天地为陵震怒,战士为陵饮血"与张巡诗"裹疮犹出阵,饮血更登陴"作进一步细微辨析。

李陵书与"饮血"对举的情态是"震怒",张巡诗与"饮血"对举的动作是"裹疮"。用上面三种"饮血"义项中的任何一项去解释,又都不准确了,与上下文的情态、动作、语言环境都显得不一致。钟振振认为应联系李陵书的"震怒"、张巡诗的"裹疮"在具体语境中作注，才可得出最近似的关于"饮血"的解释。

以"震怒"来推断，李陵书中"饮血"当是说自己部下战士面对敌人咬牙切齿，咬破牙龈、舌尖，将血往肚里吞。若用此来解说张诗，也能成立。如《旧唐书·张巡传》：

> 巡神气慷慨，每与贼战，大呼誓师，眦裂血流，齿牙皆碎。……及城陷，尹子奇谓巡曰："闻君每战眦裂，嚼齿皆碎，何至此耶？"巡曰："吾欲气吞逆贼，但力不遂耳！"子奇以大刀剔巡口，视其齿，存者不过三数。

李陵书"震怒"状态与张巡"眦裂血流，齿牙皆碎"情形略相似，可互参。

以"裹疮"来推断，则张巡诗中的"饮血"就应该是用嘴将自己伤口流出的血吮吸干净。但用此来解释李陵书，就不太切合。不过，李书自是李书，张诗自是张诗，本来也不一定非要将它们相绑在一起。

以上是学者钟振振对"饮血更登陴"的辨微。

问：钟振振的分析很细腻，几种义项虽各有所据，但我想应以现实中人考虑较切合吧。

答：是的。张巡守睢阳，贼将尹子奇围城甚久，张巡《谢金吾表》云："臣被围四十七日，凡一千八百余战"，忠烈之心使贼将无法撼动。他的《闻笛》诗云："不辞风尘色，安知天地心。"忠烈之心对安禄山之乱，与宋抗金名将岳飞相同，岳飞《满江红》词有句："壮志饥餐胡虏肉，笑谈渴饮匈奴血"，《唐宋词鉴赏辞典》说"这两句是作者的愤激之语，进一步表达对女真贵族蹂躏中原，荼毒生灵的切齿之恨"。张巡的"饮血更登陴"，也如钟振振前引义项之四，喻指极度仇视的行为，与上句"裹疮犹出阵"一联中形成"实"与"虚"对应。何况这首诗并非作于城陷被俘，唾贼齿牙眦裂流血之时，钟振振所说张巡"饮血"也不切合。

但虽非张巡自己饮血，我倒是找到了一条可能"饮血"之人的信息，就是其手下大将雷万春。据韦绚《刘宾客嘉话录》载：

> 时张巡将雷万春于城上与巡语次，被贼伏弩射之，中万春面，不动。令狐潮疑是木人，询问巡，知是万春，乃言曰："向见雷将军，方知足下军令矣。然其如天理何？"巡与潮书曰："仆诚下材，亦天下一男子耳。今遇明君圣主，畴则屈腰。逢豺狼犬羊，今须展志"云云，"请足下多服续命之散，数加益智之丸，无令病入膏肓，坐视斧锧也"。

张巡与雷万春守雍丘,激战中雷万春面部中六箭,仍站立城头岿然不动,面不改色,使敌军怀疑他是"木人"。这一形象不正是"饮血更登陴"吗?这则史料或是"饮血"的最好注脚。雷万春后随张巡守睢阳,城陷,与张巡同遭杀害。

《旧唐书》说张巡"兄弟皆以文行知名"。的确,张巡是唐代诗坛上为数不多的文才与武功兼长并美的诗人之一。《全唐诗》虽仅存其诗二首,却都很有价值。即如本诗,既是悲剧时代历史风貌的艺术展现,又是诗人不朽人格的光辉写照。所以唐代韩愈、宋代计有功《唐诗纪事》、民族英雄文天祥、清代诗评家沈德潜等,都对张巡有过诚挚的赞颂。

问:对于张巡,近年也有人否定,有个叫刀尔登的作者写过一本《中国好人》,批判礼教杀人,讥讽"唐张巡守城吃掉三万妇孺,传统礼教粉饰吃得合理"。

答:这不应该。近代以来在西方激进主义思潮输入下,出现了一批反传统的叛逆的人,对这些不尊重汉民族文化的知识分子,对颠倒黑白,混淆是非,标新立异的出位观点,翻案之风,我不以为然。

张巡是汉民族英雄,其抗击的是北胡乱军及叛臣贼子。张巡何以要死守孤城,明知不可为而为之?这是深埋于心的民族自我保护的潜意识。汉民族生存于中原,但自先秦就屡受外族入侵,北部的阴山没能庇护,黄河也不能屏障,于是再退而求其次筑赵长城、秦长城,亦不能让汉民族幸免于难。当退无可退时就出现了汉武帝刘彻,以强大军事护佑族群,前人是知其价值的,自称汉人,这既是纪念亦是寻求庇护的心理,实际上是说给野蛮的外族听的。但仍不能阻止来势汹汹的入侵,晋代的胡人乱华,又是民族之痛,多少北方冠冕大族衣冠南渡,于是长江又成了汉民族的防线,江南成了汉民族最后的庇护所,这是陶渊明《桃花源记》没有明说的幽隐的主题。

问:哦,《桃花源记》还暗藏如此深的主题?

答:是的。可惜许多人并不知晓陶渊明的寓意,《桃花源记》就是南渡后当时人心的写照,而不是其他。至隋唐汉民族认识到边防重要,所以唐前期的文化经济社会繁荣,与强悍的边防政策相关,如唐军在黄河北岸所建的城防,以及出现了王昌龄的《出塞》"但使龙城飞将在,不教胡马度阴山"强烈诗句。可惜"渔阳鼙鼓动地来,惊破霓裳羽衣曲",热爱和平的汉民族再次沦陷于胡人叛军的铁蹄下,民族英雄张巡在沦陷区苦战经年,苦撑孤城,城陷人亡。除了汉民族历史上的防线外,其内心也有一条防线,那就是汉民族不能亡的底线,现实而言,张巡许远苦守孤城,庇护江淮地区。因为江南是汉民族最后的避难所,不能破。它具有一种象征意义,是汉民族的最后家园皈依。北宋以后每每民族有难,皆是长江与江南实实在在护佑吾民吾族，而阴山、黄河、长城只是存在于文学上的精神防线了。韩愈认识到张巡的价值，《张中丞传后叙》云："守一城，捍天下，以千百就尽之卒，战百万日滋之师，蔽遮江淮，沮遏其势。天下之不亡，其谁之功也？"到了中晚唐，杜牧的价值判断在《上宣州高大夫书》中："张巡亦进士也，凡三入判等，以兵九千守睢阳城凡周岁，拒贼十三万兵，使贼不能东进尺寸，以全江淮。"这即是张巡对江南的意义。

若以此来看，张巡就是汉民族的英雄，其诗也是最纯正的洋溢着汉民族优秀精神的汉诗。清人吴乔《围炉诗话》："张睢阳《闻笛》诗及《守睢阳》排律，当置六经中敬礼之，勿作诗读。"礼敬有加。清无名氏《静居绪言》："张睢阳诗不多，亦足辖轹一时。其《闻笛》诗，人多采之。如《守睢阳》诗……博大工稳，置之杜老集中，几难轩轾。"评为与杜诗不分轩轾。清余成教《石园诗话》："禄山反，（巡）与睢阳太守许远婴城自守，经年城陷，死节。有诗云：'……忠信应难敌，坚贞谅不移。'忠义之气，溢于言表。"赞叹其忠信节义行为。

张巡事迹的价值岂是今人以反传统思维可以任意否定诋毁的，实际是对传统不敬重的价值观下的偏颇认识。古人感其价值，代宗在为张巡等人立庙时下诏：

> 顷者，国步艰难，妖星未落，中原板荡，四海横波。公等内总羸师，外临劲敌，析骸易子，曾未病诸，兵尽矢穷，乃其忧也。于戏！天未悔祸，人何以堪？宁甘杀身，不附凶党，信光扬于史册，可龟鉴于人伦。其立庙焉，以时祭祀。

问：谢谢，这是对民族英雄张巡的盖棺定论。

王维诗《相思》"红豆"之疑

问：王维诗《相思》中的"红豆"是南国才能生吗？

答：这涉及植物学上的一些问题。《相思》原诗：

> 红豆生南国，春来发几枝。
>
> 劝君多采撷，此物最相思。

你的疑窦显然从地域并非南国，也一样在田地山边看见有种红豆的，何以偏要说生于南国？但是生活中的赤豆汤、赤豆羹、赤豆糕、赤豆包……其原料都是赤豆。这种赤豆又叫小豆、红豆、赤小豆，名称虽异，而指同一物。

王维诗中所写的红豆，是另一种红豆，据唐人李匡乂《资暇集》载："豆有圆而红，其首乌者，举世呼为'相思子'，即红豆之异名也。其木斜斫之则有文，可为弹博局及琵琶槽。其树也，大株而白，枝叶似槐，其花与皂荚花无殊。其子若穭豆，处于荚中，通身皆红。李善云：'其实赤如珊瑚'，是也。"这种红豆生长于亚热带地方，在古文学作品中，它是爱情的象征。

问：如此看来，疑点是词语和概念的关系。

答：可以认为是这样。词语"红豆"，包含两类事物。一种是一年生草本植物及其结的子，称为赤豆、小豆、赤小豆；另一种是多年生乔木植物及其结的子，称为相思豆、相思子。

问：这已十分清楚表明，词语和概念不同，之间并无对应关系。王维诗咏写"红豆"，实咏的是"相思"，请再具体谈谈。

答：我先引《植物学大辞典》对红豆说明，辞典标目为"相思子"："豆科，东印度原产，蔓生木质之植物也，叶偶数羽状复叶，成花小，蝶形花冠，白色或带红色，总状花序，果实为荚，种子大如豌豆，鲜红色，黑色，或带白色。此种子供装饰之用。名'红豆'。李时珍曰相思子,或云即'海红豆'之类。"

"红豆"又何以有相思的美称,也许因其实红艳如珊瑚,最惹人怀思。一个最美的解释是,据清人屈大均《广东新语》云:"相传有女子望其夫于树下,泪落染树结为子,遂以名树云。"又有一说是红豆产于岭南,昔有人戍边,其妇思之,卒于树下,乃是此物,故一名相思子。此说出自北宋李颀《古今诗话》。《古今诗话》多载唐宋诗本事,此条内容为红豆树得名相思树的爱情故事传说,可知此条实为红豆诗条。唐宋红豆诗,第一数王维,可知《古今诗话》此条当为王维红豆诗条。《古今诗话》原书已佚,此条文字保存于《本草纲目·木部·乔木类·相思子·释名》中。

以王维的时代再往前推,早期传说中的相思树,本来并不是指生于南国的红豆树。最早是由一个故事衍生而来,记载在曹丕《列异传》中,"韩凭夫妻死,作梓,号曰相思树"。该书已佚,其所记韩凭夫妇事残存于《艺文类聚》卷九十二"鸳鸯"门中,"宋康王埋韩凭夫妻,宿夕文梓生,有鸳鸯雌雄各一,恒栖树上,晨夕交颈,音声感人"。由于《列异传》多记汉代以来的事,故可以证明韩凭夫妇故事于汉代就已广泛流传。差不多同一时代的《孔雀东南飞》故事文本也有同样情节。至东晋干宝《搜神记》卷十一,对这一爱情悲剧的记载就比较完整了:战国宋国韩凭夫妻殉情死,两冢相望,"宿昔之间,便有大梓木生于二冢之端,旬日而大盈抱,屈体相就,根交于下,枝错于上。又有鸳鸯雌雄各一,恒栖树上,晨夕不去,交颈悲鸣,音声感人。宋人哀之,遂号其木曰'相思树'。相思之名,起于此也"。

文学上,西晋出现了以楠木的瘿瘤纠结而喻人心相思,如左思《吴都赋》"楠榴之木,相思之树"。

问:看来战国时期已有相思树了,而且是生长于北方的梓树。而左思则脱离传说将树瘤的纠结形状与相思纠结的概念固定了下来。那么何时与南国红豆树结合的呢?

答:东汉以后写实性文献记载的相思树,逐渐由北方过渡到专指生于南国的红豆树。如李善注《文选·左思〈吴都赋〉》"楠榴之木,相思之树",引晋刘逵注:"南榴,木之盘结者,其盘节文尤好,可以作器。"刘逵注又引东汉刘熙曰:"相思,大树也,其材理坚强,邪斫之则有文,亦可作器。其实赤如珊瑚,历年不变。东冶有之。"东冶即今福建福州,"相思之树"即红豆树,"其实赤如珊瑚",指红豆子色如红珊瑚。刘熙是汉末著名学者,曾久居交州(治广信,即今广西梧州,后移治番禺,即今广东广州),自然熟知南国的红豆树。刘熙此段文字是现存记载红豆树的最早文献。由此可见,早在汉末以前,红豆树已经得名"相思树"。

至刘宋,沈怀远被遣放广州,作《南越志》云:"翔凤山多相思树。"所载翔凤山显然在南越。此则材料被初唐人用来注《文选钞》左思《吴都赋》"相思之树",是知,初唐就已有南国树种与相思的关合观念了。

刘宋元徽二年(474)江淹黜为建安吴兴令(今福建浦城),"守职闽中"也看到过相思树及其"丹实",《草木颂十五首并序》第二首《相思》:"竦枝碧涧,卧根石林。日月断色,雾雨恒阴。绿秀八照,丹实四临。"将"相思树"与"丹实"相结,相思树的"丹实",即红豆子。以上材料均是犹抱琵琶半遮面,尚未点明"红豆"二字。

综合诸端,相思树的观念是由北而南迁移的过程,认知由北方梓木转换为南方树种。如初唐王勃《春思赋》:"游丝空冒合欢枝,落花自绕相思树。"诗的前半句即是南方气根相连的榕树,方有合欢的连理枝,而红豆树与相思观念最终凝固下来则是盛唐的王维。

当然这种过渡是有条件的,北方,应该说就是中原,中原是儒家文化大本营,魏晋"九品中正制"以后,婚姻本质在人性之外,几为门第、血缘之结合,血缘秩序重于人性情感;而南方多为山地蛮族,受中原文化影响较少,婚姻中情感因素较重,对不受约束的自由情爱的追求更合人性情理,所以南方文化习俗便于相思故事发生。东晋南渡以后,北方士族南迁,对故土的相思,以及为南方民族自由野合又合于人性的爱情故事吸引,自然就有了"南国红豆"的多重相思意象。

问:那么红豆入诗也是始于王维吧?

答:是的。王维此诗极其单纯、简直,模仿《诗经》咏植物的痕迹很明显。但内涵还是丰富的,是喻爱情相思,还是喻友情或其他,均不知。根据初唐红豆相思树的爱情故事已成熟并流传,可能就是咏夫妻因故相隔的相思吧。诗中,红豆完全可以单纯象征相思与爱情。这是红豆意象的本义。红豆的形象,红艳艳、亮晶晶,红豆的性格,热烈、温润、玲珑、精致、坚贞,也确是爱情象征物。"此物最相思",可证已达到盛唐人的普遍共识了。

但由于诗面太过单纯,我们还有其他意义发掘吗?有。深一步,再联系初盛唐屡开边事,劳师远征,我想,唐人诗既有歌颂边塞的强音,也就有反映战争离别亲人的声音,反对战争,或许是托为相思子的寄意吧。这就关合北宋李颀《古今诗话》的故事:"相思子圆而红。故老言:昔有人殁于边,其妻思之,哭于树下而卒,因以名之。"你以为如何?

问:王维这诗,托意于物,友情、爱情、战争离人均能扣动人心,"红豆""相思"已经融成一体了。

答:是的,唐时已就广为传诵,据唐人范摅《云溪友议》所记,安禄山乱时,玄宗奔蜀，当朝著名歌唱家李龟年流落湘中，曾在采访使宴席上唱"红豆生南国"与"清风明月苦相思"两诗，在座的人听了，莫不南望玄宗所在而潜然泪下。可见，王维此诗就个人而言，只是托物以寄相思，经传唱流播，已大大产生了社会影响，从个人相思情怀转到了深情的先皇之思、故国之痛，红豆热烈、坚贞的品格化为了强烈的思君、爱国热情。

王维诗之后，以红豆相思典故入诗已极为普遍，如敦煌唐人写本《云谣集杂曲子·竹枝子》第二首："口含红豆相思语，几度遥相许。"可见晚唐在民间，红豆与相思，已家喻户晓入了歌辞。温庭筠《南歌子词二首·其二》："玲珑骰子安红豆，入骨相思知不知。"《唐人绝句精华》评此诗："以骰子喻己相思之情，骰子各面刻有红点，以喻入骨之相思也。闺情词作者已多，此二首别开生面，设想极为新颖，庭筠本长于乐府也。"韩偓《玉合》："中有兰膏渍红豆，每回拈著长相忆。"牛希济《生查子·其二》："红豆不堪看，满眼相思泪。"最为动人，数花蕊夫人《宫词》之十七："春风一面晓妆成，偷折花枝傍水行。却被内监遥觑见，故将红豆打黄莺。"

红豆可作为饰物，受人喜爱，如唐人路德延《小儿诗》："宝箧挐红豆，妆奁拾翠钿。"历代诗人词人喜欢引入吟咏外，或以为名号。如钱谦益自号红豆老人，其居室名红豆山庄。清康熙时吴绮，号红豆诗人，袁树号红豆村人，惠士奇号老红豆先生，袁树著有《红豆村人诗稿》，惠士奇著有《红豆斋小草》，这些清代著名文士，流风余韵所及，红豆先生惠士奇有子七人，惠栋最知名，时称小红豆。明末清初的这批文林诗客，都雅爱粤中风物，钟情红豆，他们诗中的红豆佳句也不少，如王彦泓的"水国不生红豆子，赠君何物助相思"。

问：影响许是王维始料未及的吧。

答：是的，今日的广东粤剧，唱腔独特优美，被称为"南国红豆"，也是取意于王维"红豆生南国"的美誉。

2004 年 10 月金秋，我赴广州参加十二届唐代文学国际学术研讨会，曾游南国胜地肇庆七星岩仙女湖，动念寻访红豆，岩畔湖边，果见红豆树，高大挺拔，虽未得相思子，却留诗以记所见所感。诗题《游肇庆七星崖仙女湖喜见红豆》：

紫荆南国又当时，仙女明眸艳艳枝。
看取七星红豆树，回春二度寄相思。

杜甫《北征》《咏怀》二诗之疑

问：杜甫著名长诗《北征》中"不闻夏殷衰，中自诛褒妲"二句诗正确吗？杜甫莫非真如有人以为犯了常识错误？

答：这是许多人存疑的问题。上句的"夏殷"和下句的"褒妲"包括"夏桀、殷纣王、褒姒、妲己"四人，有些注家认为诗人有误，原因是"褒妲"是周幽王之后褒姒和殷纣王之妃妲己，他们从对应关系出发，断定上句的"夏殷"当改作"殷周"，这是一种改法。另一种意见是，如果不改"夏"为"周"，那么下句的"褒妲"则应改为"妹妲"。这因为夏桀宠妹喜，才与上句的"夏殷"相对应。

清代人的注释如下：

> 仇兆鳌《杜少陵集释注·卷五》"夏殷"下注："胡仔云，当作'殷周'。"他又把下句的"褒妲"改作"妹妲"，并注云："诸本作'褒妲'。"
>
> 杨伦笺注《杜诗镜铨·卷四》也在"夏殷"下注："胡仔云，当作'殷周'。"按宋人胡仔曾云："老杜谓夏商衰，诛褒妲。褒姒，周幽王后也。疑'夏'字为误，当云'商周'可也。"
>
> 浦起龙《读杜心解·卷一之二》则肯定"褒"字为"妹"字之误，他说，褒妲，"本应作妹妲，夏妹喜，殷妲己也。痛快疾书，涉笔成误"。

三家注杜，都据宋人胡仔观点，说"夏殷""褒妲"有误。

今人注杜不少仍沿旧说以为有误，但也有认为无误的，例如冯至《杜甫诗选》注此二句云："一本把'褒妲'改为'妹妲'，求与'夏殷'相应；一本云'夏殷'应为'殷周'。实则杜甫举'夏殷'以概括'周'，举'褒妲'以概括'妹喜'。参错用三朝史事，不必改。"前人顾炎武《日知录·杜子美诗注卷二十七》云："夏殷不言周，褒妲不言妹喜，此古人互文之妙"。古人以女宠祸国，其意指桀宠妹喜而亡夏，纣宠妲己而亡殷，幽王宠褒姒而亡西周，而杜诗中上句"夏殷"的"夏"字中已包含了"妹喜"，故上句则应据下句的"褒"补充幽王的"周"，而理解为"不闻夏殷周衰"；

下句则应据上句的"夏"补充妹喜的"妹",而理解为"中自诛妹姐褒"。那么,杜诗春秋之意应释为:未曾听说夏桀、纣王、幽王在国家衰亡之时,会内心自愿诛杀妹喜、姐己、褒姒。唐玄宗却能在国家危亡之际,大义灭亲,诛杀了杨贵妃,所以没有蹈夏、殷、周三朝覆亡之辙。

但我这里要指出,女宠祸国之说,今天看是不够公允的,杜甫有他维护社会秩序的一贯立场。鲁迅说:"关于杨妃,禄山之乱以后的文人就都撒着大谎,玄宗逍遥事外,倒说是许多坏事情都由她,敢说'不闻夏殷衰,中自诛褒姐'的有几个。就是姐己、褒姒,也还不是一样的事?女人的替自己和男人伏罪,真是太长远了。"(《花边文学·女人未必多说谎》)倒是另一唐诗人陆龟蒙说得公允些"吴主事事堪亡国,未必西施胜六宫"(《吴宫怀古》)。那么杜甫为什么要不公地咎罪于杨妃呢?这是他贵族的出身决定的。他守持贵族古礼,克己复礼,对杨家姐妹奢靡生活的揭露在《丽人行》已有端倪;他正气凛然,反对任何魅惑国家君王的人事,虽然他知杨妃无罪坚决不原谅,在《哀江头》中给予直切批评,认为荒淫腐败而招致天下祸乱杨妃有责。但杜甫又是仁者,《哀江头》也流露了他对杨妃的哀挽,"明眸皓齿今何在,血污游魂归不得",对惨死的杨妃有深切的同情。他并未不对这一政治事件作是非评价,他的春秋隐笔令他为尊者讳。在《北征》中他期盼新君中兴,再振皇朝纲纪。杜甫最大的心愿就是"再光中兴业,一洗苍生忧。深衷正为此,群盗何淹留?"(《凤凰台》)杜甫有他一套评价社会的体系,何为乱世?违背人伦之序差不多即是乱世了。孔子的春秋时代,乱世根源就是人伦失序,春秋楚平王弃疾无视礼法,将儿媳孟嬴占为己有,而杜甫时代也遇玄宗夺娶寿王李瑁妃,杜甫正是抓住这一根本评价杨贵妃的,他又谨遵君臣人伦大义为尊者讳,故有"不闻夏殷衰,中自诛褒姐"的立场。这是"诗史"之义,评价此诗亦不能离开"诗史"之义,否则分析会跑偏。杜甫反对乱世,维护社会秩序,对乱臣贼子及违背伦常之序君臣之礼均深恶痛绝,伦常失道义失,这是他与孔子心灵最为叠合之处,所以后人赐予"诗史"的崇高称谓即是认可他是唐代的孔子。

问:这样看来,杜诗此二句并没有错了。

答:我认为并没有错,就这位旷代诗人而论,还不至于对这并不深奥的史事糊涂,此种句式的表现,属于"互文"见义的运用。互文有"互补互文"与"同义互文"。同义互文上下句一对应便知,比较简单,互补互文则较为复杂,此诗"夏殷"与"褒姐"是上下两句意义上密切联系交融的互补互文,它们相参交错成文,相互补充以见完整之义,亦即冯至注中所云"参错用三朝史事"。此疑谅已冰释。

问:是的,谢谢。但是我还对《北征》的姊妹篇《咏怀》诗有疑。《咏怀》中家传户诵的名句"朱门酒肉臭,路有冻死骨"我久有一疑,在这天寒地冻中,那朱门的酒肉真可能发臭吗?

答:可见你读诗很细心,这是一个人人尽知的名句却少有思索到的疑点。我谈谈看法。

杜甫是天宝十四载(755)十月至十一月间,自京赴奉先县的。其时唐玄宗与杨贵妃在骊山华清宫避寒,而安史之乱的消息还未传到长安,杜甫从京城出来一路的见闻和感受,已经预示动乱风暴即将来临。确实,从时节和诗人写的具体情况看,已经是"岁暮百草零,疾风高冈裂。天衢阴峥嵘,客子中夜发。严霜衣带断,指直不得结"。这样天寒地冻,山珍海味的佳肴无论如何是不可能腐臭的。但许多人却理解错了,以著名学者俞平伯在《唐诗鉴赏辞典》中的理解看,他的解释是"貂鼠裘,驼蹄羹,霜橙香橘,各种珍品,尽情享受。酒肉凡品,自任其臭腐,不须爱惜的了",显然这是不妥的,俞老尚且如此,更不必说其他人了。

在这名句中,关键是"臭"字,一般是解作"腐臭",你所质疑也是这样考虑的。姑且承认,肉放久了会腐臭,然而,酒则不会陈腐发臭,正相反,酒会越放越香,陈年老酒比其余酒是高出一筹的。如果把"酒肉"作为"肉"的偏义复词解释,也是没有这样解释的。"臭"字另有一鲜见的解释是"香气"。《易·系辞上》:"同心之言,其臭如兰。"《礼记·内则》云:"总角衿缨,皆佩容臭。""容臭"是香物,即香囊。"臭",都是"芬芳"的意思。又如郭璞《芘鱼赞》:"薰芜其臭","臭"作香气发散。据此可见,杜甫诗原句的意思是"朱门里是酒肉飘香,大路边有冻饿者的尸骨"。这不是咫尺荣枯鲜明对照吗?

问:真是这样的意思。

杜甫《赠花卿》秘闻解疑

问：几乎是一个不容置疑的看法，杜甫流寓成都时的《赠花卿》绝句是"意含讥刺"的诗。它果真是"意含讥刺"吗？

答：先看杜甫原诗：

> 锦城丝管日纷纷，半入江风半入云。
> 此曲只应天上有，人间能得几回闻。

这是一桩历史公案，倡"讥刺"说者，以明人杨慎影响最大，其实导源最早还在南宋。我把倡"讥刺"说的论述先行"曝光"。

> 南宋陈善《扪虱新话·下》云："花卿跋扈不法，有僭用礼乐之意，子美所赠，盖微而显复者也。不然，岂'天上有曲'而'人间不得闻乎'？"
> 明人杨慎《杜诗选》云："花卿在蜀，颇僭用天子礼乐，子美作此讥之，而意在言外，最得诗人之旨。"

以后的附从者很多，恕不赘举。当然也有对"讥刺"说怀疑的。这里讥刺说者以为，花卿"僭用天子礼乐"，故讥之，子美此诗最得《诗经》的讥讽之旨。关于花卿，即花敬定，史有其人，成都尹崔光远的部将，曾平定段子璋之乱。要弄清杜甫的诗意，须先看看花敬定平乱的是非。关于平绵州之乱的史事，在上元二年（761）四月，《旧唐书·崔光远传》云："及段子璋反，东川节度使李奂败走，投光远，率将花敬定等讨平之。将士肆其剽劫，妇女有金银臂钏，兵士皆断其腕以取之，乱杀数千人，光远不能禁。肃宗遣监军御史按其罪，光远忧恚成疾，上元二年十月卒。"至于《新唐书·崔光远传》所记则略，虽云"将士剽劫"，但未指名花敬定。而指名花敬定的是《旧唐书·高适传》，文曰："西川牙将花敬定者，恃勇，既诛子璋，大掠东蜀。天子怒光远不能戢军。乃罢之，以适代光远为成都尹、剑南西川节度使。"可是《新唐书·高适传》所载却又不同。曰:"梓屯将段子璋反,适从崔光远讨斩之。而光远兵不戢,遂大掠。天子怒,罢光远,以适代为西川节度使。"不提花敬定,可能对此有疑窦。又《旧唐书·肃宗纪》《通鉴·唐纪》载此事又均未提"大掠东蜀"。由此看来,据众多记载共同点,一致以为崔光远罢职,确指为"不能戢兵"之故。这样,我们则可揣想,此不听将令的部众,是否即花敬定呢? 我想,可能性不大,原因有三:1. 断腕取金及杀数千无辜的部众果是花敬定,朝廷何以放了这个罪魁,却去处罚问罪虽有主要责任却无直接责任的崔光远? 对此,前人早有怀疑,如宋人黄希《千家集注杜工部诗史·戏赠花卿歌引语》云:"光远忧患成疾,然则花卿岂容独免乎?"2. 若果为花敬定,朝廷又在问罪责处,崔光远就应按军律加以惩治,名正言顺,既可重振军风,又能赎罪朝廷。可是崔光远未能如此,既不向朝廷申说,又不进行处治,反而自己担起罪责,客观上掩护了罪臣,朝廷能允许吗? 这是令人百思不解的。3. 如说是怕花敬定难以制伏,于理也不通,假使最初有此顾忌,那么后来降罪危及自己,难道崔光远也还愿为一个恶迹昭著的部将替罪吗? 综观以上三端,还不能断定剿劫东蜀罪魁是花敬定。自然,在绵州平乱"肆其剿劫"的部众中,不能确认花敬定是纵暴的祸首,但也不能排除没有他的部众。事实是讨绵的部众,还有李奂的败兵和高适率领的州兵,这是一支混杂的队伍,决不能断言必是花敬定部众所为。

问:这样看来,对花敬定有个基本估价,但并不能排除前人以为杜诗讥刺"僭用礼乐"之议。

答:我们应先研究"僭用礼乐"之议从何得来。杜甫在此诗前还写过一首《戏作花卿歌》,议论者以为,花敬定能纵暴掠东蜀,定是"恃功骄恣",杜甫前有诗戏讽,那么,此时花卿平乱后必更忘形,诗中出现"此曲只应天上有","天上"便成了暗指"宫中"代词,花卿公然僭用人间不能得闻的御乐,当然是"僭上"。对此推议,非议者也不少,如朱鹤龄《杜工部诗集辑注》云:"敬定恃功骄横则有之,不闻有僭礼乐事,详诗意似讽其歌舞太侈,非居功之道耳。"浦起龙《读杜心解·赠花卿按语》云:"僭礼乐事无考,但其人骄恣,必多非分之奢淫耳。"他们都只同意"骄恣"而否定了"僭用礼乐"。

其实稍作推敲,"僭用礼乐"便难以成立。花敬定是朝廷将官,岂能不懂皇权的神圣。封建社会,君臣的森严界限众所周知,臣僚在言语和行为稍有逾越,立即会招至毁身灭族的大祸。如杨慎等人所言,花敬定公然在军营或寓所"僭用天子礼乐",那么府尹崔光远岂能无闻? 一个地方长官,容许部属在眼下公然"僭上",那就不是一般疏于治军,设若他不能出面阻止,那也应申奏朝廷,或密报肃宗,为自己脱掉牵连的干系。崔光远未能如此,而结果肃宗处理他的罪名是"不能戢兵”；而“僭用天子礼乐”大逆不道之事，果如是，决不能代以如此含混处置，这就证明“僭用礼乐”实属无稽。再一推想，是否花敬定犯上之事未能为朝廷所知？详杜甫诗意则又不可能，因为“僭用礼乐”已经是“锦城丝管日纷纷”，其声势与规模之大，难道还不传闻于京城？阵阵疑云，于情于理均极不相合。

问：我听说还有怀疑“花卿”不是花敬定的，对吗？

答：这种怀疑事出有因，人们以为杨慎谓花卿在蜀僭用礼乐，故讥之。但想花卿乃偏裨之将，何能敢用礼乐？明人胡震亨《杜诗通》说："此必歌者，旧注以为即平定段子璋之花敬定者误。杨升庵曲为'僭用天子礼乐'之说，尤谬。"他另立了花卿是另一个人，是歌者的新见解。胡应麟也张扬此说，并找着依据。他在《少室山房笔丛·卷十九》云："花卿蜀小将耳，虽恃功骄横，然非有韦皋、严武之权，王建、孟昶之力。即欲僭用天子礼乐，恶得而僭之？用修以子美赠诗为讽，真儿童之见也。凡词人赞叹声色，不曰倾城，亦曰绝代，子美盖赠歌者，偶姓字相合，亦云花卿，实何戡、薛涛辈；用修便以破段子璋者当之，然求其说不得也，故有'僭用礼乐'之解。"他找到依据是引李群玉赠歌姬诗句有"貌态只应天上有，歌声岂合世间闻"。李群玉晚杜甫三十七年，此联从杜甫诗改袭，可见杜诗是咏赞歌妓之作。这虽有一些道理，但未免失于牵强。清人黄生在《杜诗说》曾提出如下看法："花卿以为妓女，固非，以为花敬定而刺其'僭用天子礼乐'，亦煞附会。史但言其大掠东蜀，未尝及僭拟朝廷，用修只据'天上'二字，遂漫为此说，元端（应麟）讥之，是矣。予谓当时梨园弟子，流落人间者不少，如（杜甫）《寄郑李百韵》云：'南内开元曲，常时弟子传。法歌声变转，满座涕潺湲。'自注云：'柏中丞筵，闻梨园弟子李仙奴歌'，所云'天上有'者，亦即此类。盖赞其曲之妙，应是当时供奉所遗，非人间所得常闻耳。"认为安史乱起，玄宗逃奔蜀中，梨园子弟有相随入蜀者，故内府乐曲在蜀中有所流传。又如刘禹锡赠宫廷乐工田顺郎、何戡、穆氏等，诗有云："清歌不是世间音""重闻天乐不胜情""记得云间第一歌"，也以天上之曲比之，可作杜甫此诗参证。明人郝敬《批选杜工部诗》以为《赠花卿》"感慨有深意"，是从杜甫一生历市朝盛衰，如他后来在湖南遇内廷乐工李龟年之咏，"落花时节又逢君"，沧桑惆怅。杜甫在成都所听"只应天上有"的绝妙音乐，岂非一致？由此看来，《赠花卿》之"花卿"，疑为歌妓或乐工，不是完全无理之谈。

问：问题已经够使人迷疑了，对花敬定"僭用礼乐"事既难证实，对《赠花卿》对象目为花敬定未必正确，以《赠花卿》为歌妓乐工亦属揣测，你的看法呢？

答：花卿确是花敬定。我前已提及，杜甫此前还有一首《戏作花卿歌》，有云："成都猛将有花卿，学语小儿知姓名。"诗中尽写花敬定讨段子璋之功："绵州副使(段子璋)著柘黄,我卿扫除即日平。子璋髑髅血模糊,手提掷还崔大夫。李侯重有此节度,人道我卿绝世无!既称绝世无,天子何不唤取守京都。”显然,这是一首颂扬花敬定的诗,雄壮激昂,读之想见其人。解此诗者,却纷纭百出,褒贬互见。北宋胡仔《苕溪渔隐丛话前集·十四》认为:“细考此歌,想花卿当时确实在蜀中,虽有一时平贼之功,然骄恣不法,人甚苦之。故子美不欲显言之,但云‘人道我卿绝世无!既称绝世无,天子何不唤取守京都?’语句含蓄,盖可知矣。”仇兆鳌、沈德潜以为末语二句,意在不当使花卿“留蜀滋乱”。当然意在讥刺花卿为恶人。我以为“人道我卿绝世无”是承前所述的赞语,“天子何不唤取守京都”是有感于将才未得其用以呼喊,汪灏《树人堂读杜诗》以为“结语两句,望之者大,若高呼九阍而上闻”,我以为说得较中肯。反观持“不当留蜀滋乱”的仇兆鳌,也是承认:“梓州作乱者,段子璋也。绵州奔窜者,李奂也。成都举兵者,崔光远也。斩段援崔而安李者,花惊定也。一事而三善备,故曰绝世无。”这就是说,段子璋乱东川,逐李奂,陷绵州,称王置官,叛朝廷,若非花敬定讨平,则两川之无穷灾祸难以幸免,花敬定此功特大,“一举而三善备”是充分的肯定。我想,即如花敬定“纵暴”部众,衡其功过,维护唐室政权统一亦为主流,“弃细录大”,与杜甫疏救房琯立场一致。更何况“纵兵剽劫”还不能肯定必是花敬定所为,所以,若以“大掠东蜀”为死结,便认定杜甫原诗末二句乃讥刺“不当留蜀滋乱”,是难以服人的。

或许有人以为,诗题用“戏作”,不是有“讥讽”之意吗？查杜甫诗用“戏赠”之类的,都是因事感发的谐谑之诗,并无给对方以谴责中伤的恶意。是一种友好的举动,而“戏作”之后的“花卿”,不用其名,也是友好的明证。“卿”,古人用于亲匿之称,可用于男性,也可用于女性。如果《戏作花卿歌》并无讥嘲内容,那么,后来的《赠花卿》就更无讥刺意义。杜甫诗中标“酬赠”的几十首,极个别如《桃竹杖引赠章留后》,是讽章彝,其用心是对朋友劝善之义,讽而非刺,其余的“赠”诗,范围不外或叙怀友情,或伤离别,或扬才德,或励仕进,或颂功业,或求荐引。所以,从杜诗一贯严格措辞的立意来看,《赠花卿》也不会是出格为讥刺嘲骂之诗。

问:你认为《赠花卿》诗的本意是什么?
答:我的看法不是定论,从原诗并综合史事看,虽然杜甫平生深恨乱臣贼子,对肃宗不孝敬玄宗也有深婉批评,凡不尊礼法的人事他皆不原谅,在他看来这就是乱源,这也是他与唐肃宗极深的恩怨矛盾,被弃逐京城永不录用的根源。但也不可一概而论,我们对一些历史尚交代不清存疑的人事,也不可强用这一标准作解。在此我倾向于《赠花卿》是一首赞乐工技艺的诗,它可能是杜甫在花敬定宴会上亲见,为乐工的演奏所感而写下的吧。强为拔高它有讥刺“僭上礼乐”的政治作用,未必就符诗人的原意。这花敬定之不可能被视作恶迹昭著的讥刺对象，我想还可提供一点很少被人重视的材料，《千家集注杜工部诗史》引黄山谷有笔记云："花卿冢在丹棱县之东馆镇，至今有英气，血食其乡，现封为始应公。"而《丹棱县志》亦载："花卿冢，在东馆镇，今属州界（眉州）。"又载："顺应庙，在南大街，祀唐人花卿敬定。"后蜀主孟昶曾到庙中当作蜀地英雄来悼念他。花敬定平乱保卫西川有功，百姓必是仰慕，方建坟立祀庙，旧时代能得后人庙祀，血食其乡，其人其事一定为当时社会道德普遍认同许可。至宋朝，还赐予了封谥，如果花敬定有悖于公认的道德"僭上"之事，宋代帝王能给予赠谥吗？此外，南宋诗人谢翱有《花卿冢行》诗，诗云："湿云模糊秋草空，雨青沙白丹棱东。莓苔阴阴草茸茸，云是花卿古来冢。花卿旧事人所知，花卿古冢知者谁？精灵未归白日西，庙鸦啄肉枝上啼，绵州柘黄魂正飞！"诗追怀平乱有功的英雄和感慨孤坟的冷落，这也可证明花卿其人，并进一步肯定对杜甫《赠花卿》诗的疑断。

关于花敬定的结局，唐史没有材料记载，《大明一统志·卷七一》"眉州·祠庙"记载了"花卿庙"，提到花卿冢是无头冢。倒是给我们启示，东川平定以后，崔光远因"不能戢兵"，被肃宗遣监军御史治其罪，不久忧恚成疾而卒。可能天子余怒未消，迁怒于其部将，但刚平乱，不宜滥杀将士，故几年以后才拿其部将花敬定抵罪，杀了花敬定，于是有了无头冢的传说。这是可能的。顶罪的花敬定也在后来的《旧唐书》中成了滥杀无辜的罪魁。但顶罪就是罪魁吗？花敬定的无辜我在前面已阐明了理由。

关于李白生籍地之疑

问：学术界关于李白的出生地曾争论得很热烈吗？

答：是的，相当热烈。因为这影响到对李白生平的直接了解，就聚讼纷争意见，学者郁贤皓先生归纳约有四说。

（一）蜀中说。这是最早之说，"蜀中"指青莲乡。乃明人杨慎在《李诗选题辞》中引《成都古今记》语。据云："李白生于绵州（今绵阳市）彰明之青莲乡（今江油市）。"此说主要依据乃李阳冰之《草堂集序》和范传正之《唐左拾遗翰林学士李公新墓碑》。《草堂集序》云：

> 李白，字太白，陇西成纪人，凉武昭王暠九世孙，蝉联珪组，世为显著。中叶非罪，谪居条支，易姓与名。然自穷蝉至舜，五世为庶，累世不大曜，亦可叹焉。神龙之始，逃归于蜀，复指李树而生伯阳。

范传正《唐左拾遗翰林学士李公新墓碑并序》云：

> 公名白，字太白，其先陇西成纪人。绝嗣之家，难求谱牒。公之孙女搜于箱箧中，得公之亡子伯禽手疏十数行，纸坏字缺，不能详备。约而计之，凉武昭王九代孙也。隋末多难，一房被窜于碎叶，流离散落，隐姓与名。故自国朝以来，漏于属籍。神龙初，潜还广汉，因侨为郡人。父客以逋其邑，遂以客为名。高卧云林，不求禄仕。公之生也，先府君指天枝以复姓。

持"蜀中说"者认为：二文对李白出生郡置于神龙初潜还广汉以后，证明李白生于蜀中。并以为，李阳冰乃李白同时人，李白临终又亲嘱编集作序，序必本李白所语。范之碑记乃元和间为宣州刺史时作，所叙来自白之子伯禽的手疏，亦必可信无疑。但王琦于《李太白年谱》质疑指出，李阳冰《序》载李白卒于宝应元年（762）十一月，又据李华的《胡翰林学士李君墓志》和李白写的《为宋中丞自荐表》所云,则知李白应生于长安元年(701)。王琦说神龙初(705)返蜀,"太白已数岁",如何能说生于蜀中? 对此矛盾,王琦用两种可能解释:"岂神龙之年号乃神功之讹? 抑太白之生在未家广汉之前欤?"神功仅一年,为武氏公元697年。王琦解释为以后留下了蜀中说和西域说的纷争。

光绪三十二年(1909),黄锡珪《李太白年谱》即以为李阳冰之《序》与范传正之《碑》的"神龙"及王琦的"神功"均误。他说:"武后时,子孙始还内地。"把还蜀时间上提八年。他仍主张论断李白生地乃"蜀之绵州彰明县内之青莲乡"。此说影响颇大,建国后普遍为文史专家接受。

(二)西域说。1926年5月10日,《晨报副刊》发表李宜琛之《李白底籍贯与生地》一文。拉开了世纪争论的序幕。该文沿袭王琦之说,通过对李白生卒年的考证,论述"太白不生于四川,而生于被流放(窜)的地方"。此为最早提出之生于西域说。九年后,1935年1月《清华学报》第十卷一期刊出陈寅恪之《李太白氏族之疑问》,亦论定"太白生于西域,不生于中国"。随之,1936年3月,《逸经》第一期刊出胡怀琛《李太白的国籍问题》;同年八月《逸经》第十一期又刊胡怀琛《李太白通突厥文及其他》;11月,《逸经》第十七期刊幽谷的《李太白——中国人乎? 突厥人乎?》。此批文章都断定李白生于西域而非四川。上世纪二十至三十年代所提的西域说,讨论中对其地又分两说:

1. 碎叶:李宜琛判断李白之生地"是在碎叶",他沿袭王琦说,认为李阳冰说的"条支"乃借言"碎叶",像他于《序》中以"复指李树而生伯阳"借言产子,以"惊姜"借言生育一样,但他对碎叶之具体位置未谈及。幽谷也同是说。

2. 呾逻私城:胡怀琛引《大唐西域记》记载后说:"李白先世所流寓的地方,疑是在呾逻私城南面十余里的地方",其具体位置,当在素叶(即中亚碎叶)之西850里。

讨论中,还别立异说论及李白是否汉族人之疑。陈寅恪认为李白之父所以名客,乃原是"西域人其名字不通于华夏,因以胡客呼之";"其人之本为西域胡人,绝无疑义矣"。胡怀琛则以为李白先世本为中国人,为突厥所掠,乃是"'突厥化'的中国人,而且'突厥化'的程度是很深的。"幽谷也支持此说,他从李白的诗歌风格以及草和蕃书、懂得景教的经典和仪节,给儿子取奇怪名字,爱好流浪和决斗的性格等方面,论断李白是"从碎叶家庭中出来的"。

(三)中亚碎叶说。此说为郭沫若于《李白与杜甫》一书中提出,根据是范传正《唐左拾遗翰林学士李公新墓碑》。郭指出李白"出生于中亚细亚的碎叶城"(《大唐西域记》中的素叶水域)。他还对唐代文献记载的矛盾作了说明。

1. 焉耆碎叶之不可能。郭指出:"碎叶在唐代有两处,其一即是中亚碎叶,又其一为焉耆碎叶。焉耆碎叶,其城为王方翼所筑,筑于高宗调露元年(679)。"

《碑文》既标明"隋末",可见李白的生地是中亚碎叶,而非焉耆碎叶。

2. 条支乃大地名,碎叶属条支都督府。郭沫若认为李阳冰说的"条支","是一个区域更广的大专名,碎叶是一个城镇的小专名,碎叶是属于条支的"。他从李白《战城南》诗中所叙地点推断:唐代"西域十六都督州府"之一的"条支都督府"的地望并不是《汉书·西域传》的"条支国"(即大食,今之阿拉伯),而是与葱河、天山等接壤的一带,其中包括碎叶。这样,他把李阳冰说的条支和范传正说的碎叶统一了起来。

另外,郭对陈寅恪的"西域胡人说"进行了批驳,他从李白自幼掌握汉族文化的深厚以及对胡人的态度等方面,论证李白不可能为胡人。

对于李白在《上安州裴长史书》中说的"本家金陵""奔流咸秦",郭也作了解释。认为"金陵是指李暠在西凉所设的建康郡,地在酒泉与张掖之间"。"'咸秦'当即'碎叶'之讹"。但我认为郭沫若之说不通,西凉建康郡(今甘肃高台县骆驼城)从未称金陵,李白不会犯此错误把江南金陵与西凉建康混淆,他已明确"本家金陵"。

郭沫若此说提出后,很快获得响应,有如下的要文肯定和补充:

余恕诚《李白出生于中亚碎叶的又一确证》(《安徽师范大学学报》1973 年 1 期),以李白《江西送友人之罗浮》诗中有"乡关渺安西,流浪将何之"之句,证明李白称"乡关"在"安西"。

殷孟伦《试论唐代碎叶城的地理位置》(《文史哲》1974 年第 4 期),指出唐代只有一个碎叶城,就是李白出生的中亚碎叶。所谓焉耆碎叶,乃人们对《新唐书·地理志》和胡三省《通鉴注》的误解。

周春生《李白与碎叶》(《历史研究》1978 年 7 期),陈化新《李白出生于中亚碎叶补说》(《延边大学学报》1979 年 3 期),朱方《唐代"条支"地望质疑》(《中华文史论丛》1979 年 3 期),都赞成李白生于中亚碎叶说。

耿元瑞《李白家世问题郭说辨疑》(《江汉论坛》1981 年 1 期),除对郭说一些细小错误作了修正,如指出郭说条支的地望不确外,还考证了碎叶城的地望应是今托克马克之西、伏龙芝之东的坎特。

(四)近年几种新说。由于讨论的深入,近年来,除对旧说继续探讨外,又出现几种新说。

1. 生于四川说。郑畅《李白究竟出生在哪里?》(《四川大学学报》1981 年 4 期),提出李白于神龙元年生于剑南道绵州昌明县青莲乡。这虽仍属旧说,但提了一些新的看法:

A. 认为李白先人在隋末流窜之地非中亚碎叶,乃玉门关外的焉耆国都,即日后叫碎叶的地方。

B. 李渊建立唐朝后,李白祖辈从焉耆返回原籍陇西成纪。武则天做皇帝后大杀李唐宗室,李白祖辈受诬陷被谪送到遥远的条支都督府去戍边。

C. 神龙元年中宗复位,李白的父亲才改易姓名从条支逃回,但仍不敢在原籍露面,悄悄跑到绵州昌明县青莲乡隐居,就在此年李白诞生,恢复姓氏。

2. 生于条支说。刘友竹《李白的生地是条支》(《社会科学研究》1982 年 2 期),康怀远《对〈李白的生地是"条支"〉的一点补充》(《社会科学研究》1982 年 3 期)两文。刘文认为唐代条支的地望"在今阿富汗中部一带,其治所就是昔之鹤悉那,今之加兹尼"。康文认为此说"持之有故,言之成理"。他们从李白的《江西送友人之罗浮》《赠崔谘议》《千里思》《赠崔郎中宗之》《寄远十二首·其十》等诗中探讨,认为"乡关渺安西"正表明李白"乡关"属安西大都护府;认为"登高望浮云,仿佛如旧丘。日从海旁没,水向天边流"的奇特景象只有条支有:"在条支都督府首府鹤悉那(今加兹尼)的附近有两条由东北流向西南的河流,即洛纳河和赫尔曼德河;在正西和西南方向有两个'海',即达什特纳瓦尔湖和阿布依斯塔达湖。这两个'海',也应该就是《战城南》中所谓的'条支海'。"康怀远认为"西海慰离居"的"西海",也就是这个海。刘友竹认为"李白幼年时就生活在这里,'旧丘'一直萦回在他的记忆里"。

3. 生于焉耆碎叶说。李从军《李白出生地考异》(《纪念李白逝世一二二〇年暨江油李白纪念馆开馆大会材料》),认为李白"出生于焉耆碎叶,即今新疆境内博斯腾湖畔的库尔勒和焉耆回族自治县一带"。他的主要论据是:

A. 据《新唐书·地理志》等记载,焉耆碎叶城在调露元年王方翼筑城前早已存在,而且是焉耆都督府治所。王方翼只是修筑碎叶的城墙城门而已。因此不能排除焉耆碎叶作为李白出生地的可能性。

B. 中亚碎叶属濛池都护府管辖,与条支都督府无关。他认为《战城南》诗中的条支海,当是博斯腾湖(西海)或罗布泊(蒲昌海),而焉耆紧傍博斯腾湖,因此,条支地望当包括焉耆碎叶。

C. 《新唐书·西域传》,中亚碎叶城于天宝七年被毁,范传正"褐衣时游西边,著《西陲要略》"(《旧唐书·范传正传》),对边境情况很熟悉,他在元和十二年写碑文时,如果指中亚碎叶,必然对"已毁"要作说明,不能无视焉耆碎叶的存在而去向世人指出另一个早已不复存在的出生地。

1998 年王元明、王志伟发表《李白的故乡在洛阳》(《洛阳工业高等专科学校学报》第 3 期),据《叙旧赠江阳宰陆调》诗分析,认为洛阳才是李白故乡。

这就是近些年来的几种新说法。

问:哦,真是异说纷歧,各据其理。请问,诸说中有较趋于合理的释疑吗?

答：有的。裴斐在《李白出生地辨》(载《人民日报·海外版》1987 年 12 月 12 日)一文中，反驳关于郭沫若之生于西亚碎叶新说，重申了传统的生于蜀地的旧说。

裴文指出：碎叶说乃郭老取范传正《唐左拾遗翰林学士李公新墓碑并序》所载"隋末多难，一房被窜于碎叶"和李阳冰《草堂集序》所说"神龙之始，逃归于蜀"这两句话。其推论逻辑为：李家先世曾流徙碎叶，而李家入蜀时李白已五岁(李白生于 701 年，神龙之始为 705 年)，故知李白必生于碎叶。裴认为，推论不仅本身有破绽，且李白幼年入蜀的前提就站不住脚。关于李白籍贯最有力的记载是魏颢《李翰林集序》和李阳冰《草堂集序》，二文都记李本家陇西，入蜀后生白，另外唐人还有刘全白《唐故翰林学士李君碣记》和范传正《唐左拾遗翰林学士李公新墓碑并序》，亦都记李白生于蜀中或为蜀人。这种不依附撰拟而来的一致性，充分说明李白生于蜀中之可信，自然就证明了幼年入蜀之不可信。

裴指出：李阳冰《序》中存在矛盾：既称李家神龙之始入蜀，又称入蜀然后生白。郭老正是抓住"神龙"这个年号作文章。清代注家王琦认为神龙之年号可能是神功之讹。神功之初乃 697 年，下距李白降生四年，正与入蜀后生白的记载相合。矛盾之说不可两立，既然无法推翻入蜀然后生白的记载，那么只能接受"神龙乃神功之误"的解释。郭说难以成立，应予推翻。

问：李白身世真是疑云难消，是何原因造成的？

答：李白身世所有说法皆源自他自己，皆是李白"自说自话""自言自语"，其真实性无法参证与检验。史学有"孤证难立"，这是造成后人疑虑难消的根本原因。即是李阳冰序也是临终"枕上授简"，李白口授。自说自话自然真假难辨，他早年刚出蜀的《上安州裴长史书》及《庐山谣寄卢侍御虚舟》《与韩荆州书》《赠张相镐二首》，竟有陇西、金陵、楚地、山东、西域、蜀中等祖籍或出生地。各种说法源头都是他，相互抵牾，漏洞极大。甚至引发了胡族说与汉人说的可笑争论。可笑就可笑在，均建立于李白自说上，没有其他佐证。

细察李阳冰序，李白有自抬身份之嫌，唐前期是贵族社会，非常讲究出身门第，他自称"世为显著"。唐初以来严格良贱，重视版籍制度，既为显族，却无版籍，"五世为庶"，世代无官。陇西李是著姓，他所说又无确证，所以不排除他说谎。他出蜀后，何以不再入蜀，蜀道难欤？晚年在宣州泄心秘作《静夜思》"床前明月光，疑是地上霜。举头望明月，低头思故乡"，胡不归蜀？

另一材料"李公新墓碑序"，范传正感叹"绝嗣之家，难求谱牒"，家世不清，即有伯禽真实记述的手书，但"纸坏字缺"字多漫灭，所以范所见材料不足以论定其家世、生籍地。范传正之碑序，亦得自李阳冰序。两则材料中最客观的只有两句，"漏于属籍"的庶族，生于蜀中。所以他的身世、出生地，他是始作俑者，李范二人踵之，其他诸种说法均从中推测演绎，哪还有客观历史材料旁证？也许庶人李白身世、籍贯、出生地之迷雾永远难解。但有一点就目前来说我暂时相信他是蜀人。

当然我还留有疑点，金陵之说实可挖掘，他出蜀后何以长期留居金陵附近的江南地区？其子伯禽及后人何以均留在江南的宣州而不还蜀？是否如他说"本家金陵""奔流咸秦"，后辗转于蜀？种种疑问实难解惑。自东晋衣冠南渡政治中心南移以来，权柄逐鹿，江南再未平静，先是北方流民组成的北府军，被刘裕利用两度北伐，战后侨居的京口，男丁一空，每户几代战死，寡妇成群。继之以河南侨民组建的荆襄军，最后是南方本土陈霸先军取而代之，兵荒马乱形容之不为过。刘寄奴代晋自立，将禅让的逊帝灭门，开了亘古未有的恶例。若真如他所说"世为右姓"，则其先世就可能为西凉国李暠。李暠曾两次遣使奉表东晋，西凉后主李歆继承其父李暠称臣于东晋的政策，被东晋封为酒泉公。永初元年（420）"遭沮渠蒙逊难"后，其家庭的一支是否迁往南都金陵？"因官寓家"，是加入北府军吗？随北府军驻守收复后的长安，后长安城诸将爆发内乱，故"奔流咸秦"是可能的。或者家金陵后，逢南朝乱世，而"奔流咸秦"？所以种种可能皆是可能。至于流蜀，原因不明。不过诗人似以行动证实并暗示了我们"金陵之说"的可靠。传统文化重视落叶归根，从这样来看，他似乎回到了祖居地。那么蜀中只是他家庭的客居地，是不回的理由吗？如此，他虽生于斯长于斯，但蜀中在他心中永远是权宜客居之地？这样来看他的《蜀道难》《早发白帝城》，对蜀中的无情似可找到真实答案了。《蜀道难》是他说给友人听的，也是说给自己的。"锦城虽云乐，不如早还家。"是他对友人的劝诫，有对自己离蜀回归江南祖籍的暗示吗？"又闻子规啼夜月，愁空山……使人听此凋朱颜。"子规，想望回故乡。明人田艺蘅《留青日札·姊规》："子规，人但知其为催春归去之鸟，盖因其声曰归去了，故又名思归鸟。"为何有此感受，是他想念江南祖先旧居吗？"其险也若此，嗟尔远道之人胡为乎来哉"是他感慨自己父亲迁徙险恶的蜀地吗？由此观之，《蜀道难》主题就是诗人想念金陵江南祖地而思归之作。自然他还有《渡荆门送别》"仍怜故乡水，万里送行舟"。这样的故乡充其量在其心中算第二故乡而已，离蜀以后极少思念故乡蜀地，只有一首晚年在宣州写下的《静夜思》，也很少提及家人，只在《秋于敬亭送从侄耑游庐山序》中提到过儿时父亲曾叫他念司马相如赋。后来他流放夜郎遇赦再次离开巴蜀，"朝辞白帝彩云间，千里江陵一日还。两岸猿声啼不住，轻舟已过万重山"。返舟江汉大平原，那种喜悦是归乡之情的泄露吗？

李白《扶风豪士歌》中
"扶风豪士"是什么人

问：李白《扶风豪士歌》的"扶风豪士"是一个疑人吗？

答：有多种说法，由于李白没有明言，这一人物的确指便有了争议。《王闿运手批唐诗选》说："避难时，忽睹太平景象，故有此咏，然吴国何以有扶风人？尚须提明。"善读书者最善发现此类问题。还是先读《扶风豪士歌》来谈。

> 洛阳三月飞胡沙，洛阳城中人怨嗟。
> 天津流水波赤血，白骨相撑如乱麻。
> 我亦东奔向吴国，浮云四塞道路赊。
> 东方日出啼早鸦，城门人开扫落花。
> 梧桐杨柳拂金井，来醉扶风豪士家。
> 扶风豪士天下奇，意气相倾山可移。
> 作人不倚将军势，饮酒岂顾尚书期。
> 雕盘绮食会众客，吴歌赵舞香风吹。
> 原尝春陵六国时，开心写意君所知。
> 堂中各有三千士，明日报恩知是谁？
> 抚长剑，一扬眉，清水白石何离离。
> 脱吾帽，向君笑，饮君酒，为君吟。
> 张良未逐赤松去，桥边黄石知我心。

此诗写于至德元载(756)。时当安史乱后避地东南之作。因战乱的烽火留下的死亡枕藉，道路荒凉之景，诗人有充分的描述。江南风光，不用过多的点染，却转笔刻划扶风豪士，对扶风豪士的性格和气质"扶风豪士天下奇，意气相倾山可移。作人不倚将军势，饮酒岂顾尚书期"，刻划得十分鲜明。这个来自关中扶风的豪士，有着极为深厚的家族渊源，"将军势""尚书期"即是其背景，看得出他器质忠信沉毅,明达英伟。明人桂天祥《批点唐诗正声》:"流离中有如此风韵,如此调荡。高适《少年行》'未知肝胆向谁是,令人却忆平原君'已是佳句。及观太白'春陵原尝'数语,其逸气尤觉旷荡,比高警策。'抚长剑'以下,是太白真处。末句尤调笑入神,不可及。"然而,这"扶风豪士"是谁呢?有四说。

(一) 以为同时避地东南之好友说。元人萧士赟曾注李白该诗时说:"此太白避乱东土时诗。扶风乃三辅郡,意豪士亦必同时避乱于东吴,而与太白衔杯酒接殷勤之欢者。"清人王琦辑注《李太白全集》,也采用是说(中华书局版《李太白全集》)。

(二) 万巨说。《李白诗注》(人民文学出版社 1961 年版)给此诗注释云:"《宁国府志·人物志·隐逸类》:'万巨,世居震山,天宝间以材荐,不就。李白有赠扶风豪士歌,即巨也。因巨远祖汉槐里侯修封扶风,因以为名。'所说未知何据,拟不一定可信。"提出了为万巨,但又怀疑不可信。

(三) 扶风避地于吴之豪士说。《李白诗选注》(上海古籍出版社出版)注释云:"扶风,郡名,在今陕西凤翔一带。扶风豪士,指安史之乱发生后从扶风逃避吴地的豪士。"

(四) 不考说。郭沫若《李白与杜甫》中云:"扶风豪士?不知道是什么人,看来也不外是一个逃亡分子(指避安史之乱)。"

问: 我看这四说理据都不够充分吧。

答: 是的,你已经意识到了。上四说显系推测之词,理据不足。不过,另有一说比前四说好得多,那是李白自己的诗证。《扶风豪士歌》中有句"我亦东奔向吴国",句下原注:"一作来奔溧溪上"。溧溪在溧阳县(今江苏溧阳市),称溧溪,就是指溧阳。可证李白参加的乃溧阳县之扶风豪士会宴。如果再查李白著述,他有《溧阳濑水贞义女碑铭并序》《李太白全集》一文,此文叙溧阳史姓之贞义女搭救伍子胥的故事,并倍加褒扬,同时,对该地之县令荥阳郑晏、主簿扶风窦嘉宾、县尉广平宋陟等人发起为贞义女树立碑传之举甚为称赞。李白此文,最确切指明,扶风豪士乃原籍扶风郡,此时在溧阳县任主簿的窦嘉宾。所谓"万巨"或"逃亡分子"之说,均不足与此说相争。

又据《溧阳县志》"舆地志"中,全文刊录李白《溧阳濑水贞义女碑铭并序》;又"职官志"中注释:主簿,"窦嘉宾,据李白贞女碑当天宝间任"。

又李白诗作中,尚有一首《登敬亭山南望怀古赠窦主簿》,扶风窦主簿直接出现于李诗中,亦证二人交厚,李白不仅参加了豪士的宴聚,还参与了登山活动。敬亭山在今安徽宣城县北,溧阳接壤宣城,在宣城东北,往来极便,这就形成了锁链。窦主簿当指窦嘉宾。两地均属环太湖江南最富庶地区,自古多围垦巨室豪族。其诗云：

> 敬亭一回首，目尽天南端。
> 仙者五六人，常闻此游盘。
> 溪流琴高水，石耸麻姑坛。
> 白龙降陵阳，黄鹤呼子安。
> 羽化骑日月，云行翼鸳鸾。
> 下视宇宙间，四溟皆波澜。
> 汰绝目下事，从之复何难。
> 百岁落半途，前期浩漫漫。
> 强食不成味，清晨起长叹。
> 愿随子明去，炼火烧金丹。

　　此诗虽未直接述及窦嘉宾，但诗意有"下视宇宙间，四溟皆波澜，汰绝目下事，从之复何难"。寓世事溷乱，不堪忧患而去之意。与《梦游天姥吟留别》之"且放白鹿青崖间，须行即骑访名山"之意同。李白能寄此诗与"扶风豪士"，亦可证"扶风豪士"与李白是共鸣感应的好友。

　　李白自赐金放还后长期逗留江南，他活动区域都是环太湖周边的江南核心地区，对江南的奢靡生活风气十分了解，才有如此生动鲜活的描写刻画。江南自东吴以来多巨富豪士家族，一是江南士族世代围垦聚集大量财富，民风勇蛮，二是东晋以后南渡衣冠文化世家的融入，门风奢侈浮华，两者结合的文化豪士在江南形成了一个特殊的现象。李白主要活动在金陵、宣州一带，在太湖西北部，东晋谢安、王导的后裔多生活于此，有时他也游太湖的东南区域，王羲之后人就生活于浙江东南一带，剡中、新昌就有琅琊王氏、谢灵运后裔。承载汉文化纯正基因的山东士族，远避政斗，多在浙东南的山阴求田问舍，托身青云，使这一带在几百年成为文化中心。在隋唐统一王朝形成后，这些浮舟湖上的人家就向帝都漂流了。这些地方世家巨族的门风对李白很有吸引力，《扶风豪士歌》就是他对江南鼎食之家奢靡生活的记述。扶风豪士窦嘉宾，也不是安史之乱匆匆逃难而来的，从诗中看出他世居江南，长期营业于此。他就是一位郡望扶风的江南豪士，而扶风望族最著为窦姓，因此李白笔下"窦主簿"的先祖可能是东晋时衣冠南渡的扶风窦氏。

　　关中自古出豪杰，扶风平陵窦氏，世代仕官河西。出过东汉名将窦融。窦融之侄窦固，娶光武帝刘秀女涅阳公主，北破匈奴，迫西域诸国重新归附汉廷，击降车师，打通前往西域的咽喉。功勋卓著，拜大鸿胪卿，食邑累一千三百户。窦融曾孙窦宪,大破匈奴,登燕然山,刻石纪功而还,拜大将军。窦武,长女被征选入宫立为皇后,封闻喜侯。窦荣定,隋左武卫大将军,曾率军出凉州,抵御突厥阿波可汗,在高越原(今甘肃民勤西北)获捷,迫使阿波证盟而去,娶隋文帝姐万安公主为妻,子窦抗,唐武德宰相,与李渊姻亲兄弟,被唐高祖尊为兄。窦氏贵宠,一门先后一公、二侯、三公主、四二千石,府邸相望京邑,奴婢以千计。这样的门风传统,正是李白笔下扶风豪士的作派。扶风窦氏,太著名了,李白的知识使他知道不必点明,读者也知"扶风豪士"就是窦氏后人。在安史之乱的紧急时刻,国家需要忠臣良将,需要有保家卫国传统的家族激励人心,尤其是有抗击外族入侵传统的簪缨之家,李白写窦氏后人,其隐微之意不言而喻。这就与诗的开头相贯了。

问:那么李白笔下那位窦主簿是谁呢?他真叫窦嘉宾吗?

答:你没有发现我正接近目标吗?且听我慢慢道来。窦主簿名窦嘉宾,或许有误,窦嘉宾可能是他的号,"嘉宾"是时人对他文采风流的赞誉。这个扶风豪士窦嘉宾可能就是窦叔向。史家称他"名冠时辈",父亲窦亶曾任同昌郡司马。《旧唐书》说他是扶风平陵人,生卒年已失。他大历初年,登进士第。所以李白在溧阳见他时尚未显名。至德元载,他们交游时李白已五十六岁,以窦叔向登进士第的大历初推算,当时窦叔向二十多岁。叔向少时与常衮为同窗挚友,常衮生于开元十七年(729),天宝十四载(755)状元及第。叔向大历有诗《酬李袁州嘉祐》"少年轻会复轻离,老大开心总是悲",可见叔向早年与李嘉祐交厚,李嘉祐天宝七载(748)已登进士。则综合考校窦叔向岁数,与李白交往就是三十多岁。当得起扶风豪士的称号。李白参加他的豪宴时,他未有功名,还不是窦主簿。也可能几年后荫补为主簿,但在宝应元年(762)李白去世前,才合李白诗文中称他窦主簿。窦叔向曾作左拾遗、内供奉,也曾被放为溧水令。这溧水就与李白《扶风豪士歌》"我亦来奔溧溪上"参加窦叔向豪宴的方向相合了。他外放之地正是溧阳他的居住故地。窦叔向有《青阳馆望九子山》,青阳县属宣州,后隶池州,与溧阳紧邻,两地都是围绕宣州。九华山原名就是九子山。李白有"妙有分二气,灵山开九华"(《改九子山为九华山联句》),由李白晚年生活轨迹于此,再结合窦叔向的诗歌看,基本可以判断这个窦叔向就是李白诗歌中的"扶风豪士"。

张继安史乱中避地吴越,与皇甫冉、窦叔向友善,张继《酬张二十员外前国子博士窦叔向》有"结念溢城下,闻猿诗兴新",诗中溢城即九江彭蠡,这里也离溧阳、宣城、青阳不远,都在叔向的生活圈内。皇甫冉《送窦十九叔向赴京》有"从吴去入秦……相如求一谒,词赋远随身",叔向从江南入京,去求谒,当是大历初登进士第事。皇甫冉卒于大历三年(768),此诗为去世前三年送窦叔向入京应举。

皇甫冉润州丹阳（江苏丹阳）人，天宝十五载（755）登进士第，授无锡尉。罢任游越，隐居江南阳羡（宜兴）。他有《送窦叔向》："弃官守贫病，作赋推文律……卜地会为邻，还依仲长室。"阳羡紧邻溧阳，生活轨迹完全与窦叔向重合。

综合诸端，窦叔向入仕前后，就生活在江南以溧阳为核心的地区，他就是那个"扶风豪士"。你以为如何？

窦叔向，字遗直，原籍扶风，宣州溧阳人，工五言，集七卷。曾出为溧水令，晚年李白流夜郎遇赦漂泊江南曾得到他的照顾。卒赠工部尚书。他有《夏夜宿表兄话旧》"去日儿童皆长大，昔年亲友半凋零"，"儿童"指五子群、常、牟、庠、巩，皆中唐名家，工辞章，有《联珠集》行世。李白称叔向"扶风豪士"。

问：谢谢。你的考证属于千古疑案，引人重视。

孟浩然遇唐玄宗之疑

问：一个广为流传的诗林佳话，诗人孟浩然以"不才明主弃，多病故人疏"的诗句当面抱怨过玄宗皇帝吗？

答：广为流传的事不一定就是真实的事。这段诗林佳话是怎样导源的呢？孟浩然于开元十六年(728)，来长安应进士举落第了，心情苦闷、失望。他曾"为文三十载，闭门江汉阴"，学得满腹经纶，又曾得到名贤王维、张九龄的延誉，正好凭风借力，入仕青云，然而现实如此冷酷，他落第了，年龄已经不惑，白发开始萌生，他愤懑，他颓唐，种种思想交并。他想直接上书皇帝，又自我消颓阻挡，于是写下了一首五律《岁暮归南山》：

> 北阙休上书，南山归敝庐。
> 不才明主弃，多病故人疏。
> 白发催年老，青阳逼岁除。
> 永怀愁不寐，松月夜窗虚。

谁料此诗写后发生了一件事情。事见王定保于五代后周之末写成的《唐摭言·卷一》，有如下一段记载：

襄阳诗人孟浩然，开元中颇为王右丞所知。……句有"微云淡河汉，疏雨滴梧桐"者，右丞吟咏之，常击节不已。维待诏金銮殿，一旦，召之商较风雅，忽遇上幸维所，浩然错愕伏床下，维不敢隐，因之奏闻，上欣然曰："朕素闻其人。"因得诏见。上曰："卿将得诗来耶？"浩然奏曰："臣偶不赍所业。"上即命吟。浩然奉诏，拜舞念诗曰："北阙休上书，南山归卧庐，不才明主弃，多病故人疏。"上闻之怃然曰："朕未曾弃人，自是卿不求进，奈何反有此作？"因命放归南山。终身不仕。

后来计有功《唐诗纪事·卷二三》也载：

> 明皇以张说之荐召浩然，令诵所作。乃诵"北阙休上书，南山归敝庐。不才明主弃，多病故人疏。……"帝曰："卿不求朕，岂朕弃卿？何不云'气蒸云梦泽，波撼岳阳城'？"因是故弃。

两则事实基本相同，《唐诗纪事》易"王维"为"张说"，还改为是玄宗对孟浩然的召见。但无论就任何一则研究，都是存疑的。

据《摭言》所载，于情理不合，先是玄宗突然到王维处所，其惊骇万状竟伏匿于床下，足见其无比胆小；而一当玄宗欣然呼出召见，命其诵诗，竟又毫不避忌讳出怨上之诗，忽又见其无比胆大。片刻判若两人，何以令人置信？其次《摭言》说王维"待诏金銮"，并私邀浩然入内署也不确。开元十七年，王维虽在长安却并未居官，他是开元二十三年得张九龄荐才出为右拾遗，也就是说，他不可能超前六年在开元十七年时就居官"待诏金銮"，自然私邀浩然入内署也属子虚乌有。从另一个角度说，即如玄宗到维所，而浩然惊惧伏于床下，可见布衣不得私入宫禁，那么，王维若真欲与浩然"商较风雅"，则何处不可，何必犯禁令之风险？所以浩然遇玄宗之事，可能出于好事者的伪托。

据《唐诗纪事》说，玄宗以张说之荐召浩然，也不能成立。孟浩然之《岁暮归南山》诗意，分明是浩然求仕落第，临归襄阳时所作，而张说卒于开元十八年十二月（《旧唐书·张说传》）。果然有荐孟浩然之事，当在开元十七年，可是"气蒸云梦泽，波撼岳阳"（《孟浩然·卷三·临洞庭》）之诗是开元二十五六年，孟浩然在张九龄荆州幕府所作，据此，证明明皇以张说荐浩然之事也并不确实。

问：还有别的材料论证这个流传很广的佳话是不确的吗？

答：有，孟浩然遇玄宗事特别由《摭言》最早传播之后，为后代不少诗话采录流播，而且进入史书，如《新唐书·孟浩然传》，但这里随又使人产生新的疑窦。

这个诗林佳话不见于《旧唐书》。而《旧唐书》玄宗开元以前部分出自吴兢之手。吴兢与孟浩然是同时代的人，吴兢又有"良史"之称，说明他的史笔是较为客观严谨的，若真有孟浩然遇玄宗其事，他不载于《玄宗本纪》，也必将载于《孟浩然传》，史传不见其事，估计其事可能子虚乌有。

又查《孟浩然集序》，序文是王士源写的，他是孟浩然诗结集的首创人，序文写于天宝四载，乃孟浩然死后第五年。他刻意搜求孟浩然的诗文编集，也刻意搜求孟浩然的轶事写序。从序文看，王士源叙述了他为孟浩然结集的原因、动机、经过、诗篇总数，还用更多的文字写了孟浩然的生年，涉及的方面极多，从仪容到品德,从性格到写作,从交游到事件等等。何以如此详备,因为他考虑到孟浩然才志不伸,"未禄于代,史不必书"的缘故。可是序文中对遇玄宗事毫无论述。

如果孟浩然真有遇唐玄宗的事,我想,王士源决不可能不知道,知道了决不能不写入序文,这在孟浩然的一生中,是重大事件,关系到他升沉穷通。序文中没有记载,进一步证明了此事并不真实。

这样看来,撰《旧唐书》的吴兢,写《孟浩然集序》的王士源,都是孟浩然同时代的人,却完全不知此事,若真有此事却略而不书,甚至隐约其辞也未能见到,无论如何是说不过去的,故此事疑其不实。百余年后出现的《唐摭言》记载了此事,他的材料又从何来呢?《四库全书总目提要》云:"据定保(作者)自述,(《摭言》)盖闻之陆扆、吴融、李渥、颜荛、王溥、王涣、卢延让、杨赞图、崔籍若所谈云。"这说明遇玄宗事乃唐末产生的传说。

问:你所谈的上述内容都是令人信服的,若仔细想,大都从客观的角度间接论证遇玄宗事不确,当然这也是很必要的,请从孟浩然主观的角度谈谈你的意见。

答:其实我开始谈的"胆大""胆小"的矛盾已涉及令人从孟浩然的主观角度思考,这里我再作补充。若孟浩然果真于王维处遇上玄宗,他是不可能对玄宗吟诵"不才明主弃"这直来充满怨气的诗篇。孟浩然众多的诗,使人们对他有"定格"的认识。他虽以隐士的形象出现,而内心却相当热衷于仕进,甚至因为落第而想上书"圣皇",一旦与"圣皇"相遇,而且又如《摭言》所述,"朕素闻其人",当他知道"圣皇"对他有如此好感,此时不是"好风凭借力"的大好时机吗?他怎么会糊涂得竟把怨诗念来冲犯皇上自取其咎呢?清人沈归愚已发现这个传说有疑,于《唐诗别裁》云:"时不诵《临洞庭》而诵《归南山》,命实为之。"他似乎不敢否定文献的记载,可笑而不可知地归之于"命",他运用了不敢否定而否定的一笔。

问:孟浩然遇玄宗之事已属子虚乌有,可以尘埃落定了。

答:尽管我已有足够理由认此事为非,但问题的思考和材料的剔别又使我的认识有所改变,尽管《唐摭言》之于王维处所见玄宗和《唐诗纪事》之张说荐召浩然均辨为不确,但是,考张说行迹,《新唐书·张说传》载说于睿宗景云二年(711)"进同中书门下平章事",开元元年(713)复为丞相。是年末,"与姚元崇不平,罢为相州刺史,河北道按察使,坐累徙岳州"。张说从相州徙岳州,虽不知何时,但他离岳州时间可查,因为张说由丞相苏颋见帝陈述张说忠睿有勋,不宜弃外,遂迁荆州长史,那么他离开岳州应是开元五年夏(717),因他的诗有《四月一日过江赴荆州》云:"春色沉湘尽,三年客始回。"又张说诗"自怜心问景,三岁客长沙"（《巴丘春作》）。这就可证，他是开元二年（714）春前累徙岳州的。孟浩然这时年及壮，是以名诗人客于说衙署，他的"八月湖水平"很可能作于开元二年至五年间的岳州，诗人正二十五岁，寄述汲引之意明显。但一般均误作是开元二十五年（737）在荆州给张九龄。要知张说徙岳州刺史，而浩然集中称张相公、张丞相有六首之多，张九龄籍属岭南而非范阳，王士源的序有"丞相范阳张九龄"实属张冠李戴之嫌。浩然的诗有《荆门上张丞相》，显然也指张说。诗云："共理分荆国，招贤愧楚材。召南风更阐，丞相阁还开。觐止欣眉睫，沉沦拔草莱。……"以上征引，其意说明浩然在岳州、荆州、幽州都是张说的门客、幕宾，与张说交深日久，既然开元十六七年张说在集贤院多次向玄宗推荐张九龄，那么，计有功《唐诗纪事》云张说向玄宗推荐浩然，也是令人可信之事。而推荐的时间，应按《旧唐书》本传，说张说于开元十六年（728）兼集贤殿学士，专文史之任。十七年复为尚书右丞相，罢知政事，十八年冬卒。史书也称玄宗对于说"宠顾不衰"。而开元十五年冬，孟浩然年约四十，初至长安应举，他求说推荐，而说也具备推荐条件，这也是很自然很合理的事。王士源《序》说浩然"闲游秘省，秋月新霁，诸英华赋诗作会，浩然句曰：'微云淡河汉，疏雨滴梧桐'。举座嗟其清绝，咸搁笔不复为继。丞相范阳张九龄、侍御史王维……率与浩然为忘形之交"。现在进一步比照，去除王《序》之有误成分，这里的"秘省"，应是张说所在的集贤殿，这里的"丞相范阳张九龄"，应是"丞相范阳张说"，这样最当。试想，玄宗驾到集贤院，就比到王维的"大乐丞署"或"拾遗署"更具可信。因为将一布衣面荐于帝，也只有像张说这样的"重臣"才合适。反观太学赋诗，王维私邀入署，忽然玄宗驾到，浩然匿避床下，虽然趣味多，但明显不足置信，而且张说本传称其"喜延纳后进，善用人之长，多引天下知名士以佐王化"。

再看《唐诗纪事》说玄宗不喜浩然的"不才明主弃"那首诗，却喜"气蒸云梦泽，波撼岳阳城"之句，这就看出，该诗本是浩然十年前（开元二年至五年间）赠张说的旧作，或因张说面荐而使玄宗自然连及它，这也可证张说确有面荐浩然于玄宗之可信。

问：这样看来，孟浩然遇玄宗之事，还是不应否定的。

答：对材料与史事细加剔别，此事的可信度又大为增加，所以，此事还当有续说，不宜轻易否定。

问：很好的新见，确实不细加鉴别难分真假，我之前也是不相信它的。为何此事流播于晚唐士人之口呢？

答：一是晚唐以后贵族彻底消失，社会状貌已与初盛唐有了根本性不同。

大量士子拥塞科举之途,从前属于贵族专享的文化下移使得平民士子数量骤增,形成科举路窄,千军万马过独木桥的局面,而社会提供的岗位极少,激烈竞争使得平民士子怨声载道,于是孟浩然不遇的不幸被他们翻出,以表达对朝廷的不满。如卢延让,范阳著姓却布衣半生,吴融科举二十四年,从咸通六年(865)开始参加科举,一直到龙纪元年(889)四十岁才登第。因此浩然遭遇流布士人之口。二是科场失利,进身途径堵塞,选择归山隐居做处士,孟浩然的经历能够引起失意者的感兴,以浩然自我宽慰,从这一角度看孟浩然不遇之事亦极为流行,所以才为唐末五代王定保所摭采。你以为如何?

李白《峨眉山月歌》解秘

问： 李白名诗《峨眉山月歌》是一首疑诗吗？

答： 是的。此诗脍炙人口，二十八字使五地名，争议疑点颇多。原诗是：

> 峨眉山月半轮秋，影入平羌江水流。
> 夜发清溪向三峡，思君不见下渝州。

赵翼《瓯北诗话·诗病》云："李太白'峨眉山月半轮秋'云云，四句中用五地名，毫不见堆垛之迹，此则浩气喷薄，如神龙行空，不可捉摸，非后人所能模仿也。"王世贞《艺苑卮言》说："此是太白佳境，然二十八字中有峨眉山、平羌江、清溪、三峡、渝州，使后人为之，不胜痕迹矣，益见此老炉锤之妙。"王世懋《艺圃撷余》也称道二十八字使五地名"随分自佳，下得不觉痕迹"。殊不知此亦最为聚讼之处。苏轼有《送人守嘉州》：

> 峨眉山月半轮秋，影入平羌江水流。
> 谪仙此语谁解道，请君见月时登楼。

苏轼点出了这首诗的迷疑，似乎他已"解道"而暗示人去登楼见月。苏轼为什么这么有信心，看来他是认为别人的认知都错了，只有他真正"解道"了，从他诗中能感到他"解道"后的自得。东坡故家在眉山，我曾于2006年专程作了实地考察，体验东坡"请君见月时登楼"，发现诗的写作就在其故乡的一段河道——平羌江上，前人解道是有问题的。

问： 那就谈谈前人的解道与你的解道。

答： 好的。此诗为李白出蜀东游所作，时在开元十四年（726）。诗人依恋山水，以明朗的意境写下了这首名诗。其争议之处如下：

（一）作诗之地有五。1. 宋人王象之《舆地纪胜》"成都府路嘉定府：太白亭在平羌镇，锦江禅寺有重云阁、太白亭，亭与峨眉相直，即太白题诗处"。王象之曾于宝庆元年（1225）入蜀为长宁军（今四川珙县东）文学，对蜀中情况十分熟悉，他认为诗作于乐山（嘉定府）县北四十余里之岷江东岸锦江禅寺的太白亭。2. 《古今图书集成》"嘉定州山川考"称："锦冈山一名锦江山，在州北三十里（《总志》说四十里）……乃李白题诗处。"此说虽有出入，却也定位于乐山上游岷江段。3. 社科院文研所《唐诗选》和上海辞书出版社《唐诗鉴赏辞典》以为，诗作于李白从清溪去渝州的水路上，为辞宗远游记程诗之一。显然已经把作诗地点改在乐山下游，即今犍为的清水溪镇了。4. 朱东润《中国历代文学作品选》解释为李白去向三峡途中写下的诗。5. 王运熙、李宝均《李白》又说乃李白离蜀出游途中寄友人。

按：据今乐山考古调查证明平羌三峡确有锦江寺遗址，在青神县和乐山交界的悦来乡荔枝湾村，始建于宋代，现存清代重建锦江寺碑。《舆地纪胜》："巅旧有太白亭，影入平羌水流之诗，山谷亲书之。"黄庭坚曾自戎州（宜宾）到青神探望姑母，羁留数月，在青神中岩多留墨迹，他将李白峨眉山月歌题留于此，说明他也认同李白诗作于此地。我实地到过这里，从地貌看，江流至此收窄，形成"三峡"，《古今图书集成》"嘉定州山川考"中的锦冈山（又名锦江山）恰在岷江边三峡中，山顶至今仍有古寺遗迹，很可能李白穿峡时，在此休憩，正好作了此诗。故《舆地纪胜》《古今图书集成·嘉定州山川考》是对的。

（二）平羌江之作。"平羌江"即青衣江，源于四川芦山县，经雅安、洪雅、夹江流至乐山与岷江合流。有人不同意此说，据理是，青衣江与李白题诗之锦江禅寺相去百里，月影映江之景，难以看到。因而提出李白诗中之"平羌江"乃指岷江一段江流才能解通。这就出现了两条江，青衣江远在百里外，岷江近在诗人旁边，故平羌江之作方位地点错了。

按：我认为有必要辨明两江。它们是乐山城边的两条江，一条自是岷江，另一条是青衣江。青衣江名称变革如下：北周于青衣江边设郡、县，青衣江当时又名平羌江，所设郡、县因以名为平羌郡、平羌县。隋开皇四年，平羌县治迁至乐山青龙场，隋大历七年，又迁治于青神县南平羌三峡至乐山城的这一段岷江边。至唐代这一段岷江便更名平羌江了。民国《乐山县志·方舆》："平羌江：自平羌峡至（乐山）城东，共四十五里，统名平羌江。"后于李白的陆游、张问陶、王士禛、赵熙等于嘉州赋咏之平羌江，都是指岷江这段水程。可知，嘉州（乐山）上游这段水程称平羌江隋唐已有之。二江共名，所以李诗中"平羌江"不是百里外的青衣江，而是乐山上游江段。据王象之《嘉定府龙游县记胜》引杨天惠《水石墨记》："李白之歌平羌，岑参之谣青衣，薛能之集江干，司空曙之赋凌云山，是皆模写物色之形容，以夸诩于世多矣，用李白之歌平羌冠于首。"区别是分明的。

（三）清溪。亦众说纷纭。第一说，《蜀中名胜记》《舆地纪胜》皆云"清溪驿在嘉州犍为县"，《唐诗鉴赏辞典》《唐诗选》和一些选注、教科书均从是说。以为清溪在犍为县。第二说，反驳第一说，理由是，犍为清溪驿始设于宋代，也就是说，李白写诗时，犍为清溪驿尚是子虚乌有。并认为诸如南宋黄鹤《补注杜诗》卷十《宿清溪驿奉怀张员外十五兄之绪》"鹤曰：清溪驿在嘉州犍为县。此诗当是永泰元年去成都经嘉州下忠渝时所作。故诗有'佳期付荆楚'之句"以及王琦注《李太白集》卷八《峨眉山月歌》引南宋王象之《舆地纪胜》"清溪驿在嘉州犍为县"，皆用宋以后的地理思维解释"清溪"。并提出诗中"清溪"新见，据《乐山县志》板桥溪唐代叫清溪驿，宋时犍为设清溪驿（今清溪镇）后，为避免混淆，乐山之清溪驿便易名为平羌驿（即今板桥溪）。民国《乐山县志》卷二《山川·板桥溪》"出（平羌）峡口五里，廛居十余家，高临大江（岷江）傍岸。清邑宰迎大僚于此。盖唐时清溪驿，即宋平羌驿也"。《中国名胜词典》亦从是说，以为李诗中"清溪"即板桥溪。同时又举杜甫《宿清溪驿奉怀张员外十五兄之绪》也作于此。第三说，以为"清溪"指清溪县。王琦编注《李太白全集》引宋人杨齐贤注释云：《新唐书·地理志》载，剑南道资州有清溪县，唐天宝元年（742）始更名清溪，李白诗当指此。此说错讹明显，不合李白出蜀路径，与开元十四年（726）去蜀相距十六年才得名，故从之者鲜有。

按：我认为诗中"清溪"或并非实指其地，它就是平羌峡上游的一条支流。在唐代岷江"清溪"并无任何文献记载，均为宋以后的补说。如嘉庆《乐山县志》"眉州、嘉定、犍为、纳溪俱有清溪驿"，但四驿均为宋以后的地理称谓，不可用来指称唐时。虽杜甫《宿清溪驿》、李白"夜发清溪向三峡"提及清溪驿，但今存唐代各种史志均无清溪或清溪驿记载。故我认为清溪可能是唐人口里的一个非正式称谓，或者在杜诗中指的是一个官驿的非正式称谓，可能就在平羌江一带；或者在李诗中就是一个不定指的河流，清澈的一段江流而已，但一定得在平羌江上游，经我实考，只有上游崇州文井江符合地理条件，清溪或为文井江。

（四）三峡。亦有多说。第一说，《唐诗鉴赏辞典》《中国历代文学作品选》《古今诗粹》等以为李诗中之"三峡"即川东长江三峡，还据李白晚年作《峨眉山月歌送蜀僧晏入中京》"我在巴东三峡时，西看明月忆峨眉"为证。第二说，反对第一说，认为李白晚年写的诗，与他离蜀时写的《峨眉山月歌》取意不同。诗中明指"巴东三峡"与单说"三峡"，概念不同。况李白题诗之地与巴东三峡相去千里，若以诗记程，当应"下渝州"在"向三峡"之前。地理倒置，不合情理。故《辞海·地理分册》《地名大词典》《中国名胜词典》，均定诗中"三峡"应是乐山与青神县之间的岷江嘉州小三峡。小三峡从北往南依次为犁头峡、背峨峡、平羌峡，此道古时乃成都赴嘉州及出川之水行要道，且与之相邻的板桥溪（唐称清溪驿）、锦江山等，无不与诗中之景物契合。王辉斌在《李白蜀中行踪杂考》（《绵阳师专学报》）中认为此"三峡"向无所闻，非久居其地者不得识，且李白是"夜发清溪"，而此行又非好入名山赏景，焉能于此"朗月清风赏景"呢？他以为这个"三峡"应是他在《登锦城散花楼》中所题咏的"暮雨向三峡"之"三峡"，也就是古谣"巴东三峡巫峡长"之"三峡"。而此"三峡"具体地说，应指夔州，因将夔州当作"三峡"，就犹将荆州当作荆门一般，这是唐人之习惯称呼。如杜甫客居夔州，就曾在《暮春题瀼西新赁草屋》称自己为"三峡客"，"久嗟三峡客，再与暮春期"。

按：王辉斌观点是个人主观之见，应予一驳。反对"巴东三峡"说，近年乐山当地彝族文化老人李仕安认为，诗人小时曾在眉山居住，"铁杵磨成针"的故事就发生流传在眉山城北不远的岷江边象耳山，现名磨针溪。自然，李白熟悉这里山水地貌，为欣赏平羌三峡的江月，于是叫船夫"夜发"。黄庭坚在青神中岩题李白峨眉山月歌，即此。我实地作过考察，自成都至乐山江段，只有这段有峡江；乐山下游至犍为再至宜宾江段，江岸开阔，再无峡江地貌。

（五）诗中之"君"，指属也有争议。第一说，指月。明人唐汝询《唐诗解》"君者，指月而言，清溪、三峡之见，天狭如线，即半轮亦不复可睹矣"，黄叔灿《唐诗笺注》、李锳《诗法易简录》均同是说。以为天狭不见月，此所以不能不思也。（按："天狭如线，即半轮亦不复可睹"指沿江两岸山高蔽月，这是不解蜀地地貌的妄说。乐山上游均无高山，多为平原，只在平羌峡这一段有山，并且是可以见月的。明人曹学佺《蜀中名胜记》"蜀江至此，始有峡之称"。所以诗人按行程在乐山上游只可在这段江留下"山月影入平羌流"的意境。必无他处。）第二说，指友人。《历代文学作品选》以为"君"乃指与李白同住峨眉山弹琴抒怀，赋诗赏月的友人。

马茂元、赵昌平《唐诗三百首新编》云:"君,指赠别的友人,姓名不可考。"第三说,模棱两可。如《唐诗鉴赏辞典》则同列上述两种观点,不作定断。王辉斌认为要弄清所指,须从"不见"二字着手。"不见"什么呢?"不见"明月?诗中分明写李白此行是顺江乘月而行,还明确写到"半轮秋",还要下到渝州去,看来作"明月"解是说不通的。显然,这个"君"应指友人。友人为谁?有人以为是李白挚友元丹丘,那是没有考清元丹丘行踪而误致。王辉斌以为是吴指南。因为据《上安州裴长史书》可知,吴是李白蜀中的友人,又同游于楚,过从甚密。以此考析,李白之"果得锦囊术",极可能为吴指南所授,而其内容便是一同"仗剑去国"。之后,吴指南或因事负约,故李白才"思君"不见独下渝州,于万县或夔州,写下了《峨眉山月歌》以示思念。这个理解之旁证,与李白集中其他"歌"体诗也有其一致性。诸如《鸣皋歌》《白鹭歌》《金陵歌》《赤壁歌》等,这些"歌"体诗无不与送怀友人有关。只可惜《峨眉山月歌》未像这些"歌"在后面明白写出送怀友人,若诗题作《峨眉山月歌怀友人》,岂不问题大白?

　　按:由于"山月""友人"的认识分歧,历史上对诗歌的情感也说法不一。明人高棅《唐诗品汇》卷四十七引刘须溪谓此诗"含情凄婉",显然把"君"视为友人而不舍;程千帆《古诗考索·古典诗歌描写与结构中的一与多》则云:"李白的构思是在以孤悬空中的月与自己所要随着江水东下而经过的许多地方对比,来展现自己乘流而下的轻快心情。"程千帆把"君"当作月看。诗人此时出蜀,犹大鹏将展翅,轻舟伴月,所经之处有时可以看到山月,有时看不到,才有"思君"的惬意之趣。这就不是刘须溪所言的"凄婉"了。

　　"山月"和"友人"两种解释,从诗面看,一气流转,用笔如风,而李白咏月之作最多,爱月之情最浓,此以峨眉山月在清朗胸怀中抒去国之感,前人多评释"君"指山月,是颇能"解道"的。如俞陛云《诗境浅说续编》"以秋宵之残月,映青峭之峨眉。江上停桡,风景幽绝。无奈轻舟夜发,东下巴渝。回看斜月沉山,思君不见,好山隔面,等于良友分襟也"。看来我们是该支持"君"指山月了,因为苏轼诗中也早已有点示:思君不见下渝州,此"君"是何物呢?苏东坡说:"请君见月时登楼。"

问:此诗地名纷议如此,真有趣。请谈谈你的实地游访考察。
答:2006 年我特意作了一次实地游访,感受李白当年的行程。那年五一节我与友人去乐山游访小三峡,我们雇了船,当地人告诉我们,这里就是李白《峨眉山月歌》中"夜发清溪向三峡"的三峡,全长约 10 公里。过去这里是从成都顺岷江而外出四川的水道,峡内河道蜿蜒,江水险恶,两岸风光绮丽。走完这段非常险峻的江道,靠柴油机动船,需要三四个小时。这段峡江风急浪高,滩多水险,杜甫离开成都《宿清溪驿》"漾舟千山内,日入泊枉渚"写的就是这里。江面开阔处约有一两百米,薛能《舟行至平羌》"貌虎直沙壖",水岸盘曲,沙坝相连。陆游《夜行至平羌憩大悲院》"苍茫陂十里,清浅溪数曲"。窄处,青山夹岸,水面也有五六十米宽,深达数十米,水流平静得吓人。民国青神文士帅王佐有《汉阳玉屏山》:"江锁平羌峡,雷鸣松柏滩,曾传清溪驿,月送谪仙船。"这宁静的江面,最适合"影入平羌江水流"的意境,沿途两岸山壁多有古迹,岸边岩石上布有许多小孔,深约二三尺,大小可容竹竿。船夫告诉我们,那是千百载船工撑船的篙竿戳的。由此可见,这是古老的航道,曾经十分繁忙,逆水的时候,前有纤夫拉,后有艄公撑,留下了这些石孔,静静地述说过往神秘的历史。三峡入口,有一小镇板桥溪,依山傍水,是古老村镇,盛唐以来,就是进出三峡的驿口。当年许多诗人出川曾宿此。顺板桥镇下行不远,就是高崖耸立的锦江山,又名铁帽山。《乐山县志》有一段记载:"锦江山板桥溪下流十里西岸"乃李白题诗处,说锦江山山巅有太白亭,亭今圮,土人呼其处为太白田。其碑石尚竖田中,字迹残缺不可识。近十多年公路已取代了这种行船方式。我们是从乐山逆水而上的,走完小三峡,已是眉山青神县界内了。回程船夫指引我们登上峡中最高山顶,向东北望去,成都平原尽收眼底,一派平川,回望来处,则重峦叠嶂,翠峰起伏。这条茅草覆盖的古道,在岷江右岸,盘曲陡直,山顶有古屋基,这里该是《古今图书集成》"嘉定州山川考"说的"锦冈山,……乃李白题诗处"。这一段水程,最是"夜发清溪向三峡"的情景。实地游访令我更加确定李白当年作歌的地方,就是今青神与乐山接壤的平羌三峡。

　　少有人知,汉代始设的犍为郡不是今乐山境内的犍为,而在今新津界内。我认为辨清犍为的沿革十分重要,它关涉到清溪的所在,诗人的行程。

　　汉代犍为郡治在武阳(今新津往东七里与彭山江口交界处),沿江管辖远达今宜宾。到了梁武帝大同十年(544)分割犍为郡为两个州,改南部大部分地区为戎州(今宜宾),北部(今彭山、新津)为江州。改其郡治武阳县为犍为县。可见梁时犍为还在乐山上游,即今新津县内。李吉甫《元和郡县图志》"新津本汉犍为郡武阳县也,故城东七里"。又据王文才考证,唐以前犍为又曾侨治蜀州(今崇州)境内(见《旧唐书·地理志》)。因此唐人概念中的犍为并非今人认为的乐山下游的犍为县。

　　唐时,蜀州管辖的范围沿岷江走势远达彭山与眉山交界处。故唐人的地理概念中犍为一直都是岷江上游。加上又曾侨治蜀州境内(按:其治所就设在今崇州三江镇,三江自古为通往岷江的古码头,有文井江流经),因此,由上游的"清溪"出发(按:清溪,为犍为所辖河道。犍为侨治蜀州,那么,我认为很可能清溪就是其治所三江镇内之文井江。文井江是川西平原上汇入岷江的最大支流,发源崇州鸡冠山,水流清澈,水势平缓,完全可称清溪。在此,我倾向于诗中"清溪"可能就是文井江),向下游"三峡"(嘉州治内平羌江)进发,是合理的。此为顺江而下,与"夜发清溪向三峡"的行程、走向皆一致。且从蜀州三江镇到眉州青神平羌峡大约四五十余里水程,若是李白当日黄昏出发,四五十里的行程正好可在中夜 12 点左右,于天清气朗的秋夜欣赏到平羌江上的明月。正合"峨眉山月半轮秋,影入平羌江水流"的描写,此为时间上的一致。

结合苏轼为眉山人,青神属眉州,依他对当地地理实情的熟悉,自然,他才能正确解道《峨眉山月歌》,"谪仙此语谁解道,请君见月时登楼",诗中情味让人感到苏东坡说起家乡自信满满,如数家珍。

问:纷议如此,你也解得很有味道,问题到此该了结了吧。

答:不。2008 年,我又从乐山当地一位民间文化人处得到《峨眉山月歌》的新解,他说,四句诗提出了四个问题。

1."半轮秋"指的什么?

2."平羌江"指的哪条江?

3."向三峡"指的哪个三峡?

4."思君不见"的"君"指的哪位朋友?

一、"半轮秋",绝不是"半轮月"。颇有影响的《唐诗鉴赏辞典》说"月又半轮",并不符合当时实景,如果月只半轮,那诗人就应该说"峨眉山秋半轮月"才是。"秋"指的是包括三个月的秋季,九十天,半轮秋就是四十五天。从七月初一起算,半轮秋就是八月十五,月到中天,中秋时节分外明澈。所以诗中之月,不是半月,而是满月、圆月。既然诗人已说得很明确了,"半轮秋",却被人揣度为月半轮,指为山月上弦或下弦呈半圆形的时候,就荒谬难以立脚了。也许枕藉舟中的诗人,酒后醒来,明月高天,诗兴大发,见景生情,引出了"峨眉山月半轮秋,影入平羌江水流"佳句。诗的创作时间在中秋节。又,诗人七八岁时曾去眉山,"铁杵磨成针"的故事就发生流传在眉山青神象耳山(现名磨针溪)。他熟悉这里山水,很想欣赏峡江清风与江中明月,唐人水行很多是在夜里,于是叫上船夫"夜发"。

二、"平羌江",七世纪,隋朝曾在今乐山县关庙场设过平羌县,岷江流过平羌县这一段就称平羌江了。诗人离蜀行程已定,在一轮圆月下,船头赏月。《唐诗画谱》将月亮画成一弯新月,诗人还在岸上,这就太离谱了。《唐诗鉴赏辞典》说"平羌江即青衣江,源出四川芦山县,流至乐山入岷江"。这也错,把平羌江和青衣江混同一条江了。青衣江是流入大渡河后再入岷江的。

有人说"清溪是犍为的清水溪"。这句话既对也不对。对,是按照犍为侨治蜀州的历史认识问题。汉唐时犍为均在今新津境内,六朝又曾迁泊蜀州,地理正好在平羌江"三峡"段上游，故可说"夜发清溪向三峡"，指向李白顺流而下的行程是合地理的；不对，是按今日犍为行政区划认识问题，今天犍为有清水溪，但在"平羌三峡"下游，故说清溪是今犍为清水溪，错得离谱，犯了以今天地理解释古人地理的错误。

而诗中"清溪"，又是崇州新津一带的哪一段呢？经过我实地考证，疑出崇州三江，即川西平原第二大河流文井江，在新津汇入岷水，向下，就到青神平羌江段之"三峡"了。

三、"向三峡"，按刘琳注《华阳国志》南安县（今乐山）西面有熊耳峡，峡在平羌县，即今青神县官子门三峡。峡分三段：上犁头，中飞鹅，下平羌。俗称小三峡。民国《乐山县志》卷二《山川·岷江》"自北而南，至青神汉阳坝入境，下流五里入犁头峡，次经背峨峡，又次经平羌峡，三峡水平如掌，曲折十五里"。那巴东三峡就谬以千里了。"清溪"在新津汇入，为上游；"三峡"在青神乐山一段，为下游，诗人就顺理成章地"夜发清溪向三峡"了。"三峡"称谓在历代诗中也有参例，杜甫《寄岑嘉州》就有"外江三峡且相接"，外江指岷江，是相对沱江称"内江"而言。清张问陶《长峡》称"平羌三峡"为"长峡"（含上犁头，中飞鹅，下平羌）。显然王琦之注"古之称三峡者皆在巴东"，即"三峡"是专指长江三峡，是不合道理的。

四、"思君不见"，诸说分歧，其实这个"君"，极有可能是峨眉山一位叫"晏"的僧人。何以知之？李白这个崇奉道家之徒在游峨眉时，结识了不少佛家朋友，他和晏僧约好轻舟出蜀，后来晏僧未及赶到相约地，李白才"思君不见下渝州"。晏僧得知李白在"巴东三峡忆峨眉"后，随即赶去出峡，经历"千里江陵一日还"的风光，终于在黄鹤楼下相聚了。出于对晏僧的真情，李白又重写了一首"峨眉山月歌"，诗题《峨眉山月歌送蜀僧晏入中京》，"我在巴东三峡时，西看明月忆峨眉。月出峨眉照沧海，与人万里长相随"，诗题强调仍以"峨眉山月还送君"。这样，两首峨眉山月歌中思的"君"、送的"君"，就是这个蜀晏僧人了。这首诗虽没有《峨眉山月歌》有名，但已提供了"君"的信息。这里还须说明，这首诗中"三峡"是巴东大三峡，不是《峨眉山月歌》中乐山青神的小三峡。

问：这样看来，时、地、君可解谜了。材料来源可信吗？

答：可信度颇高。这位文化人名叫李仕安，彝族第一个大学生，年已95岁，精神矍铄，治学严谨，以他对文史与乐山地理的熟稔，其说十分合理。

结合我的实地考察，以及《峨眉山月歌》的诗意，李白行走或已清晰：秋天他在江油辞亲远游，经绵州梓州，到成都后，选择了水路。古人出行多喜水程，尤其顺流而下时，都不走官道。但成都此段岷江自古就不能航船，岷水转出汶山，势如脱缰野马，故这段江只有供两岸摆渡之渡口而无行船之码头，至新津水势始缓，方有航道。文井江是川西平原第二大自然河道，为岷江上游唯一汇入的重要支流，常年不竭，水势平缓，故有航船条件，有怀远、元通、三江三大古码头直通新津。古代川西坝上的人一般走水程皆由三江码头入文井江，在新津汇入岷江正流，经平羌江段，再下嘉州。故李白在成都一定是出西门，走官道（即《华阳国志》李冰所筑"笮道"，南丝路起点段），渡白华津（今崇州安阜，唐时称泗安），左转就是蜀州三江地界，他于黄昏入文井江夜航，午夜就可抵平羌三峡，过完两峡，是一片开阔台地，为平羌故驿码头，李白于此过夜。前方第三峡入口处，矗立着峡中最高峰，《古今图书集成》"嘉定州山川考"所指"锦冈山"，这日正是中秋节，诗人于是登高，向西南眺望，一轮皓月下，不远处的峨山于月下隐隐约约横亘于西南天际，此景与《舆地纪胜》所载"与峨眉相直"一致；俯身低看，峡江内水平如镜，一轮明月倒影江心，于是即景写下"峨眉山月半轮秋，影入平羌江水流"，留下一帧永照千古的风景照。此诗是即景诗。这日又是佳节，故要思亲，王维诗"每逢佳节倍思亲"虽不是写中秋，倒是点出了唐人习惯。这"君"也就是诗人在即景中思念的亲朋，故"君"当指人。反观眉州苏轼点示"请君见月时登楼"，这楼很可能是指锦江禅寺，李白当年站立之处。次日再行即嘉州，在此或许他继续等候过约定的友人，即诗中所思之君，但失之交臂，后再乘舟下宜宾、过泸州，直到渝州。据此，《峨眉山月歌》时、地及各种迷疑或已解秘。

最后补充一点，据北魏郦道元《水经注》卷三十六《青衣水》引任豫《益州记》"峨眉山在南安县界"，南安即今乐山，平羌三峡、乐山、峨眉山构成小三角关系，方圆直线半径不足四十里，故从诗艺上来说，李白用当空圆月，很好地把三地统率了起来。又用"峨眉山月"的高来笼罩低处平羌江至嘉州一段江程，极有匠心。那么，我们还能说巴东大三峡么？诗人所描写的就是这短短的十多里水程而已。正因为对这里的熟悉，才有后来的"江带峨眉雪，川横三峡流"（《赠江夏韦太守良宰》）的恰当对举，你以为呢？

问：谢谢，已完全解疑了。

李白《闻王昌龄左迁龙标遥有此寄》之疑

问：李白名诗《闻王昌龄左迁龙标遥有此寄》有疑吗？

答：有。长期以来此诗广受遴选和鉴赏，前人称李白最好的七绝有五首，此诗在其中。诗的疑问在系年、地点上，经高步瀛、朱光潜的错误解释后，有必要加以澄清。先看原诗：

> 扬州花落子规啼，闻道龙标过五溪。
> 我寄愁心与明月，随君直到夜郎西。

此诗前人评价很高。明人凌宏宪《唐诗广选》："梅禹金曰：曹植'愿作东北风，吹我入君怀'，齐浣'将心寄明月，流影入君怀'，此诗兼裁其意，撰成奇语。"日本明治学者伊豫松山、近藤元粹选评《李太白诗醇》："严沧浪曰：无情生情，其情远。潘稼堂云：前半言时方春尽，已可愁矣；况地又极远，愈可愁矣。结句承次句，心寄与月，月又随风，幻甚。"

问：王琦注引《新唐书·地理志》"黔中道叙州潭阳郡有龙标县"，可见王昌龄左迁的龙标是在湖南。那么诗又何言"直到夜郎西"？显然不合地理。唐代的夜郎在哪里？

答：是的，这是须弄清的。朱光潜《谈李白诗三首》（《艺文杂谈》）对该诗有分析，并被权威选本撷采，如收入中华书局《李白研究论文集》、北京出版社《名家析名篇》。对此有必要辨疑。朱光潜观点如下：

> 这里的问题在于夜郎在贵州西北，而龙标在湖南西部，两地相去很远，而且龙标在夜郎东，不在西。王昌龄到龙标就任，无论是从长安出发，还是从江宁出发，都走不到夜郎。因此，我疑心这首诗写作时期很晚。……这首诗当作于从流放获赦去金陵之后。如此才可以解释"随君直到夜郎西"一

句,那就是因王昌龄被贬而想到自己过去被流放。

近人高步瀛《唐宋诗举要》也说:"是时太白流夜郎,故云。"

高步瀛、朱光潜的说法看似讲得通,实则缺乏考证,失之谬误。

先看诗歌的创作时间。高步瀛、朱光潜皆定于李白流放后之作。朱光潜认为李白有流放的经历,"随君直到夜郎西"才讲得通,李白因依李璘流放夜郎,获赦去金陵后听说好友王昌龄也被贬而想到自己的流放经历。"李白身受过这种痛苦,听说了他的诗友也要去受这种痛苦,所以一方面既寄深厚的同情于好友,一方面也暗伤自己过去的遭遇。"因为"在唐朝,做官的人贬谪到湖南贵州一带,是个很大的惩罚"。

从朱光潜分析看,他只从李白感同身受着手,没有对王昌龄贬龙标与李白流夜郎的时间作细致考察,错把李白流放时间放在王昌龄贬龙标之前。对夜郎的解释也是个大概,就是泛指"湖南贵州一带"。这是笼统含糊的认识,他把贵州古夜郎国与唐时湖南夜郎县作了合并。

实际如何呢?先看王昌龄贬龙标尉的时间。殷璠《河岳英灵集》"奈何晚节不矜细行,谤议沸腾,垂历遐荒,使知音者叹惜",可知王昌龄晚节不矜细行,而垂历遐荒。《河岳英灵集》收诗截至天宝十二载(753),也就是说天宝十二载以前王昌龄已远贬龙标。《新唐书·王昌龄传》王昌龄"以世乱还乡里"被濠州刺史闾丘晓杀于安史之乱的第二年,即至德元载(756)已过世。

再看李白流夜郎的时间,先说李白从璘经过,至德元载,即天宝十五载(756)七月肃宗即位灵武,十二月江陵大都督永王李璘不服,擅领舟师东下广陵,时李白卧居庐山,参与李璘军队,辟为僚佐,次年二月永王兵败被杀,李白亡走彭泽,坐系浔阳狱。八九月出狱,十月卧病宿松。乾元元年(758)长流夜郎,乾元二年(759)至三峡、巫山一带,二月遇赦,时年59岁,还憩江夏岳阳,复入浔阳。这是李白从璘获罪的经过。王昌龄下放是天宝十二载前的事,又被杀于至德元载(756)。李白流夜郎是乾元元年(758),距昌龄被杀已隔两年。

所以朱光潜、高步瀛定为流放遇赦去金陵后作,就是错的。再看李白还憩江夏岳阳后的经历,他于上元元年(760)复如浔阳,寓居豫章。上元二年(761)游金陵,往来宣城历阳间。则李白回金陵年已61岁,王昌龄已故五年,这时再寄诗亡友可能吗?

又据中国社科院文学研究所《唐诗选》王昌龄"天宝七年再贬龙标尉",则李白遥寄王龙标就在天宝七载(748)后不久,与朱光潜所论"写作时期很晚"相左。

詹锳《李白诗文系年》将此诗系于天宝八载(749),是年李白居金陵一带。但王昌龄究竟何年贬龙标,史无记载。詹锳又据常建《鄂渚招王昌龄张偾》"天海无精光,茫茫悲远君。楚山隔湘水,湖畔落日曛。春雁又北飞,音书固难闻。谪居未为欢,谗枉何由分",此诗是安慰王昌龄贬龙标尉而作。常建诗作于天宝八载(749),因此,王昌龄左迁在天宝八载前已发生。詹锳说"本诗起句云:'杨花落尽(缪本作扬州花落)子规啼',疑是天宝八载(749)春夏间于扬州作"。

问:分析有理,看来创作时间疑云已散。关于诗的异文呢?

答:异文在首句。"杨花落尽子规啼",缪本作"扬州花落子规啼"。从时令看"杨花落尽"为暮春,与"子规啼"相契,朱光潜说:"子规即杜鹃,鸣声凄厉,易动旅客归思;杨花落在旧诗中常象征离散,所以苏轼《水龙吟》咏杨花词有'细看来不是杨花,点点是离人泪'之句",故而首句暗点诗人闻听王昌龄左迁的心情,伤心痛惜,不堪为怀。

我有不同,从整体判断,我认为作"扬州花落子规啼"更合理。因为诗中似以地名在串联诗句,扬州、龙标、五溪、夜郎,分别是寄诗地、贬所、路线、方向,四个地名巧妙嵌入诗中,甚为妥当。这样首句点明寄诗在扬州,时令为春暮,只有寂寞的子规在悲啼。次句龙标既是贬所又比王昌龄,点出经行的路线需过五溪。三句信的内容,寄愁心与明月。末句寄信的去向,"随风"又作"随君",两异文表面看虽无涉诗句解读,但仍须辨清,"随君"从前后文关系看比"随风"更合理,因为是寄诗,按书信体例,当然称"随君"好。前句已点明"我寄愁心"给"明月"了,当然是寄托李白愁心的明月光照着昌龄西行,所以"随君"是最恰当的安排。既然是月光伴随王昌龄行走,月光是不会"随风"才布洒的,因此,李白的寄情不是通过风而是通过明月,也就是李白将他对友人命运的牵挂投射于明月,再由明月折射给友人。古人很重视明月传情,"但愿人长久,千里共婵娟",只有明月才"与人万里长相随",因此"明月随君"才讲得通,若是愁心"随风",上句又何必寄与明月呢?何况李白寄诗在扬州,扬州最有名的是明月,当然会因月寄情,明月"随君"了。

末句"夜郎"属长江上游山区,在唐人眼里是穷山恶水,也是令诗人"愁心"的原因。所以李白说"随君直到夜郎西",似要送去诗人的陪伴安慰了。因为李白在扬州寄诗,故第三句有了"寄愁心"与"扬州的明月",托扬州明月寄愁情。

另外,题作"遥寄",也一定会点明自己的所在"扬州",这是古人书信的通格,所以"扬州花落子规啼"更合寄诗的格式,切合诗题"寄"。天宝八载(749)李白游迹江南宣州金陵一带,寄诗很可能就在江北扬州,这样首句作"扬州花落子规啼"就不成问题了。朱光潜也说如果作扬州,就与第三句的"明月"有了呼应,因为相传扬州月亮特别明亮,所谓"天下明月三分,扬州得其二分"。扬州明月天下闻,杜牧有《寄扬州韩绰判官》"二十四桥明月夜,玉人何处教吹箫",徐凝《忆扬州》

"萧娘脸薄难胜泪,桃叶眉长易得愁。天下三分明月夜,二分无赖是扬州",讲天下三分之二的夜景良宵为扬州独占。本来月光普照,遍及人寰,并不偏爱扬州,诗为了生动传神,使事理更典型合理,用"三分""无赖"的奇幻设想,使"二分明月"成了扬州代称。如此则更说明首句异文,以"扬州"最贴切。

问:关于诗中地理问题,诗人贬所龙标在"夜郎西"合理吗?

答:这事关诗的合理解读。龙标在哪里呢?在今湖南洪江市。《新唐书·地理志》黔中道叙州潭阳郡有龙标县,贞观八年(634)析龙标分置夜郎、郎溪、思微三县,龙标下辖夜郎。

但高步瀛《唐宋诗举要》却说"唐江南道溱州夜郎县,今贵州桐梓县东"。朱光潜也说"夜郎古属西南夷,在今贵州西北桐梓县"。按此,湖南龙标在东,贵州夜郎在西,诗到此讲不通了,所以朱光潜在《谈李白诗三首》也说"这里的问题在于夜郎在贵州西北,而龙标在湖南西部,两地相去很远,而且龙标在夜郎东,不在西。王昌龄到龙标就任,无论是从长安出发,还是从江宁出发,都走不到夜郎"。看来,"夜郎西"是本诗最大的悬疑。

唐时在今湖南沅陵一带有一夜郎县,县西有龙标县,这一带唐时都很荒僻。从诗中的行经路线分析,王昌龄先到夜郎县,再往西南走,即抵龙标县,故诗云"直到夜郎西"是符合地理路径的。马茂元、赵昌平《唐诗三百首新编》也说"夜郎西,指龙标,其地在夜郎县西。夜郎,这里是指唐贞观五年所置的夜郎县,治所在今湖南省芷江县西南"。这似乎解了"夜郎西"的迷疑,但仍没有从古地理上讲清龙标在夜郎西的来龙去脉。

今据《舆地纪胜·卷七一》"沅州,唐诗人王昌龄尝尉是邑,李白以诗送云云。注,龙标在古夜郎(贵州桐梓)东南,今辰溪县乃隋之夜郎,此云西者,以隋地理志言之也"。这是一个重要信息,从《舆地纪胜》中看出,李白所云"夜郎"是隋代县名,唐称辰溪。我又按图索骥,比照清人绘制的《历代舆地沿革图》之《隋地理志图》和《唐地理志图》南六卷西二,辰溪(隋称夜郎)在东,沅州芷江和叙州龙标均在辰溪西偏南处,故确可以说"夜郎西"。清人刘继庄《广阳杂记》:"茹紫庭曰:王昌龄为龙标尉,龙标即今沅州也。又有古夜郎县,故有夜郎西之句,若以夜郎为汉夜郎王地者,则相去远甚,不可解矣。甚矣,古人之诗不易读也",说明对古人诗歌不知其时地理,是很难解读的,原来李白用的是隋代地名。

近年又有考古发现,《华商报》2001年1月18日发表《夜郎古国"沉睡"沅陵》。由中科院长沙土地构造研究所和湖南考古研究所人员组成的专家组对湖南沅陵窑头村一带的地质地貌进行了考古,初步认为沅陵县城南窑头村古遗址,就是秦代古黔中郡故城遗址。有古书记载表明,这一带就是古黔中郡中心地区

（汉代夜郎）所在。沅陵县古称辰州府，位于湖南西北部，西有酉水河，沅水贯穿全境。曾产生过史载的以"五溪蛮"苗人势力为主的夜郎古国，当地土著力量的辖区也大致和古黔中郡的治所范围重合。此次考古揭开了"夜郎文明中心之谜"。沅陵考古专家夏湘军说，黔中郡辖现湘西沅水、澧水流域，鄂西清江流域，四川黔江流域、贵州东北部地区。沅陵与贵州是有一定历史渊源的，而沅水是大西南通往长江的必经水道，是兵家必争之地。传统上认为古夜郎主要在贵州境内，但据史书记载，夜郎当时有十万精兵，这么庞大的队伍，需要一个广阔的领域来支撑。夏湘军还说，唐代这里曾叫过"夜郎县"，李白诗句"随君直到夜郎西"中"夜郎"的方位就在沅陵。

回到该诗，"夜郎"至今众多选本仍注释为"唐夜郎在今贵州桐梓县"。自然就不解明明龙标在夜郎（贵州）东，何以又跑到夜郎（贵州）西呢？难怪朱光潜要质疑，于是只好曲解为李白有流放夜郎的经历，以自己的痛苦经历去体会王昌龄的痛苦。殊不知李白流放时王昌龄已死去了三年。朱光潜又说"王昌龄到龙标就任，无论是从长安出发，还是从江宁出发，都走不到夜郎"，王昌龄从江宁丞左迁龙标尉，经傅璇琮考证，是经九江口南下，并未再回长安，故不存在从长安出发的问题。他自金陵首途赴龙标，"昨从金陵邑，远谪沅溪滨"，基本是溯江前往，有《至南陵答皇甫岳》"与君同病复漂沦，昨夜宣城别故人。明主恩深非岁久，长江还共五溪滨"。

正是许多选本都把夜郎作贵州西北桐梓县的古夜郎国，又知王昌龄去不到贵州夜郎，只好牵附为泛指湖南西部和贵州一带地区，显然有失严谨与科学，但这种泛指的认识就能解释"夜郎西"吗？

最后谈李白的流放地夜郎，汉代属牂牁郡，牂牁本且兰国，今在遵义界，唐属溱州。王昌龄左迁行经的是辰州辰溪县（隋称夜郎县）。这是同地名，而地点不同引发的千古歧义。王琦注引《通典》五溪为"辰溪（隋之夜郎）、酉溪、巫溪、武溪、沅溪，今黔中道谓之五溪"。按龙标在黔中道叙州潭阳郡（今新晃侗族自治县境内），则过了五溪（含夜郎）就是龙标地界了。因此诗云"闻道龙标过五溪"。

问：听你解疑，我基本理解这诗了。

杜甫《饮中八仙歌》
"衔杯乐圣称避贤" 之疑

问： 杜甫《饮中八仙歌》中"避贤"怎么理解？

答： 先看原诗：

> 知章骑马似乘船，眼花落井水底眠。
> 汝阳三斗始朝天，道逢麹车口流涎，恨不移封向酒泉。
> 左相日兴费万钱，饮如长鲸吸百川，衔杯乐圣称避贤。
> 宗之潇洒美少年，举觞白眼望青天，皎如玉树临风前。
> 苏晋长斋绣佛前，醉中往往爱逃禅。
> 李白一斗诗百篇，长安市上酒家眠。
> 天子呼来不上船，自称臣是酒中仙。
> 张旭三杯草圣传，脱帽露顶王公前，挥毫落纸如云烟。
> 焦遂五斗方卓然，高谈雄辩惊四筵。

《饮中八仙歌》是诗人对盛唐长安人物文献的事迹概括。以"饮酒"将当时号称"酒中八仙人"的李白、贺知章、李适之、李琎、崔宗之、苏晋、张旭、焦遂八人绾结在一起，描绘八人醉态，抒写各自平生醉趣，展现出盛唐士人乐观放达的精神面貌。诗作于长安，约在天宝五载至十载进三大礼赋之前，从中亦照见了诗人酒脱狂放性格的一面。《唐诗解》评曰："……其他若崔之貌、苏之禅、李之诗、张旭之草圣、焦遂之高谈，皆任其性直，逞其才俊，托于酒以自见者。藉令八人而当圣世，未必不为元恺之伦，今皆流落不偶。知章则以辅太子而见疏，适之则以忤权相而被斥，青莲则以触力士而放弃，其五人亦皆厌世之浊而托于酒，故子美咏之，亦有废中权之义云。"

你说的诗中"避贤"一词，向来并无争议，人云亦云。但你却于其中看出了端倪，值得嘉许。

问：我是在诗中发现了两个版本，"衔杯乐圣称避贤""衔杯乐圣称世贤"，难以理解既然"乐圣"何又"称避贤"。

答：比较两个诗句，"衔杯乐圣称避贤"，从"乐圣"与"避贤"的关联，可以断定为诗歌的原句。"衔杯乐圣称世贤"通则通，但取掉了杜诗婉曲丰富的意涵，将之简单化，转为"乐圣称贤"，与全诗不协，定非原貌，当要排除。

问：请对"衔杯乐圣称避贤"作一分析。

答：好的。这是写玄宗宰相李适之耽酒豪饮之事，"左相日兴费万钱，饮如长鲸吸百川，衔杯乐圣称避贤。"诗中"避贤""乐圣"皆出于李适之诗，由《罢相作》化出。"避贤初罢相，乐圣且衔杯。为问门前客，今朝几个来。"即从这一表面来看，后人改窜的"衔杯乐圣称世贤"也应排除。

问：对，从化用角度看，"衔杯乐圣称避贤"才堪合。那么"避贤"怎么理解？

答："避贤"在具体语境中有两种理解。

1. 在李适之《罢相作》中，有牢骚之意，他并不乐意让贤李林甫，故称"避贤"，政治意味很浓。孟棨《本事诗·怨愤第四》：

> 开元末，宰相李适之疏直坦夷，时誉甚美。李林甫恶之，排诬罢免。朝客来，虽知无罪，谒问甚稀。适之意愤，日饮醇酎，且为诗曰："避贤初罢相，乐圣且衔杯。为问门前客，今朝几个来？"李林甫愈怒，终遂不免。

避贤，避位让贤，在此指李适之辞去相位给贤者担任。李适之不可谓不贤，他是唐宗室，恒山愍王李承乾孙。因宗室关系，他进入仕途无须科举。年纪轻轻就任职左卫郎将，平步青云，一直做到河南府尹。开元二十四年（736），黄河支流谷水、洛水泛滥，朝廷屡次派人治水，收效甚微，还耗费了大量民力财力。于是，朝廷下诏，令李适之治水。李适之修筑了上阳、积翠、月陂三处堤坝，成功治理了谷、洛二水的水患。因他治水有功，玄宗下令立碑纪念。更为尊荣的是，这块碑由永王李璘撰写碑文，太子李瑛题写碑额，又进封他为御史大夫。从此，他正式进入了大唐王朝权力斗争的漩涡中心。开元二十七年（739），李适之兼幽州大都督府长史，知节度使事务。他上疏玄宗，成功给祖父李承乾父亲李象平反，隆盛归葬昭陵阙内。不久，又拜刑部尚书。天宝元年（742），代牛仙客为左相，累封清和县公。尝与李林甫争权不叶，求为散职，天宝五载，罢知政事，守太子少保。坐与韦坚等相善，再贬宜春太守，仰药而死。

2. 在《饮中八仙歌》中，"避贤"虽化用李适之《罢相作》诗，却全无原诗的政治讽喻,通观整体,全诗皆言"八仙"饮酒事迹,杜甫只取李适之豪饮的人生一面。据《旧唐书·李适之传》:"适之雅好宾友,饮酒一斗不乱,夜则宴赏,昼决公务,庭无留事。"《新唐书·李适之传》:"适之喜宾客,饮酒至斗余不乱。夜宴娱,昼决事,案无留辞。"

此时在天宝中,杜甫也未在意政治斗争,作为贵族他只是尽情享受人生,歌颂圣朝盛世,甚至并未参加科举。在此状态下说杜甫此诗有政治讽喻,我是不同意的。从诗看就是他以民间立场记录长安名流人物。

再看《唐诗鉴赏辞典》给杜诗的评语:

> "避贤"语意双关,有讽刺李林甫的意味。这里抓住权位的得失这一个重要方面刻画人物性格,精心描绘李适之的肖像,含有深刻的政治内容,很耐人寻味。

耐人寻味吗?硬要给杜诗安排出这样的政治意识,杜诗不是首首皆涉政治,他未做官前,恐怕并无那么强烈的政治意图,他作为贵家公子,"骑驴三十载,旅食京华春",只为尽情享受着"裘马轻狂"的潇洒人生,作于天宝五载至十载间的《饮中八仙歌》正有这种心境。作为杜审言裔孙,他住在祖居地富人区杜陵,交往均为贵宦名流,显非一般士人可比。至于当他有仕进之想时,便有了"朝扣富儿门,暮随肥马尘"的不满,也是只言个人仕途不进的牢骚,并不指斥朝中政治斗争。他的政治意识的觉醒出现在授左拾遗,卷入房琯事件,批评肃宗排斥玄宗旧臣之后。

问: 我明白了,在具体语境中,李诗自是李诗,杜诗自是杜诗。李诗用意在政治,杜诗用意在于酒。如何认知杜诗中的"避贤"呢?

答: "衔杯乐圣称避贤"中与酒有关的词是"乐圣""避贤"。

先说"乐圣",有"乐于圣道""乐逢圣世"之意,但从诗意应排除。诗中"乐圣"指酒,魏时称清酒为"圣人"。《三国志·魏志·徐邈传》:

> 时科禁酒,而邈私饮至于沉醉。校事赵达问以曹事,邈曰:"中圣人。"达白之太祖,太祖甚怒。度辽将军鲜于辅进曰:"平日醉客谓酒清者为圣人,浊者为贤人,邈性修慎,偶醉言耳。"竟坐得免刑。

后因以"乐圣"谓嗜酒。再看李适之《罢相作》:"避贤初罢相,乐圣且衔杯。"他的"避贤"与"乐圣"对举,结合他的遭遇,他诗中的"避贤"就有二义,政治的与嗜酒的双关。

再说"避贤",除去让贤之义,上引还指出"浊者为贤人",即清酒为圣人酒,浊酒为贤人酒。"避贤",从诗意就是不喝浊酒。结合李适之皇族身份,《饮中八仙歌》就是极写一个贵族对酒品质的要求,他只饮清酒不饮浊酒。"左相日兴费万钱,饮如长鲸吸百川,衔杯乐圣称避贤。"他日费万钱,购买清酒豪饮,就是杜甫要强调的。结合整体看,杜诗只言酒,不关政治。

问:我明白了,杜甫只是化用李适之诗句,而没有李适之那般政治牢骚。

关于李白《清平调》诗事之疑

问：李白《清平调》选者很多，诗事影响很大，据其所传，是真实的吗？

答：这是个有趣的问题。先看《清平调》三章：

> 云想衣裳花想容，春风拂槛露华浓。
> 若非群玉山头见，会向瑶台月下逢。
>
> 一枝红艳露凝香，云雨巫山枉断肠。
> 借问汉宫谁得似，可怜飞燕倚新妆。
>
> 名花倾国两相欢，长得君王带笑看。
> 解释春风无限恨，沉香亭北倚阑干。

诗事初见于唐人李濬《松窗杂录》，继见于宋乐史《李翰林别集序》，宋祁撰《新唐书》又简化故事，写入《李白传》，影响之大，自不待言，似乎煌煌史据，不容置疑的了。我节引诗事如下：

> 会高力士终以脱靴为深耻，异日，太真妃重吟前词，力士戏曰："始谓妃子怨李白深入骨髓，何拳拳如是？"太真妃因惊曰："何翰林学士能辱人如斯？"力士曰："以飞燕指妃子，是贱之甚矣！"太真妃深然之。上尝三欲命李白官，卒为宫中所捍而止。（《李太白全集·卷三十五引》）
>
> 白尝侍帝，醉，使高力士脱靴。力士素贵，耻之，摘其诗以激杨贵妃。帝欲官白，妃辄沮止。（《新唐书·文艺列传》，《旧唐书》卷一九○下只作："尝沉醉殿上，引足令高力士脱靴，由是斥去。"）

《新唐书》所说："摘其诗以激杨贵妃"即《松窗杂录》所谓以"飞燕指妃子"。

察其意李白当时事出无心，本无斥贱妃子之意，但高力士忌恨，才如此下作，去激怒杨贵妃，达到害李白之目的，高力士虽为宦官，挑诗有理，杨贵妃才会相信。后来注家就此为高力士此举大加发挥，如萧士赟《分类补注》云：

> 传者谓高力士指摘飞燕之事以激怒贵妃。予谓使力士而知书，则"云雨巫山"岂不尤甚乎？……此云"枉断肠"者，亦讥其曾为寿王妃，使寿王而未能忘情，是"枉断肠"矣。诗人比事引兴，深切著明，特读者以为常事而忽之耳！

这比见别人拿刀，便急忙端血盆更恶劣，他扩大事态，变本加厉，以为高力士不如他聪明，未说到关节上。我以为萧说于理不通，不论高力士知书否，他既知飞燕，难道就不懂巫山云雨？高力士也能作诗，安能以其为不知书？据萧说，按李白如此"深切著明"恶骂贵妃并涉及玄宗，幸亏"以为常事而忽之"。那么，如不忽略，那岂非杀头不可。千载以下为高力士忌李白事如此张扬，实在不顾事理，所以王琦引萧注后驳曰："古来文字之累，大抵出于不自知，而成于莫须有。"

而且，用飞燕比贵妃，李白不是一次，都是应制要求所作，唐人应制诗均为颂诗，这是众所周知的。他的《宫中行乐》词之二曰："宫中谁第一，飞燕在昭阳。"假如以飞燕真含讥刺，应制时一再如此，还不速祸，能容许吗？自然，有人也对飞燕讥刺持异议，如宋人洪迈《容斋随笔·卷三》所议，但他却疑为李白是在揭发安禄山与杨贵妃之奸，其实更为荒唐。

问：想必你认为这个流传故事是不真实了。

答：是的，诗人用典，并非定用全事，往往取其一点，例如一女郎被称"赛西施"，不过取喻其貌美，决非用其事。李白诗取"飞燕"喻美也是如此。"云雨巫山"，指君王会合神女，如若硬以为讥刺，那么"名花倾国"就更应速祸。据《诗经·大雅·瞻卬》："哲夫成城，哲妇倾城。懿厥哲妇，为枭为鸱。"然而历来倾城倾国，都是喻女子之美的赞评。明皇、贵妃也未因此而恼怒。此外，高力士果有激恼贵妃之密语，宫闱隐秘，外人何从得知？而李白叫高力士脱靴事，则见于李肇《国史补》，段成式《酉阳杂俎》。《旧唐书》本传所云，可能与事实切近，较《新唐书》可信一些。至于李白被放还山，是否如《李翰林别集序》之为高力士所谗，或张垍谗呢？或许另有因由，自不小心，也未可知。关于《松窗杂录》之类的传说，信之者已是不多，硬著李白诗有托讽，美中有刺，未免失之穿凿。

李白以山人独特气质入驻翰林，其政治意识本就淡薄，唐玄宗用其文学才能，仅供于娱乐消遣，一代明君心明如镜。所以搞出这些宫闱秘闻，皆后来好事者特喜欢李白之穿凿附会。这其中人物高力士或不喜欢李白为人作风，说过一些批评之语，但取决权还在玄宗那里。杨妃不过一女子，本就不问朝事，岂能左右玄宗？李白之废弃应该是唐玄宗觉察到他不适合留宫中，这才是真相。三诗所谓讥刺致祸，皆后人抬爱李白为之抱不平而找的理由，曲解诗意，实为荒唐。

问：那么，从诗的解释、理解上如何排除误会？

答：《清平调》三首好，有名，但好在哪里？如何好法？许多人是没有深研的。有的人故意将它"深文曲解"，依其曲解，又增加此诗多少价值呢？谁都该知道，这是"应诏诗"，如前所述，是"颂"的格局，这是任何天才也不会违背，不敢违背的，把应制的诗写成讥刺，倒不合应制诗的体格了。李白不是糊涂人，不会不知降罪的厉害，就像在喜庆华堂唱起丧歌，这决不会被容许的。正是李白从应制的体格要求中，写出了是应制又绝不同于一般应制那样庸俗呆板拘谨的诗。

还有，后人因杜诗婉转幽深，以杜诗诗风去拔高李诗，总要给李诗找出一些幽微之旨，实际上李杜是不同的诗人，李白即如鲍参军之流俊逸清新罢了，他不是杜甫儒家那种一饭不忘君不忘民的诗人，他的诗好是好，但不如杜诗深刻也是事实。如果说杜甫诗歌是诗中儒经，那么其他唐诗人的诗歌只能是诸子百家诗了。

回到本组诗来看，诗题是沉香亭赏牡丹，当然要咏牡丹，又有贵妃陪从，当然也要恭维杨贵妃。李白不傻，知道自己宫中角色。而且唐明皇高兴地亲口说"赏名花，对妃子，焉用旧乐词为"。这无异规定了诗人的写作内容要创新。所以诗人对名花、美人双管齐下。黄生《唐诗摘钞》云："三首皆咏妃子，而以花旁映之，其命意自有宾主。"

第一首首句"云想衣裳花想容"，以花比美人，而不以美人比花，这已将"以美人为主"的诗的主题定下。次句实咏牡丹，无须深究。三、四句"若非群玉山头见，会向瑶台月下逢"，用"玉山""瑶台"二典，写喻沉香亭畔的"名花、倾国"，是照应，又从远远说来，从另一层说来，境界高华，赞誉恰切。

第二首先一笔"一枝红艳露凝香"誉牡丹之后，承上首"玉山""瑶台"纯是仙远缥缈，而启下句之"云雨巫山"，典实依次靠近，楚山巫峡，是神人交会所在，是人间了，天上人间，章次井然。但朝云暮雨之飘忽，徒使楚王惆怅，所以以下有"枉断肠"，言外衬出古人不及今人，古帝王不及今帝王之意。接下三、四句"借问汉宫谁得似，可怜飞燕倚新妆"，从巫山神女典实再次靠近，贴近了李、杨的现实，当然，它比上已实了一步，但仍属于虚，唐人每用汉比唐，如白居易"汉皇重色思倾国"，若从"汉"代"唐"而论，两句便已坐实。历史上美人，如前所述，是喻美之意，并无"女祸"之义。但麻烦的是"可怜飞燕倚新妆"。新妆怎么倚？把"倚"讲为

"靠"岂不成了要"靠"新妆才美吗？这是不妥的。若引洪升《长生殿》，则"倚"的讲法自明。他在《惊变》一折曾概括《清平调》云"新妆谁似，可怜飞燕娇懒"。"娇懒"二字，成了"倚"字确解。而且"名花美人"尽在其中。

上二首讲通后，梳理起来，两首文义环错，转换引入。

第三首一、二句是承上二首的自然总结，唯有第三句"解释春风无限恨"，"恨"字触目，似乎违制了应制的颂诗体式。黄生《唐诗摘钞》云："释恨即从'带笑'来"，从承接关系看，是通的，可是仍不明"恨"从何来，其实这是一种特殊用法，此句重在"解释"二字，作"化开"讲，"无限"是语意的特别加重，其意为"越是无边的恨都可以解开来"，这是越是欢乐才可能的。好像是"以哀景写乐，以乐景写哀，则一倍增其哀乐"的用法，以反衬正。这样讲对一二句"名花倾国两相欢"，之能"释无限恨"是一致的，与"君王带笑看"也是符合的。

所以，这三首诗本是浅明而不难解的，虽有不少典实而题旨是分明的，那故作深文曲解，不仅令人迷糊，而且资小说家的敷衍流传，以至于疑窦产生。

从歪曲事实来看，《新唐书》起到了推波助澜作用。我们有必要再来看两《唐书》。《旧唐书》多学春秋笔法，简洁言实，并不多取民间传闻，本于官修实录，边际明确。百年以后的《新唐书》辞采繁丽，渗入更多野史传闻参补史事，叙事文辞丰腴，这是时代特征所决定的。宋代是市民社会，叙事品味有了极大变化，小说者流亦被采取，疏于考证，迎合仁宗对《旧唐书》"文采不明"的批评，导致《新唐书》多有违前人著史之精确。史料采用的问题，前人著史颇为重视《春秋》定下的尺度，亦知官史与野史之别。唐代贵族社会结束后，宋代迎来了平民社会，著史者虽学富五车亦不免被时风影响，还有宋以后叙事文学的兴盛也影响史家取材，一些趣闻轶事被采用。我不否认野史中有信史，但它在或有或无之间，芜杂繁冗须得详加辨识。前人为李白没有授官鸣不平，编造诗事，明显受时流左右，我们应知李白是文学奇才，而他的身上确乎只有道家思想、纵横家思想以及神仙家思想，就是乏少儒家思想，所以在宫中立不住脚，被辞退是自然之事，当时并未引发朝廷纷议就已说明问题。所谓《清平调》诗事皆后来好事者引出。

第三辑

中唐：唐风大定

关于女诗人李季兰身世秘闻

问：唐代女诗人中，谈得最多的是薛涛，但一个叫李季兰的，她的名望也不应低于薛涛吧。

答：特别在唐代，应该是这样。我先将她的生平谈谈。李冶，字季兰。《通志·艺文略》及《宋史·艺文志》均作"裕"，《唐才子传》《唐音统签》《四库总目提要》则并作"冶"，明代《唐诗品汇》则两说并存，综合比判，应以"冶"为是。原因，唐韦縠编《才调集》作"女道士李冶，字季兰"。显然"治"为"冶"之误。在唐高宗后的玄、肃、代、德四朝之内，有触帝讳之嫌。关于她的生卒年已经不详，但学界均认可她生活的时代在公元756年前后，《青楼小名录》及《太平广记》均作秀兰。吴兴人，她美姿容，神情萧散，专心翰墨，善弹琴，尤其擅长作诗，后来作女道士，与文士交游，时常往来剡中（今浙江新昌），与山人陆羽、上人皎然等尤其相得。她的经历，历来认为：天宝年间，玄宗听说她的才气，便诏命她来宫廷，当时李季兰在广陵（扬州），便应命北上，留居宫中月余，对她优赏丰厚，后来遣归田园。安禄山乱起，曾陷身贼中，后来便不知所终。对于李冶的了解，这还是很不够，并且也有许多疑点。我想，重要的思路应当从唐人对李冶的看法着手，作为诗人，更要看她的诗作及其在她那个时代的影响。今查，唐人所选唐诗十种，都是各个时期或当时极有影响的诗作才能入选，唐人所选唐诗十种，最早能入选的女诗人便是李冶。高仲武《中兴间气集卷下》选入李季兰诗六首。此前的《箧中集》《河岳英灵集》《国秀集》《御览诗》都不选女诗人诗，即使个别选集或因为时限，但社会的歧视或许是选家的主因。高仲武勇敢地打破了这个沉闷的局面。他自己说："仲武不揆菲陋，辄罄謏闻，博访词林，采察谣俗。起自至德元首（756），终于大历暮年（780），述者数千，选者二十六人。"他选的内容与指导思想"著王政之兴衰，表国风之善否，岂其苟悦权右、取媚薄俗哉！今之所收，殆革前弊，但使体状风雅，理致清新，观者易心，听者竦耳"（《中兴间气集序》）。这就说明，高仲武的审美标准与内容界定是很严的，要从采搜广泛的数千人中脱颖而出很不容易，李季兰诗的入选，在当时被人看重的情况由此可知。

高仲武此本为转折时期中唐人选诗,必有其社会原因,安史之乱后,尤其科举取士,对社会冲击极大,大量素质低下,不合贵族价值观的人充斥上层社会,中唐社会呈现堕落景象,有识之士已感受到了其中之变,为纠正价值观的错位,在此背景下,高仲武以选诗从敦睦诗教与平和艺术标准出发,以张目安史之乱后"中兴"为目的,以"体状风雅,理致清新"恢复乱世秩序为宗旨,结成《中兴间气集》。这是他选旨的现实意义,平复安史之乱后整个社会的焦躁情绪。从书名"间气"看,《春秋演孔图》说:"正气为帝,间气为臣,宫商为姓,秀气为人",可知高仲武所选对象是出类拔萃的人物。古人认为,次于帝王的才干人物,都上应星宿,下禀天地浩气,间世而出,故曰间气。女诗人李季兰能跻身其中,也算间世巾帼才人。

问:高仲武能对女诗人这样肯定,不同凡响。

答:不,我仍然颇有微词。凡入选诗人,诗前均有一段小序介绍,非常重要,是选者的评述,也是考察诗人的重要资料。李季兰的小序介绍云:

> 士有百行,女唯四德,季兰则不然,形器既雌,诗意亦荡。自鲍昭以下,罕有其伦。如"远水浮仙棹,寒星伴使车",盖五言之佳境也,上效班姬则不足,下比韩英则有余。不以迟暮,亦一俊姬。

仔细体会,高仲武小序,李季兰诗名诗艺盛高,不得不选,但是以反面教材对待,树为批判靶子,以儆效尤。"三从四德",高仲武的道学面孔并不因入选女子诗而有改变,那"诗意亦荡",更从诗给李季兰蒙上不良形象,肯定虽然有,歧视的眼光不可能说无。我这里要指出,宋人计有功《唐诗纪事·卷七八》却改动了高仲武两个文字。将"雌"改"雄",将"班姬"改为"班婕妤","雌"字分明有高仲武蔑视女性的眼光,"雄"字则含赞赏。

问:计有功改易人的名姓对吗?

答:高仲武的小序中涉及了几个人,鲍昭、班姬、韩英,历代评家都妄加穿凿,如计有功将班姬改为班婕妤,影响深远,今之《历代女诗人诗词》(李晏平、郭美德注释)都依此说。有必要加以辩说:班昭,又名姬,字惠班,班姬就是班昭,扶风安陵人,班彪之女,班固之妹,14岁嫁曹世叔,世叔早卒,寡居,学问很博,兄因著《汉书》未成,汉和帝使她就东观藏书阁踵成之。帝又召入宫,令皇后贵人以师礼相待,号为大家。《汉书》始出,未有能通者,大儒马融亦伏于阁下,从她受读。永初七年(113),同儿子到陈留为官,她死后,皇后为之孝服举哀。而班婕妤又是何许人?班婕妤的名字已失传,婕妤是当时后妃的位名,她是左曹越骑校尉班况的女儿,聪慧貌美,汉成帝即位,她选入后宫,拜为婕妤,帝以为贤,后赵飞燕姊妹得宠,鸿嘉三年(前18),飞燕谮她同许皇后挟邪诅咒,帝废许皇后,考问班婕妤,她以"死生有命,为邪无益"答对,成帝怜而赦之,她自请供奉皇太后于长信宫。她的作品较多,有赋,诗《怨歌行》,又名《纨扇诗》,有秋扇见捐的寄托。高仲武小序没有说李季兰被召入宫事,即使天子果有慕其才名召入宫,那也决非像班婕妤的后妃名位,所以,高仲武是以班昭的才气比她认为不足是恰当的。

另一个比是下比韩英,说她才气则高过韩。韩英是什么人?无考,推测可能是一位姓韩的宫人,当时曾在御沟拾片红叶题诗流出宫外之事,后终于与拾叶人成姻眷。《全唐诗》有韩宫人诗,所以高仲武才于小序后云:"不以迟暮,亦一俊姬。"另外,小序还谈"自鲍昭以下,罕有其伦"。鲍昭,就是鲍照,唐人避武后讳,改照为昭,生于宋武帝永初中,与谢灵运、颜延之并长。江、颜、谢、鲍,尝为古乐府,文甚遒丽,出为临海王子顼参军。顼败,为乱兵杀。鲍照长于诗章,尤长乐府,为六朝第一流作品,杜甫以"俊逸"二字评之。我以为,李季兰诗的风格正有近似之处。

问:从你的见解中,我也领会到应正确理解高仲武的小序,而且是考察研究李季兰其人其诗最切合的材料。他主观上对诗歌内容持批评态度,客观上是承认李季兰诗艺的杰出地位的。

答:对。再谈谈有关李季兰的趣闻。计有功在《唐诗纪事》中说,她幼时很聪慧,五六岁时,父亲抱她于庭中,李季兰作诗《咏蔷薇》云:"经时未架却,心绪乱纵横。"其父很气愤说:"此必为失行妇也。"显然父亲把"架"谐音"嫁"字,计有功说:"后竟如其言。"另一个趣闻据《太平广记·卷二七一》说她喜好与文士交游,往来剡中,与山人陆羽、上人皎然等非常交好,曾与一些文士集会于乌程(今浙江湖州)开元寺,她知道刘长卿有阴重之疾,她就借陶渊明诗开玩笑说他"山(谐疝)气日夕佳",刘长卿便谐笑以陶诗应答:"众鸟欣有托。"逗得满座大笑。在唐代社会三从四德束缚的女子中,她敢与文士广泛交游,敢于冲破道德束缚,这是很少的,此趣闻不管真实与否,高仲武说她"俊姬","诗意亦荡",或与她的浪漫开放性情相关。她还与朱放、韩揆、阎伯钧、萧叔子等人情意非常投合。她的《寄朱放》《送阎二十六赴剡县》等诗一扫从来女性作家的羞涩之态,坦然男女社交,在历史上都是罕见的,究其原因或有她女冠的身份,不能以普通在家妇女要求她。

问:李季兰的诗,真如高仲武所评一个字"荡"吗?
答:我并不以为然。李季兰存诗十六首,断句四联,清新俊逸,颇具情致,真

情抒自内心,被高仲武和历代选家认同的如《寄校书七兄》:

> 无事乌程县,蹉跎岁月馀。
> 不知芸阁吏,寂寞竟何如。
> 远水浮仙棹,寒星伴使车。
> 因过大雷岸,莫忘八行书。

诗用自己的蹉跎岁月想到校书的寂寞日子。那最有名的颈联"远水浮仙棹,寒星伴使车",是她自述启程在旅途状况,"棹"用仙字,或许与她的女冠相关;"使车"为驿使之车,此诗又题《送韩校书》,所以是韩校书的使车。远水与寒星的景物将白天与夜晚的行旅分别点示,《全唐诗话》称为"五言之佳境"。尾联将她过大雷泽寄信的心情道出。雷泽在山西永济县南,是从浙江赴长安的通道。沈德潜评这首诗"不求深邃,自足雅音"。并无什么"荡"意,说为意"荡"的诗也许指她那首《相思怨》:"人道海水深,不抵相思半。海水尚有涯,相思渺无畔。携琴上高楼,楼虚月华满。弹著相思曲,弦肠一时断。"这首颇具乐府味的言情诗,其实也清新素净。她与刘长卿等名士交往,《唐诗纪事》说刘长卿称赞"季兰为女中诗豪"。这样评她是缘于她能写出那首《从萧叔子听弹琴赋得三峡流泉歌》,有句如"巨石崩崖指下生,飞泉走浪弦中起。初疑愤怒含雷风,又似呜咽流不通。回湍曲濑势将尽,时复滴沥平沙中",用形象的气势写音乐,古朴有气势,毫无阴柔感觉。

问: 历代笔记、诗话言及李季兰应召入宫,那是子虚乌有吗?
答: 并非事出无因,她有一首诗《恩命追入留别广陵故人》:

> 无才多病分龙钟,不料虚名达九重。
> 仰愧弹冠上华发,多惭拂镜理衰容。
> 驰心北阙随芳草,极目南山望旧峰。
> 桂树不能留野客,沙鸥出浦漫相逢。

"恩命"是帝王诏命,这是历代笔记、诗话的依据。关于《恩》诗,《四库总目提要》认为"不类冶作",她的才名确已远播,但她已"多病、衰容、华发",虽驰心北阙,但仍恋旧峰。既然去了,何以高仲武只字未载?是否她留别广陵故人北去,正当安史乱国而陷身贼中,真正是没有进入内宫?这是一种推想。另外,她有《陷贼寄故人》:"鞞鼓喧行选,旌旗拂座隅。"是陷贼安史之乱还是朱泚之乱?种种疑惑均不得解。至于唐人赵元一《奉天录》云:"时有风情女子李季兰上泚诗,言多悖逆,故阙而不录。皇帝再克京师,召季兰而责之,曰:'汝何不学严巨川有诗云:手持礼器空垂泪,心忆明君不敢言。'遂令扑杀之。"在李冶上朱泚诗未发现前,此载似不足取信。故史家大都以她不知所终了结。这也留下了李季兰结局之疑。

问:不无道理。
答:但近年李季兰之死又有惊人新说,《文汇报》2014年11月15日"笔会"发表了著名学者陈尚君先生的《李季兰因写歌颂诗而丧命》,对赵元一《奉天录》所载附逆扑杀进行了确认。陈文说:

> 徐俊纂《敦煌诗集残卷辑考》(中华书局2000年),从俄藏敦煌文书 Дx.3865号发现李季兰上朱泚诗:"故朝何事谢承朝,木德□天火□消。九有徒□归夏禹,八方神气助神尧。紫云捧入团霄汉,赤雀衔书渡雁桥。闻道乾坤再含育,生灵何处不逍遥。"估计她困留长安,朱泚认为她有诗名,让她写诗歌颂新朝。诗意是以五德终始的一般说法歌颂新朝,说天下归心,祥瑞频现,天地含育,生民逍遥。内容是歌功颂德的习惯套路,估计当时流传很广,乃至敦煌也有传本,以至传入德宗耳中,必要加以追究。

朱泚之乱在德宗建中四年(783),泾原兵变,朱泚被哗变士兵拥立为帝。兴元元年(784)李晟唐军收复长安,朱泚逃往彭原西城屯时被部将杀死。乱平。如此,则李季兰就活到了德宗兴元初年(784),从安史之乱至此,亦过去将近三十年了。李晟五月击破叛军,六月朱泚被部下杀死,七月德宗返长安。李季兰就在这以后被德宗扑杀了。

俄藏敦煌文书中还发现唐人蔡省风《瑶池新咏》残卷,李季兰居首,有她的佚诗《陷贼后寄故夫》:"日日青山上,何曾见故夫。古诗浑漫语,教妾采蘼芜。鼙鼓喧城下,旌旗拂座隅。苍黄未得死,不是惜微躯。"这就确证她晚年在长安陷身叛军的事实了。此诗陈尚君认为"借对故夫思念表达对旧朝眷恋"。李季兰是不幸的,她生逢乱世,经历两次叛乱,正是中国社会由贵族把持转向平民主掌的历史激变时代,体验到了个体生命的无奈;她又是可悲的,早年放浪,晚年身不由己,谄事伪朝,不知选择!虽然短暂事贼,但一念之间就付出了生命代价。她的人生是那个时代贵族古老传统价值观念开始崩塌的投影。

问:看来要重新建立她的生平经历了。
答:正是。至此结合所有史料,我们可以还原她的生平了。她与刘长卿、陆羽、皎然、朱放等同辈，友谊甚笃，约生于开元十八年(730)前后。朱泚乱平，她因《上朱泚诗》被德宗捕杀，卒于兴元元年(784)。约在25岁时经历安史之乱，但并未陷贼，她的一生均在江南故乡湖州吴兴度过。她有《恩命追入留别广陵故人》，谁的"恩命"? 从诗来看，决不是玄宗的恩命。得恩命时，她已是"虚名达九重"。高仲武《中兴间气集》编成于大历末年(780)，选她六首，这就是她说的"虚名达九重"，所以征召发自德宗恩命，事在建中初年(780)。她有《陷贼寄故人》"鞞鼓喧行选，旌旗拂座隅"，当指建中四年(783)朱泚之乱。她的《恩命追入留别广陵故人》《陷贼寄故人》《上朱泚》三诗，均未收入《中兴间气集》，说明作于之后。由此我们可以得知她最后几年的时光。建中元年(780)她辞别扬州亲故恩命西赴长安，入宫未留，逗留长安，年约50岁，不幸建中四年(783)陷贼中，还被朱泚选中，被迫写《上朱泚诗》，兴元初年(784)乱平以附逆诛杀。享年约54岁。

关于《琵琶行》本事之疑

问：白居易的名诗《琵琶行》本事真实性之疑是怎么提出的呢？

答：谈这个问题，应当从最早质疑者提出的问题谈起。叙事长诗《琵琶行》情真意切，感人至深，和《长恨歌》堪称白居易诗歌的双璧。先看看《琵琶行》诗：

浔阳江头夜送客，枫叶荻花秋瑟瑟。　主人下马客在船，举酒欲饮无管弦。
醉不成欢惨将别，别时茫茫江浸月。　忽闻水上琵琶声，主人忘归客不发。
寻声暗问弹者谁，琵琶声停欲语迟。　移船相近邀相见，添酒回灯重开宴。
千呼万唤始出来，犹抱琵琶半遮面。　转轴拨弦三两声，未成曲调先有情。
弦弦掩抑声声思，似诉平生不得意。　低眉信手续续弹，说尽心中无限事。
轻拢慢捻抹复挑，初为霓裳后六幺。　大弦嘈嘈如急雨，小弦切切如私语。
嘈嘈切切错杂弹，大珠小珠落玉盘。　间关莺语花底滑，幽咽泉流水下滩。
冰泉冷涩弦疑绝，疑绝不通声暂歇。　别有幽愁暗恨生，此时无声胜有声。
银瓶乍破水浆迸，铁骑突出刀枪鸣。　曲终收拨当心画，四弦一声如裂帛。
东船西舫悄无言，惟见江心秋月白。　沈吟放拨插弦中，整顿衣裳起敛容。
自言本是京城女，家在虾蟆陵下住。　十三学得琵琶成，名属教坊第一部。
曲罢曾教善才伏，妆成每被秋娘妒。　五陵年少争缠头，一曲红绡不知数。
钿头银篦击节碎，血色罗裙翻酒污。　今年欢笑复明年，秋月春风等闲度。
弟走从军阿姨死，暮去朝来颜色故。　门前冷落鞍马稀，老大嫁作商人妇。
商人重利轻别离，前月浮梁买茶去。　去来江口守空船，绕船月明江水寒。
夜深忽梦少年事，梦啼妆泪红阑干。　我闻琵琶已叹息，又闻此语重唧唧。
同是天涯沦落人，相逢何必曾相识。　我从去年辞帝京，谪居卧病浔阳城。
浔阳地僻无音乐，终岁不闻丝竹声。　住近湓江地低湿，黄芦苦竹绕宅生。
其间旦暮闻何物，杜鹃啼血猿哀鸣。　春江花朝秋月夜，往往取酒还独倾。
岂无山歌与村笛，呕哑嘲哳难为听。　今夜闻君琵琶语，如听仙乐耳暂明。

莫辞更坐弹一曲，为君翻作琵琶行。感我此言良久立，却坐促弦弦转急。
凄凄不似向前声，满座重闻皆掩泣。座中泣下谁最多，江州司马青衫湿。

对于《琵琶行》之本事，问世以来，即在各阶层中产生强烈反响。但未见唐人
对此诗本事有何怀疑，倒是宋代开始，一些宋儒对《琵琶行》之本事提出了怀疑。
首先出现的是洪迈在《容斋随笔·五笔》卷七《琵琶行·海棠诗》的议论：

> 白乐天《琵琶行》一篇，读者但羡其风致，敬其词章，至形于乐府，咏歌之
> 不足，遂以谓真为长安故倡所作。予窃疑之。唐世法网虽于此为宽，然乐天
> 尝居禁密，且谪官未久，必不肯乘夜入独处妇人船中，相从饮酒，至于极弹丝
> 之乐，中夕方去，岂不虞商人者他日议其后乎？乐天之意，直欲抒写天涯沦
> 落之恨尔。东坡谪黄州，赋《定惠院海棠》诗，有"陋邦何处得此花，无乃好事
> 移西蜀。天涯沦落俱可念，为饮一尊歌此曲"之句，其意亦尔也。

洪迈怀疑的理由有三：一、唐时法网或许不会让谪官如此放荡；二、人言可
畏，白居易不可能不顾及；三、诗人写诗目的在托物寄意，抒天涯沦落之恨，如苏
轼谪官赋《定惠院海棠》诗一样。此后，清人赵翼于《瓯北诗话》也提出疑问云：

> 《琵琶行》亦是绝作，然身为本郡上佐，送客到船，闻邻船有琵琶女，不问
> 良贱，即呼使奏技，此岂居官者所为，岂唐时法令疏阔若此耶？盖特香山借
> 以为题，发抒其才思耳。然在鄂州，又有《夜闻歌者》（宿鄂州）一首云："歌罢
> 继以泣，泣声通复咽。寻声见其人，有妇颜如雪，借问谁家妇，歌泣何凄切？
> 一问一沾襟，低眉终不说。"（《白香山长庆集·卷十》）则闻歌觅人，竟有其
> 事，恬不为怪矣。

赵翼作类同洪迈之说以为法令等不许之因，还特别找到白居易《夜闻歌者》
为旁证，以此实彼虚，证明《琵琶行》乃借此发挥以为题，显示才思之作。于是，传
袭至今，《琵琶行》本事之真伪已成疑案。今人也踵武前人之说，如刘开扬《唐诗
通论》推测说："《琵琶行》也可能是虚构，是白居易谪九江后借以抒沦落之感的。"
陈友琴《白居易传》一书说："我们觉得像洪迈、赵翼这样对故事性的真实性表示
怀疑，是有根据的，也是极有意义的。"

问：那么，看起来《琵琶行》本事真是子虚乌有？
答：我以为，上述的怀疑也是值得怀疑的。白居易为何要杜撰这"虚妄"故

事,鱼目混珠？看来谁也不能回答这个问题。果真如洪迈、赵翼之见,既然唐人生活中以为白居易夜访琵琶女之行事为不合法,而事实上又确无其事,白居易公然又写成诗歌,那岂非故意让别人来抓住话柄,媒蘖其短,有意让朝廷对这外谪官再罪加一等吗？用洪迈、赵翼之说稍作逆推,其不成逻辑已自昭然。而洪迈自己立论也是矛盾的,且看他在同书中《容斋三笔》卷六《白公夜闻歌者》条又是如何说的:

> 白乐天《琵琶行》,盖在浔阳江上为商人妇所作。而商乃买茶于浮梁,妇对客奏曲,乐天移船,夜登其舟与饮,了无所忌。岂非以其长安故倡女,不以为嫌耶？集中又有一篇,题云《夜闻歌者,时自京城谪浔阳宿于鄂州》,又在《琵琶》之前……然鄂州所见,亦一女子独处,夫不在焉,"瓜田李下"之疑,唐人不讥也。

这里所谓"'瓜田李下'之疑,唐人不讥也"是正确之见。但这个"鄂州所见",又正好与《琵琶行》记叙"一女子独处,夫不在焉"的情况完全相似,总不能说鄂州之女可以不讥,而浔阳琵琶女则是非讥不可的吧？这种前后矛盾之说,正可以以子之矛,攻子之盾,证明洪迈、赵翼的前说不可信。

洪迈对于唐代的政治、思想方面禁锢较松,风习较开放并不糊涂,他在同书《容斋续笔》卷二《唐诗无讳避》条云:"唐人歌诗,其于先世及当时事,直辞咏寄,略无避隐……今之诗人不敢尔也。"这也是对的,用他这一看法去问难他对《琵琶行》本事的问难,真不知他该如何回答。不只是白居易,同代诗人的大量诗作可以证明,现实生活,甚至放荡行迹,诗人们都可以自由抒写,据事直书,并无顾忌。白居易叙写与一个琵琶女萍水相遇的经过,记叙她自述生平的不幸遭遇,丝毫未涉及情事与淫乱,能够让人苟同赵翼"此岂居官者所为？岂唐时法令疏阔若此耶"的议论吗？至于洪迈认为"乘夜入独处妇人船中",而就诗的内容看,完全是对原诗的歪曲错解,真真实实反映了他们的腐儒之见。

殊不知,唐与宋是截然不同的社会,唐代是鲜卑色彩浓郁的贵族社会,由此构成的社会并非纯正的汉文化社会,这一新型的文化形态历史上从未有过,它也是开放包容的。而晚唐五代社会堕落,主因是统一人们思想的传统价值观丢失,这一典型乱世,让宋人警醒。宋代是纯粹的汉文化平民社会,汉人重新掌控江山,吸取唐末乱世教训,首先重建统一人们思想的儒家传统价值体系,理学成了统一汉人思想的利器,宋代阐释儒学不下于汉代,宋儒之盛不输于汉儒。矫枉过正,宋代的思想束缚又成了新的枷锁。所以洪迈之论有其偏激的极端思想文化背景,他也是有体会的,才在《唐诗无讳避》中说"今之诗人不敢尔也"。可见宋代道德厉禁之严。

其次,《琵琶行》中的琵琶女是否按《夜闻歌者》中"歌者"的真实形象而丰富虚构出来的另一个不真实形象？赵翼是这样看的。陈友琴《白居易》一书引赵翼的话以后,判断《琵琶行》序不过是"故作狡诡",对于"故作狡诡"我们后面再说。但是,《琵琶行》的诗序是极重要的,可以对本事真伪发人深思。《琵琶行》诗序:

> 元和十年,余左迁九江郡司马。明年秋,送客溢浦口,闻舟中夜弹琵琶者。听其音,铮铮然有京都声。问其人,本长安倡女,尝学琵琶于穆曹二善才,年长色衰,委身为贾人妇。遂命酒使快弹数曲,曲罢悯然。自叙少小时欢乐事,今漂沦憔悴,转徙于江湖间。余出官二年,恬然自安,感斯人言,是夕始有迁谪意。因为长句,歌以赠之,凡六百一十六言,命曰《琵琶行》。

诗序内容如此确凿,言言坐实,步步可踪。它好像专门为了避免对诗的真实性怀疑而做好了一切需要回答的疑难准备。一、所叙故事发生的确切时间和地点;二、与琵琶女偶然相遇的缘起;三、琵琶女的身世;四、琵琶女的行踪和不幸经历;五、诗人感怀写作的目的。就诗而言,上列内容已是清楚的,何以要辅之以序？我以为原因有两点。一是正因为有《夜闻歌者》表面与琵琶女类似的内容(其实二者的形貌、心理、语言、行动都不同),也许顾及二者被人混同,才特别加以诗序区别,《夜闻歌者》题下加了"宿鄂州"三字是不能忽视的,正是从地点上向人参证区别这是不同的两人,不存在"丰富虚构"之说。二是《白居易集》的诗序有二十余处,交代时间、地点、事件人物、写作原因的半数以上。证明用序"传信"诗人是常用的。白居易曾多次自编其集,考究次序,许多诗或标注或从内容反映年代和写作时间。那么,分明是元和十年(815)"鄂州相遇"的"歌者"虚构成的琵琶女,却要在诗序中说成"明年秋,送客溢浦口"的元和十一年(816)岂非自乱编集体例？已如前述,诗人在政治上、名誉上都没有掩饰之必要,所以,诗序只是为了道其真,而不是为了务其假。据现存最早版本宋绍兴刻七十一卷本《白氏长庆集》,并参照宋明清各本校点之《白居易集》,当存《书序》一卷(第四十五卷),共十五首,《琵琶行序》也在其中,同《与元九书》《荔枝图序》《新乐府序》等著名诗序并列,但因包括《琵琶行序》在内的十首诗序已列于该诗篇首,故该卷内仅保存其目。这些书序的可信性是不容置疑的,我们若肯定《琵琶行序》的真实性,反过来又否定诗本事的真实性,这是说不通的。

此外,白居易诗歌的理论主张,反映在他的叙事诗创作中,无不从现实生活取材。他在《新乐府序》中说:"其事核而实,使采之者传信也。"《秦中吟序》中说:"闻见之间,有足悲者,因直歌其事。"这是最明确道出他写生活真实的创作主张。

他的《观刈麦》《采地黄者》叙事虽短，都是生活实录。他继承杜甫"即事名篇"的创作主张，像"足悲"的琵琶女，"直歌其事"的遭遇经历，我们对琵琶女本事真实性的怀疑，无异于对白居易诗歌理论主张的怀疑和曲解。

对因事寄意抒写诗人天涯沦落之恨，并不因为承认《琵琶行》本事的真实性而否定诗人的主观意图。只需要引用陈寅恪《元白诗笺证稿》一句即可说明。他在第二章《琵琶引》中云："《琵琶引》既专为此长安故倡女感今伤昔而作，又连绾己身迁谪失路之怀。"也就是说，相信琵琶女本事的真实性，也相信诗人天涯沦落迁谪感。这是真知灼见。

最后我要说，关于本事真假之疑的起因，论诗者皆以唐有士族与贱民版籍之别而出此论，殊不知安史之乱后，对贵族社会打击沉重，科举又使平民地位崛起，白居易生活的中唐社会厉禁松弛，平民新贵再无初盛唐贵族的那种传统道德的自我羁束，社会充斥冶荡之风，"多务朋游，驰逐声名"（《旧唐书·高郢传》），形成了"侈于游宴"寄情声色的"长安风俗"（李肇《国史补》卷下）。白氏完全可以游宴琵琶女而不顾及他人非议。况唐代琵琶女之流乐工歌妓地位尚又高于一般"贱民"，教坊乐人社会从上到下皆为认可，白居易何不可游之？洪迈、赵翼将话语建立于良贱制度，拿宋以后乐籍、乐户备受社会歧视，从事所谓的"贱业"的观念说事，武断白居易游琵琶女本事，拿初唐考量中唐，是不解社会已变。补充一句，流行两千余年的贱民制度，至雍正时才彻底废除，割掉了奴隶制最后的尾巴，雍正功莫大焉。

问：听你谈来，对《琵琶行》本事真实性质疑的意见似都不能成立，那么，这是真有其事的了。

答：在没有更多的具体资料资证的情况下，《琵琶行》本事真伪之辩只在科学的阐释论证上进行。从这个角度上研究，我是相信它是真实的。这里也许还有人会提出，相信《琵琶行》本事真实，那么《长恨歌》本事也完全真实。殊不知二者同为叙事诗，却有一个很大不同点，《长恨歌》李杨爱情是真实的事，但却不是身历其境所见，是得之于传闻的材料，后面的"海上仙山"便充满了神奇虚幻的色彩，即如此，李杨爱情本事也是诗"传信"的真实记载。《琵琶行》是诗人亲自经历并融个人直叙于其中的生活实录。诗中的人、地、时斑斑可考。例如宋人赵令畤《侯鲭录·卷一》云："白乐天《琵琶行》云：'曲罢曾令善才伏'，而善才不知出处。《琵琶录》云：'元和中，王芬、曹保，保有子善才，其孙曹纲，皆习此艺。次有裴兴奴，与曹同时，其曹纲善为运拨，若风雷，不长于提弦；兴奴则长于拢捻，下拨稍软。时人谓纲有右手，兴奴有左手。'"李绅有《悲善才》，自述曹善才被敕曲江备乐，而播迁后善才已殁，悲感前事。他是极有名的琵琶能手，其孙曹纲也从习此艺,那么能教善才伏的也就决非一般琵琶女。赵令畤引《琵琶录》所云之裴兴奴,是否就是当年"十三学得琵琶成,名属教坊第一部"名噪京城而今却又沦落天涯与白居易相遇的琵琶女呢?这虽涉嫌于穿凿妄断,但并非完全没有可能。"兴奴则长于拢捻,下拨稍软。"《琵琶行》诗正有"轻拢慢捻抹复挑"之句,琵琶女不也长于"拢捻"吗?

又如诗中所点之地,送客湓浦口。《一统志》"湓浦在九江府城西青湓山。浔阳城在府西北一十五里"。"家在虾蟆陵下住",《雍录》:"虾蟆陵在万年县南六里。"而万年县即今西安长安区。按《国史补》云:"董仲舒墓,门人过皆下马,故谓之'下马陵'。后人语讹为'虾蟆陵'"。"商人重利轻别离,前月浮梁买茶去。"《唐书·地理志》:"饶州鄱阳郡县浮梁,武德四年置。"其地名无一不斑斑可考,比之于《长恨歌》得之于传闻的"忽闻海上有仙山,山在虚无缥缈间"下笔不同,证明白居易成诗分别不同,写诗审慎不是任意浪下笔的诗人,诗人是尊重和维护生活真实的。

《琵琶行》问世即轰动一时,没有见唐人对本事真实性的怀疑,此为一奇,也未见如洪迈、赵翼所料给白居易声誉以败坏影响,可见怀疑实出于少数宋儒之多事。其实,也是宋儒张耒《张右史文集》卷十一《题江州琵琶亭》云:"危亭古榜名琵琶,尚有枫叶连荻花。呜呼司马则已矣,行人往来皆叹嗟。司马风流映千古,当时琵琶传乐府。江山寂寞三百年,浔阳风月知谁主。我今单舸犯江潭,往来略已遍东南。可怜千里伤春眠,不待琵琶泪满衫。"三百年后,风景依稀,枫叶荻花尚存。物是人非之慨,足见白居易环境描写也相当务实。至明清时,陵谷沧桑,环境已经大变,凭吊者虽多,枫叶荻花无存。清人查慎行《敬业堂集·湓城集·琵琶亭次宋郭明复旧韵》:"春江带城沙嘴白,弓势弯环抱新月。我来纵棹半日游,败意眼前无一物……"至清人张维屏《松心诗集戊集·黄梅集》"琵琶亭"云:"枫叶荻花何处寻?江州城外柳阴阴。开元法曲无人记,一曲琵琶说到今。"

《琵琶行》本事之疑,眼下只能说到这样了。

问:谢谢,这已非常具有说服力了。但是,我再问一个问题,《琵琶行》《长恨歌》叙事长诗影响深远,之后名之曰"歌行体",是吗?

答:按明人胡震亨"衍其事而歌之曰行"(《唐音癸签·凡体》)意为因事而起,是叙事性的歌。唐诗体式丰富,只有歌行最纵横散漫,也最适合才气横溢,骋才自如。中唐元白至晚唐韦庄,都获得巨大成就。我中年时,也曾学元白,创作过歌行长诗,今录出一首《贵州行》分享:

小序:1998年秋10月,余受邀赴贵州参加"中国唐代文学国际学术研讨会",得识梁超然教授。会中游著名风景地红枫湖,参观民族风情小记。

碧水行舟走黔阳,红枫客旅寄行藏。舍舟登岸遇苗女,牛角擎酒要君尝。
入唇顿觉心先醉,三朝仍是齿留香。先生莫辞酒味薄,此是苗家老陈酿。
依稀山寨木楼房,吊脚楼下水泱泱。串串玉米风檐挂,家家殷实晾秋黄。
东西南北欢笑语,争迎远客来千里。苗家备有风情酒,戏作风情度苗乡。
俄顷手环银钏响,雪肤花貌摆裙妆。玉手纤纤红绸带,系挂游客结成双。
轻昵耳语挽新郎,先生心地要大方。对对相连款款步,簇簇拥拥木楼房。
芦笙木鼓咿呜起,清茶清酒散芬芳。窘蹐新郎费思量,如礼如仪已作场。
苗女耳语问夫婿,可有烦恼绕愁肠?悄悄寄言夫婿子,般般难事莫慌张。
踌躇已是催声嚷,高摘苦瓜抱新娘。旋作彩球移上方,口口吻球人吉祥。
独木小桥走对步,困比少游难三度。少游才情调琴瑟,教授情关不敢露。
交颈一杯互举觞,难煞新郎笑满堂。霎时欢悦行交拜,个个新郎情无奈。
任是通才舌辩口,脱身无术羞难挨。超然诗人超脱久,一系红绸竟入彀。
超然无能任主张,头白认作老新郎。风情大顺吉祥意,讨得吉祥汗如浆。
依依返舟趁斜阳,湖波潋潋风吹裳。生爱红枫摇情浪,今生今世梦徊徨。
度罢风情人俱乐,抚掌诗人情蹐促。秋心自惭容颜老,转喜难忘风情俗。

问:你所创作的这首《贵州行》,模拟"歌行"不错,颇有元、白流风余韵。

柳宗元《江雪》《渔翁》诗钓者渔翁是谁

问：唐代柳宗元是拥有多方面成就的文学家，他的诗歌成就如何？

答：是的。和所有中国历史上著名的文学家一样，政治上备受打击的柳宗元，文学上获得了巨大的成功。他思想的理念带给他的失意人生，成就了他在说理文、传记文、寓言、游记、诗歌多方面的文学业绩，这里拟就他的诗歌略论一二。

柳宗元自贞元二十一年(805)因王叔文政治改革集团牵累而谪贬永州，至元和十年(815)诏调还京，永州十年，是他文学的辉煌期，他的诗文俱达到极高境界，他的山水诗踵武前人，自成一格，《江雪》《渔翁》两个渔人形象分写于谪贬永州前期元和二年(807)和后期元和七年(812)。

问：《江雪》《渔翁》是他的代表作吗？

答：可见你已熟知，我先谈他前期的《江雪》。

> 千山鸟飞绝，万径人踪灭。
> 孤舟蓑笠翁，独钓寒江雪。

这是历代唐诗选家从未遗珠之作，但诗中的渔人是虚拟人物抑或诗人自我形象，素有争议，我们先谈诗人背景。柳宗元于元和元年(806)贬来永州，忧愤满怀，他六十七岁母亲卢氏也随同儿子一道跋涉山川，他们寄住永州龙兴寺，未及半载，柳母病逝，住所也遭火灾，国难、家祸、身愁的交集使柳宗元无法排遣，友朋星散，地理陌生，孤寂与孤独交并傺人负罪之身。永州地居荒僻，但山陵起伏，潇水湘水横越州境并汇合，山水清奇，山水之胜，使他于投闲置散之中得以遍历，无以遣怀时钓鱼之趣，亦可使他平除忧郁，他不是职业的渔翁，须靠此为生活，仅仅是无可奈何的一种爱好选择，凡爱好钓鱼者，并非为得鱼之旨，只是为钓鱼之趣，所以寒冬鱼伏，他知不可为而为之，那"独钓寒江雪"，可反证钓者确非是以此谋生的职业渔父，所以，孤舟蓑笠翁，必是柳宗元自己生活的写实。

作为"河东三著姓"的巨族,官宦子弟,柳母卢氏也是范阳名族,遭此大难,羁系永州,他那颗忧愤焦虑的急迫之心,选择了在大自然严酷的风雪中,以独钓寒江的形象出之,寓意明显。严羽《沧浪诗话》说"唐人唯子厚深得骚学"。所以此处渔父就是诗人自己,诗是他初贬时内心挣扎的写照。

问:这样就能肯定吗?

答:此其一。又据柳宗元自己在《答韦中立论师道书》说元和二年(807)永州下了一场大雪:"二年冬,幸大雪逾岭,被南越中数州,数州之犬,皆苍黄吠噬狂走者累日,至无雪乃已。"这也正是"千山鸟飞绝,万径人踪灭"实景的旁证,此其二。所以,我们有理由相信,《江雪》诗是柳宗元写实生活的艺术描写,是他经历的一次寒江钓雪,但我不以为,这将贬低诗歌的政治意义,不须标立何种新说,只是那冷寂的环境,孤独的钓翁画面,我们即可意会柳宗元无可奈何平除忧郁,不以严寒为意跳动的火热的心。

问:他在永州的生活感情就是如此吗?

答:在永州生活,关键是如何面对,随时光流逝,他爱上了永州山川,在冉溪买了地定居下来,心态逐渐平和,心境已适应永州的环境,他有一首《冉溪》写道:"少时陈力希公侯,许国不复为身谋。风波一跌逝万里,壮心瓦解空缧囚。缧囚终老无馀事,愿卜湘西冉溪地。却学寿张樊敬侯,种漆南园待成器。"在贬谪生涯无可奈何的缧囚岁月中,他"投迹山水地,放情咏离骚"(《游南亭夜还叙志七十韵》)。他不取消极避世态度,用典事述明心迹,寿张樊敬侯,指后汉樊重,谥敬。他曾在要作器物之前,先种梓漆,当时人们都笑他,但到后来却都得到它们的用处。"待成器",有力地证明他身遭贬谪却跳动一颗自强不息的报国之心,投迹山水,放情离骚,以待明时,他的诗文仰前辈屈原,精神上有着一脉相通。

元和三年(808)秋,他写的那首叙志诗,我引录他诗中一个方面的生活:"缅慕鼓枻翁,啸咏哺其糟……趣浅戢长枻,乘深屏轻篙。旷望援深竿,哀歌叩鸣榔……中川恣超忽,漫若翔且翱。淹泊遂所止,野风自骚骚。涧急惊鳞奔,蹊荒饥兽嗥。入门守拘縶,凄戚增郁陶。……处贱无溷浊,固穷匪淫慆。跟跣辞束缚,悦怿换煎熬……"(《游南亭夜还叙志七十韵》),可以见他爱慕渔父生活,常鼓枻中川。

问:这使我意会到他作的另一首诗《渔翁》的背景了。

答:是的。你领悟很快,他的另一首《渔翁》诗引起我对前人的一些争议读解作出一些新的评判。

渔翁夜傍西岩宿，晓汲清湘燃楚竹。

烟销日出不见人，欸乃一声山水绿。

回看天际下中流，岩上无心云相逐。

　　诗的争议有二，一是渔翁指谁，二是诗应对末二句删否。据清人刘大櫆选诗引阮亭云："柳子厚《渔翁》一首，如作绝句，以'欸乃一声山水绿'作结，便成高作，二句真蛇足耳。而盲者顾谓之何耶？"章行严《柳文指要》："此阮亭，耕南妄相牵引，反以他人为盲，真是水母目虾者也。此须先了解原诗，'烟销日出不见人'之人属谁？如看作渔翁自认，则明明骂题，理路难通，是必烟销日出时，忽听到他处欸乃一声，四顾不见人影，已乃移舟向中流徐徐开去，以'岩上无心云相逐'作结，完成当时境地，如此焉得认末二语为蛇足乎？"围绕以"人"属谁，是牵涉《渔翁》诗"渔翁"是谁的疑窦，这在柳宗元另首《溪居》诗完全可以找到佐证，录如次：

久为簪组累，幸此南夷谪。

闲依农圃邻，偶似山林客。

晓耕翻露草，夜榜响溪石。

来往不逢人，长歌楚天碧。

　　题为"溪居"，这是柳宗元生活写实的诗。他有时荷锄与农夫山客一样种黍除草，有时候溪江捕钓，"夜榜响溪石"，他爱上了鱼钓，至夜忘返，摇着小船暮晚靠岸，夜傍西岸而宿，那"来往不逢人，长歌楚天碧"，正是"烟销日出不见人，欸乃一声山水绿"于次晨自我描写的另一种版本。也正如徐仁甫先生在《古诗别解》云："'烟销日出不见人，欸乃一声山水绿'与柳诗《溪居》'往来不逢人，长歌楚天碧'。一为七言，一为五言，长短虽异，而结构境界完全相同。"

　　柳宗元以渔翁形象融注于永州投闲置散生活写实的诗除极有影响的《江雪》《渔翁》诗外，我并不作孤独的认同，他还有诗作反映，如回赠朋友写的诗有："只应西涧水，寂寞但垂纶"（《酬娄秀才将之淮南见赠之什》），如"天秋日正中，水碧无尘埃。杳杳渔父吟，叫叫羁鸿哀……归流驶且广，泛舟绝沿洄"（《湘口馆潇湘二水所会》）。从《江雪》到《渔翁》，是他生活的写照，两相比较，则会发现前后两个渔父形象迥异，《江雪》诗的孤清与《渔翁》诗的旷达，从写作时间的先后差异反映柳宗元沉迷渔父，心态逐渐平和，心境已适应永州的环境，时间对于改革志士的无奈消磨，虽然柳宗元并没有泯灭政治才能和抱负的施展，如他在一篇《瓶赋》中表示："缏绝身破，何足怨嗟"，身处逆境，心态平和。但元和九年（814），他写了篇《囚山赋》，把环境四周连绵的山峰看作牢笼，悲慨自己不能出去，又足见朝廷政争对一个贵族知识分子困踬十年的残酷迫害,也令我们扼腕愤慨。

问: 有柳宗元自己另诗从旁佐证,解析很具说服力。还请从柳诗的艺术成就谈谈。

答: 柳宗元的诗,古代文学家评论家很多,颇为看重,北宋苏轼说柳诗"外枯中膏,似淡实美"。(《古今诗话》)他在《书黄子思诗集后》中又说:李白、杜甫之后"独韦应物、柳宗元发纤秾于简古,寄至味于淡泊,非余子所及也"。这是苏轼长期贬谪中对柳宗元诗反复研读的体味,柳集中许多五言古诗包括《江雪》,尤具这样的特色,他在选词上也有偏爱,许多外枯中膏,似淡实美之作都特别善用"寒"字,如:

> 寒月上东岭,泠泠疏竹根。(《中夜起望西园值月上》)
> 寒花疏寂历,幽泉微断续。(《秋晓行南谷经荒村》)
> 驰景泛颓波,遥风递寒筱。(《与崔策登西山》)
> 羁禽响幽谷,寒藻舞沦漪。(《南涧中题》)
> 谷口寒流净,丛祠古木疏。(《韦使君黄溪祈雨见召从行至祠下口号》)
> 木落寒山静,江空秋月高。(《游南亭夜还叙志七十韵》)
> 磴回茂树断,景晏寒川明。(《游石角过小岭至长乌村》)

寒月、寒花、寒筱、寒藻、寒流、寒山、寒川,草木山川,无一不带上枯淡色彩,但整体看诗,又至味深永。《江雪》诗"千山""万径"以两地的辽阔,地域的广袤,与"鸟飞绝""人踪灭"相衬,益显出冷寂原生态状貌,是从上到下的概写,"孤舟""独钓"是近写,像电影镜头焦点的凝聚,寒江独钓,给人一种凛然不可侵犯的孤傲,诗从形上开拓了白茫茫天地辽阔的壮美,从神上凝聚了渔翁不屈服于严寒的抗争精神,完成了诗人初贬永州环境与心情的自然写照。杨万里说:"五言古诗,句雅淡而味深长者,陶渊明、柳子厚也"(《诚斋诗话》)。《江雪》诗充分显示了简古淡泊其外,深永至味其中。另首《渔翁》诗末二句删否,由苏轼"虽不必亦可"不经意出口的评论,却引起数百年争议不决的纠纷,南宋严沧浪说删末二句"使子厚复生,亦必心服"(《沧浪诗话》)。南宋刘辰翁,明人李东阳、王世贞等则说不删好,删末二句"则与晚唐何异?"其实,删与不删均不失为好诗,删去诗则"余情不尽",以"欸乃一声山水绿"确有空灵绝响的遗韵。柳宗元这样的大家并非不知,而他却要添上被人嗤为蛇足的末二句,其实用意明显,正因为诗中的渔翁不是别人,是作者自我形象的写照。删去则成了一般山水诗。属于诗人自我的描写,他才添上末二句成为成功的点睛之笔,他意在表明,不是一般山水诗以渔家画面表达一种闲情逸趣,《渔翁》诗由于有末二句则显示,在寄情山水的同时,孤独的渔夫,"回首天际下中流,岩上无心云相逐",恰好寓托柳宗元在政治斗争漩涡中被冲激出来,远贬永州被时间销蚀的无奈心境,有不露声色,不显张扬的孤愤,是诗的神髓,诗形神俱备,尊重诗人,不删既无损于艺术,也更了解诗人。

问:说得甚是。

柳宗元《登柳州城楼寄漳汀封连四州刺史》之疑

问：柳宗元名诗《登柳州城楼寄漳汀封连四州刺史诗》被清人纪昀评为"意境阔远，倒摄四州，有神无迹"。许多注本如《唐诗三百首新注》《柳宗元诗文选注》等都语焉不详，令人费解，该怎么解疑。

答：是的，许多评注家没有在诗的关键地方弄清楚，所以对纪昀评语没吃透，自己未吃透而要令人吃透，当然就不足取了。对这首名诗先得弄懂诗题，把握背景之后，方能解疑释惑。先看这首诗：

> 城上高楼接大荒，海天愁思正茫茫。
> 惊风乱飐芙蓉水，密雨斜侵薜荔墙。
> 岭树重遮千里目，江流曲似九回肠。
> 共来百越文身地，犹自音书滞一乡。

柳宗元于永贞元年(805)参与永贞政治革新失败，顺宗退位，宪宗震怒，权臣嫉恨，他初贬为邵州刺史，途中再追贬为永州司马，从此在永州禁锢达十年。唐人贬谪一般多三两年，长达十年的隔禁，说明这次政治事件影响极坏。同贬的还有主张革新官员共八人，分贬边远各地均充司马，毫无职权的小吏，故史称"八司马"。宪宗元和十年(815)，投闲置散已达十年的司马，包括柳宗元在内有五人应召进京，大臣中忠直者有想起用他们的，但经不住宪宗身边偏信的旧权臣梗阻，他们一月返京，三月即再贬出京城，柳宗元贬至柳州任刺史，其余四人分别至漳州、汀州、封州、连州任刺史。柳宗元至柳州后，初登柳州城楼便以见闻感受成此诗而分寄另四位刺史。这就是诗题的由来。

问：从诗题看，也容易理解的吧。

答：是的，但对诗的内容和"有神无迹"的理解就不易把握了。先说至关重要的第一联"城上高楼接大荒,海天愁思正茫茫"。一般的注释是:大荒即泛指边远地区或辽阔的荒野,而且可据《山海经·大荒西经》。但更重要的则是《抱朴子·博喻》说:"逸麟逍遥大荒之表,故无机阱之祸;灵鸽振翅玄圃之峰,以违罩罗之患。"显然诗人的深心便非仅止于边远荒野之意解释。柳宗元等五人的再贬,可见当时新旧臣僚之间抗衡仍然尖锐,柳宗元在《衡阳与梦得分路赠别》诗说:"直以慵疏招物议",慵疏二字既是旧权臣在宪宗身边的非议,也侧面透露他们没有向旧权势人们靠近。诗人在大荒一词中,借"逸麟""灵鸽"自喻,柳州虽是荒僻边远之地,但远离京城,则像逸麟、灵鸽,可避免陷阱、网罗之祸。它曲折地表达了政治迫害徒劳,并以此慰勉另四州友人,诗的起句即"神而无迹"。接下的"海天愁思正茫茫",几乎所有解释都认为诗人自述愁思如浩无边际的大海和广阔无根的天空。著名学者霍松林说:"展现在诗人眼前的是辽阔而荒凉的空间,望到接处海天相连而自己的茫茫'愁思',也就充溢于辽阔无边的空间了"(《唐诗鉴赏辞典》)。人民文学出版社《新选唐诗三百首》注:"海天愁思,愁思如海深天阔。"有影响的《唐诗三百首详析》作者喻守真先生纯以写情抒情看待此诗,更属皮相之见。他对诗的"作法"云:"此诗首联上句是写柳州,下句总写四人分处之地大都近海,所以说海天茫茫。"这是望文生义的想象,2004年11月,我赴柳州参加"柳宗元国际学术研究会",勘看柳州,与海了然无涉。诸种解释都忽略了"愁思"的内核,而无法正确对"海天"作导解。试想,柳宗元正春风得意,一腔抱负,却在永贞年间政治革新的官场,与复辟势力的争斗中失败了,是"愁思"的缘由,十年沉没,之后浮升,再落沉没,真真切切是"宦海浮沉",所以,海天的海,是"尘海、宦海",即指在红尘世界的经历和官场斗争的沉浮,天,指君王,天子,宪宗李纯顽固嫉才,忠奸不辨,朝政腐败,藩镇跋扈,国力衰颓。个人的浮沉与国家的命运网织了诗人百结的愁思,诗人有挽狂澜于既倒之意,朝廷却无圣明天子纳贤用能之心,他与其他四位刺史完全一样。所以"海天"是朝中汹汹现实的真实写照,令诗人沉浮无所适从。不对"海天愁思"四字正确释疑,也无法理解这首诗"神而无迹"之所在。

  问:你的点释很重要,如将"海天"二字滑入肤浅理解,真很难找到"神而无迹"所在。

  答:仅此认识犹还不足,且看以下数联。"惊风乱飐芙蓉水,密雨斜侵薜荔墙"。表面看,是诗人在城楼就眼前近景所见,但诗人何以独取芙蓉和薜荔,芙蓉和薜荔又为何被诗人情有独钟,这是值得深思的。芙蓉:屈原《离骚》"制芰荷以为衣兮,集芙蓉以为裳。不吾知其亦已兮,苟余情其信芳"。薜荔:《离骚》"擥木根以结茝兮,贯薜荔之落蕊"。这是屈原吟咏的香草,常用为借喻他志洁行芳的品格。柳宗元曾到屈原投水自沉的汨罗江凭吊,写下一篇沉痛的《吊屈原文》:"吾哀今之为仕兮,庸有虑时之否臧。食君之禄畏不厚兮,悼得位之不昌。退自服以默默兮,曰'吾言之不行。'既媮风之不可去兮,怀先生之可忘!"他谴责了当时那些只顾私利而不关心国家的官员,表扬屈原,也反映他不因个人安危而被放逐的遭遇,他怀想屈原,学步前修,柳宗元在永州十年,投闲置散中写了许多辞赋,都是他学习屈原《离骚》的精神和艺术的明证。这就是他诗中何以用"芙蓉、薜荔"取喻,何以对它情有独钟。

"惊风"和"密雨"也应当有所取喻,贞元二十一年(805),以王叔文为首的政治革新官员一系列新政措施,遭到太监、旧权贵、地方军阀等勾结反抗,逼迫病中的顺宗李诵退位,拥太子李纯为帝,是为宪宗,一掌政权,就贬王叔文为渝州司户,王伾为开州司马,九月,柳宗元被贬邵州,十一月于半途加贬为永州司马,刘禹锡为朗州司马,韦执谊为崖州司马,韩泰为虔州司马,陈谏为台州司马,韩晔为饶州司马,凌准为连州司马,程异为郴州司马。历史上称"八司马"之祸,王叔文集团一网打尽,政治革新云散烟消。这就是"惊风"乱飐芙蓉水。元和十年(815)正月,柳宗元等被召还京,贬谪十年,百感交集,以为有可能施展抱负了,但是仍有顾忌,他"每忆纤鳞游尺泽,翻愁弱羽上丹霄。岸傍古堠应无数,次第行看别路遥"(《诏追赴都回寄零陵(永州)亲故》),心情矛盾。但毕竟还京是好事,是希望所在,他重经汨罗江,写《汨罗遇风》诗,庆幸运比屈原好,重入京门,二月上路心情甚好,"诏书许逐阳和至,驿路开花处处新"(《诏追赴都二月至灞亭上》)。

八司马除韦执谊、凌准已死,果然当时重臣有怜惜他们的人,建议召还京城,但旧权贵仍在宪宗身边诋毁,宪宗旧怨未消,又经不住拨弄,三月,他们再又被贬派荒陬为刺史,职位似乎高了一点,可地区更边远,这就是漳州的韩泰、汀州的韩晔、封州的陈谏、连州的刘禹锡、柳州的柳宗元。他们心情失望,分途跋涉,柳宗元写道:"十年憔悴到秦京,谁料翻为岭外行。"(《衡阳与梦得分路赠别》)这就是"密雨"斜侵薜荔墙。这一联上下句取喻分明,就眼前近景,抒两遭外贬之情。

问:释疑不错,表层意思读是写景,联系诗人经历,确乎景中抒情。

答:诗人意犹未尽,以下第三联"岭树重遮千里目,江流曲似九回肠",这是远景,诗的表层是重重山岭,层层树木遮挡了渴望得见友人的目光之意。但"千里目"又是指喻帝王明察的眼光,"岭树重遮",喻他们又一次被旧权贵诋毁远贬岭外,即帝王仍与旧权臣亲昵,这是诗的深意。下句是以"九回肠"自述,言自身的遭遇之苦,更有忧国叹时之念,司马迁《报任安书》有"肠一日而九回"之叹,所以,诗的用意深寓唐宪宗元和年间,朝廷内部革新与守旧之间的斗争仍然残酷,柳宗元等革新的要求被诬为依附王叔文阴谋夺国,含冤未雪。你认为这样理解对吗?

问：极是，这表里结合的透析，我想，诗疑可解，"有神无迹"也得以意会了。

答：是的，但末联更为清楚，"共来百越文身地，犹自音书滞一乡"。纪昀说此诗"意境阔远，倒摄四州，有神无迹"，关键就在这"共"字，它深寓了整个革新与复辟两政治集团的尖锐对立，它意境辽阔，倒摄统率诗题中的漳汀封连四州刺史，反映革新派重要的臣僚在宦海官场两起浮沉的经历，只著一字，尽得真荃。柳宗元在柳州任刺史后，曾在《送李渭赴京师序》文中说："过洞庭，上湘江，非有罪左迁者罕至。又况逾临源岭，下漓水，出荔浦，名不在刑部而来吏者，其加少也固宜。"述说第二次远谪的残酷更厉害，"共"字是连柳宗元在内五刺史的共语，共同的不屈意志。末句点他们异乡各地，音书难通，是不容于时的迫害，亦是诗人要求莫因地域分散而疏远，要加强联络，相互关照的心声。都在"有神无迹"中给人意会。你以为如何？

问：很好，这首诗柳宗元将个人的遭遇，朋友的友情，国家的命运熔铸其中，志洁行芳、高风亮节。深层理解，才能神会诗人，我读懂了这首诗，也读懂了柳宗元这个令人敬仰的政治家、诗人。抛开诗歌，"永贞革新"何以惩罚那么重？

答：永贞革新实质是中唐以来崛起的新贵政治集团与旧势力贵族斗争的激化。传统贵族与新贵之争有个长期积累的过程。初唐"关中本位政策"，贵族掌控社会，除关陇集团，尚有山东士族、外廷士大夫。武后专尚进士科举，打破贵族垄断，提拔大批平民寒俊充塞朝廷，打破了初唐以来的社会结构。德宗末年、顺宗时期，已形成南方寒俊与原关中集团、山东士族相抗衡的局面。南方寒俊与北方士族矛盾越来越尖锐。王叔文、王伾集团代表平民官僚借势革除旧贵族利益，引发震动，韩愈斥之为"小人乘时偷国柄"（《永贞行》），对他们的处罚也是唐史罕见。但今人对永贞革新却大加赞赏，陈寅恪就说："永贞内禅尤为唐代内廷阉寺党派竞争与外朝士大夫关系之一最著事例。"但作为外朝士大夫的韩愈却批评永贞革新，站在了俱文珍等反对派的立场，按陈寅恪的观点这又讲不通，于是他辩解韩愈与宦官俱文珍颇有私交，还推测其中有韩愈对新进的妒忌心理（《唐代政治史述论稿》中篇）。岑仲勉也赞扬永贞革新："只此小小施行，已为李唐一朝史所不多见"，而"德宗秕政，廓然一清"（《隋唐史》上册）。我不同意今人的观点，"永贞革新"是朋党之势形成的一个反映。生活于当时的韩愈看得很清，"夜作诏书朝拜官，超资越序曾无难"（《永贞行》），这是乱源，有鉴于安史之乱，韩愈坚决反对。不讲伦理即无秩序，这一点也是杜甫的核心思想。韩愈也是。历史已证明，此后长达半个世纪的牛李党争，以平民新贵的彻底胜利告终，传统贵族退出历史舞台，贵族精神断裂，中国社会转入了平民士人掌控的时代。历史再也没有翻身，社会品格下降，诗歌从此走上下坡路，再无初盛唐诗歌的辉煌。

关于《长恨歌》杨贵妃马嵬坡
生死及墓葬揭秘

问：白居易名诗《长恨歌》里写到杨贵妃，有人认为杨贵妃并没有死？

答：这是一个有趣的问题。因为此诗家喻户晓，对这种新颖的见解肯定很有兴味。我就谈谈此说的由来。

这一见解首先是著名学者俞平伯在 1927 年底写成，发表于《小说月报》1929年二十卷二期的论文《〈长恨歌〉及〈长恨歌传〉的传疑》所提出，20 世纪 80 年代初又有周煦良、俞平伯二人《关于〈长恨歌〉的通信》（《晋阳学刊》1981 年六期）继续论证。二人的主要见解是：白居易在《长恨歌》后半篇中是"以极其隐晦的手法写当时民间的一个传说，即当日杨妃在马嵬坡并没有死，逃走以后，当了女道士"。诗云"遂教方士殷勤觅"，其实是暗示玄宗"命人打听杨妃的下落"，而所谓的"海上仙山"，乃是女道士的庵观。因为"唐时的女道士等于妓女，女道士的庵观等于妓院"，所以使者虽然最后在庵观中找到了杨妃，但是"杨妃已堕落风尘，自然无颜再见君王"，而只能托使者向玄宗致意，以致终身睽离了。

问题不必拉远，还是从根本点妃死马嵬之疑来谈。俞平伯据《歌》与《传》参证研究认为，杨妃其实未死。《长恨歌》曰："六军不发无奈何，宛转蛾眉马前死。花钿委地无人收，翠翘金雀玉搔头。君王掩面救不得，回看血泪相和流。"《长恨歌传》曰："上知不免，而不忍见其死，反袂掩面，使牵之而去。苍黄展转，竟就死于尺组之下。"俞平伯说："其所叙述有两点相同，可注意：1.《传》称不忍见其死，反袂掩面，使牵之而去，是玉环之死，明皇未见也。《歌》中有'君王掩面'之言，是白、陈二氏说同。2.《歌》称'宛转蛾眉马前死'即《传》之'苍黄展转竟就死于尺组之下'也。宛转即展转，而《传》意尤明白。苍黄展转，似极其匆促忙乱，而竟就死于尺组之下者，与夫死于马前之蛾眉，究竟是否贵妃，其孰知之哉？而明皇因掩面反袂，未见其死也。《歌》中'花钿'句，似有微意。此两句就文法言，当云花钿、翠翘、金雀、玉搔头，委地无人收，诗中云云，叶律倒置耳。诸饰物狼藉满地，似人蝉蜕而去者然。《太真外传》云：'妃之死日，马嵬妪得锦袜一只，相逢过客一玩百钱，前后获钱无数。'不特诸饰物纷堕,并锦袜亦失其一,岂不异哉?使如正史所记,命力士缢杀贵妃于佛堂,与尸置驿庭,召玄礼等入观之,其境况殆不如此也。"

俞平伯根据《歌》《传》参证的分析,对正史之说提出否定意见,他结论云:

> 窃以为当时六军哗溃,玉环直被劫辱,挣扎委顿,故钗钿委地,锦袜脱落也。明皇则掩面反袂,有所不忍见,其为生为死,均不及知之。诗中明言"救不得",则赐死之诏旨当时殆决无之。《传》言"牵之而去",大约牵之去则有之,使乎使乎?未可知也。后人每以马嵬事訾三郎(玄宗)之负玉环,冤矣。其人既杳,自不得不觅一替死鬼,于是"峨眉"苦矣,既可以上覆君王,又可下安六军,驿庭之尸俾众入观者,疑即此君也。或谓玄礼当识贵妃,何能指鹿为马?然玄礼既身预此变而又不能约束乱兵,则装聋做哑,含糊了局,亦在意中,故陈尸入视,即确有其事,亦不足破此说。至《太真外传》述其死状甚悉,乐史宋人,其说固后起,殆演正史而为之。
>
> 玉环以死闻,明皇自无力根究,至回銮改葬,始证实其未死。改葬之事,《传》中一字不提,《歌》中都说得明明白白:"马嵬坡下泥土中,不见玉颜空死处。"夫仅言马嵬坡下不见玉颜,似通常凭吊口气,今言泥土中不见玉颜,是尸竟乌有矣,可怪孰甚焉?后人求其说而不得,从而为之辞,曰肌肤消释(《太真外传》),曰乱军践踏,曰尸解,其实皆牵强不合。予谓《长恨歌》分两大段,自首至"东望都门信马归"为前段,自"归来池苑皆依旧"至尾为后段,而此两句实为前后段之大关键。觅尸既不得,则临邛道士之上天下地为题中应有之义矣。其实明皇密遣使者访问太真,临邛道士鸿都客则托辞耳;《歌》言:"汉家天子使",《传》言"使者",可证此意。

俞平伯立此新说有一定道理,现在周煦良又加以肯定和引申。就杨妃之马嵬未死,亦系推测论证,俞平伯在文末也不得不说:"今日既仅有本文之直证,而无他书之旁证,只可传疑,未能取信。要之,当年之实事如何是一事,所传闻如何另是一事;故即使以此新说解释《长恨歌传》十分圆满,亦不过自圆其说而已,……若求当年之秘事,则当以陈鸿语答之曰:'世所不闻者,予非开元遗民不得知。'"可见对此新说也持审慎态度。

问:听你一谈,我似乎也相信马嵬之变杨妃或许真的未死了。

答:这就太简单了。连倡此新说的俞老也还认为只是直证,未能取信呢。马嵬之变不仅杨妃"死"与"未死"有疑,即使就断为"已死"来说,也还有不同死法之疑。

说杨妃死于马嵬的诗文,可谓汗牛充栋。但诗文对杨妃如何处死的说法不一。例如李益《过马嵬二首》之一云:

> 路至墙垣问樵者,顾予云是太真宫。
> 太真血染马蹄尽,朱阁影随天际空。
> 丹銮不闻歌吹夜,玉阶唯有薜萝风。
> 世人莫得霓裳曲,曾致干戈是此中。

还有贾岛《马嵬》诗也说:"一自上皇惆怅后,至今来往马蹄腥。"全心全意都说当时杨妃曾血溅马嵬,判为杀死。但刘禹锡《马嵬行》却说:"贵人饮金屑,倏忽舜英暮。"又说杨妃是吞金而死的。但是更多的说法认为她是被缢死的,与陈鸿《长恨歌传》一致。如《明皇杂录》卷下云:"贵妃小字玉环,马嵬时高力士以罗巾缢之也。"不仅谈了死法,还有行刑人。这一说中,以唐人姚汝能《安禄山事迹·卷下》叙述最详。

> (陈)玄礼领诸将三十余人,带仗奏曰:"国忠父子既诛,太真不合供奉。"上曰:"朕即当处置。"乃回步入驿,倚回久之不进。韦谔极言,乃引步前行,高力士乃请先入见太真,具述事势,太真曰:"今日之事,实所甘心,容礼佛。"遂缢于佛堂,舁置驿庭中,令玄礼等观之。

文中有玄宗的惶惧,更有杨妃死前礼佛及死后玄礼验尸的详情。此外,围绕杨妃死于马嵬的诗文还有张祜《马嵬坡》诗、郑嵎《津阳门》诗、罗隐《马嵬坡》诗、郭湜《高力士外传》等。诗文中,就被杀、被缢、吞金之说更附异词了。

问:这样看来,主张杨妃死于马嵬之说的很多,你的看法呢?
答:我不会以多少来决定我的倾向,我相信的是事实,至少在目前,我认为有可信的材料证明她死于马嵬。这材料就来自白居易。他作了《长恨歌》后,曾一再提及杨妃死于马嵬。他的《新乐府·胡旋女》有句:"贵妃胡旋惑君心,死弃马嵬念更深。"据陈鸿《长恨歌传》,《长恨歌》作于元和元年十二月,而《新乐府》题为"元和四年左拾遗时作",比《长恨歌》迟两年多。如按俞平伯推断,白居易必在元和元年已知悉杨妃不死于马嵬的传说并写入诗歌,那为何以后又一反前说,如此矛盾是不合情理的。

所以,对俞平伯、周煦良主马嵬未死说,《晋阳学刊》1982年二期即有人质疑,认为:在俞平伯推测出来的见解中,还有个难以自圆其说的症结:既然明皇思念杨妃至深,后来并在道庵中找到杨妃,何以又不接回宫呢?周煦良解释是:"唐时的女道士等于妓女,女道士的庵观等于妓院",所以杨妃身入庵观就是"堕落风尘"了,这样"自然无颜再见君王"。

但这样解释有三疑。

一、唐代确有一些女道士不守"清规",行为放荡,但不守清规不等于没有清规,放荡不等于作妓女,那么,唐代有许多公主出家当女道士,即使生活腐化,能说她们的庵观等于妓院吗?何况就是杨妃本身,在册为贵妃之前也曾先出家做女道士。要说女道士等于妓女,则杨妃之"堕落风尘"不必待马嵬逃生之后。这是第一个说不通的地方。

二、即使杨妃真的"堕落风尘",就不能接入宫去了吗?未必如此。李唐王朝鲜卑色彩浓厚,玄宗之孙唐代宗的沈后,于安史乱中先被安禄山部下掳去,代宗入洛阳复得,照样接入宫中。未久,她又再次被史思明部下掳去,代宗不仅不以为玷,还公开下诏,四处访求。德宗继立,则虚太后之位以待。一个普天下都知道被乱兵一再掳去的妇女,在唐代照样可以作"母仪天下"的皇后、皇太后,何以在身份还不如她的杨妃,一位"堕落风尘"在民间传说中,就被认为不配入宫了呢?这各种不合理的诛求是很难服人的。

三、要说在民间传说中杨妃是个特别重廉耻的人,因此自己觉得"无颜再见君王",那也不合理。杨妃在做了五年寿王妃之后可以不以为耻地去做原来公公的妃子,陈鸿也直书其事于传奇,当时的民间难道会毫无所知?

这三点,周煦良举出一个俞平伯所立,认为"无法驳倒的"论证,即《长恨歌》"马嵬坡下泥土中,不见玉颜空死处"两句,说的是"一经发掘,却是一个空坟",而上文"君王掩面救不得"又说明玄宗并未目击杨妃死去,所以会疑心她尚在人间,派人去搜求。

质疑者认为:把"空死处"释成"空坟"不妥。从字面讲,"死处"也不同于"葬处",故这两句的大意应是:泥土中也不见玉颜,只留下缢死之处令人徒然悼念。至于玉颜何以不复可见,那也是不足为奇的;草草葬在泥土中两年,当然不会玉颜如旧了。这一点白居易在另一首诗中也提到了。据他的《新乐府·李夫人》云:"又不见太陵(玄宗)一掬泪,马嵬坡下念杨妃。纵令妍姿艳质化为土,此恨长在无销期。"诗中就明确说到"妍姿艳质化为土"了。关于这一事的传说,唐诗人郑嵎《津阳门》诗的自注叙述很详尽:

> 时肃宗诏令改葬太真,高力士知其所瘗,在马嵬坡驿西北十余步。当时乘舆匆遽,无复备周身之具,但以紫褥裹之。及改葬之时,皆已朽坏,惟有胸前紫绣香囊中尚得冰麝香。时以进上皇,上皇泣而佩之。

有此二证,更可于这两句诗无疑焉。至于说:"君王掩面"未见其死也是使玄宗疑其不死之因,那也未必能成立。因为紧接此句的就是"回看血泪相和流",则可以说玄宗不见其死,却见其尸,并且还临尸大恸,又何得疑其不死呢?

问:各种史料皆记载杨妃死后"肌肤已坏,而香囊仍在",为何香囊不坏朽?

答:我这里补充一下《旧唐书·杨贵妃传》杨妃"香囊",这应该是她喜爱之物,它不是锦缎制作的软香囊,而是金属玲珑小球,即香熏球。香熏球在唐代的正式名称叫香囊,又称为被中香炉。盛唐在贵族中普遍使用,是一种熏香用器,其钵内放置香料,点燃后香气从镂空处飘出,以改善室内的空气。器物造型浑圆,端巧玲珑,外表鎏金,金光灿灿,器壁镂有复杂的花纹,隐约有西域风格,中杂镂空圆孔十数,香气从玲珑小球的孔洞中缓缓逸出。它的独特之处在于,在随身佩带和焚烧香料以熏蒸衣服被褥时,无论球体如何滚动,囊中的香料均不会遗洒烫伤衣物。因此它同时具有熏衣物和取暖的两重功效。而且由于其使用的场合不同,香熏球的外形也会出现一定的差异。

关于杨妃"香囊",张祜有《太真香囊子》:"蹙金妃子小花囊,销耗胸前结旧香。谁为君王重解得,一生遗恨系心肠。"此诗记载马嵬兵变后,玄宗与杨贵妃阴阳两隔,唐玄宗从蜀地返长安后,在兴庆宫重得杨妃香囊,睹物思人,伤心垂泪。杨妃"香囊",段成式《酉阳杂俎》有详载:

> 天宝末,交趾贡龙脑,如蝉蚕形。波斯言老龙脑树节方有,禁中呼为瑞龙脑,上唯赐贵妃十枚,香气彻十余步。上夏日尝与亲王棋,令贺怀智独弹琵琶,贵妃立于局前观之。上数子将输,贵妃放康国猧子于坐侧,猧子乃上局,局子乱,上大悦。时风吹贵妃领巾于贺怀智巾上,良久,回身方落。贺怀智归。觉满身香气非常,乃卸幞头贮于锦囊中。及二皇复宫阙,追思贵妃不已,怀智乃进所贮幞头,具奏他日事。上皇发囊泣曰:"此瑞龙脑香也!"

五代乐史《杨太真外传》亦载此事:

> 至乾元元年,贺怀智又上言,曰:"昔上夏日与亲王棋,令臣独弹琵琶,贵妃立于局前观之。上数柸子将输,贵妃放康国猧子上局乱之,上大悦。时风吹贵妃领巾于臣巾上,良久,回身方落。及归,觉满身香气。乃卸头帻,贮于锦囊中,今辄进所贮幞头。"上皇发囊,且曰:"此瑞龙脑香也。吾曾施于暖池玉莲朵,再幸尚有香气宛然。况乎丝缕润腻之物哉。"遂凄怆不已。

这就确证盛唐贵族中正流行香囊的事实。最后陪伴杨贵妃的"香囊"是交趾（今越南北部）进贡的"瑞龙脑"香，当时玄宗赐予贵妃十枚。当再次闻香识人，玄宗自然唏嘘感怀，凄怆不已。

问：哦！疑难已解，我得相信"马嵬已死"之说了。

答：你又缺乏审慎态度了。"已死"与"未死"之疑，仍然是学术研究中还得继续研究、探讨、争论的问题，还是看以后的材料吧。这里我还补充谈谈，主张"未死"说者，还有以为逃日本之说。以为是寿王李瑁救逃日本为客卿，此由"蓬莱仙山"杜撰而出。试想，竟如此浪漫吗？其疑有三：1. 若丈夫发现妻子甘新台之耻，势必妒火千丈，岂能在父兄皆欲杀之时，反而压住妒火，萌生相救？2. 李瑁对此三十八岁半老徐娘有何留念？3. 玄宗的皇族子孙，俱在骠骑将军高力士和其他三品宦官监视下，男女之防又加一层，尤其要隔断寿王与杨妃。玄宗又岂能给有夺妻之恨的寿王以行动自由。寿王个人自由也无，岂能给杨妃以自由？故此说更难服人。

问：杨贵妃当时马嵬已死和未死的纷争，我们将这页历史合上，但杨贵妃死是必然，而杨贵妃葬于何所，这在 2005 年，四川曾一度引起轩然大波，四川大学蔡正邦先生潜心研究，提出杨贵妃葬于蜀（今崇州市）之三郎镇，这可能吗？

答：这我知道，当时成都有影响的《华西都市报》和诸多媒体纷纷披露，立即引起关注，反对者、持疑者、赞成者皆有之，后来崇州市有关部门为此邀集诸多专家学者开了研讨会，我幸邀参加，且同蔡正邦先生相晤。

问：你是崇州人，且研治唐诗多年，对此必有高见。

答：不敢，我虽崇州人，和所有崇州人一样，对此新见深感陌生。我查证资料，墓葬之说有如下数种：一说葬于马嵬坡。据该墓地石碑记载，杨贵妃的尸体埋在马嵬驿站旁的土坡下。唐玄宗回到长安后想改葬杨贵妃，但尸体已化。据说现在的贵妃墓埋藏着贵妃的香囊和鞋袜。二说葬于日本。日本有两座杨贵妃墓，京都等古城有她的塑像。著名学者俞平伯、周作人等先生早年著文说："杨贵妃辗转到日本定居，日本学者渡边龙策在《杨贵妃复活秘史》一文中考证说，杨贵妃逃脱马嵬坡后辗转到扬州，在那里不仅见到其兄杨国忠，长子杨暄之妾及其幼子，还见到日本遣唐使团的藤原制雄，在藤原的协助下，杨贵妃在日本久津登陆，时间为公元 757 年。"三说葬于美洲，这是有关杨贵妃之死及墓葬考证中最离奇的。台湾学者魏聚贤在《中国人发现美洲》中声称，他考证出杨贵妃并未死于马嵬坡，而是被人带往遥远的美洲。当然还有四说，葬于崇州市的三郎镇。

问：诸多歧说，听听你的看法。

答：蔡正邦先生说:"杨贵妃名玉环,史言生蜀州……天宝四载(745)册封为贵妃,亦'常怀蜀中佳山秀水'。《资治通鉴》又载,'玉环册为妃后,宫中号曰娘子,凡体仪皆如皇后';娘子乃昵称,贵妃也必无避讳,就可直呼玄宗之排行'三郎'。安史之乱,玄宗入蜀避难,行至兴平县马嵬驿,玄宗为自保,命高力士引妃于后堂缢杀,草葬马嵬坡。《马嵬方志》载,妃死前嘱,入宫后常念故乡蜀州佳山秀水,求归葬翠围山中。《杨贵妃传》:'即派敕使祭祀贵妃……悄命宦官将贵妃遗体移葬别处。'玄宗必遵妃嘱,葬于蜀州之翠围山。白居易《长恨歌》也证实:'马嵬坡下泥土中,不见玉颜空死处';唐时已普遍认为妃未葬马嵬。玄宗入蜀将妃遗体葬于蜀州翠围山旁之小镇,以妃常呼己'三郎'之名,更镇名为三郎镇以伴妃。此后群众在翠围山中发现过残缺墓碑,大唐天宝字依稀可见。崇州市收藏家陈忠仁先生言:翠围山附近曾有人向他出售褪色五爪金龙后妃黄袍,二马裾大红牡丹后妃装及内衣五件,陈忌死人装,未购。翠围山兽医马少君言,他家代代相传,'贵妃墓就在翠围山中';与《马嵬方志》所言吻合。三郎镇一带均有这类传说。"(《今日崇州》)

另一位学者姚大亮先生著文谈墓葬情况:

马嵬驿事迹,杨贵妃受牵连"……遂缢死于佛室。时年三十八,瘗于驿道西侧"(《旧唐书·杨贵妃传》)。这是初葬情形。唐玄宗自蜀还,想改葬故妃,为礼部侍郎李揆阻止。《旧唐书·杨贵妃传》又载"上皇密令中使改葬于他所。初瘗时以紫褥裹之肌肤已坏,而香囊仍在。内宫以献,上皇视之凄惋,乃令图其形于别殿,朝夕视之"。可见玄宗追思贵妃心之切。至于改葬他所的情况,主要史籍均语焉不详。就是马嵬驿所在之兴平县,其县志的记载也没有一个明确的说法。

清代胡蛟龄撰的《兴平县志》这样说:"帝自蜀道过其所,将改葬恐人反,侧自疑密遣中使具棺椁它葬,而卒隐其地,莫可考,以是冢当之。"但马嵬和蜀州两地的民间传说(如《马嵬方志》)等均流传,妃死前嘱,入宫后常念及故乡蜀州佳山秀水,求归葬故乡蜀州。玄宗思妃心切,一定会以前嘱为遗愿。况且在上元元年(760)七月,玄宗被幽禁西内甘露殿之前尚有能力,那么改葬他所的最大可能性就是其故乡蜀州。

问：估计认定蜀州(崇州市)三郎镇是可靠的了。

答：还不能这样说,我认为墓葬之疑应满足三个条件:一、兴平马嵬坡之墓应是空棺,以证改葬他所。二、杨贵妃必生于蜀州,如同落叶归根之念方有改葬可能。三、地下必有遗物发掘佐证,这是最有力的。关于第一个条件,兴平方志已有说法,第二个条件我已有专文在《唐诗答疑录》谈杨贵妃的生籍地蜀州。只有第三个条件,崇州三郎镇确实流传许多杨贵妃葬地的神秘传说,20世纪80年代,崇州市文管所进行了为期一月的考察,但是结果令人遗憾,只发现了一些唐代寺庙遗迹,没有一处能证明和杨贵妃有关。

问:这就可以否定了杨贵妃改葬蜀州三郎镇之说。

答:未必如此。至今这里还有三郎庙存在。李隆基小名三郎,安史之乱流寓成都,或于此时到过蜀州翠围山(唐称这一带为西山)选墓址,回长安后秘迁于此。否则,在荒僻的西山中不可能无缘无故有三郎庙祀之。从地理看翠围山半抱面向东南,仿如圈椅,是营墓的好地脉。翠围山北十里,即青城山,山中"上皇观"传玄宗幸蜀曾住此观,山中"鸿都观"则传为玄宗御妹玉真公主修仙道观。今三郎镇周边有凤栖山、凤鸣山、凤林寺,再南有娘娘岗。所有指向都证明这一带与玄宗杨妃有牵连。

唐史专家四川大学王炎平教授认为,马嵬坡之变表面上是对杨国忠不满,其实是一场宫廷政变,是太子一派压倒了唐玄宗一派,杨家是太子李亨的死敌,在李亨做皇帝后自然不许为杨国忠兄妹平反。所以玄宗要从马嵬坡挖出贵妃尸体进行改葬,难度大,只能悄悄进行,此时玄宗已失势,更不敢用棺木装之,堂堂皇皇从陕西千里迢迢送达蜀州。何况当时贵妃已死年余,尸体早已朽坏,根本无法装敛,加之交通不便,从各种因素判断都不可能将尸体葬于蜀州。但并不排除一种可能,就是玄宗曾在成都避祸,极有可能在蜀州三郎镇为贵妃悄悄建一座衣冠冢。王炎平教授此说颇近情理,我以为,马嵬之变玄宗身边,必存杨妃许多信物,成都避祸,距杨妃故里不远,以信物魂归故里墓葬,了却李、杨的生死恋情,完全在情理之中。当然还有可能马嵬之变后,玄宗继续南奔,但半途暗使中使折回启运贵妃遗体随行入蜀安葬蜀州故里。

问:我倒相信你最后这一说,有情有义的唐玄宗完全可能半路密遣心腹回运杨妃。儒家是血缘文化,由此逻辑生发出亲情文化、秩序文化、家国文化,所以生养死葬是大事,如是不葬,则是无亲不孝失序,何以安心,何以垂示后人。此事杜甫《石镜》似有点示。人死归葬,落叶归根,墓葬蜀州三郎镇之疑可以落幕。

答:尚难定论,仍需地下发掘的重光,才可以平息众议。不过近来我又有新发现,据2017年12月《崇州文史资料第三十一辑》载:

崇州元通镇汇江村1976年12月一农户在修建沼气池时,挖出一个扣合陶钵,钵里存放金冠一顶,用含量百分之九十以上黄金制成,总重量528克,由117件插片组合而成,其中圆形冠顶饰2件、附小吊饰的镂空插3件,压花长片1件、压花簪子3件、无纹簪2件、螺旋状饰片2件,等等。分别以压、绞、镂等工艺制作。整冠计有折梁7道、顶上分4片,即所谓立笔四折(金冠制作的一种形制)。(施权新《元通镇窖藏金冠探谜》)

如此重要的发现迄无定论。元通镇紧邻三郎镇,是否为贵妃陪葬物品,有待证实。从整冠图片来看,完全是唐代冠帽的形制。古代梁冠指的是有横脊的礼冠,原为帝王及大臣所用之冠帽,始于秦汉,后历代沿用。帝王用的通天冠,据《后汉书·舆服志下》记载其形制:"通天冠,高九寸,正竖,顶少邪却,乃直下为铁卷梁,前有山、展筩为述,乘舆所常服。"梁冠其形方,前低后高,后倾,有围片,前开后合,冠形按《三才图会》复制。一品七梁,二品六梁,三品五梁,四品四梁,五品三梁,六品,七品二梁,八品,九品一梁,梁冠为历代在朝文官所好戴。崇州元通镇窖藏文官金冠,有人说是明代遗物,又未能出以理由。我不认可,自汉以来的形制均如此,未有变化,此说难以服人。金冠上的花坠,即金珠花钗,只有三品以上女性才可佩戴金坠子。金冠七梁四折,地位仅低于天子的公侯才能享用。明代崇州未出公侯将相,连三品以上实职都没有,那它的主人是谁,为什么藏在元通,又为什么五百年来从未有人提及也无任何文字记载?结合杨贵妃葬于崇州故里的可能,此冠或为贵妃之物?

问:你这一推断也合三郎镇长期流传的贵妃遗物的传说。自唐以来这一带人物文献就只有贵妃一人堪当此誉。

关于韦应物《滁州西涧》诗之疑

问：韦应物的名作《滁州西涧》，分明一首写景诗，也有争疑吗？

答：先引看原诗：

> 独怜幽草涧边生，上有黄鹂深树鸣。
> 春潮带雨晚来急，野渡无人舟自横。

表面看，无人无事，幽草、黄鹂、春潮、晚雨、扁舟，纯为景物，作者仿佛只冷静客观写下了他西涧赏景的情况。

问：是。韦应物也是个爱写山水的诗人，白居易《与元九书》评他"高雅闲淡，自成一家之体"，此诗疑又何在？

答：读诗，有的必须先了解诗人的人品、人生经历，乃至时代背景至关重要。这首诗写于唐德宗建中四年（783）韦应物出任滁州刺史期间。韦应物是贵族，出于京兆杜陵韦氏，这个家族自汉至唐，代有人物，衣冠鼎盛，为关中望姓之首。他少年时放浪不羁，天宝十载（751）至天宝末作过三卫郎，玄宗侍从，出入宫闱，扈从游幸。安史乱起便流落失职，后来折节读书，后在代宗广德元年（763），有两年任洛阳丞，他因严惩不法被讼，便自请罢职闲居，后于代宗大历九年（774）任京兆府功曹，朝清郎。大历十三年（778）作鄠县令，又迁栎阳令，不久以病辞官。都在低品秩宦海沉浮，与他自恃贵族子弟，性格散淡有关。至建中二年（781）除比部员外郎，三年后（783）出任滁州刺史，而784年冬罢任，785年春夏，他闲居滁州，此诗极有可能写于贞元元年（785）春末。

为了解疑此诗，我们要引读他另一首诗，德宗建中四年（783）他调任滁州刺史，离开长安，秋天到滁州，次年春他写了一首诗给好友，题《寄李儋元锡》："去年花里逢君别，今日花开已一年。世事茫茫难自料，春愁黯黯独成眠。身多疾病思田里，邑有流亡愧俸钱。闻道欲来相问讯，西楼望月几回圆。"这首诗"茫茫世事"

究为何指？历史这样告知我们，唐德宗即位于 779 年，年轻妄行，立志削藩，与拥有地方权力的藩镇节度使关系交恶，建中二年(781)三镇作乱，叛乱此起彼伏。而朝廷先用杨炎为相，杨炎进谗害了掌管财务的刘晏，唐德宗改用卢杞，卢杞杀杨炎，但他恶迹比杨炎尤甚。建中四年(784)，李怀光逼唐德宗远贬卢杞，"泾师之变"又迫德宗出逃奉天(今陕西乾县)，而后李怀光又和原作乱的朱泚通谋。唐德宗仓皇中借吐蕃兵，兵祸连绵，直到 785 年才稍定。朝廷这一片混乱，便是韦应物在滁州时的政治背景。可以说朝政每况愈下，内外交困，国库空亏而赋税滥征，民不聊生，韦应物很清楚，为之深深忧虑，故"世事茫茫难自料，春愁黯黯独成眠"。写作此诗时正是德宗痛下"罪己诏"不久，所以诗人感受到了德宗"春愁黯黯独成眠"的愁惨孤独。他来滁州，领一州之任，是荣升之遇，应该有所作为，但眼下境况能作为吗？他深感无力，前途充满困难，身体又多病，个人的、国家的无法逆转的处境，他"身多疾病思田里，邑有流亡愧俸钱"。他就是这样来滁州，也是来滁州不久后免官闲处，到滁州西郊写下的《滁州西涧》。

问：哦，听你谈这些情况，也已感到，知人论世，也许这首诗不会是单纯的娱目赏景诗。

答：对。现在我们走入诗中，西涧，在滁县西郊，俗称走马河，"幽草、黄莺、深树"，构成了赏心悦目的暮春时节，何以"独怜"？是因为这里可以摆脱烦恼，摒去忧虑，这与他"思田里""愧俸钱"的心境而个人独爱此景具着"有神无迹"的联系。这一联情绪欢愉，但下一联情调陡转，那是一幅不愿看到的景物，春潮汹汹已成一道急流，雨也急，时间又已向晚，归人将渡船，但无人的野渡，此情此景，多么令人焦灼，那应对急流的工具，那扁舟，诗的末句道出，它是空空荡荡的，没有人把持，归人们多么焦灼，又多么无奈！我们不指认诗中一定寓指朝中无人，朝廷混乱，但我们体会诗人对中唐社会乱局的危境，那焦灼、无奈的感受一定真实。

一首小诗，情绪分裂，互为反差，又矛盾统一，我们回归到诗人的身心，他的品格，人生经历，时代背景，却又非常合拍。我体验韦应物的心路历程，他生活于安史乱后的中唐，完全不同于盛唐诗人那样充满豪情以济苍生安天下为己任的激荡胸怀，虽有品格而朝政昏昧，他自认力不从心，于是向往脱离政治逃避现实的闲适生活，能够闲适，自然欢愉，但传统儒家思想的熏染，贵族传统的价值观责任感，又使他深感矛盾，待他真正生活于闲适中时，那关切朝政和民生的情感又无论如何都不可避免浸漫心头。

问：我理解了，你的意在表明《滁州西涧》是一首有寄托的写景诗。
答：是的。但这里必须深入细微，诗中的幽草、黄鹂、深树、春潮、急雨、野渡、横舟，不能说象征什么，或比喻什么，或则前人有认为通首比兴，是刺"君子在下，小人在上"等等。寄托是整体的，他融入了诗人复杂的独特的生命体验，因为诗人直接或间接经历的人和事太多太多，无法一一取喻或象征，他是以整体的感悟，水急舟横，春郊野渡，舟船自在浮泊，漠漠然无人问津，船夫不见了，诗含蓄地述说一个贵族未得其用无奈而忧伤的情怀。诗人用"急""横"触目的字加以强调，分明在引人思索他的寄意。

问：还有其余的诗证吗？

答：我再引述诗人另一首诗《自巩洛舟行入黄河即事寄府县僚友》："夹水苍山路向东，东南山豁大河通。寒树依微远天外，夕阳明灭乱流中。孤村几岁临伊岸，一雁初晴下朔风。为报洛阳游宦侣，扁舟不系与心同。"这是建中四年(783)，他从尚书比部员外郎出为滁州刺史，他在离长安赴任，经洛阳，舟行洛水到巩县入黄河东下，即景抒怀，寄与他当年任洛阳丞时的僚友。诗中末句最耐人寻味，与后来到滁州一年多后写的《滁州西涧》末句成了"有神无迹"的呼应，"扁舟不系与心同""野渡无人舟自横"，这未得渡人的野渡横舟与不系扁舟，诗人点示"与心同"。这就是诗人的心情。据查《庄子·列御寇》："巧者劳而知者忧，无能者无所求，饱食而遨游，泛若不系之舟，虚而遨游者也。"诗人在诗里典示，他不是能干的巧者，也不是聪明的智者，是一个无所作为者，心如一叶扁舟，随波逐流，奉命到滁州就任而已。诗情忧伤，无可奈何，心路历程包裹有朝廷混乱的投影，社会无序的忧伤，个人多病的无奈，这就又须见他途中写的另一首"身多疾病思田里，邑有流亡愧俸钱"诗句佐证了。

从赴滁州途中的"扁舟不系与心同"，到滁州任上的"身多疾病思田里，邑有流亡愧俸钱"，再到滁州罢任的"春潮带雨晚来急，野渡无人舟自横"，有神无迹的关联，由随波逐流，到焦虑自责，再无可奈何，内心的混乱是中唐社会乱象丛生现实的投射。诗人的心境差不多就是安史之乱后贵族式微即将谢幕时落魄的心理反应。但他诗中对朝政、生民的忧虑，又比其他中晚唐羁绊于个人得失的诗歌高明。这是贵族诗人与平民诗人的区别，所以他还有初盛唐诗的余音，这是他在中唐的不凡之处。你以为如何？

问：我明白了，这首有寄托的写景诗《滁州西涧》，是兴会标举，传神写意的名作。

诗僧皎然谒韦应物之疑

问：散见于许多笔记诗话的诗僧皎然用诗谒韦应物，有其事吗？

答：在唐人笔记中，此事就有记载，赵璘《因话录·角部》有云：

> 吴兴僧昼，字皎然，工律诗。尝谒韦苏州，恐诗体不合，乃于舟中抒思，作古体十数篇为贽。韦公全不称赏。昼极失望。明日，写其旧制献之。韦公吟讽，大加叹咏。因语昼云："师几失声名，何不但以所工见投，而猥希老夫之意？人各有所得，非卒能致。"昼大伏其鉴别之精。

其余《全唐诗话·卷六》《唐诗纪事·卷七十三》都具录此事，元人辛文房《唐才子传·卷四》亦云："时韦应物以古淡矫俗，以尝拟其格，得数解为贽。韦心疑之。明日，又录旧制以见，始被领略，曰：'人各有长，盖自天分。子而为我，失故步矣。但以所诣，自名可也。'公心服之。"就以上播于诗林的故事，其含义丰富，有显见皎然急于求荐引之意，也有显见韦应物深能鉴真伪之心。然而此事真假，颇为令人生疑。

据韦诗考韦应物生年，是玄宗开元二十四年（736），作苏州剌史为贞元四年（788）至六、七年，大约五十四岁。但是据皎然《诗式·中序》云："贞元五年夏五月，会前御史中丞李公洪自河北负谴，遇恩再移为湖州长史。"以及《皎然集·卷一》《赠李中丞洪》诗中有云："……安知七十年，一朝值宗伯。言如及清风，醒然开我怀。"诗所称李洪官衔与《中序》同，证明皎然贞元五年已七十岁。不仅年辈高于韦应物，而且诗名已著，安有以诗谒见韦应物之理？

另外，查《韦苏州集·卷三》韦应物还有诗《寄皎然上人》："吴兴老释子，野雪盖精庐，诗名徒自振，道心长晏如。想兹栖禅夜，见月东峰初。鸣钟惊岩壑，焚香满空虚。叨慕端成旧，未识岂为疏。愿以碧云思，方君怨别余。茂苑文华地，流水古僧居。何当一游咏，倚阁吟踌躇。"细查诗意，其时韦应物并不识皎然，可是欣慕已溢言表。

另外，查《皎然集·卷一》皎然有《答苏州韦郎中》："诗教殆沦缺，庸音互相倾。忽观风骚韵，会我夙昔情。荡漾学海资，郁为诗人英。格将寒松高，气与秋江清。何必郳中作，可为千里程。受辞分虎竹，万里临江城。……恨未识君子，空传手中琼。安可诱我性，始愿愆素诚。为无鸒鹭音，继公云和笙。吟之向禅数，反愧幽松声。"这显然是答韦应物的上首诗而作。其中"会我夙昔情"，显示出前辈口气。所以，结合二诗比照，难道皎然本是长辈地位反以后辈身份模拟韦应物诗的格调去谒韦应物吗？而韦应物竟又"老夫"自居，堂皇地教育训诫起皎然吗？

问：那么，皎然谒见韦应物纯是子虚乌有吗？

答：我也不那么认为，从皎然的诗歌理论看，曾谈诗有"三偷"，偷语最是钝贼，偷意事虽可罔，情不可原，偷势才巧意精，略无痕迹，盖诗人偷白狐裘手。他的"三偷"理论的取舍中，约略令人感到他又有可能模拟韦应物诗而去谒见。但考虑他的用意，又似乎要着意试试韦应物的鉴别能力。而且皎然文集在贞元八年（792）已被德宗敕让集贤殿御书院收集编定，由刺史于頔为序。一位江南僧人能够得到朝廷诏令征集整理其诗文入藏延阁书府，这绝非等闲。翻查各朝史籍，以朝廷名义征集一位僧人的诗文集，也仅见此一例。究其原因，他的诗才及其在中唐前期江南文坛的声望是重要因由。以此等身份还需使用"谒"吗？因此，此事疑团尚难解决，需有更多的材料发掘论证。

问：看来"谒"仍是雾障。

答：我还有一想，韦应物是京兆万年人，出身杜陵韦氏，为关中望姓之首，算是大贵族，贞元三年（787）赐封扶风县男，食邑三百户，四年（788）七月以左司郎中领苏州刺史，从三品。所以后人著书按规矩以"谒"表示尊重。而皎然虽为谢灵运十世孙，家世深厚，亦只是一个僧人，年资高，社会地位不及韦应物，从吴兴去苏州见长官，用"谒见"是可以的。又，古人先投名刺而后进见称"谒"，按此程序皎然是先投诗苏州而进见。吴兴、苏州均环太湖，皆江南中心地区，二人见面真有可能。这些都是我的分析，二人有否见面，见面情景如何均已不知，韦应物以"老夫"自居，皎然唯唯诺诺模仿韦应物诗投贽，你之所疑"谒"有违人情，也是对的。也确实，七十岁老者"谒见"五十余岁的小辈，似有悖传统人伦之序，此事也令人生疑。即或相见，是皎然有意测试韦应物鉴别水平，还是韦应物居以尊长教训皎然？这疑云下的真相还须其他材料旁证。

《全唐文》载录皎然《赠李舍人使君书》：

自湖上一辞，十有余载。公贵为方伯，昼迹在空林，出处殊疏，音尘不接，盖理然也。昼从辞后，自谓年多志固，名疏道亲，惟慕空门，若有所诣，然未曾遇知己。尝戏为一章自咏曰："乐禅心似荡，吾道不相妨。独悟歌还笑，谁言老更狂？"昔谢太傅每赏支公善标宗要，若九方堙之相马，略其元黄，而取其骏逸。昼今日于公，即道林逢太傅之秋也！

又昼于文章，理心之外，或有所作。意在□情性、乐□泉，亦何能苦健羡于其间哉！顷者目疾相婴，如隔烟雾，兼患脚气，行李不进。昨承至止，病中不获躬诣门阑，披叙离阔，形碍神往，有所恨也。谨驰状兼简杂文。昼性野，思拙机浅，忽若偶中风律，终期匠者赏鉴不遗。幸甚幸甚！释昼白。

这是他投致湖州刺史李词的信。前日李词造访，因病不能尽叙，为此深表遗憾。行文颇为谦恭，夸赞李词待己，犹如当年谢安待支道林。李词任湖州刺史在贞元十七年(801)前后，若皎然贞元五年(789)已七十岁，则此时他已年逾八十二。这或许可证后人著述以"谒"状之根由了吧？

作为在野僧人，他也是遵从传统尊卑风习，对上官的客气唯诺，不算什么，卑恭顺从也无损于声誉，在古人看来维护上官地位即是对社会秩序的维护，个人面子倒不要紧。家世显贵的赵璘，开成三年(838)博学鸿词登科，大中七年(853)为左补阙，因家世原因，多识典故，娴于旧事，唐宣宗常索问于他，著《因话录》自然不会出格，使用"谒"也合情合理，符合朝廷规制。

另外，中晚唐行卷风气流行，也使得皎然以诗歌谒见韦应物成为可能。行卷没有年龄规定，也不一定非得为了科举的行为，作为地方名人的皎然，他模拟韦诗投献，有更多考教新到的地方官韦应物的鉴别能力的动机。所以他向韦应物行卷，称"谒"也没什么问题。不能因年岁而怀疑此事真假与否。

问：我还觉得他僧俗的姓氏较繁，能附带谈谈这个问题吗？

答：据《全唐诗·卷五四四》有于頔《吴兴昼上人集序》云："吴兴开士释皎然，字清昼，即康乐之十世孙。"《宋高僧传》《唐诗纪事》《唐才子传》等也都从是说。他在俗姓谢，但有说他名昼，有说他字清昼。颇有歧异。

问：何以未见有皎然的名称呢？

答：如果查《全唐诗》所录赠、吊皎然的诗几十首，称法也多异。称他皎然上人的，如李端《送皎然上人归山》，有称他是昼上人及昼公的，如秦系《奉寄昼公》、孟郊《答昼上人止谗作》。只是没有见称清昼的。而皎然自己，以昼自称，如《赠李舍人使君书》有云："昼迹在空林""昼性野，思拙机浅"，证明昼是他的法名。赞宁的《高僧传·卷十四》有《唐杭州天竺山灵隐寺守直传》又云"守直临境度人多矣，显名者洞庭辩秀，湖州皎然、惠普、道庄，会稽清江、清源……"可见守直门下有"清"字排行。《因话录·卷四》说："江南多名僧，贞元、元和以来，越州有清江、清昼，婺州有乾俊、乾辅。时谓之会稽二清，东阳二乾。"可见皎然剃度初应当名昼，字清昼，而皎然的名称，可能是别名或别字，兴许后来别名或别字显扬，本字反为时人鲜知，后人的笔记著录才用了。

问：皎然可能是别名别字，有根据吗？

答：北宋王谠《唐语林·卷三》有云："吴兴僧昼一，字皎然。工律诗。"可知《唐语林》所根据的《因话录》或相类似著作，可能有记载是"吴兴僧昼，一字皎然"。《唐语林》把"一"字断归上读，可能是一种错误。所谓"一字"者，别字也。按此，身世记述则当是："皎然"，俗姓谢，法名昼，一字（名）皎然。

历代对皎然称呼还有"皎公""霅清"。霅者，湖州的溪名。

孟郊"一朝看尽长安花"之疑

问：孟郊《登第》一诗，千载以来，众口非议，备受酷评，这合理吗？

答：你问的这个问题，我早有所见。其实我在《四川师范学院学报》1980年第四期发表的论文《为孟郊一辩》就阐述了不同的看法。孟郊原诗是：

> 昔日龌龊不足嗟，皇恩旷荡恩无涯。
>
> 春风得意马蹄疾，一日看尽长安花。

辛文房据此诗说他"识者亦证其气度窘促，卒漂沦薄宦，诗谶信有之矣"（《唐才子传》），愚蠢地不惜用诗谶附会在他身上。清人吴旦生更肆意诋毁他"一日之间花皆看尽，进取得失，盖一常事，而东野器宇不宏，至于如此，何其鄙邪"（《历代诗话》）。这里，我们先引诗人自己的一段话：

> 文章者，贤人之心气也。心气乐则文章正，心气非则文章不正。当正而不正者，心气之伪也。贤与伪，见于文章一直之词。衰代多祸，贤无曲词。文章之曲直不由于心气，心气之悲乐亦不由贤人，由于时故。（《送任载齐古二秀才自洞庭游宣城诗序》）

这段话表达了他的文学观点，说明了文学与现实、与作家、与时代关系。孟郊公然宣布"贤与伪见于文章一直之词"，提出了检验作家的标准。"一直之词"，显然不是一般描写社会现实，而是可以讽怨、可以怒詈的积极斗争。他认为心气悲乐不由贤人，"由于时故"。所以要说他纠缠于个人的功名富贵，是不公允的。

当然，诗人作诗，也同他自身的经历密切相关，孟郊经历过令人难以想象的穷蹙：官宦子弟，遇父早逝，家徒四壁，颇不遂志，早年几无事业可述。四十一岁，才在湖州举乡贡进士，在拥挤的科场又累次应考落第。中唐以后政局板荡，社会激变，都给诗人的心灵上留下创伤。他所处时代，传统贵族与凭借科举进入上层社会的新贵,争斗正酣,朝中各派结党营私,面对这样的社会,他一腔孤愤,大声疾呼"恶诗皆得官,好诗空抱山"(《懊恼》),就是他对恶俗社会的强烈控诉。安史之乱、科举竞争,社会浊浪滚滚。尧舜美好的理想社会在哪里?何时再使风俗淳?这个恶浊社会给他的打击太深重了,落第失意后,他孤高自许把自己的忧愁忧思比做屈原,"试逐伯鸾去,还作灵均行"(《下第东南行》),并为自己的才智顽强地抱屈,"离娄岂不明,子野岂不聪,至宝非眼别,至音非耳通",他要与这个乱世决裂,"因缄俗外词,仰寄高天鸿"(《失意归吴因寄东台刘复侍御》)。四十六岁那年,他已是三度来京师应考,出乎意外竟考中了,因而写下了这首《登第》诗。如果我们将孤立的诗评代之以有联系的分析,便不能苟同对这首诗汹汹的责难和谤议。他第一次落第,忌俗伤时,激愤地写下了"雕鹗失势病,鹪鹩假翼翔。弃置复弃置,情如刀剑伤"(《落第》),声音是锐利的。与杜甫《同诸公登慈恩寺塔》一样,都是直指科举之弊,他们已清醒看见了社会之变,天下将乱,"高标跨苍天,烈风无时休"。杜甫为此自嘲"自非旷士怀,登兹翻百忧"。慈恩寺塔何地也?乃新进士题名地。此诗是杜甫反思科举弊端,他在慈恩寺塔上,俯视秦川大地,"秦山忽破碎,泾渭不可求。俯视但一气,焉能辨皇州",真正有理想、道德高尚的人才,却"黄鹄去不息,哀鸣何所投",他大声警告朝廷:"君看随阳雁,各有稻粱谋"!李商隐也有同感,《送从翁从东川弘农尚书幕》"皆辞乔木去,远逐断蓬飘。薄俗谁其激,斯民已甚恌。鸾皇期一举,燕雀不相饶"。回到孟郊,当再度下第时却"两度长安陌,空将泪看花"(《再下第》),已对这社会极度失望,只有更沉痛和控诉的眼泪了。时间销铄着诗人早年的理想,时间也蓄积诗人心里的忧郁。如果说他第一次下第对这个社会还存在起用人才的幻想,再下第就证明这种幻想的破灭。四十六岁的应考,只是出于勉强的心情,并不一定是缘于功名欲望的驱使。孟郊眷眷于母爱,他的《游子吟》以"寸草""春晖"的深挚情怀,打动过无数人的心。韩愈记述他这一年来应考的经过是:

> 年几五十始以尊夫人之命来集京师,从进士试,既得,即去。(《贞曜先生墓志铭》)

这就证明,孟郊这次应考是母亲的主意,母亲见儿子潦倒半生,劝他来应考中试借以慰藉落寞心情,原是自然之理,但是儿子阅历社会的心灵创伤,是难以弥合的。所以"一日而将花看尽"云云,只是一种恣意的报复,对科举滥取的刺讽,是借欢乐而表现的泄愤之辞。"昔日龌龊不足嗟",是诗人对卑微生活的公开肯定,也是对龌龊社会的彻底否弃。"皇恩旷荡恩无涯"含意深婉,半生岁月,何曾有恩呢?更不要说"无涯"了。"一日看尽长安花"指御赐看花上林苑,"看尽"是诗人积郁的愤泄,也有看透之意。对"长安花"敢用玩世不恭的态度,鄙薄之情,确乎意透言外了。后来他在溧阳做了一些时间的挂名县尉,玩世不恭,心情狂放,竟以穷极而去:

> 溧阳昔为平陵,县南五里有投金濑,濑南八里许,道东,有故平陵城。林薄荟蔚,下有积水。郊间往坐水旁,命酒挥琴,徘徊赋诗终日,而曹务多废。令季操白府以假尉代之,分其半俸,竟以穷去。(辛文房《唐才子传》)

如果一定要说孟郊汲汲于富贵"稻粱谋",汲汲于功名"随阳雁",那么他决意不作律诗,与唐代律诗取士功名道路大相径庭,又该作如何解释呢?有唐一代对朝廷人才政策厉言批评的三人,分别是杜甫、孟郊、李商隐,从中我们看到了一条清晰的线索,他们尊崇传统,重视风俗,对社会风气抱有良好愿望,对理想社会充满期待,他们要求重建高尚的道德秩序,对人才有着真知灼见,他们以各自的诗歌作了不同风格的强烈反映,他们成了恶俗社会里弥足珍贵的一股清风。

孟郊孤峭。他有贵族的清高,游历南北,不随俗浮沉,与时俯仰,所以虽然他的诗名业已大播,可到处都不起用他。韩愈为推荐他曾经煞费苦心。《旧唐书·韩愈传》载:"二人(按,指孟郊和张籍)名位未振,愈不避寒暑,称荐于公卿间,而籍终成科第",孟郊却没有下落。权贵不容,他又耻事干谒,因此社会就把人生最失意的一切都给了他:落第、饥饿、寒冻、病疾、穷蹙、失子、流离。从诗人个人来说,是不幸的,但是由此也使他经历了和底层士人共同的命运,造就了他苦涩的歌声,成了对那个堕落的社会的批判揭露。

薛涛《筹边楼》诗"筹边楼"之疑

问：薛涛的名诗《筹边楼》，筹边楼究在何处？

答：一般的认识是，"筹边楼"在成都府治西郊，是大和四年（830）李德裕任剑南西川节度使时所建，其根据是，《通鉴》云："德裕至镇，作筹边楼，图蜀地形，南入南诏，西达吐蕃。日召老于军旅，习边事者，虽走卒蛮夷无所间，访以山川、城邑、道路险易，广狭远近。未逾月，皆若身尝涉历。"可见这座楼完全是为军事需要所设，凡熟悉并从事军旅者，无论老者，外族部伍人员，凡熟悉城邑地理的都可召来"筹边楼"议事，为防边患而筑此楼，它当然不会是薛涛与诗人交往的"吟诗楼"。所以，我在成都西郊遍处寻访，从未闻"筹边楼"是处，如果历史兴废的变迁，也应该留下废址所在，但却了然无痕。我们还是回到诗中寻访：

> 平临云鸟八窗秋，壮压西川四十州。
> 诸将莫贪羌族马，最高层处见边头。

增订注释《全唐诗》云："羌，此指党项羌，松州以西皆其部落。"在李德裕任内，曾收复过被吐蕃占据的维州城（今汶川县威州镇），从成都西行经都江堰可达维州，多为羌民居处，李德裕镇蜀，西川一直较安定。

问：据所谈，"筹边楼"不在成都了。

答：我认为在成都西郊并没有错，但须满足一个条件，那是诗的结句，楼的最高处是可以见边头的，这在成都平原近郊并不具备这一条件，如果拓展西郊范围，紧靠大邑的锦屏山，曾是三国名将赵云葬于成都西郊所在地，山约百公尺，矗于平原却甚显气势，山顶有"望羌台"，这是符合"最高层处见边头"所在，"筹边楼"倘在斯欤？我还没有别的证据，只作一个寻疑的参考。因李德裕太和四年（830）在蜀曾兼理新繁县令，今在新都新繁镇建有一仿古筹边楼，但可以肯定是后人纪念他的附会，应予排除。

问：此诗堪列薛涛名作，历来为选家看重，请道其详。

答：唐文宗大和六年(832)十一月，李德裕调离蜀后，边纷又起，薛涛已入暮年，诗充分表现她关怀时政，一片仁心。楼的壮伟，李德裕建楼的用意，在描写中流露今昔之感，尤其"诸将莫贪羌族马"，有深沉感慨，有靖边仁心，要将军们莫贪掠而引起战争。《旧唐书·党项传》云："大和、开成之际，其藩镇统领无绪，恣其贪婪，不顾危亡，或强市(买)其羊马，不酬其直(不付钱)，以是部落苦之，遂相率为盗(反抗)。"边衅主要为兵将劫掠边民财物欺压边民而起，"莫贪"二字，既语重心长劝导，又义正辞严谴责。诗流露刚健沉雄之气，无儿女之情。明人钟惺《名媛诗归》云"洪度(涛)岂直女子哉，固一代之雄也"，清纪昀《纪河间诗话》说"筹边楼"是"其托意深远，非寻常裙屐所及"，均论及女诗人深厚的历史认识，赞扬了她对边防现实的卓见。她的诗不仅教戒诸将，还有深层警惕的意思，在茶马互市的和平时期，作为边将要高瞻远瞩，不忘筹划边防。

问：若据《旧唐书·党项传》所云，筹边楼若在大邑，要见证"强市(买)羊马，不酬其直"的可能性很小，难道筹边楼难以寻找吗？

答：我费了不少周折，得识黑水县原县委秘书长周礼富先生，他是理县人，他热情帮助，说理县有"筹边楼"，并借我一览《理县志》关于"筹边楼"的记载："理县在隋文帝时，设置薛城戍，唐高祖武德七年(624)改隋置薛城戍为薛城县。薛城筹边楼始建于唐代，据史书记载，唐文宗太和四年(830)，西川节度使李德裕为加强战备，激励士气，商议边事，修筑了边楼，有李德裕亲笔题词筹边楼一匾额及楼梯出口处的亭子，门前的铁钟、鼓等文物(文革中大多被毁)。唐以后，该楼多次维修，清康熙四十七年(1708)，旧保县城和此楼毁于洪水，知县陈克绳于乾隆七年(1742)在原保县城河对面(今薛城)重修县城并将该楼重建。该楼建于南沟溪水侧的一座石峰上，画栋雕梁，设计精巧。登楼俯瞰，城廓景色尽收眼底。原该楼有客厅、厨房、宿舍等，已于1984年倒塌。现只存孤楼一座，风雨飘摇。"

问：显然，这里就是薛涛登楼吟咏的"筹边楼"了。

答：志书所载筹边楼以及整部《理县志》中，没有文字关于薛涛有过来踪去迹的记述，更不要谈诗了，令人疑虑。周礼富先生羌族，从小生长理县，亦未闻有薛涛的记述或传说。所以，谅筹边楼或许不止一处？我想，必须满足一个基本条件是薛涛必须到过那儿或见证此楼。

问：所言甚是，薛涛还有其他诗作可佐证吗？

答：正是这样的思路，我翻检薛涛诗和唐人李玙《薛涛传》，曾有《罚赴边有怀上韦令公》两首五绝：

> 黠虏犹违命，烽烟直北愁。
> 却教严遣妾，不敢向松州。

> 闻道边城苦，而今到始知。
> 羞将筵上曲，唱与陇头儿。

诗证明薛涛曾赴松州（四川松潘），松州西与理县紧邻。韦令公即韦皋，贞元元年（785）为剑南西川节度使，边功甚伟。薛涛及笄时，被召侍酒赋诗，遂入乐籍。罚赴松州，在韦镇蜀之初。诗题"罚"，并非有过失的处罚，而是赴边劳军，诗中明显"羞将筵上曲，唱与陇头儿"，但边地苦寒，薛涛故言"罚"。有人依据五代人何光远《鉴戒录》云："……涛每承连帅宠念，或相唱和，出入车舆，诗达四方，名驰上国。□□□□应衔命使车每届蜀，求见涛者甚众。而涛性亦狂逸不□，所有见遗金帛，往往上纳。韦公既知且怒，于是不许从官。涛作《十离诗》以献，情意感人，遂复宠召……"有人据此以为薛涛受贿被罚（张篷舟《薛涛传》）于贞元五年赴松州。

　　问：你以为可信吗？
　　答：不可信，即依何光远所云，"所有见遗金帛往往上纳"，已经上缴，与受赂之说，了无关涉；另外，唐人李玛《薛涛传》，道及罚赴边有怀上韦令公诗，也未道及薛涛系受贿而罚之由。求解"罚"字，我以为最好从诗中考求。韦皋派乐人歌妓前往边地慰问，表示军领关怀，鼓励军兵戮力奋战，况且"黠虏犹违命，烽烟直北愁"，军情紧急，这是十分必须的，而松州的边远苦寒，相对于生活在锦城繁华的乐工歌妓，都视为畏途，所以诗中有句"却教严遣妾，不敢向松州"。是谁"不敢向松州"，我以为正是乐工歌妓们，韦皋自然有所迁怒，这样"严遣妾"，便把身边以及当红的乐妓薛涛，以严正措施，要求带头派遣。吟咏此诗，当能体察罚之所由。

　　问：薛涛是到了松州。
　　答：第二首正是她在松州向边城军民的演唱，"闻道边城苦"，"闻道"正是未来前大家视为畏途的议论，"而今到始知"，是赴边的亲身体验语，"苦"字有巨大的包容，有边地的荒凉，百姓的贫困，边疆战士战争的艰苦。第三句"羞将筵上曲"，那"羞"字也异常惹眼，那繁华的筵宴歌曲，与军兵们的思想生活感情风马牛不相及,薛涛因唱此而"羞",这也看出她到边地见军民以及战争的艰辛,思想认识有了巨大触动,羞于在将士面前唱欢乐的"筵上曲"。

问: 薛涛到松州演出,与"筹边楼"有关吗?

答: 既然史志都未证明薛涛到松州紧邻的理县,我们不必强说她到松州就必然到了筹边楼,事实是,《筹边楼》之作与薛涛赴松州时间上有巨大差距,据《理县志》云:"唐代女诗人薛涛,原为长安良家女,幼年随父入蜀,不幸父死,举目无亲而流落蜀中,沦为歌妓。她自幼聪慧,善弹唱,又工诗。……唐贞元五年(789),薛涛因一件小事得罪了当时剑南西川节度使韦皋,而被罚充军松州(今松潘)。"从贞元五年(789)她去松州和李德裕建楼大和四年(830)其间差距四十年,薛涛在松州自然不可能见证筹边楼。

近年我在对"松茂古道"的研究中,作过一些考察,发现薛涛不论如何都走不到理县,她赴边从成都出发,经蜀州(原辖灌县,今都江堰)、维州、茂州(茂县)最后到达松州。筹边楼太著名,薛城(理县)筹边楼或即是唐军的一座军塞,后附筹边楼之名。当时李德裕在西川要地多处设置,后人均称筹边楼。如,松茂古道上汶川的七盘沟,岭头原有七盘楼,已废。据民国王天元《近西游副记》记载:"七盘楼踞于一高阜,大路盘折而上,七盘之名,或以此。楼,乃唐李德裕筹边楼之一,此刻墙基俱已模糊矣。"王天元所见七盘山顶的城址,其实是李德裕筑的柔远城。《新唐书》:"(德裕徙剑南西川)作柔远城,以厄西山吐蕃。"再如,在威州(维州)过街楼也有一座筹边楼,据民国《汶川县志·名胜》载:"过街楼,传为唐李卫公所建,或曰即筹边楼也。虽无确证,然是处北枕雁门,西带岷江,固应为屯兵要地。"但这些地方志记载都是后附,我认为并不真实。

我据史料还原,李德裕作西川节度使兼摄成都尹时,致力川西边务,建筹边楼。据民国一则比较客观的材料记载,《汶川县志·古迹》引旧志:"筹边楼有三,一在保县(理县),筹西边也;一在清溪(青神),筹南道也;一在蜀城大慈寺(成都),兼筹西南道也。或曰楼在今之理番府,非是。当卫公筹边时,维州地陷入吐蕃,后悉怛谋以维州降,在卫公去后,杜惊继镇时。则建楼当在汶川。"清汶川知县李锡书《题卫公筹边楼》:"节度西川历几年,精思广运在全川。七星桥跨三江水,百尺楼撑一线天。此地画疆称扼要,当年图阁亟筹边。八关俱在公先出,记取丹宸列圣筵。"薛涛年轻时赴荒凉苦寒的松州边营演出,不久又经松茂古道回到成都,此时未有筹边楼。直到大和四年(830)李德裕镇蜀,建筹边楼,也正是有过赴边经历,薛涛受到李德裕邀请登临此楼,结合自己早年对边地的了解,写下了名作《筹边楼》。

问：那么,《筹边楼》是薛涛暮年所写了。

答：正是。从诗的内容我已解析,她去松州因了解军民的艰辛,为战争的残酷所触动,为她写筹边楼奠定了坚实的思想基础,那"诸将莫贪羌族马",足见她厌战的仁心,深沉的感慨。"最高层处见边头"又时时警醒戍边将士莫擅启边衅。她即使未去理县的筹边楼,我们也相信这是她生活体验而成的传世之作。

关于薛涛《题竹郎庙》
诗"竹郎庙"之疑

问： 女诗人薛涛《题竹郎庙》的竹郎庙在何处？
答： 先看看诗吧：

竹郎庙前多古木，夕阳沉沉山更绿。
何处江声有笛声，声声尽是迎郎曲。

此诗在薛涛诗中常被一些唐诗选本注目采选，诗清新明朗，颇具民歌风调。故《四库全书总目》说："涛《送友人》及《题竹郎庙》诗，为向来传诵。"但是，竹郎庙在何处呢？许多唐诗注本对此却不知所在，不作注释。

富寿荪《千首唐人绝句》注云："竹郎庙，古时西南少数民族所祀之竹郎神庙，详见《后汉书·南蛮西南夷传》。"只说了竹郎庙是什么庙，没有说庙在何处。而《后汉书·西南夷传》云："夜郎者，初有女子浣于遁水，有三节大竹，流入足间，闻其中有号声，剖竹视之，得一男，归而养之，及长有才武，自立为夜郎侯，以竹为姓。"对此，《蜀记》亦有详述云："昔有女人于溪浣纱，有大竹流水上，触之有孕，后生一子，自立为王，以竹为姓，汉武使唐蒙伐牂柯，斩竹王，土人不忘其本，立竹王庙，岁必祀之，不尔为人患。"以上传说记载，只言竹郎来历，也未言竹郎庙在何处。

唐诗人韩翃有《送李中丞赴辰州》："白羽逐青丝，翩翩南下时。巴人迎道路，蛮帅引旌旗。暮雨山开少，秋江叶落迟，功成益地日，应见竹郎祠。"也提到"竹郎祠"，诗题"辰州"，隋开皇九年（589）置，治所位于今怀化沅陵县。这里是古夜郎巴国蛮夷地。故诗人把李中丞比喻为夜郎侯"竹郎"，期望他理政有方，治理有功。韩翃与薛涛同一时代，说明当时南方流行祭祀竹郎的风习。

薛涛诗中竹郎庙是有处所的，不在韩翃诗下的辰州。张蓬舟研究薛涛多年，所著《薛涛诗笺》，对竹郎庙笺曰："庙在四川荣县（唐时荣州），《蜀中名胜记》：邑东荣川即古遁水河,岸有竹王祠,盖以祀夜郎王者,薛涛《题竹郎庙》云。"张蓬舟只道荣县有竹王祠,殊不知竹王祠并非一处。乐山也有竹王祠,而且薛涛所题,就是乐山之竹王庙。

问:哦?薛涛题竹郎庙是在乐山,愿闻其详。

答:据《乐山县志·区域一·山川附古迹题咏》云:"今治北三里有竹公溪,溪上有祠,曰竹王三郎祠。唐建。"同时,《乐山县志》已载有薛涛《题竹郎庙》诗,归于县治古迹题咏之中。关于《后汉书》提到的"夜郎",是属于西南夷总称下一地之称。据《史记·司马相如列传》说司马相如通西夷,西至沫,而乐山有沫水,即近处之大渡河。这就是说,乐山的竹郎庙与流竹得子传说的地理环境十分接近。明末清初屈大均有《送王观察之官蜀中》其十八:"竹郎祠下竹公溪,水合三江到峡西。白黑诸蛮春报赛,巴渝曲为使君低。"也明确竹公溪上有竹郎祠,其名声还很大。

从薛涛诗本身谈,首二句"竹郎庙前多古木,夕阳沉沉山更绿",意指竹郎庙前古木繁阴,在夕阳中山水映侵得更绿。"绿",是薛涛把握住竹郎庙环境的重要特征。后来的诗人咏乐山竹郎庙,也是在"绿"上下功夫,如清人王士禛《竹公溪》云:"竹公溪水绿悠悠,也合三江一处流。"清人冷然《竹溪行》云:"昔日竹溪满溪行,俯映溪水流水绿,种竹老翁无姓名,传说竹公尝信宿。"真是无独有偶。虽然异代不同时,而绿沉沉风景依稀,我们更相信薛涛题诗于此地之竹郎庙。还有千载神合的一点,薛涛诗三、四句:"何处江声有笛声,声声尽是迎郎曲。"而王士禛《竹公溪》的诗中也有:"漏天未放十分晴,处处江声有雨声。"如果还不以为然,那么至少是王士禛受了薛涛诗的启发,证明他也确信薛涛诗是作于此。

还有例证,明人徐熥《西蜀竹枝词》:"杜鹃啼上海棠枝,赤甲山前月落迟。斗帐夜寒春梦醒,笛声吹过竹郎祠。"诗题"西蜀"范围就包含乐山地区,首句"杜鹃啼上海棠枝",乐山明万历三十九年(1611)已号"海棠香国",《嘉定州志》:"州治枕海棠山,接高标之脉。甘棠楼,知州钟振题'海棠香国'于此。"同时代的徐熥自然知道,他首句即含有两个典故,蜀王杜宇故事、乐山海棠别称。次句"赤甲山前月落迟",正是乐山地区地质长期剥蚀而形成的红色沙岩层,表面风化呈红色鳞片状特征,这些山皆可以"赤甲"形容。末句"笛声吹过竹郎祠",一是此处竹郎祠就是乐山竹郎庙,二是化用薛涛"何处江声有笛声",也暗合薛涛"声声尽是迎郎曲"记载的一次竹郎庙的祭祀活动。

薛涛题乐山的竹郎庙,还有一点是要看她是否亲自到过乐山。她有《赋凌云寺》二首,《忆荔枝》一首,都是在乐山题咏之诗;正好作为陪证,相反,就薛涛现存九十一首诗中,还未有证明她到过荣县之作。

此诗语浅情浓,秀笔天然且充满民歌风调,那结尾一声"声声尽是迎郎曲",语含双关,一般注为祀迎竹郎神,民间风俗,我无异议。但"迎郎"又作接夫郎的民间情歌之意,差似刘禹锡"东边日出西边雨,道是无情却有情"之意。这是诗注中未见的。

关于李白和徐凝庐山瀑布诗的高下

问：李白和徐凝都曾写过瀑布诗，后来引起一场争议，这是怎么一回事呢？

答：李白写的《望庐山瀑布》是两首，一首五古，一首七绝。尤以七绝传诵千年：

> 日照香炉生紫烟，遥看瀑布挂前川。
> 飞流直下三千尺，疑是银河落九天。

李白此诗约写于玄宗开元十四年（726），即诗人二十六岁时（从詹锳《李白诗文系年》之说）。后来，在宪宗元和时代（806—820），另一位诗人徐凝又写了一首题为《庐山瀑布》的七绝：

> 虚空落泉千仞直，雷奔入江不暂息。
> 今古长如白练飞，一条界破青山色。

徐凝此诗颇负盛名，据《唐诗纪事·卷四十一》徐凝条引宋潘若冲《郡阁雅谈》，便有"凝官至侍郎，多吟绝句，曾吟《庐山瀑布》，脍炙人口"。据唐人范摅《云溪友议·卷中》还说此诗大受白居易的赞许，还比败了著名诗人张祜等等。

在徐凝写了《庐山瀑布》之后，降而至宋神宗元丰七年（1084），大诗人苏轼从黄州去汝州，过九江时，曾游庐山。据《东坡志林·卷一》记游庐山条曾有苏轼自述其事，略云：

> 仆初入庐山，山谷奇秀，平生所未见，殆应接不暇，遂发意不作诗。……是日，有以陈令举《庐山记》见寄者，且行且读，见其中云徐凝、李白之诗，不觉失笑。旋入开元寺，主僧求诗，因作一绝云："帝遣银河一派垂，古来惟有谪仙词。飞流溅沫知多少，不与徐凝洗恶诗。"

陈令举何人？乃苏轼之友，其《庐山记》是有关庐山名著之一。书中谈到徐凝、李白诗的，见于《叙山南篇·第三》，录如次：

> 由古灵（庵）至开先禅院十里。……瀑布在其西。山南山北有瀑布者，无虑十余处，故贯休（唐末诗僧）题庐山云："小瀑便高三百尺，短松多是一千年。"惟此水著于前世。唐徐凝诗云："今古常如白练飞，一条界破青山色。"李白诗云："飞流直下三千尺，疑是银河落九天。"即此水也。香炉峰与双剑峰相连属，在瀑水之傍。……上山七里至永泰院，……永泰之前有文殊台，与香炉、双剑峰相为高下。瀑布前在山下，皆仰而望之，固为雄伟；至文殊台，则平视之，然后知"轰雷"、"飞练"，皆赋象之不足也。……凡庐山之所以著于天下，盖有开先之瀑见于徐凝、李白之诗，康王之水见于陆羽《茶经》，至于幽深险绝，皆有水石之美也。

据此可见苏轼"失笑"之由，乃在于不赞成陈令举将两诗相提并论。当然，这并非完全否定陈令举没有评判优劣的眼光，然而他评判的角度不尽如人意，他认为李白是"西登"而"南见"，即能"平视"瀑布的全貌，而徐凝则只"仰而望之"，所以只能用"轰雷"（徐诗第二句为"奔雷入江不暂息"）、"飞练"（徐诗第三句"今古长如白练飞"）加以形容，所以产生"赋象不足"之病。这就使人导致错误的结论，两诗的高下并不由诗人才智、灵感、生活、技巧而决定，而是由两人观察瀑布的地理位置是否妥当，假如徐凝不是"仰而望之"地理位置的悬殊，若也"平视"瀑布，自然就"赋象"十"足"。这种片面的看法，对于深悉创作甘苦的大诗人苏轼来说，必然就难以苟同。本来游庐山不想写诗的，却又为此事写了绝句一首。后来苏轼将绝句收入集子，又专为它另外写了一段长题，可见他对此事耿介于怀，长题云：

> 世传徐凝瀑布诗云"一条界破青山色"。至为尘陋。又伪作乐天诗称羡此句，有"赛不得"之语。乐天虽涉浅易，然岂至是哉？乃戏作一绝。

苏轼这样动感情，可见当时对徐凝诗过誉的影响很大，竟有人枉称白居易也为徐凝捧场。关于"伪作乐天诗称羡此句"，现已见不到那篇伪诗，我疑惑苏轼就是出于对《云溪友议》中所传白居易"扬徐抑张（祜）"之事。至宋，此事影响尚有增扩，如释惠洪《冷斋夜话·卷四》有米元章瀑布诗条云："米芾元章豪放，戏噱有味……，尝大字书曰：'吾有瀑布诗，古今赛不得。最好是一条，界破青山色。'人固以怪之。其后题云：'苏子瞻曰：此是白乐天奴子诗。'见者莫不大笑。"亦可证明苏轼对此诗此事的深深不满。

问：如此看来，真要相信苏轼对李白、徐凝二诗的优劣评判了。

答：我以为苏轼的评判是正确的，但要令人信服，还应作具体的分析比较。

在前人的评判中，袁枚《随园诗话·卷十一》以为徐诗后二句"的是佳语"，苏轼以为"恶诗"，乃是嫌其不"超脱"。明人王思任《庐游杂咏》集有《开先观瀑》云："徐凝浅俗犹非恶，李白夸张未免攻。领骂开先摹瀑布，银钗两朵鬓芙蓉。"其意都在未定优劣，不失偏颇。倒是清人翁方纲《石洲诗话·卷二》说得稍显具体。他说："徐凝《庐山瀑布》诗：'千古长如白练飞，一条界破青山色。'白公所称，而苏公以为恶诗。《苕隐笔记》谓本《天台赋》'飞流界道'之句。然诗与赋自不相同，苏公固非深文之论也。至白公称之，则所见又自不同。盖白公不于骨骼间相马，惟以奔腾之势论之耳。"此诗话对苏轼之见，也欠充分说明，所以，用具体的分析比较论定优劣，是十分必要的。

两诗的题材相同，描写技巧都是用比喻方式摹写自然景物。但可从三点作比较。

一、在取喻之物上，徐凝用白练飞动，界破青山的比喻写瀑布，形象生动准确。他用"白练"比瀑布。而李白用"银河"比瀑布，就更高一筹。白练取其白，银河也取其白，"银"比"白"显得更有光彩；银河在天，正写出瀑布从高山落下，像从天上落下，更有气势；瀑布乃飞流，而银河的"河"也具有流水的含意，比白练就更为真切；而"直下三千尺"也比"一条"气势雄壮。就表现这个水位很高，流量很大的瀑布所具之居高临下奔腾倾泻的雄姿壮采形态来看，李诗显然比徐诗高明。从全诗看，李诗第二句写了诗人自己的活动，令人想象他遗世独立，精神与天地相往来的气概，诗的容量增扩，比之于徐诗，那四句纯客观的描写，单调、无我，也是难与李诗颉颃的。

二、李白诗首句以香炉峰联想生烟，创造了阳光之下云霞环绕高峰的妙喻，三、四句用银河写瀑，联想在天地之间，用银河欲落之假象比喻瀑布下泻之真象，神奇、生动、贴切。徐凝诗用白练飞比瀑布之下落，用雷声比瀑声之响亮，固然好，但用白练破青山单一之色，虽准确鲜明，而在自然界和人类生活中却失去了根据。可见，李诗中用来比拟和被比拟的事物形象，是结合的有机体，而徐诗却相反，由于想象缺乏生活现象作为根据，所以用来比拟的和被比拟的事物形象就显得拼凑。优劣高下也是不言而喻的。

三、李白诗中的比喻比徐凝诗的比喻新颖。何以知之？"银河"之喻，李白之前，仿佛无人道出，据查选注李白此诗的注家均未于此喻注明出处。"紫烟"之喻，乃受晋释惠远《庐山记》中"气笼其上，则氤氲若香烟"的启示，取用有冰寒于水之妙。徐凝诗以"飞练"喻瀑布，早已为前人取用，若郦道元《水经注》，谢朓之诗，王季友的赋，都曾用"练"喻瀑，至若雷声喻水声，更为常见。好诗虽无重复前人已用过比喻的规定，但一为创造，一为因袭，即以新颖的灵感而论，徐诗也是不及李诗的。

据此可知，徐凝诗不及李白诗，优劣当有判定。由于徐凝诗问世后，被人推重过分，所以苏轼特意要贬之，称为"恶诗"，以此抬高李白的诗，也许是出于矫枉必须过正的手段。之后的诗论家们，慑于苏轼名声，不敢替徐凝说话，却又不同意"恶诗"之贬，有的竟婉曲说，徐凝诗"界破"有来历，本于孙绰之《游天台山赋》。因此赋乃名篇，既然徐诗本此，也就证明徐诗不是"恶诗"了。这是一种偏见，认为诗有出处则佳。众所周知，许多写景物的名诗，从来不在于讲究出处定其优劣。

问：所言甚是。

韩愈服硫磺致死之疑

问：韩愈死因也有异说，是吗？

答：是的。韩愈之死按其婿陇西李汉《唐吏部侍郎昌黎先生韩愈文集序》云：“长庆四年冬，先生殁。”殁于何因？并未言明，但张籍《祭退之》诗则言韩愈逝世那一年夏天即已有疾在身，“去夏公请告，养疾城南庄”。中秋后，张籍还多次问候说：“公疾浸日加，孺人视药汤，……自是将重危，车马候纵横。门仆皆逆遣，独我到寝房。公有旷达识，生死为一纲。及当临终晨，意色亦不荒。赠我珍重言，傲然委衾裳。公比欲为书，遗约有修章。令我署其末，以为后事程。”死于病，而且旷达人生，这是很清楚的。可是白居易在怀念好友元稹的《思旧》诗中却说：“退之服硫磺，一病讫不痊。”（《白氏长庆集·卷六十二》）五代人陶穀《清异录》更说：“昌黎公愈晚颇亲脂粉，故事服食，用硫磺末搅粥饭啖鸡男，不使交，千日烹疱，名‘火灵库’。公间日进一只焉，始亦见功，终致绝命。”陶穀对韩愈死于硫磺的前因后果作了说明，其据虽不得而知，但影响和流传很广泛。

对于此说反对者，清代学者钱大昕在《十驾斋养新录·卷十六》对白居易诗“为昌黎晚年惑金石药之证”，举出洪庆善《韩子年谱》中方崧卿的一条辩证对此表示质疑。方崧卿据《卫府君墓志》说当时也有一个字退之的人叫卫中立，他“饵奇药求不死，而卒死”，白居易诗中的“退之服硫磺”者“乃中立也”。钱大昕更引李季可的说法进一步提出：“韩愈长庆三年作《李干墓志》，力诋六七公皆以药败。明年则公卒，岂咫尺之间身试其祸哉？”韩愈不可能是表面上斥责别人服丹药，而暗里却自己服丹药企求长生不死的人。

韩愈死因之疑，亦成聚讼公案。著名专家陈寅恪在《元白诗笺证稿》附论“白乐天之思想行为与佛道关系”中，力驳卫退之之说。他据理是，白居易所交均“所谓第一流人物”，如韩愈、元稹等，而卫中立区区小人，连进士也不是，白居易诗不可能提及他。并指出陶穀生活于五代时，与韩愈在世的“元和长庆时代不甚远，其说当有所据”。他断定《思旧》“诗中之退之，固舍昌黎莫属矣”。

但是，对陈寅恪此说亦人有质疑。其理由是白居易所结交的朋友并非都是

"所谓第一流人物",并且在中唐传统贵族与平民新贵的复杂派系中,白与韩的交情十分平淡,极少往来,诗风也很不一致,并有不满情绪。按常理,白居易对较亲近的朋友死亡才会写悼念文字,而白居易对韩愈的死从未写过诗文悼念和缅怀,怎么会在《思旧》诗中提到他呢? 至于白居易与卫中立也可以说是毫不往来,白居易写《思旧》诗,也是不会突然想到一个和自己毫不交往的人"思旧"。另外,考查韩愈自己,并没有说过服食丹药之事,韩愈的友人也不曾说过韩愈有服食丹药之事,长庆时代后的人还是没有谈过韩愈有服食丹药之事。这样看来,五代人陶穀对韩愈死因之说就断无疑窦了吗? 非也。所以有人怀疑"退之"其人为笔误。

此外,还有人在反对韩愈死于服食丹药时,提出新的看法。如钱冬父著《韩愈》,认为白居易对韩愈死因之说,"可能得之传闻,也可能他诗中说的'退之'是另有其人,不是指韩愈"。是谁呢? 未指明。还认为韩愈服食丹药的传闻由来是"道教徒捏造出来的诽谤之词"。我倒认为不必道士捏造,当时社会流行长生之术,从皇帝到士大夫都引以为尚。他《寄随州周员外》诗:"金丹别后知传得,乞取刀圭救病身。"题注:"周君巢也,时为随州刺史。"周君巢正是金丹服饵之术的专家,说明韩愈曾经一度赞成服食丹丸的,他自袁州还京行次安陆时,要向周君巢"乞取刀圭救病身"。我估计他只是说说而已,即便有,也是短暂试药,但很快戒掉,晚年再未沾染此习。

问: 你对韩愈的死有看法?
答: 对白居易的"退之服硫磺,一病讫不痊",指向韩愈,我也很难苟同,且不说张籍那首《祭退之》诗中明言"去夏公请告,养病城南庄",以及临终嘱托张籍之事,丝毫未言及服食硫磺之害,张籍是最切近于韩愈身边的人,都无食硫之述,再看他去夏休官城南养病有《南溪始泛三首》:

　　　　榜舟南山下,上上不得返。幽事随去多,孰能量近远? 阴沉过连树,藏昂抵横坂。石粗肆磨砺,波恶厌牵挽。或倚偏岸渔,竟就平洲饭。点点暮雨飘,梢梢新月偃。余年懔无几,休日怆已晚。自是病使然,非由取高蹇。

　　　　南溪亦清驶,而无楫与舟。山农惊见之,随我劝不休。不惟儿童辈,或有杖白头。馈我笼中瓜,劝我此淹留。我云以病归,此已颇自由。幸有用余俸,置居在西畴。囷仓米谷满,未有旦夕忧。上去无得得,下来亦悠悠。但恐烦里闾,时有缓急投。愿为同社人,鸡豚燕春秋。

　　　　足弱不能步,自宜收朝迹。羸形可舆致,佳观安可掷? 即此南坂下,久

闻有水石。挖舟入其间,溪流正清激。随波吾未能,峻濑乍可刺。鹭起若导
吾,前飞数十尺。亭亭柳带沙,团团松冠壁。归时还尽夜,谁谓非事役。

　　这是一种清新、恬淡、乐观于自然的心境,服食硫磺应有前提,多为病入膏
肓,心情忧惧,乞求长生的心理,难道能做出这样的诗吗? 它是未服硫磺的反证。
韩门的李翱,有详细的"行状"记述,又有《祭吏部韩侍郎文》,皇甫湜也有《韩文公
墓铭》都无片字只言叹及韩愈服食硫磺致死因由。尤有力证,长庆年间,唐代穆
宗朝有服方士金石药的社会现象,韩愈心中甚为反感,长庆三年他写的《故太学
博士李君墓志铭》云:"(李)遇方士柳泌,从受药法,服之往往下血,比四年,病益
急,乃死。"他痛切云:"余不知服食说何自何世起,杀人不可计。而世慕尚之益
至,此其惑也!"又对工部尚书归登、殿中御史李虚中、刑部尚书李逊、逊弟刑部侍
郎李建、襄阳节度使工部尚书孟简、东川节度御史大夫卢坦、金吾将军李道古等,
历数服用药石死之情状:"工部既食水银得病,自说若有烧铁杖自颠贯其下者,挺
而为火,射窍节以出。狂痛号呼乞绝,其茵席常得水银,发且止,唾血十数年以
毙。殿中疽发其背死。刑部且死,谓余曰:'我为药误'……卢大夫死时,溺出血
肉,痛不可忍,乞死,乃死。金吾以柳泌得罪,食泌药,五十死海上。此可以为诚
者也! 蕲不死,乃速得死,谓之智,可不可也?"韩愈最后慨叹:"呜呼! 可哀也已,
可哀也已!"他如此清醒对方士们药石为害的认识,他能去服食吗? 即令他偶有
食硫磺之误,那他也决不会以此来断送生命的终结,你说是吗?
　　最后我要补说一下白居易《思旧》"退之服硫磺"之事,言之凿凿,十分肯定。
全是服食仙药毙命的人物,不一定都是他的朋友,但都是当代名流,如"微之"元
稹,"杜子"杜元颖,"崔君"崔群。那么"退之"就是韩愈吗? 其实早在南宋,藏书
家与校勘家方崧卿就据《卫府君墓志》考出墓主卫中立,字退之,他也是名满天下
的人物。元和十年(815)韩愈为他作《唐故监察御史卫府君墓志铭》,铭文受兵部
郎中卫中行所托,中行字大受,贞元九年第进士。引如下:

　　　　君讳某,字某,中书舍人御史中丞讳某之子,赠太子洗马讳某之孙。家
　　世习儒,学词章。昆弟三人,俱传父祖业,从进士举。君独不与俗为事,乐弛
　　置自便。
　　　　父中丞薨,既三年,与其弟中行别,曰:"若既克自敬勤,及先人存,趾美
　　进士,续闻成宗,唯服任遂功,为孝子在不息。我恨已不及,假令今得,不足
　　自贲。我闻南方多水银、丹砂,杂他奇药,燹为黄金,可饵以不死。今于若丐
　　我,我即去。"
　　　　遂逾岭陀,南出,药贵不可得,以干容帅。帅且曰:"若能从事于我,可一

日具。"许之，得药，试如方，不效，曰："方良是，我治之未至耳。"留三年，药终不能为黄金，而佐帅政成，以功再迁监察御史。帅迁于桂，从之。帅坐事免，君摄其治，历三时，夷人称便。新帅将奏功，君舍去。南海马大夫使谓君曰："幸尚可成，两济其利。"君虽益厌，然不能无万一冀，至南海，未几竟死，年五十三。

　　子曰某。元和十年十二月某日，归葬河南某县某乡某村，附先茔。于时中行为尚书兵部郎，号名人，而与余善，请铭。铭曰：

　　嗟惟君，笃所信。要无有，弊精神。以弃余，贾于人。脱外累，自贵珍。讯来世，述墓文。

　　从墓铭至少透出几点信息，1. 卫中立是中书舍人、御史中丞卫晏第二子，世代习学儒术，诗词章法。他兄弟三人，都继承祖业，考中进士，有功名。2. 父亲卫晏过世他守丧三年，后远行南方，求取不老药。3. 未能炼得长生丹，入容管经略使房启幕，留幕三年，终未炼成黄金丹，但辅佐房帅却卓有成绩，升监察御史。房启调任桂管观察使，他随往。后房坐事免职，他接替房启治理军政，代治三季，为桂州百姓称道。4. 受岭南节度使马揔相邀，对炼丹一事还存希望，远赴南海，不久病故。归葬洛阳伊阙县祖茔。卫中立非泛泛之辈，墓铭出自韩愈之手，说明卫家在朝中算是权势之家，那么白居易《思旧》诗中"退之服硫磺"何不可称卫中立？况且韩愈在铭文中感慨：呜呼卫君，笃信长生。欲成不遂，徒伤精神。告诫后世，传我铭文。通篇无一贬词，而褒贬自见。结合前述看，陈寅恪之意见是未细察墓铭下的偏见，他把退之武断归为昌黎是对韩愈极大的不公。

　　问：是的，是的，颇有道理。看来服硫磺致死是千古奇冤韩退之啊，此退之非彼退之。

悯农诗"锄禾日当午"作者之疑

问：家喻户晓的唐诗"锄禾日当午"作者是李绅还是聂夷中？

答：此诗存疑知者较少，原因是历来许多选本都将此诗列在李绅名下，题著《古风二首》或《悯农二首》：

> 锄禾日当午，汗滴禾下土。
>
> 谁知盘中餐，粒粒皆辛苦。

《全唐诗》将此诗放在李绅卷中，题为《古风二首》，但同时，此诗又作为五绝置于聂夷中名下，在题为《田家二首》的"锄田当日午"四句之后注上"此篇一作李绅诗"。足见《全唐诗》编辑者持疑的尴尬和两难。但何以前后许多本子都置此诗于李绅而不顾及聂夷中，我想，原因之一是《全唐诗》虽同置二人之中，但单在聂夷中名下注"此篇一作李绅诗"，而李绅名下却不注"此篇一作聂夷中诗"，当然这不可能是众多《全唐诗》编辑者马虎疏漏，这样有意为之还主要是在持疑中而又倾向显示为李绅作；原因之二是李绅早于聂夷中五六十年，按习惯思维路向只有后者才可能将前人诗作占为己有，没有前人去将不可能见到后人之诗占为己有，故归此诗为李绅作，情理可通，即使持疑也能接受。所以积久成习，一般选本将诗从聂夷中名下一笔勾销，归入李绅诗中也无须说明了。

问：这样就可以判定作者的所有权吗？

答：不是，我们从几个不同记载来看。

孙光宪《北梦琐言·卷二》：

> 咸通中，礼部侍郎高湜知举。榜内孤贫者公乘亿，赋诗三百首，人多书于屋壁。许棠有《洞庭》诗，尤工，诗人谓之"许洞庭"。最奇者有聂夷中，河南中都人。少贫苦，精于古体，有《公子家》，诗云："种花于西园，花发青楼

道。花下一禾生，去之为恶草。"又《咏田家》诗云："父耕原上田，子劚山下荒。六月禾未秀，官家已修仓。"又云"锄禾当日午，汗滴禾下土。谁念盘中餐，粒粒皆辛苦。"又云："二月卖新丝，五月粜新谷。医得眼前疮，剜却心头肉。我愿君王心，化为光明烛。不照绮罗筵，只顾逃亡屋。"所谓言近旨远，合三百篇之旨也。

计有功《唐诗纪事·卷三》李绅条目云：

> 绅初以《古风》求知于吕温，温见齐煦，诵其《悯农》诗曰："春种一粒粟，秋收万颗子，四海无闲田，农夫犹饿死。锄禾日当午，汗滴禾下土。谁知盘中餐，粒粒皆辛苦。"又曰："此人必为卿相。"果如其言。

尤袤《全唐诗话·卷三》李绅条亦云：

> 绅初以《古风》求知于吕温，温见齐煦，诵《悯农》诗曰："春种一粒粟，秋收万颗子，四海无闲田，农夫犹饿死。""锄禾日当午，汗滴禾下土，谁知盘中餐，粒粒皆辛苦。"温曰："此人必为卿相。"果如其言。

胡仔《苕溪渔隐丛话》云：

> 聂夷中《咏田家》诗云："锄禾日正午，汗滴禾下土。谁知盘中餐，粒粒皆辛苦。"此数语最佳，其余虽有讽刺，亦俚甚矣。

材料对比可以看出以下问题，将《全唐诗话》李绅条与《唐诗纪事》比照，只是变动了一个"又曰"变为"温曰"，漏了一个"诵其《悯农》"的"其"字，并不相碍，这显然是抄袭。《全唐诗话》旧题南宋尤袤撰，据《四库总目提要》说此书是贾似道门客廖莹中抄袭《唐诗纪事》而成。这就很明白了。

问：那么《唐诗纪事》所本就很可靠了。

答：非也。《唐诗纪事》的李绅条云："绅初以《古风》求知于吕温"，抄于范摅《云溪友议》"初，李公（绅）赴荐，尝以《古风》求知吕光化，温谓齐员外煦及弟恭曰：'吾观李二十秀才之文，斯人必为卿相。'果如其言。"范摅略晚于李绅，与聂夷中同时代，所记有一定真实性，但各人信息来源不同，也不排除误记。不能依范摅所记就武断记于李绅名下，要综合多方信息分析。其实吕温与李绅并无交往，

《新唐书》《旧唐书》对二人的本传及其作品都毫无记载关涉，其余的笔记、小说也无记述。所谓"求知"，即"干谒"，李绅与吕温同龄，擢拔进士时间相距仅数年，吕温文墨虽俊雅，后代王士禛说他"诗非所长"（《香祖笔记》），李绅素以节操见称，《旧唐书》本传说吕温"性多险诈，好奇近利"。这样的诗才、性格均不相容，吕温也非权要显宦之年，李绅向其干谒都是不太可能的。

由此观之，《唐诗纪事》所载并不可靠，经查，计有功《唐诗纪事》许多条目所本，来自五代人孙光宪之《北梦琐言》极多，如《唐诗纪事·卷六十一》聂夷中条目下载云：

> 夷中有《公子行》云："种花满西园，花发青楼道。花下一禾生，去之为恶草。"又《咏田家》诗云："父耕原上田，子劚山下荒。六月禾未秀，官家已修仓。"又云："二月卖新丝，五月粜新谷。医得眼前疮，剜却心头肉。我愿君王心，化作光明烛。不照绮罗筵，只照逃亡屋。"所谓言近旨远，合三百篇之旨也。咸通十二年，高湜知举，榜内孤贫者夷中、公乘亿、许棠。夷中尤贫苦，精古诗。

从比照中你看出异同吗？

问：除了文句次序的一些颠倒调配，内容与文句几乎没有什么相异，但重要是《唐诗纪事》少了"锄禾当日午"那四句诗。显然是计有功撰《唐诗纪事》时抄录了孙光宪的《北梦琐言》吧。

答：正是。他抄录时还动了手脚，因为他偏信《云溪友议》"李绅求知于吕温"的干谒，便从《北梦琐言》聂夷中条目中把"锄禾日当午"诗切除，归入他撰《唐诗纪事》时的李绅条目。另一种可能则是《唐诗纪事》在转抄刊刻过程中被人有意或无意的改动，《唐诗纪事》最早的刊本是南宋嘉定甲申（1224）王禧刊本，明嘉靖乙巳（1545）洪楩和张子立又据王禧本分别翻刻。据王禧序中说，他是在客中邂逅计有功之子，"因得是书，立命数十吏传录，其间不能无鲁鱼亥豕之误"。不管是计有功于抄录中动手脚，或则后来翻刻脱误所致，这就留下了几百年的迷疑纠纷，对这首《悯农诗》，有据《北梦琐言》断为聂夷中作，有据《唐诗纪事》说是李绅作品。

在一些知者心中，疑团始终未释，1981年农业出版社印了宋刻影印本《全芳备祖》一书，书的后集卷二十"五言绝句"栏下辑李绅诗仅"春种一粒粟，秋收万颗子。四海无闲田，农夫犹饿死"一首。但在"五言古诗栏"下辑聂夷中《田家》诗，全文是："父耕原上田，子劚山下荒。六月禾未秀，官家已修仓。锄田当日午，汗

滴禾下土。谁念盘中餐,粒粒皆辛苦。二月卖新丝,五月粜秋谷。医得眼前疮,
剜却心头肉。我愿君王心,化着光明烛。不照绮罗筵,只照逃亡屋。"

这里的文字与李绅名下有异,首句不是"锄禾"而是"锄田",我认为"田"比
"禾"好,"禾"怎么能"锄"呢?岂不锄断!第三句不是"谁知"而是"谁念",我认为
"念"比"知"好,"谁知"好像别人还都不知道,其实人们是知道的,知道而不常想
到,"念"者,想也。诗人意图在此。艺术来源于生活,两个字的不同,比较出这才
符合生活的真实。

又据《唐诗纪事》云:"咸通十二年,高湜知举,榜内孤贫者聂夷中、公孙亿、许
棠。夷中尤贫苦。"《唐才子传》说聂夷中"奋身草泽,备尝辛楚"。贫苦和奋身草
泽使他真正体尝了稼穑之艰难,耕种的辛苦,也才能写出笔力简劲而真实的稼穑
之诗。

问:你就从这个视角判断诗的作者为聂夷中吗?

答:当然不单是视角的认识分析,尽管它也是一个理由。我释疑的证据还
是上述《全芳备祖》,它被称为"世界最早的植物学辞典",系宋人陈景沂所辑,时
在宋理宗即位(1225)前后脱稿,书稿一度进呈皇帝御览。于宝祐癸丑(1253)至
丙辰(1256)间付刻。那时辑者已届暮年,曾自序云,所涉及每一植物的"事实、赋
咏、乐府,必稽其始",故称"备祖"。他的自序更清楚说明,此诗著作权属于聂夷
中是可信的。尽管人们已习惯用"锄禾日当午……"吟诵,那各选本长期误传的
深刻影响,我们虽无强行扭转之意,但终归疑团已释解了。

再补充一点,刻本的信息比抄本更准确可信。《全芳备祖》宋刻本国内并无
流传,所见只是各种抄本。但此宋刻曾东传日本,有残本藏于宫内厅书陵部。中
日邦交正常化后,在两国学者共同努力下,1979 年 10 月《全芳备祖》影印件归
国。1982 年农业出版社以为底本,配以国内抄藏本(积学斋转抄本),影印出版。
这部湮没七百多年的植物学巨著,得以重光。2014 年浙江古籍出版社出版程
杰、王三毛点校排印本。此本仍以宋刻残本为底本,而将农业出版社影印所用不
佳配补本替换为更接近宋刻本的丁丙跋八千卷楼藏抄本。《全芳备祖》刻本流失
海外七百多年,它的回归再次证明此诗属于聂夷中。

贾岛"推敲"之疑解秘

问：贾岛留下的"推敲"的故事，请具体谈谈"推"与"敲"的优劣？

答：你问的这个问题是人们熟知的，人们已把这个典故越出了诗本身的范围，甚至泛用到日常生活的交往，代替为"仔细研究""仔细斟酌"的意思。现在回归到诗本身来谈。贾岛是有名的苦吟诗人，时刻都沉浸在作诗中。据《唐才子传》记载："虽行坐寝食，苦吟不辍"，真是废寝忘食地作诗。他"当冥搜之际，前有王公贵人，皆不觉，游心万仞，虑入无穷"。这是何等的专心致志！如果他整日关在房里苦思作诗，倒还出不了大乱子，可是他偏又爱常常骑上毛驴到外面去，走在街上仍在想着作的诗句，这就难免要出乱子了。《唐才子传》里记载他说：

> 后复乘闲策蹇驴访李余幽居，得句云："鸟宿池边树，僧推月下门"，又欲作"僧敲"，炼之未定，吟哦引手作推敲之势，傍观亦讶。时韩退之尹京兆，车骑方出，不觉冲至第三节，左右拥列马前，岛具实对，未定推敲，神游象外，不知回避。韩驻久之，曰："敲字佳。"遂并辔归，共论诗道，结为布衣交。遂授以文法，去浮屠，举进士。

贾岛诗中，最初想出"僧推月下门"的时候，对于到底用"推"还是用"敲"，推敲不决，碰上大诗人韩愈，推敲后裁定"敲字佳矣"。这个"敲"字"佳"在哪里？在于它有响声，吕本中《童蒙诗训》主张诗里要有"响字"，这个"敲"字就是个"响字"。自然，我们还可以从更广的角度认识"敲"字佳处，例如诗的题目是《题李凝幽居》，既然是"幽居"，并非闹市，可见其静，此其一。其二，时在月下夜深，"鸟宿池边树"，此上联已显其静，下联"僧敲月下门"，下一"敲"字，响亮，静中显动，动中显声，这就更衬出夜阑人静的艺术效果，画面形象逼真。其三，既是"幽居"，定然门虽设而常关，关了的门自然宜"敲"，而不能用"推"，以便引出主人的出迎，若推门未必能引幽居主人的注意。其四，若门虚掩，自然可推门而入，但这样岂非显得来客太鲁莽，于常理不合，所以，"敲"比"推"好。

问：如此说来，从音响、从意境都证明"敲"比"推"好，看来，这"推"字不宜用了。

答：哦，还不能这样。朱自清的《荷塘月色》也是写静的名篇，他向以文字严谨深刻著称，也善于推敲，《荷塘月色》最后一段末尾写道："这令我到底惦着江南了。——这样想着，猛一抬头，不觉已是自己的门前，轻轻地推门进去，什么声息也没有，妻已睡熟好久了。"文中取一"推"字而不用"敲"。联系文章所叙述的内容，作者因"这几天心里颇不宁静"而独自一个人步出家门，于月下荷塘散步，其时"妻在屋里拍着闰儿，迷迷糊糊地哼着眠歌"。而"我悄悄地披了大衫，带上门出去"。他是"带上门"，随手而带，自然未关上门或锁上门，所以散步回来，就轻轻一"推"便可进入，结尾的"推"正好与开头的"带"巧妙呼应。故不能用"敲"，这是其一。其二，妻子早已"迷迷糊糊"，等他回家时更"已睡熟好久了"，而且她知道丈夫未归，自然不会去关门，这又是为推门早已埋下伏线，所以不必用"敲"。其三，这里，"我"进的乃是自己的家，并非夜间访友，自然毋须用"敲"，何况妻子早已入睡，此时更不能敲门去惊动他们。由此看来，朱自清这里用"推"而不用"敲"，和唐代诗人贾岛的用"敲"不用"推"，可谓异曲同工。这就证明，不是字的本身优劣，而是如何结合描写的具体环境，苦吟苦思地"炼出"惊人之笔。

贾岛因为推敲，神游象外，冲撞了京城大官，冲撞了韩愈留下了一段佳话，因为韩愈是文豪，是诗人，懂得诗人的特点，故一听贾岛道明情况，不但不怪罪，反而帮他"推敲"起来。两人在长安大街并辔而行，"推敲"完后，一道回韩愈的官府，在韩愈的荐引帮助下，连和尚也不做了，举进士。冲撞韩愈这次可算幸运。但是此前他还有一次类似推敲的经历。据《唐才子传》云：

> ……(岛)逗留长安，虽行坐寝食，苦吟不辍。尝跨蹇驴张盖，横截天衢，时秋风正厉，黄叶可扫，遂吟曰："落叶满长安"，方思属联，杳不可得，忽以"秋风吹渭水"为对，喜不自胜，因唐突大京兆刘栖楚，被系一夕，旦释之。

他冲撞刘栖楚这一次并不幸运，刘栖楚不了解诗人的特点，不了解贾岛那句"落叶满长安"的妙谛，更不懂贾岛在苦思出"秋风吹渭水"这个对句时那种兴奋忘乎所以的心理状态，结果，不顾情由，把他关了一晚上的禁闭。

贾岛作诗苦吟冲撞京官出了事，他并不引以为戒；后来又冲撞另一京官走了运，当然他这种苦吟作诗的态度更有增无减，《唐才子传》还记他一件事：

> ……每至除夕，必取一岁所作置几上，焚香再拜，酹酒祝曰："此吾终年苦心也。"痛饮长谣而罢。

这就奇了，古人除夕，家家户户忙的应该是烧香敬神。有谁会烧香敬"诗"呢？他实在不同时俗，除夕一到，便清理出自己一年来作的诗摆在案上，焚香奠酒，他十分珍重自己苦吟的心血，令人感佩。

谈论"推敲""被系""祭诗"留下的故事，并非是要人们模仿，时代不同，想模仿也是困难的。但是，那种完全可以从中引申出来的为事业（写诗也是诗人的事业）执着献身的精神，是值得借鉴的。所谓"用志不分，乃凝于神"，"精诚所至，金石为开"，贾岛的苦吟精神未尝不是它的写照。

问：其实，关于"推""敲"的优劣，有人以为还得从审美的角度来衡定吗？

答：对的。例如单纯从一联的角度看，也就是说就"鸟宿池边树，僧敲（推）月下门"一联来看，无论动作、音响、意境，"敲"字确比"推"好，所以韩愈给苦吟的贾岛作了抉择。要补充的是，在此，僧敲之"门"，一般都认作寺门。但如果读到全诗，便令人有新的疑问。原诗是《题李凝幽居》：

> 闲居少邻并，草径入荒园。
> 鸟宿池边树，僧敲月下门。
> 过桥分野色，移石动云根。
> 暂去还来此，幽期不负言。

这"门"显然并非寺庙，而是贾岛朋友李凝的家门。一个僧人，月夜来到李凝的家，无论其为拜访，或是化缘求布施，总之他是想进去是无可置疑。那么，是"敲"门还是"推"门呢？只有敲门才合乎情理。（来者为客）难道如此简单的道理都不懂，还要在"推"和"敲"上苦苦思索费心吟哦么？

问：哦！你在给我作提示，我懂了，莫非"推敲"的故事是杜撰出来的吗？

答：你可聪明。推敲之疑，由来已久，但鲜为人注意。当今辞书或各类唐诗选本，对"推敲"故事大都以南宋胡仔《苕溪渔隐丛话》祖述而出。其实，南宋蔡正孙《诗林广记》也有同于胡仔的记述。两书均由韦绚《刘公嘉话》转引。而略早于此的葛立方《韵语阳秋》也记载了此事，但其源却转述自五代王定保之《唐摭言》。《韵语阳秋·卷三》云：

> 《摭言》载岛初赴名场，于驴上吟"鸟宿池边树，僧敲月下门"。遇权京尹韩吏部呼唱而不觉，泊拥至马前，则曰："欲作敲字，又欲作推字，神游诗府，致冲大官。"愈曰："作敲字佳矣。"

葛立方转述有误，《唐摭言》记载贾岛癫狂的是"落叶满长安"的对联，因思虑入神冲撞的是京兆尹刘栖楚，"被系一夕而释之"。五代何光远《鉴戒录》继《刘公嘉话》说"初欲作'推'字或欲作'敲'字"，不觉冲撞京尹韩愈。也就是说五代同时流传贾岛冲撞京官是两个版本。至北宋阮阅《诗话总龟·唐宋遗史》又据《刘公嘉话》《鉴戒录》综合记述了整个过程：

> 　　贾岛初赴举，在京师。一日于驴上得句云："鸟宿池边树，僧敲月下门。"又欲推字，炼之未定，于驴上吟哦，引手作推敲之势。观者讶之。时韩退之权尹京兆，车骑方出，岛不觉行至第三节，尚为手势未已。俄为左右拥至尹前。岛具对所得诗句推字与敲字未定，神游象外，不知回避。退之立马久之，谓岛曰："敲字佳。"遂并辔而归，共论诗道，留连累日，因与岛为布衣之交。

　　从时间来看，韦绚《刘公嘉话》在先，《唐摭言》在后，接着是何光远《鉴戒录》，但出现了两个故事。至阮阅《诗话总龟》详备地完善了"推敲"故事。降而至元，辛文房《唐才子传》结尾处更敷衍出"遂并辔而归，共论诗道，结为布衣交。遂授以文法，去浮屠，举进士。愈赠诗云：'孟郊死葬北邙山，日月风云顿觉闲。天恐文章浑断绝，再生贾岛在人间'。自此名著"。

　　以文字之繁简表述看，"推敲"的故事在流传中经历了一个简繁取舍加工丰富的演变过程。

　　问："推敲"故事在宋代"世传为美谈"（《碧溪诗话》），为何宋人如此誉赏？

　　答：这一故事集中出现于北宋南宋之交。在《新唐书》不采推敲故事后，众多诗话笔记却记载了此事。一个原因是不同意《新唐书》，另一个原因可能这些诗话笔记掌握有证据认为此事必真。我们还可从诗歌文化上看，宋诗经百余年发展，宋人认识到了进一步提高诗艺的必要，许多诗人自述仿效贾岛，神游诗府，如北宋魏野《送马共之任内江县尉兼主簿》"驴上吟诗贾岛同，内江归去指江东"。南宋滕岑《上郑广文》"却嗟贾长江，哦诗尹不避。文公倘见容，愿教推敲字"。方回《诗思十首》之一"僧敲作手势，吾可贾长江"。丘葵《秘藏院》"僧中无贾岛，得句自推敲"。可见，宋代贾岛骑驴撞人的苦吟形象已深入人心。

　　类似贾岛推敲故事，在宋人中也有发生，在一字上反复研磨下功夫，如欧阳修《六一诗话》记载：

> 　　陈公时偶得杜集旧本，文多脱误，至《送蔡都尉诗》云："身轻一鸟"，其下

脱一字。陈公因与数客各用一字补之。或云"疾",或云"落",或云"起",或云"下",莫能定。其后得一善本,乃是"身轻一鸟过"。陈公叹服,以为虽一字,诸君亦不能到也。

这个事例反映出宋人专意精研,不苟一字的严谨治学精神,不能不说受到贾岛苦吟推敲精神的影响。

问:就没有人质疑此事的真伪?

答:有。关于贾岛推敲之疑,一直存在争议。北宋欧阳修和宋祁至和元年(1054)撰《新唐书》,在《韩愈传》中附录了贾岛的生平事迹:

> 岛字浪仙,范阳人,初为浮屠,名无本。来东都,时洛阳令禁僧午后不得出,岛为诗自伤。愈怜之,因教其为文。遂去浮屠,举进士。当其苦吟,虽逢值公卿贵人,皆不知觉也。一日见京兆尹,跨驴不避,呼诘之,久乃得释。

从"呼诘之,久乃得释"的语意看,贾岛唐突之人并非"推敲"之韩愈,极像是刘栖楚事。欧阳修撰史,资料之宏富和态度之谨严都不容置疑。他对《唐摭言》之类的资料不可能忽视或视而不见;他对韩愈的推崇了解也尽人皆知,然为何他却偏偏舍去"推敲"故事不采录?那就是说,他对"推敲"的故事以为不实,或至少有怀疑。

何以分析这个原因?史家著述,源远流长,要求都不甚严,即如司马迁之《史记》,明人胡应麟评为"不求大体,专搜奥僻,诩为神奇","无关大体,颇近稗官"。这就是说,史家们是将志怪异闻之类采归入史部的。至宋祁撰《新唐书·文艺传》却破了常规,将志怪异闻从史部别出,归入小说家。这可以看出欧阳修严谨的治史态度,侧面反映他对材料的真伪取舍非常审慎。这是他所以对"推敲"的故事持怀疑态度。

此外,葛立方《韵语阳秋》虽转述《唐摭言》"推敲"故事,但云:"贾岛携新文诣韩愈云'青竹未生翼,一步万里道。安得西北风,身愿变蓬草'。可见急于求师。愈赠诗云:'家住幽都远,未识气先感。来寻吾何能,无殊嗜昌歜。'可见谦于授业。"葛立方由此推论,贾、韩"使未相识,愈岂肯教其作敲字耶?"这意思质疑说,韩、贾若为初遇,竟说出"敲字佳矣"是可疑不实的。

清人王夫之《姜斋诗话》有云:"'僧敲月下门',只是妄想揣摩,如说他人梦,纵令形容酷似,何尝毫发关心?知然者,以其沉吟'推敲'二字,就他作想也。若即景会心,则或推或敲,必居其一,因景因情,自然灵妙,何劳拟议哉?"他反驳之意,以为"推敲"之炼字有违于创作规律,于情理未合,当然也就是不真实的。

由此视之,"推敲"故事或起于唐宋以来小说家流言编撰。仔细推敲,似也不能认为它是持之有故之说。

理由之一:韩愈贞元八年(792)进士,贞元十九年(803)任监察御史时,因上书请宽民徭,被贬阳山令。宪宗元和五年(811)改任河南令,政显,元和六年(812)擢升职方员外郎。元和十二年(817)随裴度平定淮西藩镇吴元济之乱有功,迁刑部侍郎。元和十四年(819)因上书谏迎佛骨,被贬潮州刺史。穆宗长庆元年(821)重回京城,后历官国子监祭酒、京兆尹及兵部、吏部侍郎。若依"推敲"故事,贾、韩相识则是在韩愈为京兆尹时,即公元821年之后,这显然与历史事实不符。韩愈公元819年贬潮州刺史,于去潮途中遇侄孙韩湘,有《左迁蓝关示侄孙湘》抒发愤激情怀。此诗传至京师,贾岛读后,深寄感慨而作《寄韩潮州愈》。贾岛于诗中起行即云:"此心曾与木兰舟,直到天南潮水头。"深相眷念之情,道出他们不寻常的交谊。又用"隔岭篇章来华岳"点出读诗后的感慨。所以,此诗并不是韩、贾不相识,而贾岛以陌生多情的相慰"出关书信过泷流"。这就是说,韩愈此前是认识和了解贾岛的。他有诗云:"孟郊死葬北邙山,日月风云顿觉闲。天恐文章浑断绝,再生贾岛在人间。"愈此诗作于元和九年(814),辛文房《唐才子传》为增加小说家之言"推敲"故事的生动性,竟把此诗道为京兆尹任上写赠贾岛的。或许有人以为,韩愈此诗只知贾岛其名,赏识贾岛其人,并不等于就见过贾岛其人,他确乎未见过贾岛,假设这种看法能够成立的话,请看,在此之前,韩愈写过一首《送无本师归范阳》。无本乃贾岛僧号,《全唐诗》收入此诗时有一段注:"愈迁职方员外郎,岛来别,时十一月。"而韩愈迁职方员外郎乃宪宗元和六年(812)事。这说明,早在公元812年贾岛既与韩愈相过从而且"留连论诗,与为布衣之交"了。

理由之二:以"鸟宿池边树,僧敲月下门"一联看,如前所述及,"推""敲"二字之炼不合常理,且违背写作规律。有驳之者曰,"僧推月下门"也无不可,只将"推""敲"二字相较,虽都属平声字,但"敲"比"推"好,因为更响亮。正是比较之后,方撰出"推敲"炼字的故事来。其实这并未说到要害处。事实是,这里并不存在炼字上谁优谁劣的问题。因为是访友而不是归寺,故只有"敲"的可能,而无"推"的选择。这就是说只能用"敲"而不能用"推"。所以这又为小说家编撰之一证。

附带提及,著名美学家朱光潜曾以其美学家眼光审视这个有争议的"推敲"故事,在《咬文嚼字》一文中迥出时流,提出了"推"比"敲"好的看法,他说:"'推'固然显得鲁莽一点,但是它表示孤僧步月归寺,门原是他自己掩的,于是他'推'。他须自掩自推,足见寺里只有他孤零零的一个和尚。在这冷寂的场合,他有兴致出来步月，兴尽而返，独往独来，自在无碍，他也自有一副胸襟气度。'敲'就显得他拘礼些……就上句'鸟宿池边树'看来，'推'似乎比'敲'要调和些。'推'可以无声，'敲'就不免剥啄有声，惊起了宿鸟，打破了岑寂，也似乎平添了搅乱。所以我很怀疑韩愈的修改是否真如古今所称赏的那么妥当。"朱先生的高文有两点：一是诗所写乃孤僧步月归寺，门是他自己掩的，自掩自推，自在无碍，用敲则拘礼；二是"敲"则打破宁静，惊飞宿鸟，破坏无声。"推"则无声，与静相符。

朱先生的咬文嚼字，留下了一个重大的疏漏，他没有逃出已有人犯过的片面性，没有观照全诗，只是片面地以一联"推敲"全诗，发挥其审美见解。前已道及，贾岛这诗写的是访友和离去。《唐才子传》题为访李余幽居而作。在贾岛的《长江集》中，该诗名为《题李凝幽居》。这证明访友是无疑的。因有李凝其人不可考，施蛰存《唐诗百话》认为"张籍也有一首《题李山人幽居》诗，开头云：'襄阳南郭外，茅屋一书生'。可能是贾岛和张籍同到襄阳去访问这位山人李凝，在他的幽居中住了几天，临别时作此诗题赠。"自然这还是推测之语。可是据贾岛诗尾联"暂去还来此，幽期不负言"，是足以证明诗意为访友后离去向主人道别的话，据此，完全证明朱光潜以为"敲"字声响破坏宁静，惊飞宿鸟，"推"字则能保持宁静，这是表面看法。姑不论有声与无声的配合以动衬静的艺术法则，试问，如果没有"敲"之响而宿鸟惊飞，诗人的眼光即使再敏锐，也是无法得见池边树上栖有宿鸟的，而"鸟宿池边树"之句诗人又何从产生呢？据此，朱光潜先生的第二个理由也是不能成立的。

问：所以，"推敲"故事疑为小说家稗野之言的编撰，不是没有道理的。

答：不忙下定论，在已论定的结果前，尚需冷静，它不一定就是最后的结论。调整思路再作推论，或许又有截然不同的新发现新结果。譬如诗僧贯休《读刘得仁贾岛集·其二》："役思曾冲尹，多言阻亲。"贯休生活年代与贾岛有十二年叠合，"役思曾冲尹"，他何以知之？晚唐诗人安锜《题贾岛墓》："倚恃才难继，昂藏貌不恭。骑驴冲大尹，夺卷忤宣宗。驰誉超先辈，居官下我侬。司仓旧曹署，一见一心忡。"安锜或为崔锜，官评事，曾任晋州佐官。他的信息来自哪里？是韦绚《刘公嘉话》吗？还是别的渠道？又何以他们都在蜀地得知这个流传的故事？斑斑点点，有一点可以肯定晚唐已广为流传"骑驴冲大尹"的故事了。或已接近真相，你以为呢？相信这千古之谜拨云见日已为时不远。

关于贾岛墓址之疑

问： 以"郊寒岛瘦"而驰名的唐诗人贾岛，死后他的墓址众说纷纭，究竟是在何处？

答： 贾岛死后，他的墓地据说有六处之多。一、北京房山县；二、四川普州（安岳）；三、河南洛阳；四、安徽当涂；五、陕西富平；六、四川大英（唐长江县）。孰是孰非，且看以下介绍。

贾岛于代宗大历之末（779）出生在范阳，今河北涿州市一带，包括今北京房山区。据《房山县志》和明代刘侗及于奕正所著《帝京景物略》载说房山县境内有贾岛村，一曰贾岛峪，盖诗人丘里名。清高宗乾隆在《贾岛故里》诗中说："闻说浪仙里，依然在范阳。"

贾岛，字浪仙，或作阆仙。他出身贫苦，年幼时曾在房山县次乐村云盖寺（又作法普寺）出家为僧，法名无本。在房山县城南边约十里的石楼村外，有贾岛之墓。据明朝万历年间（1573—1620）的《长安客话》，书中有《贾岛墓》一节云："……（岛）卒于蜀，归葬房山，墓在县城南十里，旧有碑。"而清乾隆年间，王士禛的《王阮亭集》中亦载有："岛，字浪仙，授长江主簿，卒于蜀，归葬房山，墓在县城南十里。"在《长安客话》中所说的碑，于《帝京景物略》有说明云："弘治（1488—1505）中，御史芦某访得于石楼村，读仆断碑有据，乃植碑，辟地三亩，大学士西涯李公，别树一碑记焉！"至1696年，房山知县罗在公曾于房山石楼村近处的二站村南，"见残碣高三尺余，篆刻为唐贾岛墓，读其碑，字虽模糊，犹隐隐知为东阳公题咏也，视其年为正德甲子（1516），知县曹俊所立。"西涯李公就是李东阳，乃明孝宗弘治年间文渊阁学士，后辅武宗，但若仅以墓碑来作"归葬房山"，也不足为据，因墓碑也可能是后人慕名而立。

所以，明代范阳（涿州）人顿锐就提出异议，他在《贾岛故宅》诗中云："故巢留故里，瘦骨寄桐乡。"在另一首《吊贾浪仙》诗中，明确地指出"桐乡远在今西蜀，梓里遥怜古北平"。"桐乡"典出前汉书《循吏传》朱邑之事，他为桐乡故吏，因受乡民爱，临终便嘱其子将归葬桐乡。借此比贾岛对长江（四川遂宁大英县）有遗爱。

提出了绝不同于"归葬房山",而是葬于西蜀,值得注意。但是非孰定呢？今存唐诗文有不少记载,贾岛墓在今四川安岳县,他死后的第二年葬于安岳之安泉山。例如《全唐文》和《唐人八家诗》均载有《唐故司仓参军贾公墓志铭》,是由普州(唐时安岳)乡贡进士苏绛于唐武宗会昌四年(844)撰文,冯贤书写。《墓志铭》云:

> 公讳岛,字浪仙,范阳人也。……会昌癸亥岁七月二十八日终于郡官舍,春秋六十有五。呜呼！殆未浃旬,转授普州司户参军。荣命虽来,于公何有？痛而无子,夫人刘氏承公遗旨,粤以明年甲子三月十七日庚子(844年4月8日)择葬安岳县移风乡南岗安泉山……

死的时间、地点所记翔实,葬的时间、地点记述确切。而唐代诗人、进士李洞非常佩服贾岛,岛死后,李曾铸岛之铜像,早晚膜拜,他的《吊贾浪仙》"旅葬新坟小,魂归故国遥"暗示贾岛葬于四川。诗僧可止在《哭贾岛》诗中云:"燕生松雪地,蜀死葬山根。"唐末诗人郑谷在《哭进士李洞》诗下注云:"李生酷爱浪仙诗,长江在东蜀境内,贾岛冢在此处。"以及李频《哭贾岛》也说:"一宦终遐徼,千山隔旅坟。"上述的同代或稍晚些的唐诗人诗歌,都证明贾岛死后葬于四川,唐代未提到有迁墓之说。后来的后梁程鸣写有《贾公祠记》和宋人龚鼎于贾岛死后二百年所著《贾浪仙祠堂记》,也都说贾岛墓仍在安泉山。

除以上二说外,第三说是贾岛墓在安徽当涂太平府城外甘棠村。清人陈其元《庸间斋笔记·卷四》有《贾岛墓目》云:"唐诗人贾岛墓在安徽太平府城外甘棠村,湮没久矣。道光六年,当涂人张君宝荣……在蓁莽中得一断碣,乃知为浪仙墓道……"断碑之文曰有郑谷《吊水部贾员外嵩》一诗,其中有"幽魂应自慰,李白墓相连"。后人因误嵩为岛而引出误会。清乾隆十五年的《当涂县志·卷二十六》曾提出疑问:"按唐进士释褐止薄尉,若水部员外已称朝中美官,必数选方跻其秩。"贾岛官位最终不过止于普州司仓参军,一个粮仓主任而已,从未任过水部员外那样高职的京官。此其一。另外,郑谷的诗除前述的《哭进士李洞》外,还有《长江县经贾岛墓》诗,长江县治在四川东部,城址在蓬溪县西偏南十里处(今大英境内),郑谷已知贾岛墓在四川,还经过其地扫墓,难道又会说他葬于安徽当涂吗？此说自相矛盾,可见是不能成立的。

第四说是据《洛阳府志》和《洛阳县志》,都说过去的旧志中有"长江主簿贾岛墓在伊阙东山,墓碑见存"的记载。这个墓葬,后已无址可查。贾岛年幼时在房山县出家,后来离家到了洛阳,他三十二岁时曾于洛阳遇河南令韩愈,在韩愈的帮助下,他又还俗习文并举进士第。在居住洛阳期间,他又结识了孟郊,多次到嵩山和伊河、洛河地区漫游。因此,在贾岛几度活动过的重要地方,兼以他当时又诗名极盛大,设立纪念性质的墓地、建碑托之是可能的。

第五说是《洛阳县志》和《富平县志》的记载,都说贾岛墓在陕西富平县皋里大贾村,村中有贾岛墓碑,碑文系唐代大书法家柳公权手书。柳公权曾任中书舍人等官职,仅比贾岛年长一岁,他在贾岛去世二十多年后才离世,贾岛有诗《寄柳舍人》云:"一霄三梦柳",可见两人深厚的友谊,在贾岛的寄寓地,柳公权为他书写纪念碑文是合情合理的,但迁葬富平则不大可能,连《富平县志》也列为疑冢。

第六说是在四川大英县,《方舆胜览》载:"贾岛谪为长江簿,有墓在焉。"长江县为贾岛在四川为官的首站,他开成二年(837)坐飞谤贬遂州长江(今四川大英县)主簿,在此三年。第二段为官生涯在普州,开成五年(840)他三年考满,迁普州(今四川安岳县)司仓参军。又度过三年。会昌三年(843)七月二十八日,染疾卒于任所。所以在遂宁大英县建墓是可能的。贾岛墓位于大英明月山侧,应为衣冠墓,今不复存。

贾岛对中晚唐诗歌的贡献不可忽视。一位诗人拥有墓地越多,说明其名气越响,在那个时代的影响力越大,在人们心中的地位也越高。

问:据你所谈,贾岛墓虽是六处,但真假之疑实已明确。

答:是的。这六处墓地,有纪念性墓葬,有的是误传,有的是论证欠充分,比较甄别,贾岛的墓葬在四川安岳的安泉山则是可信的。

第四辑

晚唐：流韵千秋

李商隐《夜雨寄北》之疑

问：李商隐的名作《夜雨寄北》有许多疑解吗？

答：先谈谈这首名诗，再说它的疑解。诗是绝句：

> 君问归期未有期，巴山夜雨涨秋池。
> 何当共剪西窗烛，却话巴山夜雨时。

诗太美，它的艺术感染力，穿透历史时空，至今犹为人们激赏。这里我特别引述台湾著名诗人余光中是怎样激赏的。他指出，一气呵成难以句摭的杰作，往往在结构，就是布局，它手法不一，有形式结构、音调结构、意象结构、时空结构多种，时空结构是指一首诗的事件在时间和空间上的发展，发展有助于主题的探索与澄清。这第一句里的"归期"属于未来。第二句则是即眼前景。第三句展望未来，(与妻子重聚之时。有疑实非)西窗之下，烛光之中，如何向她倾诉此刻他乡夜雨的心情。末句的"却话"上承"共剪"，固然是指未来，但到了那时，"巴山夜雨"早已成为过去了。这首诗在时间结构上，首句以未来起，二句以现在接，三句推向未来，末句又回到现在。但末句在字面上虽拉回现在，实际上却成为"未来之过去"。本质上起了蜕变，时间上乃有了纵深感，不再是平面顺序的结构了，末句的繁富还不止此，因为"却话"两字不但是第三句的延伸，更把未来和现在天衣无缝地接榫了。第三句"共剪"，末句的"却话"和首句的"归"相互呼应，且使"归"之形象生动，而"共"又与"君"相应。末句的"巴山夜雨"，和二句的"巴山夜雨"，貌似重复而实为变化，这八个字加上首句的两个"期"字，二十八字中竟有十字相重，但读来毫不滞涩累赘。诗的空间结构也颇多变化。首句指向家中(姑以为是)在巴山之北，次句拉回此地，即他乡。第三句回到家中，亦即"西窗"。末句却又拉回到此地，但对"西窗"而言，却又成了异地了。空间结构和时间结构是紧密叠合的。

问：诗人对结构时空的剖析很精到，理解深刻。

答：诗人还指出，这首诗的时空结构之上，还附丽了一重意象结构。所谓意象结构，指一首诗内的许多意象，或因类似而相属，或因相反而对照，或因联想而响应，应此呼彼答，有机发展成一系统。《夜雨寄北》的意象结构是对照的。"巴山夜雨涨秋池"的意象，细加分析，"山"是高的，"夜"是黑的，"秋"是冷的，"雨、涨、池"是湿冷而深沉的，给人的印象是高寒湿黑，下一句的"何当共剪西窗烛"，形象感觉却是亲密而温暖，便和上一句形成尖锐的对照，前一句是户外意象，空旷、黑暗、而凄凉；后一句是户内意象，小巧，明亮、热切。前一句是雨的世界，水大；后一句是烛的世界，火小。凄凉的雨意而以一人当之，温暖的烛光由两人共享，意象结构的对比，本已十分高明，末句却又深了一层，巴山夜雨的意象，在次句原是凄凉的，末句重新出现时，却成了西窗相对剪烛夜话的回忆，异时异地之答因倾诉而宣泄，得分担而减轻，竟而苦中带甜了。

问：余光中就是那位写"乡愁"的诗人吧，无怪鉴赏领会那么深刻。

答：是的，他早年也曾就读四川重庆，那是广袤的"巴山"，如今久别，对此诗领会心有灵犀，他的《乡愁》与李商隐《夜雨寄北》可谓异曲同心。我们看他的《乡愁》：

> 小时候　乡愁是一枚小小的邮票
> 我在这头　母亲在那头
>
> 长大后　乡愁是一张窄窄的船票
> 我在这头　新娘在那头
>
> 后来啊　乡愁是一方矮矮的坟墓
> 我在外头　母亲在里头
>
> 而现在　乡愁是一湾浅浅的海峡
> 我在这头　大陆在那头

问：真情流溢，《夜雨寄北》与《乡愁》都具有很高的审美价值。

答：是的，期望与不幸，往往在时间链条上给人以强烈的审美。在另一些时候，即使诗人处于不幸之中，但通过遥想未来的幸福，更遥想从未来回顾现在的幸福，而获得一丝慰藉。而这心理背后起作用的，是时间会带走不幸和带来幸福的信赖。远游不归令人悲伤，尤其归期难定更为悲伤，李商隐通过遥想他日重逢的快乐,更遥想从他日重逢时回顾此刻的快乐,而使自己和对方获得了某种安慰,这是一种在"失乐"时遥想未来"复乐"的快乐,一种在"失乐"时遥想未来"复乐"时回顾现在的快乐,诗人用诗想象的翅膀从现在飞到了未来,又从未来回头审视现在,于是现在便不再令人绝望,而是充满了希望。

问：审美意象如此高,那么,《夜雨寄北》不该是一首疑诗吧。

答：我现在从诗题着手谈谈诗的争讼。

此诗题目洪迈《万首唐人绝句》又别作《夜雨寄内》。内,指妻子。冯浩《玉溪生年谱》、张采田《玉溪生年谱会笺》因而都说此诗乃大中二年留滞巴蜀时寄怀其妻王氏之作。今人岑仲勉《玉溪生年谱会笺平质》则持异议,说义山大中二年(848)未至巴蜀,大中五年(851)赴东川时,其妻王氏在这年春夏间已亡。故"寄内"不妥,当按"寄北",泛指友人也。现在人们多从"夜雨寄北"之说。其实两说可以并存。

然而,诗中的"巴山"究指何处? 古今争疑质辩颇多。

一说：《夜雨寄北》之巴山,乃重庆市的缙云山。其依据为《方舆胜览》中所说："缙云山古名巴山。"并又据《巴县志》之记载："巴山之顶名金碧山。"金碧山,即今重庆市中区人民公园一带的山冈。

又一说：《夜雨寄北》之巴山实为泛指,乃今四川省之大巴山,在四川南江县北一带。

再一说：《夜雨寄北》之巴山,指湖北巴东一带之山是也。等等,恕不赘引。

李商隐入川,乃承东川节度使、梓州刺史柳仲郢之聘约,去川任职,时为唐大中五年(851)冬。翌年春,他曾前往渝州送西川节度使迁淮南,这是他首次到重庆,时值春初,决不会违反节候写出"巴山夜雨涨秋池"之句。此后,李商隐就再未到过重庆,不可能有滞迹巴山之感。所以,此诗中"巴山"即重庆之山的说法,难以令人平除疑窦。

李商隐于大中九年(855)冬离川返京,他先后到过三峡、巴东等地。巴东为古代巴国人活动之地区,故名之曰巴山的山,比比皆是,但却没有旁证材料说明他在此地写下《夜雨寄北》之可能。要说"巴山"即指巴东一带之山的说法,是失之于牵强附会,难以服人。

据蘅塘退士《唐诗三百首·卷八》对《夜雨寄北》诗注语"巴山"明言："《一统志》：'四川保宁府大巴岭,在通江县东北五百里,与小巴岭相接,世传九十里巴山是也。'"此注证明,"巴山"在唐代属东川保宁府辖区,保宁府即今川北之阆中县。视野再收缩,李商隐在东川节度使梓州幕府滞迹四年,保宁府在梓州正北,东汉以来这一带称巴西郡,梓州(今四川三台)北面之山当在巴山范围内。这首诗正作于他的梓州寓所。在四川盆地,尤其川西北一带,秋雨呈现有很鲜明的特征,

229

乃是受北方南下寒潮的影响,常常秋雨连绵,夜雨尤多,淅沥不息。李商隐客处东川节度府时,对这一极有特征的自然现象,很可能以极敏锐的感受,牵动愁肠,才写下这浅语深衷的名诗《夜雨寄北》。

问:依你看来,定是赞成这一种说法了。

答:是的。诗人写景言情,不是随意下笔。蜀地的秋雨之夕,本已使客子神伤,而此时又遇则说妻子、或者说友人的远道寄问,握着牵情挂意的书信,对着淅沥的秋夜苦雨,时令的敏锐使他对景难排。前二句不正是写这双重的惆怅!后二句生发出想象,剪烛西窗,引出叠词叠句形成的回环音节,把"未有期"的现实与"期共话"的想象牢牢系结,如黄叔灿《唐诗笺注》所语:"滞迹巴山,又当夜雨,却思剪烛西窗,将此夜之愁细诉,更觉愁绪缠绵,倍为沉挚。"所以,诗中的"巴山",应是诗人对东川一带的高山泛指。在没有更多更新更有说服力的材料论证时,我是倾向于这个看法的。

再补充一点,李商隐的时期正是牛李党争的后期,他开成二年(837)登进士第,本可展开锦绣前程,宏图大展,但他选择了站在贵族阵营一方,他贵族出身,选择本无可厚非,但此时正值牛李党争力量倒转,牛党占据上风之时,他作为李党一员受到了无情排挤打击,徘徊不进。此诗应该是写给他的同党要人的,但商隐诗,意最婉曲,抑或是托意皇帝。"寄北",唐汝询《唐诗解》曰:"题曰'寄北',此必私昵之人。"我认为是浅见。诗人阻滞巴山夜雨,"寄北"的分量是沉甸甸的,君王在"北",冀望他日相逢,是婉转缠绵望君王。大中末在贵族与新贵的争斗中,传统贵族式微,李商隐似乎在代表失势的贵族诉说衷肠。有人说"寄北"是寄内也,没错,这"内"也定是同为贵族的皇帝,如此更见一颗贵族拳拳的勤王之心,深情弥见。"归期",应是回归朝廷之机。但此时牛党把持朝中大权,故言"未有期","巴山夜雨"汹汹,远隔朝廷,自己孤冷在外,内外之离,此夕之寂寞可想。这绝非是美景,隐隐寒意冷得浸人。这是当时争斗中处于下风的传统贵族的体验。因此诗人期盼"共剪西窗烛",这是君臣相契,再话当年。李商隐兰心蕙质,一腔幽衷无以相慰,他没有盼来贵族的东山再起,也无君王回音,如此,诗更加感人肺腑。所以我们读诗不独是诗歌本身,还要融入当时的情景,体味诗人心灵。何焯说此诗:"水精如意玉连环,荆公屡仿此。"后人模仿可以,但失去了诗歌诞生的特有环境,最多只能形似,模仿不到内在精神意蕴,皆因时过境迁,各自境况不同,这是宋诗不如唐诗的根本原因。不久,他于大中末年(859)春天在郑州病故。同时牛李党争也以平民新贵的彻底战胜李党而结束了,中国历史也因此被改变,平民时代来临,贵族远去,历史开启了平民士人掌控天下的模式。此诗语浅情深,顿挫有致;句意蕴藉,意调俱新。

李商隐 "未抵青袍送玉珂" 之疑

问： 李商隐律诗中有句"未抵青袍送玉珂"意指何事？

答： 这是他题为《泪》诗的结句，原诗如下：

> 永巷长年怨绮罗，离情终日思风波。
>
> 湘江竹上痕无限，岘首碑前洒几多。
>
> 人去紫台秋入塞，兵残楚帐夜闻歌。
>
> 朝来灞水桥边问，未抵青袍送玉珂。

这首诗题明白告之以"泪"的诗，泪在哪里？诗的别致就在于全不见流露的感情，"泪"是掩藏在诗句的典故之中，正如《唐诗鉴赏辞典》云："首句是失宠之泪，次句是别离之泪，三句是伤逝之泪，四句是怀德之泪，五句是身陷异域之泪，六句是英雄末路之泪。"共写六件事，六种泪，而且毫无有机联系，令人费解。这些典故事出首句汉宫幽闭宫嫔宫人之泪，第三句娥皇女英事，传说舜南巡死于苍梧，二妃赶至，恸哭湘江边，泪洒于竹之痕的湘妃竹传说。第四句用《晋书·羊祜传》事，西晋羊祜镇襄阳，有惠政，死后，"襄阳百姓于岘山祜平生游憩之所建碑立庙，岁时飨祭焉，望其碑者，莫不流泪。杜预因名为堕泪碑"。第五句是王昭君事，江淹《恨赋》："明妃（昭君）去时，仰天太息，紫台稍远，关山无极。"昭君遣嫁匈奴之泪。第六句《汉书·项籍传》项羽被围垓下，夜闻汉军皆楚歌，乃惊起，饮帐中，悲歌慷慨，泣下数行，英雄末路之泪。

问： "泪"都有来处，看来与诗人无关，都是古人的泪，用意何在，有真泪吗？

答： 其实这些典故均与诗人生平遭际有着有神无迹的关合。这就要谈诗的末联，此联从古人之泪回到现实中来。灞水，在长安东面，这是实指了，灞水上的灞桥乃唐代长安著名送别之地，送别也常流泪，但"未抵青袍送玉珂"意为何指？青袍，在唐代，八、九品末秩微官，着青袍。玉珂，是玉勒，属于名马的马络头贵重饰物。着青袍的寒微之官自然不可能坐骑这属于达官显宦的名马。青袍送玉珂,难道你未觉出辛酸吗?

问:嗯——这末联也有"泪"吗?

答:程梦星有《重订李义山诗集笺注》云:"首言深宫望幸;次言羁客离家;湘江岘首,则生死之伤也;出塞楚歌,又绝域之悲,天亡之痛也。凡此皆伤心之事,然自我言之,岂灞水桥边,以青袍寒士而送玉珂贵客,穷途饮恨,尤极可悲而可涕乎!前皆假事为词,落句方结出本旨。"这让我们看出,全诗前六句言泪,都是为与末二句作对照,那"未抵"二字,总束前古之六种泪,并一笔勾销,推出青袍寒士铭心刻骨之泪,那心底潜流的悲辛,平静文字的酸楚,我们从对比衬托中才能意会。这末联的泪,是真泪,沉重的泪,压抑的叹,可见诗人有多么抱屈!

问:那么诗人伤心之泪,是他在灞桥送玉珂贵宦时所感,他送的什么人,有根据吗?

答:《唐诗鉴赏辞典》据《玉溪生诗集笺注》和张采田《玉溪生年谱会笺》云:"诗的具体写作年份难以确定,有些注家认为是大中二年(848)冬为李德裕遭贬而作,将诗中一些句子牵合李德裕和诗人的一些本事,不免牵强附会。"大中二年(848),唐宣宗清洗李德裕贬潮州司马。李德裕从洛阳由水路南行,赶赴潮州。而这年秋,李商隐才从桂林回到长安,恐不及相送。细读《李义山集》,李商隐曾在四川梓州(三台)柳仲郢幕代掌书记,他曾于大中六年(852)四月奉遣至渝州,迎送节度使杜悰,即在界首,今渝州(重庆)白市驿的界首,这可为"青袍送玉珂"作一旁证。因为,青袍寒士侧身幕僚,驱遣迎送,常诉病卑微,精神上深有痛苦,可以说,诗是诗人感伤身世,泪泪流淌于心河之泪。

从全诗来看,前六句古人之泪也隐隐有诗人身世之叹,远及与恩师令狐家族的恩怨,以至仕进塞塞四面楚歌,末联回到眼前趋走偏远,故生"青袍送玉珂"的凄然。在时间轴上前后关联构成了一生遭遇的总括,只是出以隐笔,颇费思量。

问:所谈甚有理据,诗人这样隐秘的表现为何?

答:这是诗人的艺术风格,无可厚非,但在宋初诗坛,影响甚大,杨亿、刘筠、钱惟演着意学李商隐"富于才调,兼及雅丽,包蕴密致,演绎平畅,味无穷而炙愈出,钻弥坚而酌不竭,曲尽难言之要"(《皇朝事实类苑》引)。他们的诗刊为《西昆酬唱集》,如他们刻意模拟以《泪》为题写了一组诗,(本书另有《关于李商隐诗之解读》专题引述,兹不赘引),也列举了历史上众多悲愁的事件、人物,搓凑成篇,缺乏有机的内在联系。如卞和抱璞、荆轲辞燕一类典故,并无新意。他们纯为唱和而作,无真实生活感受,靠堆积华丽的辞章与晦涩的典故成篇,比之于李商隐,无异于"狗尾续貂""东施效颦"。始知时移世易,貌合神离,形神不再。

最后再补说一点,李的隐秘来自杜甫,杜的幽微发自《春秋》。杜甫婉转关生哀怨悱恻既关涉他与君王的矛盾关系,又联结着孔子的"春秋精神"。即微言大义与为尊者讳,这样的正统思想成了杜甫婉曲诗风的最直接的思想根源,所谓"诗史"就是忧思抑郁出以微言,委婉表达,蕴藉大义,方是"春秋之旨"。春秋笔法惠养了杜甫,商隐破解了杜诗诗法密码。同样地李也是尊崇传统的贵族,两颗心灵叠合神会,故而决定了"李商隐学杜"的必然,终至形成了商隐隐秘幽微托寄遥深的诗风。他仍走的是《春秋》旨远意幽的道路,算得上"诗史"精神的继承者。

关于杜牧《赤壁》诗"赤壁"之疑

问：杜牧脍炙人口的名诗《赤壁》，这地点也有疑？

答：对，存疑的时间很长。《赤壁》原诗是：

> 折戟沉沙铁未销，自将磨洗认前朝。
>
> 东风不与周郎便，铜雀春深锁二乔。

自清以来，绝大多数选本或注释，都把此诗所咏之赤壁，定为即三国争雄之赤壁。但当代金性尧的《唐诗三百首新注》（上海古籍出版社出版），对此诗注得较为细致，他翔实地指出这首诗乃"作者任黄州刺史时作"，但却又说，诗中的"赤壁"在今武汉江夏区西赤壁山，长江南岸。

关于赤壁之战是发生在湖北武昌赤壁还是湖北蒲圻（"嘉鱼"）赤壁，意见还各有偏执，但有一个共同点，都异口同声肯定诗中描写的赤壁就是"赤壁"。这自然就断为：此诗不仅是作者在"三国赤壁"写的，而且诗中的赤壁就是"三国赤壁"。长期以来，人们都以"定论"的眼光不置怀疑；甚至以此作为批评之据。1979年2月26日《解放军报》载文《不要把两个赤壁弄混了》说"唐代杜牧所作的《赤壁》诗中的赤壁，并不是这里的赤壁（黄州赤壁）"。

批评者此论粗看似有道理，详查也是错的。

问：杜牧此诗中的赤壁到底在哪里呢？

答：据南朝宋代盛弘之的《荆州记》、北魏郦道元的《水经注》、唐李吉甫的《元和郡县志》、北宋乐史的《太平寰宇记》等载，历史上湖北江汉之间称作赤壁的有五处：一在黄冈县（今黄冈市），即黄州赤壁；一在汉阳县（今武汉蔡甸区），境内临嶂山的南峰称赤壁；一在汉川县（今湖北孝感汉川市），城西八十里有赤壁山；一在武昌县（今武汉江夏区），即武昌赤壁；一在蒲圻县（今赤壁市），即蒲圻赤壁。《辞海》的具体描述是："1. 山名。指汉献帝建安十三年（208）孙权与刘备联军大破曹操军队处。在今湖北武昌西赤矶山，与汉阳南纱帽山隔江相对。北魏郦道元《水经注·江水三》：'江水左径百人山（今纱帽山）南，右径赤壁山北，昔周瑜与黄盖诈魏武大军处所也。'宋黄庭坚《次韵文潜》：'武昌赤壁吊周郎，寒溪西山寻漫浪。'一说，谓湖北蒲圻西之赤壁山。2. 即赤鼻矶。"今人排除汉水流域上的汉川（今孝感市）赤壁山，余下赤壁有四，都在湖北。一、在嘉鱼县（蒲圻县，今赤壁市）东北长江南岸，冈峦绵延如垣。上镌赤壁二字，周瑜破曹操，赤壁烧兵即此，当时瑜军在南岸，操军在北岸，烧兵之处在赤壁山之对岸。二、在黄冈县（今黄冈市）城外，亦名赤壁矶，苏轼游此，作前后赤壁赋，误以为曹操兵败之赤壁，清《一统志》引胡珪《赤壁考》"苏子瞻所游乃黄州城外赤壁矶，当时误以为周郎赤壁耳"。黄冈即旧黄州府治。三、在武昌县（今武汉江夏区）东南，又名赤矶，或称赤圻。四、在汉阳县（今武汉蔡甸区）沌口之临障山，有峰曰乌林，俗亦称为赤壁。又据《资治通鉴》《三国志》的记载和学界考证，孙刘联兵抗曹的赤壁之战不可能发生在黄冈、汉阳、汉川的赤壁，而只能发生在武昌赤壁或蒲圻赤壁。目前学术界多数倾向于蒲圻赤壁，也有人力主武昌赤壁的。不管三国赤壁之战的争论如何，三国赤壁不是在黄州赤壁却是公认的。

正是这样，既然赤壁之战不会发生在黄州赤壁，而只能发生在蒲圻赤壁或武昌赤壁，于是，把杜牧这首诗和关于赤壁之战描写注释在三国赤壁（或蒲圻或武昌），便是合理推导的结果，也就不会"错"了。这是许多注家释此诗时未越雷池的共同思路。但是，形式逻辑的推导不可能替代学术的考证，甚至还会导致混乱，所以，还得依靠事实。事实之一，金性尧已指出此诗是杜牧任黄州刺史时写的。据《樊川文集》，新旧两唐书杜牧本传的记载查考，并未发现杜牧到过武昌壁或蒲圻赤壁。因此，在赤壁之战的发生地，怎么会有好事者将这出土的"折戟"，特别送给杜牧来"磨洗"，从而辨认是哪一朝的武器？这就令人费疑，杜牧见到的"折戟"，是来自何处？史载，黄州赤壁的南岸樊口，是赤壁战前孙权水军据点之一。樊口及其江北的黄州赤壁，均系当时天然水港，两地又相距不过几里，孙权的水军在黄州赤壁活动过，并遗下戟、矛等兵器，是极可能的；刘备赤壁战前，也"在樊口，日遣吏于水次候望权等"（《资治通鉴·汉纪》），证明刘备的军兵包括水军也在这一带活动过，同样极有可能遗下武器。因此，杜牧看到的"折戟"，不一定靠在赤壁之战的地方才能发现。换句话说，这类三国时遗下的"折戟"，在黄州赤壁也是容易发现的。杜牧当时是刺史，地方有发现自会呈报，他又常游赤壁，还喜研兵甲之事，看到这枝"折戟"是极自然的。这两点事实有一定说服力，但据此就断定此诗是写黄州赤壁，显然理由还不充分。因为杜牧自己终究未明确提出此诗是写黄州赤壁，所以还须找出更有力的事实证据。事实之二，杜牧还把赤壁之战的史实明确写进标题黄州赤壁的诗中。诗题《齐安郡晚秋》：

柳岸风来影渐疏，使君家似野人居。

云容水态还堪赏，啸志歌怀亦自如。

雨暗残灯棋欲散，酒醒孤枕雁来初。

可怜赤壁争雄渡，唯有蓑翁坐钓鱼。

齐安，是黄州古名。南北朝刘宋前废帝永光元年（465）设立齐安郡，隋开皇三年（583）改名黄州。因此，后代人又常把黄州称齐安。诗题已点明写黄州；诗中，前三联写晚秋风物，句中的"使君"即作者自指，道出生活环境的嫌恶，尾联则写当年"赤壁争雄"即三国大战的地方，今已成了一个渡口，一个披蓑衣的老渔翁才能在此垂钓而已。诗中充满风流已谢，沧桑之感。在这里，从诗题到诗的内容，杜牧明确地把黄州赤壁当作三国赤壁来写的。

这就有充分的理由断定，《赤壁》诗中的"赤壁"，必是指黄州赤壁而不是三国赤壁。试想想，同是在黄州做官写赤壁的两首诗，有一首是写黄州赤壁，而另一首却要强说成是写三国赤壁，无论如何，都难以自圆其说，读者是无法接受的。诗人的"内证"为《赤壁》诗提供了最好的注释。因此，我以为《赤壁》诗中的"赤壁"，应该是杜牧任黄州刺史的黄州赤壁，不可能是三国赤壁。

问：听你说来，颇有道理，《赤壁》诗中"赤壁"在何地之疑好像你给解了。可是我请问，杜牧是疏忽吗，何以要把黄州赤壁当成"三国赤壁"来写呢？用意何在？

答：杜牧是晚唐著名文学家，又长期研注《孙子兵法》，深晓军事，一个著名文士，《三国志》《水经注》之类为当时士人必读的书，杜牧不会没有读过。按理推想，他不会不知道赤壁之战不可能发生在黄州赤壁，是他的疏失吗？疏失到竟然去写这种混淆地理是非和历史是非的《赤壁》诗吗？当然不是。但要解答诗人的用意，还必须联系杜牧之后的诗人大量写的黄州赤壁诗来取得旁证，从而找出杜牧这样写的原因。

杜牧之后，把黄州赤壁当作三国赤壁来写的著名文学家是苏轼和陆游，著名的苏词《念奴娇·赤壁怀古》云："人道是，三国周郎赤壁"，为人们所忽视却又特别重要的一个"道"字，就很显然地表示了苏轼的疑团，其意也许与杜牧一样。后来的陆游未尝不是如此。他不仅看了苏轼的怀疑态度，自己也认为三国赤壁"不可考质"，把黄州赤壁当作三国赤壁"尤可疑也"。按常理，他绝不会把黄州赤壁当作"不可考质"的三国赤壁来写，但是，他写了一首七律《黄州》：

局促常悲类楚囚，迁流还叹学齐优。

江声不尽英雄恨，天地无私草木秋。

万里羁愁添白发，一帆寒日过黄州。

君看赤壁终陈迹，生子何如孙仲谋。

他分明有怀疑，但颔联和尾联，又和苏轼一样，把三国赤壁之战的事写到黄州赤壁上了。换句话说，把黄州的赤壁当成怀疑的三国赤壁来写了。再仔细一查，像这样来写的文人还很多，如辛弃疾、元好问、方孝孺、袁宏道等名家，都曾这样写过。这是一个值得探索的问题，人们明知黄州赤壁不是三国赤壁，或是存疑，却要"明知故犯"，把黄州赤壁当作三国赤壁来写呢？对这个问题，清代谢功肃在《东坡赤壁考》一文中说得很清楚。他说苏轼何以故意把黄州赤壁写成三国赤壁，乃为了"发抒牢骚，假曹、周以寓意"。清诗人朱日浚也说："赤壁何须问出处，东坡本是借山川"（《赤壁集·赤壁怀古》）。可是我们在偏执于杜牧诗中赤壁在哪里的争论时，缺乏这样联系来思考。苏轼、陆游等文学家是如此，杜牧把黄州赤壁当成三国赤壁来假物寓言未尝不可，他何尝不是出于这种心情并想达到这种目的？杜牧出身长安显族，志壮才高，他一生的早岁中年，仕途不很顺利。长期任小京官与幕僚，后来至出任黄州刺史，但黄州地方较小，"户不满二万，税钱才三万贯"（《黄州刺史谢上表》），黄州的战略地位当时并不很重要，这使曾为曹操定的《孙子兵法十三篇》作过注，深谙军事理论才能的杜牧，当然会感到英雄无用武之地。他的不满是确定的，牢骚是存在的。试为拈出他在黄州写的其他诗，都可作为旁证。如"平生睡足处，云梦泽南州"（《忆齐安郡》），用"睡足"的无所事事，度着齐安的时间，叙写是平和的，却含蓄地透出牢骚不满。又如"竹浊蟠小径，屈折斗蛇来。三年得归去，知绕几千回？"（《黄州竹迳斗》）那无聊的闲散时光，他深深地潜藏着焦虑不安，这样的处境，对一个既有才能又热心功名的文士来说，牢骚是正常的。他要发牢骚，必得有所凭借。于是，"不问出处"，巧借两个赤壁的同名，把"折戟""磨洗"一番后，"发抒牢骚，假曹、周以寓意"。这是他借三国赤壁之酒杯，浇个人胸中之块垒。这是杜牧故意把黄州赤壁当作三国赤壁来写的根本原因。赤壁是黄州的，故事是三国的。杜牧《赤壁》诗中"赤壁"在哪里的疑问该清楚了吧。

后来，黄州赤壁因杜牧、苏轼等在此留下的诗文而被人们称为"文赤壁"。而蒲圻赤壁因是当年三国争雄之地，被称为"武赤壁"了。

另外，唐代许多诗人都写过赤壁之事，杜牧之前，李白也写有《赤壁送别歌》："二龙争战决雌雄，赤壁楼船扫地空。烈火张天照云海，周瑜于此破曹公。"故有必要分辨清楚。

李商隐《锦瑟》诗之疑

问：李商隐的名作《锦瑟》非常美，怎么解读才恰当呢？

答：这是中国古典诗中争议的分歧最大，解读的人最多的一首诗，可以说谁也不敢以自己的定论服之于人。从北宋刘攽的《中山诗话》论说，宋、明两朝笺释或议论的有二十五家，从清初至"五四"，笺说此诗的达六十余家，真是众说多歧，现代人的争议也相当多。近年，作家王蒙从《锦瑟》以"无端"二字开头为诗的灵魂阐释，认为两字其极大弥漫性和概括性，概括诗人情感、心理，与创作心态。无因无果，无始无终，诗的缘起，诗背后的本事都不可解，不能说，不便说，说不清楚，可能原因太多，"端"太多了，无从说起，于是，由《锦瑟》"无端"领衔的一批诗便出现了一个怪现象，家喻户晓，脍炙人口，却又歧义纷纭，莫衷一是。诗诠释上无端，结构无端，语言无端。结构无端，是指不符合起承转合，前因后果，呈现一种非顺序性，不连贯性，语言呈现一种弹性，一定活动空间，是诗人独有的"超语言"。《锦瑟》不是叙事语言，是内心抒情的潜语言，超语言。他认为"无端"和"有端"之间，使诗的研究更多一些弹性，更多一些感悟。他以前就曾指出，李商隐的独特成就接近现代特征，对文学传统是一个挑战。王蒙的学术见解颇有启发，但是我认为，从"无端"研究到"有端"，仍然十分必要，而且大体清晰又未尝不可呢。

问：非常迷离，《锦瑟》诗究竟写的什么内容？

答："一篇《锦瑟》解人难"，自宋以来，对《锦瑟》诗的解读纷纭繁复，不下十数种，较有影响如：一、恋情说：宋刘攽《中山诗话》说"锦瑟"是令狐绹青衣的名字，宋计有功《唐诗纪事》也从是说。但却遭明清学者们的反驳。清屈复《玉溪生诗意》又含糊地认为"男女慕悦之词"。当代学者刘开扬《论李商隐的爱情诗》则认为是"追忆他年轻时恋爱的事"，恋人是王氏。二、悼亡说：清人朱彝尊说《锦瑟》乃"埋香瘗玉"的"悼亡诗"。姚莹说：《锦瑟》分明是悼亡，后人枉自费平章"（《论诗绝句》）。近人孟心史《李义山锦瑟诗考证》，说是李商隐以锦瑟为佳偶纪念,为悼亡之作,盖作于大中五年秋。马茂元也说:"仔细寻绎诗意,觉得悼亡之说确不可易。不过所悼念的不可能是妻子王氏,而是他所爱恋的另一女子"(《读李义山诗札记三则》)。三、听瑟曲说:禹苍在《光明日报》撰《说锦瑟篇》云:"实是写听瑟曲而引起的情怀。"四、伤唐室说:著名学者岑仲勉说:"余颇疑此诗是伤唐室之残破,与恋爱无关"(《隋唐史》)。晚清吴汝伦云:"此诗疑为感国祚兴衰而作。五十弦,一弦一柱,则百年矣。盖自安史乱至义山作诗,时凡百年也。'梦迷蝴蝶'谓天宝政治昏乱也,'望帝春心'谓上皇失势之乱也,'沧海明珠'谓利尽南海,'蓝玉生烟'谓贤人憔悴也,结言不但后人感悼,即当时识者已有颠覆之忧也。"五、自序说:何焯《义门读书记》引程湘衡倡此说。钱钟书认为此说无"瓜蔓牵引,风影比附""最为省净"。又有李固阳《就锦瑟诗与周振甫先生商榷》,说此诗既然编在集子开头,就标明集内许多篇章记录了一生事迹,起"编集之自序"的作用。六、自伤自叙说:张采田《玉溪生年谱会笺》直视诸家为臆说,认为"自伤身世""斯真论定"。薇园在《稻花香馆杂记·香奁或无题诗》说李义山一生仕宦不进,坎坷终身,故开卷锦瑟一篇,是假物以自伤。这是上世纪七八十年代许多学者均认从之说。美籍学者王福民认定《锦瑟》乃为"自叙","是他一生际遇的自叙","是作者站在旁观者的地位把他一生的'前尘'加以欣赏的结论"(《李义山〈锦瑟〉诗演绎》)。吴奔星于《文学评论》撰文指出:"从思华年的内容上看,不外以党争引起的宦海浮沉为经,以夫妻生死为纬交织成篇","诗人的一片惘然之情,是由象征官场的尘网和陷入一往情深的情网所产生的失落感引起。"这是目前较多的一种说法。七、咏物说:宋胡仔《苕溪渔隐丛话》引《缃素杂记》云:"山谷道人读此诗,殊不晓其意,后以问东坡。东坡云'此出《古今乐志》,云锦瑟之为器也,其弦五十,其柱如之,其声也,适、怨、清、和。案李诗'庄生晓梦迷蝴蝶',适也;'望帝春心托杜鹃',怨也;'沧海月明珠有泪',清也;'蓝田日暖玉生烟',和也。一篇之中,曲尽其意。史称其瑰迈奇古,信然。"胡仔评:"古今听琴阮琵琶筝瑟诸诗,皆欲写其音声节奏,类以景物故实状之……如玉溪生《锦瑟诗》……此亦是以景物故实状之,若移作听琴阮等诗,谁谓不可乎?"南宋方回赞同胡仔,《瀛奎律髓》选为"著题说"。八、不可知说:倡此说是屈复,他说:"凡诗有所寄托,有可知者,有不可知者",如《锦瑟》《无题》诸篇,皆"不可知者"(《李商隐诗歌集解》)。梁启超也说,对《锦瑟》"理会不着""含有神秘性"。谢无量说《锦瑟》"究竟何所寄托,殊难证明"(《谈李义山》)。王蒙说此诗所咏"核心是一个情事",一种"惘然之情","包括了丧妻之痛,漂泊之苦,仕途之艰,诗家的呕心沥血和收获的喜悦以及种种别人无法知晓今人更无法知晓的个人情感"。"他的感受是混沌的、一体的、概括的、莫名的、只可意会不可言传,是惘然的无端的"。真是各寻解读途道,或从李商隐身世,或从唐王朝社会背景,或从历史学,或从文学,或从美学,都有自己解说的理由,不乏言之成理,持之有故。

问: 你赞成谁的解读呢?

答: 众说都是一家之言,争议可以,定论却无,我欣赏一种新说,那是我2001年参加李白国际学术研讨会时,认识一位学者王准生先生,后来,他寄赠我一本他新近出版的书著《诗海沉帆》,是一部研究杨贵妃马嵬后历史揭谜的书,颇有意思,他对李商隐这首诗的解读,不乏新见。我们还是先看《锦瑟》诗:

> 锦瑟无端五十弦,一弦一柱思华年。
> 庄生晓梦迷蝴蝶,望帝春心托杜鹃。
> 沧海月明珠有泪,蓝田日暖玉生烟。
> 此情可待成追忆,只是当时已惘然。

问: 诗很美,确实迷蒙,现在我也惘然。

答: 就一联联分割解读。

第一联:锦瑟无端五十弦,一弦一柱思华年。

按清人陆昆曾《李义山诗解》云:"瑟本二十五弦,今曰五十弦,是一齐断却,一弦变为两弦故也。曰'无端'者,出自不意也。一弦一柱思华年,从比意说到人身上来,……引以悼其妻之亡。"

从古至今,妻死曰"断弦",再娶曰"续弦"。这没错,但李商隐并非自悼妻亡,据查史籍李隆基从先天元年(712)登基,至宝应元年(762)去世,恰恰做了五十年的天子(包括太上皇);又安史乱李、杨奔蜀马嵬之变首次由白居易创作《长恨歌》公开,即从756年至806年,恰恰又是五十年,是巧合还是寓托,可以资证首联即暗喻李、杨夫妻相绝。

第二联:庄生晓梦迷蝴蝶,望帝春心托杜鹃。

这里须先引张祜《华清宫杜舍人》诗:五十年天子,离宫旧粉墙。登封时正泰,御宇日初长。上位先名实,中兴事宪章。举戎轻甲胄,余地取河湟。追帝玄元祖,儒封孔子王。因缘百司署,蒙会一人汤。渭水波摇绿,秦山草半黄。马头开夜照,鹰眼利星芒。下箭朱弓满,鸣鞭皓腕攘。畎思获吕望,谏祗避周昌。兔迹贪前逐,枭心早不防。几添鹦鹉劝,频赐荔枝尝。月锁千门静,天高一笛凉。细音摇翠佩,轻步宛霓裳。祸乱根潜结,升平意遽忘。衣冠逃犬虏,鼙鼓动渔阳。外戚心殊迫,中途事可量。血埋妃子艳,创断禄儿肠。近侍烟尘隔,前踪荜路荒。益知迷宠佞,惟恨丧忠良。北阙尊明主,南宫逊上皇。禁清余凤吹,池冷映龙光。祝寿山犹在,流年水共伤。杜鹃魂厌蜀,蝴蝶梦悲庄。雀卵遗雕拱,虫丝冒画梁。

紫苔侵壁润，红树闭门芳。守吏齐鸳瓦，耕民得翠珩。欢康昔时乐，讲武旧兵场。暮草深岩霭，幽花坠径香。不堪垂白叟，行折御沟杨。

张祜这首诗写玄宗一生，可谓字字有据。写到玄宗自蜀地回返京城后，诗中出现了"杜鹃魂厌蜀，蝴蝶梦悲庄"。这与《锦瑟》诗中"庄生晓梦迷蝴蝶，望帝春心托杜鹃"完全一致。"杜鹃魂厌蜀"，还可参证《蜀道难》诗中的描写，"又闻子规啼夜月，愁空山"，写望帝失德去国之恨，这正是玄宗自蜀回返后的心理状态。"蝴蝶"则出自《庄子·齐物篇》："昔者庄周梦为蝴蝶，栩栩然蝴蝶也。自喻适志欤，不知周也。俄然觉，则蘧蘧然周也，不知周之梦为蝴蝶欤？蝴蝶之梦为周欤？"

这联典故寓言感叹人生如梦，世事无常，对于杨、李恋情来看，晚年的玄宗出现"庄生晓梦迷蝴蝶"的迷离怅惘非常切合。

第三联：沧海月明珠有泪，蓝田日暖玉生烟。

这一联上句与马嵬事变杨贵妃逃死日本的情况相符，沧海相隔，月夜孤衾，和泪相思，有许多旁证。

李白咏太真："鸾衾凤褥，夜夜常孤宿。更被银台红蜡烛，学妾泪珠相续。"（《清平乐·鸾衾凤褥》）

李白咏玄宗："烟深水阔，音信无由达。惟有碧天云外月，偏照悬悬离别。"（《清平乐·烟深水阔》）

李白咏太真："凉风度秋海，吹我乡思飞。连山去无际，流水何时归。目极浮云色，心断明月晖。芳草歇柔艳，白露催寒衣，梦长银汉落，觉罢天星稀。含悲想旧国，泣下谁能挥。"（《秋夕旅怀》）

这一联下句典事出于《搜神记·美女紫玉传》，引如下：

> 王梳妆，忽见玉，惊愕悲喜，问曰："尔缘何生？"玉跪而言曰："昔诸生韩重来求玉，大王不许。玉名毁义绝，自致身亡。重以远还，闻玉已死，故赍牲币诣冢吊唁。感其笃终，辄与相见，因以珠遗之。不为发冢，愿勿推治。"夫人闻之，出而抱之，玉如烟然。

紫玉死而复生以见大王，又化烟而去，与马嵬事变后杨、李恋情的经历非常相似，诗人用此典事决非与此无因。

蓝田玉烟的"缥缈"，杨、李恋情的"缥缈"与诗人《无题》诗内容的"缥缈"，恰好神合。

晋人干宝《搜神记》卷十一又有"蓝田种玉"，引于下：

> 杨公伯雍，雒阳县人也。本以侩卖为业。性笃孝。父母亡，葬无终山，

遂家焉。山高八十里，上无水，公汲水，作义浆于阪头，行者皆饮之。三年，有一人就饮，以一斗石子与之，使至高平好地有石处种之，云："玉当生其中。"杨公未娶，又语云："汝后当得好妇。"语毕不见。乃种其石。数岁，时时往视，见玉子生石上，人莫知也。有徐氏者，右北平著姓女，甚有行，时人求，多不许。公乃试求徐氏。徐氏笑以为狂，因戏云："得白璧一双来，当听为婚。"公至所种玉田中，得白璧五双，以聘。徐氏大惊，遂以女妻公。天子闻而异之，拜为大夫。乃于种玉处，四角作大石柱，各一丈，中央一顷也。名曰"玉田"。

蓝田种玉，本为得到美好的婚配，但李商隐则改作"玉生烟"化为乌有，诗中匠心许多人没有看出来。且看晚唐司空图《与极浦谈诗书》："戴容州云，诗家之景，如蓝田日暖，良玉生烟，可望而不可置于眉睫之前也。"是缥缈其事，缥缈其诗的创作之见。李商隐知道李、杨恋情特别马嵬事变后贵妃逃死之秘，又因为历史无法公开，他便依托本事而创以《无题》诗"锦瑟"，让美玉生烟，缥缈说事，类如当代新诗朦胧的手法。

问：这一解读，倒可新颖，但我疑想，为何李商隐要云雾迷疑而不直说呢？

答：我们再解读最后一联便知。

第四联：此情可待成追忆，只是当时已惘然。

马嵬事变之后，皇家内宫之事，肃、代两朝都严厉封锁，这是涉及皇家声誉，涉及政治的大事，无人敢妄议是非，这样的事情，只能等待追忆，"只是"的意思是"正是"，正是当时就因此事的秘密及朝廷的严厉封锁，造成迷惘。所以，李、杨的恋情只有待后来人的追忆。这天宝遗事之秘，以及李商隐创作的良苦用心，这不很清楚吗？

问：王淮生先生之见果然较新颖，但这岂不有失于牵强吗？

答：这仅为一家之言，不过，李商隐写了大量无题诗，也不仅只这一首，许多诗都寓托了李、杨的本事，都还可以作为旁证参解。

最后补充一点我的思考。我认为考察《锦瑟》还得与考察唐史结合，他在什么样的情况下写作的。诗约作于大中末年（858）的荥阳，不久，诗人就在他的家乡，抱恨辞世。从诗人身世看，他自言与李唐皇族同宗，是个贵族，但他不幸生于贵族失势的时代，这一点与杜甫特别相通，都具有贵族的末世情怀。从宏观来考察，唐朝前后分野明显，中国历史实际就只有两段，唐前的贵族社会，唐后的平民社会。中唐是这一历史的分界线。

关于中晚唐,钱穆先生《国史大纲》认为:从唐之中叶到五代是中国历史上最为黑暗的一个时期,或称之为"黑暗社会",虽然此时传统社会犹未彻底崩溃,文化命脉尚未全绝。这一时期社会之所以黑暗,在钱先生看来,是由于当时朝廷科举以诗赋文学取士,造成进士轻薄,士之内在精神尽失,社会之领导中心亦随之丧失。李商隐不幸生活于这一"士"精神崩溃的时代,也算遭逢乱世。他无力挽回这一现实,所以情感上他倾向传统贵族。钱穆先生以为贵族是士精神的载体,抱持古老传统价值观,具有责任使命感,但中晚唐以后初盛唐那种贵族上升的昂奋的精神随贵族式微消失了。杜甫处在美好的贵族社会将变的开端,所以他提前预感,忧虑天下苍生,守持秩序,怒视乱臣贼子,忠勇勤王,致君尧舜。李商隐处在社会急遽堕落的末端,但他谨守贵族的"士"精神,几乎承受了贵族社会崩塌的所有不公与痛苦。所以李商隐是晚唐的杜甫,他同样看清了历史的面目,在临终前以总结性的《锦瑟》怀念那一去不返的世道?"锦瑟无端五十弦,一弦一柱思华年",诗人对唐前半期是多么的牵眷,当时的人们是多么自强向上啊。而"庄生晓梦迷蝴蝶,望帝春心托杜鹃",就是诗人对晚唐社会现实的痛苦写照。这是可证的。唐后半期社会的堕落,其中科举之弊,大量素质不高平民进入上层,改变了大唐的社会结构,杜甫斥之为"随阳雁""稻粱谋",所以他疾呼"再使风俗淳"。李商隐同样有清醒认识,他在《送从翁从东川弘农尚书幕》诗中将科举乱象比喻为"鸾皇期一举,燕雀不相饶";平民新贵登天,横行五十载的牛李党争,实际是传统贵族与平民新贵之争,最终以平民新贵们的胜利而告结。凡此种种,所以诗人对大唐强盛前期有庄周般梦幻之感,对眼前乱世则更有杜宇般的幽恨。"沧海月明珠有泪,蓝田日暖玉生烟",是一位末世贵族诗人孤高脱俗的悲哀,盛唐远去,贵族式微,月光沧海化珠为泪,蓝田暖玉也为之生烟。"此情可待成追忆,只是当时已惘然",诗人情感达到高潮,此等情怀无穷怅恨,这是一个贵族不胜惘然惆怅的苦痛心情。那些美好的事和年代,只能留在回忆之中,再也找不回来。而在当时看来那些事都只是平常罢了,却并不知珍惜。这是诗人对历史的哲学洞见,充满了对远去的传统社会的背影无限留恋,对眼前乱世的否弃。这是李商隐站在一个末世贵族立场,自己风雨人生对中国历史的总结。所以晚唐他诗最好,是他坚守士的情怀;所以古今杜甫诗第一,是他抱持古老价值观,他们是递相传承的师徒,诗歌不分轩轾。也戛然而止,贵族精神终结使他们身后从此再无超越他们的诗人。

回到诗歌,"锦瑟"曾经华丽的大唐,李商隐"锦瑟"多托意,如"玉盘迸泪伤心数,锦瑟惊弦破梦频。万里重阴非旧圃,一年生意属流尘"(《回中牡丹为雨所败二首·其二》);"五十弦"安史之乱正好斩断大唐繁梦的节律,前后至此泾渭分明,自是弦断;"华年"唐前期繁盛强大的岁月;"蝴蝶"历史的幻化无定;"杜鹃"贵族对乱世的遗恨与无奈；"珠泪""玉烟"皆美好而短暂之事物化为乌有；"此情"贵族情怀；"追忆"美好时代；"惘然"无力挽救，他有诗句"刘郎已恨蓬山远，更隔蓬山一万重"，也是这样的情怀。这一解读还没人提出，你以为然否？

问：你的见解等于说《锦瑟》是对大唐历史的高度总结，我要好好思考消化。谢谢。

关于李商隐诗之解读

问：元遗山《论诗绝句》说李商隐诗"诗家总爱西昆好，独恨无人作郑笺"，真是无人能解读吗？

答：元遗山对晚唐、五代、宋、金人学李商隐的状况是很感慨的，所以，他在《论诗绝句》中写道："望帝春心托杜鹃，佳人锦瑟怨华年。诗家总爱西昆好，独恨无人作郑笺。"其实，他对李商隐诗的评价是有褒有贬，另首《论诗绝句》云："邺下风流在晋多，壮怀犹见缺壶歌。风云若恨张华少，温李新声奈尔何！"他评的是西晋诗歌，犹有建安遗风，只是张华等人已开"儿女情多，风云气少"的先声了。他标举"风云""壮怀"慷慨激昂的建安诗风，对照温庭筠、李商隐的诗歌便有微词，"温李新声"当然是一种批评。但他对李商隐诗是褒多于贬的，这首《论诗绝句》则是说李诗以其寓意深微，婉曲典丽的特点，致使解读者人言言殊，莫衷一是，"诗家总爱西昆好"，这是肯定的前提，"独恨无人作郑笺"，是肯定前提下的惋惜。

总体而言，中晚唐诗中李商隐诗还算是保有初盛唐"正声"壮怀昂奋的气韵的，中晚唐之变主要变在平民社会的来临，诗人更多关注自身，视角收缩，失去了初盛唐贵族的公心精神，故成"变声"；而温李在艺术上则根本不在同一层面，李多婉转讽兴，温则纯为赋体，齐梁艳诗情味。

问：看来，元好问还是在解读，这就不是无人解读了。

答：当然，不能说无人能解读。只能说李商隐诗难以解读的，主要是指他的几十首《无题》诗，李商隐诗集后世本子标明"无题"二字的，清人朱鹤龄注本十六首，纪昀《四库全书总目·卷一五一》提出摘句首二字为题的，如《碧城》《锦瑟》等诗也算《无题》，范围扩大了许多，大家称为"类似《无题》""例同《无题》""等于《无题》"。徐朔方先生在《杭州大学学报》以《论李商隐的无题诗》为题，阐释"以抒写艳情或爱情为内容"的，"是否另有寄托则在疑似之间"的"一些七言律诗"，都可算为《无题》诗。因此，其一，只要具备以上条件的，即使有题的，如《重过圣女祠》等七首七律诗，也可作为《无题》诗看待；其二，对以《无题》为题的十五首和以"句首为题"的"近三十首"诗都作了如下"限定"："无题"诗非七律的均不在此列。除外，以"句首二字为题"的诗也只剩下《锦瑟》等七首。以上三项，凡有"《无题》诗"二十首。又有杨柳先生于《人文杂志》撰文，从内容与形式统一的角度，将《无题》诗划为"摅写作者不愿明言或不便明言的生活遭遇或思想感情的篇什"，共有六七十首。其中包括：一、题目标《无题》的二十首；二、拈篇中数字为题，例同《无题》的诗；三、概括题旨命题者，如《药转》《曼倩辞》《晓起》《可叹》《离思》等。无题诗的概念范围，基本上属于无人"郑笺"难于解读的诗。

问：《无题》诗内容的解读如何？

答：众多人的解读归纳起来不外两种：艳情说和寄托说。

艳情说：三十年代，苏雪林先生论证为李商隐同女冠、嫔御艳情的"本事诗"（《李义山恋爱事迹考》）。五十年代，李长之先生推断这些诗"主要是写给他后来结了婚的王氏的"。近年，持艳情说更有多家，徐朔方将《流莺》《一片》《重过圣女祠》《锦瑟》看作是"以爱情寄托身世之感"外，将其余的《无题》诗均看作"艳体或爱情诗"，是写"一个已婚之夫对未婚或已婚女子或歌伎舞女、女道士的恋情"。陈贻焮在《李商隐恋爱事迹考辨》中也认为"纯写爱情，别无深意"。荀运昌在《李商隐诗歌中的反传统倾向》中"就诗论诗"，认为《无题》诗只能有一个中心思想，那就是"真挚的、纯洁的、炽热的、痴情的、波折的，但又多是迷离惝恍的爱情"。英冰若先生认为《无题》诗写于四十岁丧妻那年及稍后，"揆之情理，应是悼亡之作"。何以标《无题》呢？是为了不落"窠臼"，且"耐人寻味意义深远"（《怎样理解李商隐的无题诗》）。

寄托说：关于寄托的内容又有二说：一、君臣遇合说。元末杨基说："皆托于臣不忘君之意"（《眉庵集》），清代评论家、注家都从是说。纪昀则斥此说"殊多穿凿"。谢宏《覆灭前的哀鸣》批驳了君臣遇合说。吴调公认为"通于君臣朋友"是一种"曲解"。二、干谒令狐绹说。清人吴乔说，李商隐受知于令狐楚，而又受王茂元、郑亚之辟，引起了令狐绹的愤恨，商隐心知见疏，而冀幸万一，故有《无题》诸作（《西昆发微序》）。杨柳认为，从某种意义上说，这些《无题》诗，是"干谒"之作，是"直接间接影响令狐家的"（《李商隐评传》）。萧艾《试论李商隐的七言律诗》将许多七律《无题》诗看作"希望令狐绹对他吸引"的诗。

这种纯粹政治的寄托也未免偏颇，故不少评家注家，认为这些《无题》诗有纯写艳情的部分，也有"借美人以喻君子""含情有托"的部分。但前者与后者各占多少，又有分歧。如冯浩认为"实有寄托者多，直作艳情者少"。（《玉溪生诗集笺注》）安徽师大中文系《李商隐诗选》认为既有寄托诗，也有寄托痕迹不明显的诗，还有明显的艳情冶游诗。杨柳先生则不同意陈贻焮"纯写爱情"之后，将《无题》

分为实赋本事(艳情诗)和别有寄托(政治感遇诗)两个方面。而向思鑫于《武汉师范学院学报》撰文《海客辨疑》提出新说,将《无题》诗分为前后两个创作时期,前期的《无题》是会昌元年(841)前的作品,数量少,以闺情为主题,中心人物是妻子王氏。后期当是会昌大中时作,量多,以政治、理想和命运为主题,中心人物是他倾慕的李德裕,《海客》诗正是前后两个时期的承启之作。《海客》为七绝:

> 海客乘槎上紫氛,星娥罢织一相闻。
> 只应不惮牵牛妒,聊用支机石赠君。

"支机石",为传说中织女所用。此诗尾喻指自己赠与对方的诗文。这对方即被比着海客的一位新登高位的人。我想联系李商隐处的时代与政治环境看,正是牛李党争高潮,这场本质上是传统贵族与平民新贵之争的政治斗争中,李商隐旗帜鲜明站在李德裕一面,不惜得罪恩师令狐家族,坚守传统阵营,虽背负背叛恩主的恶名,仍以明确的立场、勇气宣示"不惮牵牛妒"。

问:各说俱都有理,都在结合诗人的自身经历解读。

答:解读李诗,当然首先应了解他的身世,李商隐虽为贵族出身,然十岁丧父,幼即孤贫,挣扎仕进,却沉沦幕府,后又丧偶,虽日益沉挫,但不改初心,保持贵族高洁品行。新旧《唐书》作者都认为这主要是由于他先见知于牛党中的令狐楚父子,后来却作了李党中王茂元的女婿,致使"牛(僧孺)、李(宗闵)党人蚩谪商隐。以为诡薄无行,共排笮之",(令狐楚子)绹以为"忘家恩,放利偷合"(《新唐书·文艺传》)而不继续提拔他所致。这似乎涉及人品,历来聚讼不绝。殊不知这些表象后面,是社会转型时期传统阵营与新贵阵营的权力斗争,李商隐始终站在传统阵营。如不了解这些,李商隐仕途上遭受的打击,就难以领会他表面自伤身世的诗作所包含的特殊性和复杂性。他的诗真实反映了那个时代的风云,客观上批判党人排除异己,抒发抱负不能施展;融汇政治打击与个人远念悼亡的悲思等等,这是"深情绵邈"(刘熙载《艺概·诗概》)涵盖的内容所在,颇合杜子当年心境,也是他一弦一柱"思华年"的端由,在对比中晚唐现实中思念初盛唐那人人昂奋向上的美好岁月。所以解读还应登高望远,站在时代政治风云方可认知真实的李商隐。

其次,解读李商隐的诗,应知他坚守贵族传统,表现于诗观就是不允许"变声"扰乱社会纲纪,但对有益于社会进步的"新声"持支持意见,不明其心就不能解得"学杜"真谛。其善用比兴象征,意涵幽隐,正确对待其运用,他属于无题类的优秀诗篇常常以比兴与赋体兼用,但如孤立地考证,便支离破碎更陷入不可解读,例如名篇《锦瑟》,他运用了庄生蝴蝶,望帝杜鹃,沧海明珠,蓝田暖玉一系列空濛隐约的事物,如果我们烦琐地考证"沧海"何指,"蓝田"焉在,典有"庄生",必指鼓盆而歌,事连"望帝",必指唐帝失国,这就无法通解全诗。如若从首联"思年华"及于"五十弦",就可掌握此诗属于晚暮回忆平生之作,但如依此也太求实在,失之穿凿,又难道不是一位贵族追忆盛唐繁梦的精神写照?因此,对无题诗类我们不必看得太死,作为抒情诗的审美判断,多种方面,多种层次,因之,解读各有侧重,由于如此,解读者以自己审美心态,有可能与作者基本相同,也有可能超过和有异于作者的意象。解读上的聚讼,见仁见智,自是难免。可以预见的是,由于识者的水平高下,李商隐诗的领悟解读分歧仍将继续。

问: 总的来说,历代至今都依托李商隐身世两个方面:政治沉沦与爱情经历上解读纠缠,以至聚讼不休,没有其他解读方式吗?

答: 我还有一种异常的见解,即摆脱以上解读方式来解读李诗,我的思路建构在诗的历史发展上,李商隐为什么要写这样的诗,人们是少有作如是思考。"诗至元和体态新",求变求新是每个卓立诗坛大家所追求的艺术实践,李商隐也不例外,除了前面所论坚守盛唐"正声",他也不保守,也欢迎中唐"新声",他承中唐余绪,正是要从诗坛从新变中开拓新的风格,而在艺术实践上所作的努力。为传统开辟新境界,他在《上崔华州书》中说:"愚生二十五年矣。五年诵经书,七年弄笔砚,始闻长老言:'学道必求古,为文必有师法。'常悒悒不快。退自思曰:'夫所谓道,岂古所谓周公、孔子者独能邪? 盖愚与周、孔,俱身之耳。'以是有行道不系今古,直挥笔为文……"可见他又不甘受束缚,拘泥于古,以发展观看待儒教,特别显示他的创新进步精神。至于他《容州经略使元结文集后序》说:"次山之作,其绵远长大……不得尽其极也。而论者徒曰'次山不师孔氏,为非'。呜呼!孔氏于道德仁义外有何物?"他肯定元结诗的境界,奇中见正,不甘守常,浅而可讽,忧道悯世,多行古道。此序实际是李商隐对儒家的解释,对元结的"新声"褒扬有加,他说"孔氏固圣矣,次山安在其必师之邪",这种思想是他在艺术上追求独辟门径创新精神的基础,也是他创作个性的注释。此外,李商隐的创作个性突出,风格深微,由于对六朝骈丽文、格律诗下过一番功夫,他的四六今体大步精进,他于《樊南甲集序》中说:"有请作文,或时得好对切事,声势物景,哀上浮壮,能感动人。"当时章表书启皆用今体,讲究骈偶用事,因此,精于此道,很受重视,多为公府交辟。令狐楚临终前令李商隐代草遗表说:"吾气魄已殚,情思俱尽,然所怀未已。强欲自写闻天,恐辞语乖舛。子当助我成之"(《旧唐书·令狐楚传》)。可见骈偶用事,难于得心应手,常患空泛不切,或是削足适履,令狐楚怕"辞语乖舛"而不愿"自写闻天",他将李商隐从远地调去代写遗表,可见善写重要今体章奏的李商隐在幕僚中是很突出的，今体章奏既要华美典雅，又要用事准切。这于他形成自己的艺术风格十分重要。又据黄鉴《杨文公谈苑》云："李商隐为文，多检阅书册，左右鳞次，号'獭祭鱼'。"这是刻意搜求典故之意，所以，风格上的隐秘有极大的因由，王士祯《戏仿元遗山论诗绝句》云："獭祭曾惊博奥殚，一篇《锦瑟》解人难。"总的看来，李商隐诗风的形成，与他长期写作四六文，以及用典成习，有熟练的用典技巧密切相关。再补充一句，他重典故，即是一位贵族尊崇传统不越轨仪在文学风格上的体现。

问：的确，这是脱离政治与生活纯从艺术角度的思考，风格上深婉隐曲的面纱或许正是他为追求一种不平常创造的结果，也是他以文学对那一世风日下的中晚唐社会龌龊的抵抗。

答：是的，"诗家总爱西昆好"，"西昆体"，义山已被推崇为一代宗师，其影响与定评正好是恰当的证明。

问：那请谈谈"西昆体"如何？

答：所谓"西昆体"，是宋人标列唐代诗家旗帜之一体。据宋人葛立方云："咸平景德（998—1007）中，钱惟演、刘筠首变诗格，而杨文公与王鼎王绰号'江东三虎'，诗格与钱、刘亦绝相关，谓之西昆体。大率效李义山之为丰富藻丽，不作枯瘠语。"（《韵语阳秋·卷二》）如惠洪《冷斋夜话》云："诗到义山，谓之文章一厄，以其用事僻涩，时称西昆体。"严羽则云："西昆体，即李商隐体，然兼温庭筠及本朝杨、刘诸公而名之也。"（《沧浪诗话》）其实，李商隐在时，并无西昆名号，清人翁方纲曾就正云："宋初杨大年、钱惟演诸人馆阁之作，曰《西昆酬唱集》。其诗效温李体。故曰'西昆'。西昆者，宋初翰苑也。……而晚唐温、李时，初无西昆之目也。"指出西昆来由是宋初翰苑的名号，一批诗人学习温庭筠、李商隐艺术风格之作。宋人如惠洪等对李商隐似颇有微词，到南宋胡仔又有新的就正："杨大年、钱文僖、晏元献、刘子仪，为诗皆宗义山，号西昆体。后进效之，多窃取义山诗句。尝内宴，优人有为义山者，衣服败裂，告人曰：'吾为诸馆职挦扯至此！'闻者大噱。"（《苕溪渔隐丛话》引《古今诗话》）李商隐作为戏剧人物形象，艺术地嘲讽宋初西昆体诗人学习义山，支离破碎只从词语去"剽窃""挦扯"以换时名。他们生活贫乏，过于雕饰，缺少真情，也如范元实《诗眼》评西昆诗人学李商隐，"只见其皮肤，其高情远意，皆不识"。从西昆体上正确认识李商隐诗歌一代宗师的地位，确该让人们取得共识。

问：还请谈谈西昆诗人学李商隐的诗例？

答：李商隐有一首《泪》诗：

> 永巷长年怨绮罗，离情终日思风波。
> 湘江竹上痕无限，岘首碑前洒几多。
> 人去紫台秋入塞，兵残楚帐夜闻歌。
> 朝来灞水桥边问，未抵青袍送玉珂。

八句诗中有六句用典，且都为生离死别与"泪"相关的而又尽人皆知的故实，诗之精巧在于六典先列于前，然后尾联衬托，使全诗既新且活，内在联系形成强烈的映衬对比，典不死而诗情活。如前六句列出古代一系列催人泪下的故事，前人的悲苦，早已代代相传，而眼前境况呢，那尾联"灞水桥"所寓托送往迎来的无聊生计，有谁能知晓？有谁能同情？如果说这是一种意思，那另一种意思还述说，前人的悲苦，有泪都能痛快地流，而自己呢？有泪还得强颜欢笑，"青袍送玉珂"的辛酸，隐秘而沉痛。我们可以说，诗人寄托了自身的抒情，前后浑然一体。

宋初杨亿趋步李商隐，也写了一首《泪》：

> 寒风易水已成悲，亡国何人见黍离。
> 枉是荆王疑美璞，更令杨子怨多歧。
> 胡笳暮应三挝鼓，楚舞春临百子池。
> 未抵索居愁翠被，圆荷清晓露淋漓。

此诗的典故比较滥俗，尾联肤浅对比，缺少情致，是一首没有真情之作，诗从题到格式都亦步亦趋照搬李商隐，所以被宋人张戒仅评为"预设法式"（《岁寒堂诗话》）。西昆派诗人钱惟演、杨亿、刘筠三人都写过以《泪》为题的诗，杨亿这首算其中较好的，尚且如此，所余更不足论。

诗僧怀濬
《上归州刺史代通状二首》的异闻

问：请谈谈晚唐诗僧怀濬的《上归州刺史代通状二首》的异闻。

答：先看原诗：

其 一

家住闽山西复西，其中岁岁有莺啼。
如今不在莺啼处，莺在旧时啼处啼。

其 二

家住闽山东复东，其中岁岁有花红。
而今不在花红处，花在旧时红处红。

诗是一首禅理诗。怀濬，籍里不详，曾是秭归(今湖北宜昌秭归县)的一个和尚。《增订注释全唐诗》："怀濬，秭归郡僧。今存诗二首。"又注其异事："怀濬能逆知未兆之事，东里人以神圣待之。刺史于公捕诘，乃以诗通状，于异而释之。"

计有功《唐诗纪事·卷七十四》记载了诗的奇特创作经过：

秭归郡僧怀濬，不知何所人，乾宁初，知来藏往，皆有神验。刺史于公以其惑众，系而诘之。乃以诗代通状云："家在闽山西复西，其中岁岁有莺啼。如今不在莺啼处，莺在旧时啼处啼。"又诘之，复有诗云："家在闽山东复东，其中岁岁有花红。而今不在花红处，花在旧时红处红。"守异而释之。详其诗意，似在海中，得非杯渡之流乎？

从《唐诗纪事》中可知怀濬唐昭宗乾宁(894)年间活动于秭归一带。因他"知来藏往，皆有神验"，刺史于公以惑众罪名将他逮捕系狱。公堂问罪时，怀濬以诗作答,故诗题"代通状"。通状,旧时下级呈送上级的一种公文,此处特指答辩状。以诗来答辩,可见怀濬行为古怪,行事与众不同。由这个故事可知晚唐五代正是佛教大普及时期,这个大众化的过程并不是一帆风顺,如会昌五年(845)七月武宗禁毁佛教。佛教也受到了一些士人的抵制,如杜牧大中年间的《杭州新造南亭子记》对毁佛的支持,可能来自传统文化中科学实用的思想。

诗充满玄言禅语。当刺史责问"你是哪里人"时,怀濬写下"家住闽山西复西",我家在闽山西边的西边,这是一个并非实指的地名,似是而非,等于没有回答。刺史再审,他的供状还是诗"家住闽山东复东",我家在闽山东面的东面住。诗很有禅味,把刺史弄糊涂了,最终尴尬地以"异"而释之。

计有功材料来自五代孙光宪《北梦琐言》,孙光宪距晚唐"乾宁初"并不远,所记事虽具传奇性,但亦应该具有可信度。宋以后,佛教民间影响极大,这段异闻逸事被文献纷纷转录,《太平广记》卷九八转录了《北梦琐言》全文,北宋僧人、佛教史家赞宁据此在《宋高僧传》中改写为一篇传记。至清代,清人笔记对《北梦琐言》也多有转录。

问:这两首诗有何奇异?
答:怀濬设置了两个谜,第一个谜是怀濬"家"到底在哪里,闽山东还是西?难以勘破,闽山茫茫不知所在。此诗玄奥,"家"的谜团,带来了出乎常识思维的惊喜。其实既已出家,何来"家"之说?机智地讽刺了刺史的愚蠢。第二个谜是诗中"如今不在莺啼处,莺在旧时啼处啼""而今不在花红处,花在旧时红处红",到底是莺不在莺啼处,还是人不在莺啼处?抑或是花不在花红处,还是人不在花红处?读后似有所悟,又似无所悟。如是莺不在莺啼处,则"莺在旧时啼处啼"表现的是离开原居地的莺内心仍然啼鸣着当年的啼声,偏重于莺的内心体悟、感受。如是人不在莺啼处,则"莺在旧时啼处啼"表现的是人离开原住地后,想象原住地莺啼的景象,侧重于人的想象,对故居对旧时的怀念之情。诗歌多向性的含意,看似平淡的诗句里,有着咀嚼不尽的淳厚绵长,禅宗称为"悟"。

闽山虽"岁岁有花红",可惜"而今不在花红处,花在旧时红处红",不谈禅境,只论诗意,又与中唐崔护那首《题都城南庄》十分相似:"去年今日此门中,人面桃花相映红。人面只今何处去,桃花依旧笑春风",崔护诗,整篇写今昔之感,寥寥数句包含一前一后物是人非而又相互依托、交互衬映的场面。这动人的一幕,包含人事变迁,逝水流伤,留给读者广阔的想象空间。"依旧",虽隐含诗人无限失望、惋惜和怅惘,但更多是参悟的洒脱。因此与其附会为爱情诗,不如领悟为一首禅诗来读更恰当。空明澄澈,超脱尘俗,方能解开心结,在"花在旧时红处红""桃花依旧笑春风"中随他。

禅宗常于文字游戏中开悟禅理,怀濬的诗蕴含禅理,东即是西,西即是东,有即无,无即有,无须道破,又已然道破了玄关妙理。感觉诗人说了什么,又似乎什么也没说;感到诗中什么也没有时,却又体会到丰富的诗意禅境。诗人已暗示归州刺史东西南北都是一样的,没有区别,更无须强辩,一切皆由心派生,并无东西南北的差别。这即是禅。结合诗歌背后的趣事,秭归刺史不懂禅,就不解"而今不在花红处,花在旧时红处红"的妙谛了。

唐代许多诗僧悟禅而诗,贯休《书石壁禅居屋壁》"赤旆檀塔六七级,白菡苕花三四枝。禅客相逢只弹指,此心能有几人知",因此像归州刺史这样的官吏读诗太实,自然难详其中禅意。《北梦琐言》云"详其诗意,似在海中,得非杯渡之流乎",已告诉我们,此诗诗意大如海,怀濬这样的神僧就像刘宋僧人杯渡,具有异乎寻常的神通,世人是莫测其由来的。

问:请谈谈唐代禅诗。

答:佛教禅宗在唐代一枝独秀,必然会反映在唐诗中,形成玄远的诗歌意境。怀濬诗以诗寓禅,以禅理禅趣入诗,体现了禅与诗融合的美学境界。元遗山《赠嵩山隽侍者学诗》"诗为禅客添花锦,禅是诗家切玉刀",以诗寓禅,以诗表达悟境,既有意蕴,又具声韵之美;以禅入诗,扩大了诗的内涵,且更能精述禅的趣味与义理。禅属宗教,诗属文学,诗与禅皆重意在言外的旨趣,故禅诗是二妙。禅直指人心,诗心领神会。

安史之乱后禅宗确立,并与诗歌发生了不解之缘。中唐诗僧皎然《诗式》,晚唐司空图《二十四诗品》都借禅来谈诗。禅师以诗明禅,诗人以禅入诗,中唐以来二者得到了很好的互动。致南宋严羽《沧浪诗话·诗辨》总结前人,提出了"以禅喻诗"的理论。

禅宗初祖达摩,讲究"以无门为法门""直指别传"。禅宗的兴起还在于大乘佛学的推动,经本土思想阐发,形成"不立文字,教外别传;直指人心,见性成佛"的灵通,表现出透彻见解和积极实践精神,所以又称心宗,重在妙悟。禅宗有大量生动传说和奇妙偈语,与诗结合,形成了不同于世俗诗的美学特征。禅,强调靠个人心灵去直观悟解,因此形成了纯直觉体悟与内心反思相融合的超越物象的审美方式。这与诗人的精神是相通共鸣的。

问:禅诗与偈语诗有什么不同?

答:偈语诗是和尚的偈语以顺口的方式表达出来,有一定的音韵,便于传播。禅诗是更具诗歌艺术特征的佛教诗。禅诗在艺术形式上与佛教偈语诗有一些前因后果关系,先有僧人的偈语,后有诗人的禅诗。偈语是印度佛典文学的一种样式,传入中国后杂言的偈语受汉语表达习惯的影响,变成了形式整齐的诗歌形式,为了传播佛理需要它更近于通俗诗歌。禅诗发展于中唐以后的禅宗,已完全有别于偈语诗,它造句遣词纯任自然,不同于唐代文人诗讲求格律声病的近体诗歌。偈语诗是明白的传,禅诗是含蓄的悟。

中晚唐社会现实恶化,禅宗兴盛,使得中晚唐诗人深入丛林,与僧人交游,形成文人习禅、隐禅风尚。诗与禅,均以直感为入门途径,最高境界都是超乎理性与感觉的,这是二者共通处。禅诗就是基于此,将二者融合并喻,发出了璀璨的艺术光彩。中晚唐士人出路逼窄,报国无门,转而观照个体的心灵体悟,许多士子到山中幽居问禅,将诗才倾注于悟禅,促进了禅诗的繁荣。

皮日休结局之疑

问：有一个广为流传的说法，晚唐诗人皮日休矫拔流俗，参加了黄巢军队，但后来又被黄巢杀了，真有其事吗？

答：广为流传的说法并不等于真有其事。皮日休参加黄巢军队是事实，乾符二年（875）王仙芝、黄巢反唐后，他从任太常博士的长安返吴，任毗陵（今江苏常州）副使。约于乾符五年中黄巢军队入江浙一带搜求文士之时，皮日休加入了黄巢部队。广明元年（880）十二月，黄巢攻下长安，建号称帝，设文武百官，皮日休被任为翰林学士。据新旧两《唐书》和《资治通鉴》记载，都只言皮日休任翰林学士，而不及以后之事。由于这是朝廷官员变节丑事，正史阙载可以理解。中和三年（883）他曾出现在同官县（今陕西铜川市），这年四月黄巢兵败撤离长安，推测皮日休是北走同官。今天各书厘订他卒于中和三年，不知何据。

有关皮日休任翰林学士后的去向和结局，成了一大疑难，自唐五代及于两宋便纷纭莫定，其原因盖为唐末五代大乱，史料散失，传闻也就蜂起。黄巢杀害皮日休便是传闻中影响很大的一种说法。正史未及翰林学士后之事，可见难以把握确凿材料，采取了阙而不书的审慎态度。

黄巢杀害皮日休之说首见于北宋初钱易《南部新书·丁卷》，其文曰："黄巢令皮日休作谶词，云：'欲知圣人姓，田八二十一；欲知圣人名，果头三屈律。'巢大怒，盖巢头丑，掠鬓不尽，疑三屈律之言，是其讥也，遂及祸。"此说在皮日休结局的传疑中影响最大，扈从者众。如宋人计有功《唐诗纪事》、晁公武《郡斋读书志》、陈振孙《直斋书录解题》、元人辛文房《唐才子传》均采是说。此外，北宋初孙光宪《北梦琐言》、北宋末王谠《唐语林》等则说皮日休"黄寇中遇害"。他们虽未言及遇害之因，但按封建时代的正统伦理观念，"遇害"当指因不与乱军合作而"遇"其"害"，反之，若为唐政府捉杀，那就该称为"被诛""伏诛""伏法"。因此，孙光宪、王谠与钱易等说法均属一致。

对此传闻，颇难服人，盖其原因，有著者维护朝廷脸面的立场，守护封建伦理的需要，伦理崩塌，秩序就解体，故责怪黄巢残忍。另一原因是，黄巢本人有文化素养,曾屡试不第,愤然起义反唐,他对于士儒较为开明,曾搜罗并优待他们为自己服务,从未滥杀士人。对此,封建统治阶级的正史也未能掩盖和歪曲。如《旧唐书·黄巢传》云:

> 僖宗以幼主临朝,号令出于臣下,南衙北司,迭相矛盾,以至九流浊乱,时多朋党,小人谗胜,君子道消,贤豪忌愤,退之草泽,既一朝有变,天下离心。巢之起也,人士从而附之。或巢驰檄四方,章奏论列,皆指目朝政之弊,盖士不逞者之辞也。

又如《新唐书·黄巢传》云:

> 初,军(黄巢军)中谣曰:"逢儒则肉,师必覆。"巢入闽,俘民绐称儒者,皆释,时六年(乾符六年)三月也。儳路围福州……贼入之,……过崇文馆校书郎黄璞家,令曰:"此儒者,灭炬弗焚。"又求处士周朴,得之,谓曰:"能从我乎?"答曰:"我尚不仕天子,安能从贼?"巢怒斩朴。

两个记载可以证实两点:一、黄巢反唐时,许多才识之士都积极参加黄巢部队,积极助黄巢开展宣传,指责朝政腐朽,瓦解朝廷,扩大军队势力。二、黄巢非常尊崇儒士,军中尊儒已成谣谚,唯有像周朴这样极端仇恨黄巢并公然当面詈骂者,才个别地给以镇压。皮日休决非如周朴者流,他参加黄巢反唐出于何因? 是否强从? 由于史料已阙,未能得知。但是从《皮子文薮》中见其不同流俗的忧国忧民意识,"指目朝政之弊"的诗文,他的愤恨、失望,可以推断他恐非出于强入。再说,翰林学士之职,清人黄荣耀,据新旧《唐书》及《资治通鉴》记载,黄巢即位时所赐封的翰林学士加起来唯皮日休、沈云翔、裴渥三人。而黄巢麾下才士儒生很多,皮日休如果是一个怀有贰心强从并不甘心自愿入黄巢部队并为其服务的人,黄巢能赐封以如此显要之职? 它包含着黄巢对皮日休的尊重、信任、爱护之情。据此,要说皮日休存心讥骂黄巢,或已不足信,更还说黄巢竟糊涂到认定皮日休讥刺自己就怒而杀之,这就更令人难以相信了。

其次,古人造符命谶语,必使其带上某种政治象征意义和神秘色彩,以便慑服人心,辅成大事。历史上,秦之陈胜、汉之张角,到明之李闯、清之洪秀全,农民领袖之造符命谶语者,莫不如此。但唯有《南部新书》等所载之"姓田八二十一,名果头三屈律"毫无象征意义和神秘色彩,稍一思索,即知不过为一个浅陋粗俗的拆字谜而已,绝不相类谶词。又皮日休乃冠冕当时才气横溢的诗人,能相信他写出这样水平低下的拆字谜吗? 更有疑者,黄巢自己有较好的文化素养,他要推翻李唐王朝,建立大齐,早就酝酿好了合适的符命。据新旧《唐书》及《资治通鉴》载,黄巢登位封赐皮日休等官职之时,就已经"自陈符命"了。其自陈之符命云:"唐帝知我起义,改元'广明',唐去'丑口'而安'黄',无意令黄在唐下,乃黄泉'日月'也。又黄为土,金所生,故以金王,宜改年为金统"(新旧《唐书·黄巢传》《资治通鉴·唐记》)。在已用如此贴切又富象征意义的符瑞之后,黄巢还令翰林学士写谶词吗?这又是令人难以置信的。

由此看来,所谓皮日休以作谶词被黄巢杀害说,并无确实的根据,古人附从此说者所以众多,乃因为他们出于封建伦理观念,维护社会秩序,不愿意相信皮日休这样著名诗人"从贼"这个事实,处心积虑想从义军与皮日休之间挑出嫌隙来,于是宁愿相信这个漏洞很多的讥谶被杀说。此外,还有例证说明,晚唐诗衰,诗流入小道,形同游戏,所谓拆字诗、嵌字诗等,时有显露,像"田八二十一,果头三屈律"也列入诗道,估计乃好事者为之,正好被不愿相信皮日休"从贼"笃定的人附会利用。

问:谈得有理,介绍了皮日休所谓作谶词被黄巢杀害之说,又反驳了这种说法。那么,皮日休的结局还有其他说法吗?

答:有。关于皮日休下落结局的传说,散见于十多部野史、笔记、诗话等书中,如比照分析,梳理驳杂,归并起来,除上述那种流传最广,影响最大之说而外,尚有三种异说。

一、遁入吴越国依钱镠而终说。此说最早见于宋初陶岳《五代史补·卷一》"杨行密钱塘侵掠"条。文曰:"天复二年(902),杨行密令田頵围钱塘,頵遣使入城候钱镠起居,镠厚待之。将行,镠设宴招待使者,'时罗隐、皮日休在坐。'"稍后于陶岳的尹洙(师鲁)为皮日休之曾孙皮子良作墓志铭,更确凿地说,皮日休"避广明之难,徙籍会稽,依钱氏,官太常博士,赠礼部尚书"(《大理寺丞皮子良墓志铭》)。此说陆游等从之,并据以为力辩皮日休未从黄巢之事。

二、死于南粤之说。倡此说乃明人胡应麟。他在《诗薮·杂编卷四》中说:"皮日休,晚终南粤。一说谓造谶文,黄巢杀之,非也。"与此说相差不多,或云流寓宿州(今安徽宿州市)以终,墓在濉溪北岸(《宿州志》)。

三、黄巢事败皮日休"被诛"说。《该闻录》云:"皮日休陷黄巢为翰林学士,巢败,被诛。"《该闻录》原书已佚,引文是从陆游《老学庵笔记》记述引录。"被诛",按封建时代文士用语的习惯,乃指犯罪者被朝廷政府处决,另一种解释可以是战争中被唐军杀死。

对这后三种说法,我的看法如下:

关于遁入吴越国之说,是难以成立的。据陶岳所云,若查《吴越备史》,则可见杨行密令田頵围钱塘事发生在天复二年(902)，其时黄巢反唐已约二十年，皮日休如当时确曾避祸入于弹丸吴越，并当了钱镠的官吏，吴越国却无人知此事，只有北宋人陶岳知道，这是令人费解的。由吴越国入北宋的范坰、林禹二人所修之《吴越备史·卷三》，言皮日休之子皮光业之事迹颇详，连去世年月日和享年六十七岁都记得清清楚楚，而对乃父却只说："父曰休有盛名，为苏州军事判官，太常博士。"这两个官职都是皮日休入义军前所担任。设若皮日休确曾入吴越投钱镠为官，范坰、林禹二人不会毫无所知。此外，《南部新书》的作者钱易，是吴越王钱俶之侄，随叔父降宋。他对吴越国旧闻掌故知之很详，如果皮日休终老于钱塘，钱易何以对这位身为吴越宰相皮光业之父的名人竟不知其晚仕于吴越，反而要取作谶被害之说载入《南部新书》？由此推知，陶岳《五代史补》中那条孤独的记载，很可能是旁听得来的。此外，尹洙在墓志中载皮日休依钱镠任太常博士一事，著名学者萧涤非在《皮子文薮》点校本后记中已确证其实不可靠。因之，遁入吴越国依钱镠之说是难以服人的。当然是否至浙江依钱镠仍然有疑，其后人何以都留在吴越国？这也是须进一步查考的。

关于"死于南粤"说，这是明人胡应麟极简略的一语，毫无其他涉及的说明，不知出自何据，殊难令人直接置信。

问：嗯，排除了上三种说法之后，看来是这最后一种"被诛"说了。

答：你说得有道理，你用这"排除法"的间接论证来作推断，可是须知我提的四种说法仅就目前学术界的看法，是否还有新的看法未周延在内呢？所以还是不能作肯定的判断。我只能说，这四种说法中，"被诛"说的可信程度较大。记载皮日休"巢败被诛"的《该闻录》虽早已佚失，但《新唐书》既取其说，记皮日休为黄巢的翰林学士，而《旧唐书》与《资治通鉴》的记载也正好与此相符，这就大大提高了可信程度。又《唐大诏令集讨草贼诏》记唐僖宗乾符四年即有诏令，对兵将逢寇不追、临阵不战等都要"勘寻"，准军法处分。那么，文职官员从黄巢，那就是精神从贼，处分之严就更不必说了。若从黄巢败后的情况来看，唐军兵收复长安后，对于"陷贼"的人员报复是极其凶狠的，许多"陷身"于黄巢军队的皇族、宫嫔、命妇都被僖宗亲自问罪，律以斩杀，许多屈膝的官僚也被杀了头。皮日休参加黄巢叛唐数年，又任显职，唐王朝必对他恨之入骨，则其不被追查侥幸获免的可能性就很小。同样，令人奇怪《新唐书》何以为与皮日休齐名的好友陆龟蒙作传，单单不为皮日休作传，疑其视之为"叛臣"的原因吧。因此，从四种下落结局之疑来看，此说较能服人。

但是，我最后还得说，这决非等于定论。见仁见智，还是承认它都各有偏执的理由。

问：谢谢。我已清楚皮日休结局，我也倾向被诛说。

答：作为进士出身的朝廷官员，皮日休从黄巢，在封建社会是犯上作乱的大事，在初盛唐完全不敢想象。这是维护正统与伦理的大事，故史载极多，各有角度。当然也反映了中唐以后社会之变，儒家传统重血缘人伦以维护社会秩序的观念被部分士人抛弃了，古老价值观在中晚唐的溃败，贵族精神断裂。而社会可能处于空白期，新的价值观有待宋以后重建也确实重建了（如新道统理学）。晚唐平民士子对贵族价值观的抛弃的同时也没有了方向感，社会亟待新的价值观统一思想，而新价值观尚未建立，这是典型的乱世，出现黄巢，出现皮日休都不足为怪。你以为怎样？斗转星移，在二十世纪初，皮日休矫拔流俗的叛逆得到了鲁迅的回应，被赞誉为唐末"一塌糊涂的泥塘里的光彩和锋芒"。

我并不赞同。"皮日休现象"其实反映的是一场士人对贵族价值与道德的背弃。这种背弃是可怕的，它的结果就是结束贵族社会，使历史从此进入平民时代。所谓"一塌糊涂的泥塘"正是这一结果。晚唐的问题是传统价值观道德观的整体崩溃，被平民士子整体抛弃，这才是那一"泥塘"的现实，完全没有"光彩"。这一历史趋势，延至明代，朱元璋以强权有目的有计划地对普遍道德价值标准篡改。传统价值观几被摧毁，所以说，明以后再无唐以前的中国，那是以贵族价值观道德观为核心维系的社会。与晚唐士人的普遍背弃相比，杜甫是捍卫者，是安史之乱后整个社会不可逆转地变为一潭烂泥塘里的"光彩和锋芒"。杜甫与皮日休，一个是捍卫，一个是抛弃。这几可概括中晚唐士子的两种人生与道德价值。

关于罗邺的佚诗《蛱蝶》

问：从国外发现的佚诗中，有哪些引人注意的诗作？

答：一时难以说清，那是一部高丽本《十抄诗》与《夹注名贤十抄诗》，其中录出唐人佚诗一百余首，有白居易、杜牧、皮日休等名诗人佚诗，这里我只是介绍晚唐三罗之一罗邺的一首《蛱蝶》：

> 草色花光小院明，短墙飞过势便轻。
> 红枝袅袅如无力，粉翅高高别有情。
> 俗说义妻衣化状，书称傲吏梦彰名。
> 四时羡尔寻芳去，长傍佳人襟袖行。

问：这首诗也没有什么特征吧？

答：是的，但是在"俗说义妻衣化状"，有夹注于此曰：《梁山伯祝英台传》录如下：

> 大唐异事多祚瑞，有一贤才自姓梁。
> 常闻博学身荣贵，每见书生赴选场。
> 在家散袒终无益，正好寻诗入学堂。云云。
> 一自独行无伴侣，孤村荒野意徘徨。
> 又遇未来时稍暖，婆娑树下雨风凉。
> 忽见一人随后至，唇红齿白好儿郎。云云。
> 便导英台身姓祝，山伯称名仆姓梁。
> 各言抛舍离乡井，寻师愿到孔丘堂。
> 二人结义为兄弟，死生始终不相忘。
> 不经旬日参夫子，一览诗书数百张。
> 山伯有才过二陆，英台明德胜三张。

山伯不知她是女，英台不怕丈夫郎。

一夜英台魂梦散，分明梦里睹爷娘。

惊觉起来情悄悄，欲从先返见父娘。

英台说向梁兄道，儿家住处有林塘。

兄若返后回玉步，莫嫌情旧到儿庄。云云。

返舍未逾三五日，其时山伯也思乡。

拜辞夫子登歧路，渡水穿山到祝庄。云云。

英台缓步徐行出，一对罗襦绣凤凰。

菌麝满身香馥郁，千娇万态世无双。

山伯见之情似□，□辨英台是女郎。

带病偶题诗一绝，黄泉共汝作夫妻。云云。

因兹□□相思病，当时身死五魂扬。

葬在越州东大路，托梦英台到寝堂。

英台跪拜哀哀哭，殷勤酹酒向坟堂。祭曰：

君既为奴身已死，妾今相忆到坟傍。

君若无灵教妾退，有灵须遣冢开张。

言讫冢堂面破裂，英台透入也身亡。

乡人惊动纷又散，亲情随后援衣裳。

片片化为胡蝶子，身变尘灰事可伤。云云。

问：这是梁祝的完整故事，它的价值何在？

答：这需要说一说罗邺。据《唐摭言》载："罗邺，余杭人，家富于财，父则，为盐铁小吏，有子二人，俱以文学干进，邺尤长七言诗。时宗人隐，亦以韵律著称，然隐才雄而粗疏，邺才清而绵致。咸通中，崔安潜侍郎廉问江西，志在弓旌，竟为幕吏所阻。既而南就督邮，因兹举事阑珊，无成而卒。"《全唐诗》小序也说他乾符三年(876)入许州幕府，贯休有送罗邺赴许昌诗。晚年从军塞北，赴职单于都护府，抑郁而终。光化三年(900)韦庄奏请追赐进士及第，赠官补阙。《新唐书·艺文志》著录《罗邺诗》一卷，已散佚，今存明人辑罗邺诗一卷。在《全唐诗续补遗》中，有三首补遗。但这次由查屏球先生从韩国《十抄诗》中又录出罗邺佚诗九首，《蛱蝶》是其中一首，诗无甚可评说，但《夹注名贤十抄诗》在此诗"欲说义妻衣化状"的夹注，注出了这首《梁山伯祝英台传》的诗，值得注意。这首夹注诗的形成已无可考，但《夹注名贤十抄诗》形成的时间可以肯定在1200年前左右。这同样可以肯定，夹注诗是现存的最早完整表现梁祝故事的叙事诗了。

问：梁祝故事是怎样来的？

答：它实际上是由其他故事演变而来的。早在汉末，类似生死相许故事的叙事模式就已出现并于民间流传，故事结局又合汉人合葬的美好愿望与理想观念，也因此受到历代文人传讲。曹丕《列异传》就记有战国韩凭夫妇殉情合墓的故事，"韩凭夫妻死，作梓，号曰相思树"。汉末民间《孔雀东南飞》的故事主轴也类似。到了东晋干宝《搜神记》韩凭夫妇故事更为丰满：

> 宋康王舍人韩凭娶妻何氏，美，康王夺之。凭怨，王囚之，论为城旦。妻密遗凭书，缪其辞曰："其雨淫淫，河大水深，日出当心。"既而王得其书，以示左右，左右莫解其意。臣苏贺对曰："其雨淫淫，言愁且思也；河大水深，不得往来也；日出当心，心有死志也。"俄而凭乃自杀。其妻乃阴腐其衣，王与之登台，妻遂自投台，左右揽之，衣不中手而死。遗书于带曰："王利其生，妾利其死，愿以尸骨赐凭合葬！"王怒，弗听，使里人埋之，冢相望也。王曰："尔夫妇相爱不已，若能使冢合，则吾弗阻也。"宿昔之间，便有大梓木生于二冢之端，旬日而大盈抱，屈体相就，根交于下，枝错于上。又有鸳鸯，雌雄各一，恒栖树上，晨夕不去，交颈悲鸣，音声感人。

东晋南渡后，社会悲情，这一故事受到了文人青睐，赋予新意，依托江南附会出了真正的梁祝故事。本是符合汉民族愿望的一个生死相许的爱情悲剧，因为亡国，南北分裂，而具有了深刻的历史意涵。一般而言，文人的赋咏议论，下笔时多少会受时代思潮与个人情感的左右，梁祝故事的出现正是如此，通过它的流变可以管窥一个时代的思潮，了解文人的情感，故事蕴含的隐微旨趣。所以它是很有汉民族情感特色和思维特征的故事。

问：哦，梁祝流传还与汉民族失国的忧伤有关，真是新见。那么后来梁祝的故事是如何流传的呢？

答：最初流传的文字并不见诸史料，目前能见到的最早的文字是初唐梁载言的《十道四蕃志》："义妇祝英台与梁山伯同冢。"到了晚唐张读《宣室志》才有较为完整的梁祝文本。关于梁祝故事我们可作梳理如下：

1. 东晋，梁祝故事的形成期。近人蒋瑞藻（1891—1929）最早提出梁祝传说产生在东晋，所据是辗转引述的宋徽宗大观间明州知事李茂诚的《义忠王（梁山伯）庙记》。今人钱南扬也肯定说："这个故事托始于晋末，约在西历四百年光景，当然，故事的起源无论如何不会在西历四百年之前的。至梁元帝采入《金楼子》，中间相距约一百五十年。所以这个故事的发生，就在这一百五十年中间了。"

2. 萧梁，梁元帝萧绎《金楼子》已有记载。晚明徐树丕《识小录》："按，梁祝事异矣！《金楼子》及《会稽异闻》皆载之。夫女为男饰，乖矣。然始终不乱，终能不变，精神之极，至于神矣，宇宙间何所不有，未可以为证。"但萧绎《金楼子》早已焚毁，现存《金楼子》系辑本，并无"梁祝事"的记载。徐树丕所见《金楼子》是原书还是辗转所得，无从查考。

3. 初唐，梁载言《十道四蕃志》是现存最早的"梁祝事"文字记载。据宋人张津《四明图经》："义妇冢，即梁山伯祝英台同葬之地也。在县西十里'接待院'之后，有庙存焉。旧记谓二人少尝同学，比及三年，而梁山伯初不知英台为女也。其朴质如此。按《十道四蕃志》云：'义妇祝英台与梁山伯同冢'即其事也。"

4. 晚唐，李蠙《题善权寺石壁》。据明《善权寺古今文录》录李蠙《题善权寺石壁》文："常州离墨山善权寺，始自齐武帝赎祝英台产之所建，至会昌以例毁废。唐咸通八年，凤翔府节度使李蠙闻奏天廷，自舍俸资重新建立。……"李蠙，宣宗时人，《题壁》写于懿宗咸通八年(867)。又，宋《咸淳毗陵志》二十五："广教禅院在善卷山，齐建元二年(480)以祝英台故宅建。唐会昌中废，地为海陵钟离简之所得，至大和中，李司空蠙于此皆榻肄业后，第进士。咸通间以私财重建，刻奏疏于石。"

5. 晚唐，张读《宣室志》。清人翟灏《通俗编》卷三十七"梁山伯访友"条所引张读《宣室志》，是至今发现最早的完整梁祝故事，出现了"同装""同窗""同葬"等主要情节。但此条有疑，并不见于张读《宣室志》，不知清人翟灏《通俗编》所引出于何种版本。这是今人争议的焦点。

6. 北宋，完成了梁祝传说的具体化真实化。大观元年(1107)明州(浙江宁波)知府李茂诚《义忠王庙记》(又称《梁山伯庙记》)，对梁祝的籍贯、生卒年月、故事情节及身后传说作了充分的史实固定。

一个奇特现象，从初唐到南宋，故事发生地明确浙江，各地方志均无梁祝记载。即便有外地古籍说到梁祝，也指明是发生在浙江，如清代宜兴人邵金彪《祝英台小传》，就说明梁山伯"为鄞令"，葬在"清道山下(宁波姚江边)"，所以宁波为梁祝故事的故乡。何以如此？这就要回到前面，东晋衣冠南渡，大量北方冠冕巨族南迁江南，他们也把北方流传的韩凭夫妇的悲情故事带到了浙江地区，这一悲情又与失去家园的悲情相激荡演变成了梁祝故事。又何以只出现浙江？南渡的文化衣冠，与江南巨室不融，在江南围垦豪族的挤压下再迁泊浙东南的绍兴、宁波，致使寄托北人情怀的梁祝发生于浙江。何以这些故事能引人感兴，无一例外都受到外力的破坏，恶势力对美好事物的摧残，而东晋南北分裂的现状正是如是，于是故事"合墓"的理想成了南渡文化贵族复国的精神寄托与感情隐喻。另外，在北方士族南渡以后，与江南地方豪族的融合也是一个艰难的过程，不排除，甚至有许多类似梁祝的南北青年男女，因门阀、家庭背景诸多因素干扰，产生的婚姻悲剧，这更是梁祝故事产生于江南的现实基础。

问：经你这番释解，我对这一问题算是通脱了。我发现李商隐也写过"蛱蝶"，咏韩凭夫妻事，是吗？

答：是的，唐人写"蛱蝶"的诗很多。其实早在萧梁时期，萧纲的《咏蛱蝶》诗"复此从风蝶，双双花上飞。寄与相知者，同心终莫违"，已与两情相悦关联，为"化蝶"打下了寄寓的文化基础。中唐卢仝《萧宅二三子赠答其十七·蛱蝶请客》："粉末为四体，春风为生涯。愿得纷飞去，与君为眼花。"晚唐吴融《蛱蝶》："两两自依依，南园烟露微。住时须并住，飞处要交飞。"均写出了不离不弃相互交欢的旨趣。李商隐也正是抓住蛱蝶的这一意蕴来咏韩凭夫妻事，《青陵台》："青陵台畔日光斜，万古贞魂倚暮霞。莫讶韩凭为蛱蝶，等闲飞上别枝花。"青陵台，战国宋康王令韩凭筑者，韩凭自杀，其妻登台自投而死，青陵台成了坚贞爱情的象征。诗中"别枝"是韩凭夫妇精魂所化的相思树。此诗首次出现了韩凭化蝶，将传统鸳鸯改写为了蛱蝶，使得生死相随的"相思树""鸳鸯""蛱蝶"一脉相承，由化树而化鸟而化蝶，这种精魂不灭的观念又为梁祝最终化蝶打下了基础。李商隐不只一首而是多首强化"化蝶"的意象，如《蜂》"青陵粉蝶休离恨，长定相逢二月中"，《蝇蝶鸡麝鸾凤等成篇》"韩蝶翻罗幕"的"韩蝶"。

罗邺《蛱蝶》"俗说义妻衣化状"不仅证明了梁祝首次进入了唐诗，它的夹注更是明确了梁祝故事首次以叙事诗的面目出现于晚唐五代。

问：我有两个问题，一、你何以证明罗邺《蛱蝶》是写梁祝的？"义妻"，韩凭妻殉情也当得。二、你何以认为夹注诗《梁山伯祝英台传》属于晚唐五代？

答：有意思的诘难，说明你在步步深入思考问题。先解你第一个疑问。夹注本在题下云："《十道志》：明州有梁山伯冢，注：义妇竺英台同冢。"梳理梁祝故事来源，除说明与罗邺诗中"义妻"相合，同时，清康熙《鄞县志》引北宋大观元年（1107）明州知府李茂诚《义忠王庙记》，指出梁祝故事的传言的发源地为浙江鄞县，梁山伯庙，又名"义忠王庙"始建于397年。南宋乾道五年（1169），张津《乾道四明图经》亦证："义妇冢，即为梁山伯祝英台同葬之地也。在县西十里接待院之后，有庙存焉。……按《十道四蕃志》云：'义妇祝英台与梁山伯同冢'，即其事也。"清乾嘉经学家焦循《剧说》卷二引宋元之际人刘一表《钱塘遗事》，鄞县西十里接待寺后有梁祝墓。综合诸端，鄞县又离余杭人罗邺故乡不远，他完全能将流传故乡民间自己又熟知的梁祝典事化用诗中，而不会去写韩凭事。

梁祝化蝶情节,世人多认为最终是清人邵金彪《祝英台小传》完成的。佚诗《蛱蝶》及夹注《梁山伯祝英台传》的发现,证明在晚唐就已"化蝶"。《蛱蝶》"俗说义妻衣化状,书称傲吏梦彰名","衣化状"为义妻衣裙化为蝴蝶状,对照夹注末句有"片片化为胡蝶子,身变尘灰事可伤"可为互证。还可参证南宋咸淳四年《咸淳毗陵志》:"祝英台读书处,号'碧鲜庵'。皆有诗云:'蝴蝶满园飞不见,碧鲜空有读书坛。'俗传英台本女子,幼与梁山伯共学,后化为蝶。"最后,诗中"书称傲吏梦彰名",直指鄞县令梁山伯。所以罗邺诗写梁祝没问题。

问:第二个问题,罗邺《蛱蝶》诗引出的夹注梁祝故事,如你所言,其意义很可能为最早写梁祝故事的叙事诗。那么诗为何人何时所作呢?

答:好的,下面解你第二个疑难。夹注诗作者已无考。它什么时候流入朝鲜,中晚唐时,贾岛吊孟郊诗就有"冢近登山道,诗随过海船",唐代名诗人诗作就随中外交往传入异国,白居易作品当时在新罗(朝鲜)影响很大,元稹《白氏长庆集序》云:"鸡林贾人求市颇切,自云:'本国宰相每以百金换一篇,其甚伪者,宰相辄能辨别之。'"罗邺的诗作自然也就流入新罗,也带走了梁祝叙事诗。

高丽统一朝鲜后,在五代后周显德五年(958)行科举制,以诗文取士,再次使得中晚唐诗人的诗歌大量流入,白居易、杜牧、雍陶、罗邺等人的诗,被编为《十抄诗》供举子习读。晚唐叙事诗《梁山伯祝英台传》也随之流入。

诗的起始用"大唐",是唐文书中习用称谓,可参证为一首佚失的唐人长诗,中晚唐叙事长诗已在元、白开了先河,至晚唐韦庄叙事诗《秦妇吟》流传影响而极盛,推测很可能它是晚唐作品。

中晚唐叙事诗形式与唐传奇形式相得益彰,相互影响,相互转述是不争的事实,梁祝在中晚唐故事已成型,可参证清人翟灏《通俗编》所引张读《宣室志》:

> 英台,上虞祝氏女,伪为男装游学,与会稽梁山伯者同肄业。山伯,字处仁。祝先归。二年,山伯访之,方知其为女子,怅然如有所失。告其父母求聘,而祝已字马氏子矣。山伯后为鄞令,病死,葬鄮城西。祝适马氏,舟过墓所,风涛不能进。问知山伯墓,祝登号恸,地忽自裂陷,祝氏遂并埋焉。晋丞相谢安奏表其墓曰"义妇冢"。

叙事诗《梁山伯祝英台传》除末句多了"化蝶"情节外,其他内容与《宣室志》梁祝完全一致,亦可证二者同时出现于晚唐。罗邺诗"俗说义妻衣化状",又与《梁山伯祝英台传》末句"片片化为胡蝶子,身变尘灰事可伤""化蝶"结局一致。

所以综合上述,从晚唐民间故事流传的程度,从晚唐叙事诗、唐传奇流行的背景看,梁祝的故事在文人诗、传奇、民间叙事诗三种文体之间流转,相互转述,分别造就了张读《宣室志》、罗邺《蛱蝶》与无名氏《梁山伯祝英台传》。

问:这首诗能与《长恨》《琵琶》《秦妇吟》等优秀叙事诗相比吗?

答:显然这首诗的语言艺术表现力是不及的,不是出于名诗人之手,但语调有民间气息,语言直朴,它重在故事叙述的完整性,诗意的描写少,推测它可能出自一位民间诗人。在唐末佛经唱词普及的影响下,以及诗中多处出现"云云",很可能是讲唱结合的变文形式,供民间演唱,相对于变文,它又是以诗的形式为主体的。从风格上判断,诗可能诞生在晚唐入五代之间。

黄巢的结局之疑

问：史学的笔记，对黄巢的结局都提出不同的论断吗？

答：是的，想你是看了一些记载。

问：不，未见过，只是听说，具体情况如何呢？

答：好，我就说吧。黄巢是曹州冤句（今山东菏泽西南）人。少时贩私盐，性任侠，善骑射。曾应进士举，不第。乾符二年（875），率众响应王仙芝叛唐，后继仙芝为领袖。他的《题菊花》云："飒飒西风满院栽，蕊寒香冷蝶难来，他年我若为青帝，报与桃花一处开。"又《不第后赋菊》云："待到秋来九月八，我花开后百花杀。冲天香阵透长安，满城尽带黄金甲。"皆托物言志。反唐十年中，曾攻占长安，建立政权。然而他失败后的结局如何？至今说法仍存歧异。

一说是见于正史记载，是杀害的，但又分被杀与自杀两种。《旧唐书·黄巢传》云："黄巢入泰山，徐帅时溥遣将张友与尚让之众掩捕之，至狼虎谷，巢将林言斩巢及二弟邺、揆等七人首并妻子皆送徐州。""被杀说"在敦煌残卷中也透露了黄巢死亡的蛛丝马迹。敦煌文书里有一件《肃州报告·黄巢战败等情况残卷》记录："其草贼黄巢被尚让杀却，于西川进头。"只是斩巢者有分歧，一是外甥林言，一是其二号人物尚让。司马光写《资治通鉴》也从此说。史家此说并不给黄巢留情面。后者自杀说见于《新唐书·黄巢传》云："巢计蹙，谓林言曰：'若取吾首献天子，可得富贵，毋为他人利。'言，巢甥也，不忍，巢乃自刎。"不知何故，《新唐书》以自杀给予了一代枭雄一定的尊严。

另一说是几种笔记的记载和民间传说，都认为黄巢兵败后并没有死，而是遁入空门为僧，结果善终的。如倡此说的陶毅所著《五代乱离记》说："黄巢遁免，后祝发为浮屠，有诗云：'三十年前草上飞，铁衣著尽著僧衣。天津桥上无人问，独倚危栏看落晖。"又如邵博著《邵氏闻见后录》云："《唐史》中和四年六月，时溥以黄巢首上行在者，伪也。东西两都父老相传，黄巢实不死，其为尚让所急，陷泰山狼虎谷，乃自髡为僧得脱，往投河南尹张全义，故巢党也。各不敢识，但作南禅寺以舍之。"邵博还述及,他几次至南禅寺游,见壁上画有黄巢衣僧衣之像,"其状不逾中人,唯正蛇眼为异耳";寺中"更有故写其绢本尤奇,巢题诗其上云:'犹忆当年草上飞,铁衣脱尽挂僧衣。天津桥上无人识,独凭栏干看落晖。'"还有南宋人张端义的《贵耳集》云:"黄巢后为缁徒,曾住大刹,禅道为丛林推重。临入寂时,指脚之下有'黄巢'二字。"几种笔记所记大体相同。但是,也有人对上述记载持疑。如南宋末年的赵与时。他在《宾退录》说所谓黄巢题诗原是取诗人元稹的两首《智度师》诗,"窜易磔裂,合二为一"的伪作。元稹原诗之一为:"四十年前马上飞,功名藏尽拥禅衣。石榴园下擒生处,独自闲行独自归。"诗之二为:"三陷(史)思明三突围,铁衣抛尽纳禅衣。天津桥上无人识,闲凭栏杆望落晖。"赵与时疑黄巢题诗乃元稹二诗的捏合,是黄巢捏合,还是他人捏合,持疑者未明言,对黄巢的生死结局也未涉及。

问:都有道理,是信史书呢,还是信笔记? 看来还是信史书可靠了。

答:这很难说。同时代的新罗人崔致远的《桂苑笔耕录》记载唐将时溥引诱黄巢军中投降将领把黄巢杀死的。宋人刘是之《刘氏杂志》更言之凿凿,五代有个高僧法号翠微禅师,此人就是黄巢。黄巢兵败后遁入空门的记载只见于宋人,至今极少人提及此事,大都称为自杀,如《隋唐史纲》《黄巢起义考》《辞海》都如是说。可是仔细想来,既有离黄巢活动较切近的宋人记载,谅必非无因。我还想引一则记载,阿拉伯商人苏莱曼(Sulayman),唐大中五年(851)东游中国、印度等地,著了一本《东游记》,他的第二卷有记载,引译如次:

> ……黄巢毁坏了汉府以后,继续着把所有的城一个个毁坏。中国王就匆忙逃走,当黄巢进入京城时候,这京城名叫户姆丹(humdan 西安),中国王逃到与西藏相近处的一个城,名叫马都(madu 成都),在那儿住下。

> 乱事继续,乱党势力日益扩大。黄巢的意志,和他所预定的计划,……后来,他的计划居然实现了,他做了中国的王,直到现在我们写这部书的时候,公元九一六年。

> 黄巢维持着他的权威,直到后来中国王送信给住在土耳其邦里的托古司奥古司(toguz-oguz)王的那一天。中国与它是邻国,两国王族是有联结的,中国王派遣钦差去求托古司奥古司王来解除叛乱,托王就派他的儿子来打黄巢,带领了一支大兵(据马司乌提(MaSudi)说,共有骑步兵四十万人)军械军需都有,经过了长时期的战争与猛烈的战斗,黄巢就消灭了。有人说他是杀死的,也有人说他是病死的……

可见当时对黄巢的结局都是在"有人说"的传疑中。应该说，当时人记当时事，这本游记更切近黄巢结局之事。宋人罗大经《鹤林玉露·卷二》更有"盗贼脱身"明示"自古盗贼，如黄巢，侬智高，败绩之后，皆能脱身自免。巢髡发为僧，题诗自赏，有'铁衣著尽著僧衣'之句。智高败后，惟金龙衣在，或谓入海，或谓奔大理国"。历代的封建统治者为讳避计，也许有意把"黄巢为僧"的事掩盖而显示其镇压的力量。看来，要弄清黄巢结局之疑，仍需要作继续研究探索。

问：学术的探索还是审慎些为好。

答：对，尽管人们已倾向于相信被杀说，也还不应排除继续研究。黄巢盐商家庭出身，在唐代重儒轻商的社会里商人地位极其低下，几属贱民版籍，黄巢成年后，努力改变出身却屡试不第。不仅是他，中晚唐后期大量举子都无法改变自我命运，社会提供的出路，只有三条：或科举、或入幕、或幽居。科举、入幕均满足不了士人的需求，多数失意者选择隐居避世，这个黄巢选择的却是造反，极其卑微的地位使得他的反抗越是强烈暴戾，对社会报复越是残忍。为何史籍、笔记、传说对他这类人的结局有差异那么大的说法？历代均是如此，他们确实颠覆了伦理，破坏了社会秩序，这是有违传统道德的乱臣贼子，正史记载都是正法，或自杀谢罪，或他杀伏诛。而民间社会则或是逃死匿踪宽谅，或是遁入空门向善，社会对叛逆者几多同情。晚唐传统价值观崩塌，乱世社会失意士人有此认识亦不足为奇。当然人心立场不同，各自说法相异，都无确凿证据，黄巢结局或已成千古之疑？

补充一点，晚唐的崩溃，道德体系礼崩乐坏，还是平民崛起，贵族式微之结果。平民士人大量充斥朝堂，对古老价值观的抛弃，使得社会根本改变。一个王朝维系其存在的道德体系被抛弃，其灭亡就不远了。贵族价值观的丢失，昭示着平民时代的来临，这就是晚唐现实。像黄巢这样的士人，本想进入封建体制内，但努力而未得，其背叛就是必然，只不过来得比别的士人更加激烈极端。黄巢只是一例，而真正动摇唐王朝的力量还是平民士人温和的整体背叛。

关于"商女不知亡国恨"之疑

问：杜牧《泊秦淮》中"商女"是歌女吗？

答：且看《泊秦淮》原诗：

> 烟笼寒水月笼沙，夜泊秦淮近酒家。
> 商女不知亡国恨，隔江犹唱后庭花。

对于"商女"，不少注家都以为是"歌女"。如李长路《全唐绝句选释》注云："商女，卖唱歌女。"又说："此歌女乃扬州歌女在秦淮商人舟中。"而《唐诗鉴赏辞典》说："商女，是侍候他人的歌女。"歌女之说，其源盖出于陈寅恪《元白诗笺证稿》有云：

> 此商女当即扬州之歌女而在秦淮商人舟中者。……此来自江北扬州之歌女，不解陈亡之恨，在其江南故都之地，尚唱靡靡之音，牧之闻其歌声，因为诗以咏之耳。此诗必作如是解，方有意义可寻，后人昧于金陵与扬州隔一江及商女为扬州歌女之义，模糊笼统，随声附和。推为绝唱，诚可笑也。

为什么这个商女必须是扬州来的呢？是否因为白居易《盐商妇》诗有"本是扬州小家女，嫁得西江大商客"就断定杜牧于船上听到唱曲子的商女，一定是嫁给秦淮船上大盐商的扬州女子吗？这是令人疑惑的。况且，杜牧之诗并未说这个商女是在船上唱曲，又何以知她在秦淮商人的船上，如果商女真在秦淮商人船上唱，杜牧何以又是隔江听到的呢？这逻辑是推不通的。

关于"商女"究竟是什么人？杜牧之前，白居易有诗《读张籍古乐诗》："读君商女诗，可感悍妇仁。"但张籍此诗已逸，我们已无法得知商女的真面目，人们之所以判断她是歌女，大概是从诗中有"酒家"，唱《后庭花》曲子等。我想，还应再谈一些"商女"的资料。

刘禹锡《夜闻商人船中筝》诗："扬州布粟商人女。"这当然可能也是陈寅恪

"商女"即"扬州歌女"所本。因为杜牧诗中有"歌曲",刘禹锡诗中有"扬州",甚至还可以推论,扬州本歌舞繁华之地,怎知扬州商女不是扬州歌女呢?宋词人贺铸《水调歌头》:"楼外河横斗挂,淮上潮平霜下,樯影落寒沙。商女篷窗罅,犹唱《后庭花》。"显然是用杜牧诗,商女是指商船上的女子。证明"商女"与"酒家"无必然联系,那以为"商女"是"酒家"的卖唱女,并非正确。

五代人孙光宪有《竹枝》云:"门前春水白萍花,岸上无人小艇斜。商女经过江欲暮,散抛残食饲神鸦。"这里的"商女",毫无迹象证明是"歌女",因"歌女"不在酒楼歌馆,却来此江村饲神鸦?情理难通,按此诗看,古代交通困难,靠船舟相济的多,商船来往江上是寻常事,此女是"商船上的女子",闲散无聊地抛食饲鸦,诗人捕捉到了这个镜头。

宋人刘攽《中山诗话》载叶桂女咏江州琵琶亭诗:"乐天当日最多情,泪滴青衫酒重倾。明月满船无处问,不闻商女琵琶声。"此诗乃咏白居易《琵琶行》本事。提到的"商女"即"商人的妻眷"。

毋庸举例,在唐诗中,以商人娶纳妓女为妻妾的记述是很多的,这是社会风习使然,《琵琶行》是典型的例子,歌妓年老色衰最后结局就是嫁与漂泊无定的商人,再底层的贫民不嫁,而下层文士又不娶,这应该是歌妓到商女的定位。而这些公众女子层次不同,出路也不同,如唐代宫女的境遇就要好许多,她们离宫,文士多愿接受她们身份。女诗人刘采春《啰唝曲》之三:"莫作商人妇,金钗当卜钱。朝朝江上望,错认几人船。"采春是名歌妓,《啰唝曲》六首全是唱嫁与商人的不幸遭遇,是很有代表性的。即以前举白居易《读张籍古乐府》,虽还不可能得见,张籍所叙之商女,但从白诗上下句"商女""悍妇"的关联,约略也是不幸妓女被纳妾的遭遇。

所以,综览上述有关"商女"的记述推测,杜牧《泊秦淮》中的"商女",可能是一位青楼歌妓出身,请注意,仅仅是歌妓出身,而唱《后庭花》的身份,却已是"商人妻妾"的眷属了。陈寅恪等人的"扬州卖唱歌女"说,均是想当然的错解。

我们可以想象此时杜牧所见乃是对岸船上商人家眷唱自己歌女生涯的曲子,那份亡国之音,那份商女的忧伤,这双重的凄然,让"隔江"停泊秦淮河的诗人无限感兴。江南是汉人最后的庇护所,江南破,就是汉民族破,所以诗人特别敏感。这边是诗人近酒家的灯红酒绿,对岸是一片漆黑中的商船歌声,秦淮两岸鲜明的对比在诗中高度统一。从现实看,或许是对岸酒家灯火,唤起了商女记忆,不觉唱起了当年的《后庭花》,在商女是无意识,而在诗人则多了一份哀婉。

问:啊,是这样吗,那么杜牧此诗的意图安在?
答:读此诗前二句写时间地点的景物环境,易解。三、四句意为对岸水边商船上隐隐传来《玉树后庭花》的歌声,唱歌的商女可不知这是当年南朝陈后主亡国前不祥的歌声!据崔令钦《教坊记·曲名表》中有《后庭花》,可见唐代此歌还在醉生梦死中唱着。杜牧生活在衰颓的晚唐,忧念时事而感应歌声,写出一叶知秋的预言,是他的意图所在。《唐诗正声》吴逸一评曰:"国已亡矣,时靡靡之音深入人心,孤泊骤闻,自然兴慨。"刘永济《唐人绝句精华》说得更切实一点:"三句非责商女,特借商女犹唱《后庭花》曲以叹南朝之亡耳。六朝之局,以陈亡而结束,诗人用意自在责陈后主君臣轻荡,致召危亡也。"他忽略了诗人身处晚唐主观上忧念时事的兴慨,是必须指出的。

最后尚需补说一点,陈寅恪等人的错误说法还建立于以后人的地理观念来解诗,所谓"隔江"乃指的秦淮河,不是长江。这样,扬州也不是陈寅恪说的"江北扬州",而是金陵。扬州郡的治所一度在此。三国时魏吴各置扬州,魏的州治定在寿春(安徽寿县)。吴的治所在建业(江苏南京)。西晋灭吴后,两个扬州合二为一,治所定在建业。隋开皇九年改吴州为扬州,总管府仍设在丹阳(今南京)。唐武德八年才将扬州治所移至江北。所以扬州的富庶繁荣在不同语境中也是指金陵的。陈寅恪等人的"扬州卖唱歌女"说,由杜牧之诗的语境看绝非江北扬州女子,她可能曾经是建业的歌女,才熟悉南朝陈后主制作并流行于建康的《玉树后庭花》,只是眼前已嫁商人,杜牧在诗中称她"商女"。由此我们可以下定论了,这个女子就是建业本地歌女,她擅唱《后庭花》曲子,后来嫁与秦淮河上商人,她歌唱年轻岁月的歌曲,音声甚哀,深藏着对南朝繁华旧梦的追忆,反映出即便晚唐金陵士民仍普遍存在着极深的本土情结,但这歌声在作为外地人的诗人听来却是辞意轻荡的亡国之音。

杜牧"十年一觉扬州梦"之秘

问：杜牧《遣怀》绝句极有名，是一首疑诗吗？

答：杜牧《遣怀》，一般并不以为有疑，特别诗中"十年一别扬州梦"，脍炙人口，但恰恰诗的疑点，就在于这一句。其诗云：

> 落魄江湖载酒行，楚腰纤细掌中轻。
> 十年一觉扬州梦，赢得青楼薄幸名。

诗显然是诗人反省昔年沉迷歌楼酒馆醉生梦死的生活，有一梦醒来清醒的自悔意。然而此诗疑点是在于杜牧宦游滞留扬州的时间不对。最早是孟棨《本事诗·高逸三》云："杜登科后，狎游饮酒，为诗曰：'落拓江湖载酒行，楚腰纤细掌中轻。三年一觉扬州梦，赢得青楼薄幸名。'"此后宋初李昉《太平广记·卷二七三》、宋李颀《古今诗话》（见郭绍虞《宋诗话辑佚》）引此诗亦作"三年一觉扬州梦"。宋人捃拾杜牧遗诗而成《樊川外集》收录此诗却作"十年一觉扬州梦"。此后成书于南宋朝胡仔《苕溪渔隐丛话》以及《全唐诗话》，及后之《全唐诗》等亦袭《樊川外集》之据。自然，若以引书年代先后论，当更信早期之《本事诗》《太平广记》。

可见此诗最初并不见于其甥裴延翰所编《樊川文集》，是由宋人《樊川外集》等补遗之作加入，所以产生了"三年"与"十年"不一的疑窦。

杜牧到扬州，乃在大和七年（833）四月，沈传师内调为吏部侍郎，杜牧应淮南节度使牛僧孺之聘约，来扬州任淮南节度推官，监察御史里行，转掌书记。其时杜牧三十一岁，深得僧孺之器重，把掌书记的重任交付了他。

杜牧年轻英俊，不护细行，扬州乃天下名都，他夜间常到娼楼妓馆中冶游，而牛僧孺虑及扬州都市繁华，豪门贵宦复杂，派兵卒暗中保护杜牧，并写平安报缴回。大和九年（835），杜牧将赴京就任监察御史，牛僧孺为他饯行，规劝他不要"风情不节"，又取出街卒的平安密报相示。杜牧乃大为感服，知道牛僧孺如此爱护他，愧悔感激。后来忆此而写下此诗。杜牧从大和七年（833）四月在淮南节度使幕府到大和九年（835）赴京为监察御史，时间正好三年，所以"三年一觉扬州梦"更符合杜牧宦游扬州的行止。以"三年"及诗中自嘲自悔之意考之，似宜作于大和九年他离开扬州入京赴监察史之时。

何以又有"十年一觉扬州梦"，为世所公认，并不提出疑问或异议？因诗为"遣怀"，并非确指为刚离扬州时所作，从诗中深深自省之意看，当为经历一定时期以后。且三年太近，推测不可能离扬即自悔省。杜牧离扬州后分司东都洛阳，在洛期间，由于职务清闲，他于开成二年（837），请假赴扬州看其弟杜顗的眼病，住城东智禅寺。离扬州时隔二年，亦不合"十年一觉扬州梦"之数，故此诗亦不会写于这时。此后杜牧未再到扬州。按杜牧从大和七年（833）三十一岁到扬州起算，十年后，杜牧应四十一岁，其时乃会昌三年（843），牛李党争正烈。杜牧虽是著姓贵族出身，他却属牛党，站在新势力阵营。他与另一位贵族诗人李商隐正好相反，李商隐选择李党，站在旧阵营。一个有趣现象，当大和、开成时期杜牧仕途处于上升期，李商隐开成时期却在走背运；会昌时期是李德裕执政最辉煌的时期，李商隐却丁母忧错过了这个本该属于他的时期，而杜牧这一时期却外放黄州池州等地。随着武宗去世，李德裕的旧阵营失势，李商隐再难有政治知音。宣宗大中时期新贵势力牛党得势，杜牧进京任吏部员外郎，李商隐随桂管观察使郑亚往赴桂林。但不久杜牧就多次坚请外放，大中四年他连上三启终得湖州刺史。毕竟他是贵族，看见牛党势力的凶狠手段，改变了他的政治立场。

会昌三年（843）杜牧已被排挤外任黄州刺史，他首次尝到了党争的滋味，检点十年行踪，他宦海浮沉，慨叹仕途并不得意，遂生"落拓"之感，遣怀旧日而"十年一觉扬州梦"亦当在意料之中，而且，杜牧以"十年"反顾的诗有三首。如《念昔游》：

> 十载飘然绳检外，樽前自献自为酬。
> 秋山春雨闲吟处，倚遍江南寺寺楼。

另一首《题禅院》：

> 觥船一棹百分空，十载青春不负公。
> 今日鬓丝禅榻畔，茶烟轻扬落花风。

所以，以此否定"三年一觉扬州梦"，也是可以参信的。

274

问：究竟以"十年一觉扬州梦"为宜，还是"三年一觉扬州梦"妥当呢？

答：我以为诗不必过分拘实，按三年梦醒扬州，不太符合诗人实情，而且我发现一个可以参证的材料，南宋周必大《二老堂诗话》曾谈杜牧于会昌四年(844)自黄州迁池州刺史，时年四十二岁，"杜牧之守郡时，有妾怀娠而出之，以嫁州人杜筠后生子，即荀鹤也。此事人罕知，余过池尝有诗云：'千古风流杜牧之，诗材犹及杜筠儿。向来稍喜唐风集，今悟樊川是父师。'"周必大谈的是杜荀鹤的身世，却可使人推想杜牧并非三年扬州即已梦醒自责之人，而会昌四年距大和七年，时间十一年，以扬州赢得青楼薄幸之自责，似乎为指出妾杜筠之事。若如此，那么此妾亦疑为当年扬州青楼之女而嫁与杜牧终又被弃于池州，所以才有末句"赢得青楼薄幸名"的锁链？是否可信，这只是我的推想，因为以十年取其整数，于此时颇能切合。若此推想能够成立，那么此诗的创作时间可定，诗中所指之事能切，"十年一觉扬州梦"之疑可冰释了。

这个扬州青楼女子是否跟了杜牧十年，十年以后杜牧醒来，要告别这个女子了。我还真找到了证据，《见刘秀才与池州妓别》：

> 远风南浦万重波，未似生离别恨多。
> 楚管能吹柳花怨，吴姬争唱竹枝歌。
> 金钗横处绿云堕，玉箸凝时红粉和。
> 待得枚皋相见日，自应妆镜笑蹉跎。

诗作于杜牧池州任上，非常切合周必大《二老堂诗话》所载。这个青楼女，不仅貌美还善笙歌，"楚管能吹柳花怨，吴姬争唱竹枝歌。金钗横处绿云堕，玉箸凝时红粉和"。他与此女告别，没有任何离情别恨，只是引用了"枚皋相见"典故，淡淡一句不负责的言语，"待得枚皋相见日，自应妆镜笑蹉跎"。枚皋，枚乘抛弃之子。据《汉书》卷五十一《贾邹枚路传·枚乘·(子)枚皋》：

> 皋字少孺。乘在梁时，取皋母为小妻。乘之东归也，皋母不肯随乘，乘怒，分皋数千钱，留与母居。年十七，上书梁共王，得召为郎。三年，为王使，与冗从争，见谗恶遇罪，家室没入。皋亡至长安。会赦，上书北阙，自陈枚乘之子。上得之大喜，召入见待诏，皋因赋殿中。诏使赋平乐馆，善之。拜为郎，使匈奴。

杜牧引用枚皋典故，再明白不过了，他分明知道这个青楼女已经怀上他的骨肉。这个在池州所别的"妓"，是那个"十年一觉扬州梦"的女子吗？她后来生的儿子是杜荀鹤吗？一切皆有可能，无风不起浪。

问：不，我还得问，"扬州梦"之缘由，是否扬州作的梦叫"扬州梦"？

答：这是有它的特指意义了。"扬州梦"最早就导源于杜牧这一首诗。《遣怀》写成不久，杜牧同代人于邺写了一篇《扬州梦记》，以小说形式记杜牧在扬州之冶游，如前面所述内容，记了他在扬州作书记官，风流宴游，牛僧孺暗中派人保护事，后杜牧被召入朝为御史，牛僧孺才取出几年来保护杜牧的人所写的报告，杜牧大惭，泣拜，终生感激。后来，杜牧游湖州，见一个十九岁女郎，叹为国色，便与女孩母亲商定，十年之内来迎娶，如未来，听凭出嫁。十四年后杜牧重到湖州，女郎三年前已嫁人，并已生三子，杜牧感慨赋诗自伤云：

> 自是寻春去较迟，不须惆怅怨芳时。
> 狂风落尽深红色，绿叶成荫子满枝。

这就是最早以《扬州梦》名篇的文字，也是后来敷衍杜牧风流艳事的祖本。到元代，乔吉作杂剧《扬州梦》，前半与于邺《扬州梦记》相同，后半增取杜牧《张好好诗序》。扬州梦同张好好连在一起，是扬州梦的发展。明代，无锡嵇永仁又作传奇《扬州梦》，取去张好好，代以杜牧与歌妓紫云和绿叶的悲欢际遇，是扬州梦的变化。清代，会稽陈栋作杂剧《维扬梦》，越发离奇，写杜牧在牛僧孺处作幕客，至妓院与名妓张好好的外甥女紫云相爱，拟娶为侍妾，但惊动天上梓潼元皇帝君，因其不以功名为念，派小神托梦，使清醒，后杜牧居官于牛僧孺家观歌舞，惊见紫云在其中，牛便以紫云相赠。这是近于荒诞了。清人黄兆森作《四才子》杂剧，其中之一《梦扬州》，剧中不写好好，不写绿叶，写杜牧娶了紫云、红雨二妓。

历观乔、嵇、陈、黄四家之梦，故事越演越蔓，而总的中心内容仍写杜牧冶游艳事，与于邺始作一脉相承。

奇异是另一类《扬州梦》作品，是把主人公杜牧也换了。明人冯梦龙《醒世恒言》有《杜子春三入长安》，故事为何名《扬州梦》，可能杜子春也因是"花柳中人"，且姓杜，又在扬州经商，便借杜牧事以为是风流杜门，取名扬州梦。冯梦龙故事本于《太平广记》之《杜子春》，这是借张冠戴李头了。清初岳端便采杜子春事写成《扬州梦》传奇，还由洪升作序。后来，以《扬州梦》名篇之作愈演愈烈，同时也与杜牧关系愈远，乃至毫无关系。"焦东周生"有笔记名《扬州梦》，四卷分"梦中人""梦中语""梦中事""梦中情"。无名氏有章回小说《扬州梦》，以郑板桥"我梦扬州，便想到扬州梦我"开场，写乾隆年间扬州繁华掌故、琐闻。此笔记与章回小说内容均写扬州事，与杜牧、杜子春均无关系。

问：这样看来，"扬州梦"已非专指杜牧事，而是有借指意义了。

答：是的，你说得对。我列举的各色"扬州梦"，内容虽各异，但在书"风流韵事"方面，倾向于脂香粉艳的审美情趣上，却有着一致性。这就是说，"扬州梦"一词，已成了"风月繁华"的同义语。举凡经历着风月繁华生活的，都可说"做着扬州梦"；凡失去这种生活的，又可说"醒了扬州梦"。例如董伟业《扬州竹枝词》云："梦醒扬州一酒瓢，月明何处玉人箫。"敦诚的诗《寄怀曹雪芹（霑）》："扬州旧梦久已觉，且著临邛犊鼻裈。"

这就是"扬州梦"，它已作为典故用于诗词或其他文字中，而典之源，则是杜牧的《遣怀》诗事。

问：最后附带要问，"十年一觉扬州梦"之后"赢得青楼薄幸名"，"青楼"也有疑吗？

答：是的。据袁枚《随园诗话》云："齐武帝于兴光楼上施青漆，世谓之青楼。"可见"青楼"原指帝王居处，曹植诗有云："青楼临大路，高门结重关。"初唐骆宾王《帝京篇》诗云："大道青楼十二重"，都是写帝宫华丽。故袁枚说："今以妓院为青楼，实是误矣。"以青楼为娼门妓院乃南朝梁代诗人刘邈的《万山见采桑人》诗："倡妾不胜愁，结束下青楼。"后来唐时名诗人李白承袭入诗云："对舞青楼妓，双鬟白玉童。"杜牧诗中更有"赢得青楼薄幸名"，影响所及，都把"青楼"误为妓院所在了。

晚唐五代诗僧可朋《耕田鼓》之本事

问：请谈谈晚唐五代后蜀诗僧可朋的悯农诗《耕田鼓》。

答：悯农诗先秦已出现，《诗经》中《七月》《硕鼠》《伐檀》都表现了对农人的同情。盛唐以后文人创作悯农诗再度复兴，杜甫儒家情怀率先创作怜恤农民的诗歌。中晚唐继之，杜荀鹤、皮日休等底层文士都多有创作。

唐诗流传下来的悯农诗有两百余首。通俗享负盛名的如《悯农二首》："春种一粒粟，秋收万颗子。四海无闲田，农夫犹饿死。""锄禾日当午，汗滴禾下土。谁知盘中餐，粒粒皆辛苦。"你提到的诗僧可朋悯农诗《耕田鼓》，原诗是：

> 农舍田头鼓，王孙筵上鼓。击鼓兮皆为鼓，一何乐兮一何苦？
> 上有烈日，下有焦土。愿我天翁，降之以雨。令桑麻熟，仓箱富。
> 不饥不寒，上下一般。

诗写蜀地农事，《唐诗纪事》赞评"言虽浅近，而极于理"，通过"耘田击鼓"，寄托对耕者的同情，批评社会不平等现象。

问：请谈谈诗僧可朋。

答：可朋生活于晚唐五代后蜀，《全唐诗·卷八四九》小传"可朋，丹棱人，好酒，自号醉髡。《玉垒集》十卷，今存诗四首"，据说他有诗千余首。《宋史·志第一百六十一·艺文七》"僧可朋《玉垒集》十卷"，集名"玉垒"概指西蜀之山，即岷山，杜子美诗中"西山""玉垒"均是。《玉垒集》已散亡。

《唐诗纪事》引《刘公诗话》："予尝见可朋诗云：'虹收千嶂雨，潮弄半江天。'又云：'诗因试客分题僻，棋为饶人下著低。'不减唐人。"诗的质量还是不错的，《升庵诗话》评曰："唐世诗人，射洪陈子昂、彰明李太白、丹棱僧可朋不相上下。"他曾得后蜀主孟昶奖赏，"孟昶广政十九年（957），赐诗僧可朋钱十万，帛五十匹"（《唐诗纪事》）。

丹棱属眉山辖。据《眉山市人物志》载：

可朋（896—963）自号醉髡，晚唐眉州丹棱县（眉山丹棱）人，丹棱竹林寺
住持。

可朋自幼聪慧，遍览百家诗书。曾游历江南，与卢延让等诗人交好。后
辗转回到丹棱，在竹林寺削发修行并任住持。可朋生性豪放，虽出家为僧，
却嗜酒如命，常赊酒痛饮，每次酒后必有佳句，很有太白遗风。但因狂饮而
债台高筑，好友经常为他偿还酒债。

在诗歌走向衰落的晚唐五代，可朋却在诗歌创作中取得较大成就。他
创作的千余首诗，内容涉及写景状物、伤时悼世、政局感叹、人民疾苦等社会
各个方面。杨慎《升庵诗话》认为可朋与陈子昂和李白不相上下，难免有失
偏颇，但仍可窥见可朋诗的影响和成就。欧阳炯也曾将其诗与"姚（合）贾
（岛）"相提并论，可见其诗引起时人极大关注。曾与县令欧阳炯纳凉宴饮于
竹林寺时，见山下农夫于烈日中曝背耕作，而作《耕田鼓》，对劳苦大众寄予
极大同情，在五代诗词中比较少见。沈德潜《说诗晬语》论可朋诗是"天马行
空，穷极变化，而适如意之所欲书"。

北宋乾德元年（963）可朋在竹林寺圆寂。

计有功《唐诗纪事·七十四》：

可朋，丹棱人，少与延让为风雅之友，有诗千余篇，号《玉垒集》。曾题洞
庭诗云："水涵天影阔，山拔地形高。"赠友人曰："来多不似客，坐久却垂帘。"
欧阳炯以此比孟郊、贾岛。言其好酒，贫无以偿酒债，以诗赒之。可朋自号
醉髡。《赠方干》诗云："月里岂无攀桂分，湖中空赏钓鱼休。"《杜甫旧居》云：
"伤心尽日有啼鸟，独步残春空落花。"《寄齐己》云："唯陪北楚三千客，多话
东郊十八贤。"

从材料看，他与诗人卢延让、方干、齐己、欧阳炯为诗友，互有寄赠。《全唐
诗·卷七一五》："卢延让，字子善，范阳人。光化九年（按，应光化三年，900 年）
进士第，朗陵雷满辟从事。满败，归王建。"可推知为同时代人，其生年应比《眉山
市人物志》推断昭宗乾宁三年（896）要早些。又，吴任臣《十国春秋·卷五七·后
蜀十》有《僧可朋传》：

僧可朋，丹棱人。能诗，好饮酒。贫，无以偿酒债，或作诗酬之，遂自号

曰醉髡。少与卢延让、方干为诗友。来蜀,与欧阳炯相善。炯比之孟郊、贾岛,力荐于后主。后主赐钱帛有加等。是夏,炯与同僚纳凉净众寺依林亭,列樽俎。众方欢饮自若,寺外有耕者曝背烈日中,耘田击鼓,罢散不休。可朋在座,乃作《耘田鼓》诗献炯。

问:《耕田鼓》本事是怎么来的?

答:可朋留下的诗中《耕田鼓》算得上是较有思想性的悯农诗。诗歌最早见李畋《该闻录》。李畋北宋初人。字渭卿,号谷子。成都人,少师任奉古,以著述为志,不乐仕进,为张咏所器。登淳化三年(992)进士第。后归里隐居永康军白沙山(今都江堰玉垒山),从之学者甚众。《该闻录》原书失传,今存佚文若干则。李畋隐居玉垒山之玉女房,熟悉蜀中掌故,记录了可朋诗事。曾慥《类说》卷十九引《该闻录》:"蜀僧可朋作《耘田鼓诗》云:'农舍田头鼓,王孙筵上鼓。鼓兮鼓兮皆为鼓,一何乐兮一何苦?'"至南宋计有功增扩为一条载入《唐诗纪事》:

> 孟蜀欧阳炯与可朋为友,是岁(后蜀广政十九年)酷暑中,欧阳命同僚纳凉于净众寺,依林亭列樽俎。众方欢,适寺之外皆耕者,曝背烈日中耘田,击腰鼓以适倦。可朋遂作《耘田鼓》诗以赞欧阳。众宾阅已,遂命撤饮。诗云:"农舍田头鼓,王孙筵上鼓。击鼓兮皆为鼓,一何乐兮一何苦?上有烈日,下有焦土。愿我天翁,降之以雨,令桑麻熟,仓箱富。不饥不寒,上下一般。"言虽浅近,而极于理。君子谓可朋善谏,而欧阳善听焉。

欧阳炯、可朋宴聚的"依林亭"被后人改称"善讽亭"。清王奕清《历代词话·卷三·五代十国》评:"炯事孟蜀后主,时号五鬼之一,曾约同僚纳凉于寺,寺僧可朋作耘田鼓歌以刺之,遂撤饮。"

诗中"王孙筵上鼓",为聚饮时游戏,击鼓为号,鼓停为输,罚酒一杯,或作诗一首。"农舍田头鼓",则是蜀地耕耘击鼓的风俗。

问:耕田何以击鼓,它是一种风俗?

答:是的。耕田鼓亦称"耘鼓"。古时置于田边,农忙时击以催耕。鸣之则统一行动,提高薅秧除草效率。梅尧臣《和孙端叟寺丞农具十五首其十四耘鼓》:"挂鼓大树枝,将以一耘耔。逢逢达远近,汩汩来田里。功既由此兴,饷亦从此始。固殊调猨猴,欲取儿童喜。"

蜀中有打耕鼓传统。所以春耕,蜀人亦称"打春"。后又将立春称"打春"。元人王祯《农书·卷十三》:

曾氏《薅鼓序》云：薅田有鼓，自入蜀见之，始得集其来，既来则节其作，既作则防其笑语而妨务也。其声促然，清壮有缓急抑扬，而无律吕，朝暮曾不绝响。

很具体说明耘鼓不是取乐而是为提高劳动效率的。

何以农人要酷暑中耘田？谢肇淛《五杂俎·地部一》："水田自犁地而浸种，而插秧，而薅草，而车戽，从夏讫秋，无一息得暇逸，而其收获亦倍。"赵孟𫖳《题耕织图》诗之四："朝朝荷锄往，薅耨忘疲倦"，可见传统习俗是从夏讫秋，每日要下田除草，无一息得暇逸。

苏轼《眉州远景楼记》："吾州之俗，有近古者三。……岁二月，农事始作。四月初吉，谷稚而草壮，耘者毕出。数十百人为曹，立表下漏，鸣鼓以致众。择其徒为众所畏信者二人，一人掌鼓，一人掌漏，进退作止，惟二人之听。鼓之而不至，至而不力，皆有罚。量田计功，终事而会之，田多而丁少，则出钱以偿众。七月既望，谷艾而草衰，则仆鼓决漏，取罚金与偿众之钱买羊豕酒醴，以祀田祖。作乐饮食，醉饱而去，岁以为常。其风俗盖如此。"苏轼眉山人，紧邻丹棱，农事风俗俱同，所言更为备细。

成都文物考古队研究员丹棱人徐鹏章在《农业考古》(1998 第 3 期) 发表《四川成都凤凰山出土的西汉炭化水稻及有关遗物》一文，考证这种击鼓薅草的习俗在汉唐以来四川境内很流行。在薅秧锣鼓流行地区，薅锄秧草时，常聚集二三十人，多则上百人一起劳动。主家请歌师一二人或更多的人，一人打鼓，一人打锣，在田边或田中歌唱。歌师既是歌唱者，又是生产劳动指挥者。一般由歌师领唱，众和唱，有时也有众人与歌师赛歌以增娱乐而忘苦。

问：可朋出家的净众寺依林亭今日还在吗？

答：当地传说可朋出家之地，在丹棱栅头镇(今杨场镇)九龙山净众寺(今称竹林寺)。寺在县南栅头镇。顾祖禹《读史方舆纪要》："栅头镇县南四十里。镇有九龙洞，其中幽胜，上有峰峦。《志》云：镇当嘉、眉、雅往来之冲，人物阜繁，商旅辏集，甲于西南。"

寺初建于东汉，始称净众寺。唐元和年间，寺周植竹数万竿，改竹林寺。李白、苏轼、清代"蜀中三才子"之一彭端淑等皆曾游寺，有诗稿传世。唐末五代丹棱城东人可朋披缁于寺十八载，又称可朋祠。

明万历僧一直大师建藏经楼，藏经书万卷。清丹棱知县毛震寿拨巨款修缮寺庙，题"竹林烟月"于寺后崖壁，并志以诗："寒烟避出一林秋，露下天高月满楼。古树深篁山寂历，道心诗梦两悠悠。"竹林寺遂为"丹棱八景"之一。

据当地文化人说,五十年代有一部电影《古刹钟声》,编造故事,说国民党特务隐藏在一座古刹里伺机搞破坏。到六十年代"破四旧",丹棱县委书记看了电影,联想到本县的千年古寺竹林寺,怀疑它会成为特务潜伏据点,便下令拆除,强迫寺僧全体还俗。千年古刹由是平毁无遗,仅余残佛几尊。

问:《唐诗纪事》中可朋好友欧阳炯为何人?

答:欧阳炯(896—971),《宋史》作欧阳迥。益州华阳(今成都)人,五代后蜀词人,善吹长笛。少事前蜀后主王衍,又仕后蜀,随孟昶降宋。曾任翰林学士,为《花间集》序,算"花间派"领袖之一。

《耕田鼓》事虽小,但意义深远,敢使僚臣羞罢席,欧阳炯听了可朋耘田鼓歌很愧疚,即令撤席罢乐。欧阳炯作为丹棱地方官员并不因可朋扫了他的雅兴而发怒生气,而是从善如流,闻过改之,在封建社会的官场实属难得。后邑人因"可朋善讽,欧阳炯善听"之故,遂改"依林亭"为"善讽亭",从而留下这一千载文坛佳话。可惜物换星移,风雨千年,"善讽亭"早已不在。

杜荀鹤及其身世秘闻

问：晚唐诗人杜荀鹤，他的身世有疑吗？

答：是的。杜荀鹤字彦之，池州石埭人（今安徽石埭县），自号九华山人，生于唐武宗会昌六年（846），卒于昭宗天佑元年（904），活了五十九岁。早有诗名，因身世寒微，自云："食无三亩地，衣绝一株桑"（《秋日寄吟友》）。他是长兄，有几个弟弟，都在故乡的山中务农奉亲。曾与诗友顾云同隐九华山，但不是真正的隐者，而是典型的平民文士，他一直追求仕进，想改换处境光耀门庭。他说："无禄奉晨昏，闲居几度春。江湖苦吟士，天地最穷人"（《郊居即事投李给事》）。"求名日苦辛，日望日荣亲"（《入关历阳道中却寄舍弟》）。科举使得中晚唐平民产生了读书改变命运的观念，形成了对固有贵族社会的冲击。可是，就他个人却时不我与，竟潦倒半生。后来，他谒梁王朱温，天忽然无云而雨，朱温以为天泣不祥，命作诗，朱温大为称赞，当时杜荀鹤屡举不第，因为朱温的荐拔，才于大顺二年（891）登第，复还九华，与张曙为诗友，编《唐风集》。后宣州节度使田頵很看重他，派他到汴通好，朱温立即荐拔他为翰林学士，升迁主客员外郎中、知制诰。杜荀鹤颇持势侮慢缙绅，写的诗文又多箴刺，这就惹怒了很多人，有人甚至想要杀掉他，恰好他因病而卒，未遭杀身之祸。

问：这身世不是很清楚吗？疑又何在？

答：计有功在《唐诗纪事》称"荀鹤有诗名，大顺初擢进士第二。牧之微子也。牧之自齐安移守秋浦，时有妾怀妊，出嫁长林乡杜筠而生荀鹤"。南宋周必大在《二老堂诗话》对杜荀鹤身世也有同样记录：

> 《池阳集》载：杜牧之守郡时，有妾怀娠而出之，以嫁州人杜筠，后生子，即荀鹤也。此事人罕知。余过池尝有诗云："千古风流杜牧之，诗材犹及杜筠儿。向来稍喜《唐风集》，今悟樊川是父师。"

说明此事在五代北宋以来流传甚广。我想，杜荀鹤若为杜牧出姜之子，其一，杜牧或荀鹤各在诗中当有透露。其二，杜牧出身高门世族，何以荀鹤诗自云"三族不当路"（《寄从叔》）。在无别证情况下，作为一个存疑可以。清人薛雪云："杜樊川《示阿宣诗》云：'一子呶呶莴棚门，宜乎须记若而人。长林管领闲风月，曾有佳儿属杜筠。'杜筠不知何许人，或牧之曾以一子继之。或筠有佳儿，牧之赞叹之，俱未可定。"接着他引周必大所语然后反驳："是成何语？且必欲证实其事，是诚何心！污蔑樊川，已属不堪，于彦之尤不可忍。杨森嘉树曾引太平杜氏宗谱辩之，殊合鄙意"（《一瓢诗话》）。

问：言之者凿凿，辩之者铮铮，你的高见如何？

答：这是悬疑难决的诗事，在无强有力别证之时，应当存疑不宜妄断。不过，杜牧还真在池州留有风流韵事，《见刘秀才与池州妓别》："待得枚皋相见日，自应妆镜笑蹉跎。"他已自证所别离之青楼女已有妊娠，但是否是杜荀鹤，我还不能下断言，可能是，也可能不是。杜荀鹤生于会昌六年（846），正是杜牧即将离开池州之时。巧合吗？我看未必。

问：没有倾向性吗？

答：但倾向性还是有的，以杜荀鹤一生行迹可以作一些推断。据考证杜筠为池州石埭长林乡乡正，杜荀鹤"七岁知好学，资颖豪迈，志存经史"。（《石埭县志》《嘉靖池州府志》）他年少即隐于九华山，其时，与荀鹤先后隐居九华的文士不少。如诗人殷文圭、顾云、罗隐、李昭象、张乔等等，与荀鹤交契，他有诗记述："十载同栖庐岳云，寒烧枯叶夜论文。"（《哭山友》）像殷文圭，所用墨池，底为之穴，足见这批晚唐士子励志苦学，十年寒窗，磨穿铁砚，经纶已满腹。约咸通十一年（870）左右，24岁的荀鹤便离开九华山，跋涉京关，搏战文场。"求名日苦辛，日望日荣亲。落叶山中路，秋霖马上人"（《入关历阳道中却寄舍弟》）。他一次次去扣仕进大门，以至"年年名路漫辛勤，襟袖空多马上尘"（《感秋》）。他公开称："驱驰歧路共营营，只为人间利与名。红杏园中终拟醉，白云山下懒归耕。题桥每念相如志，佩印当期季子荣……"（《遣怀》）他仕进坎坷，"闭户十年专笔砚，仰天无路认梯媒"（《投江上崔尚书》）。逢黄巢之乱，在乾符二年（875）左右，他归山再隐九华。待到龙纪元年（889），僖宗病殂，昭宗即位，他以为"中兴"待望，归隐九华已经十五年了，"十五年来笔砚功，只今犹在苦贫中"（《秋日湖外书事》）。终于四十三岁再度出山，鬓已二毛，仍然是"一回落第一宁亲，多是途中过却春。心火不销双鬓雪，眼泉难濯满衣尘……"（《下第东归道中作》）诗人年轻时频频落第，犹奋力挣扎。他的认识简单，他有《下第投所知》说："纵饶生白发，岂敢怨明时。知

284

己虽然切,春官未必私。"岂知科举早已变质远离设计者初衷,中晚唐以后更是流弊极深,年年二月春考,被人营私操纵,还在玄宗时,已出现"考功举人,请托大行,取士颇滥"(《旧唐书·王丘传》)。至唐后期更为严重,各方势力常受托干扰主考,以至应举考生,莫不奔走权门,写送"行卷",希望吹嘘引荐,号为"觅举"。但这必须或以金钱作后盾或以门生身份相互提携。《唐语林·卷三》载:"每岁策名,无不先定。""榜出,率皆权豪子弟。"例如大中十四年(860),取士流弊十分惊人,应考进士逾千人,"然中第者皆衣冠之子",其中"郑义则,故户部尚书瀚之孙;裴弘,故相休之子;魏当,故相扶之子;令狐滈,故相令狐绹之子"。"余不能遍举,皆以门阀取之"(《册府元龟·卷六五一》)。孤贫寒士杜荀鹤,在"觅举"颓风中,即如满腹经纶,胸藏济世,落第,自然是不足为怪,他干谒求荐,也只能是备尝辛楚。这是晚唐多数没有关系的举子的必然结果。

问: 这样看来,可以推论,他缺少的两个条件,没有拥有杜牧宦门之后的出身,没有朋党、金银后盾,或许就能证明他非杜牧出妾之子。

答: 还不能这样推论。虽然他说"三族不当路",只是他随母亲嫁入杜筠而言,实情也确如此。况且杜牧大中六年(852)去世时,杜荀鹤才六岁。但他何以"求名日苦辛,日望日荣亲",是为母亲遭遇而苦读鸣冤吗?是学习枚皋向九泉下不负责的杜牧宣示抗议吗?

他年复一年,年年落第年年去,"欲住住不得,出门天气秋。惟知偷拭泪,不忍更回头。孤寒将五字,何以动诸侯"(《别舍第》)。他"一名一宦平生事,不放愁侵易过身"。他始终把自己投放入科考的激流中去奋进,即使穷极,不乏自嘲,也要应试觅举。他是一个功名念重,利禄羁身极重的人,也是晚唐普遍的平民士人心态的反映。但他如此执着又为谁呢?为母亲,为争口气?

问: 啊,他的身世还真是难解之谜。要怎么看待杜荀鹤呢?

答: 全面认识,具体分析。杜荀鹤觅举大半生,总的态度是积极用世,他毫不掩饰自己对名利的追求,"无论南北与西东,名利牵人处处同,枕上事仍多马上,山中心更甚关中"(《途中有作》)。但他又有诗《自叙》"宁为宇宙闲吟客,怕作乾坤窃禄人"。可见,他是把"逐名利,济苍生"联系在一起,这又难能可贵,被好友顾云称为"壮语大言"(《唐风集序》)。所以,对他觅举求仕不能一概否定。

问: 最终杜荀鹤又怎样扣开仕进大门?

答: 他终于扣开科举大门,是昭宗大顺二年(891),时年四十六,那是他再隐九华出山大约二三年事。据《韵语阳秋·卷十八》云:"盖自唐以来,主司重素望,故文场一启,而投递纷然,举子之升黜固自有定议矣,虽禁挟书传义奚为哉?'朝向公卿说,暮向公卿说,谁谓黄钟管,化为君子舌。'此孟郊有求于知己也,而吕渭取之,'拟动如浮海,凡言似课时。终身事知己,此后复何为?'此杜荀鹤有求于知己也,而裴赞取之。"他确系裴赞主考及第,他说:"相知不相荐,何以自谋身"(《郊居即事投李给事》)。杜荀鹤近似乞怜"入举",不是说明人才的受重视,仍然说明"觅举"流弊的泛滥,客观上也反映了晚唐读书改变命运的观念使得应举士子数量骤增的现实。他终于在白发盈头之年遂其初态。但晚唐入仕之途人多路窄,进士及第亦不能遽受官职,他不得不还归家山等待召唤。

问:我们应为他庆幸。

答:我并不为他庆幸,为他庆幸应该是,惟其登第晚,他方能在艰辛奔走中经历了和底层人民一样的命运,看到了更多的黑暗现实,盈目的疮痍在诗人的笔底汩汩流出,他成了反映唐末社会现实最杰出的诗人,被称"唐风",有唐一代"诗史"的殿军,设若早年蟾宫折桂,成为时贤或清吏,也许会在一定范围内为生民解倒悬之苦歌吟,推想他诗歌反映现实的深广,就成为不可能了。

问:是的,那请谈谈杜荀鹤的诗。

答:唐末,是一个各种社会危机日益加深的乱世,战乱、饥荒、赋敛、租税,天灾紧逼,百姓辗转于动荡中苦不堪言,严峻的现实周遭于诗人视野,他以"诗旨未能忘救物"(《自叙》)的"济物"胸怀,尖锐的直笔大声歌吟,形成"杜荀鹤体"。内容可归为"非战""民瘼""儆官""苦谛"四个大的板块。

1. 非战:《资治通鉴·卷二五七》载,唐末东都"白骨蔽地,荆棘弥望,居民不满百户"。至于战争范围的广度,杜荀鹤诗云:"四海兵戈无静处,人家废业望烽烟"(《赠崔道士》)。"农夫背上题军号,贾客船头插战旗"(《赠秋浦张明府》)。战争的性质复杂交错,有强藩割据与王朝政府矛盾的战争,有军阀间战争,有农民军反王朝的战争,尤其黄巢反唐的战争,势如卷席,杜荀鹤反映战乱的诗,有比较明确的认识,他的《唐风集》,没有一首直接指责黄巢的诗,他行旅中有《旅泊遇郡中叛乱示同志》:

> 握手相看谁敢言,军家刀剑在腰边。
> 遍搜宝物无藏处,乱杀平人不怕天。
> 古寺拆为修寨木,荒城开作甃城砖。
> 郡侯逐出浑闲事,正是銮舆幸蜀年。

这是广明元年(880)黄巢攻破长安之事,郡中变乱响应,"郡侯"被逐出,诗中军家,指官兵,"遍搜宝物,乱杀平人",结尾一笔,把僖宗仓皇奔蜀,国家无主,各地叛乱纷来,记录于案。《瀛奎律髓》评:"不经世乱,不知此诗之切。"对军阀间战乱,他指控:"侯国兵虽敛,吾乡业已空"(《寄顾云》)。

对边烽侵略,他却写得豪壮,如《塞上》:

> 草白河冰合,蕃戎出掠频。
> 戍楼三号火,探骑一条尘。
> 战士风霜老,将军雨露新。
> 封侯不由此,何以慰征人。

颇有盛唐边塞诗的余情。甚至,他自己也有直面的豪情。如另首《塞上》:

> 旌旗猎猎汉将军,闲出巡边帝命新。
> 沙塞旋收饶帐幕,犬戎时杀少烟尘。
> 冰河夜渡偷来马,雪岭朝飞猎去人。
> 独作书生疑不稳,软弓轻剑也随身。

总括而言,杜荀鹤对于战争,直接残贼人民的他无情揭露;保国戍边他直面支持;黄巢的战争他以不作反映表现了晚唐士子微妙的反叛思想。

2. 民瘼:晚唐末世的杜荀鹤,虽然锐意功名,不停为个人出路奔波,但对扑面而来的底层痛苦现实,他痛苦歌吟,堪称"唐风"。名作《时世行》其一:

> 夫因兵死守蓬茅,麻苎衣衫鬓发焦。
> 桑柘废来犹纳税,田园荒后尚征苗。
> 时挑野菜和根煮,旋斫生柴带叶烧。
> 任是深山更深处,也应无计避征徭。

诗写一个山中寡妇,夫死于战乱,一苦,居守蓬茅穷困,二苦,麻苎衣衫自然缺衣少食,三苦,桑柘虽废税不能少,四苦,田园已荒犹得征苗,五苦,连根野菜充饥,六苦,丧失劳力斫烧生柴,七苦。诗可谓曲尽其苦,她唯一求生希望是避征徭,在众多苦情中,认识卓有高度,率直地将矛头指向王朝租税的残酷。诗人笔下有寡妇,还有衰翁:

> 经乱衰翁居破村,村中何事不伤魂。

因供寨木无桑柘，为著乡兵绝子孙。

还似平宁征赋税，未尝州县略安存。

至今鸡犬皆星散，日落前山独倚门。

翁已老惹人怜，更何况是衰翁，尤怜。衰翁又经乱，处境更堪怜。使人触目惊心，老翁已子孙相继被强征死于兵乱，他独倚柴门，留下了强烈的悬念，他的征税，生存，萦人脑底。宋人蔡正孙对杜荀鹤《时世行》赞评："此诗备言民生之憔悴，国政之烦苛，可谓曲尽其情矣，采民风者，观之其能动心否乎？"（《诗林广记·卷九》）据考，晚唐繁科重税至极，"科敛之名凡数百，废者不削，重者不去，新旧仍积，不知其涯"（《旧唐书·杨炎传》）。租税难完，正好让酷吏杀民邀勋，杜荀鹤诗中暗示内在联系。如："衣食旋营犹可过，赋输长急不堪闻……如此数州谁会得，杀民将尽更邀勋。"（《题所居村舍》）据《资治通鉴·卷二五二·唐纪六八》还在咸通十四年（873），生产力破坏，水利失修"秋稼几无，冬菜至少，贫者砣蓬实为面，蓄槐叶为齑，或更衰羸，亦难采拾。常年不稔，则散之邻境。今所在皆饥，无所依投，坐守乡闾，待尽沟壑。其蠲免余税，实无可征。而州县以有上供及三司钱，督趋甚急，动加捶挞。虽撤屋伐木，雇妻鬻子，……朝廷倘不抚存，百姓实无生计。"他为"病叟""田翁""蚕妇"底层苦难都不遗余力疾呼。

3. 微官：危如累卵的晚唐社会，赖以维系它存在的基础是官吏，在乱世中鱼肉生灵的官吏，他论时事不留面子，砭弊锢常取典型。他两经江北的胡城县（今安徽阜阳西北），便取了这个浊吏典型，写出了惊心骇目的名诗《再经胡城县》：

去岁曾经此县城，县民无口不冤声。

今来县宰加朱绂，便是生灵血染成。

他听到叫冤，不是少数人，而是无口不叫，那么，这个县令残贼人民，就非一般，按理必然受朝廷惩处。可是，次年再过此，反而升迁，非一般升迁，乃破格提升。何以知之，朱绂乃绯袍。唐制，官五品服浅绯，四品深绯，又县令必是京城附近之县令方为五品，余皆六、七品，胡城远京师，县令当然不应"加朱绂"，他却以"县民无口不冤"的"政绩"获致殊勋，诗人合理推论，愤慨直言，县令的绯袍，全为百姓的鲜血所染，石破天惊之诗语，在结句是强弓引满，揭露与鞭挞不留余地。杀民邀勋的浊吏要揭，仁政爱民的良吏要歌，诗人深知，衰祚末世，尤当体恤民情，且系于州郡长官，他的《献池州牧》：

池阳今日似渔阳，大变凶年作小康。

江路静来通客货，郡城安后绝戎装。

分开野色收新麦，惊断莺声摘嫩桑。

纵有逋民归未得，远闻仁政旋还乡。

另有一首《献新安于尚书》：

九土雄师竟若何？未如良牧与天和。

月留清俸资家少，岁计阴功及物多。

四野绿云笼稼穑，千山明月静干戈。

行人耳满新安事，尽是无愁父老歌。

这是封建社会两位不可多得的良吏。池州太守能大变凶年为小康，诚为不易，与其仁政爱民相关，所以，结句以逋逃之民将归来歌颂他的斐然政绩。至于新安那位于尚书，更可贵是"月留清俸资家少"，牺牲自己，及物庶民，堪为良吏表率，令人钦仰贤风。新安比之池阳，稼穑葱茏，干戈偃息，不止逋民将归，而是无愁父老歌满新安了。他另有《赠秋浦张明府》有句："他日亲知问官况，但教吟取杜家诗。"他明白示徼，要以诗实录官吏的政绩。

4. 吟苦：这类吟苦诗与他的佛教思想有关，时危势晏的唐末，社会全面崩塌，使人痛感人生悲苦，而佛教讲苦谛，苦海无涯，恰好迎合了社会成员的心境，它"业报轮回"的宿命观，为民众提供了精神慰藉。杜荀鹤是江南池州人，江南佛风很盛，他行走民间，交游佛缘，寻找心灵避难所，他接受了悲天悯人慈悲为怀的佛教影响。他三次隐居九华山，自号"九华山人"，可见其佛心，九华山是佛国禅乡，地藏王真身所在，早在高宗永徽四年（653）新罗王子金乔觉来此修行，坐化后成了地藏菩萨化身，香火极盛，杜荀鹤深受佛风熏染，他三百余首诗中有 43 首涉及佛禅。如《秋宿诗僧云英房因赠》："贾岛怜无可，都缘数句诗。君虽是后辈，我谓过当时。溪浪和星动，松阴带鹤移。同吟到明坐，此道淡谁知？"这是他与诗僧的友谊。从佛心迹的表述，"儒门自多事，来此复何能"（《登山寺》），"挂衲虽无分，修心未觉非"（《舟行晚泊江上寺》）。他还认识到佛禅能清静人心，《赠临上人院》："不计禅兼律，终须入悟门。解空非有自，所得是无言。眼豁浮生梦，心澄大道源。今来习师者，多锁教中猿。"

杜荀鹤最能体会佛教的"苦谛"，"四海内无容足地，一生中有苦心诗。"（《冬末自长沙游桂岭留献所知》）"苦"是他诗的突出特征。他既深契佛教的"苦谛"，又对社会人生悲苦有着敏锐的感悟。如"毕竟浮生漫劳役，算来何事不成空"。（《赠题兜率寺闲上人院》）"浮生自是无空性，长寿何曾有百年。"彻悟之言，"我虽未似师披衲,此理同师悟了然".(《题德玄上人院》)他深契佛理,但他还是积极仕进,如何调节这种矛盾?他说"安禅不必须山水,灭得心中火自凉"(《夏日题悟空上人院》)。

他以"空"来化解"苦谛",《中山临上人院观牡丹寄诸从事》"闲来吟绕牡丹丛,花艳人生事略同。半雨半风三月内,多愁多病百年中。开当韶景何妨好,落向僧家即是空"。花艳人生,终是"落空",对名利的醒悟,是何等深刻。

"苦谛"诗,是那个末世动乱的产物,它映照了晚唐寒士的心态,是发自内心的人生感受,它虽然显示了诗人内心与行动的矛盾,却是最真实的。他少怀大志,失意文场,备尝艰辛,亲历社会动荡,佛教"苦谛"使他吟苦的诗歌很突出。这些身处底层的寒士,自我期许极高,结局惨淡,精神的苦痛最为深刻,对"人生悲苦"的体会最深。

杜荀鹤是一位把全部同情给予人民的诗人,他敢于直面苦难的人生,正视淋漓的鲜血,非战、民瘼、儆官、吟苦,为民喊,为民怒,为民歌,他自云其诗"虫豸闻之谓蛰雷"(《和友人见题山居水阁八韵》)。他是晚唐一位杰出的现实主义诗人。

问: 谈得很好,但对杜荀鹤的诗好像还有颇多微词吧?

答: 有两类,一类是当时的一些权贵,《唐诗纪事》及《唐才子传》说他的诗"多主箴刺",敢于"侮慢缙绅",以至"众怒欲杀之"。他大胆干犯,勇于直笔,是一种可贵的战斗精神,此反对者可不予理睬,他的好友顾云称他为"诗家之雄杰"(《唐风集序》)。另一类是后代一些诗评家,如宋人尤袤说:"杜荀鹤云'今日偶题题似着,不知题后更谁题'。此卫子诗也,不然安有四蹄"(《全唐诗话·卷五》),讥之为"四蹄"诗。明人杨慎反对严羽列"杜荀鹤体"云:"学诗者动辄言唐诗,便以为好,不思唐人有极恶劣者……晚唐亦有数等,如罗隐、杜荀鹤,晚唐之下者……此类皆下净优人口中语,而宋人方采以为诗法……是亦唐诗之一体也。如今称燕赵多佳人,其间有跛者、眇者、疧瘟者、疥且痔者,乃专房宠之,曰,是亦燕赵佳人之一种,可乎?"(《丹铅总录·卷二十》)虽刻薄抑评,但"下净优人口中语",倒是道出了杜荀鹤通俗化努力的佳处。明人闵元衢说:"学诗须是有始有卒,自能名家,方不枉下功夫。如罗隐、杜荀鹤辈,至卑弱,至今不能泯没者,以其自成一家耳。"(《罗江东外纪》引《室中语》)我想"卑弱"二字,指杜荀鹤诗内容大多写弱势群体和自身在底层生活经历的状况,这应该从反面看,正是杜荀鹤诗歌的亮点,他到底承认了杜荀鹤自成一家的地位。后人贬抑他诗的"俗调""卑弱",正是"唐风"的色彩。

问: 所谈翔实,我也理解了杜荀鹤确为晚唐的诗杰。他最终的结局呢?

答: 杜荀鹤擢第后,按唐制要守选三年才派官,并未置散投闲,候选期间他在故乡池州,得邻郡宣州田頵遣至汴与朱全忠通好。他谒梁王朱温,忽无云而雨,温以为天泣不祥,命作诗,很称梁王意。得其厚遇,表荐翰林学士,五日而卒。诗评家们讥其谄事朱温,晚节不终,"荀鹤为人至不足道"(《四库总目提要》)。追究朱温早年贫苦叛唐,为黄巢将领,后又再度归唐,篡唐,此事是否伤及杜荀鹤的晚节?我要说此时朱全忠尚未篡唐,只是昭宗御封的梁王,杜荀鹤依附他并不违背伦理道德,更不是叛唐。我们不能以后来朱温篡唐而估评诗人。当然我们还得明白,乱世无统一的价值观,晚唐士人心灵已不同于前期士人,主要责任不在他们,而在社会,传统贵族的价值体系崩溃沦陷,社会处于真空期,亟待建立新的价值体系来统一思想,走出乱世。宋人完成了统一思想这一历史使命,以理学重建社会价值体系。所以我们不能以贵族的价值观要求与苛责乱世中的诗人。

　　问:谢谢,对于杜荀鹤晚唐杰出诗人的认识,我有了鲜明的印象。

第五辑

唐诗：拾贝求珠

唐诗人"送行"多在傍晚之秘

问：有一个奇异现象，唐诗中，许多诗"送行"为何都在傍晚？

答：这是个难解之疑。确实，唐诗中送别在傍晚的证据很多。

李白："浮云游子意，落日故人情。"（《送友人》）

孟浩然："日暮征帆何处泊，天涯一望断人肠。"（《送杜十四之江南》）

岑参："纷纷暮雪下辕门，风掣红旗冻不翻。"（《白雪歌送武判官归京》）

刘长卿："归人乘野艇，带月过江村。"（《送张十八归桐庐》）

郎士元："暮蝉不可听，落叶岂堪闻。"（《鳌屋县郑礒宅送钱大》）

李频："中流欲暮见湘烟，岸苇无穷接楚田。"（《湘口送友人》）

另外，不少诗歌题目即已点明是晚暮相送。如王勃《江亭夜月送别》、韦应物《赋得暮雨送李胄》等。交通不便的时代，行人远行出征往往是晨兴暮止，唐人何以送行多在傍晚？我查检了许多送行诗，有一个发现，送别在于傍晚的绝大多数是相送"水程"。如：

严维《丹阳送韦参军》：

> 丹阳郭里送行舟，一别心知两地秋。
> 日晚江南望江北，寒鸦飞尽水悠悠。

皇甫冉《送王司直》：

> 西塞云山远，东风道路长。
> 人心胜潮水，相送过浔阳。

刘长卿《送李中丞之襄州》：

> 茫茫江汉上，日暮欲何之。

送行诗一般都充满别愁离绪。好友亲朋置酒相送，若从水路行，正好醉入梦乡，船舟作为交通工具，为此提供了歇宿的方便，本非傍晚相送，由于别愁难断，又有船舟供歇，一杯又一杯的送行酒便饮了下去，直至酩酊，直至天晚。按常识经验，若为陆行，车辆或乘马便不可能于送别中久作淹留，但我们却能在唐诗中找到。不辞辛劳夜行，无论水陆，真是奇特的文化现象。究其因由，我想还是交通落后，相逢亦难，送别就成了古代隆重仪式，客随主便，以主人为中心的仪式至晚才结束。农耕时代生活节奏缓慢，送别要择日而行，选定别期，这日的活动就全部围绕送别进行。至于后人推为"日暮增愁"只是心理感知现象，非特傍晚送别主因。相沿成习，唐人送行也就多在傍晚。

先说水程送行，特别符合生活常识。送别后夜宿船舱可次晨开船，也可乘夜月夜间行船，别离酒后于醉梦中纤行，也可减少别离滋味。到哪里不是睡觉？张祜《晚下彭泽》："何处不眠人，月明西楚客。"何况夜航有月光陪伴，有星辰可以指明方向。一觉醒来，或已天晓，异地景观入目而来，也可排遣别怀离绪。韩翃《送客水路归陕》云：

> 相风竿影晚来斜，渭水东流去不赊。
> 枕上未醒秦地酒，舟前已见陕人家。

风顺好行船，"相风竿"乃古人船上所竖预测风向的竿，顶刻鸟形。罗隐《秋江》"秋江待晚潮，客归旆旌摇"。这里"旆旌摇"实际作用就是"相风竿"，不仅有晚潮助力，还有好风给力。陶翰《早过临淮》："夜来三渚风，晨过临淮岛。"这也许是晚发客观原因的诗证之一。主观方面，为了赶时间而傍晚送人，如戴叔伦《抚州对事后送外生宋垓归饶州，觐侍呈上姊夫》："京口附商客，海门正狂风。忧心不敢住，夜发惊浪中。"战乱中遇狂风恶浪也要送人夜发。

傍晚水程"送行"的名诗中，大都有时乖命蹇、谪臣怨子之悲。上举诗例已可见到。再如白居易的名诗《琵琶行》也有谪臣送客"浔阳江头夜送客，枫叶荻花秋瑟瑟。主人下马客在船，举酒欲饮无管弦。醉不成欢惨将别，别时茫茫江浸月"的悲凉感。

刘长卿是写送行诗较多的诗人，他的水程送别诗大都写晚暮，而且别情愁绪，怨谪离思浓郁，如他的《重送裴郎中贬吉州》：

> 猿啼客散暮江头，人自伤心水自流。
> 同作逐臣君更远，青山万里一孤舟。

然而他陆程的送行诗则不在晚暮，且意象开朗，一扫别情愁绪。如《送李判官之润州行营》：

> 万里辞家事鼓鼙，金陵驿路楚云西。
> 江春不肯留行客，草色青青送马蹄。

　　两相对照，刘长卿同样是送人，暮色江头，又是逐臣前途叵测，离情中是担忧，颇为凝重。陆程送别，友人是去行营实现男儿理想抱负，那就不留行客，诗充满豪情。我们对唐诗人何以送行多在傍晚之疑似又找到一些政治文化原因，尤其那两句"江春不肯留行客，草色青青送马蹄"，刘长卿似已给我们暗示了唐人两种送别的区别。不过这也不可绝对，如陆程送客也多别情怨谪之思，而且也有在晚暮；水程送客也有意象开朗不在晚暮之作。

　　问：那请再举一些陆程相送的诗。
　　答：陆程送别，更加普遍，这里只以傍晚"送别"为例。王维《山中送别》："山中相送罢，日暮掩柴扉。春草明年绿，王孙归不归。"送的是贵人，心念的是贵人还归不归来，别后的孤独失落浸漫于心。人生如此，注定要夜行，送人诗总是感受最深，表达最直，如韩偓《离家》：

> 八月初长夜，千山第一程。
> 欢颜唯有梦，怨泣却无声。
> 祖席诸宾散，空郊匹马行。
> 自怜非达识，局促为浮名。

　　写出了相送的详细过程，长夜路漫，怨泣无声，祖席宾散，欢颜梦中，空郊匹马，自我反思，"局促浮名"。姚合《送王求》有"羸马出郭门，饯饮晓连夕。愿君似醉肠，莫谩生忧戚"。陆程相送，千言万语，竟误了一天行程，从晓达昏，与水路送别情状一般。
　　关于送行多在傍晚，也就不仅止于唐代，至宋代，也沿此习，如柳永《雨霖铃》"对长亭晚，骤雨初歇。都门帐饮无绪，方留恋处，兰舟催发"，写水程傍晚送别；再后的王实甫《西厢记》"四围山色中，一鞭残照里"，则是写陆程傍晚长亭送别。

关于"折柳"赠别之秘

问：我有个很大的疑团，唐诗人在送别时，许多人要折取杨柳相赠吗？

答：这的确例子很多，比如著名诗人王之涣，《全唐诗》仅录到他六首诗，其中有一首《送别》的绝句，就写到折柳：

> 杨柳东门树，青青夹御河。
> 近来攀折苦，应为别离多。

杨柳东门树（一作东风树），点到了"东门"，即长安的青门，唐时出京的东门大道，多在此送别。道旁柳树很多，并折柳相赠，诗人李泌有"青青东门柳"之句。而白居易《青门柳》又是怎样写折柳的呢？

> 青青一树伤心色，曾入几人离恨中。
> 为近都门多送别，长条折尽减春风。

对王之涣的《送别》诗，宋顾乐《唐人万首绝句选》云："因自己送别，想到人世多别，托笔深情无限。"人世之多别而引起攀折之多，这不是虚想之词，白居易的诗也证明是因别而折柳。王之涣本是自己送别，却不作惜别之词，反怜杨柳之苦，宋顾乐精要地点到是托笔"深情"。这就是说情与柳有本质的内在联系。故唐汝询《唐诗解》就更明确道出："离别之多，柳尚不胜攀折，岂人情所能堪。"然而，在折柳赠别的诗中，最动人的是李白的《劳劳亭》：

> 天下伤心处，劳劳送客亭。
> 春风知别苦，不遣柳条青。

王之涣的诗是从杨柳生意，构思虽深，也只把送别与杨柳联想在一起，说到杨柳是"东风树",却未把送别与东风相连。李白此诗则不同,不仅因送别想到折柳,更想到柳的发青要靠春风吹拂,从而把离别与春风本不相关的事物联在一起了。显然,王之涣诗的联想是直接的,李白诗的联想则是间接的。王之涣从柳着笔写别,已是进一层写法,李白反用其意,烘染"伤心"二字,又进一层,直中见曲。李锳《诗法易简录》云:"若直写离别之苦,亦嫌平直;借'春风'以写之,转觉苦语入骨。其妙全作'知'字、'不遣'字,奇警无伦。"

我再举一些"折柳"的诗句:

> 刘禹锡:"长安陌上无穷树,唯有垂杨管别离。"(《杨柳枝》)
> 施肩吾:"江上东西离别饶,旧条折尽折新条。"(《杨柳枝词》)
> 许景先:"折芳远寄相思曲,为惜容华难再持。"(《折柳篇》)

在长安东南三十里,原有一条灞水,汉文帝葬于此,遂名灞陵。唐代,人们出长安东门送亲友,常常在这里分手,不免折柳赠别。称灞桥柳。如初唐许景先《折柳篇》写的就是灞桥柳,"春色东来度灞桥,青门垂柳百千条","城头杨柳已如丝,今年花落去年时"。灞桥柳之盛,折柳赠别风气还传到了唐末五代,谭用之《寄岐山林逢吉明府》"莫役生灵种杨柳,一枝枝折灞桥边"。

问:这样说来,折柳不仅是风气,已是古时道别的风习,但我想,"折柳"何以跟"送别"紧紧联在一起的,而且还特别像刘禹锡所强调"长安陌上无穷树,唯有垂杨管别离"。折其他树不行吗?

答:据我所知,解释"折柳"的含意有三种:

1. 折柳是依依难舍之意。
2. 柳不择地而活,折取相赠,含祝愿之意。
3. 柳与"留"谐音,折取相赠表挽留之意。

这三种解释都有根据,第一种据《诗经·小雅·采薇》:"昔我往矣,杨柳依依,今我来思,雨雪霏霏。"所以有"依依惜别"。但"依依"只是写杨柳之状,《采薇》中并未见到与"折柳"相关连,也没有与"送别"联系。在另一首《诗经·东方之日》云:"折柳樊圃,狂夫瞿瞿。"那倒是写到了折柳,但并未用来赠别。据我所知,"折柳"的记载,始于说汉代文物的著述《三辅黄图》,有云:"灞桥在长安东,跨水作桥,汉人送客至此桥,折柳赠别。"这就可见,汉唐有折柳赠别风习。但何以取杨柳呢?送别又何以与杨柳之状有联系呢?疑未可释。

第二种是据清代学者褚人获《坚瓠广集·卷四》云:"送行之人,岂无他枝可折而必于柳者,非谓津亭所便,亦以人之去乡,正如木之离土,望其随处皆安,一如柳之随地可活,为之祝愿耳。"好像这是从杨柳易活之本性来提炼出祝愿的意思,从物质的观点出发,建立在唯物认识的基础上,其实同样的疑问难释。众所周知,柳条未青插之更容易成活。"柳条青"插柳,插之反而不容易活,如果以祝愿而折柳望其随处可活,就不宜在"柳条青"时,冬天不是更好吗? 更令人费解。离别本是痛苦的,屈原《九歌·少司命》云:"悲莫悲兮生别离。"江淹《别赋》云:"黯然销魂者,唯别而已矣。"从送别的气氛看,都希望有再见之时,折柳希望送别者随处可安,那不是叫人"不要再回来"吗?

第三种"柳,留也",那就更不需要在春天折柳相赠了。柳叶、柳根、柳筐都可以谐音表挽留之意,而李白的"春风知别苦,不遣柳条青"诗人和春风都是空费心机了。

同时,我还看到另一个生疑的事实,李贺的《致酒行》有句:"主父西游困不归,家人折断门前柳"。无名氏《送别诗》有句:"柳条折尽花飞尽,借问行人归不归?"还是行人未归,家人也在折柳。原来唐时还有折柳寄远之俗,送别只折一次而已,寄远往往是行役有年,归来无日,为一人而累折不停,地方也不必是江上河边送别之地,而是门前庭院。卢照邻"攀折柳将寄,军中书信稀";张九龄"纤纤折杨柳,持此寄情人";李白"攀条折春色,远寄龙庭前";孟郊"赠远累攀折,柔条安得垂",又"枝疏缘别苦,曲怨为年多",都是为寄远而折柳。甚至李商隐有《离亭赋得折杨柳》也云:"含烟惹雾每依依,万绪千条拂落晖。为报行人休尽折,半留相送半迎归。"可见迎归也可折柳。

问:三种解释都有难解的疑云,那么"折柳"之疑是难以弄清了?

答:我的看法是,唐诗人送别折柳,是为了表达一种"情",一种"离别不忍的痛苦之情"。何以知之? 白居易《杨柳枝词》:"依依袅袅复青青,勾引春风无限情。"依依青柳,能引动无限之情,"柳本多情",韦庄《台城》:"无情最是台城柳,依旧烟笼十里堤。"这是反说,那台城以外的柳,不就本来是多情的吗? 这是"情"的依据。白居易还有一首《柳枝》云:"人言柳叶似愁眉,更有愁肠似柳丝。柳丝挽断肠牵断,彼此应无续得期。"那"柳丝挽断",不就是折柳吗?"肠牵断",多么痛苦难忍之情啊。白居易从柳叶的形态比喻为愁眉,已从外在引起人的伤感,柳丝的长又如愁肠,更从内在述说人的伤心,万转千愁不忍离别的痛苦之情系于"折柳",是最为恰当的。李商隐另一首《离亭赋得折杨柳》云:

> 暂凭樽酒送无憀,莫损愁眉与细腰。
> 人世死前唯有别,春风争拟惜长条。

愁眉、细腰均指杨柳，意思是酒可慰情，何别折柳？但第三句，用"唯有"一词，点死别外，生离最苦，必得以折柳慰情了。黄叔灿《唐诗笺注》"'人世死前唯有别'七字，惊人魂魄"，可见折柳慰情的力量。

其次，"百草千花共待春，绿杨颜色最惊人"。柳青时折柳，相互想到春光，浓化对时间的留恋也浓化了不忍的离情，所以"半留相送半迎归"，迎归也需杨柳，让它浓化美好时光相逢相忆的陶醉。

我认为还有重要的一点是，杨柳依依，长条及地，最便利于攀折，其他树枝，难免高不可攀，这是杨柳特殊的易于其他树木的攀折条件，而柳枝的春青时节干枯也较别的树晚，分离于途的睹物怀人也就更为深长。也许这就是折柳习俗得以产生的各种因素和条件吧。不过，我这也只是疑说而已。尚希待治唐诗者引起重视而进一步论证。

最后，"折柳"与音乐的传统关系也必须得到认识，我们才能理解唐人送别折柳的心理情感。送人最为痛苦，古代由于交通不便，亲人朋友之间往往一别数载难以相见，特别凄凉。而北朝乐府《鼓角横吹曲》有《折杨柳》，曲子用羌笛演奏，声极凄然，最适合临别心情。后来送别的时候，不一定非有曲子在现场，于是人们就以折柳枝的行动来表达心意，表达自己的哀怨、难舍，久而久之，取代了音乐，变为民间风俗传统。

古人这一习俗，倒是启发我思考其背后是否有"五行"思维的支持，《尚书·洪范》："木曰曲直"，曲直实际上是树木的生长形态，枝干曲直，向上向外周舒展，因而被人引申出生长、升发、条达舒畅之意。柳枝正有曲直特性，以它赠人寄意有美好的祝愿。

问：折柳送别是否毫无例外必须如此呢？

答：并不。诗人王维《元二使安西》："渭城朝雨浥轻尘，客舍青青柳色新，劝君更尽一杯酒，西出阳关无故人。"没有折柳。他《送沈子福之江东》："杨柳渡头行客稀，罟师荡桨向临圻。惟有相思似春色，江南江北送君归。"也没有折柳。李白《金陵酒肆留别》："风吹柳花满店香，吴姬压酒唤客尝，金陵子弟来相送，欲行不行各尽觞。"分明写到了柳花，但仍未折柳相送。朱放《乱后经淮阴岸》："唯有河边衰柳树，蝉声相送到扬州。"一作"秋日送别"，《唐诗选脉会通评林》周珽曰："乱后人烟断绝，云水萧条，一路所见所闻，惟有衰柳哀蝉，经行者岂无国破民亡之感。"衰柳哀蝉，国破民亡，故不堪折柳。

最后补充一点，各种意象中，有"长亭柳"，是在官道设置亭子植柳，供行旅停息或祖饯送行，庾信《哀江南赋》："十里五里，长亭短亭。"谓十里一长亭，五里一短亭。"长亭柳"成了蕴含依依惜别之情的意象，如唐人李建勋《柏梁隔句韵诗》

"不喜长亭柳，枝枝拟送君。"戴叔伦《赋得长亭柳》："濯濯长亭柳，阴连灞水流……赠行多折取，那得到深秋。"唐彦谦《无题十首·其八》："柔丝漫折长亭柳，绾得同心欲寄将。"李中《途中柳》："翠色晴来近，长亭路去遥。无人折烟缕，落日拂溪桥"。"南浦柳"，南浦多见于南方水路送别诗中，它成为送别意象与屈原《九歌·河伯》名句"与子交手兮东行，送美人兮南浦"有很大关系。南浦在唐人送别诗中出现频率高，如白居易《南浦别》"南浦凄凄别，西风袅袅秋"。皎然《奉陪颜使君真卿登岘山送张侍御严归台》"客心南浦柳，离思西楼月"。咏南浦所植之柳，如孟郊《南浦篇》"南浦桃花亚水红，水边柳絮由春风"。马戴《客行》"芦荻晚汀雨，柳花南浦风"。在南浦柳下离别，如许浑《将归姑苏南楼饯送李明府》"花落西亭添别恨，柳阴南浦促归程"。南浦折柳，如储嗣宗《赠别》："东城草虽绿，南浦柳无枝。……因君问行役，有泪湿江蓠。"攀折路人多而"无枝"。而将江柳与长亭连接，兼有长亭南浦之意象，如马戴《江亭赠别》"长亭晚送君，秋色渡江濆。衰柳风难定，寒涛雪不分"。

关于唐诗中的胡姬、
胡妇、酒家胡、胡旋女

问： 唐诗中许多地方写到胡姬、胡妇等等，她们是哪儿的人？

答： 都是隋唐时期来自西域的中亚胡人。这些不同种族的胡人聚集中原，经营生意，定居生活。长安是一座开放的都会，胡人酒家也最多，这一独特现象自然受到唐诗观照，诗中也就出现了胡姬、胡妇、酒家胡、胡旋女的形象。

先说胡姬，两汉通西域后，胡人开始移居内地经商，长安出现了胡人经营的酒业，守垆卖酒的胡姬，都是年轻俏丽女子，春色映照，形成了艳丽动人的商业景象，辛延年《羽林郎》有"胡姬年十五，春日独当垆"。北朝以来流入中土的胡人更源源不断，到玄宗时，西域白种胡人有数十万之巨，当垆卖酒，善于舞蹈的胡姬，不仅记于史，唐人诗中也常见到。

如李白笔下胡姬。他的《少年行二首》，其中一首：

> 五陵年少金市东，银鞍白马度春风。
> 落花踏尽游何处，笑入胡姬酒肆中。

《白鼻騧》也写到胡姬：

> 银鞍白鼻騧，绿地障泥锦。
> 细雨暮春花落时，挥鞭直指胡姬饮。

这些是在关内定居经营酒店的依兰胡女，他们经营酒店大多在长安开业，依兰胡会造葡萄酒，又善商贾，在京城造酒卖酒是以其所长来营生，蛤蟆陵就以生产西域葡萄名酒郎官清、阿婆清著称。依兰习俗妇女比汉族妇女开放，女子出面掌店卖酒或待客便是唐诗中所指的胡姬。酒店的胡姬，唐人又称为"酒家胡""酒胡"，这种店卖其他店所无的葡萄酒（洋酒），同时招呼客人的又是美貌的女性，自然吸引的客人多,文人诗客更是喜欢,难怪诗人要"笑入胡姬酒肆中"。唐诗中许多出现的胡姬、酒家胡,便可窥见当时的流风余韵。风流诗仙李白将胡姬酒店作为他常流连的地方。你看,他的《前有一樽酒行》:

> 琴奏龙门之绿桐,玉壶美酒清若空。
> 催弦拂柱与君饮,看朱成碧颜始红。
> 胡姬貌如花,当垆笑春风。
> 笑春风,舞罗衣,君今不醉将安归?

胡姬酒肆大多是漂亮年轻女子,诗人的钟情咏唱,纯粹的异国情调不能解释一切,和其他对比,善经营,能歌善舞色艺俱美又热情待客往往依兰"酒家胡"为胜。

问: 我仍不清楚胡姬是依兰胡的意思。

答: 唐玄宗时期,长安城西出城偏北的安远门就是闻名的丝路起点,从此向西,都是大道。沿途西域诸国,直到高昌、吐鲁番等地,都是大唐辖区,尤其陇右道的凉州,属汉胡杂处,有由中亚迁来的粟特昭武九姓族人,如安、石、康、米等国人,他们原为始居祁连山北昭武一带月氏人,被匈奴逐而居康国,其后支分成九国,以国为姓,其中石国人石万年在贞观年间率七城归附唐朝,其他流寓长安的显姓西域胡人,包括有康、安、石、米、何等族人,因为都是月氏之后,都属依兰裔人,而与突厥裔、蒙古裔的胡人有别,大概都是白种的依兰人种,所以西域胡人大都为依兰裔。唐诗中所称胡姬,外貌上保持依兰种特征,她们可能为纯种,也可能是汉、依或突厥、依兰混血,但仍具西域依兰胡的显性,如果她们形貌与汉人异,并不表示她们不在唐国境出生或久居。陈寅恪《唐代政治史述论稿》考察,北朝时因与西域政治商贸交流,大量九姓胡进入中原定居,成为土生胡人。从北齐北周直到唐朝形成一条清晰的胡人源源涌入中土的线索,沿丝路形成胡化的走廊。张广达《唐代长安的波斯人和粟特人:他们各方面的活动》从吐鲁番文书中幼儿户口大量漏报事实推测,胡人幼女可能长期就是丝路特殊商品,贩卖长安,成为酒肆侑酒胡姬。

问: 依兰胡的形貌特征如何?

答: 诗人李白曾在《幽州胡马客歌》中写道:"幽州胡马客,绿眼虎皮冠。笑拂两支箭,万人不可干。弯弓若转月,白雁落云端。双双掉鞭行,游猎向楼兰。出门不顾后,报国死何难?天骄五单于,狼戾好凶残。牛马散北海,割鲜若虎餐。

虽居燕支山，不道朔雪寒。妇女马上笑，颜如赪玉盘。翻飞射鸟兽，花月醉雕鞍。旄头四光芒，争战若蜂攒。白刃洒赤血，流沙为之丹。名将古谁是？疲兵良可叹。何时天狼灭，父子得闲安。"这个胡客戴虎帽，诗人注意了他不同常人的形貌特征，瞳孔是与众不同的绿色。他与东突厥种的胡人不同，与《新唐书》《唐会要》记载的绿瞳人一样，这绿眼幽州胡应属雅利安人种，很可能是后来的白罗斯人。在黑海与咸海之间的南北一带，黑海南部以东的伊朗和阿富汗西北，这区域的人种，绝大部分瞳孔为浅色，北欧人种瞳孔浅色的有百分之八十。浅瞳孔色素由浅而深分别有灰、灰绿、淡褐、棕灰等。依兰裔的护密人（今阿富汗东北境之瓦汉）也是绿眼，著名学者向达直率说碧眼紫须的胡人是依兰种。碧眼的幽州胡，便是依兰裔的胡人。在这首诗里，李白还写到了胡妇，这位游牧胡妇，也是使弓弄箭的人，"翻飞射鸟兽，花月醉雕鞍"，完全与男儿的勇武无异。而他笔下经商定居的胡妇形象则又不同，如《送裴十八图南归嵩山》："胡姬招素手，延客醉金樽。""素手"的依兰妇女皮肤素洁，不同于一般中原女子的白皮肤，她们碧眼素肤，相貌美丽，游牧性格的勇敢大胆，又极适合经商。在李白的《猛虎行》中有："胡雏绿眼吹玉笛，吴歌白纻飞梁尘。"这胡雏即是胡童，胡童有男有女，他们会音乐，而且音调高逸。

依兰胡出现于唐代，以美酒、美貌、异域风情及歌舞丰富社会生活，加强唐朝的胡化。岑参《青门歌送东台张判官》："青门金锁平旦开，城头日出使车回。青门柳枝正堪折，路傍一日几人别。东出青门路不穷，驿楼官树灞陵东。花扑征衣看似绣，云随去马色疑骢。胡姬酒垆日未午，丝绳玉缸酒如乳。"《送宇文南金放后归太原寓居因呈太原郝主簿》："归去不得意，北京关路赊。却投晋山老，愁见汾阳花。翻作灞陵客，怜君丞相家。夜眠旅舍雨，晓辞春城鸦。送君系马青门口，胡姬垆头劝君酒。为问太原贤主人，春来更有新诗否。"送别因有热情欢乐的胡姬和美酒，即使是发榜落选，也不见离别哀愁、失意惆怅。足见胡风已与唐人生活融为一体，唐人对胡文化的接受与肯定，也为大唐锦上添花。

问：他们懂音乐，想必能歌善舞吧。

答：正是，唐诗人笔下还有一种依兰胡女以舞为业，她们跳的都叫胡舞，其中最流行的胡腾、柘枝和胡旋三种，都是源于依兰聚居的中亚国家。白居易有《胡旋女》记其情态：

胡旋女，胡旋女，心应弦，手应鼓。弦鼓一声双袖举，回雪飘飘转蓬舞。左旋右转不知疲，千匝万周无已时。人间物类无可比，奔车轮缓旋风迟。曲终再拜谢天子，天子为之微启齿。胡旋女，出康居，徒劳东来万里余。中原自有胡旋者,斗妙争能尔不如。天宝季年时欲变,臣妾人人学圜转。中有太真外禄山,二人最道能胡旋。梨花园中册作妃,金鸡障下养作儿。禄山胡旋迷君眼,兵过黄河疑未反。贵妃胡旋惑君心,死弃马嵬念更深。从兹地轴无维转,五十年来制不禁。胡旋女,莫空舞,数唱此歌悟明主。

诗题有序:"戒近习也。天宝末,康居国献之。"舞的来处是康居(今哈萨克斯坦),诗人本意讽喻,戒近习,却成了依兰舞的生动记载,据《乐府杂录·俳优》:"舞有骨鹿舞,胡旋舞,俱于一小圆球子上舞,纵横腾踏,两足终不离于球子上,其妙如此也。"这里的胡旋舞既要应弦又要应鼓,心手并用,跳起来轻盈如飘雪,旋转时快疾如风,将奔走的车轮和旋风都可比下去,千旋万转,难度之大,技艺之高,唐明皇赞赏并为之入迷。据《安禄山事迹》卷上:"禄山每行,以肩膊左右抬挽其身,方能移步,玄宗每令作胡旋舞,其疾如风。"就白居易诗旨,认为它败坏汉人风习。无辜胡姬背负了惑君罪名,甚至罪咎安史之乱正是惑君原因。

问:那么她们是如何进入宫廷的呢?

答:自北朝隋唐以来,这些来自粟特地区和波斯的伊朗语系的胡姬,就一直拨动唐人的心弦。到了玄宗时期,由于波斯败于阿拉伯,流落中土的波斯人有数十万众,胡风劲吹,胡汉融合渐入高潮。依兰歌舞伎入唐室是直接朝贡,"开元初,(康国)贡锁子铠,水精杯,玛瑙瓶,鸵鸟卵及越诺,朱儒,胡旋女子"。(《新唐书》卷二二一《西域传》下)开元七年五月"俱密国遣使献胡旋女子及方物"。开元十五年"五月,康国献胡旋女子及豹。史国献胡旋女子及葡萄酒。七月,史国王阿忽必多遣使献胡旋女子及豹"。开元十七年"正月,米使献胡旋女子三人及豹、狮子各一"。(《册府元龟》卷九七一《外臣部·朝贡》四)可见玄宗时进贡极盛,也是社会胡化,朝政将变的前兆。

诗人李端,诗有《胡腾儿》:

> 胡腾身似凉州儿,肌肤如玉鼻如锥。
> 桐布青衫前后卷,葡萄长带一边垂。
> 帐前跪作本音语,拾襟搅袖为君舞。
> 安西旧牧收泪看,洛下词人抄曲与。
> 扬眉动目踏花毡,红汗交流珠帽偏。
> 醉却东倾又西倒,双靴柔弱满灯前。
> 环行急蹴皆应节,反手叉腰如却月。
> 丝桐忽奏一曲终,呜呜画角城头发。

胡腾儿，胡腾儿，故乡路断知不知？

这个胡腾少女肌肤洁白如玉，高鼻梁，在表演时"扬眉动目"，"反手叉腰如却月"，形神生动，有肢体语言，有舞者的面部表情，看来像醉步，其实旋转中也应节拍，故"环行急蹴皆应节"。真是太美了，胡腾出自石国(唐属安西都护府，今乌兹别克斯坦塔什干一带)。另有诗人刘言史，他对胡腾女的舞姿以及衣饰，都作了描写："石国胡儿人见少，蹲舞尊前疾如鸟。织成蕃帽虚顶尖，细氎胡衫双袖小。手中抛下葡萄盏，西顾忽思乡路远。跳身转毂宝带鸣，弄脚缤纷锦靴软。四座无言皆瞪目，横笛琵琶遍头促。乱腾新毯雪朱毛，傍拂轻花下红烛。酒阑舞罢丝管绝，木槿花西见残月"(《王中丞宅夜观舞胡腾》)。衣饰的华美，舞姿的矫健，铃饰的鸣响，一派豪歌急鼓，透出依兰族人游牧生活的节奏。

问：她们是以舞为业的艺伎吗？

答：是的。这些依兰女子以舞伎为业，地位低下，但因唐代社会受边陲之患，她们也因之受讽喻，她们未能在诗人墨客中酬唱，一般应召于富豪权贵的庆节饮宴。安史乱后，国势衰颓，中晚唐对胡风东渐已有抵触，评价已不如初盛唐，这些依兰女子承担了社会不该的归咎。白居易便写了《西凉伎》，用新乐府体讽喻，元稹写的《胡旋女》："天宝欲末胡欲乱，胡人献女能胡旋。旋得明王不觉迷，妖胡奄到长生殿……骊珠进珥逐飞星，虹晕轻巾掣流电……巧随清影触处行，妙学春莺百般啭……"胡旋女是歌舞合于身的艺伎，元白都讽喻是颓丧天朝的坏风习。因为安禄山为胡人，胡姬成为指责的替罪羊，甚至出现攻击胡人、排斥胡化的现象。

问：这样看对吗？

答：从文学角度看，诗人描写出胡姬令人喜爱的画面，胡妇背弓挟箭，操劳做活，胡旋女精彩的舞技，不是纵酒狎妓，它写实的倾向，尤其前期，丰富渲染了盛唐气象。安史乱后，国势倾颓，胡姬、胡旋女的歌舞，依兰胡乐，相对已成为行乐铺张的排场，诗人的忧患异化了盛唐气象的昂扬，也是无可厚非。

但是，从社会角度看，胡姬胡妇等不是纯粹的女性意象，它是两种文明，依兰文化和唐文化交融汇合的过程，它不是军事上征伐的演进，不是意识形态的压制，而是人文艺术的互相影响，胡姬的卖酒卖舞，胡妇的游猎放牧，她们的自立自足意识，赢得了诗人对其勇武和气质的赞赏，诗人笔下也是属于理性的而不是贬损，唐文化已将西域的依兰裔融入中原的生活，特别音乐舞蹈，扩张丰富了唐文化内容。你以为是吗？

问：是的，客观公允，我们也应理性地看待胡姬胡妇、胡旋女和诗人们的创作。

答：中晚唐国势衰颓，内乱不断，唐军失去了对西域的管控，吐蕃对这一地区的占据，彻底阻断了丝路，对西域的隔绝也使胡风开始减弱，又因边患胡化受到抵制，所以胡姬形象晚唐从诗人的视野中消失了，也从大众生活中消失了。

关于唐诗人写诗的特别爱好

问：据我所知，唐代一些诗人写诗取象有特殊的爱好，例如李白就喜欢写月亮入诗，是吗？

答：是的，李白写诗组象，用月亮为材料的诗很多，而且许多名诗都与月亮相关。例如：

一、望月："举头望明月，低头思故乡。"（《静夜思》）
　　　　　"却下水精帘，玲珑望秋月。"（《玉阶怨》）
二、念月："白云还自散，明月落谁家。"（《忆东山》）
　　　　　"登舟望秋月，空忆谢将军。"（《夜泊牛渚怀古》）
三、问月："青天有月来几时，我今停杯一问之。"（《把酒问月》）
四、呼月："小时不识月，呼作白玉盘。"（《古朗月行》）
五、揽月："人攀明月不可得，月行却与人相随。"（《把酒问月》）
　　　　　"俱怀逸兴壮思飞，欲上青天揽明月。"（《宣州谢朓楼饯别校书叔云》）
六、邀月："举杯邀明月，对影成三人。"（《月下独酌》）
七、寄月："我寄愁心与明月，随君直到夜郎西。"（《闻王昌龄左迁龙标遥有此寄》）
八、赊月："且就洞庭赊月色，将船买酒白云边。"（《陪族叔李晔及贾舍人游洞庭》）
　　　　　"暂就东山赊月色，酣歌一夜送泉明。"（《送韩侍御之广德》）
九、买月："清风朗月不用一钱买，玉山自倒非人推。"（《襄阳歌》）
十、留月："长留一片月，挂在东溪松。"（《送杨山人归嵩山》）

上列十点决非全部概括了李白对月亮的组象方式。猎览李白诗，我们还见他"摩月"："举手可近月，前行若无山"（《登太白峰》）；"辞月"："弯弓辞汉月，插羽破天骄"(《塞下曲》);"梦月":"梦绕边城月,心飞故国楼"(《太原早秋》);"步月":"醉起步溪月,鸟还人亦稀"(《自遣》);"泛月":"轻舟泛月寻溪转,疑是山阴雪后来"(《东鲁门泛舟》)等。

问:李白这样爱用月亮组象,有何用意呢?

答:人们对诗歌审美观念的过程,是"意象"的探索过程。组象,是语言的组合作用于审美主体的感官之后,在审美主体头脑里唤起的客观世界的映象。而"意"是审美主体通过"象"所领悟的精神意义。李白组象领域的表现有两个基本点:一是将月亮作为最美的物象;二是将其作为最亲近的物象。他如此爱月,是月最能表现他优美的情操和孤高耿介的胸怀。在我所列举李白用月亮组象的诗歌中,你可能注意到了一个特殊情况,此类诗歌的月亮组象方式,都属于动态表现,即从语法规则来看,都是"动宾"结合。当然静态组合,诗人一样有不少名篇,稍作例举,恕不论及。如:"明月出天山,苍茫云海间。"(《关山月》)"长安一片月,万户捣衣声。"(《子夜吴歌》)"客散青天月,山空碧水流。"(《谢公亭》)"万里浮云卷碧山,青天中道流孤月。"(《答王十二》)"只今惟有西江月,曾照吴王宫里人。"(《苏台览古》)"峨眉山月半轮秋,影入平羌江水流。"(《峨眉山月歌》)可谓不胜枚举。

另外李白诗中的月亮还有特殊的表现和意象组合,例如《长门怨》:"天回北斗挂西楼,金屋无人萤火流。月光欲到长门殿,别作深宫一段愁。"此诗通过"移情"作用把宫女之愁倾注到自然景物"月光"中去,月光仿佛也有同情心,想到长门殿慰伴宫女,助解寂寞,可是适得其反,宫女反望月生悲,"别作深宫一段愁",认为月光故意作对,偏来独照长门宫里人。他另一首《独漉篇》:"罗帏舒卷,似有人开。明月直入,无心可猜。"简直让月亮走进生活,有极醇美的人情味,极少有诗人意象组合能臻此佳境。至于用月的"比喻"组合意象:"长干吴儿女,眉目艳星月"(《越女词》);用月的"成语"组合意象:"吴牛喘月时,拖船一何苦"(《丁都护歌》);用月的"借代"组合意象:"齐有倜傥生,鲁连特高妙。明月出海底,一朝开光耀"(《古风一》),明月借代珍珠。充分显示一代诗才对月亮意象组合方面的开拓。

问:哦,李白可算是月亮诗人了。唐诗人中还有哪些诗人有特别爱好呢?

答:另一位可谈的诗人是许浑,他写诗特别爱好的是写"水"。宋人胡仔称他的诗为"许浑千首湿"(《苕溪渔隐丛话》)。这就可以想见他用水组象的诗作数量如何了。如他的"蒲根水暖雁初下,梅迳香寒蜂未知。词客倚风吹暗淡,使君回马湿旌旗"(《初春雨中舟次和横江裴使君见迎李赵二秀才同来,因书四韵》)。

另外,我稍以名诗例举看看吧:

"水声东去市朝变,山势北来宫殿高。"(《登故洛阳城》)

"劳歌一曲解行舟,红叶青山水急流。"(《谢亭送别》)

"可怜国破忠臣死,日日东流生白波。"(《姑苏怀古》)

"溪云初起日沉阁,山雨欲来风满楼。"(《咸阳城东楼》)

"石燕拂云晴亦雨,江豚吹浪夜还风。"(《金陵怀古》)

"聚散有期云北去,浮沉无计水东流。"(《京口闲居寄京洛友人》)

许浑诗有明显的泽国情调,宋初人们即用"许浑千首湿"称之,清编《全唐诗》收许浑531首诗,其中用到"水"字的有200首,用到"雨""露""河""浪"等字的251首。两项相合约占85%,凡诗中涉及咏史、怀古、隐逸、羁旅、送别、寄怀、题言、赠献以及其余题材,他都善借"湿"抒发情感,当然,这与他处的地理环境及生活相关。他有诗句"故巢迷碧水",这是迷水恋湿的物质基础,许浑写诗用"水"多,还与他生活的地域相关,江南多水乡泽国,为诗人取象提供了充分的物质基础,所以韦庄有诗称曰:"江南才子许浑诗,字字清新句句奇。"好吧,说到韦庄,我也该谈谈韦庄的特别爱好了。

韦庄取象,也有特别爱好,他诗里用"夕阳"特别的多,仅以《才调集》所选韦庄诗为例,六十三首诗中,竟有十例之多。

"万古行人离别地,不堪吟罢夕阳钟。"(《灞陵道中作》)

"流水带花穿巷陌,夕阳和树入帘栊。"(《贵公子》)

"今日乱离俱是梦,夕阳唯见水东流。"(《惜昔》)

"落星楼上吹残角,偃月营中挂夕晖。"(《春日》)

"且恋残阳留绮席,莫推红袖诉金卮。"(《对梨花赠皇甫秀才》)

"孤竹庙前啼暮雨,汨罗祠畔吊残晖。"(《鹧鸪》)

"城边人倚夕阳楼,城上云凝万古愁。"(《咸阳怀古》)

"才喜新春已暮春,夕阳吟杀倚楼人。"(《奉和左司郎中春物暗度感而成章》)

"僧寻野渡归吴岳,雁带斜阳入渭城。"(《汧阳县阁》)

"槐陌蝉声柳市风,驿楼高倚夕阳东。"(《关河道中》)

问:他这类诗有何用意呢?

答:当然有。"夕阳"是晚暮之景,残照西风,留给人的是哀感情绪。晚唐,落日斜晖,再无初盛唐贵族那种初升的朝气与昂奋的责任。"夕阳"正好应景。诗人暮年才入仕,社会又已倾圮,他失望了,一切都像夕阳到了尽头,他用"夕阳"组象,给自己,给社会唱着伤歌。往事的再现能使他倍觉当前遭遇的不幸,同时当前的不幸遭遇也逼使他去追忆往事,这种过去和现在交织的苦闷,融进又未曾泯灭的幻想中,有如晚照晴岚,使他伤时伤事更伤心的诗歌具有哀感而清丽的特色。他可以叫夕阳诗人。

问:这样看来,写诗有特别爱好的诗人还该有孟郊了?

答:对,孟郊可算是异于常人的有奇癖的诗人,他爱好的不完全是用具体的可视可听的物组象,他还特别爱好用抽象的物组象,他是专写"痛苦"的诗人。

问:是这样的吗,请你谈谈。

答:孟郊的组诗《秋怀》十五首,较集中较典型地写"痛苦"的境况。摘引给你看看:

"冷露滴梦破,峭风梳骨寒。""老骨坐亦惊,病力所尚微。""一片月落床,四壁风入衣。""鬼神满衰听,恍惚难自分。""老骨惧秋月,秋月刀剑棱。""视短不到门,听涩讵逐风。""幽苦日日甚,老力步步微。""霜气入病骨,老人身生冰。衰毛暗相刺,冷痛不可胜。"

这样写"痛苦"确为古今诗人所仅见。他对于痛苦非常着力地刻划,达到了钩深入神的境地。他从寒、病、老、贫、饥、怨、落第、死丧等许多方面写尽了痛苦的状况。如:

寒的痛苦:"调苦竟何言,冻吟成此章"(《苦寒吟》)。"冷箭何处来,棘针风骚劳。霜吹破四壁,苦痛不可逃"(《寒地百姓吟》)。

病的痛苦:"飞光赤道路,内火焦肺肝"(《路病》)。"春色烧肌肤,时飧苦咽喉"(《卧病》)。"冷气入疮痛,夜来痛何如,疮从公怒生,岂以私恨多"(《访疾》)。

老的痛苦:"老人独自归,苦泪满眼黑"(《留弟郢不得送之江南》)。"手手把惊魄,脚脚踏坠魂"(《上昭成阁不得于从侄僧悟空院叹嗟》)。

贫的痛苦:"借车载家具,家具少于车"(《借车》)。"富别愁在颜,贫别愁销骨"(《答韩愈李观别因献张徐州》)。

饥的痛苦:"去去勿复道,苦饥形貌伤"(《感怀》)。"冰肠一直刀,天杀无曲情"(《饥雪吟》)。

怨的痛苦:"晓泪滴楚瑟,夜魂绕吴乡"(《长安羁旅》)。"积怨或疾疹,积
　　　　　　恨成狂痴"(《乱离》)。

落第的痛苦:"弃置复弃置,情如刀剑伤"(《落第》)。

死丧的痛苦:"穷老收碎心,永夜抱破怀"(《杏殇》)。"生气散成风,枯骸
　　　　　　化为地。负我十年恩,欠尔千行泪"(《悼幼子》)。

　　孟郊写"痛苦"的诗,使人从感觉上有切肤之感,这如果没有深切的典型感
受,无论如何是写不出来的。他可以称名为痛苦诗人。

　　问:看来,他这样组象还是来自于生活,但他这种写"痛苦"的异常癖好,从
审美观念看,是很反常吧?

　　答:你领会得很不错,这说明,单纯看诗人的写诗爱好是不够的。如孟郊爱
好的意义,表明这是一种以反美为美,以不美为美的审美观,非常引人注意,证明
中唐时期,以孟郊为首的诗人,力图开创如断臂维纳斯以残损为美的审美观念。
你以为如何?

　　问:这真是一个值得探索的问题,启迪不小,谢谢。

数字入诗的奇妙异闻

问：请谈谈唐诗运用数字组合诗歌的情况。

答：这是个有趣的问题。唐诗人在诗中使用数字极为广泛，极为熟练。有的诗人竟以运用数字而赢得了声誉。例如骆宾王是善用数字组成诗对的，他的《帝京篇》用了不少数字组对，起句便是"山河千里国，城阙九重门"。诗中如像"秦地重关一百二，汉家离宫三十六"，"小堂绮帐三千户，大道青楼十二重"，音节铿锵，节奏鲜明，很富于表现力。所以，人们送他以雅谑的称号："算博士"。

尽管骆宾王以数字运用得好赢得了声誉，但是，就宏观地审视全唐诗，一谈到数字运用得好的诗歌，人们难以忘却并首先认许的，是张祜的《宫词》：

> 故国三千里，深宫二十年。
> 一声何满子，双泪落君前。

全诗二十字，数量字词竟占了一半，在这样狭小有限的天地里，要完成一首诗已很困难，要成为一首名诗更难。所以我不能不多谈几句。这首诗提到的"何满子"，乃教坊曲名。据《乐府诗集》："白居易：'何满子，开元中沧州歌者，临刑进此曲以赎死，竟不得免。'"

"何满子"是怎样的歌调？清人宋顾乐《唐人万首绝句选》评："《何满子》其声最悲，乐天诗云：'一曲四词歌八叠，从头便是断肠声。'"这说明歌调是令人肠断的悲歌，唱法上是四句经反复成八叠。

张祜《宫词》，传唱宫中，宋人计有功《唐诗纪事》还记下了一件事：唐武宗疾笃时，意欲孟才人相殉。"（孟）乃歌一声《何满子》，气亟立殒。上令医候之。曰'脉尚温而肠已绝。'"张祜闻之，感慨不已。作《孟才人叹》："偶因歌态咏娇频，传唱宫中十二春。却为一声《何满子》，下泉须吊旧才人。"《宫词》记录的《何满子》歌调竟有如此震撼人心的艺术力量，也是数字诗的奇迹。此诗极写深宫怨女之悲。首句"三千里"极远,次句"二十年"极长。故国即故乡。宫人少小时从三千里外家乡选入宫禁,寂寞深宫已二十年,积恨已深。三、四句写因歌感触,故一声才发,双泪便流。她怨君王为自己的享乐,埋葬了少女的青春。诗的组合是,首句空间,次句时间,三句声音,四句感情。时空交织,声情相融。

张祜的好友杜牧读此诗后,曾有诗《赠张祜处士》,结句赞他的《宫词》:"可怜'故国三千里',虚唱歌词满六宫。"道出了宫禁虽唱,而宫禁的森严没有为宫女解禁的事实。"虚唱",又言未引起天子重视,予诗人以一官半职也。后来的诗人郑谷作诗寄酬高蟾,诗云:"张生'故国三千里',知者唯应杜紫微。"肯定杜牧对张祜诗的正确理解,其实便是郑谷对张祜间接的正确理解。所以诗人不避多用数字。清人郎廷槐《师友诗传录》载:"问:'诗中用古人及数目,病其过多,若偶一用之,亦谓之点鬼簿,算博士耶?'答:唐诗如'故乡七十五长亭','红栏三百九十桥'皆妙。虽算博士何妨,但勿呆相耳。所云点鬼簿,亦忌堆垛,高手驱使,不自觉耳。"从不避数字和人名入诗,是有道理的。

问:张祜此诗确实好,这是首小诗,诗小却好,是数字的成功运用。那么,数字在诗中还有什么突出魅力?

答:数字本是枯燥的指示性概念,但诗人运用得巧妙,拆析巧善,在有机的语言组合中,变成诗歌意象里富有生命力的特殊细胞,使之音节和婉,加、减、乘、除,无所不有。顺其语言环境不同,各司所长,各显魅力。

一、加法析数:此法在诗歌中,常常是把拆析开的几个具体的数字形象复加起来,达成总数,表现一个完整的意象;或者以数字的依次递增,去推动诗歌意境的发展。如诗僧寒山的《五言五百篇》,就是以拆开的几个具体数字复加表现了他创作的丰富。诗云:

> 五言五百篇,七字七十九。
> 三字二十一,都来六百首。
> 一例书岩石,自夸云好手。

前三句的复加,正是第四句的总和。这是明加法。白居易云:予与山南王仆射起,淮南李仆射绅,事历五朝,逾三纪,海内年辈,今惟三人,荣路虽殊,交情不替。聊替长句,寄举之公垂二相公:"故交海内只三人,二坐岩廊一卧云。"这是先列总数,后列析数相加,表现诗人珍惜交情可贵。诗人卢仝曾收到孟谏议送他的三百片新茶,他写了一首《走笔谢孟谏议寄新茶》的诗。诗先叙送茶经过和茶的名贵难得,只有"至尊"与王公才能饮到,接下写道:

一碗喉吻润，两碗破孤闷；

三碗搜枯肠，唯有文字五千卷；

四碗发轻汗，平生不平事，尽向毛孔散；

五碗肌骨清；六碗通仙灵；

七碗吃不得也，

唯觉两腋习习清风生。

诗写饮茶的感受。从第一碗写起，饮至七碗，觉两腋生风，飘飘欲仙。诗从数字的依次递加之中，自然而又巧妙地表现了一种风趣而谐谑的情调。白居易《酬梦得》云：

前日君家饮，昨日王家宴。

今日过我庐，三日三会面。

当歌聊自放，对酒交相劝。

为我尽一杯，与君发三愿。

一愿世清平，二愿身强健。

三愿临老头，数与君相见。

全诗两次运用加法析数，第一次前日加昨日加今日，等于三个一日相加"三日三会面"，是由先析数加成总数。后面则先总数"发三愿"，后列析数"一愿""二愿""三愿"。全诗运用数字变化奇妙，表达了诗人的旷达及与刘禹锡的深厚友谊。

李白也善用数字析拆组诗，如他的《山中与幽人对酌》"两人对酌山花开，一杯一杯复一杯"。《上三峡》："三朝上黄牛，三暮行太迟。三朝又三暮，不觉鬓成丝"，都用了明确的析数加法推进诗句发展。另外，还有一种是含蓄的暗加法。例如，李白的《月下独酌》："举杯邀明月，对影成三人。"那是由"诗人"加"影子"加"月亮"总合成的三人，他借数字暗的析合，表现他好酒不羁的豪放性格，奇想横生，然而又反常合道。白居易的《暮江吟》也是数字析合的名诗。

一道残阳铺水中，半江瑟瑟半江红。

可怜九月初三夜，露似真珠月似弓。

这首七绝数字不少，但主要是前两句，"半江"加"半江"等于一江。斜阳偏照，江面半碧半红，不可能是碧江一色，这是符合生活真实的。这由数字析合表现的美景,《唐宋诗醇》评曰:"写景奇丽,是一幅着色秋江图。"数字把难状之景鲜明地呈现在面前。

二、减法析数:此法是把诗中整体意象或部分意象分化为若干具体部分,然后相继减舍,直到充分地表情达意。且看白居易的《自诲》:

> 人生百岁七十稀,设使与汝七十期。
> 汝今年已四十四,却后二十六年能几时?
> 汝不思二十五六年来事,
> 疾速倏忽如一瞬
> ……

以时间之减舍,悟出生命之短暂,立自诲之意,表现诗人中年奋发自励的思想感情。待他到花甲之年,更有意用数字的析拆相减,来表现他晚年的心境和追求。他写一首《耳顺吟寄敦诗梦得》:

> 三十四十五欲牵,七十八十百病缠。
> 五十六十却不恶,恬淡清净心安然。
> ……

人的一生三十而立,不及百岁而终,在这有限和有效的生命里,他用析数减舍及思三十四十在五欲中过去,预见七十八十的疾病缠身,而眼前五十六十还过得恬淡清净。诗道出了他的心境和自省的满足,和上一首联系,完全表达了他思想发展变化的历程。杜甫的名篇《石壕吏》有句云:"听妇前致词,三男邺城戍,一男附书至,二男新战死。"诗用准确而翔实的数字,用拆减法方式进行啼诉,声声悲苦,字字血泪,有力地突出了诗歌的内容意义。

三、乘法析数:此法是以乘积的方式表现诗歌中的某一个具体数字意象,有时也表现艺术夸张的修辞手段。先看卢仝的《有所思》:

> 当时我醉美人家,美人颜色娇如花。
> 今日美人弃我去,青楼珠箔天之涯。
> 天涯娟娟嫦娥月,三五二八盈又缺。
> 翠眉蝉鬓生别离,一望不见心断绝。
> 心断绝,几千里。
> ……

再看李白《江夏行》中有两句诗云:"正见当垆女,红妆二八年。"卢仝和李白诗中的"二八",请注意都别以为是"二十八"岁,它们都是二和八相乘的积,十六。鲜明地表现了红妆少女的十六岁如花年华。同样地卢仝诗中的"三五二八盈又缺"是承上句写月,三与五乘为十五,是月盈满之期,二与八乘为十六,是盈满后的缺亏开始期,它们都是借月的盈亏以乘积数字表现时间的流逝,又以此进一步表现离人的相思久念。白居易诗中用乘法析数也很多,如《赠晦叔忆梦得》:

> 自别崔公四五秋,因何临老转风流。
> 归来不说秦中事,歇定唯谋洛下游。
> 酒面浮花应是喜,歌眉敛黛不关愁。
> 得君更有无厌意,犹恨尊前欠老刘。

"四五秋"是二十年,诗人诙谐成趣的性格,久别忆友的感情逼真地体现了出来。白居易还有《戊申岁暮咏怀》云:"穷冬月末两三日,半百年过六七时。""半百"以五十岁计,"六七时"乃六乘七之积,诗人道出此诗写于四十二岁。

还有一种情况是乘积直接出现在诗中,这已不是为表现一个具体数字形象,而是兼有艺术夸张的意象。如李白《襄阳歌》有句:"百年三万六千日,一日须倾三百杯。"诗人豪言饮酒,夸张表现,将他不满现实,及时行乐的心情极度写出。王建《短歌行》有句:"百年三万六千朝,夜里分将强半日。"运用的文字几乎无异,但这里表现的是时间短促可贵。古诗中以此作夸张表现的用例举不胜举。

四、除法析数:用除法析数,可使诗的形象更加典型、生动;有时也能起夸张的表现效果。例如,徐凝有一首七绝《寄扬州》:

> 萧娘脸薄难胜泪,桃叶眉长易得愁。
> 天下三分明月夜,二分无赖是扬州。

诗的后两句运用析数除法,谓天下三分之二的夜景良宵为扬州独占。本来月光普照,遍及人寰,并不偏爱扬州,诗为了生动传神的表现,用反常合道的修饰手法,使事理更典型。"三分""无赖"是奇幻的设想,这本有所本,三分明月,使人想到谢灵运名言:"天下才有一石,曹子建独占八斗,我得一斗,天下共分一斗。"而徐凝化用于诗,了无痕迹且青胜于蓝。自然,这些数目字,决不可用常理考求,但它的艺术效果特别突出。如后世读徐凝诗,对扬州的向往无比痴情,致使"二分明月"成了扬州的代称。"无赖",有可爱意。诗人把扬州月夜写到入神境地,用"三分明月"与"二分无赖"的除式,新奇地装点了扬州的风姿,送给人美的意象。

唐代几位特别杰出的诗人,都运用过除法析数写入自己的诗。例如李白《蜀道难》有句:"青泥何盘盘,百步九折萦岩峦。"这是写青泥岭曲折回旋,走一百步要拐九道弯,犹言十步一弯,极表蜀道难险。杜甫《负薪行》有句:"十犹八九负薪归,卖薪得钱应供给。"这是说十分之八九的妇女靠劳动供养家人生活,缴纳苛捐杂税。这里除法析数的数字是对劳动妇女的礼赞和对残酷的封建掠夺的揭露。白居易《花下自劝酒》:"莫言三十是年少,百岁三分已一分。"用析数除法表现用时间自警。

运用数字拆析的奇妙变化,表现诗的意象,有时还不单一使用加、减、乘、除。如白居易诗《达哉乐天行》:"……先卖南坊十亩园,次卖东都五顷田。然后兼卖所居宅,仿佛获缗二三千。半与尔充衣食费,半与吾供酒食钱。吾今已年七十一,眼昏须白头风眩。但恐此钱用不尽,即先朝露归夜泉……"先是卖田园屋宅的析数相加,然后以两个"半"与和数相除,综合用了两种析拆之法,把他旷达散金的思想充分表现了出来。

所以,诗歌的拆析数字,用得其所,便可产生一定的修辞效果,或增强诗的幽默,或增强含蓄,或显夸张,或多曲折。枯燥的数字,经诗人匠心独运,就会被感情烛照,富有血肉、思想、韵味,成为诗美的一个有机部分。因此,我们认为作为形象思维的诗歌,与作为逻辑思维的数字概念符号,并非是水火不容的。

问:对数字诗的功能,我从你所谈中获益不浅。但数字有虚实,应把握怎样的原则认识数字诗?

答:数字诗这一形式有其深厚的文化、哲学背景,就是阴阳、五行、算术传统思维意识与思维模式在诗人心中的潜在影响,以数字析拆的运算变化作为修辞手段运用于诗歌。析数法入诗,只是说明在诗歌创作中我们可以借用数学中的加减乘除法,来增强修辞效果,并非一定要机械地求出和、差、积、商来。换句话说,析数现象是作为一种修辞手法而不是作算式代入。诗歌中有实数,更多是虚数,析数结果也不一定是数学运算的结果。如若硬要一律坐实推算,势必僵"死",而失去诗味。如李白《梦游天姥吟留别》有句:"天台四万八千丈,对此欲倒东南倾。"《蜀道难》有句:"尔来四万八千岁,不与秦塞通人烟",显然是极言山高和时间久远,谁也知道决不能坐实丈量和计时的。杜甫《古柏行》写孔明庙前古柏:"霜皮溜雨四十围,黛色参天二千尺。"宋人沈括《梦溪笔谈》以为:"四十围乃是七尺,高二千尺,无乃太细长乎?"而《苕溪渔隐丛话·前集·卷八》驳云:"存中(沈括)性机警,善九章算术,独于此为误,何也?古制以围三径一,四十围即百二十尺。围有百二十尺,即径四十尺矣;安得云七尺也?若以人两手大指相合为一围,则是一小尺,即径一丈三尺三寸,又安得云七尺也?武侯庙柏,当从古制为定,则径四十尺,其长二千尺宜矣,岂得以太细长讥之乎?"可笑的是,他也是用纯数学的计数法来衡量并反驳的。用生活的机械真实来印证艺术的真实,这样,即令合于自然之理,也不合于艺术之理。所以,他们这种机械解诗,遭到后来人的訾议。清人贺裳认为杜甫此诗于生活与科学相证都无理,但却"无理而妙"。它是借以象征孔明伟大的品格,表现诗人的景仰之情。当然我还要赞赏杜甫的严谨与守序,西周时代即已立下尊崇祖先典章制度的传统,反映于文学就是崇尚典故的运用,孔子所谓"克己复礼,天下归仁",即是乱世中对"士"的要求。杜诗深层结构也忠于这一传统,他即使夸张也尊崇古制,而不是僭越古制的夸张,否则那就是乱声了。故此诗能看出一位贵族诗人无时无刻不尊礼守制,恪守儒家本分,一点一滴从自我做起,反映了他流落夔州时对治世的期盼,杜诗文如其人。明人杨慎很赞赏善用数字成诗的杜牧,在《升庵诗话•卷十》云:"大抵牧之诗,好用数目堆积,如'南朝四百八十寺','二十四桥明月夜','故乡七十五长亭'是也。"但其数字都是不能用生活的机械作解的。

关于红叶题诗异闻

问：在唐代诗人中，盛传着许多"红叶题诗"的故事吗？

答：是的。这个诗坛佳话流传广远，发生在宫廷中后宫女宫人和文人的故事，所谓"御沟流红叶"。在玄宗、德宗、宣宗、僖宗时代都说发生过这样的事。我考查了一下，关于此类流传，共有四种：

1. 据《本事诗》载，诗人顾况在洛阳时，得暇与三位诗友游于宫苑外，在御沟流水上拾得一片大梧叶，叶上有娟秀的文字题诗：

> 一入深宫里，年年不见春。
> 聊题一片叶，寄与有情人。

此诗一作"旧宠悲秋扇，新恩寄早春。聊题一片叶，将寄接流人"。诗尾信息"将寄接流人"告诉我们，当时宫女与宫外沟通可能就是按此方式进行的。顾况于次日便到御沟上游，也同样题诗一首于梧叶上。诗曰：

> 花落深宫莺亦悲，上阳宫女断肠时。
> 帝城不禁东流水，叶上题诗寄与谁？

他把题叶诗置于御沟后十余日，又有游客来宫苑寻春，又拾得梧叶上题一诗，他拿给顾况看，诗云：

> 一叶题诗出禁城，谁人酬和独含情。
> 自嗟不及波中叶，荡漾乘春取次行。

这是红叶题诗最早的记载，出现在洛阳宫中，同时此说也载入《太平广记》中。

2.《侍儿小名录》载，唐德宗时，奉恩院王才人有养女名凤儿，曾以花叶题诗，置于御沟上流出，被一名叫贾全虚的进士拾得，金吾奏其事，唐皇授全虚为金吾卫兵曹，并把凤儿赐给他为妻。这首诗标为《无题》，实是有题，即是《题叶诗》：

> 一入深宫里，无由得见春。
> 题诗花叶上，寄与接流人。

3.《云溪友议》载唐宣宗时，中书舍人卢渥偶然在御沟拾得一片红叶，上题有绝句一首，便将红叶藏于箱中，后来唐皇释放出宫女，准许嫁人，很巧，那位归嫁于卢渥的宫人，正是题诗红叶的宫女，她看了红叶叹曰："当时偶题，不意郎君得之。"

4.《全唐诗外编》载，唐僖宗时，"于佑为儒士，曾晚步御沟，临流浣手，取得有题诗之秋叶，蓄于书笥宝之。佑亦题二句，书于红叶，置御沟上流水中，流入宫中。韩氏得红叶后又题一诗藏箧中。韩氏为僖宗时宫女，后宫禁三千余人得罪，使各适人，寄居河中贵人同姓韩泳家。佑累举不捷，乃依韩泳门馆。泳令人通媒妁，助佑与韩氏成婚"。此事《唐诗别裁》也载，于佑"后娶宫人韩氏，见叶惊曰：'此妾所作，妾于水中亦得一叶。'验之相合"。这位韩姓宫女的诗为《题红叶》：

> 流水何太急，深宫尽日闲。
> 殷勤谢红叶，好去到人间。

她后来嫁与于佑。《全唐诗外编》还收她另两首诗，一是《得于佑题诗后又作诗》：

> 独步天沟岸，临流得叶时。
> 此情谁会得，肠断一联诗。

另一首是《婚宴席上索笔为诗》：

> 一联佳句题流水，十载幽思满素怀。
> 今日却成鸾凤友，方知红叶是良媒。

此事还被编为传奇，广为流传。

问：红叶题诗故事虽多，听来大同小异，请问，流传的四种说法都是真实的吗？

答：就我所知，不能说全是子虚乌有。顾况是唐肃宗至德二载进士，至德元载为756年；德宗朝为780—804年；宣宗朝为847—860年；僖宗朝为874—888年，时限明确，说明是中晚唐确实普遍存在的现象。另外，封建宫廷卫禁森严，宫女深锁内苑，一入宫掖，便囚闭终身，与外界消息难通，更无从谈感情的交流。鸿雁传书是不可信的，而御沟流叶则非常可能，所以，宫女借花叶、梧叶、枫叶题诗，在生活中是极易产生的。我很怀疑汉词"沟通"，就来自这一生活现象。而所谓红叶，只是文人的美化，实际就是题诗的笺纸。但是，又不能认为全部翔实可稽，除了它的大同小异引起疑窦外，德宗时所传的"贾全虚"其人，"贾"借音为"假"，已属不真实。"全虚"是全不是实。托名似已暗指此事不能当真看。我认为这是中晚唐传奇小说盛行，不排除文人戏作，但生活中它必有发生，不可能无缘无故。

我的推导，这可能在中晚唐已成了一种习俗，一则是传统贵族式微，对社会掌控不那么严格了，平民地位上升，社会的开放允许贵族平民平等交往，宫廷也不严禁宫女题叶抒怀，士民也可于禁地之外找寻宫中流出的纸片，多方面的心照不宣，形成了这一特有生活现象。禁中宫女有想诉说的心曲就到御沟倾诉，士人愿意就去禁外御沟捡拾纸片。甚至这种沟通不是单向的，拾得诗稿的士人又可题诗回赠，于御沟上游放回。这样的交流互动，在禁外一定有两处，可以想象其热闹程度，士人如撒饵垂钓的渔人，上下奔忙；更可推想禁内宫人日日守住御沟，得到回音的惊讶。在幽闭的宫廷生活中这是她们最大的生活乐趣，禁外的士人在科举不第人生落寞中每日于禁宫外获得这分人生乐趣又何乐而不为呢。所以我猜想当时应盛况空前，长安应试的举子游乐之地。二则红叶题诗的优美故事，里面的诗歌文化，折射了宫禁松弛以及诗歌已走入底层社会不再贵族专享。三则故事结局皆美，宫怨极少，反映的是中晚唐皇帝更迭频繁，宫娥流出极多，才有与宫外人的美满结局。而她们的受宠现象就比唐代歌妓要高许多，文士去禁外御沟找寻爱情或为可能。我推想那些不得志的底层文士应该极多，科举不第又入幕失败，那么娶得宫人也算人生得意的"小登科"。所以红叶题诗概括了这种生活现象，满足了唐代多数士子的浪漫理想，而这一切都是有生活根据的，就是唐代士人多愿娶宫中流出的女子。

问：红叶题诗有何影响与意义？

答：红叶题诗，事传后世，文化影响，"沟通"一词，已成为生活日常交际语典故。又如元人高明《琵琶记·牛相奉旨招婿》："红楼此日，红丝待选，须教红叶传情。"清人李渔《十二楼·〈合影楼〉卷一》："绿波惯会做红娘，不见御沟流出墨痕香。"都采用了这一典故。元杂剧如白朴《韩翠苹御水流红叶》、李文蔚《金水题红怨》等,都受红叶故事影响而演绎成剧。民俗影响,中晚唐宫禁之外已是文人士子普通市民聚集的开放场合,相当于广场的作用,诗歌的红叶交换是其中一项内容,其影响之盛大,不亚于唐人的曲江游宴,唐人这一浪漫行为渐成一种风习,传之后世改造成了汉民族的传统习俗"放河灯"寄心愿,当然放河灯风俗不完全是红叶题诗形成的,但其中已包含了唐诗人红叶寄心愿的内容。

至于它的意义,深宫女子让题诗红叶漂出,让世人知道她们锁闭牢笼的寂寞,知道她们充满爱情的向往,让世人了解并同情她们,造成社会舆论。这是深宫女子的一种追求自由的抗争形式。它在唐王朝不断发生,客观上揭露了帝王宫禁生活的不人道。而且这类事件有一定效果,常迫使帝王一些"大度""宽容"的让步,如"恩准"这类宫女外嫁或赐婚等,有时还会释放一大批宫人。红叶题诗也被后世丰富情节,演为传奇。以至家喻户晓把"媒人"叫着"红叶",其意义更别出故事本身了。

关于唐诗"捣衣"解秘

问：在唐诗中，许多名诗人的笔下都写到"捣衣"，"捣衣"好像是洗衣，又好像不是，该怎样理解呢？

答：你说得对，许多著名诗人笔下都写到"捣衣"，那被称为"孤篇压全唐"的诗人张若虚，在他《春江花月夜》中就有：

> 可怜楼上月徘徊，应照离人妆镜台。
> 玉户帘中卷不去，捣衣砧上拂还来。

当然，流传最广的要算李白《子夜吴歌·秋歌》：

> 长安一片月，万户捣衣声。
> 秋风吹不尽，总是玉关情。
> 何日平胡虏，良人罢远征。

中唐的一位苦吟诗人孟郊有《闻砧》："月下谁家砧，一声肠一绝。杵声不为客，客闻发自白。"从上举诗例看来，诗人大都是从声音角度的听觉形象写捣衣，没有直接从视觉形象提供动作，这就使人难以弄清。不过，有一点可以肯定，诗人写捣衣的诗大都与征夫游子和离愁别绪相关，这重要的信息是值得研究的，但捣衣究竟是怎么一回事呢？请看以下的解释。

1982年出版的《唐代诗人咏长安》释"捣衣"即是洗衣，说得更明确是1956年中学《文学》课本注"捣衣"为："洗衣时把衣服浸湿，放在石上用木棒捶打。"这是存在于一些地区现今仍用此法洗衣的联想证据，持这种见解的人很多。1979年《人民画报》第四期刊有《李白诗意画》，画面上一位妇女坐于树下，旁边放一篮洗好的衣服。《唐宋词常用语例释》释"捣衣"为"拆洗寒衣"。1987年出版的施蛰存《唐诗百话》举刘长卿五言律诗《馀干旅舍》："摇落暮天迥，青枫霜叶稀。孤城向水闭,独鸟背人飞。渡口月初上,邻家渔未归。乡心正欲绝,何处捣寒衣?"分析尾联时云:"尾联点出主题:在这秋暮孤独的情景中,怀乡之情正要达到极度;然而非但没有什么东西来安慰此心,反而听到不知什么地方有捣洗衣服的砧杵声,使我的乡心更加深重。"上述诸类解释都未能尽如人意,反而疑窦丛生。其一是"捣衣"与征夫游子有关,为何他们要将脏衣服从千百里外寄回家去洗呢?即便现代交通发达,也于情理不合;其二是捣衣声都在夜间,洗衣为何不在白天进行,便于晾晒,夜间如何晾晒;其三是若为拆洗寒衣,因何又不在夏天拆洗,要在深秋时呢? 都是不能圆说的。

1982 年《社会科学战线》二期载有《捣衣不是洗衣》,说"捣衣"是"裁制衣服的一种劳动"。其依据是唐人作《捣练图》,但是,更疑惑是裁制衣服怎么会在月光下的河溪或庭院进行,更不会发出声惊四邻、令人愁绝的响声,也不需要如杜甫《捣衣》诗那样"用尽闺中力",而裁制衣服也绝不需砧、杵和捣等动作。

1983 年《社会科学战线》二期又有《捣衣解》一文,提出"捣衣"是"浆衣",可是浆衣又怎么运用"捣"呢?

程千帆、沈祖棻的《古诗今选》在捣寒衣下注说:"以练制衣要先在石砧上用木杵捣后,才便于缝制。"与洗衣说是迥然不同了。

问: 哦,假定如是,那么,以练制衣要先捣,捣法可信吗?

答: 这就要从纺织学角度探索了。蚕丝、麻类的韧皮纤维分别含有百分之二十至三十的胶质,裹着纤维素,起保护作用。但胶质又使丝、麻织物手感粗硬,穿着不舒适,又不利于上色,也不美观。所以需脱胶处理,而捣练就是脱胶的工序。古代的布帛脱胶法,像《周礼·考工记》记载为,把丝织品放入石灰水中沤数日,使丝胶溶解,让丝素解脱出来,变得柔软。汉代则由浸泡发展为煮练,用温度加速化学处理。《说文解字》解释练字:"练,涷缯也。""涷,澼也。"清人段玉裁注释更明白:"帆氏如法涷之,暴之。而后丝帛之质精。而后染人可加染。涷之以去其瑕,如涷米之去糠秕。"涷米去糠秕,稍淘即去,因米糠是分离的。帛中之"瑕"则是和丝素连成一体存在,须反复捶捣方能析出,为了充分发挥碱的作用,须将已煮之帛带头捶捣,使丝胶或浆物析出,然后再浣尽,所以捣练可在河滨进行,也可在庭院进行。段注中的"暴之",就是将已涷之帛放于浅水漂晒,利用日光中的紫外线在水面进行界面化学反应而使织物漂白。现代纺织厂中"捣"的工序由罗拉连续滚压代替,原理未变。今日之偏远乡村,仍可以见到有木机织布,人工捣捶的古朴遗风。

查唐诗本身也可看出捣衣为制衣前的工序,如李白《子夜吴歌》之三《秋歌》写了捣衣后,之四《冬歌》便写制衣和寄衣:"明朝驿使发,一夜絮征袍。素手抽针冷,那堪把剪刀。裁缝寄远道,几日到临洮。"絮袍、抽针、把剪、裁缝的系列动作,详尽道出了制衣工序。那么,制衣前何以称"捣衣"呢?因寒衣材料除布帛外还用丝棉或麻作填充物,还须"捣绒",今天这一概念词语还存于川西土语中。从秋凉时家家妇女为亲人赶冬衣而捣衣,可判断多是捣制棉衣的填充植物,由于数量大,所以捣衣时间很长。古人以成品举代材料,修辞上用"衣"概之是全面的。

在唐代,《新唐书·志》载府兵制规定征人自带衣服武器,故寒衣常由家中做好再由驿使送到驻地,这便是为何"捣衣"之诗常表现妇女对征人的离思。中唐张籍《杂曲歌辞·妾薄命》:"薄命妇,良家子,无事从军去万里。汉家天子平四夷,护羌都尉裹尸归。念君此行为死别,对君裁缝泉下衣。"可见家人寄衣是规定。李白有诗《捣衣篇》:"闺里佳人年十余,嚬蛾对影恨离居。忽逢江上春归燕,衔得云中尺素书。玉手开缄长叹息,狂夫犹戍交河北……晓吹员管随落花,夜捣戎衣向明月。……琼筵宝幄连枝锦,灯烛荧荧照孤寝。有便凭将金剪刀,为君留下相思枕。摘尽庭兰不见君,红巾拭泪生氤氲。明年若更征边塞,愿作阳台一断云。"通过"捣衣"寄意离思之苦,总体地说,"捣衣"既包括裁制前的"捣"料,也包括捣料后的裁制然后再寄衣。

捣衣在唐代已成为乐曲名,是琴曲,据传为唐人潘庭坚所作。乐曲以表现妇女对远人思念的情感为主。称为《捣衣曲》或《秋杵弄》《秋水弄》《秋院捣衣》,这些称谓都与唐人日常捣衣环境季节有关。

问: 看来这已是有一定科学依据的合理解释了,疑云已散。

答: 不。我补充一点:唐代画家张萱的《捣练图》,画中不是用杵在砧上捣练,而是两女子各执拉开的帛的一端,绷平,由一小女孩扶着帛的外边沿,内侧一个小女孩蹲着由下向上看帛的背面,中间站着的妇女右手执一长柄工具(状如勺)在帛面操作。从工具与动作看,不是剪裁、熨烫,也不是描花刺绣。那长柄工具是什么?操作又是什么工序?与前面解释又大相径庭,且人物为贵妇,其神态之安详端庄,决非如诗中所述的浓郁的离思别情。画是直观的艺术,同一题材不同一的艺术表现,相差太远,看来,疑云不能不说仍然存在。我想是否富贵人家的丝织品刚成,须牵拉绷平直?有待考证。

尽管如此,我们若把时间稍移后一些,至宋,如较早的词人贺铸,他写的一组《捣练子》词,直接地极形象地展示了"捣衣"的画面,并系列地展示了"捣衣"的动作。词共六首,第一首已残缺,另五首是:

夜 捣 衣

收锦字,下鸳机,净拂床砧夜捣衣。

马上少年今健否，过瓜时见雁南飞。

杵　声　齐
砧面莹，杵声齐，捣就征衣泪墨题。
寄到玉关应万里，戍人犹在玉关西。

夜　如　年
斜月下，北风前，万杵千砧捣欲穿。
不为捣衣勤不睡，破除今夜夜如年。

剪　征　袍
抛练杵，傍窗纱。巧剪征袍斗出花。
想见陇头长戍客，授衣时节也思家。

望　书　归
边堠远，置邮稀。附与征衣衬铁衣。
连夜不妨频梦见，过年惟望得书归。

　　词的上阕都是展示"捣练"的画面，无须解释，十分形象。从标题到内容，顺序井然将捣练的动作程序和"捣衣"的用处准确写出，虽然缺第一首而小有遗憾，但对"捣衣"的完整理解仍无大的影响。这与上述解释"捣衣"并无大的矛盾。如果我们认同历史的延伸而相信"捣衣"的继承性，那么，不存在非要找出唐人"捣衣"与宋人"捣衣"有异之念，这样，疑云的消散就是很自然的了。
　　捣衣出现于江南，本农耕社会汉民族日常制作衣裳的生活剪影，不独唐代，各个时期长期边患的原因，多少汉家男儿抛家别母，多少妻子送夫杀敌疆场，给捣衣赋予了深厚的保家卫国的精神意蕴；当然它还寄托了另外的文化情怀，历代多愁善感的文士闻听捣衣就要生悲。南朝萧绎《金楼子·卷四·立言篇九上》解释捣衣感人之力："捣衣清而彻，有悲人者，此是秋士悲于心。捣衣感于外，内外相感，愁情结悲，然后哀怨生焉。苟无感，何嗟何怨也？"点明了捣衣内外交并，最能动人。或为男儿久戍制衣之悲，或为文士感秋而叹节序。
　　最后再补充一点，"捣衣"或与魏晋炼丹服散有关，鲁迅《魏晋风度及文章与药及酒之关系》里说曹魏时期玄学家何晏喜欢吃药，吃的"五石散"。这就类似服毒，皮肤易于磨破，不能穿窄衣。"为预防皮肤被衣服擦伤，就非穿宽大的衣服不可。现在有许多人以为晋人轻裘缓带，宽衣，在当时是人们高逸的表现，其实不知他们是吃药的缘故。一班名人都吃药，穿的衣都宽大，于是不吃药的也跟着名人，把衣服宽大起来了。""更因皮肤易破，不能穿新的而宜于穿旧的。"鲁迅还没说到位，何以穿旧衣？我以为那时衣料都是麻布葛衣，旧衣柔软是关键，因此大约那时起就要对新衣捶打。魏晋是名人效应显著的时期，名人都要捣衣，自然有人要效仿。实践证明衣布经捶捣后确实贴身舒适，于是不论贫富社会中各阶层皆要捣衣，传之既久，整个社会就形成了捣衣的风俗。

关于唐诗人编集题名

问：唐诗人对编集有很浓的兴趣吗？

答：有证据充分说明这个问题。唐代，一个诗歌大普及的时代，写诗的人如星河璀璨，繁星丽天。唐诗人对诗歌编集也十分重视。主观上，唐诗人知道编集是避免流失和传诸后世的有效方法，对编集很早就作准备，他们将面世的诗稿抄存，"增诸卷轴"，同时又物色为自己编集的人。李白曾托好友魏颢以编集之任。杜牧很早就托外甥斐延翰日后为自己编集，连《樊川集》的名字都命好了。客观上，读者的欢迎和需要对诗人编集起了鼓励和推动作用，如帝王喜好诗人作品，也就命人代编，像《骆宾王集》《王维集》就是。更多是一些文人自动替死者编集，如大历年间樊晃曾为杜甫编《杜工部小集》。

问：请谈谈编集兴盛的因由？

答：唐诗人编集兴盛因由之一，乃与时尚清望相关。高适自编集后，经海南太守张某呈献于皇帝。中唐诗人刘禹锡自述编集过程云："他日，子婿博陵崔生关言曰：'某也向游京师，伟人多问丈人新书几何，且欲取去。而某应曰：无有。辄愧起于颜间。今当复西，期有以弭愧者。'由是，删取四之一，为《集略》，以贻此郎，非敢行乎远也。"他"不行远"自然是谦词。编集兴盛因由之二，是纸张的普遍使用，为编集提供了物质基础。

所以，迭相编纂，同一诗人，可能有许多不同集子并存于世，自己编了集，死后又由别人另编成集。有的诗人还一编再编，如白居易《白氏文集》不同卷本有四种，又编有《洛中集》，加上元稹代编的《长庆集》共有六种。至后代，唐诗人的编集已蔚为大观。

问：编集题名，据我看来，情况很不一样吧？

答：正是这样。溯游诗海，总体而论，别集有自编与他编两类。然而细加剔别，编集题名又有诸多不同，试作探索如下：

一、以诗人名字题集：这类颇繁复，有以名字题集；有以称号题集，称号又分自号和别号；有以称谥题集，称谥又分朝廷公谥和友好私谥。

1. 名字题集：李贺现传四卷本《李贺歌诗》，据杜牧太和五年(831)与《李长吉歌诗序》曾说李贺死前，把所著诗离为四编，凡二三三首，交与集贤学士沈子明的。孟东野死后，挚友韩愈没有为他编诗集，是以后宋初常山宋敏求，搜得孟诗五一一篇，合十卷，题为《孟东野诗集》。李白，字太白，今传《李太白集》三十卷，也是宋敏求所编，都是以名字题集名。

2. 称号题集：王绩自号"东皋子"，缘于他仰慕陶渊明《归去来辞》有"登东皋以舒啸"，晚年王绩又定居东皋，后人汇其诗赋题名为《东皋子集》。卢照邻自号"幽忧子"，中年后因患风痹症忧苦，故取此号。《朝野佥载》称他"著《幽忧子》以释愤焉"，后人汇其诗取自号题为《幽忧子集》。

3. 谥号题编：方干，曾学诗于徐凝，后隐镜湖以终，方干外甥杨弇及门僧居远等于他死后私谥为"玄英先生"，还辑其诗三七〇余篇，编为十卷，题名《玄英先生集》，是用私人谥号题集。诗僧贯休，唐末来四川，前蜀王建优礼相加，并赐号"禅月大师"，他死后，弟子昙域集其诗文，题为《禅月集》，是以赐号集。

二、以诗人官爵题集：高适官职终于左散骑常侍，封渤海县侯，有《高常侍集》。钱起大历中，任司勋员外郎，考功郎中，翰林学士等职，《直斋书录题解》著录有《钱考功集》。张籍大和二年(828)为国子司业，南宋汤中重编他的诗为《张司业集》，都是以官爵加姓题写集名。曹邺曾为祠部郎中，后人用宋本刊他的诗，只题《祠部诗集》。

三、以诗人有关地名题集：此类最为复杂。其风习来自两汉察举制，地方以"孝廉""茂才""贤良文学"等举才，在州郡而言，自然重视宣传人才籍里、道德、文学成就以自美。人才也要不负众望，人以地显，光耀门楣。延及后世形成风习，个人介绍不能缺籍里、德行、文学。因此诗人多有以地名题集的习惯。

1. 出生地题集：孟浩然是襄阳人，死后不久，宣城王士源搜集编录孟浩然诗，为四卷，又经韦滔整理，题名为《孟襄阳集》。柳宗元是河东解县(今山西运城西南)人，刘禹锡为他编了《柳河东集》，是以地望包容出生地的题名。

2. 郡望地题集：韩愈是河南南阳人，郡望昌黎。他著述极丰，编次也多，他的诗注单行本，以清人方世举《韩昌黎诗集编年笺注》较著，这是以郡望地的称谓题集。

3. 留居地题集：杜甫曾自称"少陵野老"，少陵乃长安县西南的少陵原，这里即是杜氏祖居之地，也曾是杜甫长安时期居留之处。后人注诗，有题为《杜少陵集详注》。晚唐韦庄，由于应聘为西蜀奏记，便居留于成都西郊浣花溪杜甫旧宅。后来其弟韦蔼编其诗，题为《浣花集》。长安南下杜樊乡，郦道元《水经》："实樊川也"。杜牧于此创治别墅,爱其地,要终老樊上。杜牧在筛选完自己诗文后,嘱意外甥裴延翰异日为序,自号《樊川集》,以别墅地实也是居留地题集。

4.任职地题集:韦应物曾于贞元四年(788)最后出任苏州刺史,宋人王钦臣校韦应物诗十卷为《韦苏州集》,此前他曾任江州刺史,故又名《韦江州集》。岑参于大历初出任嘉州刺史,世称岑嘉州。后来有人辑岑参诗八卷,题为《岑嘉州集》。

5.贬谪地题集:贾岛,《唐书》作传说他在唐文宗时坐飞谤贬长江主簿。其墓志也说他先中进士后罪飞谤,"解褐授遂州长江主簿",癸亥初终于普州(四川安岳)官舍。他目其平生诗名曰《长江集》。这是以贬谪地题集。

问:哦,这地名题集真够复杂了,还有其他什么方式题集吗?
答:有。

四、以时代年号题集:白居易自编诗作为七十五卷,题名《白氏长庆集》。这是以时代加姓氏题集。"长庆"是唐穆宗年号。白居易所编诗至宋已亡佚四卷,今存七十一卷。元稹和白居易唱和友好,也自编诗作一百卷,题为《元氏长庆集》。至宋已残佚,今存六十卷。

五、以名物题集:晁公武《郡斋读书志》著录唐女诗人薛涛诗《锦江集》五卷,薛涛居成都锦江畔之望江楼,是取著名的"锦江"题集。许浑在润州(今镇江)丁卯桥侧有别墅,大中四年尝自编其诗五百首,题为《丁卯集》。这是以桥名题集。诗人李频,曾任建州(今福建建瓯)刺史,州东南十五里有山如复釜,叫梨山。频治州有不寻常政绩,州人便在山中建祠,并尊奉梨山为岳,有至高至大之意。频诗集题名为《梨岳诗集》。诗僧齐己,死后,门人西文辑诗得八一○篇,题为《白莲集》。"白莲"与佛门名物相关。郑谷,乾宁三年(896)从昭宗避乱华州,寓居云台道舍。他自编其诗题为《云台编》。是以"屋舍"题集。

六、以内容特征题集:陈振孙《直斋书录题解》说诗人李嘉佑《李嘉佑集》又名《台阁集》,是宋建炎三年阳夏人谢克家作序,言嘉佑上元中为台州刺史,大历间又刺袁州,其诗都在,称"台阁",取其内容都为"作官诗"之意。李绅,曾自编其诗为《追昔游集》三卷。计有功《唐诗纪事》载此较详,云:"追昔游者,盖叹逝感时,发于凄恨而作也。"点明了诗的内容特征。杜荀鹤是一位关心民瘼的诗人。他在《秋日山中》诗云:"言论关时务,篇章见国风。"这是他作诗的理论主张,他后来自编诗集三卷,题为《唐风集》,取《诗经》风、雅、颂,风为主旨,是反映他为人民歌唱的内容特征。

七、以显示个性特征题集:秦系,天宝末避乱剡溪,建中初客游泉州,隐于南安九日山,结庐大松树下,注《老子》,终年不出。他有《秦系集》一卷,《直斋书录题解》作《秦隐君集》称他"隐君"。显然是以个性特征题集。司空图,《新唐书·艺文志》载他著录有三十卷,题为《一鸣集》,据他说,文墨本不足暴露名姓,大概角功竟利者所为。后来他遭乱窜伏,回想又无有忧天下者访求于己,何以能见自己平生之志呢?于是才捃拾诗章,题为《一鸣集》。也是可见其个性特征。晚唐诗人唐求,个性清疏旷达,隐于蜀州味江山,不慕名利,不愿与世俗人交,南宋人题其诗集为《唐山人集》。是亦足以见其个性。晚唐徐寅,有《钓矶集》,隐然也可见其个性。

问:经你归纳整理所谈,把编集题名方式说透了。

答:未必,另有。

八、其他题集:张祜,《唐书·艺文志》云:"字承吉,为处士,大中中卒。"他的诗后来明人编为六卷,题为《张处士诗集》。这是以"身份"题集。马戴,《新唐书·艺文志》云:"字虞臣,会昌进士第。"他的诗集名《会昌进士诗集》。这是以会考中榜及第为纪念题集。晚唐李咸用的诗,是南宋时他的八世孙李兼持集请诗人杨万里作序。杨很爱李咸用诗,特别赞赏"月明千崤雪,滩急五更风"(《赠来进士鹏》),"危城三面水,古树一边春"(《春日》),"云藏山色晴还媚,风约溪声静又回"(《题陈将军别墅》)等句。认为"读之使人发融冶之欢于荒寒无聊之中,动惨戚之感于笑谈方怿之初"。李咸用题为《披沙集》是"披沙拣金"之意。他一方面是自谦,一方面以为诗作是佳句胜于全篇。

唐诗编集题名可谓类别繁多,百态纷呈。题名总的趋于诗人自己或他人对诗人的纪念性质。当然其中主要是为了扬名、显志、立节,令人见题集而贤其人美其诗而已。

问:或许还有新奇的题集名方式?

答:是的,但大体如此,恕不一一道及了。

关于唐代诗人姓氏连称异闻

问：请谈谈唐代一些著名诗人姓氏连称的情况。

答：姓氏连称在唐代著名诗人中是十分明显的现象，先举例如下：

王杨卢骆：乃王勃、杨炯、卢照邻、骆宾王。都是初唐诗人，是齐梁诗演进发展到唐诗的关键人物。明人王世贞《艺苑卮言》云："卢、骆、王、杨，号称四杰。词旨华靡，固沿陈隋之遗，翩翩意象，老境超然胜之。五言遂为律家正始。"其意是：四杰辞藻还未脱陈隋之华丽，但题材意境，却已变苍老，不像陈隋之浮浅。五言诗已讲究声韵粘缀，开了唐之律体。四杰最早连称是杜甫《戏为六绝句》之"王杨卢骆当时体"。

沈宋：沈佺期、宋之问。《新唐书》卷二〇二宋之问传论曰："魏建安后讫江左，诗律屡变。至沈约、庾信，以音韵相婉附，属对精密。及之问、沈佺期，又加靡丽，回忌声病，约句准篇，如锦绣成文，学者宗之，号为'沈宋'。语曰：'苏、李居前，沈、宋比肩'，谓苏武、李陵也。谓唐诗变体，始自二公，犹古诗始自苏武、李陵也。"肯定了沈、宋二人奠定唐代律诗的地位。

王孟：王维、孟浩然。王孟二人都用五言诗描写自然景物，山水风光。王维的代表作有《渭川田家》《辋川集》《山居秋暝》等；孟浩然代表作有《夜归鹿门歌》《过故人庄》《宿建德江》等。二人并驾齐驱，又各标风韵。

高岑：高适、岑参。两人善写边塞诗，描写塞外风光和军旅生活，高张汉武帝以来汉民族保家卫国的传统豪迈精神。高适诗反映边地形势和士兵疾苦，诗风以现实主义为主；岑参诗反映慷慨报国的英雄气概和不畏艰苦的乐观精神，浪漫热情奔放。高诗代表作为《燕歌行》，岑诗代表作为《白雪歌送武判官归京》。

李杜：李白、杜甫。韩愈《调张籍》云："李杜文章在，光焰万丈长。"元稹《唐故工部员外郎杜君墓系铭序》云："时山东人李白，亦以奇文取称，时人谓之李杜。"《旧唐书·杜甫传》云："（甫）少与李白齐名，时号李杜。"二人为唐诗之煌煌巨星的评价举世公认。李白诗为积极浪漫主义大师；杜甫诗为现实主义圣手。两大流派，二人各领风骚。

钱郎：钱起、郎士元。钱起为中唐最著名诗人，郎士元与之齐名。计有功《唐诗纪事》称之为"前有沈宋，后有钱郎"。高仲武《中兴间气集》卷上第一人就是钱起，卷下第一人就是郎士元。他对二人见重如此。他称钱起诗"体格新奇，理致清淡"，点明安史之乱后中唐现实急需一种"理致"平复人心动荡，这种可贵的"理致"精神所蕴含的意义又为后世忽略，没有意识到它对社会重建秩序的积极意义，这一中唐贵族诗中"理致"思想的价值值得今人去发掘梳理阐释。高仲武又说："右丞没后，员外为雄。芟齐宋之浮游，削梁陈之靡嫚。迥然独立，莫与之群。"他的代表诗有《湘灵鼓瑟》；郎士元《听郎家吹笙》风调亦佳，谢枋得《注解唐诗绝句》称此诗："高怀逸兴，不减钱起。"

钱郎刘李：钱起、郎士元、刘长卿、李嘉佑。四人都是中唐诗人，风格相近但确有高下之分。刘长卿为此就极感冤屈。范摅《云溪友议》载了这件事，后来清人施愚山《蠖斋诗话》又引述云："刘长卿郎中因人谓前有沈、宋、王、杜，后有钱、郎、刘、李，乃曰：'李嘉佑、郎士元焉得与余齐称耶？'每题诗不著姓，但署长卿而已，以海内合知之耳。"他感到同列是耻辱，题诗竟连"刘"字也去掉了。

钱刘：钱起、刘长卿。上述四人连称著，刘长卿不服的是郎士元和李嘉佑，确乎没有钱起，可见其对钱起是认可的。据清人宋荦《漫堂说诗》载："《品汇》以太白摩诘揭为正宗，钱起刘长卿录为接武，均之不愧当家。"但明人王世贞《艺苑卮言》有非议云："钱刘并称故耳，钱似不及刘。钱意扬，刘意沉；钱意轻，刘意重。"

韦柳：韦应物、柳宗元。苏轼《书黄子思诗集后》云："李杜之后，诗人继作，虽间有远韵，而才不逮意。独韦应物、柳子厚发纤秾于简古，寄至味于淡泊，非余子所及也。"评语上句指韦应物诗虽较纤秾，却是简古；下句指柳宗元诗虽然淡泊，却有至味。其实二人的诗都共同承继了王、孟的一些因素，古淡闲远。韦柳的古淡，无雕饰之痕，出于冲旷心灵，随缘得句。二人自然也稍有区别，韦较丰腴，柳较瘦朴。柳诗质朴瘦淡，几无特征，故唐时无人称道，至宋苏轼才将二人连称并举。

刘白：刘禹锡、白居易。刘禹锡与白居易唱和，号《刘白唱和集》。据《唐诗纪事·卷三九》："禹锡晚年与少傅白居易友善，诗笔文章，时无在其右者。常与禹锡唱和往来，因集其诗而序之曰：'彭城刘梦得，诗豪者也。其锋森然，少敢当者，予不量力，往往犯之。夫合应者声同，交争者力敌，一往一复，欲罢不能。由是每制一篇，先于视草，视竟则兴作，兴作则文成。一二年来，日寻笔砚，同和赠答，不觉滋多。"二人递相唱和，以致后来由白居易总集，命小侄龟儿写成两本，一本给龟儿，一本给梦得之子花郎，各令收藏。著名诗人白居易之推重刘禹锡如此。刘白二人才力足可匹敌。刘禹锡死后，白居易有《哭刘尚书梦得二首·其一》："四海齐名白与刘,百年交分两绸缪。同贫同病退闲日,一死一生临老头。杯酒英雄君与操,文章微婉我知丘。贤豪虽殁精灵在,应共微之地下游。"

元白:元稹、白居易。二人为著名诗人,至交好友。《新唐书·白居易传》:"居易于文章精切,然最工诗。……初与元稹酬咏,故号元、白。"他们共同倡导了"新乐府"。元稹很推崇杜甫,在《乐府古题序》中总结宣扬杜甫"即事名篇,无复倚傍"的创作经验,反对"沿袭古题",主张"刺美见事"的"诗史"精神,为新乐府开展起了很大作用。白居易最大的影响和贡献是继承《诗经》到杜甫的现实主义传统,创作和理论都著名于世。

刘柳:刘禹锡、柳宗元。两人政治观点、哲学观点都较接近,同属于主张革新时政的王叔文集团;改革失败后,二人同遭贬谪,又都在坎坷境遇中坚持主张,不改政治初心。在诗歌创作上,两人都取得较高成就。所以并称"刘、柳"。

韦刘:韦应物、刘长卿。二人因诗风相近而并称。张戒《岁寒堂诗话·卷上》云:"韦苏州律诗似古,刘随州古诗似律,……随州诗,韵度不能如韦苏州之高简,意味不能如王摩诘、孟浩然之胜绝,然其笔力豪赡,气格老成,则皆过之,与杜子美并时,其得意处,子美之匹亚也。"韦、刘都善用闲淡的白描手法写诗,这是世所认同的。

韩孟:韩愈、孟郊。二人为至友,在中唐元和诗坛影响很大。诗歌有追求奇崛险怪的共同之处。韩愈诗中,常以己和孟郊并举。两人又多联句之作,争奇斗胜,功力悉敌,蔚为鸿篇。孟郊《戏赠无本》诗自云:"诗骨耸东野,诗涛涌退之。"两人作诗都不因袭前人,努力创新,扫荡了大历以来平庸浮泛的诗风。韩愈诗多章法技巧的奇纵,想象丰富;孟郊诗切入现实,追魂摄魄,刻划钩深。

郊岛:孟郊、贾岛。二人在诗坛都以苦吟著称,写的诗清峭瘦硬,好作苦语,韩愈诗云:"孟郊死葬北邙山,日月风云顿觉闲。天恐文章浑断绝,再生贾岛在人间。"虽然诗将孟郊、贾岛连在一起,并肯定承继关系,而从韩愈一贯认识来看,其目的主要还在赞扬孟郊。事实也是,郊岛连称,孟郊是标杆,贾岛虽也晚唐顶尖大家,但他诗的思想内容和艺术成就都未达到孟郊的高度。

姚贾:姚合、贾岛。姚合以诗著名于世,他和贾岛是亲密的诗友,孟郊死后,贾岛的名字就和姚合联系起来,时称"姚贾"。但二人的诗格并不一样。辛文房《唐才子传》云:"岛难吟,有清冽之风;合易作,皆平淡之气。兴趣俱到,格调少殊。所谓方拙之奥,至巧存焉。盖多历下邑,官况萧条,山县荒凉,风景凋弊之间,最工模写也。"贾诗清冽,姚诗平淡,是中唐后期五言诗的两种风格。姚合还工于模写,背景多为风景凋弊的荒凉山县,那是指姚早期的诗作。

温李:温庭筠、李商隐。二人齐名于时,《北梦琐言·卷四》云:"温庭筠与李商隐齐名,时号温李,才思艳丽。"金人元好问《黄金行》云:"笔头仙语复鬼语,只有温李无他人。"可见其写作路向。贺裳《载酒园诗话》将温、李二人生平长短得失作比较，认为：诗歌笺启，二人不相上下，李有文集流传，温则无；温有词留世，李则无；李进士及第，有科名，温则无；温有儿子，诗人温宪，李则无。这并未说到实质。二人作诗都讲究绮丽，爱写艳情诗，这是世所认同。但李商隐写这类诗是用"比兴"的手法创作，艳情诗的外衣是某一种严肃思想的喻体。温诗纯用赋体，其意义与价值，温都远不及李。明人顾璘评点《唐音》云："温生作诗，全无兴象，又乏清温。句法刻俗，无一可法。不知后人何以尊信。大抵清高难及，粗浊易流，盖便于流俗浅学耳。"说得较有道理。温诗文字与意境比李诗浅显，易为流俗模仿。韦縠《才调集》选温诗六十一首，李诗四十首，是全书选诗最多的，可见温李诗的流行，而且温诗超过于李为流俗喜好。

张王：张籍、王建。张、王相交三十余年，早年一起从师学道，又以诗切磋，后又共同出入朝廷。王赠张有《送张籍归江东》；张赠王有《逢王建有赠》。

张、王善作乐府诗，不仅张王连称，还有"张王乐府"的专指。何以专指？张籍有《酬秘书王丞见寄》，是回答王建的诗，前四句云："相看头白来城阙，却忆漳溪旧往还。今体诗中偏出格，常参官里每同班。"这分明在第三句道出他们被看成"出格"的今体诗，事实上就是他们的乐府诗。张、王的乐府诗都不错，用语浅淡通俗，白居易赠张籍诗云："张公何为者，业文三十春。尤工乐府诗，举代少其伦。"张籍的乐府善用赋体，铺叙事实而不主观作断点题。胡震亨《唐音癸签》称为"祖国风，宗汉乐府"。王安石更《题张籍诗集》赞曰："苏州司业诗名老，乐府皆言绝妙词。看是寻常最奇崛，成如容易却艰辛。"

皮陆：皮日休、陆龟蒙。晚唐诗人，自结交后，作诗便相互唱和，并将唱和之诗结集编为《松陵唱和集》。皮陆连称，连作诗的思想倾向也基本相同。他们的诗在晚唐别成江湖隐逸一派。诗风清秀平淡。皮日休处于社会矛盾极尖锐时期，继承新乐府精神，一些诗篇还暴露腐朽，反映剥削。陆龟蒙诗多写景咏物，讽刺小品文也极佳。鲁迅称赞他们的诗文"是一塌糊涂的泥塘里的光彩和锋芒"。

温韦：温庭筠、韦庄。温、韦都是晚唐至五代著名诗人，然而除诗外，他们在词的成就特别高。温韦连称，主要还是从词的角度而言。温、韦是花间派词人的代表。欧阳炯《花间集序》道出当时文人诗客之着手于词，只不过视为绮筵歌儿酒女演唱之艳曲，所以美女、爱情便成为花间词的主要内容，学者叶嘉莹以温词易于引起读者感发与联想，乃在于所写的美女及容饰，与传统中美人香草之托喻有暗合；韦词引起读者深美之感发与联想则是韦庄抒写的一种用情的态度。温词客观，韦词主观，温词予人感发在美感之联想，韦词予人感发在感情之品质。

还有影响不大的诗人连称，还有除诗而外又旁及古文的连称，如"韩柳"，兹不再举述。

问：唐诗人姓氏连称先后排列的依据，是依成就的大小吗？抑或反映领属关系？

答：诗人姓氏连称的依据大体都是以诗风相近似而组成。而姓氏的先后排列是反映诗人成就的大小，是反映之间领属关系？回答是否定的。单从姓氏排列顺序来判断他们在时人心目中地位高低，是靠不住的。那么，先后排列的依据是什么？是声调。它并无什么特别用意，是出于生活语言的习惯。因为汉语词中，声调分平仄，而且先平后仄，平声字总是排前，仄声殿后，念起顺当而不拗口。而且还是隋唐中古发音与今日汉语发音系统不同，音乐感很强。如初唐四杰的"王杨卢骆"，根本未含高下、尊卑、优劣之意。又如称"韩孟"，称"温李"，也未含特别推崇韩愈、温庭筠而贬抑孟郊、李商隐之意，只是以平仄定先后而已。何以知之？因为论年纪，孟郊比韩愈长十六岁，论其为诗，连韩愈也称："吾愿变为云，东野化为龙，四方上下逐东野，虽有离别无由逢。"对孟郊推重得五体投地，何况古代又十分强调"长幼有序"。尽管如此，世人还是称为"韩孟"诗派，不以孟韩称之。

为了读来顺口，平先仄后，是习惯使然，乃至不顾"长幼"古训而颠倒，孟浩然比王维大十岁，也不称"孟王"而称"王孟"，均是如此。

自然，若两人的姓氏都为平声或仄声，排列时就可考虑时代先后，年岁长幼、师承关系及社会地位等因素。如"沈宋""李杜""张王""钱郎"，即其例证。

"平声平道莫低昂，上声高呼猛烈强。去声分明哀远道，入声短促急收藏。"是前人对声调的形象描述，人们发声言话也如走路，先走平道、宽道，不得已，才走崎岖道、窄道，先从容易上口的平声字念起，是自然选择。用这个规律放开去看，国名如齐鲁、韩魏、燕赵、秦晋、陈蔡、吴越、吴楚等，地名如湖广、江浙、云贵、川陕、巴蜀、荆楚等，无不先平后仄，完全可以得到验证。

关于"一字师"诗话异闻

问：在文学领域，"一字师"的佳话很多，唐诗人中也有"一字师"诗话吗？

答：不仅有，还很多呢，流传最广的恐怕是齐己的诗话了。

齐己本姓胡，名得生，幼年便失去父母，七岁时在大沩山寺放牛，常常折一根竹枝在牛背上写画，他原来在作诗哩，老僧发现后赏识他，虽剃度为僧，也由他写诗。后来他四处云游，写了许多五言诗。当时郑谷诗名响亮，鹧鸪诗写得好，被人称为郑鹧鸪。他决心到襄州去见这个著名诗人，还专门写了一首《住襄州谒郑谷献诗》。这是一首五言律诗，诗云："高名喧省闼，雅颂出吾唐。叠巘供秋望，无云到夕阳。自封修药院，别下著僧床。几梦中朝事，依依鹓鹭行。"诗的内容无非是首二句赞仰郑谷的盛名后，次联便写他自己在山林生活，喜欢山水和清静，以下二联叙说他是一个无牵挂的禅僧。诗送了进去，他在外面等着，然而得到的回答是，郑谷已看了诗，但要他改一字，方可接见。几天后，齐己再去拜谒，把改了一字的诗送了进去，他改的是第六句，"下"改为"扫"，"别扫著僧床"。这下郑谷很嘉赏，不仅相见，还结为诗友。

问：这就是"一字师"吗？我还想请教这"扫"字的好处如何？

答：首先别误解，这不是"一字师"的故事。但齐己写的这首诗，也并非很好，据我看，这"扫"字比"下"字好，从诗的自叙身份总体看，更能显示一个出家人无须外物干扰的清静之心而已。至于一字师的故事，是齐己与郑谷结为诗友后，寒冬时节，齐己写了一首《早梅》诗去见郑谷，诗是一首五言律：

> 万木冻欲折，孤根暖独回。
> 前村深雪里，昨夜数枝开。
> 风递幽香去，禽窥素艳来。
> 明年如应律，先发映春台。

郑谷看了诗后说,诗还不错,既是早梅,数枝开已不算早了,不如改为"一枝开"岂不更好吗?齐己听后,恍然感悟,深为叹服,他点一个字,到底不同,便拜郑谷为"一字师"。这才是一字师的佳话。

问:唐诗人还有"一字师"的佳话吗?

答:就是齐己也还未说完哩。齐己诗名也大了,后来一个叫张回的诗人慕齐己之名写了一首诗去见他,诗中有这样两句:"蝉鬓凋将尽,虬髭白也无?"诗给齐己看了,他一吟,认为"白"字不好,不如改为"黑"字。这次可该齐己当老师了,张回立即觉得改得好,忙下拜,尊齐己为"一字师"。

问:这个字怎么好呢?令人费解?

答:是的,表面似乎看不出怎么好,据语言学者杨树达认为"白"改为"黑"的原因,"'白也无',有欲人须白之意,非事理也,故改之耳"。这就是改得好的所在了。以下我再谈个"一字师"佳话:诗人任翻(蕃),会昌间(841—846)在世,家贫,初举进士,便步行到京城。落第回来,就放浪江湖,吟诗弹琴,曾到浙江天台山中子峰游,诗情勃发,便题诗一首在寺庙墙上,诗云:

> 绝岭新秋生夜凉,鹤翔松露湿衣裳。
> 前村月落一江水,僧在翠微闲竹房。

他游罢天台山,又到钱塘江,一个夜晚,他发现月亮落下去,江水也随潮落而退,只剩下半江,顿时感到前时写的"一江水"不符合事实,心中不安,决意要回转去改诗。谁知回到题诗处时,发现写的"一江水",已被人添两点一横一竖,已改为"半江水"了。他一打听,才知题后不久,一位官人经过这里,看了诗后改的。不禁喃喃自语,真是"一字师"啊。这是一个未能见面被推尊的"一字师"。

另外,皎然是著名诗僧,也有"一字师"的佳话哩。他本姓谢,名昼,吴兴长城人(今浙江湖州长兴县),是谢灵运的十世孙,出家为僧,常喜好和名人交往。陆羽是他的好友,曾在妙喜寺旁建一座亭,大历八年(773)落成,当时著名的书法家湖州刺史颜真卿为亭子题名"三癸亭",皎然为亭子赋诗。不少人前来观赏,称为"三绝"。皎然的诗名自然更加远扬了。有一天,一个僧人带上写的《御沟》诗来向皎然讨教,皎然看了诗,说:"此波含圣泽"的"波"字不好,应当改一下,那僧人不以为然,带上诗走了。皎然对在旁的人说,他想通以后一定会返回的。于是用笔在手心写了个"中"字,握之以待,果然,僧人真的返回了,高兴地说,你指点得很对,"波"字改为"中"字如何?皎然哈哈一笑,放开拳头给僧人一看,真是不谋而合。那个僧人高兴得连忙拜皎然为一字师。

当然，在技术层面，一字诗的含义是强调那种善于抓住诗文的至为关键的字，点铁成金，一字之差，境界全出。一字师当然比普通的师高明多矣！至于在文章中以及后代诗人中，一字师的佳作还屡见不鲜，恕不赘言了。就其意义而言，一字师佳话在唐代流传，既是文坛和睦的良好风气反映，又是儒家文化尊师感恩传统在诗人身上的体现。

关于唐代以诗取士

问：唐代以诗取士是怎么回事？

答：唐承隋制，发展了科举制度，设置进士、明经等八科来选拔人才。后以明经、进士两科并重，又逐渐演变为进士科最为时所崇尚。《唐摭言·卷一》："进士科始于隋大业中，盛于贞观、永徽之际，缙绅虽位极人臣，不由进士者，终不为美。"台省要职，州县官吏多为进士科出身者所据，而进士应试的科目就是诗赋。

问：那么，唐代以诗取士始于何时？

答：唐高宗调露二年，即永隆元年（680），当时主考的考功员外郎刘思立建议，"进士加试杂文两首"，次年下诏施行。此事见于不少史籍。当时"杂文"的含义如何，是否包括诗赋？这是解决始于何时的关键。永隆二年的诏命说明之所以在策问以外加试杂文，是为了纠正"进士文理华赡者，竟无甲科"；"不辨章句，未涉文词者，以人数未充，皆听及第"的偏见（《唐大诏令集·卷一〇六·条明经进士诏》），目的是为加强词章的考核。后来唐代宗宝应二年（763），礼部侍郎杨绾在抨击这项设置的流弊时追溯道："至高宗朝，刘思立为考功员外郎，又奏进士加杂文，明经填帖，从此积弊，浸转成俗。幼能就学，皆诵当代之诗；长而博文，不越诸家之集。递相党与，用致虚声，六经则未尝开卷，三史则皆同挂壁"（《旧唐书·卷一一九·杨绾传》《册府元龟·卷六四〇·贡举部》）。把学习诗歌和诸家集中之文的风气归罪于加试杂文，这就实则说明杂文是包括诗歌在内的。杨绾之前，洋州（今陕西西乡县）刺史赵匡在开元时的奏疏中早已建议："进士习业，亦请令习《礼记》《尚书》《论语》《孝经》并一史。其杂文，请试两首，共五百字以上，六百字以下，试笺、表、论、议、铭、颂、箴、徽等有资于用者，不试诗赋"（《通典》卷十七《选举》五《杂论议》）。这个建议说明"杂文"原先是包括诗赋的，不然何以特地提出"不试诗赋"？更明确是《唐摭言·卷一》试杂文条，其中说："调露二年，考功员外郎刘思立奏请加试贴经与杂文，文之高者放入策（应作'第'）。寻以则天革命,事复因循。至神龙元年方行三场试,故常列诗赋题目于榜中矣。"这段文字的前面是讲"试策"的源流和唐初沿用试策的情况,然后讲到刘思立请加杂文;经武则天朝恢复旧法,不试杂文,最后说到中宗复位的神龙元年,实行包括杂文在内的三场试(即贴经、杂文、试策),于是常有诗赋题目列于榜中。这段专记"试杂文"的材料,正是杂文原先包括诗赋的确证。《唐摭言》作者王定保,乃昭宗时进士,《四库总目提要》卷一四〇推许此书"述有唐一代贡举之制特详","不似他家杂录,但记异闻已也"。说明这记录是可信的。另从其他还可找到杂文包括诗赋的旁证。《册府元龟·卷六三九·贡举部》载开元二十五年正月的一个规定:"其应试进士等唱第讫,具所试杂文及策,送中书门下详复。"穆宗长庆元年重申这一规定,长庆三年礼部侍郎上疏反对这一先发榜后复核的办法,要求"今年进士堪及第者,本司考试讫,其诗赋先送中书门下详复,候敕却下本司,然后准例大字放榜"(《册府元龟·卷六四〇·贡举部》)。这里的诗赋,就是前面的杂文。又如《太平广记·卷一七九》记阎济美举试,赋《天津桥望洛城残雪诗》《腊日祈天宗赋》,初选录取发榜后,座主对他们说:"诸公试日,天寒急景,写札杂文,或有不如法",叫他重抄以呈中书门下复核。这里所用"杂文"一词,也即指前面的一诗一赋。结论已很明确,唐代杂以"诗赋取士"始于高宗调露以后。

问: 唐代以诗取士的意义如何?

答: 唐以诗赋取士为手段的科举制度,冲破了世族垄断的政治舞台;为庶族大开仕进之门的新选拔制度,也大大推动了唐诗的繁荣。过去的依门第、身份得官一改为诗赋入仕,实质上已演为等级竞争,不少世族的政治代表公开反对进士科,唐中叶的丞相杨绾、郑覃等都言进士科之非。而说得最露骨的是李德裕,他说:"朝廷显官,须是公卿子弟。何者? 自小便习举业,自熟朝廷间事,台阁仪范,班行准则,不教而自成。"而"寒士纵有出人之才""固不能熟悉也"。李德裕为唐后期颇有建树的宰相,但于进士科,却顽固反映了世族观点,代表了党争中贵族利益的立场。《唐会要·卷七六·贡举中·进士》载:"进士举人,自国初以来,试诗赋、帖经、时务策五道,中间或暂更改,旋即仍旧。"这就是说,虽然世族反对一度影响进士科,然有唐一代,这一制度仍相沿未变。其实,进士科不仅吸引庶族,也吸引世族。要求取消进士科的杨绾,自己就是进士出身,并参加玄宗亲自主持的考试,以诗赋名噪一时。这样看来,世族反对进士科的失败,其因由不能简单归为帝王"好雕虫小技",而是皇族为了巩固权力,通过科举以扩大其统治基础,吸收日益强大的庶族队伍参与政权。《唐摭言·卷一·述进士上篇》非常准确描写了李唐的这一思想,记载李世民于端门"见新进士缀行而出",高兴地说:"天下英雄入吾彀中矣。"真是一语道破他为巩固政权的需要。

问：请具体谈谈以诗取士繁荣唐诗的关系？

答：对，我知道你很想了解这个问题。唐诗人大都为庶族举子，诗歌成为他们入仕的捷径，尽管进士科的试帖诗由于内容陈腐和形式刻板，极少有好诗出现，但以诗取士，对重视诗歌、爱好诗歌的社会风尚形成，对于诗人们研磨诗歌技巧的训练，对于诗歌艺术经验的积累研究，无疑起了很大推动作用。宋人严羽《沧浪诗话·诗评》颇有见地地说："或问唐诗何以胜我朝？唐以诗取士，故多专门之学，我朝之诗所以不及也。"同时，以诗取士，大大调动了整个知识分子阶层的进取心，他们几乎都是诗歌作者，诗歌成了文化领域的专项，成了知识分子毕生学习、钻研的科目，形成了唐代诗歌大普及的辉煌局面。

当然，我还有具体的数据提供说明，元人辛文房《唐才子传》收唐代诗人二七八人，其中考取进士者一七一人，考进士而未中者三十一人，合计二〇二人，占十分之八，还未包括考取其他科目者，加入仕途径不详者三十多人。这个比例清楚地说明进士科的设置和唐诗繁荣的关系。

问：诗赋取士对唐诗繁荣作用我已清楚，但我对科举之弊也有看法。

答：关于科举，可以多说几句。确实太宗、武后大兴科举以来，对传统贵族社会冲击很大，好处是笼络人心，强化了执政基础，尤其诗赋取士具体执行，吸引了大批平民寒士，扩大了选才面，给所有人提供了公平竞争机会，对促进全社会成员文学素养的提高功莫大焉，"诗唐"之称离不开"以诗取士"政策。相反，这一广泛取才的政策也使得大批个人素质不高，缺乏门风传统的平民新贵进入上层社会，改变了固有贵族社会结构，平民士人进入朝廷，把持朝政，与过去传承有序的世族子弟形成竞争。他们大量充斥上层社会，竞争也激发了人性中幽暗的一面，私欲横流，改变了初唐以来贵族把持又有序有节的静态社会。竞争的社会也激发了大批趋炎附势之徒，杜甫与许多贵族一样是坚决反对科举的，早年他曾参加过一次科举，后来就不走这条路了，他后两次都是参加的皇帝专为名流贵族设置的恩考，不与平民士子同列竞争一年一度的常举。他重要的《同诸公登慈恩寺塔》就是对科举社会现实的描绘，"自非旷士怀，登兹翻百忧"，为何登兹而忧？慈恩寺塔自神龙始，乃进士登科题名之塔。

> 高标跨苍天，烈风无时休。自非旷士怀，登兹翻百忧。
> 方知象教力，足可追冥搜。仰穿龙蛇窟，始出枝撑幽。
> 七星在北户，河汉声西流。羲和鞭白日，少昊行清秋。
> 秦山忽破碎，泾渭不可求。俯视但一气，焉能辨皇州。

回首叫虞舜，苍梧云正愁。惜哉瑶池饮，日晏昆仑丘。

黄鹄去不息，哀鸣何所投。君看随阳雁，各有稻粱谋。

"秦山忽破碎，泾渭不可求。俯视但一气，焉能辨皇州。"社会混沌，世风日下，古老传统正在消隐。"君看随阳雁，各有稻粱谋"，社会被这些人把持。杜甫的观感很有代表性，看清了科举之弊，"儒教不兴，风俗将替"。而"诗赋取士"也形成了选材"驱驰于才艺，不务于德行"的弊端。不重视儒家德行和才能，也使得素质未达标者大量入仕。开元十七年（729）国子祭酒杨玚上言"入仕诸色出身，每岁向二千余人，方于明经、进士，多十余倍，自然服勤道业之士不及胥吏，以其效官，岂识先王之礼义？"（《通典》选举典·选举五）这些数量巨大改变命运的庶族士子平民新贵结成党羽，与传统世族形成竞争。李德裕作为贵族势力守护者自然也是反对科举，李商隐也批评科举，他说"鸾皇期一举，燕雀不相饶"（《送从翁从东川弘农尚书幕》）。另一端，平民士子则是趋之若鹜，积极参与，形成科举路窄的拥堵景象。平民新贵的权力挑战了贵族世袭特权，导致牛李党争近半世纪，以传统贵族彻底失败，退出历史舞台而告结。而古老的传统也因此被扬弃，以致晚唐五代之乱，皆为社会失去统一人们思想的传统价值观之乱，所幸宋人及时作了弥补，大力尊儒奉孔，以理学重塑儒家道德，也使士人在读书阅礼、日常应对中回归儒家道路。

关于唐诗怎样发表传播

问：我有一个疑惑，唐诗是怎样发表的？

答：这个问题问得很有趣，当然它不可能像今天有大众传播媒介的新闻报纸，但诗人又必得通过一定的媒介传播自己的作品，他们传播的方式也非常独特。例如唐末一个僻居蜀州（四川崇州）味江山边的诗人唐求，别号唐隐君，远避世俗，却又喜欢作诗，他把写成的每首诗作搓成团丸，装进一个葫芦瓢，临终时，就把瓢投放到江水上，任其漂流，希望通过这个媒介传给读者。后来诗瓢被下游的人拾到，瓢中的诗团已漂散、浸湿不少，但有三十五首诗却因此而问世流传。唐宣宗时又有韩氏，深闭宫中，她把诗题写在红叶上，投进御沟流水传播于外。这两个例子证明，哪怕是深山和宫禁，条件极为困难，诗人也为自己作品的传播作艰苦的努力。当然，唐诗的发表，依靠上举方式，决无如此丰富的遗产流传下来，唐诗的发表，也有普遍采用的共同方式。约别之，有一、亲朋互赠；二、宴席咏赋；三、投谒名流；四、墙壁题诗。

问：这也是许多人想了解的问题吧，愿闻其详。

答：好的。一、亲朋互赠——这在唐诗中所存数量很大，它通过赠、寄、吟、题等，在与亲朋交往中把诗作交给对方，实际上这就是一种"发表"。可是，通过互赠方式所"发表"的诗作决不止此。许多并未在诗题冠以寄、赠之作，都曾由诗人于交往中，或吟、或示传于读者。像王勃的《入蜀纪行诗》二十首就曾"投诸好事"；陈子昂的《修竹篇》也曾寄与东方虬，还准备"当有知音以传示之"。

唐人幼年即学诗作诗，并常以诗给父兄过目求教。如元稹初作有《寄思玄子诗》二十首，就呈给"外诸翁"郑京兆（郑云逵）看，受到嘉赏。

诗人成年交友，写诗后时常给亲友看，听取意见。贾岛曾写了新诗急忙去找韩愈和张籍，候请看诗。路上行来心情高兴，为此又作诗一首，题为《携新文诣张籍韩愈途中成》，诗云："袖有新成诗，欲见张韩老。青竹未生翼，一步万里道……"

有的诗人不采取给亲友看，而是吟给亲友听。可能是为了更准确表现自己作品的情感和佳处。杜甫流落湖南江上时,苏涣曾到杜甫船上去看他,向杜甫吟了几首自己的新作。

另外,许多诗人还常把诗寄外地亲友。"寄",乃是托顺路之商旅给亲友带去,有的诗人则利用居官之便,交托传公文的邮吏代传。白居易有《醉封诗筒寄微之》云:"为向两州邮吏道,莫辞来去递诗筒。"此类外寄亲友看的诗,当然有的不像专为寄某人那样,一次一两首,可以一次寄若干首。白居易曾一次寄刘禹锡一百首,王贞白一次寄郑谷五百首。

上述亲朋示赠之方式,没有时、地之限,且简便易行,成为当时诗人广为采用之法,唐诗大部分作品的问世发表,是通过这个渠道进行的。

二、宴席赋咏——上述发表方式虽简便,但每次"发表"获得的读者只有一个,为诗作的迅速流传又带来了局限,甚至不少也因此而佚失。要迅速流传,必得要"发表"时让更多的读者看到。假如在一个宴席或集会上,当众赋咏,一次就会获得许多读者,许多诗人当然不愿意错过这个"发表"机会。这本来由魏晋时形成的宴会上赋诗的风习,在唐代自上而下倡导作诗的风尚中更加发展,从王侯宴集到亲朋祖饯,常常是有宴必赋。宴席赋咏自然成为唐诗"发表"的又一方式。

唐诗宴集之风很盛,诗人参加宴集机会也特别多,尤其是诗人作官或成名之后,往往由帝王召集宴乐游赏,会上赋诗应制,歌乐升平。初唐许多诗人都获得过这种机会,像沈佺期、宋之问在此场合就留下了不少诗作。许多诗人成了名流之后,王侯贵戚、地方官僚也常邀请宴集赋诗助兴。如王维的《息夫人》一诗就是在宁王席座上赋成。"大历才子"更常宴集于驸马郭暖府中,李端、钱起争相"擅场",获赐花红锦袍。在外地,中晚唐地方观察、节度权力极盛,开府延揽文士,府内组织幕僚宴聚赛诗成风。此外,小范围内,作官诗人在同僚往来,诗友会聚中邀集赋诗更是寻常之事。这都为唐诗"发表"提供了良机。如一代文宗权德舆颇有政声文名,"贞元、元和间为缙绅羽仪"(《新唐书》本传),以他为中心形成了一个文人集团。他经常与聚集在他周围的一批台阁诗人酬唱应答,在体式技巧上竞异求新,诸如《奉和李给事省中书情寄刘苗崔三曹长因呈许陈二阁老》《酬崔舍人阁老冬至日宿值省中奉简两掖阁老并见示》,从冗长的标题即可看出诗人们的交往概况。这些内容并不充实,艺术性也不强的诗,却对贞元末年的诗坛风尚颇有影响。综合看,他们影响和改变诗歌风貌均来自有固定的"发表"媒介,这就是文人集团的宴聚。

还须提及的是,诗人又经常参加送行宴会,而唐代的送行宴会也要赋诗,此为惯例。如白居易分司东洛,贺知章离京还乡,刘长卿贬官左迁等等,朋友们都曾饯送赋诗。高仲武《中兴间气集·卷下》评郎士元语及:"自丞相以下,更出作牧,二公(郎士元、钱起)无诗祖饯,时论鄙之。"可见京官离京未得名诗人的送行诗,还会遭时人鄙视,宴集赋咏之风于此可见一斑。

此种"发表",范围有所增扩,虽有机会,也不是任何诗均为可"发表"之诗。所以,要易于流传,除因读者多而获传播之快,还因为宴集之后,常将同宴之作汇于一卷,冠以序文,这类诗便得以较妥善存留下来。一个现象可以证实的是,唐代一些诗人所有诗作都佚失了,却只存留下宴集上"发表"之诗。如令狐德棻集三十卷均不存,只传下一首《冬日宴于庶子宅各赋一字得趣》,刘洎的十卷集也都佚失,只留下一首《安德山池宴集》。

三、投谒名流——唐代社会以诗取士之制,好重名流之风,又使许多诗作以投谒名流的方式得以"发表"。

有的诗人声名未显之前,很难参与名流宴集,如只靠一些亲友示赠,很难饮誉社会,作品流传。唐代社会,崇拜名声,因人看诗之风颇盛,若为名流手笔,则争相传写,若为无名者则不屑一顾。孙光宪《北梦琐言·卷六》载:"方干诗名著于吴中,陆(龟蒙)未许之。一旦顿作诗五十首,装作方干新制,时辈吟赏降仰,陆谓曰:'此乃下官效方干之作也,方诗在模范中尔!'"可见当时因名看诗,盲目崇拜名流的现象。基于此,盗名为诗者亦有之,元稹在《酬乐天余思不尽加为六韵之作》自注就曾谈过有人冒用他的名字传诗。所以,不少人便另为蹊径以诗卷投谒名流,借以引荐或传诗扬名。

同时,朝廷以诗取士之制,更为投谒名流张本。赵彦卫《云麓漫钞》云:"唐之举人,先藉当世显人以姓名达之主司,然后以所业投献。逾数日,又投,谓之'温卷'……至进士则多以诗为贽。今有唐诗数百种行于世者,是也。"《新唐书·薛登传》记薛登的话,"方今举士,尤乖其本,明诏下方,固已驱驰府寺之廷,出入王公之第,陈篇希恩,奏记誓报,故俗号举人皆称'觅举'。'觅'者,自求也,非彼知之义。"薛登是以揭露时弊为目的,但从另一面让人看到投谒名流贵官觅举之风,同时也证明是唐诗"发表"的又一个渠道。又《北梦琐言》云:"唐咸通中,前进士李昌符有诗名,久不登第。常岁卷轴,怠于装修,因出一奇,乃作《婢仆诗》五十首,于公卿间行之。……诸篇皆中婢仆之讳。夹旬,京师盛传其诗篇。……是年登第。"诗的"发表""盛传"确为一证。

诗人投谒,要选得意之作,抄于诗卷,装为卷轴才投谒。王定保《唐摭言·卷六》载卢延让一次拟谒吴融,却因贫无卷轴作罢。所以,无卷轴是难以谒见的。

投谒还得善择门径。如李固言初到京师应进士第,向表亲柳氏请教投谒何人,柳氏欺其老实,故意让他去投谒闲官许常侍(许孟容)。谁料次年许常侍调任礼部,便给李固言以状元及第。此事载于《北梦琐言·卷六》,实为巧合。

陈子昂投谒找的是另类门径:自我炒作。永淳元年(682)学有所成,他再次入京应试，仍不为人知。适遇人卖琴，索价百万，豪贵围观，莫敢问津，他挤进人群，出千缗买之。次日在宣阳里宴会豪贵，捧琴感叹："蜀人陈子昂，有文百轴，不为人知，此乐贱工之乐，岂宜留心。"话毕碎琴，遍发诗文给与会者。京兆司功王适读后，惊叹："此人必为海内文宗矣！"一时帝京斐然瞩目。

唐诗人经投谒而传诗扬名者极多。白居易最初以《赋得原上草送友人》之诗投谒顾况，经延誉得名传为文林佳话；李贺幼年以《雁门太守行》等诗投谒韩愈，也获推崇。

白居易、李贺投谒之诗确为佳作，但有一些人所投之作并不高明，经名流公卿虚誉，也流传一时。《北梦琐言·卷七》载卢延让云："平生投谒公卿，不意得力于猫儿狗子也。"他"发表"的投谒之诗，像"猫儿狗子"入诗之类，决非高明之作。

投谒的泛滥，不仅为"觅举"，也为"延誉""荐引"张目，《唐书·李频传》载李频不远千里投谒姚合。《柳河东集》中《送元暠师诗序》记载连避世的僧人元暠也投谒柳宗元。唐诗以投谒名流"发表"而流传者，岂少也哉！

四、墙壁题诗——上述之三种"发表"方式，就其范围而言，仍有较大局限，不能满足诗人"发表"传播的要求，更由于诗歌在唐代文化地位的不断提高，影响的扩大，传诗扬名必然不满足于上述圈子内而强烈要求突破，墙头壁间的题诗就大大突破了上述的范围，为大众传播提供了良好媒介，为唐诗的"发表"开拓了新渠道。众所周知，唐代社会繁荣，文人漫游成风，名川大山，名胜古迹又能强烈诱发灵感，墙壁题诗既能及时记录灵感，又便于诗歌广泛流传。题壁是远古人类遗留的传统，唐以前题壁，如佛教画家的敦煌莫高窟壁画，题画于壁，引发诗人观画再度题诗于壁，杜甫就曾多次写过题画诗，如《题壁上韦偃画马歌》《题玄武禅师屋壁》。但唐以前的诗人采用此法，影响不大；至唐代便成为诗人自觉而普遍采用的诗歌"发表"方式。

《全唐诗·卷八〇六》对诗僧寒山曾有小序云："尝于竹木石壁书诗，并村墅屋壁所写文句三百余首。"寒山书其三百零三首诗于竹木石壁、村墅屋壁，决非虚语，其实按他自己所说，还远高于这个数字。他说："五言五百篇，七字七十九。三字二十一，都来六百首。一例书岩石，自夸云好手。"需要指出，唐诗人所题之诗，决不限现存诗集中诗题或小序所标"题某某处所"之作。也就是说，其他诗题之作不少也以题诗方式"发表"。白行简《三梦记》说白居易的《同李十一醉忆元九》，最初乃题于李建屋壁，元稹的《西归绝句十二首》，最初是题于蓝桥驿等驿亭的墙壁上。白居易有《蓝桥驿见元九诗》，即是指西归绝句十二首。以此可知，唐诗人用这方式"发表"的诗，就不能仅限于诗题作数计。自然，诗的题写，必是便于流传、阅读、书写之处，私人屋壁是极少的。

问：墙壁题诗的主要处所有规定和选择吗？

答：没有规定，只有生活形成的选择，大略有以下几种。

1. 驿馆、驿亭——此为地方官吏、行客过往之地，题诗极便于流播四方，而且读者不断更替，也会加速流传。诗人选择驿亭、驿馆题诗就很自然。元稹于元和十年正月从唐州返长安，曾赋诗题于沿途驿馆。是年秋，白居易从长安赴江州，经元稹入京旧路，他便一路追寻元稹的题诗。像他在《蓝桥驿见元九诗》所云："蓝桥春雪君归日，秦岭秋风我去时。每到驿亭先下马，循墙绕柱觅君诗。"而《唐摭言·卷十三》却载李汤经长乐驿，只题名未留诗，引起了别人的非笑。后来韦蟾经过，从旁题诗曰："渭水秦川照眼明，希仁何事寡诗情。只因学得虞姬婿，书字才能记姓名。"（《长乐驿谑李汤给事题名》）可证驿馆题诗已形成惯例。

2. 名胜古迹——此为游客汇聚之处，题诗也极普遍。阮阅《诗话总龟·卷十五》载饶州之干越亭，唐人题诗逾百首。《云溪友议·卷上》唐人范摅估计，麻姑山邓仙客墓题诗更多达几千首。范摅还述及虎丘山有名妓贞娘之墓，诗人过往竞相题诗于墓上。白居易、李绅、张祜、李商隐、罗隐等都有题作。后有举子谭铢题诗云："何事世人偏重色，贞娘墓上独题诗。"讽刺之后，题写者才稍息。江南敬亭山宣城北楼也是士人题咏名楼，称"诗楼"，鲍溶《宣城北楼昔从顺阳公会于此》："诗楼郡城北，窗牖敬亭山。几步尘埃隔，终朝世界闲。凭师看粉壁，名姓在其间。"

3. 妓馆青楼——唐之大都会如长安、洛阳、扬州等地，常为狎客、轻薄文士汇聚之所。诗人游乐也常于墙壁间题诗，有的妓馆题得满窗满壁。据孙棨《北里志》载长安前曲妓馆内有名妓福娘，其室内红墙已有题诗多首，她犹嫌诗未满壁，又请孙棨作诗三绝，将墙题满。可见妓馆题诗"发表"的诗作，或不止于诗人"发表"之强烈愿望，还由于题诗为妓馆及妓女增价之时尚。据《云溪友议·卷中》载：崔涯"每题一诗于娼肆，无不诵之于衢路。誉之，则车马继来；毁之，则杯盘失错"。先有诗嘲妓女李端端，端端不堪其讽，忧心如病，忙差人向崔涯恳求。崔涯又"重赠一绝句彩饰之，于是，大贾巨豪，竞臻其户"。

4. 庵观寺院——唐代自帝王始，多崇尚宗教，佛寺、道观遍及各地。《旧唐书·食货志》以及《武宗本记》《宣宗本纪》载会昌五年，全国奉诏拆废寺庙四千六百所，招提、兰若四万余所。（不久，所废寺庙又被恢复）寺庙多，香客广，游人众。帝王公卿、文士名流、渔樵商旅，赶会、赏花、敬香、品茶乃至寄读，庵观寺院已不单纯为宗教"圣地"，也是文化场所，理所当然成为诗人注目题诗之地。据宋人张齐贤《洛阳缙绅旧闻记》记载，有的僧道特意粉刷了墙壁供诗人题诗。如昭宗朝进士杨凝式游寺观，想题诗，但"墙壁之上，笔迹多满"。僧道们"莫不粉壁光洁，以俟挥毫"。

寺观题诗以廊下墙壁为多,刘禹锡《碧涧寺见元九侍御和展上人诗有三生之句因以和》云:"廊下题诗满壁尘",白居易《读僧灵彻诗》云:"东林寺里西廊下,石片镌题数首诗。"著名诗人张祜最爱在寺庙题诗,他题了全国名寺院几十座。

除四个主要场所题诗而外,其他像官厅、渡口、关门、桥梁、客店、酒肆、卜铺、村舍、树木等都有诗人题诗"发表"诗作。

"诗板"题诗,则是中唐以后较为流行的一种方式。于道路上树立木板待行人路过题诗,收集诗歌的一种方式。王定保《唐摭言·惜名》载:晚唐咸通年间,诗人薛能经过蜀地飞过泉亭,曾看到"亭中有诗板百余",可见诗板题诗中晚唐很普遍。这些木板不是诗人所为,而是爱诗的人专门给过路的诗人留的。好诗被人甄选刻上石碑立于道旁,称"诗碑"。

问:我明白了,这即如今天名胜风景区、楼台桥廊、宾馆饭店的诗画题壁,也是此风的沿袭,《水浒传》中宋江在江州浔阳楼题反诗,都受唐人"发表"诗作的传统习惯影响。

答:是这样的。

《唐诗解密》即将出版了。最后尚需说一说成书经过。

这一选题的胎息可以追溯到 2007 年，当时我们从唐诗中选出一百道有一定学术价值的疑难组成。十年之后，考积幽穷，积微成著，已达一百二十题五十万之巨。拟定的书名有《唐诗解密》《唐诗疑难详解》诸题，最终定名"唐诗解密"。

书稿初成，一直束之高阁，待以明时。倒是研究过程中形成的其他成果相继出版，其中《唐诗：异闻趣事今说》获四川省 2009 年哲学社会科学普及规划项目立项，2010 年由中国文联出版社出版。另一成果《唐诗探骊》2013 年由西南交通大学出版社出版。

2016 年《唐诗解密》获四川省哲学社会科学评审通过，为把项目做成精品，传之后昆，我们组成项目组，由张起、张天健、冯文龙构成，对文稿进行最后修改。其中我过手三遍，张天健过目两遍，冯文龙负责引文信息核查校对。每过一遍都有精进。冯文龙副教授与我是华东师大校友，他以图书情报专业水准，对文献作了仔细校理。

稿毕，文汇出版社以专业的眼光很快受理书稿，这是上海气度上海胸襟，难怪江南千百年来一直是中国社会历代的经济引擎、文化中心。一切都变得顺风顺水，一切似又回到初始。

最后要特别鸣谢老作家马识途、流沙河及上海社科院古代文学室主任孙琴安诸先生不吝珠玉，题字增华。

张　起
2018 年 3 月 5 日于成都龙泉驿